BASTEI
LÜBBE
TASCHENBUCH

Weitere Titel der Autorin:

Ein Sommer in Galway
Ein Sommer wie kein zweiter

Über die Autorin:

Jo Thomas arbeitet seit vielen Jahren als Journalistin für verschiedene englische Radiosender. Ihr Debütroman, *Ein Sommer in Galway*, hat sich in England zu einem Bestseller entwickelt und wurde unter anderem mit dem RNA JOAN HESSAYON AWARD ausgezeichnet. Jo Thomas lebt mit ihrem Ehemann und ihren drei Kindern in Vale of Glamorgan. *Das kleine Château in den Hügeln* ist ihr dritter Roman.

JO THOMAS

Das kleine Château in den Hügeln

ROMAN

Aus dem Englischen von
Gabi Reichart-Schmitz

BASTEI LÜBBE
TASCHENBUCH

BASTEI LÜBBE TASCHENBUCH
Band 17692

Dieser Titel ist auch als E-Book erschienen

MIX
Papier aus verantwortungsvollen Quellen
FSC® C083411

Vollständige Taschenbuchausgabe

Deutsche Erstausgabe

Titel der englischen Originalausgabe: »Late Summer in the Vineyard«
Originalverlag: Headline Review. An imprint of
Headline Publishing Group, London

Textredaktion: Friederike Achilles, Köln
Titelillustration: © shutterstock/amorfati.art; © shutterstock/Valentin Agapov;
© PHB.cz (Richard Semik)/shutterstock; © Gayane/shutterstock;
© Tomsickova Tatyana / shutterstock; © vitalez/shutterstock;
© Eleyaka/shutterstock
Umschlaggestaltung: Manuela Städele-Monverde
Satz: two-up, Düsseldorf
Gesetzt aus der Apollo
Druck und Verarbeitung: CPI books GmbH, Leck – Germany
Printed in Germany
ISBN 978-3-404- 17692-2

1 3 5 4 2

Sie finden uns im Internet unter www.luebbe.de
Bitte beachten Sie auch: www.lesejury.de

Für Dad – ein edler Jahrgang von
unverwechselbarem Charakter,
der einem für immer im Gedächtnis bleibt.

Liebe Leserinnen und Leser,

Bonjour! Bienvenue! Hallo und willkommen in meiner aktuellen Welt in *Das kleine Château in den Hügeln*.

Ich liebe Frankreich. Als Kind habe ich jedes Jahr mit meiner Familie in Frankreich Urlaub gemacht, meistens in der Gegend der Ardèche, im Rhône-Tal und später weiter südlich an der Côte d'Azur. Lustigerweise entdeckte ich im Nachhinein, dass all diese Regionen große Weinanbaugebiete sind! Meine Eltern schwärmten für die französische Lebensart, genau wie ich: für das Essen, den Wein, die Märkte, die Sprache ... und die Umgangsformen. Ich liebe es, wie die Franzosen sich gegenseitig begrüßen. Als Teenager kehrte ich an die Côte d'Azur zurück und suchte mir einen Job als Kellnerin in einem Restaurant auf einem Campingplatz. An langen, heißen, sonnigen Tagen und lauen Abenden servierte ich Urlaubern *steak-frites* und *plats du jour*. Es war eine fantastische Zeit.

Jetzt besuche ich Frankreich, weil Freunde von mir genau das getan haben, wovon auch ich träume: Sie haben sich in ein Haus verliebt und sind nach Castillon-la-Bataille gezogen, ungefähr eine Autostunde von Bordeaux und Bergerac entfernt. Dort haben sie ein neues Leben begonnen und sich selbstständig gemacht. Sie bieten Schriftstellern einen Rückzugsort und organisieren auch Seminare für kreatives Schreiben. Und ich Glückliche konnte dort hinfahren und an diesem wundervollen Ort, der ganz in der Nähe von Saint Émilion liegt, schreiben. Hier entstand die Idee zu *Das kleine Château in den Hügeln* und reifte – genau wie Trauben an einem Weinstock – heran. Wer würde in ein historisches Weinanbaugebiet ziehen, und warum? Derjenige müsste alles über Wein wissen, oder nicht? Oder aber er müsste verdammt viel lernen … So wie Emmy Bridges, die Hauptfigur dieses Romans. Hoffentlich genießen Sie die Geschichte – wie einen guten Wein, der im Gedächtnis bleibt und den Sie Ihren Freunden weiterempfehlen. À votre santé!

Jo x

Prolog

Ich spüre, wie der dicke braune Umschlag voller Münzen – kupferfarben, silbern und golden – meine Schultertasche nach unten zieht. Es fühlt sich an, als würde ich das Gewicht der Welt tragen, als ich vorsichtig durch die offen stehende Tür ins Haus trete. Mein Herz schlägt heftig, und mein Mund ist staubtrocken.

Aus dem Wohnzimmer ist eine fremde Stimme zu hören. »Halte Ausschau nach allem, was sich zu Geld machen lässt.«

Mein Herz macht einen Satz, und instinktiv drücke ich die Tasche enger an meinen Körper und umklammere sie mit beiden Händen, als ich meine schlimmsten Befürchtungen bestätigt sehe. Ein kräftiger Mann mit breiten Schultern in einer abgetragenen Lederjacke steht mitten im Wohnzimmer. Er nimmt ein gerahmtes Foto meiner Mutter vom Kaminsims und betrachtet es.

»Hier gibt es nicht viele Dinge von Wert«, sagt er zu meinem Dad.

»Es sind die Erinnerungen, die zählen«, antwortet mein Dad mit dünner, zittriger Stimme.

»Wenn Sie nur ein bisschen Geld auftreiben könnten … Ich könnte Sie zum Geldautomaten fahren, wenn Sie möchten«, schlägt der Mann vor und stellt das Foto zurück.

Meine Wangen brennen vor Wut. Mein Herz schlägt laut in meiner Brust, und das Rauschen in meinen Ohren blendet alle anderen Geräusche aus. Wie kann er es wagen? Was für eine Frechheit! Ein Dieb am helllichten Tag, der seine Fahrdienste anbietet! Ich schaue von ihm zu meinem Dad, der verängstigt und blass in seinem Sessel sitzt, so, wie er auch vor vielen Jahren dort saß. An jenem nasskalten dunklen Abend vor sechzehn Jahren, um genau zu sein. Nur waren es damals ein Mann und eine Frau in schwarzer Polizeiuniform gewesen, die vor ihm standen und mit leiser, mitfühlender Stimme die Nachricht überbrachten, die unser Leben für immer verändern sollte. Ich erinnere mich noch gut daran, wie freundlich und besorgt sie gewirkt hatten. Nicht wie der Typ jetzt: ein zwielichtiger Kerl, der sich offensichtlich einfach nimmt, was ihm gefällt. Doch Dad sieht genauso verängstigt aus wie damals, und mein Herz rast und schmerzt.

»Wie sieht's denn mit Schmuck oder Münzen aus … Oder vielleicht Anleihen, Briefmarken?«

Dad schüttelt den Kopf.

Ich schiebe mir die schwere Tasche von der Schulter und achte darauf, sie nicht mit einem lauten Plumpsen fallen zu lassen. Mühsam hebe ich sie über den Kopf und ziele mit ihr auf den hünenhaften Mann mit den langen welligen Haaren, der sich nun die Dekostücke auf dem Kaminsims ansieht.

»Hey!« Der Ruf entfährt mir, bevor ich über die Folgen nachdenken kann.

»Nein, Emmy, lass ihn einfach.« Dad streckt eine zitternde Hand aus, die ein zerknülltes Papier umklammert, während ich versuche, die schwere Tasche gegen den Hinterkopf des Eindringlings zu schleudern. Es gelingt mir nicht, weil die Tasche so schwer ist. Ich lasse sie neben mich fallen und mache einen Schritt auf den riesigen Dieb zu.

»Emmy, hör auf!«, wiederholt Dad, doch ich ignoriere ihn.

»Was zum Teufel wollen Sie in meinem Haus? Verschwinden Sie!«, rufe ich.

»In Ihrem Haus?« Der Einbrecher stellt einen IKEA-Kerzenleuchter zurück und dreht sich zu mir um. Er sieht aus wie Hagrid aus den *Harry-Potter*-Filmen: massiger Körper, rotes Gesicht, Schweißtropfen auf der Stirn und ein Bart, aus dem man einen Pulli stricken könnte. »Ich war der Meinung, dass es sich um Mr. Bridges' Haus handelt«, antwortet er in einem hart klingenden, regionalen Akzent. Plötzlich habe ich das Gefühl, ihn irgendwoher zu kennen. Seine Stimme, seine Augen … Ich schüttele den Kopf, um mich nicht von meinem Ziel ablenken zu lassen, diesen Schmarotzer aus unserem Haus zu werfen.

»Ach! Und Sie glauben, das macht die Sache besser? Das Haus eines alten Mannes am helllichten Tag auszurauben?« Inzwischen bebe ich vor Wut. Ich kann nicht fassen, dass er nicht schon lange abgehauen ist.

»Ich gehe nach oben«, sagt da ein kleinerer, drahtiger Mann mit einem fehlenden Schneidezahn, der mit Klemmbrett und Stift in der Hand aus der Küche auftaucht. Oh! Noch einer!

»Hey!«, rufe ich und zeige mit dem Finger auf ihn. »Was zum …? Raus hier! Ich rufe die Polizei!«

»Wäre es vielleicht möglich, eine Tasse Tee zu bekommen, Schätzchen?«, antwortet der Mann von halber Höhe der Treppe. Meine Nerven sind zum Zerreißen gespannt.

»Verschwinden Sie!«, rufe ich wieder, schiebe die schwere Tasche zur Seite, schnappe mir ein Sofakissen und werfe es nach ihm. Er wehrt es mit einem Arm ab, und Hagrid lacht.

»Emmy, lass gut sein. Lass sie tun, was sie tun müssen«, sagt Dad. Er versucht aufzustehen, schafft es aber, geschwächt durch den Schock, nicht.

»Emmy?« Hagrid runzelt plötzlich die Stirn und mustert mich. »Emmy Bridges?«

Ich registriere eine Rolle mit orangefarbenen Aufklebern, die aus seiner Jackentasche lugt, und bemerke, dass er einige davon auf den Fernseher, den DVD-Player und das alte Klavier geklebt hat, auf dem schon seit Jahren niemand mehr gespielt hat.

»Was meinst du damit?«, frage ich Dad. »Soll ich sie am helllichten Tag unser Haus ausrauben lassen?«

»Es tut mir leid, Liebes, ich hätte es dir erzählen sollen.« Resigniert schüttelt Dad den Kopf.

»Was hättest du mir erzählen sollen?« Ich verschränke die Arme vor dem Körper und sehe Hagrid stirnrunzelnd an, der mir wirklich bekannt vorkommt.

»Ich fasse es nicht!« Plötzlich strahlt Hagrid über das ganze Gesicht. »Ich bin's, Graham ... Graham Bingley.«

Ich schüttele den Kopf. »Tut mir leid, kennen wir uns?«

»Graham Bingley. Wir waren zusammen in der Grundschule. Du hast mich an dem Tag nach Hause gebracht, als Louis Tudor und seine Kumpels es auf mich abgesehen hatten. Sie haben mir meine Hausaufgabe fürs Kochen weggenommen. Mini-Biskuit-Törtchen. Sie haben sie kaputtgemacht, auf den Boden geworfen und darauf rumgetrampelt. Dann wollten sie mich verprügeln«, fügt er etwas leiser hinzu. »Du warst gerade mit deiner Freundin Layla auf dem Heimweg, bist durch den Park gerannt und hast den Typen gesagt, sie sollen abhauen. Dann hast du den Arm um mich gelegt und mich nach Hause begleitet. Meine Mum war dir so dankbar.«

Allmählich kehrt meine Erinnerung an den Vorfall zurück.

»Meine Mum hat neuen Kuchen gebacken und als Dankeschön bei euch vorbeigebracht.«

»Ja, jetzt erinnere ich mich wieder«, antworte ich und nicke. »Dann hast du also eine Karriere als Dieb gemacht und terrorisierst alte Männer. Deine Mum ist bestimmt mächtig stolz auf dich.«

Er lachte. »Nein, eigentlich bin ich ...« Er senkt den Blick. »Meine Mutter ist vor einem Jahr gestorben.«

Ich sage nichts, sondern schlucke schwer. Mein Gesicht brennt.

»Ich höre hiermit auf. Gehe aufs College. Das hier ist einer meiner letzten Aufträge«, sagt er strahlend.

Ich seufze entnervt. »Es tut mir leid, ich verstehe das alles immer noch nicht.« Dieser Mann raubt unser Haus aus, und ich werde von meiner Schulzeit eingeholt. Ratlos schaue ich von Graham Bingley zu meinem Dad.

»Er ist Gerichtsvollzieher, Liebes. Er markiert Gegenstände, die sie pfänden können, weil wir mit den Hypothekenzahlungen für das Haus im Rückstand sind.« Dad lässt sich wieder in seinen abgenutzten grünen Ohrensessel zurücksinken. »Er macht bloß seine Arbeit.«

Graham Bingley grinst mich an und wartet auf meine erfreute Reaktion.

Ich höre den anderen Mann in unseren Schlafzimmern im oberen Stockwerk hin- und hergehen. Er pfeift vor sich hin, während er unsere Schubladen durchwühlt. Ich schließe die Augen. Das kann nicht wahr sein. Ich meine, wir haben zwar nie Geld, aber ich hatte keine Ahnung, dass es so schlimm ist.

»Ich bin ein bisschen in Rückstand geraten, Liebes. Meine Ersparnisse sind aufgebraucht, und dann … Na ja, das, was reinkommt, reicht nicht aus.«

»Warum hast du mich nicht gefragt, Dad?«

»Ich konnte nicht, Liebes. Du gibst mir sowieso schon fast alles, was du verdienst.« Mutlos stützt er den Kopf in die Hände. Ich drehe mich zu dem Gerichtsvollzieher um.

»Graham«, sage ich, entschlossen, unsere Verbindung aus Schulzeiten auszunutzen, »bitte …« Ich deute mit einer Handbewegung auf Dad und sehe den Gerichtsvollzieher flehend an.

Grahams Lächeln verschwindet, und er sieht aus, als würde er scharf nachdenken. Ich halte den Atem an.

»Also«, sagt er schließlich, »irgendetwas muss ich ihnen

liefern … Irgendetwas. Könnt ihr die letzte Rate leisten?« Er zeigt mir ein Klemmbrett, auf dem rote Zahlen prangen. Als ich die Auflistung der noch offenen Raten lese, schnappe ich nach Luft. Ich schaue Graham an und schüttele langsam den Kopf.

»Um ehrlich zu sein, hier gibt es kaum etwas Wertvolles«, erklärt er mir behutsam. Dabei sieht er mich sehr ernst an. »Wenn ihr nichts tut, nehmen sie euch das Haus weg, Emmy.«

»Was? Das geht nicht!« Schwankend trete ich einen Schritt zurück. »Das ist unser Zuhause!« Ich sehe mich in der Fünfzigerjahre-Doppelhaushälfte mit den drei Schlafzimmern um. Sie gehört meiner Familie, seit ich die weiterführende Schule besucht habe.

»Aber das Haus gehört euch nicht wirklich. Es lastet eine Hypothek darauf. Also kann es euch doch weggenommen werden«, antwortet er. Er wirkt jetzt wie ein sanfter Riese. »Hör zu, wie ich eben schon erzählt habe, gebe ich meine Stelle auf und gehe auf die Hotelfachschule. Der Tod meiner Mutter hat mir bewusstgemacht, dass man seine Chancen im Leben nutzen muss.« Er lächelt mir zu, als müsste ich das verstehen. »Gebt mir irgendetwas, was ich ihnen liefern kann, dann lege ich den Vorgang ganz unten in den Stapel. Das verschafft euch Zeit, um die Lage in den Griff zu bekommen.« Er schaut von Dad zu mir, und ich begreife, dass ich sein Angebot annehmen muss. Entweder das, oder sie nehmen uns im Nu das Haus weg. Ich nicke rasch.

»Danke«, stammele ich.

»Was kann ich denn aufs Amt mitnehmen?« Er schaut sich suchend um.

Ich denke an das Geld in meiner Tasche, in der sich das Ergebnis der Sammlung befindet, die ich gerade im Büro durchgeführt habe. Es ging um die Verlobung meiner Kollegin Candy. Trevor, mein Chef, beauftragt mich immer mit den Sammlungen und damit, freitags auf dem Weg zur Arbeit Sekt und Kuchen für alle zu besorgen.

»Wie viel würden wir hierfür bekommen?« Grahams drahtiger Kollege ist ins Wohnzimmer getreten und hält die Schmuckschatulle meiner Mutter in der Hand. »Es befindet sich nichts Wertvolles darin. Oh, warte mal ...« Er zieht die kleine Schublade an der Vorderseite heraus und nimmt Mums goldenen Ehering heraus. Ich sehe, wie mein Vater zusammenzuckt.

»Das ist Dickie. Er ist mit mir zusammen hier«, sagt Graham, als er meine fassungslose Miene sieht. »Hör zu, ich kann euch das Gericht für eine Weile vom Hals halten, wenn ihr mir irgendetwas gebt. Das ist das Mindeste, was ich für euch tun kann. Du hast mir damals an jenem Tag nach der Schule den Arsch gerettet. Dadurch ist mir klargeworden, dass ich mich nicht mehr schikanieren lassen will. Ich möchte dir auch eine Chance geben. Ich hasse den Gedanken, dass ihr, dein Dad und du, euer Haus verlassen müsst.« Er schaut meinen Vater an.

»Hier.« Ich greife mit zitternden Händen nach meiner Tasche und gebe Graham den Sammelumschlag. »Nimm das.« Ich kann nicht fassen, dass ich das tue.

»Bring das zurück, Dickie«, sagt Graham mit Nachdruck. Dickie will widersprechen, doch nach einem Blick von Graham ändert er seine Meinung, lässt den Ring wieder in die Schmuckschatulle fallen und bringt sie zurück nach oben.

»Bist du sicher?«, vergewissert Graham sich bei mir.

»Warte!« Ich suche in meiner Tasche nach meinem Geldbeutel und ziehe meinen letzten Zehner heraus. »Und das hier.« Ich leere die Münzen in seine Hand.

»Okay.« Graham nickt. »Ich meine, es kommt der Summe, die ihr offenstehen habt, nicht im Entferntesten nahe, aber es ist schon mal was. Ich liefere das ab, und dann lege ich das«, er wedelt mit der Liste voller roter Zahlen, »ganz unten in den Stapel. Das sollte euch ein paar Monate Zeit verschaffen, bestenfalls drei …«

»Danke.« Meine Stimme klingt nicht so, als wäre es meine.

Als er durch die Tür geht, berühren seine Schultern beinahe die Wände auf beiden Seiten des Flurs. Er ruft nach Dickie, um mit ihm zusammen das Haus zu verlassen.

»Tschüss, Emmy. Es war schön, dich wiederzusehen«, sagt er. Er dreht sich noch einmal um, lächelt und schüttelt mir die Hand. »Und viel Glück.«

»Dir auch«, antworte ich. Erleichterung überkommt mich, dicht gefolgt von einem extremen Kältegefühl.

Ich schlinge die Arme um meinen Körper und bleibe in der Haustür stehen, als müsste ich das Haus beschützen. Ich sehe zu, wie der blaue Lieferwagen über die Straßenschwellen davonholpert. Graham hebt die Hand zu einem letzten Gruß.

Plötzlich fühlt es sich so an, als stünde meine Welt kurz vor dem Zusammenbruch. Ich muss dafür sorgen, dass sie nicht zurückkommen. Ich muss das in Ordnung bringen. Aber ich habe nicht den Hauch einer Ahnung, wie ich das anstellen soll.

1. Kapitel

»Madame, Madame!«, rufe ich und wedele mit den Armen, als wollte ich auf einem Take-That-Konzert inmitten von Tausenden anderer besessener Fans die Aufmerksamkeit von Gary Barlow auf mich ziehen. Die Mittagssonne brennt auf mich herab und erinnert mich daran, dass ich mich im Südwesten Frankreichs befinde – in einem kleinen Städtchen namens Petit Frère am Ufer der Dordogne, um genau zu sein. Mir ist ganz schwindelig vor Hitze. Am frühen Morgen war ich noch in Bristol am Flughafen, und die Worte meines Chefs klingen mir noch in den Ohren:

»Ich gebe dir eine letzte Chance, Emmy. Es ist mir ernst damit, vermassel es bloß nicht!« Und glauben Sie mir, das habe ich nicht vor.

»Madame!«, rufe ich erneut. Ich schwitze in meinem knitterfreien marineblauen Hosenanzug. Trotzdem winke ich wie wild und zeige auf die alte, abgenutzte Ledergeldbörse, die auf der Bank neben dem Brunnen in der Mitte des Platzes liegen geblieben ist. Doch die alte Dame sieht sich nur kurz um, wirft mir einen unfreundlichen Blick zu und eilt weiter. Der Springbrunnen speit Wasser in das Becken, aber selbst das leise Plätschern vermittelt mir kein Gefühl von Abkühlung. Hinter dem Brunnen liegt eine Boule-Bahn, direkt am Ufer, wo eine Trauerweide ihre Zweige in das schnell fließende Wasser hängen lässt. Auf beiden Seiten der Bahn stehen Bänke, und drei alte Männer in kurzärmeligen Hemden sitzen auf einer davon im Schatten einer Platane. Um den Platz herum befinden sich Geschäfte, darunter eine *Boulangerie* –

eine Bäckerei – und eine *Épicerie*, die unter einer grün-weißen, sonnengebleichten Markise Obst und Gemüse anbietet. Die Leute kaufen sich belegte Sandwiches zum Mittagessen, und ein warmer Geruch nach frischem Brot liegt in der Luft. Vor einem gut besuchten Café stehen runde Metalltische, und Männer in Arbeitskleidung rauchen, trinken Kaffee aus kleinen Tassen und ein trübes cremefarbenes Getränk aus kleinen Gläsern.

Hoffnungsvoll sehe ich mich nach jemandem um, der mir zu Hilfe kommt und der alten Dame ihre Geldbörse zurückgibt. Aber alle Leute starren uns vier nur an, als kämen wir von einem anderen Stern – und genauso komme ich mir auch vor.

Die Frau war an einer freien Bank stehen geblieben, um die Einkäufe in ihren beiden Körben umzupacken und das Gewicht gleichmäßiger zu verteilen. Dabei hatte sie ihren Geldbeutel auf der Bank abgelegt und dann vergessen.

Hilfesuchend schaue ich zum Lebensmittelgeschäft und hoffe, dass jemand den Vorfall beobachtet hat. Eine Verkäuferin bedient eine junge Mutter mit einem Kleinkind in einem Buggy. Sie gibt dem Kind einen großen runden Pfirsich, und alle freuen sich, als der Kleine die Frucht nimmt und mit Genuss hineinbeißt.

Ich kann die reifen Erdbeeren in der Auslage bis hierher riechen. Warum riechen Erdbeeren zu Hause nicht so? Eigentlich riecht hier alles anders. Der heiße Kaffee, das frisch gebackene Brot, sogar der Tabakqualm aus dem Café und die heiße Sonne auf dem Asphalt. Jeder Atemzug sagt mir, dass ich in Frankreich bin, auch wenn ich es selbst noch kaum glauben kann.

Ich hebe die Hand, um meine Augen gegen die helle Septembersonne zu schützen, und schaue der alten Dame hinterher, die über den Platz hastet und hin und wieder einen raschen Blick über die Schulter wirft. Dabei weicht sie geschickt Passanten aus und verschwindet zwischen den kleinen Menschengruppen, die sich zur Mittagszeit zusammengefunden haben. Sie ist schon fast außer Sichtweite.

»Excusez-moi, Madame!«, rufe ich wieder und halte immer noch schützend die Hand über die Augen. *»Vous avez oublié votre …«* Ich zerbreche mir den Kopf und versuche das richtige Wort zu finden. Doch meine Französischkenntnisse von der mittleren Reife sind eingerostet, und das hier ist meine weiteste Reise seit dem Urlaub, den ich mit meiner besten Freundin Layla und ihrer Familie im Westen von Wales verbracht habe. Jetzt bin ich in Südwestfrankreich, und ich muss ehrlich sagen, dass dieser Ort der letzte ist, an dem zu landen ich gedacht hätte – und die Leute, mit denen ich hier bin, sind die letzten, mit denen ich hier sein will.

Meine drei Arbeitskollegen sehen mich an und zucken mit den Schultern. Wir arbeiten bei derselben Firma, aber nicht zusammen. Das heißt, bis heute war das so. Eine sorgfältig ausgewählte Gruppe von Mitarbeitern von Cadwallader's Call-Center … und ich. Wir werden während der kommenden zwölf Wochen zusammen leben und arbeiten. Was mir momentan wie eine Ewigkeit vorkommt. In einem Anfall von Heimweh krampft sich mein Magen zusammen.

Cadwallader's wird von Trevor Cadwallader betrieben. Er lebt und atmet die Welt des Telefonverkaufs. Er führt ihn für kleine Unternehmen durch: zum Beispiel für Strickwarenhersteller auf fernen schottischen Inseln oder für einen Kunden, der von einem Lager in Weymouth aus Reinigungsprodukte verschickt. Gegen Provision würde Trevor alles verkaufen.

Geschäftsabschlüsse machen Trevor glücklich. Neben seinem Schreibtisch hängt eine Schiffsglocke aus Messing, die wir läuten müssen, wenn ein großer Auftrag hereingekommen ist. Trevor möchte, dass seine Belegschaft zufrieden und motiviert ist. Gegen Ende jeder Woche wird im Büro normalerweise für irgendeinen Anlass gesammelt: eine Verlobung, einen Junggesellinnen- oder Junggesellenabschied, eine Hochzeit. Trevor schickt jemanden los, der Kuchen, Sekt und einen Gutschein besorgen soll. Es ist immer für dieselben Leute.

Letzte Woche ging es um die Verlobung von Candy und Dean. Candy und Dean sind das Goldpaar bei Cadwallader's, sie sind beide Spitzenverkäufer. Ich glaube, das ist die vierte Sammlung für eine Verlobung von Candy. Ich bin fünfunddreißig, und für mich ist noch nie gesammelt worden. Aber offen gesagt kann ich froh sein, dass ich meinen Job überhaupt noch habe. Hätte es diesen Glücksfall nicht gegeben – wenn man es denn so nennen will –, wäre ich nicht hier. In diesen zwölf Wochen bekommen wir vier eine Schulung, um Mitglieder eines Verkaufsteams für einen kleinen Weinbetrieb zu werden, der einen Vertrag mit Cadwallader's abgeschlossen hat. Ich weiß nichts über Wein – abgesehen davon, welcher Wein in meinem Supermarkt zu Hause gerade im Angebot ist. Alles, was ich weiß, ist, dass ich ein größeres Wunder als die wundersame Brot- und Fischvermehrung brauche, um Dad und mich aus dem Schlamassel herauszuholen, in dem wir gerade stecken. Und das hier könnte es sein. Wenn ich diese Hypothekenraten nicht zahlen kann, verlieren wir das Haus. Ich kann es mir nicht leisten, diese Chance in den Sand zu setzen.

Ich sehe, wie sich die kleine, gebeugte alte Frau – von Kopf bis Fuß in Schwarz gekleidet, trotz der stechenden Sonne – ein letztes Mal umdreht und böse in meine Richtung starrt, bevor sie rasch die Tür ihres kleinen, alten Renault Twingo öffnet, ihre Einkaufskörbe verstaut, einsteigt und den Motor anlässt.

Eine Stimme in meinem Kopf sagt mir, dass ich besser keine Aufmerksamkeit auf mich lenken und mich in nichts hineinziehen lassen sollte. Ich bin hier, um zu arbeiten, und ich muss mich einfügen. Doch ich kann sie einfach nicht ohne ihr Geld losfahren lassen.

Ich hole tief Luft.

»Madame!«, rufe ich noch einmal, dann laufe ich zu der Bank, nehme die speckige, abgenutzte Geldbörse und winke damit, um die Aufmerksamkeit der alten Dame darauf zu lenken. Ich laufe immer noch winkend um den Brunnen herum und überquere den Platz. Die Gäste vor dem Café starren mich an. Meine Wangen brennen.

»Vous avez oublié … vous êtes … vert vieux dame et vous êtes …. le sac, je pense«, stammele ich, als sie mir noch einen bösen Blick durch das offene Autofenster zuwirft, bevor sie aus der Parklücke schießt und davonfährt. Sie folgt der Straße am Fluss entlang, überquert eine gewölbte Brücke und verschwindet in Richtung des Nachbarortes, der in der Ferne auf einem Hügel zu erkennen ist.

»Ich glaube«, sagt Nick in seinem Oberschichtakzent und stellt sich neben mich, »du hast ihr gerade gesagt, dass sie eine alte grüne Schachtel ist!« Nick ist Anfang dreißig, verkauft normalerweise Reiseführer und touristische Landkarten und hat manchmal etwas Besserwisserisches an sich. Candy, die hinter ihm steht, prustet los und kreischt vor Lachen wie eine Hyäne, und Gloria, die Vierte im Bunde, wirkt peinlich berührt wegen meines *faux pas*. Schüchtern senkt sie den Kopf und zieht sich in den Schatten der Platane zurück.

»Mist!« Mir wird klar, dass es eine Weile dauern wird, bis mein Französisch zurückkommt. Langsam drehe ich mich um und sehe, dass die Männer mit den Baskenmützen, die vor dem Café Pastis trinken und rauchen, mich anstarren. So viel dazu, keine Aufmerksamkeit auf mich zu ziehen.

Mist, denke ich noch mal. »Was soll ich denn jetzt tun?«, frage ich ratlos und beschämt. Ich betrachte die abgenutzte Geldbörse. Meine Füße haben kaum französischen Boden berührt, und schon werde ich gegen meinen Willen in die Probleme anderer Leute hineingezogen.

Gloria tritt aus dem Baumschatten. »Vielleicht könntest du herausfinden, wo sie wohnt. Sicher braucht sie ihren Geldbeutel. Mir ginge es auf jeden Fall so.« So viel hat Gloria seit unserer Ankunft noch nicht zu mir gesagt. Sie ist wahrscheinlich etwa Mitte fünfzig. Momentan trägt sie ein kurzärmeliges Baumwollkleid und hat sich ihre Strickjacke über den Arm gelegt. Ihre Handtasche hat sie quer vor den Körper geschlungen, und sie trägt einen kleinen batteriebetriebenen Ventilator mit sich herum, den sie sich konstant vors Gesicht hält.. Sie sieht aus, als wäre ihr sehr heiß.

Ich frage mich unwillkürlich, warum sie hier ist. Vielleicht hat man sie mitgeschickt, um für Ordnung in unserer Truppe zu sorgen. Es sieht weiß Gott so aus, als wäre das auch nötig!

»Bleib nicht zu lange weg.« Nick betrachtet mich von oben herab durch seine dicken runden Brillengläser. »Wir müssen zu Mittag essen und dann um zwei Uhr im Büro von Featherstone's Wines sein.« Er zeigt auf die Straße am Fluss. »Seht mal.« In einer Seitenstraße gegenüber der Kirche stehen unter einer rot-weißen Markise Tische auf dem Gehweg. Sie sind mit passenden karierten Tischdecken, Besteck und tulpenförmigen Gläsern eingedeckt. Es sieht wunderbar aus, und ich würde mir nur zu gern ein Mittagessen im Schatten gönnen. Aber dann fällt mir ein, dass ich es mir nicht leisten kann, in einem Restaurant zu essen. Ich bin hier, um Geld zu verdienen und nicht, um welches auszugeben. Enttäuschung überkommt mich, als wir hinübergehen, um uns die Speisekarte anzusehen.

»Es-car-gots …«, liest Candy vor. Während sie die schwarze

Tafel studiert, die draußen vor dem Lokal steht, hebt sie eine Hand an ihren breitkrempigen Hut und zupft mit der anderen ihr geblümtes Kleid zurecht. Es spannt so über ihren großen runden Brüsten, dass es so aussieht, als hüpften sie gleich wie Teigkugeln aus dem Ausschnitt.

»Was ist denn das?« Sie runzelt die Stirn und sieht Nick fragend an. Candys üppiger Busen scheint ihn zu erschrecken, denn er tritt einen Schritt zurück. Dann wirft er den Kopf zurück und lacht so laut wie ein Nebelhorn. Die Männer vor dem Café und der einsame Gast vor dem Restaurant blicken auf. Der Gast isst hungrig und trinkt aus einem großen Weinglas, in dem sich nur noch ein kleiner Rest Wein befindet. Er hat dunkle Haut, dunkle ungekämmte Haare und hat sich ein Bandana als Stirnband um den Kopf gewunden. An einem Ohr baumelt ein Ohrring. Mit seinem ärmellosen Shirt und dem offenen Hemd wirkt er nicht passend gekleidet für einen Restaurantbesuch. Er bedankt sich höflich bei dem Kellner, der ihm mehr Brot bringt, und tunkt es in die braune Sauce auf seinem Teller. Mein Magen knurrt vernehmlich und erinnert mich daran, dass er seit heute Morgen nichts mehr bekommen hat. Dad hatte darauf bestanden, dass ich vor meinen Aufbruch zwei Müsliriegel esse. Jetzt bin ich froh darüber.

»Schnecken!«, sagt Nick schließlich zu Candy, und sie reißt entsetzt den Mund auf. Nicks Lachen und Candys Aufschrei lassen den einsamen Gast wieder den Kopf heben. Er lächelt, bevor er sich wieder seinem Brot und der Sauce widmet.

»Nein, wirklich? Igitt! Ist das wahr? Essen sie tatsächlich Schnecken?« Als Candy angewidert das Gesicht verzieht, verdreht Nick die Augen und schüttelt den Kopf. »Wie abstoßend!«, fügt Candy hinzu.

Wieder verkrampft sich mein Magen vor Heimweh. Doch wie schwierig es auch werden wird, ich muss durchhalten. So lang sind zwölf Wochen nicht, rede ich mir ein. Ein kleines Teufelchen in meinem Kopf widerspricht und sagt, dass es eigentlich drei Monate sind; ich kneife die Augen fest zu und befehle der Stimme, damit aufzuhören. Es sind nur zwölf Wochen. Ich mache die Augen wieder auf und blinzele im hellen Licht. Warum fühlt es sich dann wie lebenslänglich an? Und warum mache ich mir Sorgen darüber, ob ich durchhalten werde?

Mein Telefon klingelt. Ich wühle zwischen den Papieren in meiner Tasche nach ihm und nehme das Gespräch hastig an, weil ich danach lechze, eine vertraute Stimme von zu Hause zu hören.

»Hallo, Dad? Ja, alles ist in Ordnung«, sage ich, obwohl mein Heimweh wächst. »Es ist ganz toll hier«, lüge ich und gebe mir Mühe, fröhlich zu klingen. Ich erzähle ihm nicht, dass ich gerade eine alte Frau beleidigt habe und die anderen Verkäufer nicht kenne. Und dass sie mich, wenn sie wüssten, wer ich bin, hassen würden. Und dass ich nicht zu ihnen passe und am liebsten sofort nach Hause kommen möchte.

»Das ist gut, Liebes. Mach dir keine Sorgen um mich, ich komme klar. Das ist eine großartige Chance für dich. Trevor muss dich sehr schätzen.« Ich kann förmlich hören, wie ihm die Kehle eng wird.

»Oh nein, Dad, so ist es nicht.« Ich wende mich von den anderen ab, die immer noch über die Speisekarte diskutieren, und gehe auf den Fluss zu. Zwei Schwäne schwimmen langsam um die Zweige der Trauerweide. »Sagen wir mal, ich war zur richtigen Zeit am richtigen Ort.«

»Nun, mach das Beste daraus!« Seine Stimme versagt, und jetzt wird auch mir die Kehle eng.

»Ich muss Schluss machen, Dad«, antworte ich. Die Worte bleiben mir beinahe im Hals stecken. »Ich rufe heute Abend wieder an.«

»Mach dir keine Sorgen um mich«, wiederholt er. Doch genau das tue ich, als er mit einem Scheppern den Hörer auflegt.

Ein Kloß von der Größe eines Tennisballs bildet sich in meiner Kehle und hüpft auf und ab. Ich stecke das Handy zurück in meine Tasche, zu der Rechnung des Amtsgerichts und der Stromrechnung, die ich an diesem Morgen von der Fußmatte aufgehoben habe. Ich seufze tief. Ich habe keine Ahnung, was wir tun sollen. Wenn ich doch nur einen Batzen Geld auftreiben könnte, um einen Teil der Kreditraten zu zahlen. Ein verrückter Gedanke schießt mir durch den Kopf, und ich nehme mein Handy wieder aus der Tasche und scrolle durch meine Kontakte. Mein Daumen schwebt über der Telefonnummer meiner Schwester Jody, und ganz kurz überlege ich, ob ich sie wählen soll. Doch als ich an Dads schwache und zerbrechliche Stimme denke, entscheide ich mich dagegen.

Dad arbeitet schon seit Jahren nicht mehr. Wir beide wohnen allein. Jody lebt in Cheshire. Wir sehen sie nicht häufig – Na ja, eigentlich sehen wir sie überhaupt nicht mehr. Sie war sehr jung, als sie einen vielversprechenden Fußballspieler geheiratet hat. Das war er jedenfalls, bis er sich im Skiurlaub verletzt hat. Danach hat er sich selbstständig gemacht. Wie gesagt sehen wir sie oder ihre Söhne nie. Ich glaube, das schmerzt Dad sehr. Sie ist glücklich und gut versorgt, und mehr wollte ich nicht für sie. Doch wir haben seit langer Zeit keinen Kontakt mehr. Seit dem Skiunfall hat sich eine Menge verändert. Ich habe versucht, die Vergangenheit ruhen zu lassen, aber wenn ich diese Rechnungen in meiner Tasche sehe, die meinen Kopf und mein Herz belasten, kann ich nicht verzeihen – ich kann einfach nicht. Wut steigt in mir auf – um Dads willen.

Ich schiebe das Handy tief in meine Tasche und knülle die braunen Umschläge zusammen. Angeheizt von der Ungerechtigkeit des Lebens marschiere ich auf die Épicerie zu, aus der die alte Dame mit ihren Einkäufen gekommen ist.

»Wo gehst du hin?«, ruft Nick mir hinterher.

»Ich frage in dem Geschäft nach, ob sie wissen, wo die Frau wohnt.« Ich betrete den Laden. »Äh, *excusez-moi* …« Ich halte die Geldbörse in die Höhe, doch ich habe keine Ahnung, was ich als Nächstes sagen soll. »Die alte Dame hat ihren Geldbeutel vergessen«, sage ich langsam auf Englisch mit ein bisschen französischer Betonung. Dabei komme ich mir richtig blöd vor.

»Ah, Madame Beaumont«, antwortet ein kleiner, rundlicher Mann mit grün-weißer Schürze. Er nickt, zuckt dann mit den Schultern und schneidet eine Grimasse.

»Ja, das ist ihr Geldbeutel. Ich möchte ihn ihr bringen«, fahre ich laut fort und lasse meine Finger über meine Handfläche spazieren, um mein Vorhaben zu demonstrieren.

Der Ladeninhaber hebt eine Holzkiste mit flachen weißen Pfirsichen hoch und geht an mir vorbei, um sie auf den Tisch vor dem Laden zu stellen. Der Duft der Früchte steigt mir in die Nase und lässt mir das Wasser im Mund zusammenlaufen.

»Ist ja gut, ich bin nicht taub, nur Franzose«, erwidert er trocken und dreht sich um, um mich durch seine dicken, runden Brillengläser zu mustern.

»Du meine Güte, es tut mir so leid!« Meine Wangen brennen schon wieder vor Scham. Candy, die mir gefolgt ist, lacht wieder lauthals. Ich lasse die Schultern hängen.

»Befinden Sie sich auf Urlaub?«, fragt der Ladenbesitzer in gestelztem Englisch, während er die nächste Kiste Pfirsiche nach draußen bringt. Diesmal lässt der Duft meinen Magen knurren. Eine große, schlanke Frau runzelt die Stirn und lässt Geld in die Kasse fallen. Dann zischt sie einer jüngeren Frau mit einem dunklen Pferdeschwanz, die den hinteren Bereich des Ladens fegt, Befehle zu.

»Oh, nein, wir arbeiten für die nächsten drei Monate hier«, antwortet Candy. Es sind nur zwölf Wochen, korrigiert die Stimme in meinem Kopf. »Bei Featherstone's Wines. Wir sind Verkäufer und werden hier rund um das Thema Wein geschult, um ihn dann in Großbritannien zu verkaufen«, fährt Candy fort.

Die große Frau schnaubt ungläubig.

»*Bonjour!* Ich bin Monsieur Obels, und das ist meine Frau. Und das ist unsere Tochter Isabelle, die auch im Laden arbeitet«, stellt er sich und seine Familie formvollendet vor. »Herzlich willkommen!«

Candy kommt gleich auf den Punkt, ohne sich mit einer förmlichen Vorstellung aufzuhalten.

»Können Sie uns sagen, wo man gut essen kann?«

Der Ladeninhaber sieht verwirrt aus. Offensichtlich hat er seine Englischkenntnisse komplett ausgeschöpft.

»Isabelle?«, ruft er und gibt ihr ein Zeichen. Die jüngere Frau lächelt und kommt nach vorne.

»Also, da ist der Papillon direkt um die Ecke; dort gibt es zum Mittagessen ein Drei-Gänge-Menü mit Wein für zwölf Euro. Viele Arbeiter gehen dorthin.«

»Drei Gänge mit Wein? Zum Mittagessen?«, fragt Candy ungläubig.

Die jüngere Frau nickt, und Monsieur Obels nimmt ihr den Besen aus der Hand und stützt sich mit einem Nicken darauf.

»Natürlich.« Die Frau lächelt. »Oder das Café nebenan. Sie haben eher eine Speisekarte für … Touristen. Omelettes, Croque Monsieur, Chicken Wings.«

Madame Obels wirft Äpfel aus einer fast leeren Kiste in eine volle. Schöne rot-grüne Äpfel, so groß wie Cricketbälle.

»Was ist ein Crap Monsieur?« Candy verzieht das Gesicht, und Isabelle lacht. Der rundliche Ladenbesitzer und seine Frau sind ebenfalls amüsiert.

»Eigentlich«, mische ich mich drängend ein, »muss ich die Dame finden, von der ich Ihnen gerade erzählt habe. Die, die eben hier war. Sie hat ihre Geldbörse vergessen.« Ich halte sie in die Höhe.

»Oh, Madame Beaumont.« Isabelle nickt wissend.

Diesmal ziehen Monsieur und Madame Obels beide die Augenbrauen hoch und lassen missbilligend die Mundwinkel sinken. »Sie lebt draußen im Château Clos Beaumont an der Straße zwischen hier und Saint Enrique, dem nächsten Ort oben auf dem Hügel.« Fragend sieht Isabelle ihren Vater an. Er nickt.

»Ich möchte ihr das zurückgeben«, sage ich.

»Sie werden keinen Dank von ihr ernten«, wirft Madame Obels ein und schnaubt vor Missbilligung.

»Sie spricht mit niemandem«, erklärt Isabelle.

Als ein Mann in Anzug den Laden betritt, richtet sich die Aufmerksamkeit aller auf ihn. Sie schütteln einander die Hände und küssen sich auf beide Wangen.

»Von Featherstone's …« Monsieur deutet auf uns und sagt etwas über die Geldbörse, die ich in der Hand halte. Der Mann in der cremefarbenen Hose und dem Ledergürtel nickt.

»*Monsieur le Maire* – der Bürgermeister«, stellt Monsieur Obels vor, und der Mann schüttelt uns die Hand.

»Wie ich höre, suchen Sie Madame Beaumont, um ihr ihren Geldbeutel zurückzugeben«, sagt er. »Sie werden keine Belohnung dafür bekommen«, fährt er breit grinsend fort. »Sie verkehrt nicht mit Einheimischen, geschweige denn mit Besuchern.«

Ich bin etwas verblüfft. Madame Obels hebt die leere Apfelkiste hoch und schnaubt wieder laut. »Das geht schon sehr lange so.«

»Sie können den Geldbeutel hierlassen, wenn Sie möchten«, schlägt Isabelle achselzuckend vor.

Ich runzele die Stirn. »Ich bin nicht auf eine Belohnung aus. Ich möchte ihr einfach ihren Geldbeutel zurückgeben, weil sie ihn brauchen wird.« Mir ist heiß, und ich bin besorgt, als ich mich wieder an Isabelle wende, die hilfsbereiter als die anderen zu sein scheint. »Könnten Sie mir erklären, wo ich hin muss? Könnten Sie es mir aufschreiben?«, frage ich.

»Ich zeichne Ihnen eine Karte«, erwidert sie. Monsieur le Maire stimmt zu, dass das der beste Plan ist. Isabelle sucht hinter der Theke nach einem Block und einem Stift und fertigt eine kleine Skizze an. Ich nehme den Zettel und bedanke mich.

Wenn mein Dad seine Brieftasche irgendwo vergäße, würde ich wollen, dass jemand das Gleiche für ihn täte.

Ich blicke auf die alte, abgenutzte Lederbörse in meiner Hand und hole tief Luft.

»Okay, dann gehe ich mal und bringe ihr das hier«, informiere ich die anderen, die sich um mich versammelt haben und mich ansehen, als hätte ich den Verstand verloren. Madame Obels schnalzt missbilligend mit der Zunge, während Monsieur sich abwendet. Monsieur le Maire zuckt mit einem wissenden Lächeln mit den Schultern. Wie können sie bloß so gleichgültig sein?

»Achte darauf, um zwei Uhr zurück zu sein. Du willst ja nicht an deinem ersten Tag schon alles vermasseln«, sagt Nick und zieht eine Augenbraue hoch.

Natürlich hat er recht. Das Letzte, was ich an meinem ersten Tag in Frankreich tun sollte, ist, die Nebenstraßen nach einem Haus und einer mir unbekannten Frau, die sich vielleicht nicht einmal bedanken wird, abzusuchen. Ich sehe Madame Obels an, die die Nase rümpft, und das bringt mich so richtig in Rage. Ich muss diese alte Dame finden, koste es, was es wolle.

2. Kapitel

Kaum zu glauben, dass ich erst vor zwei Tagen am Geldautomaten um die Ecke vom Büro stand und zusah, wie ganz langsam mein letzter Zehner ausgespuckt wurde. Gestern noch hing mein Job am seidenen Faden, und jetzt bin ich hier. Draußen auf dem Marktplatz wende ich mich dem breiten, schnell fließenden Fluss zu. Die Bäume an beiden Ufern lassen ihre langen Zweige ins Wasser hängen. Vögel tauchen in die Bäume hinein und wieder heraus oder schießen wie kleine Jagdflugzeuge über die Wasseroberfläche. Schwäne schwimmen gelassen am Ufer entlang. Ab und zu ist ein Platschen im Wasser zu hören, vermutlich ein Fisch, aber es geht so schnell, dass ich nichts erkennen kann.

Ich habe wirklich das Gefühl, mich mal kneifen zu müssen. Als wir früh an diesem Morgen ankamen, wurden wir von Jean François – oder Jeff, wie wir ihn nennen sollen – am Flughafen abgeholt.

»Bonjour, bienvenue«, begrüßte er uns. Während er uns mit unseren Koffern half, plapperte er drauflos, teils auf Französisch, teils auf Englisch mit starkem Akzent, und sehr, sehr schnell. Gelegentlich gelang es mir, das ein oder andere Wort zu verstehen, doch gemeinsam fanden wir heraus, dass er bei Featherstone's in *la cave* – in der Kellerei – mit den Weinen arbeitet. Er sei ›Winzer‹, erklärte er uns und lächelte uns mit dunkellila verfärbten Zähnen an. Er kümmere sich um die Vergärung der Trauben.

»Les raisins!«, rief er aus. »Die Trauben!« Er lachte. Während er uns mit hoher Geschwindigkeit zu unserem Ziel chauf-

fierte, redete er pausenlos, gestikulierte mit einer Hand und lenkte mit der anderen. Manchmal wechselte er die Hand, und irgendwann nahm er beide Hände vom Lenkrad. Gloria saß neben ihm, nickte schüchtern, sagte aber nichts. Die ganze Fahrt über blies sie sich mit ihrem Ventilator Luft zu.

Nick, Candy und ich hatten uns auf die Rückbank des alten, völlig verbeulten Renaults gequetscht. Unsere Koffer lagen auf unserem Schoß, wobei Candys Koffer den meisten Platz einnahm. Als wir die Stadt verließen und Jeff den Wagen mit uns und unserem Gepäck über immer schmaler werdende Straßen lenkte, tauchten kleine Weinberge zwischen den Häusern auf. Sogar auf den Kreisverkehren wuchsen Weinstöcke! Je näher wir unserem Zielort Petit Frère kamen, desto mehr Weinberge waren zu sehen. Reihen über Reihen gewundener Stämmchen, an denen große Blätter und dicke Weintrauben hingen. Entlang der Straße standen große cremefarbene Anwesen mit terrakottafarbenen Dächern und kunstvoll verzierten Toren. Stattliche immergrüne Sträucher wuchsen in den Gärten.

»Les châteaux.« Die großen Weingüter, erklärte uns Jeff. Dann zeigte er auf ein hübsches Städtchen auf einem Hügel vor uns.

»Saint Enrique, das seinen Schatten über die kleinere Stadt zu seinen Füßen wirft«, erklärte er und gestikulierte, als würde er eine komplizierte Scharade spielen. »Wohin Weinliebhaber in Scharen strömen und Touristen übertrieben hohe Preise zahlen, obwohl sie einfach nach Petit Frère kommen und besseren Wein erwerben könnten«, sagte er voller Leidenschaft. »Und uns werden die Kunden weggenommen …«

»Ein bisschen wie bei der Sammlung für meine Verlobung!«, meldete sich Candy zu Wort.

»Schrecklich«, sagte Nick und schüttelte den Kopf. »Wie kann man nur so tief sinken?«

Gloria senkte den Kopf.

Mir stellten sich die Nackenhaare auf. Meine Wangen brannten. Ganz kurz überlegte ich, ob ich mit der Wahrheit herausrücken sollte. Doch dann entschied ich mich dagegen, weil ich fest entschlossen war, alles wiedergutzumachen. Mir war klar, dass sie nicht herausfinden durften, wer ich war: Emmy aus der Abteilung Reinigungsprodukte, diejenige, die sich vergangene Woche die Sammlung ›ausgeliehen‹ hatte. Ich musste den Kopf einziehen und ihnen aus dem Weg gehen.

Ich starrte aus dem Fenster und betrachtete die hellbraune Erde, die Reihen der Weinstöcke auf weitläufigen Feldern, zwischen denen ab und zu ein Traktor auf und ab fuhr und die Früchte spritzte. Auch die Zypressen, die überall am Horizont zu erkennen waren, fielen mir auf.

Jeff steuerte seinen alten Renault durch den Ort, vorbei an der Kirche und dem Brunnen. Er winkte und rief Freunden, die vor einem Café saßen, durchs offene Fenster einen Gruß zu. Kurz bevor wir den Fluss erreichten, bog er nach links ab und folgte dem Ufer. Dann verlangsamte er das Tempo und fuhr zwischen zwei großen, steinernen Torpfosten in einen weiß gekiesten Hof und bremste knirschend in einem Hagel kleiner Steinchen.

Schließlich betraten wir die Firma Featherstone's Wines, wo wir Colette, die Büroleiterin, kennenlernten. In der Zwischenzeit stellte Jeff unsere Koffer im Hof ab. Ich blickte mich um, als wäre ich die Assistentin von Dr. Who, die gerade aus der TARDIS ausgestiegen war und nicht wusste, was sie erwartete. Jeff verabschiedete sich mit einem *›au revoir‹* und wünschte uns einen *›bon après-midi‹*, bevor er hupend und winkend verschwand.

Rund um den Hof standen alte, aber ansprechend umgebaute eingeschossige Stallgebäude, die in ein Geschäft, Büros und – den Weinfässern nach zu urteilen – eine Weinkellerei verwandelt worden waren.

Ein alter, knorriger Blauregenbaum stand in der Mitte des Hofs. Rund um den Stamm waren Bänke angebracht, und die Blüten des Baumes verströmten in der Wärme des Tages ihren berauschenden Duft.

Auf der anderen Seite des Hofes stand ein hübsches Haus aus cremefarbenem Stein. An den breiten Fenstern hingen sauber zurückgebundene weiße Spitzengardinen. Die graue Haustür war von grau-weißen Steinsäulen eingefasst. Colette erzählte uns, dass die Familie Featherstone dort zeitweise wohnte. Sie zeigte uns das Gästehaus, den *gîte*. Es handelte sich um einen kleineren Anbau an *la grande maison*. Zum Gästehaus gehörte ein kleiner Garten mit Blick auf den Fluss. Neben einem hübschen, gemauerten Grill stand ein weißer Metalltisch mit Stühlen. Der *gîte*, so erklärte Colette uns laut und langsam und mit vielen Gesten, wurde während der Saison an Urlauber auf Wein-Tour vermietet.

Doch für die kommenden zwölf Wochen würde das Häuschen unser Zuhause sein.

Candy schoss durch die Haustür wie ein Sprinter aus dem Startblock und ignorierte das Wohnzimmer im Shabby-Chic-Stil mit der imposanten gemauerten Feuerstelle, dunklen Ledersofas mit weichen grauen Überwürfen, einem großen Fernseher und einer Musikanlage. Dieses Haus wirkte wie aus einem Inneneinrichtungsmagazin entsprungen: Rustikal trifft modern. Ganz anders als der Rest von Petit Frère, der genauso aussah, wie ich mir ein typisches französisches Städtchen vorgestellt hatte.

Hinter dem Wohnzimmer lag die Küche, in deren Mitte ein runder Tisch mit Stühlen stand. An einer Seite befand sich eine weißgestrichene Anrichte mit einer Terrakotta-Obstschale voller Äpfel und Orangen, und an der gegenüberliegenden Wand hing ein großer Spiegel mit einem Goldrahmen. Überall im Haus roch es überwältigend nach Lavendel-Möbelpolitur. Candy war die weißen Treppenstufen hinaufgestürmt und hatte rasch die Räume erkundet, bevor sie das größte vordere Doppelzimmer für sich in Anspruch nahm. Dann hatte sie mit viel Lärm ihren Koffer die Treppe hinaufgezerrt und dabei den Putz beschädigt.

Gloria und Nick wechselten mit hochgezogenen Augenbrauen einen amüsierten Blick, bevor wir alle Candy ins obere Stockwerk folgten. Während sie schon den Inhalt ihres Koffers im ganzen Zimmer verteilte, sahen wir uns die anderen Räume an und versammelten uns schließlich auf dem Treppenabsatz.

»Wie wäre es, wenn du das kleinere Doppelzimmer nimmst, das auch nach vorne geht, Gloria?« Nick führte das Kommando, aber ich war ihm sogar dankbar dafür. Entscheidungen zu treffen war noch nie meine Stärke gewesen. »Ist das für dich in Ordnung, Emmy?«

»Wenn ihr meint«, sagte Gloria leise.

»Prima!«, antwortete ich übertrieben fröhlich.

»Ich nehme die Mansarde«, erklärte Nick und zeigte auf eine schmale Treppe, »und du kannst das Zimmer dort nehmen.« Er deutete auf das Einzelzimmer neben der Treppe, zu dem ein kleines Badezimmer in der Dachschräge gehörte. Ich konnte verstehen, warum Trevor Nick für diese Fortbildung ausgewählt hatte. Er organisierte alles und sorgte dafür, dass wir zufrieden waren. Er war der perfekte Gentleman.

Candy brauchte eine Weile, bis sie sich für ein Outfit entschieden hatte, bevor wir zum Essen in den Ort aufbrachen. Für mich war es einfach: Ich hatte das einzige sommerliche Kleidungsstück eingepackt, das sich in meinem Schrank befand – eine knielange, abgeschnittene Jeans aus meinem Lieblings-Secondhandladen in der Nähe des Büros. Der Laden unterstützt ein Heim für Hunde, in dem ich hin und wieder aushelfe und mit den Hunden spazieren gehe. Ich hätte liebend gerne einen Hund, aber das geht nicht, solange ich den ganzen Tag arbeite. Und Dad wäre überfordert.

Ich kaufe die meisten meiner T-Shirts in dem Laden. Oft schaue ich in der Mittagspause auf einen Sprung vorbei, wenn neue Kleiderspenden eingegangen sind. Ich habe meine Lieblings-T-Shirts eingepackt: das verblasste und abgetragene Nelson-Mandela-Shirt, ein Stereophonics-Shirt, mein Take-That-Shirt aus der Zeit, nachdem Robbie zum ersten Mal die Band verlassen hatte, und ein Shirt mit dem Logo des Hundeheims. Ich habe auch einige Shirts, die ich gebatikt habe. Mein absolutes Lieblingsstück stammt vom Life-Aid-Konzert, obwohl ich erst vier gewesen war, als es stattgefunden hatte. Und natürlich das mit der Aufschrift ›I love Portugal‹. Inzwischen sind schon Löcher darin, die ich mit Jeansflicken ausgebessert habe. Aber das ist mir egal, ich liebe dieses T-Shirt. Es hat meiner Mutter gehört. Ich lebe in T-Shirts – je größer, desto besser. Sie verbergen die Tatsache, dass ich eine Birnenfigur und praktisch keinen Busen habe. Und da ich nur einen Meter sechzig groß bin, bedecken die Shirts immer meinen Po. Abgesehen von meiner T-Shirt-Sammlung besitze ich ein paar Sportschuhe, die ich im Secondhandladen erstanden habe, um mit den Hunden spazieren zu gehen. Und die Hosenanzüge, die ich im großen Supermarkt am Stadtrand gekauft habe, nachdem Trevor, mein Chef, mich dazu aufgefordert hatte. »Sei wie die anderen, wie Candy, mehr geschäftsmäßig«, hatte er mir vor unserem Aufbruch aufgetragen. Ich war fest entschlossen, seinen Rat zu befolgen, auch wenn ich damit den Rahmen meiner Kreditkarte ausschöpfte. Ich kaufte die zwei Hosenanzüge und ließ mir meine blonden Locken zu einem kurzen Bob schneiden. Leider ist meine Frisur dadurch nicht pflegeleichter geworden, denn die Locken haben sich verstärkt. Einen der beiden neuen Hosenanzüge trug ich jetzt und fand ihn unerträglich warm. Der andere war im Koffer. Ich hatte nur eine Mini-Garderobe mitgebracht. Ganz anders als Candy.

»Hast du sonst kein Gepäck?«, hatte Candy am Flughafen spöttisch grinsend gefragt. Mein Koffer wirkte neben ihrem Riesenexemplar mit Rollen und dazu passender Reisetasche und Beauty Case wie ein Zwerg. Ich hatte nur Wimperntusche, Eyeliner und Lippenstift dabei. Ich trage nicht viel Make-up.

»Ich reise mit wenig Gepäck«, hatte ich geantwortet. »Ich möchte mir vor Ort kaufen, was ich brauche.« Das war eine glatte Lüge. Ich wollte meinen kompletten Lohn auf das Bankkonto zu Hause überweisen, um die Kreditraten abzustottern. Es würde nichts übrig bleiben, um shoppen zu gehen.

Ich schlüpfte aus meiner schwarzen taillenlangen Jacke und legte sie über den Arm. Eine kurzärmelige cremefarbene Bluse kam zu Vorschein, die ich zusammen mit den Hosenanzügen gekauft hatte. Meine silberne Halskette blieb an der Jacke hängen. Der Anhänger hat die Form eines winzigen, geschwungenen ›E‹ – meine Mutter hatte ihn mir zum Abitur geschenkt. Ich kann mich noch genau an Mums stolze Miene erinnern, als ich die Schatulle öffnete und die Kette herausnahm. Nun löste ich sie von der Jacke und wünschte mir, ich könnte meine Glitzer-Flipflops anziehen, ein weiteres Fundstück aus dem Secondhandladen. Stattdessen entschied ich mich für die neuen Pumps, um einen guten Eindruck zu machen. Dann versuchte ich, meine eigenwilligen Haare zurückzubinden, aber sie waren zu kurz. Auch der Versuch, sie an den Seiten festzustecken, scheiterte – sie weigerten sich einfach. Ich musste sie mir ständig hinter die Ohren streichen.

Auch Nick hatte sich umgezogen und war angemessen in

helle Chinos, Segelschuhe und ein hellrosa Polohemd mit aufgestelltem Kragen gekleidet. Dazu hatte er sich einen leichten Pulli um die Schultern gelegt. Gloria trug ein langes, voluminöses Kaftan-ähnliches Kleid, einen großen Sonnenhut und eine riesige Sonnenbrille, hinter der ihr Gesicht kaum zu sehen war. Nach wie vor fächelte sie sich andauernd Luft zu. Sie sah aus wie eine Urlauberin. Doch das hier ist kein Urlaub, rief ich mir ins Gedächtnis, es ist Arbeit. Ich blies die erhitzten roten Wangen auf und dachte an das Versprechen, das ich mir und Trevor gegeben hatte – ich würde das hier nicht vermasseln.

Von allen Verkäufern bei Cadwallader's wäre ich eigentlich die Allerletzte, die er für diese Aufgabe ausgewählt hätte. Als ich am Vortag morgens ohne den üblichen Freitagssekt und die Cremetörtchen im Call-Center auftauchte, rief Trevor mich in sein Büro.

»Willst du etwa sagen, du hast keine Cremetörtchen mitgebracht?«

»Ich … ich …«, stammelte ich, dann platzte ich heraus: »Ich musste mir das Geld aus der Sammlung leihen.« So gerne ich auch eine Ausrede erfunden hätte, ich konnte es einfach nicht. Ich war noch nie eine gute Lügnerin gewesen.

»Was?« Aufgebracht lockerte Trevor seine Krawatte. »Die da draußen reißen dir den Kopf ab«, sagte er und deutete auf das große Büro hinter dem Fenster, »wenn sie erfahren, dass du dir das Geld unter den Nagel gerissen hast. Das passt gar nicht zu dir. Was ist bloß in dich gefahren?«

»Es war wichtig, ein Notfall.« Ich sah Dads Gesicht wieder vor mir, ganz blass bei der Aussicht, unser Zuhause zu verlieren.

»Ach, Emmy, was mache ich bloß mit dir?« Trevor fuhr sich mit den Händen über das Gesicht. »Deine Verkaufszahlen sind eine Katastrophe. Hör dir das mal an.« Er drückte Play auf seinem iPad, und aus einem Lautsprecher drang meine Stimme. Es war einer meiner wöchentlichen Verkaufsanrufe bei einem Stammkunden. Ich erkundigte mich, wie es seiner Frau nach ihrer Krampfadernoperation ging, und er erzählte mir von seiner Rekordbohnenernte in diesem Jahr. Während das Telefonat andauerte, bedeckte Trevor das Gesicht mit den Händen und ließ den Kopf immer tiefer sinken, bis er fast auf dem Schreibtisch lag.

Mein Gesicht brannte vor Scham, und mein Protest blieb mir in der Kehle stecken. Doch dann flammte Wut in mir auf.

»Mr. Jones brauchte nicht noch mehr Reinigungsprodukte. Ich wollte sie ihm nicht aufdrängen, nur um bessere Verkaufszahlen zu erzielen.«

»Aber dafür sind wir hier, Emmy. Um Dinge zu verkaufen.« Entnervt blickte er auf.

»Er hat ein Tierheim. Er braucht sämtliche Unterstützung, die er bekommen kann«, hielt ich dagegen. Manchmal schicke ich ihm kostenlose Muster mit seiner Bestellung mit, aber das muss ich Trevor ja nicht auf die Nase binden.

»Was soll ich nur mit dir machen, Emmy? Diese Woche hast du nichts verkauft.«

Ich wusste, dass ich besser schweigen sollte, aber mein Mund machte sich selbstständig und vertrat meinen Standpunkt.

»Ich bin einfach nicht der Meinung, dass wir unsere Kunden ermuntern sollten, Ware zu kaufen, die sie momentan nicht brauchen«, protestierte ich. »Es ist auf jeden Fall besser, jemandem etwas zu verkaufen, der es auch haben will. Man sollte Leute nicht dazu zwingen, sich von ihrem schwer verdienten Geld zu trennen.«

»Aber genau darum geht es, Emmy – wir sind hier, um Waren zu verkaufen. Wenn wir keinen Umsatz machen, gehen wir pleite. Du bist zu … Was ist das richtige Wort? Zu nett.«

Allmählich geriet ich in Panik. Was, wenn es das gewesen war? Was, wenn er die Nase voll hatte, mich ständig zu ermahnen, ich müsse eine Schippe drauflegen? Was, wenn er mich rauswarf?

»Bitte, Trevor, ich brauche diese Arbeit! Ich brauche das Geld, vor allem im Moment.« Auch wenn mein Grundgehalt sehr niedrig war, war es doch besser als nichts. »Ich werde mir mehr Mühe geben, wirklich!«

»Du darfst nicht zulassen, dass deine Gefühle dir in die Quere kommen. Du musst dir deine Ziele im Leben vergegenwärtigen. Was wünschst du dir? Ein neues Auto, Urlaub, eine Penthouse-Wohnung mit Blick auf die Bucht? Du musst dich mehr an den anderen Verkäufern orientieren. Du bist gescheit. Beobachte sie und lerne von ihnen.«

»Trevor, ich bin fünfunddreißig.« Ich schaute ihn ungläubig an. Die meisten Mitarbeiter von Cadwallader's – wie Candy, Dean und Candys beste Freundin Harmony – sind in den Zwanzigern und haben das ganze Leben noch vor sich. Ich wollte immer nur genug Geld verdienen, um die Hypothek zu bedienen und die Stromrechnungen zu bezahlen. Da mein Vater den ganzen Tag zu Hause ist, muss das große Haus ständig geheizt werden. Eigentlich ist es zu groß für uns beide, aber so ist es nun mal.

»Und?«, fragte Trevor. »Irgendetwas muss es doch geben.«

Wie hätte ich ihm das erzählen können? Was ich mir wünsche, ist so weit von dem entfernt, was ich jetzt tue. Ich möchte wie die anderen Frauen hier sein, wie meine Schwester, ich will die Lebensleiter hinaufklettern, mich verloben, heiraten. Mein Leben mit jemandem teilen. Vielleicht irgendwo am Meer eine Frühstückspension eröffnen. Wie meine beste Freundin Layla sein. Wir haben früher zusammengearbeitet, aber inzwischen betreibt sie ein Fischrestaurant namens *Lobster Pot* in West-Wales. Es ist wunderschön dort. Ich vermisse Layla. Doch sie hat ihren Platz im Leben gefunden und jemanden, mit dem sie es teilt. Ich würde alles lieber machen, als Leuten hinterherzutelefonieren und ihnen Sachen anzudrehen, von denen sie schon genug haben oder die sie nicht brauchen. Am allerliebsten hätte ich gerne eine eigene Familie mit einem Mann und Kindern. Doch die Zeit läuft mir davon. Momentan gibt es nur Dad und mich, und ich möchte lediglich, dass endlich keine Rechnungen mehr durch den Briefschlitz fallen. Ich möchte mir keine Sorgen mehr machen müssen, ob der Strom abgestellt wird, bevor mein Gehalt überwiesen wird, und ob ich den Gerichtsvollzieher davon abhalten kann, uns das Haus wegzunehmen.

»Ich weiß nicht, wie viele Chancen ich dir noch geben kann, Emmy. Du redest deinen Kunden praktisch aus, Geld auszugeben«, meinte Trevor.

»Nur, wenn sie nichts brauchen. Ich kann ihnen nicht ihr Geld wegnehmen, wenn sie keinen Bedarf haben«, wiederholte ich heftig, ohne nachzudenken. Ich hätte mich selbst in den Hintern beißen können, weil ich mich schon wieder ins eigene Fleisch schnitt!

»Wir sind ein Call-Center, das Waren verkauft!« Verzweifelt blickte Trevor zur Decke. »Und wenn die anderen Mitarbeiter rausfinden, was du mit der Sammlung gemacht hast … Du tust dir selbst keinen Gefallen, Emmy. Du gibst dir keine Mühe, dich anzupassen.« Er hatte recht. Ich habe nie richtig dazugehört.

»Ich glaube wirklich, Emmy, wenn du nicht verkaufen kannst – und deine Umsatzzahlen zeigen, dass du Mühe hast – na ja, dann …«, er zuckte mit den Schultern.

Oh nein, jetzt kommt es, dachte ich. Er würde mich tatsächlich rausschmeißen. Mir wurde heiß und dann eiskalt. Ich war schweißbedeckt. Trevor blickte mich an und zuckte noch einmal entschuldigend mit den Schultern.

Plötzlich flog die Tür auf. Eine der erfolgreichsten Mitarbeiterinnen bei Cadwallader's, Harmony von ›Blumen-und-Schokolade-über-Nacht-Schachteln‹, streckte ihr stark geschminktes Gesicht herein und kreischte wie ein Teenager in einem Jahrmarkt-Karussell.

»Oh mein Gott! Trevor, ich muss unbedingt mit dir reden!« Ihr schweres, süßliches Parfüm erfüllte den Raum und brachte mich zum Husten. Harmony ist laut, ordinär und orange, genau wie ihre beste Freundin Candy.

»Harmony, in bin in einer Besprechung«, rief Trevor und schlug wieder die Hände über dem Kopf zusammen. Harmony ignorierte ihn und redete einfach weiter.

»Trevor, es geht nicht, ich kann nicht nach Frankreich fahren! Ich lasse meine Zähne nächste Woche mit Veneers verblenden. Ein Termin ist storniert worden. Wenn ich den Termin nicht nehme, muss ich monatelang warten, und Debbie aus der Abteilung ›Doppelverglasung‹ heiratet in drei Wochen. Bis dahin muss ich mir auf jeden Fall die Zähne machen lassen.«

Trevor hielt sich mit beiden Händen den Kopf. Das tat er oft. Er nahm seinen Kugelschreiber wie eine Zigarette zwischen zwei Finger und lockerte seine ohnehin schon gelockerte braune Krawatte.

»Was? Du kannst nicht einfach so aussteigen! Du fährst morgen nach Frankreich. Alles ist gebucht. Der neue Kunde könnte dieser Firma eine ganz andere Bedeutung verleihen. Ich bilde dieses Team aus meinen besten Leuten. Harmony, bitte! Tu mir das nicht an. Ich habe ihnen vier meiner besten Verkäufer versprochen. Sie könnten den Auftrag auch Dickie Danbrooks geben, und dann müsste ich das Personal kürzen.« Er warf mir einen entschuldigenden Blick zu. »Außerdem wartet auf den besten Verkäufer ein wahrer Goldschatz«, versuchte er sie zu locken.

»Sorry, Trevor. Ist nicht mein Problem.« Harmony musterte mich von Kopf bis Fuß. »Das ist doch ein Klacks.« Sie drehte sich um und ging. Auf dem Weg begrüßte sie mit einem breiten Lächeln einen Mann, den ich noch nie bei uns gesehen hatte. Im Großraumbüro stöckelte sie auf ihren High Heels geschickt um ihn herum und strich dabei ihren kurzen Rock über den runden Hüften glatt. Er lächelte sie freundlich an. Sie stolzierte zu ihrem Schreibtisch zurück. Kurz bevor sie ihren Platz erreicht hatte, drehte sie die rosafarbenen Spitzen ihrer weißblonden Haare um den Zeigerfinger und wandte den Kopf, um ihm noch ein verführerisches Lächeln zu schenken, das er prompt erwiderte.

»Wo sind wir stehen geblieben?« Trevor versuchte sich zu konzentrieren.

Ein Goldschatz wäre genau das, was ich jetzt brauchen könnte, dachte ich. Ein kleiner würde mir schon reichen.

»Wie gesagt, wenn wir nicht mehr Umsatz machen, kann ich es mir nicht leisten, alle Angestellten weiterzubeschäftigen, vor allem jene nicht, die sich nicht rechnen.«

Wieder klopfte es.

»Um Himmels willen!« Trevor hob verärgert die Hände und drehte sich um. In der Tür stand der Mann, um den Harmony gerade herumgetänzelt war. Mein Magen schlug einen begeisterten Salto. Ich konnte verstehen, warum Harmony so angetan war, ihn zu sehen.

»Charlie!« Trevor sprang auf, als er den Besucher erkannte, und schaltete in den Modus gut gelaunter Gastgeber um. Mit einer Handbewegung bat er den Mann herein und streckte ihm die Hand hin.

»Ich störe doch nicht, oder?« Der Neuankömmling schaute von Trevor zu mir. Ich hatte sofort das Gefühl, einen Knoten in der Zunge zu haben. Der Mann trug einen modischen dunkelblauen Anzug, der leicht über seinem Bizeps und seinen

Schultern spannte, als er die Hand ausstreckte, um Trevor zu begrüßen. Unter dem Sakko blitzte ein blau-weiß kariertes Hemd mit silbernen Manschettenknöpfen hervor, die die Form von Weinflaschen hatten. Sein Gesicht war gebräunt und leuchtete auf, wenn er lächelte; das Weiße in seinen Augen funkelte. Seine dunklen Haare waren an den Seiten kurz geschnitten, das Deckhaar war etwas länger und mit Gel senkrecht nach oben gestylt. Mein Magen schlug erneut einen Salto, und noch einen. Der Mann war nicht besonders groß, aber was für eine Rolle spielte das schon bei diesem Lächeln und diesen strahlenden Augen?

»Nein, nein, es ist nichts, was wir nicht auch später besprechen könnten, nicht wahr, Emmy?« Nervös gab Trevor mir damit zu verstehen, dass ich gehen sollte.

Ich stand auf und fühlte mich, als wäre meine Hinrichtung aufgeschoben worden.

»Ich wollte nur kurz vorbeischauen, um mich zu vergewissern, dass für morgen alles vorbereitet ist. Ich mache mich heute Nachmittag schon auf den Weg zu Featherstone's Wines in Frankreich. Sind Ihre Mitarbeiter bereit?«

»Ja, ja, natürlich!« Trevor umklammerte die Kante seines Schreibtisches.

»Ich bin froh, dass Sie sich das zutrauen«, sagte Charlie. »Danbrooks ist ein deutlich größeres Unternehmen, aber ich habe erkannt, wie viel Ihnen dieser Auftrag bedeutet. Lassen Sie mich nicht im Stich!« Er legte den Kopf zur Seite, zwinkerte und grinste selbstbewusst. Eine Art Stromschlag durchfuhr meinen Körper, als er mich mit seinen funkelnden hellgrün und golden gefleckten Augen direkt anschaute. Der äußere Ring um die Pupille war dunkler grün, wie ich jetzt erkennen konnte. Wie eine smaragdgrüne Lagune in einem Urlaubsprospekt, in die man sofort eintauchen möchte. Diese Augen waren absolut faszinierend. Sein intensiver Blick vermittelte mir das Gefühl, der einzige Mensch im Raum zu sein. Verlegen schaute ich zu Boden. Trevor griff fahrig nach seiner E-Zigarette. Er warf Harmony durch das Bürofenster einen flehenden Blick zu.

»Es ist doch alles in Ordnung, Trevor, oder? Ich meine, wenn Sie kein Team auf die Beine stellen können … Ich weiß, dass diese Firma nicht groß ist.«

Harmony schüttelte bedauernd den Kopf, und Trevor ließ die Schultern hängen.

»Ja, ja. Kein Problem …« Trevor wirkte plötzlich wie ein Ertrinkender, der Ausschau nach einem rettenden Ast hielt. »Ich habe nur nicht damit gerechnet …« Er lachte nervös. »Emmy und ich haben gerade Verkaufszahlen besprochen … Ähm …« Er deutete auf mich und verstummte dann. Auf einmal hatte ich ein furchtbar schlechtes Gewissen. Er beschäftigte eine Menge Leute, auch wenn manche von ihnen nicht genug leisteten. So wie ich. Er hatte ein weiches Herz. Jemanden mit einer derart katastrophalen Erfolgsbilanz, wie ich sie aufwies, hätte man schon vor Jahren rausschmeißen müssen. Doch Trevor hatte mich weiterbeschäftigt und von Abteilung zu Abteilung geschickt. Ich wünschte, ich könnte ihm jetzt helfen und mich für sein Vertrauen revanchieren. Aber was konnte ich tun? Man konnte mir ja noch nicht mal die Geldsammlung des Büros anvertrauen.

»Emmy. Hi.« Als Charlie sich vorbeugte, um mir die Hand zu geben, schlug mein Magen schon wieder einen Salto.

»Hi«, antwortete ich mühsam, weil mich der Knoten in meiner Zunge behinderte, und schüttelte ihm die gepflegte Hand.

Trevor räusperte sich und zerrte wieder an seiner Krawatte.

»Charlie ist unser neuer Kunde, ein sehr großer neuer Kunde. Er wird uns jede Menge Umsatz bringen«, sagte Trevor mit seiner Telefonstimme, doch an der Art und Weise, wie er an seinem Kragen zupfte, erkannte ich, wie nervös er war. Er versuchte, Zeit zu gewinnen.

»Wenn alles nach Plan läuft«, stellte Charlie mit einem Lächeln richtig. Irgendetwas sagte mir, dass er das Terrain sondieren wollte.

»Charlie übernimmt Featherstone's Wines von seinem Vater und will gerne expandieren, Emmy. Er möchte nicht nur an einzelne Kunden am Telefon verkaufen, sondern auch Restaurants, Geschäfte und …«

»Und hoffentlich Supermärkte beliefern«, ergänzte Charlie. »Cadwallader's Verkäufer werden in Frankreich alles über Wein lernen, bevor sie hierher zurückkehren und weitere Mitarbeiter schulen, wenn die Umsätze steigen. Das könnte eine Win-win-Situation für uns alle werden.« Er strahlte den jetzt sichtbar schwitzenden Trevor an.

Natürlich hatte ich von dem neuen Kunden und der geplanten Reise nach Frankreich gehört. Trevor streckte ständig die Fühler nach neuen Kunden aus, und der Deal mit Charlie Featherstone war Bürogespräch gewesen. Aber mit meinen Verkaufszahlen war ich bei so etwas sofort aus dem Rennen. Das war ein Fall für die stärksten Verkäufer.

»Gehören Sie zu dem neuen Verkaufsteam?«, erkundigte sich Charlie. Ich hob den Kopf und schaute mich um, ob jemand das Büro betreten hatte.

»Oh«, stammelte ich dann und wollte diese dumme Idee mit einer Handbewegung abtun. Jemanden wie mich würden sie nie gehen lassen.

»Emmy«, warf Trevor rasch ein, »Emmy wollte gerade gehen.« Ich nahm meine Tasche und drehte mich noch einmal zu Trevor um. Inzwischen wirkte er völlig panisch. Es handelte sich um seinen bislang größten Kunden, und nun lief er Gefahr, ihn zu verlieren, weil Harmony, die seit Monaten fest eingeplant war und mit Candy endlos über passende Outfits diskutiert hatte, ihm den Boden unter den Füßen weggezogen hatte. Konnte ich Trevor wirklich so untergehen lassen?

»Genau genommen ...«, sagte ich langsam, und während eine Stimme in meinem Kopf rief: *Was machst du da?* und mein Herz sagte: *Tu es einfach!*, holte ich tief Luft. Trevor und Charlie schauten mich an und warteten darauf, was ich zu sagen hatte. »Ja – ja, ich gehöre dazu. Ich gehöre zu Ihrem neuen Vertriebsteam, und ich freue mich sehr auf diese Aufgabe.« Äußerlich selbstbewusst streckte ich Charlie die Hand entgegen, während die Stimme in meinem Kopf vor Panik aufkreischte. Trevors Miene verzerrte sich vor Entsetzen, doch dann nickte er langsam, betrachtete mich ungläubig und lächelte schließlich etwas gezwungen.

»Ja. Ich ... äh ... Ich habe gerade Emmys Passdaten kontrolliert und sie daran erinnert, morgen früh pünktlich am Flughafen in Bristol zu sein.« Mit weit aufgerissenen Augen starrte er mich an, als wolle er mir die Einzelheiten per Telepathie übermitteln.

»Großartig.« Charlie schenkte mir noch ein umwerfendes Lächeln, und seine weißen Zähne blitzten. Mein Inneres fühlte sich an, als wäre es in der Mikrowelle erhitzt worden. Was hatte ich gerade getan? Würde Trevor mich gleich umbringen? Aber ich hatte einfach etwas tun müssen, ich konnte nicht zulassen, dass er mich entließ. Ich musste unser Haus retten. Und wenigstens würde Charlie Featherstone nun nicht zu Dickie Danbrooks wechseln. Trevor musste zufrieden sein, oder etwa nicht?

Obwohl Trevor mir noch wenige Augenblicke zuvor hatte kündigen wollen, lächelte er nun Charlie zu, fasste mich am Ellbogen und begleitete mich zur Tür. Dabei flüsterte er mir ins Ohr: »Sei morgen früh pünktlich am Flughafen in Bristol. Ich maile dir die Einzelheiten zu. Ich gebe dir eine allerletzte Chance, Emmy. Es ist mir ernst damit, vermassel es bloß nicht!«

Ich verließ sein Büro. »Und Emmy!«, rief Trevor mir hinterher. Ich drehte mich zu ihm um. Er schluckte. »Danke«, sagte er knapp, und ich seufzte erleichtert auf. Also hatte ich doch nicht alles falsch gemacht. Und immerhin musste ich mich meinen Kollegen nicht stellen, wenn sie entdeckten, dass ich das gesammelte Geld ausgegeben hatte.

Ich schuldete Trevor in vielerlei Hinsicht Dank, und ich war fest entschlossen, ihn nicht im Stich zu lassen.

3. Kapitel

Wer auch immer den Spruch geprägt hat: »Das ist wie Radfahren, das verlernt man nicht«, sollte es selbst mal wieder probieren. Wer hätte gedacht, dass ich nur einen Tag, nachdem ich Trevors Büro verlassen und mit knapper Not meinen Job behalten hatte, an der Dordogne auf der Straße stehen und in meiner billigen Hose in der Mittagssonne schwitzen würde – drauf und dran, mit Pumps Fahrrad zu fahren?

Ich habe mir das Rad ausgeliehen. Zum Glück ist es kein High-Tech-Gefährt, sondern nur ein stinknormales Damenrad. Es gehört zu unserem Ferienhaus. Gloria hat sich daran erinnert und mir vorgeschlagen, es zu nehmen. Colette, Featherstone's Büroleiterin, die uns mit einem eindeutig skeptischen Blick aus ihren stark geschminkten Augen entgegengetreten war, hatte uns das Fahrrad bei unserem Rundgang gezeigt. Colette sieht aus wie Dolly Parton. Gefärbter blonder Bob mit rosa Strähnchen, blaue Wimperntusche über den braunen Augen, ein enges, leuchtend pinkfarbenes T-Shirt mit tiefem Ausschnitt und Strass-Steinen. Dazu trug sie einen engen Jeansrock und mit Fransen besetzte Stiefeletten. Colette bot mir die Schlüssel zu Featherstone's beige-rotem Citroën-Lieferwagen an, doch ich schüttelte den Kopf und erklärte ihr, dass ich nicht Auto fahren kann. Stattdessen nahm ich das Fahrrad.

Ich habe nicht mehr auf einem Rad gesessen, seit ich zwölf war. Und offen gestanden bin ich mir nicht sicher, wer von uns beiden mehr eingerostet ist – ich oder das Rad.

Die anderen haben beschlossen zwei Baguettes, Schinken,

Tomaten und Tafelwasser zu kaufen. Jetzt sitzen sie auf einer Holzbank an einem Tisch am grasbewachsenen Flussufer direkt gegenüber von Featherstone's, während ich meine ersten Proberunden drehe. Ich habe meine Jacke ausgezogen, mein Gesicht und die Arme mit Sonnenschutzcreme Faktor 50 eingecremt und kauere auf dem winzigen Sattel.

Eigentlich würde ich auch viel lieber am Flussufer sitzen, aber ich muss die Besitzerin des Portemonnaies suchen.

Ich versuche, die Füße vom Boden zu lösen, doch ich brauche einige Versuche. Dabei bin ich mir meines Publikums nur zu bewusst. Ich hatte keine Ahnung, wie heiß es hier sein würde. Nachdem ich tief Luft geholt habe, trete ich mit aller Kraft in die Pedale.

Plötzlich klappt es. Das schwankende Vorderrad zeigt in Richtung Straße.

Das leichte Gefälle erlaubt es mir, auch den zweiten Fuß vom Boden zu lösen und beide Pedale zu benutzen. Ab und zu probiere ich die Bremse aus – na ja, eigentlich ziemlich häufig. Ich wage es nicht, mich zu den anderen umzudrehen oder zu rufen, sondern fahre einfach weiter.

»Sei um zwei Uhr wieder zurück! Wir treffen uns mit Charlie Featherstone und seinem Kellermeister im Weinkeller!«, ruft Nick mir hinterher. Ich kann ihn kaum verstehen, weil der Fahrtwind in meinen Ohren pfeift. Aber ich weiß, dass er den Namen Charlie genannt hat. Charlie, den ich am Vortag bei Cadwallader kennengelernt habe. Charlie mit dem schönen dunklen Haar, den grünen Augen und dem Zwinkern! Mein Magen zieht sich vor Aufregung zusammen.

Die Straße ist verwittert und voller Schlaglöcher. In der trockenen Hitze wird Staub aufgewirbelt, der mir in die Nase steigt. Aber ich fahre! Ich schwanke heftig hin und her, bevor ich schließlich am Straßenrand ins Gras stürze. Zum Glück war es nur der Straßenrand und nicht das Flussufer!

Ich bin wieder auf den Beinen und richte gerade das Rad auf, als mich plötzlich ein lauter Schrei hinter mir zusammenzucken lässt. Ich drehe mich um und sehe, dass meine Kollegen sich das Lachen verkneifen müssen. Mitten über dem Fluss fliegen zwei große weiße Vögel und schreien laut. Das bekommt man in der Innenstadt von Cardiff nicht jeden Tag zu sehen. Auf einmal fühle ich mich, als wäre ich in einer ganz anderen Zeitzone gelandet. Zu Hause geht das Leben weiter; Dad schaut bestimmt gerade eine der Quiz-Sendungen, die er so liebt, und ich bin im brütend heißen, staubigen Frankreich an einem großen Fluss, der nur einen Steinwurf weit entfernt liegt. Auf der anderen Seite erstrecken sich Felder und Wiesen. Das Ganze ist irgendwie unwirklich. Ich kann kaum glauben, dass ich tatsächlich hier bin – ich sollte mich freuen, statt zu schwitzen und mich zu ärgern. Wieder stelle ich einen Fuß auf das Pedal, stoße mich ab und konzentriere mich auf die Straße und das Vorderrad. Wie vorher schwankt es heftig hin und her.

Auf dem Weg zur Brücke stehen dicke Bäume am Straßenrand und werfen ihre Schatten auf den Weg. Ich traue mich kaum, den Blick zu heben, während ich Schlangenlinien fahre. Als ich die geschwungene Brücke überquere, kneife ich die Augen fest zu. Danach führt der Weg über eine schattige Straße auf Saint Enrique zu, den Ort, den Jeff anscheinend für Petit Frères überheblichen, überbewerteten, tyrannischen Nachbarn hält. Meine Beine tun jetzt schon weh.

Ein kleines Gehöft namens Clos Beaumont, hatte Isabelle Obels gesagt. Ich könne es nicht verpassen, es sei das letzte Haus von Petit Frère und liege noch vor Saint Enrique. In der Nähe gebe es keine weiteren Häuser. Ein Gebäude aus Stein hinter einer Zufahrt mit alten Torpfosten, die ich vom Straßenrand aus sehen könne. Doch Isabelle hatte nicht erwähnt, dass es größtenteils bergauf gehen würde.

Auf beiden Seiten befinden sich Weinberge, viele Reihen von Rebstöcken. Daran hängen Weintrauben wie kleine Säckchen voller Murmeln und grüne Blätter, so groß wie Teller. Am Rand der Weinberge wachsen Rosen in verschiedenen Farben, was ich seltsam finde. Ich dachte, Rosen wären eine britische Besonderheit. Auf manchen Feldern sind sie rot, auf manchen gelb. Ab und zu gibt es einen leuchtend gelben Farbklecks: große Sonnenblumen, deren große Köpfe in der Septemberbrise nicken. Hier oben ist es deutlich windiger. Und die Luft duftet nach Kräutern, gemischt mit Sommersonnenschein. Wow! Wenn man diesen Duft in Flaschen abfüllen könnte ... Er scheint jedenfalls meine Laune zu verbessern. Ich trete fester in die Pedale, und je schneller ich fahre, desto deutlicher empfinde ich die Brise. Die würzige, sonnengetränkte Luft dringt tief in meine Lunge.

Doch plötzlich, nach einer Kurve, fährt ein großer Traktor auf mich zu, und genau wie zuvor schon einmal finde ich mich in einer Hecke wieder. Das Fahrrad befindet sich auf mir statt umgekehrt. Der Fahrer ruft mit etwas auf Französisch zu, aber ich habe keine Ahnung, ob er sich nach meinem Befinden erkundigt oder etwas Unhöfliches schreit. Ich hebe das Fahrrad auf, klopfe mir den Staub von der Kleidung und setze meinen Weg nach einigen Fehlstarts fort. Hoffentlich dauert es nicht mehr lange. Schließlich muss ich um zwei zurück sein. Ich werfe einen Blick auf meine Uhr – ich muss daran denken, sie noch um eine Stunde vorzustellen. Wieder knurrt mein Magen. Ich wünschte, ich hätte vor meinem Aufbruch ein bisschen Brot mit Schinken gegessen.

Am Ortsende von Petit Frère war ich an hübschen, kleinen Häusern mit Veranden voller leuchtend bunter Blumen, ordentlichen Gemüsegärten und sauber umzäunten Gehegen mit fetten weißen Gänsen und scharrenden Hühnern vorbeigekommen. Außerdem fuhr ich an einem lebhaften Campingplatz vorbei, auf dem Urlauber den Rest der Sommerferien genossen. Dann gab es plötzlich nichts mehr. Keine Häuser mehr, nur diese Straße – teilweise nur noch ein besserer Feldweg –, die Weinstöcke und hin und wieder ein Sonnenblumenfeld. Hoffentlich finde ich Clos Beaumont bald. In der Ferne kann ich die Ortschaft Saint Enrique auf einem Hügel erkennen: eine Kirche mit einem steilen Dach und sandfarbenen Steinmauern sowie Häuser, die sich wie ein Brautkleid von der Kirche aus bis hinunter zur Stadtmauer ausbreiten, wo die größten Häuser stehen und der Welt stolz ihre Pracht zeigen.

Kein weiteres Gehöft ist in Sicht. Ich kann nur erkennen, dass die Straße sich wieder steil den Hügel hinaufwindet. Auf halber Höhe muss ich absteigen und schieben. Ich schwitze und keuche und befürchte, dass ich bald nicht mehr weiterkann. Meine Lunge fühlt sich an, als hätte jemand die Luft aus ihr gepresst. Als ein paar Traktoren mich überholen, freue ich mich über den Luftzug. Endlich habe ich die Hügelkuppe erreicht. Saint Enrique ist immer noch ein gutes Stück entfernt. Die Straße ist jetzt flacher. Als ich mich umdrehe, windet sich die Dordogne wie eine schwarze Schlange durch die Weinberge. In der Ferne sehe ich die Brücke direkt bei Featherstone's Weingut. Wenigstens geht es auf dem Rückweg nur bergab. Doch ich glaube nicht, dass ich noch weit fahren kann. Ich bleibe stehen und spüre das Gewicht des Geldbeutels der alten Dame in meiner Tasche. Ich kann nicht umkehren, ich muss noch ein bisschen durchhalten.

Nach der nächsten Kurve entdecke ich zwei Torpfosten aus bröckeligem Stein und schöpfe wieder neue Hoffnung. An die Torpfosten schließt sich eine niedrige, halb verfallene Mauer an, die mit Efeu überwuchert ist. Große, runde moosüberzogene Steine liegen im hohen Gras auf beiden Seiten der Mauer. Ich befinde mich mitten im Nirgendwo, weit weg von Petit Frère und genauso weit entfernt von Saint Enrique. Ich bin dankbar für die kühlende Brise, die hier oben weht. Hinter den Torpfosten ist durch die Bäume ein heruntergekommenes Haus zu erkennen. Ich bin mir nicht sicher, ob es überhaupt bewohnt ist.

Ich schiebe das Rad den Weg entlang. Der Duft nach Lavendel und wilden Kräutern ist hier sogar noch stärker.

»Hallo! *Bonjour!*«, rufe ich und lehne das Rad vorsichtig an die Hauswand. Kleine Steinchen fallen herunter. *»Bonjour!«*, rufe ich erneut, doch niemand antwortet. Traktoren brummen leise in der Ferne. Vielleicht sind alle dort draußen und arbeiten. Abgesehen von dem Brummen ist kein Lebenszeichen zu entdecken, nichts.

»Hallo!«, probiere ich es zum dritten Mal.

Plötzlich höre ich ein tiefes, müdes »Wau«, und ein riesiger terrakottaroter Hund steht schwerfällig auf und trottet auf mich zu. Er hat ein faltiges Gesicht, und sein Fell wirkt viel zu voluminös für seinen Körper – so als trüge er einen Einteiler, der zwei Nummern zu groß ist. Ich bleibe stehen und halte dem Hund meine Hand hin. Er hebt den Kopf und stößt ein langgezogenes, tiefes Geheul aus. Lange Speichelfäden tropfen von seinem Maul. Als mir aufgeht, dass dieser Hund eher eine ausgesprochen wirkungsvolle Türklingel als eine Bedrohung ist, strecke ich ihm wieder die Hand hin und lade ihn ein, daran zu schnuppern.

»Hallo du, *bonjour*«, sage ich, lasse ihn ausgiebig schnüffeln und kraule ihm dann den roten, mit Grau durchzogenen Kopf. Er hört auf zu bellen und beschnuppert mich wieder. Dann schüttelt er plötzlich seinen Riesenkopf, und bevor ich zur Seite springen kann, fliegen die Sabberschnüre wie Gummibänder durch die Luft und landen zielgerichtet auf meinem Hosenbein.

»Igitt!« Angeekelt betrachte ich die schleimigen Streifen.

Ich strecke die Hände aus und habe keine Ahnung, wie ich den Sabber loswerden soll. Trotzdem muss ich unwillkürlich lachen und kraule dem Hund noch mal den Kopf. Dann mache ich mich mit steifen Beinen und dem Wunsch, dass der Schleim nicht durch den Stoff dringen möge, auf die Suche nach einem Blatt oder sonst etwas, mit dem ich den Speichel abwischen kann. Meine Hoffnung, dass der Hund mich zu seinem Besitzer bringen würde, zerschlägt sich. Das Tier lässt sich mitten im Hof nieder. Ich marschiere hinter das Haus. Reihen um Reihen von Weinstöcken erstrecken sich den steilen Hang hinunter. Der Wind bläst mir die Haare ins Gesicht. Jetzt wünsche ich mir, ich hätte sie nicht so kurz schneiden lassen. Davor konnte ich sie wenigstens zurückbinden. Mit den Händen halte ich mir die Strähnen aus dem Gesicht. In der Ferne auf der anderen Seite des Tals in Richtung Saint Enrique steht ein großes, eindrucksvolles Château, vor dem ein Traktor gerade mit einer weit ausladenden zweiarmigen Spritzvorrichtung die Reben spritzt. Auf dieser Seite hier arbeiten jedoch keine Traktoren im Weinberg. In der Nähe ist nur ab und zu das Blöken der Schafe zu hören, die zwischen den Weinstöcken herumlaufen, und das Rauschen des Windes in den Blättern. Bestimmt sind die Schafe irgendwo ausgebrochen.

»Hallo, *bonjour!*«, rufe ich wieder.

Plötzlich höre ich ein Klirren aus einem der Schuppen. Ich wende mich von den Schafen ab und laufe zu dem Schuppen auf der anderen Seite des Hauses. Der große rotgraue Hund stößt wieder ein raues Bellen aus, doch diesmal weiche ich ihm mit einem Hüpfer und einem Lachen aus und schaffe es, dem Speichel zu entgehen. Die schwarze Holztür des Schuppens steht offen. Wieder höre ich das klirrende Geräusch. In dem langgestreckten Schuppen stehen an der linken Wand jede Menge alte, dunkle Fässer. Vor mir sehe ich eine Art Betonbehälter. Ich schiebe die Tür ganz auf und tauche in den kühlen Schatten ein. Dann entdecke ich sie – Madame Beaumont, die Frau vom Dorfplatz. Sie sitzt mit einem Lappen in der Hand auf einem dreibeinigen Hocker, vor dem eine große Schüssel mit Seifenwasser steht. Madame Beaumont wäscht offenbar jede Menge grüne Flaschen ab. Sie nimmt eine aus dem Seifenwasser und stellt sie zu den anderen. Sie stehen in Reihen wie Kegel. Als ich vortrete, blickt die Frau erschreckt auf. Ich versuche zu lächeln.

»Madame Beaumont?«

Sie runzelt die Stirn. *»Oui?«*, antwortet sie schroff. »Ich bin Adele Beaumont.« Ich glaube, sie wird mich von ihrem Grund und Boden werfen, sobald sie in mir die unhöfliche Person erkennt, von der sie eben auf dem Stadtplatz beleidigt wurde.

In der Ferne höre ich die Kirchenuhr schlagen. Sie klingt anders als die von Petit Frère; es muss die von Saint Enrique sein. Dann läutet es wieder, und ich bin mir nicht sicher, ob es ein oder zwei Uhr ist. Doch mir ist klar, dass ich schnell zurückmuss. Ich darf auf keinen Fall zu spät kommen. Ich denke an Charlie und seine funkelnden grünen Augen, und mein Magen zieht sich wieder vor Aufregung zusammen. Ich sage ihm, dass er aufhören soll, sich so albern zu benehmen. Trotzdem muss ich rasch zurückfahren und mich ein bisschen frischmachen. Ich betrachte den Sabber auf meiner Hose. In meinen Haaren hängen Blätter der Hecke, in die ich gefallen bin, und die Bluse klebt mir am Rücken. Unsicher streiche ich mir eine Haarsträhne hinters Ohr. Unmöglich kann ich in dieser Verfassung bei unserem ersten Meeting auftauchen!

Madame Beaumont mustert mich immer noch stirnrunzelnd. Ich muss die Sache so rasch wie möglich über die Bühne bringen. Sie wirkt noch misstrauischer als zuvor. Ich stecke die Hand in die Tasche und nehme den Geldbeutel heraus. Als sie ihn erkennt, sieht sie mich entsetzt an. Oh Gott! Jetzt glaubt sie bestimmt, ich hätte sie bestohlen.

»*Votre* …« Mir fällt das Wort für Geldbörse nicht ein. »Äh, wie heißt das noch mal?« Ich halte das Portemonnaie hoch.

»Meine Geldbörse«, erwidert sie schließlich in klarem Englisch.

»Genau, danke.« Gott sei Dank spricht sie Englisch. Ich bin erleichtert, dass ich nicht wieder Gefahr laufe, sie mit meinem schlechten Französisch zu beleidigen. Doch sie scheint sich nicht darüber zu freuen, dass ich den langen Weg mit dem Fahrrad gekommen bin, um ihr ihr Eigentum zurückzubringen.

»Wie sind Sie darangekommen?« Misstrauisch starrt sie mich an.

»Sie haben sie auf dem Platz in der Stadt verloren. Ich habe versucht, Sie zu rufen, doch Sie …« Wie kann ich ihr sagen, dass sie mich angesehen hat, als wäre ich ein Flegel, der sie anschreit und beleidigt?

»Sie waren das?« Langsam scheint sie zu begreifen. »Sie haben mich gerufen?« Sie kramt in der Tasche ihres blau-weißen Kittels, den sie über dem schwarzen Kleid und der Strickjacke trägt – trotz der Hitze, die draußen herrscht. Im Inneren des Schuppens ist es kühl, aber ich schwitze immer noch, und mir ist ein wenig schwindelig. Sie findet eine Brille mit Stahlgestell und setzt sie auf; sie sitzt etwas schief.

Dann mustert sie den Geldbeutel und schließlich wieder mich. Ich trete unbehaglich von einem Fuß auf den anderen und hoffe, dass die Sternchen verschwinden, die vor meinen Augen tanzen.

»Ich konnte Sie nicht mehr erreichen, daher bin ich mit dem Fahrrad gekommen.«

Langsam und steif erhebt sie sich von ihrem Melkschemel. Selbst zu voller Größe aufgerichtet geht sie mir nur bis zur

Brust. Sie hat einen leichten Buckel. Ihre grauen Haare sind zu einem Dutt zusammengefasst. Langsam streckt sie eine dünne, knotige arthritische Hand nach dem Geldbeutel aus. Ihre Augen sind dunkelbraun und glänzend wie die einer Maus, und an ihrem Kinn wachsen ein paar Stoppeln. Sie ist klein und unscheinbar.

»Merci«, sagt sie mit einem Nicken und einem ungläubigen Blick. Ihr Misstrauen ist immer noch nicht verschwunden.

»Schon in Ordnung«, versichere ich ihr eilig. »Wie gesagt, Sie haben Ihre Börse verloren, als Sie Ihre Einkäufe sortiert haben. Ich bin Ihnen nachgelaufen, aber ich konnte Sie nicht mehr erreichen. Deshalb habe ich im Geschäft nachgefragt, wo Sie wohnen.«

Sie betrachtet den Geldbeutel in ihrer Hand, als könnte sie kaum glauben, was sie sieht.

»Sie sind …«, sagt sie zögernd, *»très gentile*. Sehr freundlich. Es tut mir leid, Sie müssen mich für sehr unhöflich gehalten haben.« Doch sie erläutert das nicht näher. Dann öffnet sie die Börse, vermutlich um sich zu vergewissern, dass ich nichts gestohlen habe. Ich lasse die Schultern sinken. Plötzlich bin ich ziemlich erschöpft. Ich wende mich zum Gehen, ich muss zurück. Hoffentlich vergeht das Schwindelgefühl draußen an der frischen Luft wieder.

»Bitte«, sagt Madame Beaumont auf einmal. Als ich mich zu ihr umdrehe, hält sie mir einen abgenutzten Geldschein hin. »Nehmen Sie, weil Sie so freundlich waren.«

»Oh, nein!« Ich hebe abwehrend die Hände. »Ich möchte kein Geld. Ich wollte Ihnen nur Ihre Geldbörse zurückbringen.« Oje, jetzt habe ich sie wahrscheinlich verletzt. Sie starrt mich an und hält mir immer noch das Geld hin. Ich weiche zurück.

»Wirklich, das ist nicht nötig.« Ich mache eine abwehrende Handbewegung und gehe einen Schritt auf die Tür zu.

»Ich bin nur wegen der Börse gekommen.« Mir wird noch schwummeriger, und alles beginnt sich zu drehen, doch ich bleibe nicht stehen. »Ich muss wieder in die Stadt.« Alles dreht sich vor meinen Augen, und ich strecke die Hände aus, um Halt zu suchen. Mir ist erst heiß, dann kalt, und Übelkeit überkommt mich. Ich wanke rückwärts und greife nach irgendetwas, an dem ich mich festhalten kann.

»Verdammt!« Dunkle Flecken tanzen vor meinen Augen. Plötzlich zerbersten Flaschen rund um meine Füße. Ich versuche, die Richtung zu wechseln, aber es gelingt mir nicht. Weitere Flaschen fallen um. Madame Beaumont starrt mich fassungslos an, während ich versuche, die umgefallenen Flaschen aufzuheben. Dann wird mir schwarz vor Augen, und ich kippe um. Dabei nehme ich kaum wahr, wie die restlichen Flaschen wie Kegel umstürzen.

4. Kapitel

Als ich wieder zu mir komme, höre ich in der Ferne Glocken läuten. Ich schaue auf meine Uhr und versuche, mich auf die Zeiger zu konzentrieren und mir ins Gedächtnis zu rufen, ob man hier eine Stunde voraus oder eine Stunde zurück ist.

»Ich komme zu spät!« Panisch versuche ich aufzustehen, doch die Punkte vor meinen Augen tanzen wieder wie Eindringlinge aus dem All. Schwerfällig sinke ich zurück.

»Lassen Sie sich Zeit. Nichts ist so wichtig, dass es nicht ein wenig warten könnte.« Madame Beaumont reicht mir Wasser in einem kleinen abgenutzten blauen Glas.

Dann führt sie mich über den Hof in ihre Küche. Der Raum scheint aber außerdem ihr Wohnzimmer und, wenn ich mich nicht täusche, auch ihr Schlafzimmer zu sein. Es ist dunkel. Die Fensterläden sind geschlossen. Doch es ist auch ausgesprochen kühl – was für eine Wohltat!

Auf einer Seite befindet sich ein großer Holzofen, auf der anderen Seite eine Ansammlung von Resopal-Möbeln. An einer Wand hängen Kabel herunter. In der Mitte des Raums steht ein blauer Tisch aus den 1950-er Jahren. Madame Beaumont fordert mich mit einer Handbewegung auf, Platz zu nehmen. Ich setze mich auf einen zierlichen Resopal-Stuhl und trinke das kalte Wasser. Der Raum ist, gelinde ausgedrückt, sehr unordentlich. Überall liegen Papierstapel herum, und Madame Beaumont muss einen davon zur Seite räumen, um Platz für mich zu machen. Dann stellt sie einen kleinen verschlissenen Teller mit Goldrand vor mich hin, auf dem eine aufgeschnittene Orange liegt.

»Es ist heiß. Sie haben einen Hitzekollaps erlitten. Sie dürfen sich in der Mittagszeit nicht in der Sonne aufhalten, und Sie müssen ausreichend trinken. Versuchen Sie etwas zu essen.«

Ich nicke. Ein Hitzekollaps – natürlich –, denke ich und komme mir blöd vor. Vorsichtig lutsche ich an der Orange, obwohl ich mich dringend auf den Rückweg machen müsste. Der Saft spritzt mir plötzlich in jeden Winkel des Mundes, und meine Geschmacksknospen werden von dem wunderbaren Geschmack überrascht. Wow! Fantastisch. Seltsamerweise fühle ich mich auf einmal deutlich besser. Die Punkte vor meinen Augen verblassen. Ich nehme mir noch ein Stück von der Orange, und das Ganze wiederholt sich. Als ich das Wasser ausgetrunken habe, schenkt Madame Beaumont das Glas erneut voll.

Eine ältere schwarz-weiße Katze sitzt auf einem wackeligen Zeitungsstapel und beäugt mich misstrauisch, ähnlich wie Madame Beaumont anfangs. Doch diese Frau wirkt ganz anders, als die Ladenbesitzer und der Bürgermeister sie beschrieben haben. Sie sagten, sie stünde im Ruf, abweisend und unfreundlich zu sein. Zugegeben – bei meiner Ankunft war sie tatsächlich ziemlich abweisend, aber nachdem sie begriffen hatte, dass ich ihr helfen wollte, wirkte sie positiv überrascht. Jetzt hätte sie gar nicht hilfsbereiter und gastfreundlicher sein können. Unwillkürlich frage ich mich, was dazu geführt haben mochte, dass sie zunächst so misstrauisch reagiert hat.

»Vielen Dank, ich fühle mich schon viel besser«, sage ich und versuche vorsichtig aufzustehen. »Ich muss jetzt wirklich zurück. Ich muss um zwei Uhr bei Featherstone's sein.«

»Ach, Monsieur Featherstone. Wie geht es ihm?«

Einen Moment lang denke ich, sie spricht von Charlie, aber dann wird mir klar, dass sie sicherlich Charlies Vater meint, *den* Mr. Featherstone.

»Äh, ich weiß es nicht. Ich habe ihn noch nicht kennengelernt.«

Sie nickt. »Er war Geschäftsmann in England. Rechnungsprüfer, glaube ich. Doch dann bekam er gesundheitliche Probleme und beschloss, der wahren Leidenschaft in seinem Leben zu folgen: dem Wein. Also begann er, Wein von kleinen Erzeugern hier in der Region aufzukaufen und mit seinem Lieferwagen nach England zu bringen. Er hat schwer gearbeitet, und jetzt ... Jetzt hat er ein großes Unternehmen. Aber ich habe gehört, dass es ihm in letzter Zeit gesundheitlich nicht gutgeht.«

»Davon hatte ich keine Ahnung«, antworte ich wahrheitsgemäß, aber ich freue mich, dass die Firma offensichtlich ein engagiertes Familienunternehmen ist. »Ich arbeite für seinen Sohn. Um zwei haben wir eine Besprechung.« Ich muss unbedingt los.

»Kann ich Ihnen noch etwas anderes zum Essen anbieten?« Madame Beaumont dreht sich steif um, öffnet einen kleinen Kühlschrank und späht hinein. Das Licht ist an, aber der Kühlschrank scheint weitgehend leer zu sein. Vermutlich isst sie wie ein Vögelchen – ihrer zarten Statur nach zu urteilen.

»Mir geht's gut, wirklich.« Ich stehe auf und schiebe den Stuhl unter den Tisch. Ein Papierstapel wackelt, fällt aber nicht um. Madame Beaumont sieht sich suchend um. Ich folge ihrem Blick.

»Sind Sie sicher, dass ich Ihnen nichts geben kann für Ihre Mühe? Wo habe ich meinen Geldbeutel hingelegt?« Ich zeige neben die fast leere Obstschale.

»Ah ja.«

»Und, nein, danke. Ich möchte wirklich nichts.«

Wieder kneift sie die Augen zusammen. Sie wirkt immer noch ein bisschen misstrauisch.

»Ich bin diejenige, die Ihnen Mühe bereitet hat. Lassen Sie

mich später zurückkommen, um das Chaos mit den Flaschen zu beseitigen, das ich in Ihrem Schuppen angerichtet habe.«

»Le chai?«

»Le …?«

»Chai«, sagt sie langsam.

»Chai«, wiederhole ich.

»Gut.« Sie lächelt. »So nennt man einen ebenerdigen Weinkeller.«

»Ich werde kommen, um aufzuräumen«, sage ich wieder.

»Puh …« Sie wedelt mit der Hand. »Kein Problem. Ich komme zurecht, machen Sie sich keine Gedanken.«

»Nein, bitte, ich möchte kommen.« Ich kann den Gedanken nicht ertragen, dieser alten Dame zusätzliche Arbeit aufgebürdet zu haben. Allerdings kann ich mir nicht vorstellen, dass sie dieses Weingut allein bewirtschaftet; das kann sie unmöglich schaffen.

»Haben Sie eine Maschine zum Abfüllen der Flaschen?«, frage ich höflich, als sie mich zu meinem Fahrrad begleitet. Ich beuge mich im Vorbeigehen zu dem ergrauenden roten Hund hinunter und tätschele ihn. Schnell gehe ich weiter, bevor er seinen Kopf bewegen kann.

»Eine Maschine? Pah! Maschinen sind nur so gut wie die Menschen, die sie bedienen«, erklärt sie. »Sagen Sie Mr. Featherstone, dass mein Wein in einigen Wochen zur Abholung bereit ist.«

»Natürlich«, antworte ich.

Umso mehr Grund, ihr bei der Beseitigung des Chaos zu helfen, das ich verursacht habe, denke ich. Diese Frau ist offensichtlich einer von Featherstone's Lieferanten. Ich möchte nicht, dass sie schlecht über die neuen Angestellten spricht und herumerzählt, dass wir bei ihr aufgetaucht sind, Randale gemacht und sie dann mit dem Chaos alleine gelassen haben. Das wäre auch nicht eben förderlich für meinen Ruf hier und würde nicht dazu beitragen, mir meinen Job bei Trevor zu sichern. Die alte Dame begleitet mich bis zur Straße, wo sie mir die Hand entgegenstreckt. Ich starre auf sie hinab und begreife, dass ich sie schütteln soll.

»Au revoir«, sagt sie und ermutigt mich mit einem Lächeln, auf Französisch zu antworten.

»Au revoir.« Ich schüttele ihr die Hand. Sie nickt wieder. »Aber ich bestehe darauf zurückzukommen, um Ihnen zu helfen.« Und damit schwinge ich das Bein über den Sattel. Meine Po- und Oberschenkelmuskeln schreien auf vor Schmerz. Später werde ich bestimmt vollkommen steif sein. Ich lenke das Rad hügelabwärts, winke Madame Beaumont zu und fahre los. Hoffentlich wird die Rückfahrt deutlich schneller!

Das wird sie in der Tat. Und viel weniger kontrolliert. Ich sause an den Weinbergen und den nickenden Sonnenblumen vorbei. Meine Locken wehen im Fahrtwind, und ich atme den Duft des Thymians und des Lavendels ein. Als ein Traktor vorüberfährt, lande ich wieder in der Hecke. Schließlich kommt die Steinbrücke in Sicht, und ich nähere mich dem Sitz von Featherstone's Wines. Mir ist heiß, ich schwitze, und mein Po und meine Oberschenkel schmerzen so sehr, dass ich vielleicht nie wieder sitzen kann. Ich sollte gerade noch genug Zeit haben, um mir auf der Toilette das Gesicht zu waschen und die Haare so gut wie möglich zu bändigen. Ich lehne das Rad gegen die Mauer des *gîte* und humpele an dem Blauregenbaum vorbei zu der Glasflügeltür, wo Candy, Nick und Gloria mit einer vertrauten Gestalt im kühlen Schatten stehen. Mein Herz macht einen Satz. Es ist Charlie.

»Oh, ich dachte, wir hätten schon jemanden verloren«, sagt er freundlich lächelnd. Ich werde rot und atme erleichtert auf, weil er offenbar nicht sauer ist. Dann versuche ich, mich an den anderen vorbeizuschlängeln, um mein unordentliches

Aussehen zu verstecken. Mein Herz rast, und ich bin ein bisschen außer Atem. Nick schaut mich mit hochgezogenen Augenbrauen an, und Candy wirkt richtig angewidert.

»Tut mir leid, ich habe mich verirrt … Und mir ist heiß. Heiß und verirrt, sorry.«

»Das passiert leicht am ersten Tag«, erwidert Charlie rasch und lächelt wieder gutmütig. »Aber versuchen wir doch, von jetzt an pünktlich zu sein.« Offensichtlich legt Charlie Wert auf Pünktlichkeit, so wie ich normalerweise auch. »Also, da nun alle da sind, fangen wir an.« Ich hole tief Luft, erleichtert, dass ich nicht gleich am ersten Tag gerügt werde. Das würde Trevor recht geben. Ich verschränke die Hände und ignoriere Candys herablassenden Blick, Nicks Kichern und Glorias kleinen Schritt zur Seite. Charlie Featherstone ist ein sehr netter Mann, wirklich sehr nett. Ich erlaube mir ein winziges Lächeln.

Genau in dem Moment klingelt mein Handy.

»Tut mir leid«, murmele ich und werfe einen Blick aufs Display. Charlie, der gerade mit seiner Begrüßungsansprache beginnen wollte, zieht eine Augenbraue hoch und erwartet offensichtlich, dass ich den Anruf ignoriere. Aber ich kann nicht. Entschuldigend hebe ich die Hand.

»Hallo, Dad?«, antworte ich und drehe den anderen den Rücken zu, während ich ihm sage, wo er den Dosenöffner findet und ihn erzählen lasse, wie viel kälter es geworden ist.

»Ich bin in einer Besprechung, Dad. Mit meinem neuen Chef, Charlie Featherstone.«

»Oh! Und, sind sie in Ordnung, die neuen Leute?«, will Dad wissen.

»Sehr, Dad, wirklich sehr, aber ich muss jetzt aufhören.« Schnell beende ich das Telefonat. Mein Herz schlägt heftig. Ich will mein Glück nicht überstrapazieren. »Ach, übrigens«, sage ich zu Charlie, während ich das Telefon in die Tasche stecke und mir eine Haarsträhne hinters Ohr streiche, »das habe ich fast vergessen. Ich habe eine Nachricht für Sie. Der Wein vom kleinen Château Clos Beaumont wird in einigen Wochen zur Abholung bereit sein.« Da fällt mir plötzlich ein Sabberfleck auf meiner Hose auf, und ein kleiner Zweig fällt aus meinen Haaren zu Boden. Ich hoffe von ganzem Herzen, dass niemand es bemerkt hat. Doch als ich langsam aufblicke, ist Charlies Lächeln verschwunden. Seine Miene hat sich regelrecht verfinstert, und ich habe keine Ahnung, warum.

5. Kapitel

»Das hier ist der Hauptweinkeller. Hier lagern wir den Wein, den die Winzer auf ihrem eigenen Land hergestellt haben. Wir lagern ihn entweder in Fässern oder in Flaschen.«

Mir ist noch heißer als zuvor. Wir sind im ganzen Betrieb herumgelatscht und haben unzählige Räume gesehen. Der Weinherstellungsprozess wurde uns bis ins kleinste Detail erklärt.

Jetzt führt Charlie uns in einen Raum mit Schreibtischen und einer langen Werkbank, der wie ein Labor ausgestattet ist. »Hier wird die Hintergrundarbeit geleistet, hier vollbringen die Weinhersteller ihre Wunder und experimentieren, überprüfen und mischen. Das ist sozusagen die Schaltzentrale.«

Danach geht es in einen riesigen, modernen Schuppen im hinteren Bereich der umgebauten Ställe. Hier sind Paletten voller Kisten gestapelt, und ein Gabelstapler fährt mit viel Lärm auf dem Betonboden zwischen den riesigen Stahltanks und dicken gelben Schläuchen hin und her. Der Geruch nach Reinigungsmitteln, der in der Luft liegt, verursacht mir Kopfschmerzen. Ich kann mich an nichts von dem erinnern, was Charlie uns erzählt hat, und ich fühle mich, als wäre ich in einer futuristischen Stadt voller wissenschaftlicher Experimente und Chrom gelandet.

Trotz Charlies guten Aussehens und seiner selbstbewussten Vortragsweise bleibt nichts davon bei mir hängen. Mir ist heiß, und ich leide unter heftig pochenden Kopfschmerzen. Jeff, der uns vom Flughafen abgeholt hat, hält den Gabelstapler an, nimmt die Zigarette aus dem Mundwinkel, lächelt, winkt und ruft: *»Salut, tout le monde!«* Dann fährt er singend davon und ruft ein Scherzwort, das niemand von uns versteht. Wir lächeln und nicken. Mein Kopf dröhnt. Charlie führt uns zu dem umgebauten Schuppen und den Büros, und wir bleiben draußen im Sonnenschein stehen.

»Mein Vater hat dieses Geschäft aufgebaut. Er hat sich in den Wein und diesen Teil Frankreichs verliebt. Seit den Anfangstagen ist der Betrieb immer weitergewachsen. Jetzt zieht mein Vater sich in den Hintergrund zurück, und ich führe Featherstone's auf eine ganz neue Ebene. Bislang haben wir direkt mit Einzelkunden gehandelt und ihre Bestellungen von hier aus verschickt. Ich möchte expandieren und den Namen Featherstone in jedes Restaurant und, noch wichtiger, in die Geschäfte und Supermärkte in Großbritannien tragen. Das wird Ihre Aufgabe sein: die Kunden aufstöbern und die Aufträge reinholen.« Seine grünen Augen funkeln vor Begeisterung. Das ist auf jeden Fall weit entfernt vom Verkauf von WC-Reiniger und Toilettenpapier! Ich weiß, dass ich begeistert sein und mir größte Mühe geben sollte, konzentriert zu wirken, um wenigstens mein derangiertes Aussehen vergessen zu lassen.

»Hier drinnen …« Charlie führt uns in den ersten Raum gleich neben der Tür zum Schuppen. Als er an mir vorbeikommt, streift mich eine Wolke seines Aftershaves, kräftig, männlich und würzig. Ich spüre, wie mir wieder schwindelig wird, und sage mir, dass es an der Hitze und vielleicht auch an meiner Müdigkeit liegt. Charlie Featherstone ist ein sehr attraktiver Mann, und offensichtlich bin ich nicht die Einzige, die das findet. Denn Candy lächelt, fährt sich mit dem Finger über ihre sehr weißen Zähne, um eventuelle Lippenstiftflecken zu beseitigen, und rückt ihren BH zurecht, wenn sie glaubt, dass niemand hinsieht. Sie weiß, wie man es macht, denke ich. Charlie würde jemandem wie mir niemals einen zweiten Blick gönnen. Du bist einfach nur eine Mitarbeiterin, sage ich mir fest, und jetzt konzentrier dich! Ich wende den Blick von Charlie ab und sehe, wie Jeff von seinem Gabelstapler klettert. Er winkt mir wieder zu, und ich erwidere seine Geste ein bisschen schüchtern mit schwindendem Mut. Du darfst dich nicht in Charlie vergucken, rufe ich mich zur Vernunft. Obwohl er genau der Typ Mann ist, der alle meine Kriterien erfüllen würde. Doch ich kann momentan wirklich keine weiteren Tiefschläge gebrauchen. Ich bin diejenige mit Sabber auf der Hose und Zweigen in den Haaren, um Himmels willen!

Als Nächstes betreten wir den Laden.

»Hier verkaufen wir an Kunden, die uns direkt aufsuchen. Sie kommen zu Weinproben und um zu kaufen. Colette ist für diesen Bereich zuständig, doch hoffentlich werdet ihr hier bald aushelfen und unsere Weine besser kennenlernen. Je mehr ihr über die Weine wisst, desto besser könnt ihr sie am Telefon anpreisen, wenn ihr nach Großbritannien zurückkehrt.« Charlie sieht sich im Laden um, späht ins Büro und nach draußen auf den Vorplatz, als würde er etwas oder jemanden suchen, dann runzelt er die Stirn. Schließlich macht er eine rasche Kopfbewegung und geht voraus zu einer Holztreppe, die ins obere Stockwerk führt. Es riecht nach frisch gesägtem Holz und Farbe, so als wäre dieser Raum erst vor Kurzem fertiggestellt worden. Was für ein Unterschied zu Madame Beaumonts *chai*, denke ich. Ihr Schuppen ist halb verfallen, und die alten schwarzen Holztüren sind so verzogen, dass sie kaum noch schließen. Ich steige als Letzte die Treppe hinauf.

Der Raum hat nach vorne hinaus ein großes Panoramafenster mit Blick über die Dordogne. Boote fahren auf dem Fluss, manche mit zwei, andere mit vier Ruderern besetzt, gefolgt von einem kleinen Motorboot, auf dem sich ein Mann mit einem Megaphon befindet. Angler sitzen auf dreibeinigen Hockern am Ufer des schnellfließenden Gewässers und nehmen einen Schluck aus ihrem Flachmann. In der Mitte des Raums stehen vier Schreibtische, die mit Telefonen bestückt sind. Zwei Arbeitsplätze sind bereits belegt. Hinter uns gibt es noch ein großes Fenster, aus dem man über die Weinberge hinter Featherstone's blicken kann: Reihe um Reihe voller Weinstöcke, wie Soldaten in dunkelgrünen Uniformen, die die Weintrauben bewachen, während sie mit ihren Füßen in der hellbraunen, sonnengeküssten Erde stehen. Die Weinberge erstrecken sich in Wellenbewegungen über die Hügel bis zu der großen Kirche, die den adretten, wohlgepflegten Friedhof behütet. Dahinter zur Linken liegt der Ort mit seinen farbenfrohen roten, grünen und weißen Markisen.

»Das hier«, verkündet Charlie stolz, »ist der Ort, an dem ihr arbeiten werdet.« Er streckt die Hand aus, um uns unser neues Umfeld zu präsentieren. Ich betrachte quasi mit offenem Mund die Aussicht. »Es wird von euch erwartet, dass ihr in allen Bereichen des Betriebs aushelft. Ihr lernt alles über die Weine, und dann wendet ihr eure Kenntnisse in der Praxis an und verkauft die Weine. Glaubt ihr, dass ihr hier gut arbeiten könnt?« Er schaut aus dem Fenster auf die fantastische Aussicht und grinst breit. Wir alle nicken schweigend. Es ist eine ganz andere Sache als unsere Büros zu Hause im Stadtzentrum mit Blick auf den Parkplatz, die Müllcontainer und den winzigen grünen Fleck, den ich zwischen zwei hohen Gebäuden sehen kann, wenn ich den Hals recke. Wir murmeln zustimmend und sehen uns um, ganz entzückt von unserer neuen Umgebung.

»Das sind Hannah und Ben«, stellte Charlie ein älteres Paar von vielleicht Anfang sechzig vor. Sie telefonieren beide und winken uns mit der freien Hand fröhlich zu. »Hannah und

Ben sind in Frührente gegangen, von England nach Frankreich gezogen und gehören jetzt seit einigen Jahren zum ständigen Verkaufsteam. Sie verkaufen direkt an unsere Stammkunden. Allerdings ziehen sie bald weiter. Nach Griechenland, richtig, ihr beiden?«

Sie nicken, und Ben reckt seinen Daumen in die Höhe.

»Sie kaufen sich dort eine Frühstückspension. Ihr übernehmt ihre Dauerkunden und knüpft zusätzlich neue Kontakte mit größeren Käufern.«

Hannah und Ben sehen gebräunt, entspannt und zufrieden aus, während sie am Telefon mit ihren Kunden plaudern. Hannah trägt Khaki-Shorts, die ihre braun gebrannten, straffen Beine gut zur Geltung bringen, und ein weißes Oberteil. Ben hat eine wadenlange Cargo-Hose an und streicht sich über den langen Bart, während er telefoniert. Ich schaue aus dem Fenster auf die Weinberge. Wenn ich es nicht schaffe, hier zu einer Topverkäuferin zu werden, dann weiß ich nicht, ob es mir je gelingen wird.

»Ihr arbeitet hier an den Telefonen, wechselt euch im Laden unten ab, helft in den Weinkellern aus, wenn es erforderlich ist, und gewinnt dadurch ein Gefühl für unsere Produkte. Außerdem habt ihr Unterricht in der Weinherstellung bei unserem neuen Kellermeister … wenn er denn eintrifft.« Charlie schaut auf seine große und mit Sicherheit sehr teure Armbanduhr, und ein Anflug von Verärgerung huscht über sein Gesicht. Dann wendet er sich uns wieder zu und knipst sein Lächeln an, das sofort den Raum erhellt.

»Und jetzt kommen wir zu etwas ganz Wichtigem.« Er macht eine Pause und mustert uns der Reihe nach. Als er mich ansieht, beginnt mein Magen zu flattern, und ich werde rot. »Derjenige von euch vieren, der unsere Weine nachweislich verstanden hat und am erfolgreichsten verkauft, wird als Teamleiter nach England zurückkehren. Dazu gehören natürlich ein attraktives Gehalt und ein Bonus nach Ablauf der zwölf Wochen.«

Schlagartig hören das Geplauder und die beifälligen Äußerungen auf, und tiefer Ernst legt sich über den Raum. Candy leckt sich sogar die Unterlippe, als wäre sie sofort startbereit. Ein attraktives Gehalt! Nicht mehr länger Mindestlohn und Provision. Und ein Bonus. Das hatte Trevor also gemeint, als er von einem Goldschatz sprach, der auf uns wartet. Mein Herzschlag beschleunigt sich, und meine Stimmung hellt sich schlagartig auf. Damit könnte ich die ausstehenden Hypothekenzahlungen auf jeden Fall begleichen. Gloria blickt zu Boden, und Nick schaut erst Candy, dann mich und dann wieder Candy an. Ich denke an die Rechnungen, die ich in meine Tasche gestopft habe – vor allem an die rote, die heute Morgen auf der Fußmatte lag und die ich noch gar nicht geöffnet habe. Und dann ist da natürlich auch noch die Sammlung fürs Büro. Ich brauche die Beförderung, und zwar unbedingt. Vielleicht meint es das Glück endlich mal gut mit mir. Ich muss ein bisschen mehr wie Candy sein, wenn ich eine Chance haben will. Das heißt, ich muss mich professioneller geben – kein Sabber mehr auf der Hose und kein Laub in den Haaren.

»Hier sind eure Verkaufsdetails.« Charlie dreht sich um und nimmt einen Stapel dicke gebundene Bücher von dem Tisch, an dem er lehnt.

»Sie meinen unsere Handbücher«, berichtigt Nick ihn besserwisserisch. Ich bin nicht sicher, ob Charlie diesen Kommentar schätzt.

»Ich liebe es, Handbücher auswendig zu lernen!«, flötet Candy, was Charlie deutlich mehr zu beeindrucken scheint. Er schenkt ihr ein besonders strahlendes Lächeln, als er die gewichtigen Werke verteilt.

Gloria sagt nichts, nimmt einfach nur ihr Buch entgegen,

zieht ihre Brille aus der Tasche, setzt sie auf und beginnt zu lesen. In der anderen Hand hält sie ihren kleinen batteriebetriebenen Ventilator, den sie auf ihr Gesicht richtet. Sie muss einen ganzen Koffer voller Batterien dabeihaben, damit dieser Ventilator ständig laufen kann. Ich kann förmlich sehen, wie ihr Gehirn arbeitet und die Informationen aus dem Handbuch in sich aufnimmt.

Mein Mut sinkt, als ich mein Handbuch nehme und es aufschlage. Abertausende von Wörtern tanzen auf der Seite vor meinen Augen. Bei Cadwallader's Call-Center geht es vor allem um einheitliches Auftreten. Vermutlich läuft es hier genauso. Man muss sich auf genau vorgeschriebene Art und Weise am Telefon präsentieren.

»Hallo, Cadwallader's hier, Sie sprechen mit Emmy. Ich rufe Sie heute wegen Ihrer wöchentlichen Anzeige/Versicherung/Tierfutterbestellung/Weinbestellung an.« Candy hält sich allem Anschein nach immer perfekt ans Handbuch. Und ich? Ich vergesse ständig, was ich sagen soll, und frage meine Kunden stattdessen, wie es ihnen geht, oder ich rede ihnen aus, unnötig Geld auszugeben. Doch von jetzt an muss ich mich streng ans Handbuch halten.

»Okay, jetzt haben Sie Ihre Hausaufgaben bekommen. Aber da heute Samstag ist«, Charlie klatscht in die Hände und reißt uns damit aus unseren Gedanken, »schlage ich vor, dass Sie zum *gîte* gehen und sich häuslich einrichten. Wir treffen uns hier um sechs Uhr zum Apéritif, und danach gehen wir ins Tire-bouchon. Für diejenigen unter Ihnen, die kein Französisch sprechen ... noch nicht«, wieder dieses umwerfende Lächeln, »*Le tire-bouchon* bedeutet Korkenzieher. Es ist das Restaurant unten direkt am Fluss. Wir laden Sie zu einem Begrüßungsmahl ein.« Er lächelt, klatscht wieder in die Hände und schaut auf die Uhr. Wir schnappen uns unsere ›Bibeln‹ und wenden uns zum Gehen.

»Ach, Emma, so heißen Sie doch?«, ruft er uns hinterher. Ich drehe mich um, während mein Herz einen albernen kleinen Satz macht. Ich bin entzückt, dass ich seine Aufmerksamkeit erregt habe.

»Emmy«, stelle ich richtig. »Alle nennen mich Emmy.«

»Nun, Emmy.« Er deutet ein Lächeln an. »Sie haben anscheinend einen halben Busch in den Haaren und irgendeinen Schleim auf der Hose. Vielleicht kümmern Sie sich darum, bevor wir uns zum Essen treffen.«

Großartig. Wenn er meinen Namen bisher noch nicht kannte, so kennt er ihn jetzt definitiv! Mein Herz schlägt heftig. Was den ersten Eindruck angeht, den ich hinterlassen habe, so hätte ich es auf jeden Fall besser machen können. Ich muss mir richtig viel Mühe geben, um im Kampf um den Job des Teamleiters im Rennen zu bleiben. Ich will mir gar nicht vorstellen, wie die Alternative aussähe, falls ich scheitern sollte.

6. Kapitel

Im *gîte* laufe ich die Treppe hinauf und stürze in mein kleines Badezimmer. Endlich kann ich meine zu warmen, verschwitzten Klamotten loswerden. Ich lasse sie auf den Boden fallen, drehe die Dusche unter der Dachschräge an, stelle mich unter das warme Wasser und lasse mich von dem sanften Tröpfeln berieseln. Es ist keine Power-Dusche, aber ich genieße sie trotzdem sehr. Während das Wasser mir übers Gesicht und die kurzen Locken strömt, überlege ich, was ich heute Abend anziehen soll. Trevors Worte klingen mir noch im Ohr. Du musst mehr wie Candy sein, denke ich, wenn du Teamleiterin werden und aus deiner Schuldenfalle krabbeln willst. Ich bin fest entschlossen, mich besser zu verkaufen als eben, so viel ist mal sicher.

Ich nehme ein Handtuch vom Handtuchhalter, schlinge es mir um die birnenförmige Körpermitte und kehre in mein kleines Schlafzimmer zurück. Ich trete vor den Wandspiegel neben der Tür und starre mein Spiegelbild an. Meine helle Haut ist rosa und prickelt von der Mittagssonne. Mit einer Hand nehme ich meine Haare zurück, während die andere Hand das Handtuch festhält. Dann drehe ich mich leicht zur Seite und probiere, ob ich einen Candy-Schmollmund hinbekomme. Wie schafft sie es bloß, die Lippen die ganze Zeit in dieser Position zu halten?

»Sehr hübsch! Aber ich glaube nicht, dass ich Zimmerservice bestellt habe«, sagt eine verschlafene Stimme mit amerikanischem Akzent.

»Himmel!« Ich fahre herum und starre auf mein Gepäck,

das ich auf dem Bett abgelegt hatte, um es später auszupacken. Nur dass der Haufen dort überhaupt nicht mein Gepäck ist. Das steht jetzt auf dem Boden. Mein Herz beginnt zu galoppieren wie ein junges Pferd bei seinem ersten Grand-National-Hindernisrennen. Meine Augen werden immer größer, und ich halte das Handtuch sehr fest.

Da ist ein Mensch, ein Körper, ein Mann ... in meinem Bett! Ich muss mich im Zimmer geirrt haben. Dann betrachte ich wieder das Gepäck. Die alte Reisetasche vom Dachboden mit meinem abgenutzten und verblassten Stereophonics-Sticker auf der Seite gehört definitiv mir. Ja, in meinem Bett liegt ein Mann, der sich jetzt auf einen Ellbogen aufstützt. Ich schätze ihn auf ungefähr fünfunddreißig. Er schiebt sich die unordentlichen dunklen Locken aus dem länglichen gebräunten Gesicht. Seine Kieferpartie, das Kinn und die Oberlippe sind mit dunklen Stoppeln übersät. Mit Zeigefinger und Daumen reibt er sich die Augen. Er hat eine lange, gerade Nase, und als er die Augen wieder aufmacht, sehe ich, dass sie sehr braun sind – so braun wie dunkle Schokolade. Eingerahmt werden sie von dicken Augenbrauen, und unter ihnen liegen dunkle Ringe. Die Augen funkeln, als würden sie lachen, vermutlich über mich, obwohl ich ihn offensichtlich gerade aufgeweckt habe. Er fährt sich mit der Hand über die hohe Stirn. Der Mann trägt ein weißes ärmelloses Shirt, das seine muskulösen Schultern enthüllt. Auf der einen entdecke ich ein kleines Tattoo, das ich nicht richtig erkennen kann. Um den Hals hat er zwei oder drei kurze Halsketten geschlungen, eine mit Perlen und eine aus Leder mit einem kleinen silbernen Charm als Anhänger. Er sagt nichts, sondern grinst mich nur an.

»Was zum ...? Mist ... Verzeihung ... Was zum ...?«, stottere ich. Dabei frage ich mich, ob Candy und Nick gleich auftauchen werden, um sich über ihren Witz kaputtzulachen. Aber sie kommen nicht.

Der Mann setzt sich auf und zeigt wieder ein sehr weißes, strahlendes Grinsen. Dann hebt er ein Hemd vom Boden auf, wo er es eindeutig vor Kurzem erst fallen gelassen hat, und streift es über. Da ihm offensichtlich auch seine Manieren irgendwo abhandengekommen sind, macht er Anstalten, die Decke wegzuklappen.

»Entschuldigung?«, sage ich laut und hebe ungläubig die Hand – gleichzeitig wütend und verlegen.

Er hält inne und lässt die Decke wieder sinken.

»Oh, tut mir leid, natürlich.« Er lächelt wieder träge, als wollte er sich über mich lustig machen.

Wir schauen uns an. Ich warte auf eine Erklärung oder eine Entschuldigung, warum er in meinem Zimmer in meinem Bett liegt. Und er … Na ja, so wie es aussieht, scheint er darauf zu warten, dass ich verschwinde. Ungeduldig zupft er an der Bettdecke und zieht eine Augenbraue hoch. Die Lederarmbänder an seinem Handgelenk schieben sich übereinander.

»Badezimmer«, sagt er erklärend, nickt in Richtung des kleinen Duschbads, in dessen Tür ich nach wie vor stehe. Ich habe eigentlich nicht vor, meine Stellung aufzugeben, doch er wedelt wieder mit der Ecke der dünnen Decke und streckt einen Fuß aus dem Bett. Oh Gott, wer weiß, was er sonst noch trägt – wenn überhaupt? Ich taumele vorwärts und schnappe mir meine Reisetasche, während ich mit der anderen Hand das Handtuch festklammere. Sein Lachen verfolgt mich, als ich fluchtartig das Zimmer verlasse.

Isaac rieb sich mit beiden Händen das Gesicht. Er war müde. Die Anreise hatte ziemlich lang gedauert, genauso wie die Party vor seiner Abreise. Doch wie eine Schwalbe, die den Jahreszeitenwechsel genau spürt, konnte auch Isaac fühlen, wann die Zeit zum Aufbruch gekommen war. Wäre er noch länger geblieben, hätte er das Gefühl gehabt, wieder in Kalifornien zu leben, und das kam gar nicht infrage.

Es ging ihm jetzt schon besser, wenn er an die neuen Weine dachte, an das Neuland, das es zu erkunden galt. Er spürte, wie sein Interesse wieder erwachte. Das Feuer in ihm erhielt neue Nahrung. Er liebte das Gefühl, an einem neuen Ort anzukommen. Und, um ehrlich zu sein, hatte er mit seiner Ankunft schon für Aufregung gesorgt. Er hatte diese arme Frau nicht erschrecken wollen. Er hatte so tief geschlafen, dass er beinahe vergessen hatte, wo er sich befand. Als er das letzte Mal in einem Bett gelegen hatte, war er herausgeschlüpft, bevor seine Schlafgenossin wach geworden war, und hatte schon im Flugzeug gesessen, bevor er ihr eine Abschiedsnachricht schicken konnte. Es war besser so. Er mochte keine ausgiebigen Abschiede, sie schmerzten zu sehr. Wie auch immer, vielleicht kehrte er ja auch am Ende der Saison wieder nach Kalifornien zurück. Doch jetzt musste er sich auf die nächsten Monate hier in Frankreich konzentrieren. Das war eine große Chance für ihn, und wenn er klug vorging, konnte er zu neuen Ufern aufbrechen. In dem Fall wäre Kalifornien nur ein weiteres Kapitel in seinem Leben, genauso, wie es ihm gefiel. Er lächelte und stieg aus dem Bett, um im Bad zu verschwinden.

»Ein Mann! In deinem Bett!«, quietscht Candy.

»Pst!«, mache ich. Wahrscheinlich fände er es großartig, wenn wir über ihn reden, denke ich. Er ist der Typ dafür: unverschämt und selbstsicher. Ich lasse meine Sachen auf das Bett in ihrem Zimmer fallen, das ich für frei halte – obwohl ich mir nicht ganz sicher bin, weil auf beiden jede Menge Klamotten, Schuhe und Haarstyling-Geräte liegen. Ich hebe einen Stapel mit verschiedenen Outfits hoch und sehe mich nach einem Ort um, an dem ich sie ablegen kann.

»Was machst du da?« Candy schaltet den Lockenstab aus. Sie hat sich in ein kleines Handtuch gewickelt und trägt zwei große Lockenwickler auf dem Kopf. Ihr Körper ist überall unnatürlich orange getönt.

»Ich halte Ausschau nach einem Platz, wo ich das hier ablegen kann«, stelle ich ungerührt fest. Candy mag zwar eine der besten Verkäuferinnen des Call-Centers sein, doch gesunden Menschenverstand besitzt sie nicht gerade im Übermaß.

»Wenn jemand in meinem Bett liegt, brauche ich einen anderen Schlafplatz«, erkläre ich, immer noch außer Fassung und verärgert. Ich platziere ihre Kleidung zwischen dem Nachttisch und einer freien Ecke auf dem Bett neben ihrem Kissen.

»Du kannst nicht hierbleiben. Es gibt nicht annähernd genug Platz«, jammert sie und dreht ihre weißblonden Haare wieder auf den Lockenstab.

»Das ist das größte Zimmer«, erläutere ich geduldig. Es ist mehr als doppelt so groß wie mein Zimmer zu Hause. Allerdings schlafe ich immer noch in meinem Jugendzimmer mit Blick auf den Garten hinter dem Haus. Dad hat das mittlere Zimmer, das früher meiner Schwester gehört hat. Jetzt bewohnt sie zusammen mit ihrem Mann eine ganze Flucht von Zimmern: Schlafzimmer, Badezimmer und Ankleide. Kurz nach der Hochzeit hat sie mir Bilder gemailt. Früher habe ich auch Fotos von meinen Neffen bekommen, damit ich sie Dad zeige. Das war vor dem ganzen Wirbel. Seitdem schickt sie nichts mehr. Ich hätte ihr gerne ein paar Fotos von Frankreich gesendet. Traurig schaue ich aus dem Fenster auf den rasch dahinströmenden Fluss. Ich hätte ihr gerne erzählt, was ich gerade mache, aber ich bin zu verletzt, um mich bei ihr zu melden.

»Also? Wer ist er?« Candys Frage unterbricht meine Gedanken.

»Wer?«

»Der Mann in deinem Bett!« Sie schnalzt verärgert mit der Zunge.

»Keine Ahnung.« Ich zucke mit den Schultern und versuche, den Gedanken an ihn in meinem Bett und die damit verbundene Wut zu verdrängen. »Ein Urlauber? Vielleicht haben sie die Buchung übersehen.« Ich will ihn einfach vergessen. »Hör mal, ich weiß, dass du nicht scharf darauf bist, mich hier zu haben ...« Ich bin auch nicht gerade begeistert. Bei dem Gedanken, mir das Zimmer mit der Frau zu teilen, deren Verlobungssammlung ich mir geborgt habe, krümme ich mich vor Verlegenheit. »... aber es ist das einzige freie Bett im Haus, also müssen wir uns damit abfinden.« Ich schlucke schwer. Sie schweigt eine Weile, dreht sich zum Spiegel über der Frisierkommode um und widmet sich weiter ihren Haaren. Ich nehme meine Habseligkeiten aus der Reisetasche und räume sie in eine leere Schublade, während Candy und ich uns gegenseitig ignorieren. Dann wendet sie sich plötzlich an mich.

»Du glaubst nicht ...?«, sagt sie nachdenklich.

»Was denn?«

»Du glaubst nicht, dass er auch zu unserem Team gehört, oder? Noch ein Verkäufer?«

Wir denken beide darüber nach.

»Mist!«, murmele ich halblaut. Sie könnte recht haben. Der Konkurrenzkampf ist auch ohne weitere Herausforderer schon hart genug – und dieser wäre auch noch richtig lästig und dreist. Candy dagegen blüht bei der Aussicht regelrecht auf.

Ich wende mich wieder meiner Tasche zu und nehme mein bestes und gleichzeitig einziges Kleid heraus, das ich zur Hochzeit meiner Schwester direkt nach der Geburt ihres ersten Babys gekauft habe.

Ich kann die Stimme meiner besten Freundin Layla hören, die mir sagt, ich hätte mir etwas Neues gönnen sollen, denn ich hätte es verdient. Doch ich bin pleite. Layla hat mal bei uns gearbeitet. Wir haben einander jahrelang gegenübergesessen. Seit sie fort ist, fühle ich mich auf seltsame Weise beraubt. Layla hat die wahre Liebe gefunden und möchte mich davon überzeugen, dass es auch für mich noch nicht zu spät ist. Doch da die einzigen potenziellen Kandidaten, die ich je treffe, bei Cadwallader's im Vertrieb arbeiten, weiß ich nicht, ob sie recht hat. Als ich das Kleid ausschüttele, huschen meine Gedanken wieder zu Charlie, und ich frage mich, was Layla wohl von ihm halten würde. Attraktiv, gescheit, ein eigener Betrieb – alles spricht für ihn. Ich betrachte das Kleid und überlege, ob ich es anziehen soll. Na ja, es schadet jedenfalls nicht, wenn ich versuche, den ersten Eindruck zu verbessern. Ich mache mich daran, mich umzuziehen.

»Du glaubst also, dass du die Richtige für den Job bist?« Candy lächelt mich an wie eine spöttische Hyäne.

»Nun …« Ich räuspere mich und versuche mich an einem zuversichtlichen Lächeln. Es klappt nicht, mein Kiefer ist blockiert.

»Du musst härter werden, wenn du im Rennen bleiben willst. Vor allem, wenn wir einen neuen, gutaussehenden Typen mit am Start haben. Aber erzähl das bitte nicht meinem Dean! Er ist ziemlich eifersüchtig.« Candy lacht und schaut wieder in den Spiegel. »Du solltest versuchen, den Gouvernanten-Look loszuwerden.« Sie nickt meinem Spiegelbild zu.

Eine Stunde später habe ich mich viermal umgezogen, aber trotzdem bin ich wieder bei dem Kleid gelandet. Ich habe ein bisschen Lippenstift aufgetragen, um mir etwas mehr Glanz zu verleihen, und mir einen Schal um den Hals geschlungen, aber ich bin unsicher. Ich sollte mir keine Gedanken darüber machen, was Candy von mir hält, aber irgendetwas muss sie ja richtig machen. Wahrscheinlich ist sie die heiße Favoritin für den Job, und ganz offensichtlich ist sie zufrieden mit ihrem Aussehen. Ich muss mir eine Scheibe davon abschneiden. Wie sagt Trevor immer vor den regelmäßigen Montagstreffen mit Gruppensingen: »Nur ein glücklicher Verkäufer ist auch ein erfolgreicher Verkäufer.«

Ich ändere meine Meinung über den Schal ... und den Lippenstift. Dann fahre ich mit der Bürste durch meine Locken und versuche, sie zurückzustecken, allerdings ohne Erfolg.

Anschließend versammeln wir uns unten im Wohnzimmer. Nick trägt eine andere Chinohose und ein hellblau-rosafarbenes Hemd und hat sich einen pinkfarbenen Pulli um die Schultern gelegt. Gloria hat ein geknöpftes Baumwollkleid an, das über der Brust spannt, einen Cardigan – falls es kühl werden sollte –, und hat sich lässig einen leichten Schal um den Hals geschlungen.

»Gut, sind alle startklar?« Nick reibt sich die Hände.

»Hey.« Der Mann, der in meinem Bett gelegen hat, streckt den Kopf in die Küche und winkt uns zu.

»Oh, nein!«, murmele ich und verstecke mich hinter Nick – in der Hoffnung, dass der Mann mich nicht entdeckt. Alles an ihm sorgt dafür, dass sich mir die Nackenhaare aufstellen. Er besitzt nicht nur die Dreistigkeit, sich einfach in meinem Bett breitzumachen, sondern entschuldigt sich nicht einmal dafür. Jetzt zieht er sich einen Ohrstöpsel aus dem Ohr und lässt ihn einfach baumeln.

»Ich bin Isaac. Möchte jemand ein Bier?« Er hält selbst eins in der Hand und lässt Krümel von dem Brot aus dem Begrüßungskorb, der für uns bereitstand, auf den Boden fallen. »Sorry, es war ein langer Tag und ein langer Flug. Hey, du siehst super aus.« Er winkt mir zu und lässt noch mehr Krümel fallen. Ich versuche mich an einem Lächeln. »Ich habe dich nicht gleich erkannt ... mit Klamotten«, fährt er fort und lacht. Die anderen reagieren entsprechend. Gloria sperrt den Mund auf, Candy kreischt vor Lachen, und Nick verzieht peinlich berührt das Gesicht. Ich beiße verärgert die Zähne zusammen.

»Tut uns leid, wir haben eine Verabredung«, sage ich wesentlich überheblicher als beabsichtigt und wende mich der gläsernen Haustür zu.

»Och, ich auch!« Er wirft einen Blick auf seine Uhr und wirft sich das letzte Brotstück in den Mund. »Vielleicht zufällig zum Abendessen im Tire-Bouchon?«

Mir rutscht das Herz in die Hose: Also ist er tatsächlich ebenfalls Verkäufer.

»Du kommst mit uns?« Candy geht mit schwingenden Hüften auf ihn zu und lächelt wie eine Gottesanbeterin.

»Jep.« Er nickt. »Ich bin Isaac, Charlies neuer Kellermeister. Ich komme geradewegs aus Kalifornien. Vermutlich werde ich euch alles beibringen, was ihr über Wein wissen müsst.«

Candy schaltet schlagartig vom Modus kampfbereite Konkurrentin auf affektiert lächelnde Schülerin um, hakt sich bei Isaac unter und schiebt ihn in Richtung Tür. Dabei wiegt sie ihren prallen, runden Po hin und her. Nick, der plötzlich ernst aussieht, und Gloria, die wie immer nichts sagt, folgen ihnen.

»Ich bin so gespannt, was du mir beibringen kannst«, säuselt Candy, als wir in den warmen, sonnigen Abend hinaustreten. Die Sonne sinkt über dem Fluss, genau wie meine Laune, als sich meine Aussichten, den neuen Job zu ergattern, weiter eintrüben. Wenn ich überhaupt noch eine Chance haben will, den Gerichtsvollzieher davon abzuhalten, Dad und mir das Haus wegzunehmen, muss ich sehr bald anfangen, einen richtig guten Eindruck zu machen. Aber wie?

7. Kapitel

Der Spaziergang am Ufer entlang ist eine stille Angelegenheit. Nicht einmal die ein oder zwei Gläser Crémant, ein Schaumwein, den wir zusammen mit Colette im Verkostungsraum getrunken haben, haben uns lockerer gemacht. Na ja, Candy vielleicht schon. Nick, Gloria und ich gehen hinter Candy, die neben Isaac herspaziert. Zwischen uns herrscht unbehagliches Schweigen. Wir kennen uns nicht, da wir bei Cadwallader's in verschiedenen Abteilungen gearbeitet haben, doch ich frage mich, was sie wohl über mich denken. Wahrscheinlich wundern sie sich, warum um alles in der Welt ich dabei bin. Ich muss Distanz wahren.

Das Wissen, zwölf Wochen lang gemeinsam ein Haus zu bewohnen – in meinem Fall sogar das Zimmer teilen zu müssen –, während wir uns alle Hoffnungen auf denselben Preis machen, liegt uns offensichtlich schwer im Magen.

Das Restaurant befindet sich im Ort direkt auf der anderen Seite des Platzes. Wir spazieren an der Boule-Anlage vorbei, wo immer noch Männer spielen, obwohl die Sonne schon über der Dordogne untergeht. Wir passieren die *mairie* an der Uferstraße. Schließlich nähern wir uns dem Tire-bouchon. Der Terrassenbereich ist mit Lichterketten geschmückt, die wie Glühwürmchen aussehen und die Fassade des Restaurants anstrahlen. Der Duft nach würzigem Fleisch, das über offenem Feuer gegrillt wird, begrüßt uns. Vor dem einstöckigen Gebäude befindet sich eine mit Dielen ausgelegte Terrasse, die genauso groß ist wie das Restaurant selbst und von zwei großen rot-weißen Markisen geschützt wird. Hier und da stehen Heizpilze, die allerdings an diesem milden und warmen Abend nicht eingeschaltet sind. Die meisten Tische auf der Terrasse sind besetzt, und junge dunkelhaarige Kellnerinnen mit Hochsteckfrisuren, engen schwarzen Jeans und schwarzen Wickelschürzen laufen herum, nehmen Bestellungen auf, bringen Wein an die Tische und sammeln benutztes Geschirr ein. Fröhliches Stimmengewirr untermalt von leiser Jazzmusik liegt in der Luft. Beim Betreten der Terrasse scheint sich die Anspannung, unter der wir bisher gelitten haben, auf einmal in Luft aufzulösen. Das Restaurant ist nicht besonders groß, scheint aber beliebt zu sein. Es strahlt Tradition und Lockerheit aus. Der Fluss trägt mit seinen sanften Geräuschen zum Ambiente bei. Manchmal plätschert es kurz – vielleicht sind es Fische –, und gründelnde Enten quaken leise, als unternähmen sie einen entspannten Abendspaziergang. Wie zuvor sind Ruderboote auf dem Wasser unterwegs, gefolgt von dem kleinen Motorboot. Als der Mann wieder seine Anweisungen in das Megaphon ruft, unterbricht er damit das Schnattern der Enten, die sich gestört fühlen und auffliegen. Doch sogar die französischen Rufe tragen zu der wunderbaren Atmosphäre bei.

Ich atme die weiche Abendluft ein. Während meiner Zeit hier in Frankreich werde ich bestimmt nicht noch einmal in einem schönen Restaurant essen gehen. Zum Glück wird die Firma die Rechnung übernehmen. Ich habe kein Geld für Restaurantbesuche, schon gar nicht für so schicke Lokale wie dieses hier. Meine Freundin Layla und ich sind hin und wieder zu Hause in England in eine Pizzeria in der Nähe gegangen: Meistens habe ich eine Vorspeise gegessen und behauptet, ich sei auf Diät. Sie hat immer Pommes mit zwei Gabeln bestellt, weil sie wusste, dass das nicht stimmte. Ich muss ihr später unbedingt noch schreiben.

»Bonsoir, Mesdames, Messieurs«, werden wir von einer

freundlich lächelnden Frau mit kurzem Haar und Brille begrüßt, die einen großen Stapel Speisekarten in den Händen hält. Sie zeigt uns unseren Tisch. Ich folge den anderen, als wir durch die großen, zur Terrasse hin geöffneten Glastüren ins Innere geführt werden. Hier ist das Stimmengewirr der fröhlichen Gäste noch lauter. Wie herzlich und einladend das klingt! Der Duft nach warmem Rahm und Zitronenschale hüllt mich ein wie eine Umarmung. Direkt vor den Türen steht ein langer Tisch. Am Kopfende sitzt ein Herr mit einem Gehstock. Er schaut zu mir auf und lächelt mich an. Das muss der alte Mr. Featherstone sein, Charlies Vater. Neben ihm sitzen eine Frau und Charlie. Entschlossen schlucke ich meine Schüchternheit herunter und streiche mein Kleid glatt. Das ist meine Chance, es wird Zeit, dass ich mich richtig ins Zeug lege.

»Mr. Featherstone?« Lächelnd strecke ich die Hand aus, obwohl ich extrem nervös bin.

»Guten Abend.« Er spricht langsam und mühevoll. Er hält mir nicht die Hand hin, und mir wird klar, dass er vielleicht nicht dazu in der Lage ist. Es sieht so aus, als wäre eine Seite seines Gesichts und seines Körpers leicht gelähmt. Doch er versucht sich an einem Lächeln, und seine Augen leuchten auf.

»Ich bin Lena Featherstone«, sagt die kleine, adrette Frau neben ihm und gibt mir die Hand. Charlie steht auf und begrüßt uns alle.

»Ich bin Emmy Bridges von Cadwallader's Call-Center«, stelle ich mich vor und versuche, selbstbewusst zu wirken.

»Nehmen Sie sich einen Stuhl, meine Liebe, und setzen Sie sich. Das Essen hier ist hervorragend, und der Blick auf den Fluss ist einfach wunderbar.«

Eine Kellnerin trägt einen Teller an unserem Tisch vorbei, auf dem ich ein Filetsteak, sahniges Kartoffelgratin und feste grüne Bohnen erkennen kann. Ich werde fast ohnmächtig vor

Hunger, als mir der knoblauchgeschwängerte Duft der Rotweinsauce in die Nase steigt.

»*À la bordelaise*«, erklärt Lena Featherstone und zeigt auf den Teller, als wollte sie mir bei der Essensauswahl helfen. »Eine Spezialität aus Bordeaux.«

In der anderen Hand hält die Kellnerin einen Teller mit weißem Fischfilet in einer hellgelben, cremigen Sauce – bestreut mit etwas frischem Schnittlauch und garniert mit einer Zitronenscheibe. Mir läuft das Wasser im Mund zusammen, als wäre er leckgeschlagen.

Candy schnappt sich den Stuhl neben Charlie und zieht Isaac mit sich. Gloria betrachtet die entzückende Umgebung rund um das Restaurant, nimmt den Ausblick begierig in sich auf und lächelt still vor sich hin. Aus der offenen Küche winkt uns der dicke, bebrillte Chefkoch, dessen weiße Kochjacke über dem Bauch spannt, lächelnd zu. Er beugt sich über einen heißen Grill, aus dem zischend und fauchend rote und orangefarbene Flammen schlagen. Die freundliche Frau, möglicherweise seine Ehefrau, verteilt die Speisekarten. Gloria sieht so entrückt aus, als befände sie sich in einer anderen Welt. Als sie sich endlich von ihrer Umgebung losreißen kann, nimmt sie die Speisekarte mit einem *»Merci, Madame«* entgegen.

»Charlie«, sagt Isaac, »wie läuft's denn so?« Er hält Charlie die Hand hin.

»Isaac?« Charlie mustert Isaac von Kopf bis Fuß und registriert die Lederhalsbänder und die legere Kleidung mit einem leichten missbilligenden Stirnrunzeln. Dann sagt er: »Sie haben es doch noch geschafft«, und verzieht den Mund zu einem Lächeln.

»Yeah, Mann. Tut mir leid, dass ich nicht früher gekommen bin«, antwortet Isaac mit seinem lässigen kalifornischen Akzent, stemmt eine Hand in die Hüfte und fährt sich mit der anderen durchs Haar. Auf ihn hat Charlie also gewartet, als er uns zuvor durch den Betrieb führte. Und plötzlich erinnere ich mich, dass es Isaac war, den ich in dem Restaurant gesehen habe, bevor ich zu Madame Beaumont gefahren bin. Offensichtlich hat er zu Mittag gegessen und dann ein Nickerchen gemacht – in meinem Bett. Charlie sieht aus, als erwartete er eine Erklärung oder eine Entschuldigung, doch als nichts kommt, schüttelt er Isaac schließlich die Hand. Isaac hingegen zieht Charlie zu sich heran, umarmt ihn kurz und klopft ihm auf den Rücken. Charlie wirkt ein wenig überrumpelt, doch dann lässt er die Begrüßung zu und tätschelt Isaac ebenfalls den Rücken.

»Kommen Sie, setzen Sie sich. Wie war Ihr Flug? Gab es eine Verspätung?« Ich habe den Eindruck, dass Charlie das für den Grund für Isaacs Freizeitkleidung hält. »Wie gefällt Ihnen das Gästehaus? Haben Sie sich schon eingerichtet?«

Isaac schenkt mir ein cooles Grinsen, bei dem sich mir wieder die Nackenhaare aufstellen.

»Oh, yeah, ich hab mich schon häuslich niedergelassen, kein Problem. Ich glaube bloß, dass mein Zimmer vielleicht schon jemand anderem gehört hat, bevor ich angekommen bin«, scherzt er und lacht. Ich zucke zusammen. »Ach, komm schon, Goldlöckchen, es war einfach nur ein Missverständnis.« Er streckt die Hände mit den Handflächen nach oben aus und zuckt mit den Schultern. »Ich bin einfach ins erste Zimmer gestolpert, das ich gesehen habe, und habe mich da niedergelassen. Ich hatte ja keine Ahnung, dass du reinkommen und geradewegs …«

Ich werde rot, und mein Nacken brennt. *Hör sofort auf*, flehe ich stumm.

»Ich brauchte ein kleines Nickerchen, keinen richtigen Schlaf. Es war eine ganz schön ausgiebige Abschiedsparty.«

»Ach«, sagt Charlie und schüttelt seine Serviette aus. Ich

schwöre, dass ich wieder ein Stirnrunzeln entdeckt habe. Offensichtlich nimmt er seinen Beruf sehr ernst. Und warum auch nicht? Das ist wohl der Grund, warum er seine Sache so gut macht.

»Dann habe ich also Kalifornien auf Wiedersehen gesagt, und in den nächsten Monaten steht Frankreich auf dem Programm. Hoffentlich ist die Begrüßungsparty genauso gut!« Erneut lacht Isaac. Im Gegensatz zu Charlie ist Isaac wohl ein Mensch, der nichts wirklich ernst nimmt. Candy stimmt in sein Lachen ein. »Komm schon, Goldlöckchen«, sagt er zu mir. »Ich hab dich doch nicht schon verschreckt, oder doch?« Er will mich aufziehen und grinst mich herausfordernd an. Ich halte seinem Blick stand und fühle mich genauso wie damals in der Schule, als die Jungs mich wegen meiner Haare gehänselt und an ihnen gezogen haben. Ich bekam regelmäßig Ärger, weil ich mich gewehrt habe. Ich hätte Isaac gerne gesagt, dass eine einfache Entschuldigung für das frühere Missverständnis angemessen wäre, aber ich beiße die Zähne zusammen. Ich darf ihm nicht zeigen, dass er mir auf die Nerven geht. »Es gehört mehr dazu als der Anblick eines Mannes in Boxershorts, um mich zu verschrecken«, antworte ich kühl mit aufgesetztem Lächeln und hochgezogenen Augenbrauen. Als ich mich abwende, brennen mein Hals, meine Wangen und sogar die Spitzen meiner Ohren vor Verlegenheit.

Ich wende mich wieder Mrs. Featherstone zu. »Wie lange leben Sie schon in der Region?«, frage ich und räuspere mich. Während ich hoffe, dass die Röte in meinem Gesicht bald verschwindet, bietet die Kellnerin mir Weißwein oder Rotwein an. Als ich auf den weißen deute, schenkt sie mir über meine Schulter hinweg ein wenig in mein Glas ein. Ich werfe einen flüchtigen Blick auf Charlie und sehe, wie er Isaac von der Seite abschätzend mustert. Isaac hat sich bequem zurückgelehnt, und Candy hängt an seinen Lippen, als er die kalifornische Kelterei beschreibt, für die er in den vergangenen Monaten gearbeitet hat. Ich ertappe mich dabei, wie ich Charlies Profil etwas länger betrachte, als ich sollte. Er ist wirklich ein ausgesprochen attraktiver Mann.

Mr. Featherstone beugt sich zu mir und reißt mich aus meinen Gedanken. Er spricht langsam und bedächtig: »Seit 1982. Charlie war noch ein Kind«, sagt er angestrengt.

»Wir sind immer sehr gerne hier gewesen«, fügt Mrs. Featherstone hinzu. »Doch jetzt teilen wir unsere Zeit zwischen Frankreich und Großbritannien auf.« Strahlend schaut sie ihren Mann an und legt ihre Hand auf seine. »Die Sommer verbringen wir in England, wo auch unsere Enkel leben.«

»Oh, ja, natürlich.« Ich blicke in Charlies Richtung, der inzwischen in ein Gespräch mit Isaac vertieft ist. Charlie erkundigt sich nach der Kelterei in Kalifornien und will etwas über die dortigen Weine, die Herstellungsmethoden und den Produktionsumfang erfahren. Er ist verheiratet, selbstverständlich ist er das! Ich schimpfe mit mir selbst, weil ich zugelassen habe, dass ich ihn attraktiv finde.

»Und seit seiner Scheidung bemühen wir uns ganz besonders, in engem Kontakt mit ihnen zu bleiben.«

Ach, er ist geschieden! Rasch senke ich den Blick auf die Speisekarte, um zu verbergen, dass ich Charlie angestarrt habe. Sofort bemerke ich, dass ich kein Wort verstehe. Ich versuche, mein Schulfranzösisch auszugraben, doch dann beschließe ich, genau das Gleiche wie Mrs. Featherstone zu bestellen.

»Suppe und Steak à la bordelaise.«

»Das schmeckt fantastisch.« Mrs. Featherstone beugt sich ein wenig vor. »Eine wunderbare Rotweinsauce. Und die Steaks werden über Weinstocktrieben gegrillt.«

Die freundliche Kellnerin lächelt und nimmt meine Speisekarte. Nick übersetzt gerade für Candy die Speisekarte. Sie bittet ihn, einfach für sie zu bestellen, aber nichts, an dem noch der Kopf dran ist.

Gloria schwenkt ruhig, aber selbstsicher auf Französisch um. Sie hat nur einen schwachen Akzent. *»Bonsoir, Madame. Je voudrais le confit de canard, au miel et au romarin, avec frites et haricots verts. Merci, Madame.«* Zum ersten Mal seit unserer Ankunft in Frankreich strahlt sie. Die Kellnerin erwidert das Lächeln.

»Bien sûr, Madame.«

Gloria spricht Französisch, natürlich! Deshalb ist sie hier.

»Du Glückliche, du sprichst Französisch! Ich wünschte, das könnte ich auch«, sage ich. Schon habe ich vergessen, dass ich eigentlich Distanz wahren will, aber sie hat mich ehrlich beeindruckt.

»Entenconfit«, erwidert sie. »Mit Honig und Rosmarin. Ich ... Ich habe viele Urlaube hier verbracht«, erklärt sie zu meiner Überraschung und legt sich die Serviette über ihre Oberschenkel. »Allerdings nicht in letzter Zeit«, fügt sie nachdenklich hinzu.

Deshalb ist sie also im Team, und obwohl ich beeindruckt bin und mich für Gloria freue, sinkt mein Mut noch ein bisschen mehr. Sieht so aus, als würde jeder über Geheimwaffen verfügen. Gloria spricht Französisch, Candy ist Topverkäuferin, und Nick – na ja, so wie er die Speisekarte studiert und die Übersetzer-App auf seinem Handy hinzuzieht, ist er ein kleiner Streber und will immer alle Einzelheiten verstehen.

»Charlie übernimmt das Geschäft, so dass wir ein bisschen kürzertreten können«, fährt Mrs. Featherstone fort, nachdem sie der Kellnerin die Speisekarte zurückgegeben hat. Ich glaube, ich kann Mr. Featherstone missbilligend brummen hören. Ich fange seinen Blick auf und denke dann, dass ich mir das vielleicht nur eingebildet habe.

»Achten Sie nicht auf ihn. Er braucht ein bisschen Zeit, um

sich an die Vorstellung zu gewöhnen, dass Charlie eine neue Richtung einschlagen möchte. Weg mit dem Alten, her mit dem Neuen.« Sie lacht unbeschwert – wie eine Lehrerin, die einen Streit auf dem Schulhof beilegen möchte.

»Haben Sie Familie?«, fragt Lena Featherstone lächelnd.

»Nein«, antworte ich, »nur meinen Vater. Na ja, und meine Schwester. Aber wir sehen sie nicht oft. Sie hat eine eigene Familie, zwei Söhne. Meine Schwester hat sehr viel um die Ohren. Aber Dad, na ja, er ... Jemand muss sich um ihn kümmern ...« Was soll ich sonst sagen? Schließlich kann ich dieser Dame nicht erzählen, dass wir meine Schwester nicht mehr sehen, weil sie der Grund für unsere missliche Lage ist. Und dass ich mich um Dad kümmere, weil er krank ist. Er ist nicht krank wie Mr. Featherstone – körperlich fehlt Dad nichts –, er kommt einfach mit dem Leben nicht mehr zurecht. Schon seit vielen Jahren nicht mehr. Ich überprüfe mein Handy und stelle fest, dass drei Anrufe in Abwesenheit eingegangen sind.

»Sie wohnen mit Ihrem Vater zusammen?«

»Ja.« Ich nicke betont begeistert.

»Dann sind Sie also nicht verheiratet oder verlobt?«

»Nein.« Ich versuche, unbeschwert zu wirken. Ich wünschte, ich könnte von interessanteren Dingen erzählen als von meiner Schwäche für Secondhandläden, meiner Abhängigkeit von der TV-Serie *Mieten, Kaufen, Wohnen* und meinen regelmäßigen Samstagabenden auf dem Sofa mit *Let's dance* und einer Packung HobNobs.

Auf der anderen Seite des Tisches beschreibt Candy ihr neues Auto und ihr Apartment, das sie vermieten wird, wenn sie mit ihrem Verlobten Dean zusammenzieht.

Auf unserer Seite ist die Unterhaltung versiegt. Ich habe kein neues Auto, keine eigene Wohnung, keinen Verlobten und keine Familie, über die ich reden könnte. Die Wahrheit ist, dass ich einen miesen Job habe und kaum meine Rechnungen bezahlen kann, weil ich nie eine Provision bekomme. Außerdem hatte ich eine Reihe erfolgloser Beziehungen. Na ja, eine ziemlich kleine Reihe. Es ist aber auch nicht einfach, einen neuen Freund mit nach Hause zu bringen, wo mein fünfundsechzigjähriger Vater abends mit heißer Malzmilch und Keksen auf meine Heimkehr wartet.

Mr. Featherstone beobachtet Charlie und Isaac, die die Köpfe zusammenstecken und ein intensives Gespräch führen. Mrs. Featherstone bricht etwas Brot für ihren Mann in kleine Stücke. Offensichtlich kann er nur seine linke Hand benutzen. In einer Ecke des Restaurants vor dem Durchgang zu den Toiletten entdecke ich einen Rollstuhl und begreife, dass er Mr. Featherstone gehört. Zum Glück hat er seine Frau an seiner Seite. Erneut überkommt mich Mitleid für meinen Vater, der niemanden hat. Aus diesem Grund muss ich zu Hause bleiben. Auf dem Tisch stehen Kerzen, die Charlies sonnengebräuntes Gesicht in ein sanftes Licht tauchen. Isaac ergreift sein Weinglas am Stiel, lässt den Wein kreisen und schnuppert daran, bevor er einen Schluck nimmt.

Unsere Vorspeisen werden gebracht. Die Frau, die ich für die Besitzerin des Restaurants halte, erscheint zusammen mit zwei Kellnerinnen, beladen mit Tellern und Schalen. Ich bekomme eine französische Zwiebelsuppe. Sie ist dunkelbraun, und auf der Oberfläche schwimmen kleine durchsichtige Ringe, die von geschmolzenem Käse stammen. Der Käse befindet sich auf einem runden Toastbrot, das wie eine Insel in der Mitte der tiefen Suppenschale schwimmt. Ich atme den Duft ein – Knoblauch und Brandy, wenn ich mich nicht täusche. Candys Vorspeise sind *crevettes* – orange- und rosafarbene Garnelen – in geschmolzener Knoblauchbutter, bestreut mit Knoblauchstückchen. Doch damit hat Candy vermutlich nicht gerechnet, und Nick hat es wohl auch anders beschrieben.

»Ich dachte, du hättest gesagt, es wäre wie ein Krabbencocktail!«

»Komm, gib mal her!« Nick beugt sich vor und zieht den Garnelen die Köpfe, Schalen und Beine ab. Dann badet er die Finger in der Fingerschale, in der eine Scheibe Zitrone schwimmt. Doch Candy verzieht bloß das Gesicht und isst Brot mit weißer Butter.

»Iiihh! Ich glaube, sie haben vergessen, die Butter zu salzen«, stöhnt sie. Sie versucht, das Gespräch zwischen Isaac und Charlie zu verfolgen und ignoriert Nicks Bemühungen, ihr zu helfen.

Die Vorspeisenteller werden abgeräumt. Candy hat ihre Vorspeise nicht angerührt – was für eine Verschwendung! Mr. Featherstone räuspert sich missbilligend in Charlies Richtung. Charlie begreift, was sein Vater von ihm erwartet, unterbricht das Gespräch mit Isaac und hebt sein Glas.

»Ich möchte diese Gelegenheit nutzen, Sie alle im Namen der Familie Featherstone bei Featherstone's Wines in Petit Frère willkommen zu heißen.« Er nickt seinen Eltern zu. »Vielleicht sollten wir uns kurz vorstellen. Ich bin Charlie Featherstone. Ich bin seit vielen Jahren erfolgreich im Vertrieb tätig, vor allem im Bereich Lebensmittel und Getränke, und ich bin glücklich, jetzt unseren Familienbetrieb zu verstärken. Mein Vater«, er deutet auf Mr. Featherstone, »und meine Mutter Lena«, er nickt ihr lächelnd zu, um zu zeigen, dass er ihre Rolle nicht vergessen hat, »haben dieses Geschäft gemeinsam aufgebaut. Petit Frère hat lange Zeit im Schatten des wohlbekannten Weinorts Saint Enrique auf dem Hügel nebenan existiert. Aber es ist mein Ziel, den Betrieb Featherstone auszubauen und Petit Frère damit zu dem Ruf zu verhelfen, der ihm gebührt. Wir werden uns einen Namen als einer der größten Weinlieferanten in der Gegend machen. So, wer ist der Nächste?«

Einer nach dem anderen stellt sich vor und hebt sein Glas auf das ›Featherstone-Team‹.

»Dann sind Sie also alleinstehend?«, fragt Lena und sieht mich an.

»Oh, äh, ja.«

»Nun, ich glaube nicht, dass wir im Büro je für dich gesammelt haben, was, Emmy?« Candy verzieht den Mund und legt den Kopf schief. »Beste Verkäuferin der Woche? Verlobung? Einweihungsparty? Ich kann mich nicht erinnern, dass du mal was bekommen hast«, stichelt sie und schüttelt den Kopf. Am liebsten hätte ich geantwortet: »Das ist, weil du meinen Anteil bekommen hast!«, aber ich kann nicht. Ich muss einen Weg finden, ihr die letzte Sammlung, die ihr zusteht, zurückzugeben.

»Wie gesagt, Charlie ist auch Single«, sagt Lena augenzwinkernd.

»Mutter!«, sagt Charlie warnend, und Lena zuckt entschuldigend mit den Schultern und lacht. Ich winde mich innerlich vor Unbehagen. Ist es so offensichtlich, dass ich Charlie attraktiv finde?

»Ich mein ja bloß«, scherzt Lena mit geröteten Wangen, für die auch der Weißwein verantwortlich sein könnte. Doch Candy kneift die Augen zusammen, als eröffneten sich ihr ganz neue Perspektiven und Horizonte.

»Er schimpft immer mit mir, wenn ich versuche, ein …«, Lena schaut Candy an und dann wieder mich, »passendes Mädchen für ihn zu finden.«

»Wenn jemand dich als ›passend‹ bezeichnet, bedeutet das, dass du vernünftig und langweilig bist«, sagt Candy leise hinter vorgehaltener Hand zu mir. Ich zucke zusammen, als hätte sie mich geschlagen. »Ich habe dir doch gesagt, leg diesen Gouvernanten-Look ab.« Und natürlich hat sie recht. Ich weiß nur zu gut, dass ich niemals jemanden wie Charlie erobern werde. Obwohl ich finde, dass ›passend‹ eine gute Sache ist. Es bedeutet, dass man zuverlässig und loyal ist. Ich weiß, dass mein Dad Charlie sehr ›passend‹ finden würde, und ich ehrlich gesagt auch. Candy dagegen würde man nie so beschreiben.

»Wir möchten natürlich faire Bedingungen für diesen Job haben, Mrs. Featherstone. Keine Bevorzugungen!«, scherzt Candy. Es fühlt sich an wie eine Eisenfaust in Samthandschuhen. Sie schaut zwischen Charlie und mir hin und her, nimmt einen Schluck Weißwein und füllt ihr Glas wieder auf.

»Nicht dass du wirklich eine Chance hättest, was, Emmy?«, fährt Candy fort. Ich komme mir neben ihr vor wie eine Strohpuppe auf einer Bühne. »Ich meine, du warst noch nie auch nur annähernd Verkäuferin des Monats, sondern du reichst nur immer den Kuchen und den Sekt herum! Wie Mrs. Overall in *Acorn Antiques*!«

Sie kreischt vor Lachen, und Isaac stimmt in ihr Lachen ein. »Wer ist Mrs. Overall? Klingt ja furchtbar!« Die Einzige, die nicht mitlacht, ist Gloria; sie sieht mich mitleidig an, was noch schlimmer ist. Am liebsten würde ich Candy und Isaac erwürgen. Candy schiebt das Kinn vor, als hätte sie bereits den Preis gewonnen. »Wenn du diesen Job bekommst, Emmy, laufe ich nackt durch die Straßen, werfe den Kindern Bonbons zu und pfeife die Nationalhymne!«

Ich nehme mein Glas und trinke einen Schluck Wein. Plötzlich passiert etwas in meinem Kopf. Ich mag nicht die erste Wahl für diesen Job sein. Ich spreche nicht gut Französisch, ich bin keine Topverkäuferin und auch kein Bücherwurm, aber ich möchte diesen Job mehr als alles andere. Ich habe es satt, Emmy von den Reinigungsprodukten zu sein, die sich immer um die Sammlungen kümmert. Ich will mehr. Ich würde alles dafür geben, Candy diesen Job vor der Nase wegzuschnappen, wirklich alles.

»Tatsächlich?«, erwidere ich ruhig. »Das möchte ich gerne sehen.«

»Ich auch!«, meldete sich Isaac spielerisch zu Wort, und Candy lacht wieder laut.

»Okay, wie wäre es mit einer Wette?«, schlägt sie entzückt vor. »Der Gewinner bekommt alles.«

»Jetzt warte mal …«, versucht Nick einzugreifen.

»Ich mache dir einen Vorschlag. Angesichts der Tatsache, dass für dich noch nie gesammelt wurde, wette ich um die Sammlung für meine Verlobung. Bis wir zurückkommen, wird Trevor sicherlich herausgefunden haben, wohin das Geld verschwunden ist. Wenn du gewinnst, gebe ich dir die Summe. Wenn du verlierst, zahlst du mir das Zweifache davon.«

Damit wären wir dann quitt, denke ich und schlucke schwer.

»Wirklich, du musst das nicht tun«, versucht Nick es noch einmal. Charlie lehnt sich beeindruckt zurück.

Candy starrt mich herausfordernd an. Sie leckt sich die Lippen, und ihre Augen tanzen vor Aufregung. Sie sieht aus wie eine Katze, die mit einer Maus spielt. Emmy Bridges von den Reinigungsprodukten, die schlechteste Verkäuferin auf der Welt. Ich schaue zu Isaac. Er grinst träge. Ich weiß, dass es mir egal sein sollte, aber irgendetwas in mir möchte ihm gerne zeigen, wozu Goldlöckchen imstande ist.

»Die Wette gilt!«, sage ich, woraufhin die anderen erstaunt nach Luft schnappen, vor allem Gloria.

Candy quietscht vor Entzücken und streckt mir die Hand entgegen. Als ich sie schüttele, wird mir klar, was ich mir da eingebrockt habe. So viel dazu, mich aus allem heraushalten zu wollen!

8. Kapitel

Der folgende Tag ist ein Sonntag, und ich fühle mich, als wäre ich von einem Bus überfahren worden. Ich glaube nicht, dass ich überhaupt geschlafen habe. Nick, Candy und Isaac sind am Vorabend lange aufgeblieben und haben in der Küche getrunken. Ich bin sicher, dass Candy irgendwann aus voller Kehle ›All About That Bass‹ geschmettert hat. Und ich glaube, Nick hat mitgesungen, oder vielleicht war es auch Isaac. Außerdem haben die Kirchenglocken während der Nacht stündlich geschlagen. Damit auch jeder weiß, wie spät es ist. Und dann war da noch Candy. Sie schläft noch. Irgendwie hat sie es geschafft, ihr Bett von der Wand abzurücken, und sie liegt mit dem Gesicht nach unten in ihren Kissen. Ein Bein hängt heraus, und an ihrer dicken Zehe baumelt immer noch eine hochhackige Sandalette.

Der Lärm, den sie die ganze Nacht veranstaltet hat! Es klang wie eine Mischung aus Schnarchen und dem Quieken eines Ferkels. Ich höre ihr wieder zu.

»Snurrrrrrr, wiiiiiiiii, snurrrrr, wiiiiiii …«

Die Kirchenuhr schlägt sieben, aber diesmal sind es nicht nur sieben Schläge. Es läutet wie verrückt; zweifellos, um allen mitzuteilen, dass sie aufstehen und in die Kirche gehen sollen. Das Licht strömt durch die Fensterläden vor den großen, tiefen Fenstern, die sich mit einer Drehung des Griffs und einem hörbaren Knacken öffnen lassen. Vermutlich sind es neue Fenster, die auf alt gemacht sind. Draußen ist es schon recht warm.

»Snurrrrrrr, wiiiiiiiii, snurrrrr, wiiiiiii …«

Ich werfe das Laken zurück und nehme meine Kleidung, die auf meiner Reisetasche liegt. Im Vergleich zu Candys nagelneuem Koffer, der fast den gesamten Platz auf dem Boden einnimmt, wirkt sie alt und abgenutzt. Ich tapse über die Holzdielen zum Badezimmer, wasche mich, ziehe mich leise an und schlüpfe hinaus in den Morgen. Ich atme die frische, warme Luft ein. Ein Erkundungsausflug mit dem Fahrrad in den Ort wird für einen klaren Kopf sorgen, denke ich mir. Ich schnappe mir das Rad und fahre in Richtung Stadtplatz. Vielleicht kaufe ich mir in Monsieur und Madame Obels' *Épicerie* eine Banane und einen Pfirsich. Die warme Sonne steigt höher. Ich rieche den tröstlichen, berauschenden Duft von frisch gebackenem Brot. Ein Junge läuft aus der Boulangerie und hält ein Baguette in der einen und ein halbmondförmiges Croissant in der anderen Hand. Er reckt das Gesicht der Sonne entgegen, lächelt und beißt in das Croissant. Krümel fallen ihm aus Mund und Hand auf den Boden, während er mit dem Rest seiner Einkäufe nach Hause geht.

Ich kann nicht widerstehen. Ich stelle das Fahrrad ab und nicke Monsieur und Madame Obels, die vor ihrem Geschäft stehen, grüßend zu. Der Duft und der Anblick der verschiedenen Backwaren hinter der Glasscheibe in der Boulangerie geben mir das Gefühl, ein Kind in einem Süßwarenladen zu sein. Doch schließlich entscheide ich mich für ein Croissant, genau wie der Junge vor mir. Es ist groß, buttrig, blättrig und fluffig. Ich zeige auf eine Flasche Wasser, bezahle und bringe ein »Merci« hervor. Als ich aus dem Laden trete, läuten wieder die Kirchenglocken. Frauen in adretten schwarzen Kleidern und flachen Schuhen sowie ältere Männer überqueren den Platz und steigen die Stufen zur Kirche hinauf.

Es ist ganz anders als sonntagmorgens zu Hause, wenn die Straßen vom vorhergehenden Samstagabend mit Müll und Abfall übersät sind. Neben der Kirche steht ein Blumenstand.

Ich beschließe, einen Strauß Gerbera zu kaufen, leuchtende und fröhliche Blumen in Lila, Gelb und Orangetönen, die wie große Gänseblümchen aussehen. Ich betrachte die Biegung des Flusses, *la mairie* – das Rathaus –, das Restaurant Tire-Bouchon, jetzt geschlossen mit an den Tischen lehnenden Stühlen, und denke, was für ein wunderschöner Ort das doch ist. Ich krame mein Handy aus der Tasche, mache ein Foto und schicke es an Layla.

Hi Layla. Du wirst es nicht glauben, ich bin in Frankreich! Trevor hat mich zu einem Lehrgang bei einem neuen Kunden geschickt. Das Wetter ist heiß, heiß, heiß. Mein Französisch ist furchtbar und meine Zimmergenossin ein Albtraum! Na ja, es sind nur zwölf Wochen, also 84 Mal schlafen, richtig?! Vermisse dich! X

Eigentlich vermisse ich alles an Zuhause, denke ich, als ich auf ›Senden‹ tippe. Noch vierundachtzigmal schlafen, sage ich vor mich hin, genau wie als Kind. Mir sinkt der Mut. Das klingt nach einer Ewigkeit!

OMG!, schreibt sie fast sofort zurück. *Ich wünschte, ich wäre mit dir da!*

Das wünsche ich mir auch. Dann hätte ich vielleicht nicht so eine dämliche Wette mit Candy abgeschlossen. Wenn ich verliere, was ich wahrscheinlich tun werde, muss ich das geborgte Geld gleich doppelt zurückzahlen. Was habe ich mir bloß dabei gedacht? Ich wollte nur, dass das Lächeln von ihrem und Isaacs Gesicht verschwindet, und jetzt habe ich mich noch höher verschuldet.

Ich blicke zum *gîte*. Ich will noch nicht zurück. Es gibt einen anderen Ort, an dem ich sein sollte. Ich fahre weiter, schwankend und schlingernd. Meine Flipflops sind auch nicht gerade hilfreich. Ich versuche, einem verbeulten alten Renault auszuweichen, der mitten auf der Straße auf mich zukommt. Automatisch lenke ich nach links statt nach rechts und ernte wildes Hupen. Der Fahrer trägt blaue Arbeitskleidung und eine Schiebermütze und hat eine Zigarette im Mundwinkel. Meine Nerven brauchen eine Weile, um sich zu beruhigen, aber als ich die Steinbrücke erreiche, fühle ich mich ein bisschen sicherer. Nur wenn Autos mich überholen und ich wieder ins Schwanken gerate, halte ich die Luft an und kneife die Augen zu.

Ich verlasse die Stadt und strampele auf der Straße nach Saint Enrique den Hügel hinauf, genau wie am Vortag. Diesmal bin ich besser vorbereitet, denn ich habe die große Flasche Wasser aus der Boulangerie dabei. Den Strauß Gerbera balanciere ich auf dem Lenker.

Als ich die bröckelnden Torpfosten von Clos Beaumont erreiche, ist mir heiß, richtig heiß. Meine Oberschenkel brennen vor Schmerz. Als ich das Rad an den Pfosten lehne, fallen Mörtel und kleine Steine herunter. Durstig trinke ich das Wasser. Mit der leeren Flasche in der einen Hand und den Blumen in der anderen gehe ich die Einfahrt entlang auf das Haus zu. Tief atme ich den Duft nach Thymian und Lavendel ein.

Der große rotbraune Hund bellt und erhebt sich mühsam, als wäre ihm jede Anstrengung zu viel. Ich kann es ihm nicht verdenken. Ich bücke mich, um ihm den Kopf zu tätscheln, doch als er zu sabbern beginnt, weiche ich ihm rasch aus. Er nimmt das als Zeichen, dass seine Arbeit getan ist, und lässt sich mit einem Plumps wieder zu Boden sinken.

»Hallo? Madame? Bonjour!«, rufe ich genau wie am Vortag. Ich strecke den Kopf in den Schuppen mit den großen Betonfässern auf beiden Seiten, dann in einen anderen langgestreckten Schuppen, in dem sich reihenweise alte Holzfässer befinden.

Die Flaschen, die ich gestern umgestoßen habe, sind alle gespült und ordentlich aufgereiht. Ich mache mir Vorwürfe, weil ich nicht früher gekommen bin, um zu helfen.

»Allo!«, versuche ich es mit einem französischen Akzent. Ich verlasse den Schuppen und gehe auf den Weinberg hinter dem Haus zu. Ein leichter Dunstschleier schwebt über den Weinstöcken, die sich den Hügel hinunter bis zum Château auf dem nächsten Hügel erstrecken. Der Horizont ist schwach orange und gelb getönt. Am Ende etwa jeder dritten Reihe steht ein wunderschöner gelber Rosenbusch, um den zufrieden Bienen summen, genau wie bei den Weinstöcken, die ich auf meinem Hinweg gesehen habe.

Es ist immer noch keine Spur von Madame Beaumont zu entdecken. Vielleicht ist sie noch nicht aufgestanden. Ich gehe zu der Glastür an der Rückseite des Hauses, klopfe an und strecke die Hand nach dem Türgriff aus. Die Tür ist offen. Vorsichtig strecke ich den Kopf ins Haus und rufe wieder: *»Allo!«* Der dunkle Raum ist genauso vollgestopft wie am Vortag: stapelweise Papiere, Wäsche, die überall hängt, ein Haufen schmutzigen Gemüses, das nach Aufmerksamkeit schreit. Erneut frage ich mich unwillkürlich, warum sich alles in diesem einen Zimmer abspielt, obwohl das Haus ziemlich groß ist.

»Allo?«, wiederhole ich mit mehr Selbstvertrauen. Keine Reaktion. Ich wende mich ab und betrachte den abschüssigen Hang. Da entdecke ich die kleine, gebeugte Gestalt, die zwischen den Weinstöcken den Hügel hinaufsteigt. Es ist Madame Beaumont. Sie trägt ein adrettes schwarzes Kleid und eine Strickjacke – trotz der zunehmenden Wärme – und hat einen Korb in der Hand. Ihr graues Haar ist zu einem Dutt zusammengefasst, und sie hat sich ein Haarband um den Kopf geschlungen. Während sie geht, spricht sie leise vor sich hin und berührt die Blätter der Weinreben mit der Hand. Sie hat mich noch nicht gesehen, und ich möchte sie nicht erschrecken. Daher entferne ich mich ein wenig vom Haus, bleibe an einer Stelle stehen, die ins Auge fällt, und erwarte sie. Sie

spricht immer noch, hält hin und wieder inne, um ein paar Trauben zu berühren und genauer zu untersuchen. Ab und zu mustert sie eines der großen Blätter intensiver und bricht auch schon mal eins ab. Wenn ich mich nicht täusche, unterhält sie sich mit den Weinreben, als wären es alte Freunde, und lächelt liebevoll, als würde sie ein kleines Kind loben. Unwillkürlich muss ich ebenfalls lächeln.

Ich verliere mich so sehr in die Szene vor meinen Augen, dass ich regelrecht erschrecke, als sie mich entdeckt. Als ihr Blick auf mich fällt, wird mir plötzlich klar, dass ich mitten in ihrem Garten stehe und sie anstarre.

»Oh, *excusez-moi*«, sage ich, während sie näher kommt. Sie sieht mich mit leicht schräg gelegtem Kopf aus zusammengekniffenen Augen an, was mir sagt, dass sie über mein Auftauchen nicht erfreut ist. »Ich war gestern hier«, erinnere ich sie.

»Ja, Sie haben mir meinen Geldbeutel gebracht. Sind Sie gekommen, um Ihre Belohnung abzuholen?«, fragt sie mich sehr direkt. Ich bin ein wenig betroffen.

»Nein, ganz und gar nicht.« Auf einmal habe ich einen Knoten in der Zunge. »Ich, äh, ich habe die Flaschen umgeworfen. Ich habe gesagt, dass ich zurückkomme, um das Chaos zu beseitigen. Das sieht mir ähnlich, ich bin immer so ungeschickt.« Meine Zunge arbeitet noch nicht richtig mit meinem Gehirn zusammen.

Madame Beaumont schweigt, und ich habe den Eindruck, dass sie mir nicht glaubt.

»Ich bin nur gekommen, um aufzuräumen – wirklich.«

Schließlich antwortet sie: »Das ist nicht nötig, es ist schon erledigt.«

»Haben Sie jemanden, der Ihnen im Weinkeller hilft? Es tut mir leid, dass ich Ihnen zusätzliche Arbeit verursacht habe.«

»Nein, ich arbeite allein.« Sie wirkt sehr verschlossen.

»Oh, das tut mir so leid«, sage ich und schäme mich sehr, weil ich sie mit dem Chaos allein gelassen habe.

»Kein Problem. Ich bin fast fertig.«

»Ich würde Ihnen gerne helfen.«

»Nicht nötig.«

Dann schaut sie mich direkt an.

»Wie gefällt Ihnen die Arbeit bei Featherstone's Wines? Sind Sie schon lange dort?«

»Rund vierundzwanzig Stunden«, antworte ich, und ich glaube, dass ein winziges Lächeln um ihren Mund zuckt.

»Arbeiten Sie im Weingeschäft?«, fragt sie weiter, während sie ihren Korb auf dem kleinen Tisch an der Hintertür abstellt und das Tuch von ihrem Hals löst.

»Das werde ich.« Ich nicke und versuche, selbstbewusster zu wirken, als ich mich fühle.

»Hat er Sie hergeholt, weil Sie viel von Wein verstehen?«

Ich beiße mir auf die Unterlippe und schüttele den Kopf. Madame Beaumont zieht die Augenbrauen hoch, sagt aber nichts.

»Ich weiß nichts über Wein«, erwidere ich nüchtern. »Wir sind hier, um zu lernen, damit wir den Wein später in Großbritannien verkaufen können. Wissen Sie, sein Sohn, Charlie, hat den Betrieb übernommen. Er möchte expandieren und mehr in Großbritannien verkaufen. Aber er braucht einen Teamleiter …« Mit einem Male wird mir klar, wie lächerlich es ist zu glauben, ich könne es mit Candy aufnehmen. Ich lasse die Schultern sinken, seufze und erkläre: »Er wird einen Teamleiter auswählen. Es ist eine gute Stelle mit einem guten Gehalt und einem Bonus …« Ich verstumme. Madame Beaumont muss das alles nicht wissen.

Ich komme mir sehr dämlich vor, wie ich in meinen Urlaubsshorts und dem Nelson-Mandela-T-Shirt hier stehe und dieser Dame erzähle, dass ich im Weingeschäft arbeiten und einen Job ergattern will, obwohl ich nicht den geringsten Anlass zur Hoffnung habe. Ich senke den Blick auf den staubigen Boden und überlege, wie ich mich höflich verabschieden und rasch wieder verschwinden kann.

Dann sagt sie, als hätte sie meine Gedanken gelesen: »Sie können nichts verkaufen, von dem Sie nichts verstehen.«

Langsam blicke ich auf.

»Ganz genau.« Ich zucke mit den Schultern und spüre, wie die Verzweiflung über mir zusammenschlägt. Wie soll ich bloß dieses dicke Buch auswendig lernen? »Wir müssen alles über jeden einzelnen Wein lernen, damit wir jede Frage beantworten können«, erkläre ich. »Wir haben dieses Skript bekommen, das wir auswendig lernen sollen …«

»Wissen Sie, was das ist?« Sie zeigt auf die Weinstöcke.

»Weintrauben?«, sage ich – und stelle damit nur fest, was sowieso offensichtlich ist.

Sie stößt ein tiefes, kehliges Lachen aus.

»Ich mag Ihre Ehrlichkeit«, erwidert sie. »Ich wünschte, mehr Menschen würden das aussprechen, was sie denken.« Ich bin nicht sicher, was sie damit sagen will.

»Ihre Mutter hat Sie gut erzogen. Sie muss stolz auf Sie sein.«

Ich schüttele den Kopf. Mein Mund scheint sich selbstständig zu machen, während mein Gehirn ruft: »Sei still, es ist Zeit zu gehen!«

»Ich bin allein … mit meinem Vater. Er … Ich kümmere mich um ihn. Und ich habe auch eine Schwester.« Ich schlucke und verstehe gar nicht, warum ich einer Fremden von meinem Privatleben erzähle. »Es geht ihr gut. Ihr Mann war Fußballspieler. Er ist jetzt, äh, Geschäftsmann. Irgendwas mit Investments …« Ich verstumme.

Madame Beaumont legt den Kopf schräg. »Haben Sie Ihre Schwester großgezogen?«

Ich sauge an meiner Oberlippe, dann nicke ich und zucke mit den Schultern. Vielleicht ist das Heimweh daran schuld, dass ich so viel rede. »Es war eben einfach so …« Ich spüre den vertrauten Kloß im Hals und bin sicher, dass es nur das Heimweh ist.

Wir schweigen beide für einen Augenblick. Ein junger Hahn auf dem Feld nebenan kräht laut. Ein Vogelschwarm kreist lärmend über unseren Köpfen. Madame Beaumont schaut auf, als die Vögel sich auf der Stromleitung niederlassen wollen.

»Cecil!«, ruft sie, und der große alte Hund rappelt sich auf und beginnt zu bellen. Die Vögel starten wieder und fliegen davon. Der Hund marschiert auf und ab.

Ich lächele.

»Was ist Cecil? Ich meine, welche Rasse?«

»Er ist ein Mischling, genau wie ich.«

Wieder weiß ich nicht, was sie meint.

»Er ist zur Hälfte eine Bordeauxdogge und zur Hälfte …«, sie zuckt mit den Schultern, »… irgendwas anderes. Seine Mutter war eine stolze Bordeauxdogge aus der Region. Sein Vater gehörte einem Durchreisenden. Er ist einfach Cecil.«

Das Bedürfnis zu weinen, das eben noch beinahe übermächtig war, als meine Sorgen mich beinahe übermannten, lässt nach. Ich bin bestimmt erschöpft. Erschöpfung lässt die Dinge immer in einem schlechteren Licht erscheinen. Doch ich bin so weit weg von zu Hause und frage mich, was um alles in der Welt ich hier tue. Natürlich werde ich die Stelle als Teamleiterin nicht bekommen. Ich weiß nichts über Wein. Der letzte Wein, den ich in der letzten Zeit gekauft habe, war der Lambrini im Angebot, den ich für Laylas Ausstand erstanden habe – und ich weiß nicht, ob der überhaupt unter Wein läuft. Ganz anders als der wunderbare Wein, den wir am Vorabend getrunken haben. Der war weich und fruchtig und süffig – und ich hatte am Morgen nicht mal einen Anflug von Kopfschmerzen.

Mein Telefon klingt. Rasch murmele ich eine Entschuldigung und nehme das Gespräch an.

»Hi, Dad, ja, mir geht's gut! Und dir? Ja, ja. Es läuft prima. Ja, wir haben gestern wunderbar zu Abend gegessen.«

Er will alles wissen. Madame Beaumont hat sich abgewendet und inspiziert ihre Rosen.

Dann sagt er: »Es ist so, Liebes, dass wir noch ein Schreiben bekommen haben. Wir haben eine weitere Hypothekenrate nicht gezahlt.«

»Mach dir keine Sorgen, Dad«, sage ich seufzend. Ich lasse mutlos die Schultern sinken, obwohl ich versuche, optimistisch zu klingen. »Mein Chef, Charlie, hat gesagt, dass der beste Verkäufer von uns zum Teamleiter gemacht wird.« Warum erzähle ich ihm das? Es besteht nicht die geringste Hoffnung, dass ich diejenige sein werde. Trotzdem plappert mein Mund weiter. »Ja, das bedeutet, wir könnten unsere Schulden tilgen, kein Problem. Das könnte alles ändern.«

»Du schaffst das, ich weiß es. Ich bin so stolz auf dich, Emmy«, erwidert Dad. Jetzt würde ich am liebsten wirklich in Tränen ausbrechen. Ich sage ihm, dass ich ihn liebe, dann beenden wir das Telefonat.

Madame Beaumont sieht mich an. Ich reibe mir die juckende Nase.

»Ihr *papa*?«, fragt sie, und ich nicke. Sie mustert mich aufmerksam und legt wieder den Kopf schräg. »Er setzt großes Vertrauen in Sie, ja?«

»Er kommt alleine nicht so gut zurecht. Er arbeitet nicht mehr. Er wurde … krank.« Die Wahrheit ist, dass er aufgegeben hat. Er konnte nicht weitermachen, nachdem Mum … nachdem Mum den Unfall hatte. Er hat sich im Schockzustand in seinen Sessel gesetzt, und so ist es seitdem geblieben.

Eine Weile hat ihn seine Arbeit noch über Wasser gehalten. Er hat als Verkäufer für eine Süßwarenfirma gearbeitet, und er liebte seinen Job. Doch nach Mums Tod hatte er keine Freude mehr am Leben. Er konnte sich nicht mehr um sich selbst kümmern, geschweige denn um mich oder meine jüngere Schwester … Also habe ich das übernommen.

»Er glaubt, ich kriege alles hin.« Ich muss schlucken. »Ich wünschte, er hätte recht. Wenn ich diese Stelle als Teamleiter bekäme, würde das unsere Probleme lösen.« Ich seufze. »Ich habe keine Ahnung, wie ich ihm erklären soll, dass ich keine Chance auf diesen Job habe.« Ich begreife, dass ich es zum ersten Mal laut ausgesprochen habe. »Es tut mir so leid. Hören Sie, es tut mir wirklich leid, dass ich gestern so ein Chaos verursacht habe.« Ich überreiche ihr den Blumenstrauß, den ich die ganze Zeit umklammert habe. Die Blumen welken schon ein bisschen. Ich versuche, sie etwas aufzurichten. »Ich sollte jetzt aufbrechen. *Merci.*«

»Merci«, sagt Madame Beaumont, als sich die Blumen in ihrer Hand nach außen beugen.

Ich drehe mich um und gehe rasch die Zufahrt hinunter. Ich habe schon fast das Tor erreicht.

»*Attendez!* Warten Sie!« Ihre scharfe Stimme lässt mich innehalten, als ich gerade nach dem alten Fahrrad greife. Ich drehe mich um. Die Hitze lässt meine blasse Haut prickeln, und mein gerötetes Gesicht brennt.

»Wie wollen Sie etwas verkaufen, von dem Sie nichts verstehen?«, fragt sie erneut. Sie hebt den Kopf, streckt das Kinn vor und sieht mich streng an.

Ich schüttele den Kopf und zucke mit den Schultern. »Ich muss bloß dieses Handbuch auswendig lernen …« Ich verstumme.

Sie mustert mich und dreht sich dann um. »*Venez*. Kommen Sie.« Mit einer Handbewegung bedeutet sie mir, ihr zu folgen. Zuerst bin ich nicht sicher, ob ich sie richtig verstanden habe. Ich lasse das Fahrrad stehen und gehe zurück. Sie wartet, bis ich sie erreicht habe. Dann ruft sie etwas, und zu meiner Überraschung kommt ein großes Pferd mit Fesselbehang über den mächtigen Hufen aus dem angrenzenden Feld zum Gatter.

»*Venez.*« Sie macht eine auffordernde Kopfbewegung, und ich folge ihr zum Gatter. Zwischen den Weinstöcken laufen immer noch Schafe herum, und ich frage mich, ob ich ihr helfen soll, sie zusammenzutreiben.

»Die Schafe, Madame? Soll ich Ihnen helfen, sie einzufangen?« Ich habe keine Ahnung, wie man das macht, aber ich bin bereit, einen Versuch zu wagen.

»Nein.« Erneut schüttelt sie den Kopf. »Sie sind mein Gärtner.«

»Wie bitte?«

»Sie halten das Unkraut unter Kontrolle«, erklärt sie, als sie das Gatter öffnet und dem Pferd den kräftigen Hals tätschelt. Ich trete einen Schritt zurück. An so große Tiere bin ich nicht gewöhnt. Abgesehen von Hunden hatte ich noch nie etwas mit Tieren zu tun.

»Voilà, Henri«, stellt sie mir das Pferd vor, auch wenn ich keine Ahnung habe, warum sie das macht. »Mein Assistent«, fügt sie hinzu. Sie ergreift mein Handgelenk mit ihrer knochigen Hand, damit das Pferd an mir schnuppern kann, was es dann auch ausgiebig tut. Seine Tasthaare kitzeln mich an der Hand, und ich muss lachen. Madame Beaumont hält meine Hand nach wie vor fest. Ich betrachte den langen Kopf des Pferdes.

»Er sieht nicht mehr so gut. Auf einem Auge ist er blind, und das Sehvermögen auf dem anderen Auge schwindet«, erläutert Madame Beaumont. Ich betrachte die milchig-blauen Augen des Tieres.

»*Viens*«, fordert sie Henri auf. Er gehorcht, geht durch das Gatter und kommt in den Hof. Rasch ziehe ich mich zurück. Ich will nicht, dass das Tier mir mit einem dieser riesigen behaarten Hufe auf den Fuß tritt.

Dann beobachte ich, wie sich das Pferd mit ein wenig Unterstützung durch Madame Beaumont rückwärts genau zwischen die beiden Zugstränge des alten Holzkarrens bugsiert, der dort bereitsteht.

»Woher weiß er, wie er sich positionieren muss?«, will ich wissen, während ich erstaunt zusehe.

»Instinkt«, antwortet sie. »Im Schuppen finden Sie ein weißes Fass und eine Weinbergspritze. Holen Sie die bitte.«

Ich tue gerne, was sie mir aufträgt. Die schwarz-weiße Katze beobachtet mich aufmerksam aus zusammengekniffenen Augen.

Als ich aus dem Schuppen trete, ist das Pferd angeschirrt. Voller Ehrfurcht beobachte ich, wie Madame Beaumont das Tier auf die Weinstöcke zuführt.

»Kommen Sie mit«, fordert sie mich auf und bedeutet mir, das Plastikfass auf den Wagen zu stellen. Dann betrachtet sie mit einem missbilligenden Laut meine Füße.

»So können Sie nicht im Weinberg arbeiten.«

Ich schaue auf ihre Füße. Sie trägt Clogs. Ich dagegen schwanke in meinen Flipflops auf dem unebenen Untergrund unsicher hin und her.

»Bringen Sie nächstes Mal Stiefel mit.«

Sie führt das Pferd langsam zwischen die ersten beiden Reihen des Weinbergs.

»Das sind also meine ›Weintrauben‹.«

Sie will mich aufziehen, und ich muss unwillkürlich grinsen. Sie hat ja recht. Ich weiß absolut gar nichts.

»Das ist meine Cabernet Sauvignon Parzelle – eine Rebsorte, die in dieser Region gut gedeiht. Da drüben ist mein

Merlot, und hinten Richtung Ort habe ich eine Parzelle mit Cabernet Franc.«

»Und da drüben?« Ich zeige auf die Weinstöcke am nächsten Hügel unterhalb des Château. »Das ist Saint Enrique, nicht wahr?«

Madame Beaumont wirft mir wieder von der Seite einen eulenähnlichen Blick zu und bewegt schnell den Kopf. Sie sagt nichts, sondern nickt nur leicht.

»Das hier sind meine«, bestätigt sie und geht weiter. Sie inspiziert die Trauben an einer Reihe Rebstöcke, hält hin und wieder inne und hebt die Blätter an. Dann bleibt sie stehen, nimmt eine kleine Schere aus der Tasche, schneidet ein großes Blatt ab und wirft es hinten auf den Anhänger. Und ich habe das Gefühl, als hätte unsere sich zaghaft anbahnende Freundschaft einen kleinen Rückschritt erlitten. Aus irgendeinem Grund scheint sie mir immer noch zu misstrauen.

»Die Trauben brauchen Sonnenlicht, sonst werden sie nicht reif.« Sie sagt nichts mehr zu der anderen Parzelle auf dem nächsten Hügel, auf die ich gezeigt habe. Zusammen mit dem Pferd bewegt sie sich langsam vorwärts und bleibt ab und zu stehen. »Momentan müssen diese Weinbeeren noch dick und rund werden. Wir beseitigen die Blätter, die ihnen die Sonne nehmen.« Erneut schneidet sie ein Blatt ab und wirft es auf den Wagen. »Sie müssen gehegt und gepflegt werden, um zu wachsen und zu gedeihen. Sogar die zögerlichsten kapieren irgendwann, was sie zu tun haben.« Sie lacht leise und fragt dann: »Sie wissen wirklich nichts über Wein und Trauben?«

»Nein«, bestätige ich.

»Warum wollen Sie ihn dann verkaufen?«

Wir spazieren gemächlich die Reihen entlang, während ich ihr von dem Call-Center, meiner Arbeit und den einhundertfünfzig Verkäufern erzähle. Ich erkläre ihr, wie es dazu kam, dass ich hier bin – nicht, weil ich es mir verdient habe, sondern aus purem Glück und Zufall. Ich berichte ihr von der Stelle als Teamleiter und wie unser Zuhause nun von meinem Erfolg abhängt. Ich verschweige auch nicht, dass ich jedoch in Wirklichkeit nicht die geringste Chance habe. Ich spreche über Candy, Cadwallader's Topverkäuferin, und ihren Verlobten Dean; von Nick aus der Werbeabteilung und Gloria aus der Abteilung Strickwaren. Und von mir, Abteilung Toilettenpapier und Reinigungsprodukte für Restaurants, Bars und Pflegeheime.

»Also könnte die Zeit hier Ihr Leben verändern«, sagt Madame Beaumont und folgt dem Wagen.

»Das könnte sie.« Ich seufze resigniert. »Wenn ich mich beweisen könnte.«

»Und Candy?«

»Oh, sie will den Job. Sie will ein neues Auto und die Hochzeit des Jahrhunderts. Sie hat ein Foto Ihres Traumautos auf ihrem Schreibtisch. Wir müssen alle ein Foto von dem, was wir uns am meisten wünschen, als Bildschirmschoner einrichten … ein Bild auf dem Computer«, erkläre ich ihr, als ich merke, dass sie Bildschirmschoner nicht kennt.

»Und Sie? Was ist Ihr … Bildschirmschoner?«

Ich schlucke.

»Es ist ein Haus … mein Haus mit meiner eigenen Haustür.« Es ist das Cottage aus dem Film *Liebe braucht keine Ferien,* in dem Cameron Diaz in Kate Winslets entzückendes kleines Cottage in Surrey zieht. Ich möchte nur mein eigenes Zuhause haben und Wurzeln schlagen. Eine Familie gründen. Ich liebe meinen Dad und wollte immer in seiner Nähe bleiben, doch als ich nach dem Tod meiner Mutter zurück nach Hause zog, war mir nicht klar, dass ich jetzt immer noch dort wohnen würde. Natürlich würde er das Haus niemals verkaufen. Es ist der Ort, an dem sich seine Erinnerungen befinden. Seine Wurzeln … und meine ebenfalls. Mums Lieblingstasse steht immer noch im Küchenregal, ihr Morgenmantel hängt immer noch hinter der Tür, und die kahle Stelle auf dem Rasen gibt es immer noch. Sie hatte eines Sonntags die Bratensoße verbrannt und die Pfanne aus dem Fenster geworfen. Aber ich würde liebend gerne ein kleines Haus in der Nähe kaufen, einfach das Gefühl haben, die Lebensleiter hinaufzuklettern – so wie die anderen Mitarbeiter in der Firma. Ich erzähle Madame Beaumont nichts von den anderen lächerlichen Fotos für meinen Bildschirmschoner, die nur in meinem Kopf existieren. Ich möchte eine große glückliche Familie haben, die an Weihnachten rund um den Tisch sitzt. Stattdessen bin ich mit Dad allein.

Für mich scheint das Leben stillzustehen, und wenn ich diesen Job nicht bekomme, wird es sich niemals weiterentwickeln.

»Und diese Stelle?«

»Ich hätte sie gerne; ich möchte, dass Dad stolz auf mich ist, und ich will die Gerichtsvollzieher loswerden. Aber ich werde den Job nicht bekommen. Ich würde sogar so weit gehen zu sagen, dass es drei andere sehr gute Kandidaten gibt, die auf jeden Fall geeigneter sind als ich.«

»Manchmal kommt es vor, dass ein Weinjahrgang, von dem wir nicht viel erwarten, sich als besonders spannend herausstellt«, sagt Madame Beaumont. Sie schweigt kurz, und ich versuche zu begreifen, was sie mir mitteilen will.

Dann beginnt sie, mir ihre tägliche Routine im Weinberg zu erläutern.

»Waren Sie immer schon Weinherstellerin?«, will ich wissen.

»Eine Winzerin? Ja«, erwidert sie schlicht. »Und vor mir hat meine Familie hier Wein angebaut. Manche dieser Rebstöcke sind achtzig Jahre alt, manche vielleicht sogar noch älter.«

Wir biegen in die nächste Reihe ein und klettern aufwärts. Sie spricht mit den Reben, als begrüße sie ein Klassenzimmer voller Kinder.

Sie bleibt stehen, schnalzt missbilligend mit der Zunge. Dann greift sie nach der Sprühlanze, die an dem weißen Fass mit der Flüssigkeit befestigt ist, und sprüht eine Weintraube ein.

»Spritzen Sie alle Trauben?« Ich erinnere mich an die Traktoren mit den langen Sprüharmen, die ich auf meinem Weg hierher auf den Feldern gesehen habe. Erneut schnalzt sie mit der Zunge.

»Ich bin dafür, so wenig wie möglich einzugreifen. Mutter Natur soll ihre Arbeit machen. Diese Weinstöcke wissen, was zu tun ist. Diese ganze Spritzerei ist, als würde man Morphium gegen Kopfschmerzen nehmen. Wir unterstützen, aber wir mischen uns nicht ein.« Sie bückt sich und zieht ein Unkraut aus. »Bald darf nicht mehr gespritzt werden, nicht in den letzten beiden Wochen vor der Weinlese. Und dann werde ich die Ernte des Vorjahres in Flaschen abfüllen. Alles muss fertig sein, und die Fässer müssen für den neuen Jahrgang gereinigt werden. Ich glaube, er wird interessant.« Ihre Augen funkeln.

Als am Abend die Sonne untergeht, holt Madame Beaumont eine Flasche Wein aus dem Haus. Sie setzt den Korkenzieher an und kämpft mit der Flasche. Gerade als ich ihr Hilfe anbieten will, löst sich der Korken mit einem lauten *Plopp!*, gefolgt von einem verheißenden Gluckern, als sie uns ein Glas Wein einschenkt. Wir setzen uns neben die Hintertür auf die alte Veranda und betrachten den Sonnenuntergang hinter den Weinbergen.

»Danke, dass Sie mich heute herumgeführt haben«, sage ich und nehme einen Schluck Wein.

»Danke, dass Sie mir gestern meine Geldbörse zurückgebracht und mir heute geholfen haben.« Sie trinkt ebenfalls. Ich kann nicht begreifen, wie diese Frau zu dem zweifelhaften Ruf kommt, den sie sie offensichtlich im Ort genießt. Offensichtlich haben sie die alte Dame nie so kennengelernt, wie ich sie an diesem Tag erlebt habe.

»Über Wein gibt es jede Menge zu lernen«, erklärt sie mir. »Nicht das ganze Zeug aus den Büchern, sondern das Verständnis für die Weinstöcke und das *terroir*. Unter terroir versteht man Klima, Mikroklima, Gelände, Bodenbeschaffenheit und Hangneigung.«

Ich weiß, dass ich niemals genug darüber lernen kann.

Da sagt sie zu meiner Überraschung: »Ich könnte Ihnen viel beibringen.«

Sie sieht mich an und beobachtet meine Reaktion. Ich schüttele den Kopf. Ich wäre nie in der Lage, genug zu lernen. Ich meine, Nick kennt sich offensichtlich jetzt schon gut aus, Candy ist eine Topverkäuferin, und Gloria … Gloria spricht anscheinend Französisch wie eine Einheimische. »Ich glaube nicht, dass ich überhaupt eine Chance haben könnte.«

»Lektion eins. Informiere dich über deine Gegner. Sehen Sie das Château da drüben? Der Besitzer ist ein Ortsansässiger, der Weinberge in der ganzen Welt aufkauft. Das ist es, was er tut. Er sieht etwas und kauft es. Schon seit Jahren versucht er, mir mein Land abzuschwatzen.« Sie zuckt mit den Schultern. »Sie haben schon alles probiert, aber ich verkaufe nicht. Solange ich lebe, werde ich meinen Wein auf meine Weise herstellen.«

»Das ist schrecklich, dass er Ihr Weingut kaufen will.«

»Halte deine Freunde nahe bei dir, aber deine Feinde noch näher. Es gibt so viel mehr über Wein zu lernen als das, was in den Handbüchern steht. Ich kann Ihnen helfen, aber Sie müssen auch lernen wollen. Wenn Sie den Job unbedingt haben möchten, können Sie es schaffen.«

Skeptisch schaue ich sie an. Trevor hat mich nur hergeschickt, um das Team aufzufüllen, und, gemäß seinen Worten, damit ich kein Chaos mehr mit den Bestellungen für Reinigungsprodukte veranstalte. Ich würde alles dafür geben, so wie die anderen zu sein, wie Candy, die konsequent auf ihre Ziele hinarbeitet. Stattdessen trete ich auf der Stelle und kann gerade eben verhindern, dass ich untergehe. Doch ein kleiner Teil von mir würde es nur zu gerne versuchen.

»Da drüben im Château Lavigne stellen sie Sekt her. Es heißt, dass die Flaschen per Hand tausende Male gedreht werden, und dass die Männer Arthritis von der Arbeit haben.« Zweifelnd zieht sie eine Augenbraue hoch. »Es ist guter Sekt … wenn auch überteuert.«

Wir trinken unseren Wein, und ich denke darüber nach, woher man weiß, dass ein Wein überteuert ist. Und wann aus einem guten Wein ein hervorragender Wein wird.

»Denken Sie darüber nach. Ich bin hier, falls Sie lernen wollen. Als Erstes müssen Sie daran arbeiten, sich selbst zu vertrauen.«

Ich zähle im Geiste die verbleibenden Wochen. Es sind viele! Ich trinke mein Glas aus, danke Madame Beaumont und breche auf.

Auf dem Heimweg denke ich darüber nach, was Madame Beaumont gesagt hat. Könnte ich es tatsächlich schaffen? Wenn ich lerne, meinen Instinkten zu vertrauen? Immer wieder sehe ich das Bild vor mir, wie Isaac und Candy am Vorabend im Restaurant über mich gelacht haben. Ihr herausfordernder Blick. Sein cooles Lächeln. Die Wette. Ich erlaube mir ein winziges Hirngespinst, in dem ich die Wette gewinne und das Featherstone-Team leite. Candy sammelt im Büro für mich und kauft Kuchen und Sekt. Oh … natürlich erst, nachdem sie nackt durch die Stadt gelaufen ist, Bonbons geworfen und die Nationalhymne gepfiffen hat!

Nur zum Spaß beschließe ich, Madame Beaumonts Theorie auszuprobieren und meinen Instinkten zu vertrauen, indem ich die Füße von den Pedalen hebe und den Hügel hinunterrolle. Doch das Fahrrad schwankt und wackelt. Rasch stelle ich die Füße auf die Pedale, weil ich merke, dass meine Instinkte noch weit vom Ziel entfernt sind … Sehr weit.

9. Kapitel

Ich werde wieder früh wach, denn ich kann nur ein gewisses Maß an Candys seltsamen nächtlichen Geräuschen ertragen. Es wird wieder ein prachtvoller Tag werden. Ich stehe auf, gehe zu den traditionellen bodentiefen Fenstern und öffne sie. Die dünnen Vorhänge wehen in der leichten Brise. Die Tauben auf den terrakottafarbenen Dachziegeln auf dem Büro- und Verkostungsgebäude gurren und schnäbeln mit ihren Partnern. Aber es gibt noch mehr Geräusche, ein Klappern und Klirren. Als ich zum Ort schaue, entdecke ich, dass ich nicht nur von Candys nächtlichem Gebrabbel aufgeweckt worden bin. Es ist Montagmorgen, und in den Straßen werden gerade Marktstände aufgebaut.

Rasch ziehe ich mich im Badezimmer an und werfe noch einen Blick auf Candy, die am Vorabend ein paar der regionalen Weine getestet hat. Möglicherweise wird sie es an diesem Morgen bereuen. Ich schaue auf die Uhr. Es ist halb acht, und die Arbeit beginnt nicht vor neun. Also habe ich noch Zeit, mir den Markt anzusehen. Ich breite die Bettdecke, die halb auf dem Boden liegt, über Candy aus und verlasse den Raum. Vorsichtig schleiche ich die Holztreppe hinunter, für den Fall, dass Isaac noch schläft. Ich will ihn nicht aufwecken, denn ich habe keine Lust, mich mit ihm zu unterhalten. Leise trete ich aus dem Haus und folge der Straße, die zum Brunnen auf dem Marktplatz führt. Als ich um die Ecke biege, treffe ich auf einen See von Nylonhöschen und Büstenhaltern in Rot und Gold, Türkis und mit Leopardenprint. Verlegen versuche ich, den neonfarbenen Miedern auszuweichen, die am Stand hängen und sich mir um den Kopf wickeln. Ich schlage sie zur Seite und erreiche endlich den Platz mit dem Brunnen, sehr zur Erheiterung der stark geschminkten Inhaberin des Standes mit den Second-Hand-Klamotten gegenüber. Überall sind Stände mit rot-weißen Markisen aufgebaut. An der Straße mit dem kleinen Restaurant, vor dem ich Isaac am ersten Tag gesehen habe, befinden sich Obst- und Gemüsestände. Die Verkäufer packen Tomaten, Orangen, Erdbeeren und grüne Bohnen für die Kunden in Papiertüten. Frauen mit überquellenden Körben begrüßen sich lächelnd mit Wangenküsschen. Die Bars sind geöffnet, und der Duft nach heißem Kaffee und frisch gebackenem Brot hängt in der Luft. Grillhähnchen, die sich glitzernd in der Hitze eines heißen Ofens am Spieß drehen, locken mich in die Stadt hinein.

Ich spaziere zwischen den Kleiderständen herum und stoße auf einmal auf einen, bei dem die Kleidungsstücke hoch aufgetürmt und ineinander verschlungen auf einem Tisch liegen. Auf einem großen Pappschild steht ›1 Euro‹. Ich beobachte zwei Frauen, die sich durch den Berg wühlen und das Beste heraussuchen. Meine Schwäche für Second-Hand-Klamotten übermannt mich, und ich trete vor und nehme Kleidungsstücke in die Hand. Candys Worte noch im Ohr – »Leg den Gouvernanten-Look ab«, finde ich schließlich zwei Sommerkleider und ein T-Shirt für insgesamt drei Euro. Ich habe keine Ahnung, ob ich die Kleider je tragen werde. Ich bin ganz beglückt von meinen Schnäppchenkäufen und schwenke meine blaue Plastiktüte hin und her, während ich weiterschlendere – am Tire-bouchon vorbei und in eine Straße, in der sich Stände mit Obst, Austern aus Arcachon, *saucissons* und sich windenden Aalen befinden, die von einer jungen Frau mit geflochtenen Zöpfen und einem Nasenpiercing verkauft werden. Ich gehe an großen, mit Paella gefüllten Pfannen vorbei zu den Blumen- und Pflanzenständen und drehe eine große Runde durch den Ort, bis ich schließlich wieder auf dem Platz mit der Kirche und dem Brunnen lande.

Mein Magen knurrt. Ich habe noch genug Zeit, um mir Frühstück zu besorgen. Ich schaue zur Boulangerie, vor der ein Verkaufstisch steht. Ich laufe hin und zeige auf ein *pain aux raisins*. Die Besitzerin ergreift das Gebäck mit einer Zange, steckt es in eine Tüte und hält es mir hin. Ich drücke das warme, frische Rosinenbrötchen an meine Brust, bezahle und gehe selbstbewusst zu der Bar gegenüber, Le Papillon, um mir einen *café crème* zu bestellen. Ich habe noch eine halbe Stunde Zeit, bevor ich zur Arbeit erscheinen muss. Was für ein Start in den Tag! Ich schaue zum Fluss und betrachte das geschäftige Treiben der Käufer, während der Markt sich allmählich füllt. Die Standbesitzer haben ihre Vorbereitungen abgeschlossen. Ich esse das köstliche Gebäck auf, warm und fluffig mit einem bisschen *crème pâtissière* in der Mitte. Dann stehe ich halb auf und klopfe mir die Krümel von der Kleidung. Sie wehen in die Richtung eines Mannes, der sich zwischen den dicht besetzten Tischen und Stühlen des Cafés hindurchschlängelt.

»*Fini*?«, fragt er, und dann: »Sie gehen gerade?«

Als ich aufsehe, setzt mein Herzschlag für einen Moment aus. Es ist Charlie. Wie es aussieht, kommt er gerade vom Joggen. Erhitzt und schweißglänzend im morgendlichen Sonnenschein, in einer locker sitzenden Jogginghose und einem engen weißen T-Shirt. Seine dunklen Haare sehen sehr ordentlich aus, trotz der körperlichen Anstrengung. Sein Gesicht ist gerötet.

»Oh, tut mir leid«, sage ich und schaue auf die Krümel, die in seine Richtung geflogen sind. »Ähm, hi«, füge ich hinzu.

»Hi. Emily, richtig?« Offensichtlich habe ich noch nicht so viel Eindruck hinterlassen, dass er sich meinen Namen merken kann. »Alles in Ordnung im *gîte*?«

»Ich heiße Emmy«, stelle ich richtig. »Und ja, danke.« Ich nicke und halte mir die Hand vor den Mund, während ich rasch den letzten Rest meines *pain aux raisins* herunterschlucke. Er lächelt höflich, und als ich sein Lächeln erwidern will, bleibt der Rest des Gebäcks an meinem Gaumen kleben.

»Lassen Sie sich ruhig Zeit«, sagt Charlie und sieht sich nach einem anderen freien Tisch um. Als er keinen entdeckt, fragt er: »Darf ich?«, und zeigt auf einen der leeren Stühle an meinem Tisch. Ich nicke. Auf jeden Fall! Rasch mustere ich seine wohlgeformten, glänzenden Arme, die plötzlich so nahe sind, als er sich setzt und seine Zeitung auf den Tisch legt. Es ist eine britische Zeitung – ob das wohl bedeutet, dass er sich hier nicht zu Hause fühlt, sondern Petit Frère für ihn nur der Ort ist, an dem er arbeitet? Ganz anders als seine Eltern, die die Gegend offensichtlich lieben. Er legt einen Fuß auf das Knie des anderen Beines.

»Also …« Er sieht aus, als fühle er sich verpflichtet, höfliche Konversation zu machen, obwohl er sich lieber in Ruhe mit seiner Zeitung beschäftigen würde. Ich bin auf einmal nervös – schließlich hat dieser Mann meine Zukunft in der Hand und dürfte sich auch sonst alles Mögliche erlauben, wenn er fragen würde, wie ich schockiert feststelle –, schlucke und spüle den Rest des Brötchens mit dem letzten Schluck Kaffee herunter. »Äh, noch einen?«, fragt er. Ich hebe schnell die Hand und lehne ab. Er schaut auf seine Uhr.

»Sie haben noch Zeit«, meint er. »Und der Chef ist auch noch nicht da«, fügt er freundlich hinzu. Ich lächele, und er bestellt einen Espresso und ein Glas Wasser, dann zeigt er auf meine Tasse. Die Kellnerin kapiert, dass ich noch einen *café crème* haben möchte. Ich schenke ihr ein dankbares Lächeln.

»Alles in Ordnung im *gîte*, sind alle glücklich und zufrieden?«, will er wissen, während er sich auf dem Platz umsieht, der immer voller wird.

»Ja. Alles bestens.« Als er keine weitere Frage stellt, ergreife ich die Initiative: »Sie wollen sich in Form halten?« Ich deute auf seine Laufschuhe und die kleinen Hanteln, die er aus den Taschen genommen und auf den Tisch gelegt hat. Er nickt.

»Der Schlaganfall meines Vaters war auch für mich ein Weckruf. Das bequeme Leben ist schön und gut, aber, na ja … Ihn so zu sehen … Ich will nicht in dieselbe Lage geraten. Ich möchte noch fit genug sein, um das Leben zu genießen, wenn ich in den Ruhestand gehe.«

»Ja, Väter können einem schon Sorgen bereiten«, antworte ich, denn ich weiß genau, was er meint. Wir haben etwas gemeinsam. Es ist, als erlaubte er mir einen Blick unter die professionelle Oberfläche. Ein junger Mann, der sich auch um seinen Dad sorgt. Er ist ein erwachsener Mensch, der sein Leben unter Kontrolle hat. Ich gebe mir immer noch Riesenmühe, den Mann nicht unglaublich attraktiv zu finden, aber es gelingt mir nicht. Er ist dein Chef, erinnere ich mich zum wiederholten Male.

»War es schwierig, alles andere aufzugeben und hierherzukommen?«, frage ich.

Er zuckt mit den Schultern. »Dad hat mich gebraucht … Und, ehrlich gesagt, das Geschäft auch. Es war der richtige Zeitpunkt für mich. Meine Frau … Exfrau … und ich hatten uns gerade getrennt. Sie konnte nicht damit umgehen, dass ich so viel gearbeitet habe. Das Geld gefiel ihr schon, nicht aber die vielen Stunden, die ich investiert habe, um es zu verdienen.«

»Oh, das ist ja schrecklich.«

Wieder zuckt er mit den Schultern.

»Aber das Timing hat gut funktioniert. Dad bekam den Schlaganfall, und wie gesagt, Featherstone's hat darauf gewartet, aus dem Mittelalter geholt zu werden!« Er lacht. Die Kellnerin bringt unseren Kaffee.

»Ihr Dad muss wirklich dankbar sein, dass Sie das Geschäft übernehmen.«

»Haha!«, lacht er. »Sagen wir mal, Dad und ich haben leicht unterschiedliche Auffassungen darüber, welche Richtung das Unternehmen einschlagen sollte.«

Wir nehmen beide einen Schluck Kaffee.

»Also …«

»Und, mögen Sie es?« Wir sprechen beide gleichzeitig und müssen lachen. Er bedeutet mir mit einer Geste, dass ich anfangen soll.

»Joggen Sie gerne?« Ich könnte mich in den Hintern beißen, weil ich die Frage noch mal stelle, aber ich weiß nicht, worüber wir sonst reden könnten.

Er nickt. »Hilft mir beim Nachdenken. Ich sondiere Geschäftsideen und Pläne, die ich im Kopf habe.«

Ich nicke, als könnte ich das nachvollziehen, auch wenn es nicht stimmt.

»Wie ist es mit Ihnen, machen Sie auch Sport?«

»Na ja, äh, nicht wirklich – es sei denn, man zählt das Rennen zum Bus fast jeden Morgen dazu«, antworte ich und ärgere mich sofort schon wieder über mich selbst. Hoffentlich denkt er jetzt nicht, ich käme immer zu spät. Doch zum Glück grinst er über meinen Witz. Ich entspanne mich ein wenig.

»Aber ich habe auch einen Vater, der mich braucht. Also … Ich weiß, wie das ist …« Ich will ihm gerade meine Geschichte erzählen, als sein Telefon piepst.

»Entschuldigung«, sagt er, liest die Nachricht und verdreht die Augen. »Meine Ex. Offenbar versteht sie immer noch nicht, dass wir geschieden sind und ich nicht einfach vorbeispringen kann, wann immer sie mich braucht.«

»Und Ihre Kinder?«

»Phoebe und Henry, tolle Kids. Sie lieben Frankreich. Ich teile meine Zeit zwischen hier und England auf, das funktioniert ganz gut.« Er schaut wieder auf seine Uhr und trinkt seinen Espresso aus. »Okay, wir sollten ins Büro gehen.«

»Ja, natürlich.« Wir stehen beide auf. Ich sammele meine Schultertasche und die blaue Plastiktüte ein. Er nimmt seine Hanteln und die Zeitung und hebt abwehrend die Hand, als ich Geld für den Kaffee auf den Tisch legen will. Dann überqueren wir den Platz und passieren einen marokkanischen Stand mit wunderbaren langen Tops, Hosen und Schals. Die Sonne wärmt uns das Gesicht.

Wir spazieren an einigen Ständen mit Weinflaschen, großen Fässern und Geschenkkisten vorüber. Charlie begrüßt alle Standbesitzer, schüttelt Hände und küsst die Frauen auf die Wangen.

»Örtliche Winzer«, erklärt er mir. »Wir arbeiten mit einigen von ihnen zusammen. Nicht mit allen, aber es ist wichtig, die Kontakte zu pflegen.« Er grinst und findet es anscheinend gut, mir etwas über sein Geschäft beizubringen. Und ich möchte ihm zeigen, dass ich lernbegierig bin. Als sich mir also eine einmalige Gelegenheit bietet, ihn zu beeindrucken, schlucke ich schwer, beschließe, sie beim Schopf zu ergreifen, und zeige auf einen Stand.

»Château Lavigne?«, frage ich mit mehr Selbstvertrauen, als ich tatsächlich empfinde.

Charlie zieht eine Augenbraue hoch und nickt. »Ja«, bestätigt er. »Kennen Sie es?«

Ich schlucke wieder und hoffe, dass das gegen meinen trockenen Mund hilft.

»In Saint Enrique«, sage ich dann. Dann: »Es ist eines der größten Weingüter in der Region.« Ich werfe Charlie einen kurzen Blick von der Seite zu – er scheint angemessen beeindruckt zu sein. »Sie besitzen Weinberge überall auf der Welt und stellen auch Sekt her. Es heißt, die Flaschen werden per Hand gedreht, tausende Male.« Ich grinse genauso zweifelnd, wie Madame Beaumont es getan hatte, und Charlie zieht die Augenbrauen noch höher. »Und dass die Männer Arthritis an den Händen haben, weil sie die Flaschen so oft drehen müssen. Aber der Sekt ist gut.« Ich hole tief Luft. »Wenn auch ein bisschen überteuert.«

Charlie bleibt stehen und sieht mich mit seinen grünen Augen direkt an. Ich bin ganz aufgeregt, als er lächelt, als hätte er mich zum ersten Mal seit meiner Ankunft richtig wahrgenommen.

»Sie haben Ihre Hausaufgaben gemacht.« Er klopft sich mit der Zeitung gegen den Oberschenkel und nickt positiv überrascht. Mein Magen macht einen kleinen, begeisterten Satz.

»Weiter so!« Er lächelt wieder und sieht mich immer noch an. Das geschäftige Markttreiben um uns herum tritt völlig in den Hintergrund. »Wir brauchen jemanden als Leiter des Teams, der weiß, wovon er spricht.« Diesmal schlägt mein Magen einen aufgeregten Salto. »Ich freue mich schon darauf, mehr von Ihnen zu hören«, fügt Charlie hinzu.

Plötzlich zittere ich am ganzen Körper. Was, wenn … Was, wenn ich es tatsächlich schaffen könnte? Was, wenn ich den Teamleiterjob bekäme? Was, wenn ich die Wette gewänne? Ich bin so aufgeregt, dass ich ihn … küssen könnte! Was ich natürlich nicht tun werde.

»Unser Gespräch hat mir gefallen«, sagt Charlie.

»Mir auch.« Ich lächele und halte die Luft an, während ich hoffe, dass er vorschlägt, wir könnten uns mal wieder auf einen Kaffee treffen. Ich warte noch, als mein Telefon klingelt und mich zusammenzucken lässt. Ich wühle zwischen den braunen Umschlägen in meiner Tasche und lande unversehens wieder in der Wirklichkeit.

»Hallo, Dad?«

Charlie lächelt, nickt mir wissend zu, hebt eine Hand und bedeutet mir, dass er weiterjoggen wird, damit ich telefonieren kann. Ich nicke zurück und winke ihm zu. Während ich zusehe, wie er sich abwendet und zu laufen beginnt, fühle ich mich wie ein Ballon, aus dem man die Luft gelassen hat.

Kann es sein, dass ich endlich jemanden kennengelernt habe, der versteht, wie es ist, einen Vater zu haben, um den man sich kümmern muss? Kann es sein, dass Charlie sich für mich interessiert? Vielleicht habe ich tatsächlich jemanden getroffen, den ich besser kennenlernen möchte – das ist schon lange nicht mehr passiert. Vielleicht gibt es doch einen guten Grund dafür, dass ich hier gelandet bin.

»Ja, sprich weiter, Dad, ich bin ganz Ohr …« Und ich spaziere mit leicht federndem Gang zurück zu Featherstone's und schwenke die Tüte mit meinen Schnäppcheneinkäufen hin und her. Die Fischer, an denen ich vorüberkomme, mustern mich interessiert.

10. Kapitel

»Nimm mich dran, nimm mich dran!« Candy wedelt mit der Hand in der Luft. Sie trägt ein weißes, weit ausgeschnittenes Sommerkleid mit großen bunten Punkten, und ich mache mir Sorgen, dass ihre auf und ab hüpfenden Brüste jeden Moment aus dem Ausschnitt springen könnten. Ich wende mich ab und fange Nicks Blick auf. Ihm scheinen fast die Augen aus dem Kopf zu fallen, als wäre er wie gebannt und gleichzeitig auch schockiert. Er schaut rasch zur Seite, als er meinen Blick bemerkt, hustet in die gewölbte Hand, runzelt die Stirn und spielt mit seinem schicken Füller herum.

»Jeder kommt an die Reihe«, erklärt Isaac lachend und genießt Candys offensichtliche Begeisterung. Die beiden haben sich im Laufe der letzten beiden Abende angefreundet, sind lange aufgeblieben und haben miteinander getrunken. Candy flirtet ganz offen mit Isaac, und obwohl er sich zurückhält, genießt er anscheinend die Aufmerksamkeit. Nick dagegen wirkt in sich gekehrt, ganz anders als der selbstbewusste Nick, der uns bei unserer Ankunft am Samstagvormittag erst mal organisiert hat.

»Dann erzählt mir doch jetzt mal, was ihr über Wein wisst, welche Weine ihr mögt und welche nicht, und welche Kenntnisse ihr speziell über französische Weine besitzt. Wenn ich sehe, wo eure Lücken sind, wissen wir, wo wir ansetzen müssen«, sagt Isaac, auf einmal ganz ernst.

Wir sitzen auf Bürostühlen im Kreis in dem neuen Call-Center. Wir befinden uns in der Nähe des Fensters, das auf die Weinberge und zum Friedhof hinausgeht. Hannah und

Ben nehmen gelegentlich Anrufe entgegen, während sie ihre Schreibtische ausräumen. Sie lächeln freundlich wie zwei alte Schäferhunde, die die jungen Welpen beobachten, die keine Ahnung haben und dennoch begeistert sind.

Isaac ist der Einzige, der steht. Er trägt eine Khaki-Hose, die unterhalb der Knie endet, und ein locker sitzendes Hemd über einem engen weißen T-Shirt. Seine langen dunklen welligen Haare, noch feucht vom Duschen, werden von einer blauen, verspiegelten Sonnenbrille zurückgehalten. In einer Hand hält Isaac einen Kaffee, in der anderen einen Stapel Papiere.

»Candy, erzähl uns doch mal von deinen Erfahrungen mit Wein. Du arbeitest im Bereich Zeitschriftenwerbung, richtig?«

»Ja, Werbung für Fachzeitschriften. Eine davon ist *Pick 'n' Mix Monthly*. Ich weiß, wie man Kunden Lebensmittel und Getränke verkauft; ich weiß, was die Leute wollen.«

»Und wie sieht es beim Wein aus, Candy, irgendwelche Erfahrungen?« Isaac liest in den Unterlagen in seiner Hand und trinkt einen Schluck aus der weißen Tasse.

Ich bin nervös, sehr nervös. Ich will mich nicht blamieren, aber ehrlich gesagt beschränkt sich mein Wissen über Wein darauf, dass es sich um ein Getränk in Flaschen handelt, die entweder mit einem Korken oder einem Schraubverschluss verschlossen sind. Daher versuche ich mich zu erinnern, was Madame Beaumont mir erzählt hat.

»Ich trinke keinen Wein. Ich stehe mehr auf Wodka-Cola, aber ich weiß, dass ich von Rotwein schreckliche Kopfschmerzen bekomme, Weißwein nach einer Stunde im Gefrierschrank besser schmeckt und Rosé eine Mischung aus Rot- und Weißwein ist. Das hat mir mein Dean beigebracht.«

Isaac schüttelt den Kopf und lacht lauthals. »Heiliger Bimbam!« Als er aufhört zu lachen, fragt er: »Glaubst du, du kannst genug Umsatz machen, um den Teamleiterjob zu bekommen, Candy?«

Candy streckt die Brust heraus und, ich schwöre es, fährt sich schnell mit der Zunge über die Oberlippe. »Ich weiß, dass ich es kann. Mein Dean sagt immer, dass ich Eskimos Sand verkaufen kann«, antwortet sie ohne zu zögern oder ihren Fehler zu bemerken. Ich bin sprachlos! Wie macht sie das bloß? Sie hat so gute Verkaufszahlen. Ich könnte nicht mal die Räder von dem Auto bezahlen, das sie fährt.

»Danke, Candy. Ich mag deine Chuzpe.« Isaac hebt seine Kaffeetasse in ihre Richtung.

»Danke.« Sie lächelt. Sie dreht sich um und wendet sich an Nick: »Was ist das?«, fragt sie ihn leise. Isaac grinst in seinen Kaffee und liest wieder in seiner Liste. Ich atme tief ein und halte die Luft an, während ich auf mein Stichwort warte.

»Nick?« Ich atme wieder aus.

Nick bricht seine Erklärung des Wortes Chuzpe ab, sehr zu Candys Unmut.

»Ja, hi.« Nick rückt seine Brille zurecht, räuspert sich und setzt sich gerade hin. Er wirft einen kurzen Blick zu Candy, die er eindeutig beeindrucken möchte. »Ich mag Wein. Meistens trinke ich Rotwein, Jacob's Creek, Hardys und Penfolds.« Nick lächelt und rückt erneut seine Brille zurecht.

»Also alles Australier, super!« Isaac zieht die Augenbrauen hoch und schüttelt den Kopf. Nick wird rot.

»Gloria, wie ist es mit dir? Was weißt du über Frankreich und seine Weine?«

Wir alle sehen Gloria an, die ihre hellgrüne Bluse glattstreicht, den Ventilator ausschaltet, ihn in ihren Schoß legt und sich räuspert. Ohne den Blick zu heben, beginnt sie zu sprechen:

»Nun, als ich verheiratet war, haben wir natürlich Wein getrunken, aber mein Mann hat ihn immer ausgewählt.«

»Wie bitte?« Isaac lässt sein cooles Lächeln aufblitzen. »Hat er nie gesagt: ›Hättest du gerne roten oder weißen, Darling?‹« Gloria schaut Isaac an und schluckt. Ich spüre, dass wir einen empfindlichen Nerv getroffen haben. Gloria schaltet den batteriebetriebenen Ventilator wieder ein und hält ihn sich vor das gerötete Gesicht.

»Nein«, antwortet sie ausdruckslos. Es entsteht eine kurze Stille.

»Emmy«, macht Isaac rasch weiter, dreht sich zu mir um und starrt mich mit seinen dunklen Augen an. Meine Zunge fühlt sich plötzlich an, als hätte jemand sie verknotet.

»Ach«, sagt da Gloria und hebt die Hand, als wären wir in der Schule. Ihr ist auf einmal noch etwas eingefallen, was sie sagen will, und damit erspart sie mir vorerst die unvermeidliche Demütigung.

»Ja, Gloria?«, fragt Isaac ohne einen Anflug seines üblichen Stichelns oder sogenannten Humors. Ich bin mir nicht sicher, ob er sie schon abgeschrieben hat oder einfach nur nett ist, weil er ihr Unbehagen spürt. Ich werde nicht schlau aus ihm. Ich hoffe, es ist Letzteres.

»Ich spreche Französisch«, sagt sie. »War Teil meines Studiums am College. Das war immer nützlich, wenn wir in Südfrankreich Urlaub gemacht haben«, fügt sie mit einem aufgesetzten Lächeln hinzu.

»Habt ihr beide Französisch gesprochen?«, fragt Isaac ermunternd. Glorias Lächeln gefriert.

»Nein, Paul hielt das für unnötig, weil ich ja Französisch spreche.« Wieder schluckt sie schwer. Plötzlich empfinde ich starkes Mitgefühl mit Gloria. Ich spüre die tiefe Traurigkeit in ihr. Obwohl sie furchtbar schüchtern ist, fällt sie auf. Sie ist eine von wenigen Mitarbeitern in den Fünfzigern im Call-Center, abgesehen mal von Trevor. Wie ist Gloria bloß in einem Unternehmen gelandet, wo ihre Kollegen nur halb so alt sind wie sie? Ganz kurz frage ich mich, ob ich in zwanzig Jahren am gleichen Punkt stehen werde. Die Einzige, die sich nicht weiterentwickelte, nicht befördert wurde, nicht heiratete und keine Familie hat. Werde ich noch auf demselben Stuhl sitzen, mich an meinen Job klammern, nie meine Ziele erreichen und auch nie meinen Bonus bekommen? Vielleicht lässt Trevor mich dann das Gruppensingen bei unseren Montagstreffen leiten. Irgendwie kann ich mir nicht vorstellen, dass es dazu kommen wird. Aber ist das vielleicht meine Zukunft? Gruppensingen und eine Sammlung für meinen langjährigen Verkauf von Bleich- und Desinfektionsmittel – darauf soll ich mich freuen? Natürlich nur, falls ich meinen Job behalten kann.

Rasch werfe ich einen Blick auf Gloria; dem Ausdruck in ihren Augen nach zu urteilen, wird sie gerade von unerwünschten Erinnerungen heimgesucht. Am liebsten hätte ich sie gefragt, ob es ihr gut geht.

»Danke, Gloria.« Isaac holt tief Luft und wendet sich wieder an mich. »Emmy!«

Ich zucke zusammen und werde rot, weil von mir erwartet wird, dass ich aussagekräftige Informationen beisteuere. Aus dem Augenwinkel beobachte ich, wie Gloria sich mit dem Finger den Augenwinkel wischt. Mit einem Mal habe ich das dringende Bedürfnis, die Aufmerksamkeit von ihr abzulenken.

»Nun, ich weiß, dass Wein in Flaschen mit Schraubverschluss oder Korken abgefüllt wird«, plappere ich mit einem nervösen Lachen. Ich möchte, dass die Gruppe sich auf mich konzentriert, aber mir fällt nichts Sinnvolles ein, was ich über Wein sagen könnte. Plötzlich habe ich Lampenfieber, und ich sehe Dad an Weihnachten mit seiner Krone aus dem Knallbonbon vor mir: Mum, Dad, Jody und ich sitzen im Kreis, haben unsere Hütchen in kecken Winkeln aufgesetzt und lesen unsere Weihnachtswitze vor. »Was hat die Weintraube gesagt, als jemand auf sie trat?«, höre ich Dad lachend sagen. Und ich stelle dieselbe Frage jetzt in dieser Runde, während eine Stimme in meinem Kopf ruft: *Nein! Tu es nicht!* Ich bin fest entschlossen, die Stimmung aufzuheitern und von Gloria abzulenken, und mein außer Kontrolle geratener Mund redet einfach weiter. »Nichts!« Ich mache eine dramaturgische Pause, genau wie Dad damals. Sogar Gloria wirkt nicht mehr ganz so unglücklich. »Aber sie presste ein Wein'n hervor!«, sage ich. Alle schweigen verdutzt, und ich lasse meinen Blick von Nick zu Candy und Gloria und schließlich zu Isaac wandern.

»Verstehe ich nicht«, meint Candy mit hängenden Mundwinkeln. Ein kleines Lächeln huscht über Glorias Gesicht, und Isaac fasst sich verzweifelt an den Kopf, bevor er verkündet, dass es Zeit für eine Kaffeepause ist.

Ich springe auf und laufe zu den Toiletten, wo ich mir kaltes Wasser auf die brennenden Wangen spritze. Gloria schlüpft in eine Kabine, und ich kann sie schniefen hören. Dann putzt sie sich die Nase.

»Gloria, bist du okay?« Ich klopfe leise an die Tür.

»Ja, alles gut«, höre ich sie sagen, obwohl das eindeutig nicht der Fall ist. Sie räuspert sich.

»Kann ich was für dich tun?«, frage ich.

»Ähm, könntest du mir vielleicht meine Handtasche holen? Aus dem Büro. Ich könnte ein paar neue Batterien für meinen Ventilator brauchen.«

»Natürlich«, antworte ich und bin froh, ihr helfen zu können.

Ich mache die Tür auf. Candy und Nick sind in der Küche, die sich in der Nähe der Toiletten befindet. Candy erkundigt sich gerade nach Teebeuteln und beschwert sich über die ›seltsam schmeckende Milch‹.

»Mein Dean ist ein Kaffeetrinker – er mag ihn richtig stark. Ich trinke lieber Tee.«

Rasch laufe ich die Stufen hinauf zum Call-Center, in dem wir eben gesessen haben. Isaac steht mit Charlie am Fenster, beide trinken Kaffee.

»Meine Güte, Charlie! Ich weiß nicht, wo Sie diesen Haufen Versager aufgetrieben haben! Sie haben nicht die geringste Ahnung von Wein.«

Ich bleibe stocksteif stehen, als mir aufgeht, dass ich eine vertrauliche Unterhaltung störe, eine sehr vertrauliche Unterhaltung.

»Sie würden ihnen besser den Laufpass geben und noch einmal von vorne beginnen. Sie sind wie ein paar Möwen, die sich um einen Zigarettenstummel scharen und überlegen, wie man ihn frisst!«

Mir sträuben sich die Nackenhaare, und mir wird heiß vor Wut. Was fällt ihm ein! Wie angewurzelt bleibe ich stehen, weil ich nicht weiß, ob ich mich bemerkbar machen oder so schnell wie möglich verschwinden soll. Ich habe Angst, dass die Dielen unter meinen Füßen knarren und mich verraten werden.

»Sagen wir mal, der Deal mit Cadwallader's war der beste, den ich kriegen konnte. Jetzt liegt es an Ihnen, sie zu schulen. Dafür wurden Sie eingestellt, so steht es im Vertrag. Um Wein zu erzeugen und die Möwen zu trainieren!« Charlie klopft Isaac auf die Schulter, und sie lachen beide. »Wenn Sie gute Arbeit leisten, werden Sie fürstlich entlohnt.« Ich mache einen Schritt vorwärts, schnappe mir Glorias Tasche und wende mich ab, doch die Dielen verraten mich. Ich bleibe stehen, als Isaac und Charlie sich umdrehen und mich anstarren. Niemand sagt etwas. Also hebe ich langsam das Kinn, verlasse das Büro und gehe die Treppe hinunter zu Gloria, die schon an der Tür auf mich wartet.

»Danke«, sagt sie schniefend, greift nach der Tasche und nimmt ihre Puderdose heraus. »Übrigens«, sagt sie mit einem schwachen Lächeln, während ich überlege, ob ich ihr von Isaacs Kommentar berichten soll. Er will uns eindeutig nicht hier haben. »Dein Witz hat mir gefallen.« Sie lächelt mich zum ersten Mal seit unserer Ankunft richtig an.

»Danke«, erwidere ich, berühre sie leicht am Ellbogen und beschließe, nichts zu sagen. Isaac will uns vielleicht nicht hier haben, doch plötzlich möchte ich ihm beweisen, dass er falsch liegt, sehr falsch. Ich will dafür sorgen, dass ihm dieses überhebliche kalifornische Lächeln vergeht. Und ich habe auch schon eine Idee, wie das funktionieren könnte.

11. Kapitel

»So, dann fangen wir mal mit der Region an, in der wir uns gerade befinden, dem Südwesten Frankreichs. Ich gebe euch einen Überblick über die Weine dieser Region«, sagt Isaac nach unserer Kaffeepause.

Unsere Blicke begegnen sich hin und wieder, aber er schaut jedes Mal voller Unbehagen zur Seite. Er weiß, dass ich gehört habe, was er gesagt hat. Offensichtlich will er das hier gar nicht machen. Genauso wenig wie ich. Doch die Aussicht auf einen lukrativen Bonus von Charlie war offensichtlich Anreiz genug für ihn, sich weiterhin mit uns herumzuplagen.

Meine Gedanken schweifen ab, und ich starre aus dem Fenster – ganz so wie früher in der Schule. Allerdings blicke ich jetzt auf Weinberge und den Friedhof und nicht auf den Schulparkplatz. Plötzlich entdecke ich eine schmale Gestalt ganz in Schwarz, die langsam, aber trittsicher über den Friedhof schreitet – genauso wie sie sich im Weinberg bewegt, nicht schnell, aber zielgerichtet. Am Arm trägt sie einen Korb, den sie mit der anderen Hand festhält.

So sehr ich mich auch bemühe, ich schaffe es nicht, mir Isaacs Ausführungen einzuprägen. Für mich ist es einfach Kauderwelsch. Nick macht sich Notizen, und Candy starrt Isaac an, während sie ihren Kaugummi aus dem Mund nimmt und um ihren Finger wickelt; das Einzige, was sie in Frankreich entdeckt hat, ist offenbar die Tatsache, dass sie alles Britische lieber mag. Gloria hält ihren Stift in der einen Hand, den summenden Ventilator in der anderen und konzentriert sich mit aller Kraft. Ich drehe mich wieder zum Fenster und beobachte Madame Beaumont. Sie bleibt an einem großen schwarz glänzenden Grabstein stehen. Dann legt sie die Hand darauf und senkt den Kopf. Sie öffnet ihren Korb, zieht ein Tuch heraus und poliert den Grabstein, als wäre er ein großes Fenster. Anschließend nimmt sie die Blumen aus der Vase, die auf dem Grab steht, und füllt sie mit Wasser aus dem Wasserhahn in der Nähe, bevor sie die Blumen neu arrangiert. Als sie fertig ist, zaubert sie eine Frucht aus dem Korb hervor – einen Pfirsich, glaube ich –, setzt sich hin und schneidet das Obst mit einem kleinen Messer in Stücke. Schweigend und einsam isst sie. Als sie fertig ist, faltet sie ihr Tuch zusammen und packt ihren Korb. Danach senkt sie wieder den Kopf, berührt den Grabstein und betet. Schließlich erhebt sie sich, ohne sich umzuschauen, verlässt den Friedhof und geht durch den Weinberg auf Clos Beaumont zu.

»Emmy? Emmy?« Auf einmal höre ich, dass jemand meinen Namen sagt. Isaac betrachtet mich mit schräg gelegtem Kopf und verschränkten Armen wie ein enttäuschter Lehrer.

»Verzeihung, was hast du gesagt?«, frage ich, zücke meinen Stift und versuche interessiert zu wirken.

»Ich sagte, es ist Zeit für die Mittagspause, aber wie ich sehe, hast du dich schon aus unserer Sitzung ausgeklinkt.« Er zieht eine Augenbraue hoch.

Candy kichert, während die anderen aufstehen und zur Tür gehen. Mein Telefon läutet. Es ist Dad, der mir erklärt, dass der Boiler nicht mehr funktioniert. Als ich mein Gespräch beendet habe, stelle ich fest, dass Gloria auf mich gewartet hat, um mit mir in den Ort zu gehen und in der Boulangerie ein Sandwich zu holen.

Als Charlie nach der Mittagspause zusammen mit Isaac das Büro betritt, macht mein Herz wieder einen kleinen Satz. Charlie lächelt und reicht jedem von uns eine Liste mit Kontakten. »Rufen Sie bitte jeden an und erzählen, wer wir sind und was wir machen. Lernen Sie das Handbuch auswendig, oder besser gesagt das Informationsheft. Und verschicken Sie Broschüren oder versenden Sie sie per E-Mail.«

Candy beugt sich vor, um meine Liste zu begutachten. »Ich will bloß sichergehen, dass wir alle die gleiche Menge an Kontakten bekommen«, sagt sie und beäugt mich misstrauisch.

»Ja, Candy, alle Listen sind gleich lang.« Charlie lächelt, und ich senke den Kopf, um die Namen zu studieren. »Rufen Sie sie an. Dann rufen Sie noch einmal an, um nachzuhaken, und sorgen für eine Bestellung. Wenn die Personen Sie an einen Freund weiterempfehlen, erhalten sie einen Preisnachlass. Auf diese Weise können Sie hoffentlich noch mehr Geschäfte abschließen. Denken Sie daran«, er wedelt mit dem dicken Handbuch, das wir auswendig lernen sollen, »das ist Ihre Bibel. Darin finden Sie Beschreibungen aller Weine, Geschmacksnoten, wozu sie passen, sowie Informationen zur Lage und zum Erzeuger.« Wieder schwenkt er den dicken Wälzer. »Sie müssen das wie Ihre Westentasche kennen. Sie werden einer Prüfung unterzogen.«

Und ich habe vor, das Handbuch in- und auswendig zu lernen. Doch meine Gedanken kehren unwillkürlich zu Madame Beaumont zurück, die ich eben auf dem Friedhof gesehen habe. Ich frage mich, wessen Grab sie besucht hat und warum sie ganz allein ist.

Später am Nachmittag helfen wir im Geschäft aus – na ja, eigentlich lungern wir in der Nähe der Kasse herum. Außerdem sehen wir Jeff bei der Arbeit in *la cave* zu, wo der Wein erzeugt wird. Er nimmt die Gärvorrichtung von den Fässern ab und testet den Wein. Wir reichen ihm die Wasserkanne, mit der er die Gärvorrichtung ausspült, bevor er sie wieder aufsetzt. Während Jeff arbeitet, erzählt er uns, was er gerade tut, und lacht über seine eigenen Witze. Um fünf Uhr haben wir Feierabend. Ich könnte mit den anderen etwas essen gehen, doch stattdessen laufe ich zum *gîte* und schnappe mir das Fahrrad. Wenn ich Isaac das Gegenteil beweisen möchte – was ich unbedingt will –, brauche ich Madame Beaumonts Unterstützung. In der Hoffnung, dass ihr Angebot noch Bestand hat, mache ich mich auf den Weg nach Clos Beaumont, schon ein kleines bisschen weniger wackelig als zuvor.

»Madame Beaumont?«, rufe ich und bleibe kurz stehen, um Cecil den Kopf zu streicheln. Der Hund hebt müde den Kopf und bellt kurz zur Begrüßung. Ich schaue erst in den Schuppen mit den Fässern und den Tanks, wo ich auch die Flaschen umgestoßen habe. Madame Beaumont ist nicht da. Also spaziere ich zur Rückseite des Hauses und sehe dort nach. Es ist das Pferd Henri, das ich als Erstes entdecke. Er steht zwischen den Weinstöcken und wartet auf Anweisungen. Die Sonne steht wie ein riesengroßer orangefarbener Ball am Horizont und wird bald untergehen. Nach dem heißen Tag im geschlossenen Gebäude empfinde ich die Brise hier oben als kühl und erfrischend.

»En avant!«, höre ich jemanden sagen, und dann sehe ich Madame Beaumont, die sich gerade aufrichtet, nachdem sie ihre Handspritze benutzt hat. Auf der anderen Seite in der Nähe des Château Lavigne fährt ein Traktor mit seinen ausgebreiteten Sprüharmen, die an eine Vogelscheuche erinnern, auf und ab und spritzt die Weinstöcke – gründlich und von oben bis unten.

»Madame Beaumont!«, rufe ich erneut.

»Arrête!«, ruft sie Henri zu und blickt mir entgegen, als ich zwischen den Rebstöcken auf sie zumarschiere.

»Bon ... soir, Madame Beaumont«, suche ich nach Worten und betrachte wieder die sinkende Sonne.

»Bonsoir.« Sie lächelt und nickt mir aufmunternd zu. Dann

streckt sie mir ihre knochige, knotige Hand entgegen. Ich ergreife sie mit einem Lächeln.

»Sie sind zurückgekommen.«

Ich nicke. »Ja. Bitte, Sie haben gesagt, Sie könnten mir helfen und mir etwas über die Weinstöcke und den Wein beibringen.« Hoffentlich war ihr Angebot ernst gemeint.

Als sie mich forschend ansieht und dann leicht nickt, atme ich erleichtert auf.

»Was kann ich tun? Soll ich damit anfangen, den Wein im Schuppen in Flaschen abzufüllen, oder soll ich die Trauben spritzen?«, frage ich eifrig.

»Le chai«, sagt sie.

»Wie bitte?«

»*Le chai*, wo ich den Wein herstelle. Sie müssen sich daran gewöhnen, die französischen Wörter zu benutzen«, erklärt sie, als sei das die erste Lektion.

»Le chai«, wiederhole ich. »Also, was soll ich tun?«

»Gehen Sie ein Stück mit mir. Kommen Sie und lernen Sie die Weinstöcke kennen. Schließen Sie Freundschaft mit ihnen.«

Ich lache.

»Nur, wenn Sie sie kennen, werden Sie wissen, ob sie krank sind oder Hilfe brauchen. Das hier ist Cabernet Sauvignon, eine verbreitete Rebsorte, widerstandsfähig und mit dicker Schale. Sie macht den Wein vollmundig. Und er lässt sich gut lagern«, lächelt sie, streckt eine Hand aus und zieht die Augenbrauen hoch. Ich begreife, dass sie es ernst meint. Ich muss die Weinstöcke kennenlernen.

Und das tue ich jeden Abend nach der Arbeit, wenn die anderen, angeführt von Isaac, die Bar im Le Papillon ansteuern. Isaac wird inzwischen wie ein Einheimischer willkommen geheißen, schüttelt Hände, begrüßt Stammgäste und scherzt mit ihnen, wie Gloria mir berichtet. Sie versucht, mich dazu zu bewegen, mit ihnen zu kommen, doch ich gebe ihr immer einen Korb.

»Sie lernt ihre Bibel auswendig«, höre ich einmal Nick zu den anderen sagen. »Ich könnte schwören, dass sie sich bald bestens mit Wein auskennt. Sie paukt, das ist es, was sie tut.«

»Ich wette, sie trifft sich mit Charlie. Ich bin mir sicher, dass sie in ihn verknallt ist«, meint Candy. Ich werde rot und will nichts mehr davon hören. Natürlich hat sie recht. Ich schwärme tatsächlich für Charlie, auch wenn es keine Wiederholung unseres Morgenkaffees gegeben hat.

»Sie geht mir aus dem Weg«, fügt Isaac noch hinzu. Und damit liegt er nicht falsch. Je weniger Zeit ich mit Isaac verbringen muss, desto besser. Stattdessen fahre ich mit dem verrosteten Fahrrad zu Madame Beaumont, Henri, Cecil und den Weinbergen, wo wir uns in der Tat immer besser kennenlernen. Eine kleine Zufluchtsstätte nach dem Alltagsstress bei Featherstone's. In den kommenden zwei Wochen mache ich jeden Abend das Gleiche. Dabei erzähle ich von meinem Dad und der schwierigen Situation mit meiner Schwester; von Candy und dem geborgten Geld aus der Sammlung, ihrem Dean, Gloria und Nick, dem Leben im *gîte* und auch von der Wette. Während die Wochen verstreichen, berichte ich Dinge aus dem Leben in unserem Haus, dem Haus, das wir vielleicht verlieren werden, von meiner Mum, Weihnachtsfesten, Geburtstagen – aber ich spreche nicht von jenem Weihnachtsfest. Wir kennen uns nicht gut genug, um über jenes Weihnachten zu sprechen. Madame Beaumont, Henri und Cecil hören zu, als ich von den guten Zeiten mit meiner Familie erzähle, dem Duft nach Shepherd's Pie, wenn ich aus der Schule kam, den gemeinsamen Samstagabenden vor dem Fernseher, den dreistöckigen Geburtstagstorten, die Mum für uns gebacken hat. Während ich rede, deutet Madame Beaumont auf Weintrauben, die gut gedeihen, zeigt mir, wo ich

Blätter wegschneiden, Unkraut rupfen und Ungeziefer entfernen muss und wo ich im Bedarfsfall sprühen soll. Von Zeit zu Zeit fährt der Traktor von nebenan dicht an der Grenze entlang, und Madame Beaumont ruft etwas und schüttelt die Faust, während rücksichtslos alles gespritzt wird.

»Manchmal ist es besser, wenn die Weinstöcke ihren eigenen Weg finden. Sonst sind irgendwann alle gleich ... und der Wein schmeckt auch gleich«, sagt sie verärgert und schaut Bernard, dem Arbeiter auf dem Traktor, hinterher. Sie würdigen einander keines Blickes.

Jeden Abend kehre ich erschöpft von Clos Beaumont zum *gîte* zurück, lege mich ins Bett, schlage die Featherstone-Bibel auf ... und wache mit dem Buch auf dem Gesicht auf, nachdem ich es nicht einmal bis zur Seite zwei geschafft habe.

12. Kapitel

Genau wie der Besitzer des benachbarten Weinbergs und Madame Beaumont einander jahrelang geschickt ignoriert haben, obwohl sie tagtäglich nebeneinander arbeiten, so ist es auch Isaac und mir gelungen, uns während der vergangenen zwei Wochen im *gîte* ziemlich erfolgreich aus dem Weg zu gehen – seit dem Tag, an dem ich zufällig seine Unterhaltung mit Charlie mitgehört habe.

Es ist Samstagmorgen, und seit unserer Ankunft in Petit Frère sind zwei Wochen vergangen. Der September wird bald in den Oktober übergehen. Die Sieben-Uhr-Glocken läuten schwungvoll, um uns aus dem Bett zu holen. Ich würde mich am liebsten auf die andere Seite drehen und weiterschlafen, doch als das zweite Läuten verklingt, überwinde ich mich und schlage die Bettdecke zurück. Candy stöhnt, als ich ins Bad tapse, um mich zu waschen und anzuziehen. Leise verlasse ich den *gîte* und mache kurz beim Bäcker halt, um mit einem *›bonjour‹* und einem Nicken mein *pain aux raisins* zu erstehen. Anschließend gehe ich weiter zu Monsieur und Madame Obels, wo ich Erdbeeren und Pfirsiche kaufe, die ich mit Madame Beaumont teilen werde.

Dann fahre ich mit dem Fahrrad nach Clos Beaumont. Ich schaffe es sogar, während der Fahrt mein *pain aux raisons* zu essen, und ich schwanke kaum, wenn Autos an mir vorüberfahren.

Auf halber Höhe des Hügels halte ich an, schreibe eine Nachricht an Layla und schicke ihr ein Foto des Weinbergs.

Jetzt bin ich seit zwei Wochen hier und lerne, mit den Wein-

stöcken zu reden! Bald beginnt die Weinlese, und aus diesen Babys wird Wein! À bientôt (wie man in Frankreich sagt!).

Ich schließe die Nachricht mit einem Kuss ab und erhalte fast sofort wieder ein *OMG!* als Antwort. Ich lächele, stecke mein Handy ein und fahre weiter.

»Womit beginnen wir heute Morgen? Soll ich mit den Weinstöcken reden oder Henri anspannen?«, frage ich Madame Beaumont, um ihr zu zeigen, wie lernwillig ich bin.

»Non«, sagt sie, hebt eine Hand und hält mir erst die eine und dann die andere Wange zum Kuss hin.

»Bonjour, Emmy«, sagt sie mit Nachdruck.

»Oh, tut mir leid, ich meine, *pardon. Bonjour Madame Beaumont*«, sage ich und küsse sie auf beide Wangen. *»Comment allez-vous ce matin?«* Langsam, aber sicher kehrt mein Schulfranzösisch zurück.

»Sie müssen sich Zeit nehmen, um die Leute zu begrüßen und Ihnen Respekt zollen, damit sie Sie ebenfalls respektieren«, schimpft sie. »Außerdem trainieren Sie so Ihr Französisch.« Nachdem wir die Formalitäten hinter uns gebracht haben, erlaubt sie mir, die Unterhaltung von vorne zu beginnen.

»*Non*. Heute spritzen wir nicht mehr. Nach dem Vollmond beginnen wir mit der Lese, deshalb dürfen wir jetzt nicht mehr spritzen. Wir warten und lassen die Weinstöcke in Ruhe. Sie kommen allein klar, und wir haben ihnen hoffentlich ausreichend Unterstützung gegeben, um stark genug zu sein. In zwei Wochen ernten wir. Jetzt warten wir einfach nur ab.«

»Wirklich?« Ich betrachte den Weinberg. »Das ist alles? Wir warten nur noch?«

»Genau. Wir sprechen immer noch mit den Weinstöcken und lassen sie wissen, dass wir für sie da sind, aber ansonsten sind sie auf sich gestellt.« Sie nickt mit Nachdruck – wie eine Schulleiterin, die zusieht, wie ihre Schüler ihr Examen ablegen.

»Meine Güte, als würden wir sie zum ersten Mal in einen Nachtclub gehen lassen …«, scherze ich, doch dann verstumme ich.

»Ja, ich werde mich besser fühlen, wenn die Ernte sicher eingebracht ist.« Madame Beaumont macht eine Kopfbewegung in die Richtung von *le chai*, und auf ihrem Gesicht breitet sich ein Lächeln aus.

»Haben Sie Kinder, Madame Beaumont?«, erkundige ich mich, als wir einträchtig zum *chai* gehen.

»Nein«, antwortet sie. »Ich bin allein. Meine Mutter und meine Großeltern haben auch hier gelebt. Aber ich habe nicht den passenden Mann kennengelernt. Es war nicht möglich. Wir haben keinen Umgang mit den Leuten aus dem Ort gepflegt. Die hier sind jetzt meine Familie.« Sie macht eine Geste zu den Weinreben, bevor sie die Tür des *chai* öffnet. Ich frage mich, wessen Grab sie jeden Tag auf dem Friedhof besucht. Aber ich spreche das Thema nicht an.

»Wenn wir diese Woche nicht spritzen, was machen wir dann?«

»Wir füllen den Wein aus dem letzten Jahr in Flaschen ab.« Ihre Augen funkeln vor Begeisterung. »Und wenn wir den Wein abgefüllt haben, müssen wir den *chai* saubermachen und für die neue Ernte vorbereiten, so Gott will.«

Mein ganzer Körper schmerzt, als ich auf dem Boden des *chai* sitze, jede einzelne Flasche per Hand fülle und dann zukorke. Es ist eine anstrengende Woche, in der ich die Tage bei Featherstone's Wines verbringe und jeden Abend auf Clos Beaumont Wein in Flaschen abfülle. Als das Wochenende vor der Tür steht, bin ich erschöpft. Doch Madame Beaumont und ich werden sämtliche Flaschen etikettieren, und es würde mich nicht wundern, wenn wir das mit Feder und Tinte tun!

Jetzt jedoch ist Freitagabend, und ich werde versuchen, mich auszuruhen. Ich lehne das Fahrrad an die Wand des *gîte* und will geradewegs ins Haus gehen. In den Händen halte ich zwei Flaschen Wein, die wir heute abgefüllt haben und die ich in einem am Lenker baumelnden Korb nach Hause transportiert habe. Ich plane, ein Bad zu nehmen und mir ein Glas Wein zu gönnen, während die anderen im Papillon sind. Isaac und ich haben es geschafft, uns eine weitere Woche aus dem Weg zu gehen – mit Ausnahme seiner Unterrichtsstunden natürlich –, und das will ich auch weiterhin so halten.

Doch als ich die Haustür öffne, höre ich seltsame Geräusche, so, als litte jemand unter Schmerzen. Ich klemme mir die Flaschen unter den Arm und laufe in die Küche, wo Candy am Tisch sitzt, den Kopf in die Hände stützt, gelegentlich den Kopf zurückwirft und laut jammert. Ihr Gesicht ist rot und fleckig vom Weinen. Überall um sie herum liegt zusammengeknülltes Toilettenpapier. Nick hat den Arm um sie gelegt und tröstet sie. Gloria kocht Tee.

»Es ist Dean«, formt Gloria mit den Lippen.

»Oh.«

Candy jammert wieder leise vor sich hin und heult dann auf. »Ausgerechnet Harmony!«, klagt sie.

»Dean ist zu dem Schluss gekommen, dass er nicht warten kann, bis Candy aus Frankreich zurückkommt, und …«, Nick räuspert sich, »… und hat sich nach neuen Weidegründen umgesehen«, schließt er diplomatisch.

»Er konnte Harmony nie leiden! Er hat immer gesagt, sie müsste ihre Zähne richten lassen«, heult Candy.

»Na ja, es heißt ja, Liebe macht blind.« Ich will ihr damit helfen, doch Candy wirft mir nur einen bösen Blick zu und schnäuzt sich geräuschvoll. Nick wickelt mehr Klopapier ab und gibt es ihr. Er hält ihr eine Hand, während sie sich mit der anderen die Nase putzt.

»Ähm, möchte jemand ein Glas Wein?« Ich halte die Flaschen hoch, gehe von allgemeiner Zustimmung aus und sehe mich nach einem Korkenzieher um. Als Gloria mir einen reicht, öffne ich die Flaschen, die ich eben erst versiegelt habe. Ich schenke den Wein in kleine, kräftige Gläser ein. Gerade als ich sie verteile, taucht Isaac auf, der offensichtlich ein paar Bier im Papillon getrunken hat. Meine Stimmung sinkt. Es ist erstaunlich, wie manche Leute sich überall anpassen können, egal, wo sie hinkommen. Ich werde nie in der Lage sein, einfach in eine Bar zu gehen, etwas zu trinken zu bestellen und Gespräche mit fremden Menschen zu beginnen. Doch Isaac kennt nach der kurzen Zeit anscheinend schon jeden, und jeder kennt Isaac. Er hat zwei Flaschen Wein mitgebracht, wie beinahe jeden Abend; offenbar handelt es sich um Kostproben von Weinbergbesitzern. Ich vermute, dass sie ihn quasi durch die Hintertür dazu bringen wollen, ihren Wein zu kaufen.

»Hey, super. Wein!« Er ist gut drauf, doch dann fällt sein Blick auf Candy. »Candy, was ist los?«

»Es ist wegen Dean, ihres Verlobten«, bringt Nick ihn auf den aktuellen Stand, während Candy vor sich hin schluchzt. »Es ist vorbei. Harmony hat sich an ihn rangemacht.« Er reicht Candy neues Toilettenpapier und hält ihre Hand fest.

»Ach, Candy. Ganz offensichtlich war er nicht gut genug für dich«, sagt Isaac, schnappt sich einen Stuhl, dreht ihn herum und lässt sich rittlings darauf nieder.

»Meinst du das wirklich?«, schnieft sie, während ihre Miene sich ganz leicht aufheitert. Nick drückt ihre Hand umso entschlossener.

»Ich weiß es. Irgendwo da draußen gibt es bestimmt jemanden, der viel besser zu dir passt.« Er nimmt eines der Weingläser, die ich gefüllt habe, und schnuppert daran.

Candy sieht inzwischen deutlich getröstet aus und entzieht Nick ihre Hand. Er versteift sich.

»Vielleicht hast du recht.« Sie reibt sich die Nase, nimmt sich ein Glas und imitiert Isaac. Er schnuppert wieder, dann lässt er die Flüssigkeit kreisen, riecht erneut daran und nimmt einen Schluck.

»Hey, der ist … gut«, kommentiert er überrascht. »Woher stammt er?«

»Vom Château Clos Beaumont«, antworte ich.

»Wo ist das?«

»Richtung Saint Enrique«, antworte ich nüchtern, doch insgeheim weiß ich, dass der Punkt an mich geht. »Das ist praktisch ein Bio-Wein.«

»Und wie kommst du an den Wein?«, will er wissen, schnuppert wieder und lässt ihn im Glas kreisen, um zu sehen, ob sogenannte Kirchenfenster entstehen. Nick und auch Gloria tun es ihm gleich. Candy hat gerade einen großen Schluck genommen. »Dann machst du also auch krumme Geschäfte?«, fragt er grinsend und bestätigt damit meine Vermutung über die Flaschen guten Weins, die er in seinem Zimmer hortet.

»Ich, ähm …« Wie soll ich es ihnen erklären? »Ich habe ihr geholfen, die Ernte des vergangenen Jahres in Flaschen abzufüllen. Sie war … Sie ist ziemlich alt, ich unterstütze sie bloß.«

»Wen?«, fragt Isaac.

»Madame Beaumont.«

»Wie bitte? Die alte Dame mit der Geldbörse?« Nick rümpft die Nase. »Dahin gehst du die ganze Zeit? Immer, wenn wir dich fragen, ob du mit in die Bar kommst und du uns einen Korb gibst? Wir dachten, du bist eine richtige Streberin und lernst deine Bibel auswendig!«

Candy hört auf zu schluchzen. »Du bist gar nicht mit Charlie zusammen gewesen?«, fragt sie unverblümt.

»Nein!« Ich muss fast lachen, weil die Annahme so lächerlich ist, doch meine Wangen brennen.

»Ich dachte, ihr beide ...«, fährt sie fort.

»Nein!«, schneide ich ihr das Wort ab.

»Ich dachte, du würdest mir aus dem Weg gehen«, sagt Isaac, während er seine lange Nase in sein Glas steckt und einatmet, ohne mich anzusehen. Dann steht er auf, dreht seinen Stuhl richtig herum, als würde er die Dinge auf einmal ernst nehmen, und betrachtet erneut den Wein in seinem Glas. Er lehnt sich zurück, legt einen Fuß auf das andere Knie, trinkt einen Schluck, gibt ein Kussgeräusch von sich, während er einatmet, und lässt den Wein erneut im Glas kreisen.

»Und du weißt wirklich nichts über Wein?«, fragt Isaac, sieht mich endlich an und runzelt die Stirn. »Abgesehen von schlechten Witzen?«

Mir wird die Kehle eng. Ich weiß nicht, was dieser Mann an sich hat – es bringt mich zur Weißglut und macht mich sprachlos.

»Nein, na ja, das ist es ja. Ich habe mich gar nicht darum beworben, nach Frankreich geschickt zu werden.« Nach der anfänglichen Sprachlosigkeit macht sich mein Mund einfach wieder einmal selbstständig.

»Wie bitte? Du wolltest das gar nicht? Warum hat Trevor dich dann hergeschickt?«, fragt Isaac.

»Harmony hat sich die Zähne machen lassen.« Plötzlich geht mir auf, was ich da gesagt habe, und ich werfe Candy einen entschuldigenden Blick zu. »Ich bin in letzter Minute ... für sie eingesprungen. Sozusagen als Quereinsteigerin.« Ich trinke einen großen Schluck Wein. »Ich habe etwas getan ... Bin in Schwierigkeiten geraten ... Ich versuche, es wieder in Ordnung zu bringen ...«, murmele ich und denke an die Wette.

»Wer ruft dich ständig an? Ist das Charlie?«, fragt Candy mit ihrer direkten Art. Sie kneift die Augen zusammen, und ihre Nase lässt mich an das rotnasige Rentier Rudolph denken.

»Mein Vater«, antworte ich leise. Ich wünschte, ich wäre nicht hier und müsste nicht versuchen, andere Leute davon zu überzeugen, dass ich hierhergehöre – obwohl es nicht so ist. Ich seufze erschöpft; ich habe es satt zu verheimlichen, was ich getan habe.

»Warum bist du dann mitgekommen?« Nick schaut mich an. »Du machst mir nicht den Eindruck, als würdest du zu Trevors Topverkäufern gehören. Nimm's mir bitte nicht übel.«

Ich beiße mir auf die Unterlippe und senke den Blick. Diese Unterhaltung geht zwangsläufig in eine bestimmte Richtung, wie eine Abrissbirne, die auf mich zuschwingt und mein Leben wieder einmal zertrümmern wird.

»Du hast recht, ich bin eine Schwindlerin. Ich sollte nicht hier sein. Ich kann nicht mal Desinfektionsmittel an ein Pflegeheim verkaufen.« Ich nehme noch einen großen Schluck Wein, dann noch einen. Plötzlich fühle ich mich viel lockerer, fast ein bisschen benommen.

»Um ehrlich zu sein …«, höre ich mich sagen. Alle schauen mich an. Wahrscheinlich sollte ich einfach schweigen und nichts mehr sagen. Doch ich weiß nicht, ob ich dieses Theater weiterspielen kann. Und der Wein bringt mich dazu, alle Bedenken in den Wind zu schlagen. Ich will dieses Geheimnis loswerden.

»Um ehrlich zu sein«, wiederhole ich, während alle mich anstarren. *Tu es nicht!,* flüstert eine Stimme in meinem Kopf. *Du hast noch die Chance zu sagen: »Ach nichts!«* Ich hole tief Luft und platze heraus: »Ich war's! Ich habe mir die Geldsammlung im Büro ausgeliehen. Die Sammlung für Deans und Candys Verlobung!« So, ich habe es gesagt. Einen Augenblick lang herrscht Schweigen. Alle starren mich fassungslos an.

»Oh. Mein. Gott!«, stößt Candy hervor, als ihr die Bedeutung meiner Worte klar wird. »Du warst das!«, kreischt sie. »Du hast die Sammlung für meine Verlobung gestohlen?«

»Geliehen. Und ja, ich war das«, sage ich und schenke mir Wein nach. »Es tut mir sehr leid, Candy. Ich war ... verzweifelt. Ich weiß, dass mein Verhalten nicht zu entschuldigen ist, aber es tut mir leid.« Isaac hört zu und schnuppert an seinem Wein, sagt aber nichts. »Aber stell dir vor, wenn ich die Wette gewinne, bekommst du die doppelte Summe!« Wieder trinke ich einen Schluck, und plötzlich ist mein Glas leer.

Die anderen schweigen. Ohne Rücksicht auf Verluste fülle ich mein leeres Glas auf. Warum auch nicht? Sieht so aus, als wäre die Kacke richtig am Dampfen. Diese Leute werden nicht mehr mit mir zusammenarbeiten wollen, nachdem sie wissen, wer ich bin.

»Das hier ist meine allerletzte Chance. Wenn ich meine Ziele nicht erreiche, fliege ich hochkant raus.«

»Nun ... Sieht so aus, als hättest du geahnt, dass die Sache mit Dean und mir nicht gut ausgehen wird.« Candy zieht die Nase hoch und fügt mit zusammengekniffenen Augen hinzu: »Ich habe dich völlig falsch eingeschätzt. Ich dachte, du wärst eine richtige Streberin. Dir ging's genauso, Nick, du hast sie auch für eine Lieblingsschülerin gehalten. Du hast gesagt, sie bekäme den Job als Teamleiterin, weil sie was mit Charlie hat. Ich meinte, das wäre Betrug, vor allem, weil wir doch diese Wette laufen haben.«

Nick krümmt sich vor Verlegenheit, und mir geht es genauso.

»Dieser Wein ist erstaunlich gut«, wirft Isaac plötzlich ein. Alle wenden sich von mir ab und schauen ihn an. »Ich meine, er ist ursprünglich, sehr ursprünglich, etwas rau, sogar ziemlich rau, aber man könnte was daraus machen.« Er scheint fast ein Selbstgespräch zu führen, doch alle hören ihm jetzt zu und sind erleichtert über den Themenwechsel. Isaac hält sein Glas hoch und neigt es ein wenig. »Er bildet Kirchenfenster, und er hat einen eigenen Charakter. Die Tannine sind auch großartig. Und es ist praktisch Bio-Wein, sagst du?«

Beeindruckt zieht Isaac die Augenbrauen hoch. Plötzlich würde ich ihn am liebsten umarmen, weil er der Situation den Stachel genommen hat. Isaac, den ich sonst nicht ertragen kann, hat mich gerade vor einer noch größeren Demütigung gerettet.

»Sie macht alles selbst, Schafe halten das Unkraut kurz, und es gibt ein Pferd mit einem Wagen …«, erzähle ich leise. Mir wird klar, dass meine Zeit hier wahrscheinlich abgelaufen ist. »Nebenan gibt es ein großes Château, dessen Besitzer unbedingt Madame Beaumonts Land erwerben möchte, aber sie will nicht verkaufen.«

»Wow, richtig rustikal.« Isaac nimmt noch einen Schluck. »Auf eine gute Art rustikal.«

»Tja, sieht so aus, als wäre alles wieder völlig offen. Und es gibt immer noch eine Wette zu gewinnen!« Candys Miene hellt sich plötzlich auf. »Gut, dass nicht ich es bin, die den Sammelbetrag doppelt auszahlen muss!« Sie legt den Kopf schief, sieht mich an und fragt: »Und Charlie ist Single?«

Isaac prustet vor Lachen.

»Was ist denn mit Dean?«, fragt er dann.

»Sieht so aus, als hätte es nicht sein sollen.« Candy wischt sich den verschmierten Eyeliner und die Wimperntusche unter den Augen fort.

»Ähm, ja, er ist Single«, antworte ich. Sosehr ich mir auch wünsche, dass es nicht so wäre und dass ich viele geheime Verabredungen mit ihm gehabt hätte. Leider war es nicht so. Seit jenem Tag auf dem Markt habe ich ihn kaum gesehen. Tagsüber arbeitet er in seinem Büro oder hat Termine mit Weinbergbesitzern, und abends bin ich auf Clos Beaumont. Liebend gerne hätte ich mehr Zeit mit ihm verbracht, um ihm mein Verständnis dafür zu zeigen, wie schwierig es ist, wenn der eigene Vater Unterstützung braucht.

»Ich kann die Anzeichen deuten. Kein Ehering, aber eine Delle, wo er einmal gesessen hat. Dieses Auto, das er fährt. Ich bin sehr gut darin, Anzeichen richtig zu interpretieren. Ich meine, nehmen wir mal Nick – von dem Tag an, an dem ich dich in diesem rosa Pulli gesehen habe, wusste ich, dass du schwul bist«, sagt sie. Alle Anwesenden erstarren. Nick öffnet den Mund, um etwas zu sagen. »Was eine Schande ist, denn du wärst ein großartiger Partner«, fährt Candy fort. Nick klappt den Mund zu, schaut mich kurz an und senkt den Blick. »Und Charlie, na ja, er lebt hier, nicht wahr? Er muss Single sein. Um ehrlich zu sein, wenn einer von uns eine Familie hätte, wäre er nicht hier, oder?«

Gloria nippt an ihrem Wein und schluckt schwer. Ich habe ein schlechtes Gewissen, als ich an meinen Dad denke, der den ganzen Tag allein ist.

»Wir alle haben gute Chancen, diese Stelle zu bekommen«, sagt Gloria und tätschelt kurz meine Hand. Ein Luftzug von ihrem Ventilator trifft mich. Ich weiß, dass ich in Tränen ausbrechen würde, wenn ich sie jetzt ansähe. »Meinst du nicht auch, Isaac?«

»Mich dürft ihr nicht fragen. Ich bin bloß hier, um den Wein fertigzustellen, dann bin ich weg.« Er hebt die Hand und wird wieder zu seinem arroganten Selbst. Was ich für eine ritterliche Geste gehalten habe, ist wahrscheinlich nur ein glücklicher Zufall gewesen.

»Wohin willst du?«, fragt Nick.

»Weiß noch nicht. Kommt drauf an. Wenn ich als Kellermeister zu einem der großen Weinhersteller gehen könnte, wäre ich zufrieden. Ich bin mit einigen in Kontakt, also drückt mir die Daumen.«

»Willst du nicht mal länger an einem Ort bleiben?«, will

Candy wissen und rümpft die Nase, nachdem sie einen Schluck Wein getrunken hat.

Er wirft den Kopf zurück, schüttelt die Haare und lacht. »Niemals!«

Candy sieht sich in der Küche um und blickt mich aus schmalen Augen an. Warum sollte sie nicht? Sie hat mich schon nicht gemocht, bevor sie wusste, dass ich mir das Geld aus der Sammlung ausgeliehen habe. Jetzt hasst sie mich bestimmt.

»Also, komm schon, wer bekommt den Job, was meinst du? Würdest du sagen, dass wir alle Chancen haben?«, will Candy von Isaac wissen.

Doch ich weiß genau, was Isaac von uns hält, und – offen gesagt – hat er wohl recht. In den Wochen bei Madame Beaumont ist mir klargeworden, wie komplex das Fachgebiet ist. Ich weiß noch kaum etwas, und mein Handbuch habe ich auch noch nicht gelernt. Ich kann hervorragend Fässer reinigen, Wein in Flaschen abfüllen und den Weinstöcken von meinen Sorgen erzählen, doch habe ich meine Kenntnisse über Wein ausgebaut? Nein! Und die Zeit läuft mir davon.

13. Kapitel

Es ist Samstagmorgen. Candy arbeitet angestrengt daran, ihre Bräune zu vertiefen. Sie liegt auf einem Handtuch auf dem winzigen Rasen hinter dem *gîte* und bewegt sich nur, um dem Verlauf der Sonne zu folgen. Nick verschlingt *Mein Jahr in der Provence*, und Gloria ist über die Brücke zu dem kleinen verwaisten Café auf der anderen Flussseite gegangen. Ich dagegen beuge mich über den alten Resopaltisch in Madame Beaumonts kühler Küche. Mit Hilfe von Stempel und Stempelkissen stelle ich hunderte von Flaschenetiketten her. Die Aufschrift lautet schlicht und einfach ›Château Clos Beaumont 2015. Vin de France‹. Das bedeutet, es handelt sich um einen einfachen Tafelwein.

Danach gehen wir in den *chai*, um jede Flasche mit einem Etikett zu versehen. Das Ganze ist eine zermürbende Tätigkeit, aber wenigstens bin ich beschäftigt und mache mir nicht pausenlos Sorgen um Dad, der immer noch mindestens sechsmal pro Tag anruft.

Nach dem Mittagessen nimmt Madame Beaumont ihren Korb, bindet sich ihr Kopftuch um und bricht zu ihrem täglichen Besuch auf dem Friedhof auf, während ich weiter etikettiere. Ich frage nicht, wessen Grab sie besucht und warum. Jeden Tag ist es die gleiche Routine. Madame Beaumont schaut zum blauen Himmel mit den Schäfchenwölkchen auf und hält Ausschau nach Regen. Dann ruft sie Cecil, und er kommt keuchend und bellend zu ihr. Der Speichel fliegt in alle Richtungen, während der große Hund die Vögel und alles und jeden verscheucht, der sich in seine Nähe wagt.

In rund einer Woche wird Madame Beaumont mit der Weinlese beginnen. Die Trauben gedeihen prächtig. Ich dagegen werde, nachdem ich ihr mit der Ernte vom Vorjahr geholfen habe, wieder im Verkaufsraum von Featherstone's sitzen und Isaacs Vorträgen über Geschmacksveränderungen und moderne Techniken bei der Weinerzeugung lauschen. Mit viel Schwung klebe ich das letzte Etikett auf die letzte Flasche, dann stehe ich auf und strecke meinen schmerzenden Rücken wie die alte Katze, die mich aus der Ferne beobachtet, aber immer in Sichtweite bleibt. Nachdem ich die Arbeit beendet habe, bin ich richtig stolz. Ich halte eine Flasche mit ausgestrecktem Arm vor mich. Ich habe mitgewirkt – na ja, wenigstens bei der Abfüllung des Weins. Es fühlt sich wirklich gut an, am Herstellungsprozess einer Sache beteiligt gewesen zu sein, die die Leute kaufen und genießen werden. Ich lese das Etikett und versuche mich zu erinnern, was Isaac uns über die Informationen auf den Flaschen erzählt hat.

»Das Etikett sollte alles mitteilen, was man über den Wein wissen muss«, höre ich ihn sagen. Das Einzige, woran ich mich richtig erinnern kann, ist, dass die meisten Weine eine Appellation haben, die die Region, den Ort oder den Weinberg kennzeichnet, woher der Wein stammt. Diese Appellation garantiert, dass der Wein aus einer bestimmten Rebsorte erzeugt wurde und seinen Ursprung in einer bestimmten Region hat. Sie beschreibt sogar die Mengenzusammensetzung der verwendeten Rebsorten.

»Warum hat dieser Wein keine Appellation?«, will ich wissen, als Madame Beaumont zurückkehrt und wir die Flaschen in Kartons verpacken.

»Pah!«, stößt Madame Beaumont hervor – wie üblich, wenn ihr etwas missfällt, gewöhnlich etwas, was ich in unserem Unterricht bei Isaac gelernt habe. »Regeln und Vorschriften, die den Leuten sagen, wie ihr Wein schmecken sollte. Sie wollen, dass du diese Menge von dieser Traube und jene Menge von jener Traube verwendest.« Mit hängenden Mundwinkeln macht sie gießende Bewegungen, und ich muss lachen.

»Pah! Ich nehme die Trauben aus der jeweiligen Ernte und probiere, welche Mischung am besten ist. Wer will schon wie alle anderen sein?« Sie wirft mir von der Seite einen Blick zu. Ich frage mich, ob sie noch über Wein spricht oder vielleicht über mich.

Ich fotografiere eine Flasche mit meinem Handy und schicke das Bild an Layla.

Embouteillage!, schreibe ich rasch – das heißt Abfüllung in Flaschen, wie ich von Madame Beaumont gelernt habe.

Am Montagmorgen überquere ich als Erstes den weiß gekiesten Hof bei Featherstone's, um Charlie in seinem Büro aufzusuchen. Er schaut aus dem Fenster, wendet mir den Rücken zu und telefoniert. Er trägt nur ein Hemd, doch trotz des heißen Tages ist er nicht leger gekleidet. Ich betrachte seine muskulösen Schultern unter dem akkurat gebügelten Hemd, während er mit einer Hand den Hörer hält und die andere lässig in der Hosentasche hat. Mein Magen schlägt einen Salto vorwärts und vor Aufregung gleich wieder rückwärts.

»Großartig, ich freue mich, Sie bald zu sehen.« Er beendet das Gespräch.

Plötzlich dreht er sich um und entdeckt mich. Strahlend fixiert er mich mit diesen faszinierenden grünen Augen.

»Oh, Emma«, sagt er mit einem breiten Lächeln, was ich für ein gutes Zeichen halte, auch wenn er sich meinen Namen immer noch nicht merken kann.

»Emmy«, stelle ich richtig und strahle zurück.

»Natürlich, ja.« Er räuspert sich leicht.

»Wie geht's Ihrem Vater?«, frage ich munter.

»Ach ja, Sie wissen schon, es gibt gute Tage, und es gibt

schlechte Tage.« Sein Lächeln verblasst ein wenig. »Und Ihrem?«

»So lala …«, antworte ich.

»Gut, gut. Was kann ich für Sie tun?« Sein Blick hält den meinen fest, wie eine Schlange, die sich auf ihr Ziel konzentriert – oder sollte man eher von Opfer sprechen? Wieder zieht sich mein Magen vor Aufregung zusammen. Charlie wird begeistert sein, wenn ich ihm ausrichte, was ich ihm sagen soll.

»Madame Beaumonts Wein, von dem ich neulich schon gesprochen habe, ist bereit zur Abholung.« Ich überbringe die Nachricht mit einem imaginären Trommelwirbel.

»Wessen Wein?« Das Lächeln verschwindet für einen Augenblick.

»Madame Beaumonts Wein von Clos Beaumont. Sie warten darauf, erinnern Sie sich?« Mein Herzschlag beschleunigt sich in plötzlicher Panik.

»Ach ja, Clos Beaumont, einer der traditionellen Erzeuger meines Vaters«, sagt er nachsichtig, als beschäftigte sich sein Vater mit einem Hobby wie Schallplattensammeln oder Modelleisenbahnen. Ich bin leicht irritiert, aber vielleicht scherzt er ja nur. Innerlich schimpfe ich mit mir selbst, weil ich so empfindlich reagiere. Nach der harten Arbeit bei Madame Beaumont bin ich erschöpft, und vermutlich wollte ich, dass er so begeistert reagiert wie ich.

»Großartig. Nun, der Wein kann jederzeit von ihrem *chai* abgeholt werden«, sage ich lächelnd. Dann will ich Charlies Büro verlassen, um zu den anderen im Verkaufsraum zu gehen. Ich habe einige Anrufe nachzuholen.

»Emma – Emmy«, berichtigt er sich rasch selbst und blickt mit gerunzelter Stirn auf seinen Computerbildschirm. »Ist das die alte Dame, die oben an der Straße wohnt, auf Clos …«, er schaut wieder auf den Bildschirm, »… Beaumont? Im letzten Haus vor Saint Enrique?«

»Ja.« Ich nickte erfreut und seufze vor Erleichterung. Gott sei Dank, er hat begriffen, von wem ich rede. »Ihr Wein ist fantastisch. Ein echter …« Ich will ihm gerade erzählen, dass der Wein wie ein ungeschliffener Diamant ist, doch er fällt mir ins Wort.

»Ein sehr kleiner Erzeuger«, sagt er und schaut von einem Logbuch auf seinem Schreibtisch zurück zum Bildschirm; offensichtlich nimmt er Bezug auf die Originalaufzeichnungen seines Vaters und seine eigenen aktualisierten Einträge. »Dad neigte dazu … Nieten abzuschleppen.« Als er aufblickt, sind seine Augen dunkler geworden, als wäre die Sonne über der Lagune verschwunden. »Er war besessen davon, kleine Erzeuger aufzutun, den Vermittler zu umgehen und direkt an die Kunden zu verkaufen. Natürlich werde ich das ändern. Ich möchte die Supermärkte und die Restaurants als Kunden, also die großen Anbieter. Weniger kleine Labels und mehr bekannte, erschwingliche Weine, mit denen wir den Markt erobern können.« Das Lächeln ist zurück, und mein Magen reagiert wieder mit einem Flickflack, obwohl mein Kopf gerne widersprechen möchte.

»Oh, aber …« Ich will ihm sagen, dass jede Weinernte anders und individuell sein sollte.

»Wir nehmen diesen Jahrgang. Offensichtlich sind Sie sehr davon überzeugt.« Aufmunternd nickt er mir zu. »Doch ich weiß noch nicht, ob es nächstes Jahr noch Platz für ihren Wein in unserem Sortiment gibt. Ich bin auf der Suche nach Erzeugern, die Weine einheitlicher Qualität in größeren Mengen liefern können. Ich glaube nicht, dass Madame Beaumont mit ihrem Wein zu unserem neuen Konzept passt.« Er zuckt entschuldigend mit den Schultern.

»Wie bitte? Das können Sie doch nicht machen!« Panik überkommt mich. »Wenn Madame Beaumont nicht an Featherstone's liefern kann, hat sie keine Kunden mehr. Es würde ihr nichts anderes übrigbleiben, als ihr Weingut an Château Lavigne zu verkaufen.«

Charlies Blick wird auf einmal eiskalt.

»Vielleicht hat es ja sein Gutes, denn sie ist allein und wird älter. Wir wissen ja, wie das Alter uns schlagartig zu schaffen machen kann, nicht wahr?« Ich denke an Dad. »Sie kann nicht ewig so weitermachen. Auf diese Weise wird sie ihr Weingut verkaufen, und ich habe mehr Platz für die Weine, die wir haben wollen. Wahrscheinlich ist es das Beste für Madame Beaumont«, fährt er fort und knipst sein charmantes Lächeln wieder an. Ganz kurz frage ich mich, ob er vielleicht recht hat. »Also, wie gesagt, wir nehmen ihr diesen Jahrgang noch ab. Ich schicke jemanden hin, wenn es zeitlich passt. Heute Abend, in Ordnung?« Er hebt wieder die Schultern, als wollte er sich entschuldigen. Ich kapiere, dass die Unterhaltung beendet ist. »Ich bin kein Monster, Emm…«

»Y«, beende ich meinen Namen.

»Ich versuche bloß, Featherstone's auf die nächste Ebene zu befördern, und Sie werden mich hoffentlich dabei unterstützen. Je weniger kleine Weine wir haben, desto mehr Bestellungen für größere Labels können wir bedienen.«

Ich kann seine Logik nachvollziehen. Wenn er so expandiert, wie er es plant, gibt es mehr Arbeit für uns, und meine Geldprobleme können gelöst werden. Und ich muss unsere Probleme lösen: die Hypothekenrückstände, das Geld aus der Sammlung.

Aber wo bleibt dann Madame Beaumont?

»Übrigens, könnten Sie das erledigen? Fahren Sie Auto? Sie könnten den Lieferwagen nehmen. Sie haben anscheinend ein gutes Verhältnis zu dieser Frau. Ich erinnere mich, dass mein Vater mal gesagt hat, dass sie ein bisschen schwierig ist. Nicht leicht, mit ihr auszukommen. Aber mein Vater mochte sie, sie ist wohl sehr geistreich.«

»Ja, sie ist sehr … unabhängig. Großartiger Geist«, erwidere ich in der Hoffnung, ihn doch noch umstimmen zu können.

»Und nein, ich fahre nicht Auto.«

»Leider ist Charakter allein nicht ausreichend, um diesen Betrieb voranzubringen. Colette?«, ruft er und hält nach ihr Ausschau. »Machen Sie sich keine Gedanken, ich schicke jemanden rauf«, sagt er, doch ich habe das seltsame Gefühl, dass ich mir dennoch Sorgen machen muss. Ich sollte auch wieder Auto fahren. Er schenkt mir wieder ein umwerfendes Lächeln, aber diesmal kann ich es nicht erwidern. »Und überlassen Sie das ruhig mir, ich kümmere mich darum, ihr mitzuteilen, dass wir ihr die nächste Ernte nicht mehr abnehmen. Sie muss sich nach einer neuen Absatzmöglichkeit umsehen.«

»Aber es gibt keine anderen Käufer, keine wie Featherstone's Wines«, versuche ich es noch einmal.

»Nein, und das ist genau der Grund, warum wir das ändern müssen.«

»Ihr Wein ist individuell, genau wie Madame Beaumont selbst.«

»Der Wein lässt sich gut verkaufen, aber er ist nur ein Vin de France. Wenn sie eine Appellation beantragen würde, könnten wir wenigstens einen höheren Preis verlangen.«

»Das wird sie nicht machen«, erwidere ich leise.

»Dann können wir nichts tun. Morgen kommt eine große potenzielle Käuferin vorbei. Ich habe eben mit ihr telefoniert. Eine Einkäuferin für einen Supermarkt, wir haben einen Termin ausgemacht.« Auf einmal sind seine Augen wieder vor Begeisterung geweitet, das gesprenkelte Grün leuchtet. »Die Frau ist auf einer Einkaufsreise, und wir müssen alles tun, um sie zu beeindrucken. Sie könnten nicht vielleicht Colette zur Hand gehen, um den Verkostungsraum vorzubereiten, oder doch? Ein paar Häppchen organisieren, so etwas in der Richtung? Sie haben da doch bestimmt ein paar Ideen.«

»Natürlich«, seufze ich. Sieht so aus, als bestünde meine Aufgabe wieder einmal darin, Kuchen und Sekt zu servieren.

»Gut, dass wir Zeit hatten, ein bisschen zu reden. Viele Grüße an Ihren Vater!« Meine Stimmung hebt sich ein kleines bisschen, obwohl in meinem Kopf Aufruhr herrscht. Einerseits finde ich diesen Mann unglaublich attraktiv, und was er sagt, klingt absolut sinnvoll für uns alle. Andererseits bin ich mir nicht sicher, ob Madame Beaumont das auch so sehen wird. Ich könnte es gut verstehen, wenn sie Charlies Meinung nicht teilt.

An diesem Nachmittag überlässt Colette mir die Vorbereitung des Verkostungsraumes, während sie ein paar Touristen herumführt. Colettes Lippen sind leuchtend rot geschminkt, und um die Schultern hat sie sich ein Tuch geschlungen. Sie wirkt sehr effizient mit ihrem Stift in der Hand und dem Brillengestell mit Leopardenmuster auf der Nasenspitze – ein Hauch von Dolly Parton. Ich habe das Gefühl, dass sie genau wie Isaac nicht viel von uns Lehrgangsteilnehmern hält; sie scheint zu glauben, dass wir scharf auf ihren Job sind, was natürlich nicht der Fall ist.

Ich verteile die Gläser auf einer weißen gebügelten Tischdecke. Die Gläser habe ich mit heißem Wasser, jedoch ohne Spülmittel ausgespült, genau wie Madame Beaumont es mir erklärt hat. Nur heißes Wasser. Spülmittel beeinflussen den Geschmack des Weines. Als die britischen Käufer gegangen sind, kommt Colette herein, um den Raum einer kritischen Überprüfung zu unterziehen. Sie geht zu den Gläsern, nimmt eines und hält es gegen das Licht. Dann riecht sie daran und fährt mit dem Finger an der Innenseite entlang. Sie dreht sich zu mir um und zieht eine nachgezogene Augenbraue hoch.

»Kein Spülmittel«, bestätige ich und wackele mit dem Finger.

Sie nickt langsam. Nach einem letzten Blick durch den Raum findet sie keinen Grund, mich länger festzuhalten, und ich kann gehen. Zufrieden mit mir selbst steige ich sofort auf mein Rad und fahre nach Clos Beaumont. Denn wenn Madame Beaumont überhaupt eine Zukunft haben will, muss ich sicherstellen, dass ihr Wein schnell zu Featherstone's gelangt.

14. Kapitel

Ich höre den Aufruhr schon, bevor ich etwas sehen kann. Laute Stimmen, die von Madame Beaumont und die eines Mannes. Cecil bellt, und ich höre sogar Henri schnauben. Erhitzt und keuchend erreiche ich den Hügel. Das Vorderrad schwankt hin und her, weil ich keine Kraft mehr habe. Als ich abspringe, bleibe ich mit dem Hosenbein meiner abgeschnittenen Jeans am Sattel hängen und stürze fast. Doch ich fange mich wieder und schiebe das Fahrrad die letzten Meter bis Clos Beaumont, so schnell meine schmerzenden Oberschenkel es zulassen.

»*Non! Allez! Allez-vous-en!* Gehen Sie!«, ruft Madame Beaumont. Das Herz schlägt mir bis zum Hals. Was ist da nur los? Ich fange an zu rennen und entdecke einen kleinen, weinroten 2CV-Lieferwagen, der bei den Torpfosten parkt. Madame Beaumont schreit immer noch. Ich lasse das Fahrrad irgendwo in der Nähe der Zufahrt fallen, umrunde den Lieferwagen und erblicke das Featherstone-Logo auf der Seite. Wo liegt das Problem?

»*Allo! Allo!*«, rufe ich und laufe in den Hof. Die große orangefarbene Sonne sinkt auf der anderen Seite des Tals über dem Château Lavigne und blendet mich. Wie immer, wenn ich ankomme, überfällt mich der Duft der wilden Kräuter und des Lavendels mit aller Macht. Als ich die Hand schützend über die Augen halte, sehe ich Madame Beaumont schließlich.

Sie steht mit gerunzelter Stirn vor dem *chai*, fuchtelt mit den Armen und droht dem Mann vor ihr mit dem Gehstock, den sie benutzt, wenn sie im Weinberg unterwegs ist. Ich bleibe stehen und stoße einen Seufzer der Erleichterung aus.

»Madame Beaumont!«, rufe ich und versuche, mit meiner brennenden Lunge wieder zu Atem zu kommen.

»Um Himmels willen, legen Sie die Waffe weg, Sie verrückte Frau!«

Als sie mit dem Stock in seine Richtung schlägt, hebt er die Arme und springt zurück.

»Isaac?«

»Gott sei Dank!«, sagt er, dreht sich zu mir um und hebt erleichtert die Hände. Dann stemmt er sie in die Hüften, genau oberhalb seiner tief sitzenden Combat-Hose.

»Isaac? Was ist hier los?«

»Ich habe den Auftrag bekommen, zu Madame Beaumont zu fahren.« Entnervt verdreht er, mit dem Rücken zu der alten Dame, die Augen.

Cecil bellt wie verrückt, und jede Menge Speichel trieft von seinem Maul. Ich halte Abstand – nur für den Fall, dass er den Kopf schütteln sollte.

»Sie kennen diesen Mann?«, fragt Madame Beaumont böse und zeigt mit ihrem Stock auf Isaac.

»Sie ist verrückt, siehst du?«

Sie sieht mich aus zusammengekniffenen Augen an, genauso argwöhnisch wie bei unserer ersten Begegnung.

»Nein, nein …« Ich schüttele den Kopf und versuche ihr mitzuteilen, dass kein Grund zur Sorge besteht.

Sie kneift die grauen Augen noch mehr zusammen. »Ich wusste es! Er ist vom Château. Als ich vom Friedhof zurückkam, hat er in meinem *chai* herumgeschnüffelt. Zweifellos wollte er wissen, ob mein diesjähriger Wein fertig ist, um zu sehen, was ihn von ihrem Wein unterscheidet.«

»Nein.« Isaac geht auf sie zu und streckt eine Hand aus. Wieder richtet sie den Stock wie ein Gewehr auf ihn.

»Langsam, langsam!« Rasch tritt er zurück und hebt die Hände. Als er sich hinter mir versteckt, muss ich ein Kichern unterdrücken. Schnell halte ich die Hand vor den Mund. »Klär das bitte, ja?«, flüstert er mir ins Ohr. »Bitte.« Auf einmal ist er vollkommen ratlos. Ohne seine Witze, die Flirtversuche und sein joviales Auftreten, mit denen er so viele Leute um den Finger wickelt, hat er keine Ahnung, was er tun soll. Es ist, als würde ich auf einmal den echten Isaac sehen.

»Sie beide kennen sich?« Madame Beaumont rudert mit dem Stock.

»Ja«, sage ich entschlossen, trete vor und ergreife das Ende des Stocks. »Er ist ein …«

»Enger Freund!«, wirft Isaac laut ein und zeigt auf uns beide. Er wirkt immer noch verunsichert, obwohl Madame Beaumont entwaffnet wurde.

Ich fahre herum und werfe ihm einen Blick zu, der ihm sagen soll, das hier mir zu überlassen. Er hat schon genug Schaden angerichtet! Ein enger Freund! Ich muss die Wogen glätten. Wenn Madame Beaumont es sich mit Featherstone's verscherzt, muss sie ihr Weingut verkaufen. Ich kann nicht zulassen, dass sie sich so ins eigene Fleisch schneidet.

Isaac tritt jedoch neben mich und legt mir den Arm um die Schulter. Ich fühle mich, als hätte ich eine Gabel in einen Toaster gesteckt und bekäme einen Stromschlag von tausend Volt. Ich erstarre.

»Was tust du da?«, zische ich ihm ins Ohr. Seine Haare riechen nach Piniennadeln.

»Ich will dafür sorgen, dass sie mich positiv sieht. Sie wird mich eher mögen, wenn sie glaubt, ich bin mit dir zusammen. Sie soll mir vertrauen, damit ich ihren Wein abholen kann.« Er zieht mich enger an sich. Als ich seinen Atem an meinem Hals spüre, schaudere ich unwillkürlich und halte die Luft an. »Ich meine, wir haben ja schließlich das Bett miteinander geteilt, nicht wahr, Goldy?«, flüstert er und grinst frech. Zu meinem Ärger schaudere ich wieder.

Ich trete ihm unauffällig auf die Zehen, damit er mich loslässt. Nichts. Ich verlagere mein Gewicht noch mehr in seine Richtung, dann riskiere ich einen kurzen Blick nach unten und entdecke, dass er Caterpillar-Stiefel trägt. Sein Grinsen wird breiter. Ich drehe mich zu Madame Beaumont und probiere es mit einem beruhigenden Lächeln.

»Ein enger Freund? *C'est vrai*? Sie haben noch nie von einem engen Freund gesprochen«, sagt sie zweifelnd.

Das liegt daran, dass ich keinen habe, denke ich wütend. Wenn ich nicht diese Situation in den Griff bekommen müsste, würde ich mich umdrehen und den Idioten gegen das Schienbein treten. Außerdem würde ich ein anderes Wort mit F benutzen.

»Ich …«

»Wir sind sehr gute Freunde«, sagt Isaac lachend. Zum Glück schiebt Cecil sich zwischen uns und schnüffelt an Isaacs Bein.

»Er ist von Featherstone's.« Endlich gelingt es mir, einen vernünftigen Satz herauszubringen. »Er ist der Kellermeister.«

»Das wollte ich die ganze Zeit sagen. Ich bin wegen des Weines hier.«

»Sie kommen von Featherstone's, um den Wein abzuholen?«

»Ja«, antworten Isaac und ich gleichzeitig, und beinahe muss ich lachen. Langsam lässt Madame Beaumont ihren Stock sinken.

»Sind Sie Mr. Featherstones Sohn?«, fragt sie. Isaac lacht wieder und schüttelt den Kopf. »Nein, ich bin nur ein Angestellter«, erwidert er und nimmt endlich den Arm von meiner Schulter. Ich seufze erleichtert auf. Madame Beaumont nickt.

»Er ist ein Saison-Kellermeister. Er kommt aus Kalifornien«, sage ich, als würde das alles erklären, obwohl es natürlich völlig belanglos ist.

»Und Sie und er ... Ist er ... Sind Sie ...?« Sie deutet auf mich. Ich hole tief Luft, um ihr zu erklären, dass er einen seltsamen Sinn für Humor hat, doch bevor ich dazu komme, springt Isaac ein.

»Ja«, strahlt er. »Wir sind gute Freunde, sogar sehr gute Freunde!« Er trägt ein weiß-blaues Bandana um den Kopf gebunden. Sein kleiner Diamantohrring funkelt im Sonnenlicht. »Wo sind diese Weinkisten, die ich abholen soll?«, fragt er und reibt sich zufrieden die Hände, weil die Missverständnisse aus dem Weg geräumt sind. In dem Moment schüttelt Cecil den Kopf, und ein großer Sabberstreifen landet auf Isaacs Oberschenkel. Diesmal bin ich es, die sich das Lachen nicht verkneifen kann, und ich halte mir rasch die Hand vor den Mund. Doch zu meiner Überraschung und Verärgerung wirft er den Kopf zurück und lacht mit. Sogar Madame Beaumont scheint ein bisschen aufgetaut zu sein.

Isaac geht zum Lieferwagen und fährt rückwärts in die Einfahrt bis zum *chai*. Wir sprechen kaum, als wir gemeinsam die Weinkisten ins Auto laden. Trotz unserer Proteste hilft Madame Beaumont mit. Sie bewegt sich langsam, aber gleichmäßig, und trägt eine Kiste nach der anderen, während wir drei oder vier auf einmal schaffen. Ich bin natürlich entschlossen, mich nicht von Isaac überbieten zu lassen, und gebe mir Mühe, genauso schnell zu sein wie er. Dem trägen Lächeln auf seinem Gesicht nach zu urteilen, will er mich auf die Probe stellen.

Schließlich knallt er die Türen des Lieferwagens zu, zieht seine Combat-Hose hoch, wischt sich die Hände ab und sieht sich um.

»Sie haben hier ein interessantes Anwesen, Madame Beaumont. Ist das da drüben Saint Enrique?« Als er in die Richtung zeigt, geht mir auf, dass er von der Region, in der er seit einigen Wochen lebt, noch nicht viel gesehen hat. Er ist zu sehr damit beschäftigt, im Labor über seinen Büchern und Reagenzgläsern zu brüten oder mit seinen neuen einheimischen Freunden im Papillon zu feiern.

»Vielleicht hat Emmy Lust, Sie herumzuführen«, schlägt Madame Beaumont vor. Damit zeigt sie ihm, dass er auf ihrem Grund und Boden willkommen ist. Ich fühle mich geehrt, dass sie diesen Schritt mir zuliebe gewagt hat. Nicht viele Menschen schaffen es, Madame Beaumonts Wall aus Misstrauen zu überwinden.

Ich wäre Isaac viel lieber umgehend losgeworden, aber ich möchte Madame Beaumonts Angebot nur ungern ablehnen. Ich glaube nicht, dass sie häufig solche Vorschläge macht. »Und bitte nehmen Sie meine Entschuldigung an … Wegen eben. Mir war nicht klar, dass Sie … ein Freund von Emmy sind.«

»Ach, vergessen Sie es, kein Problem! Emmy hat mir von Château Lavigne erzählt. Dass sie Sie schikanieren, damit Sie ihnen Ihr Land verkaufen. Ich kann es Ihnen nicht verdenken, dass Sie wachsam sind.«

»So habe ich das aber nicht gesagt.« Ich versuche mich zu erinnern, was ich neulich abends in der Küche erzählt habe. Doch Madame Beaumont nickt wieder, dreht sich um und verschwindet in ihrer großen Küche.

Jetzt muss ich Isaac den Weinberg zeigen.

»Also, das ist Henri. Er verrichtet die schwere Arbeit.« Ich gehe zu dem Pferd und streichele ihm die Nase; Henri schnuppert und schnaubt – er hat mich eindeutig an der Stimme erkannt.

»Wo sind die Maschinen untergebracht?« Isaac schaut sich um.

»Es gibt keine Maschinen, bloß Henri«, antworte ich lächelnd. Ich kraule Henri unter dem Kinn und sehe zu, wie er vergnügt die Oberlippe hochzieht.

»Du willst mich auf den Arm nehmen, stimmt's?«

»Nein, ganz und gar nicht.«

»Kann er überhaupt noch was sehen?« Isaac mustert das Pferd.

»Ein bisschen.« Wieder reibe ich Henri die Nase.

»Wie arbeitet er?«

»Mit Hilfe von Instinkt und Vertrauen«, erwidere ich. Allmählich entspanne ich mich und genieße die warme Abendsonne auf der Haut und die Vertrautheit des Weinbergs, den ich in den vergangenen Wochen ständig hinauf und hinunter gelaufen bin. Seltsamerweise fühle ich mich glücklicher und zufriedener als seit Langem.

Ich zeige Isaac den Merlot und den Cabernet Franc und die Weinstöcke, die auf der anderen Seite der Talsenke am Hang unterhalb des Château wachsen. Die Weinreben baden im Abendsonnenschein. Der blaue Himmel und das rötliche Licht vermischen sich zu einem Lavendelfarbton, passend zu dem Duft, der die warme Abendluft erfüllt.

Als wir zum Haus zurückkehren, bin ich darauf erpicht, so schnell wie möglich mit dem Wein zu verschwinden, doch Madame Beaumont hat eine Flasche auf den Tisch gestellt.

»Bitte, leisten Sie mir Gesellschaft, ich möchte mich für mein Verhalten entschuldigen.« Sie deutet auf den verrosteten, schmiedeeisernen Tisch und die Stühle.

»Vielleicht sollten wir den Wein wegbringen«, sage ich leise.

»Auf keinen Fall! Das wäre sehr unhöflich«, antwortet Isaac halblaut und lächelt mich an. »Sehr gerne«, sagt er laut, geht auf Madame Beaumont zu und nimmt ihr die Flasche aus der Hand, die sie gerade öffnen will. Fachmännisch zieht er den Korken heraus.

»Merci.«

»Gern geschehen«, antwortet Isaac. Er lässt seinen Charme spielen.

Isaac setzt sich auf einen alten Eisenstuhl, lehnt sich zurück und betrachtet die Umgebung, während Madame Beaumont im Haus verschwindet. Vermutlich holt sie Gläser. Es ist merkwürdig, ihn außerhalb des Büros zu sehen. Er ist ungewöhnlich still und betrachtet den Horizont auf der anderen Seite des Tales hinter dem Château. Er macht gerade ein paar Fotos mit seinem Handy, als Madame Beaumont mit drei nicht zueinander passenden Gläsern zurückkommt. Sie verschwindet erneut in der Küche und kehrt nach einer gefühlten Ewigkeit mit kleinen getoasteten Baguettescheiben zurück, die mit einer Art Entenschmalz bestrichen sind. Sie hat das Brot auf einem kleinen runden Teller arrangiert, vermutlich ist das ihr geplantes Abendessen. Schließlich nimmt sie die Flasche und schenkt Wein ein. Inzwischen liebe ich das Gluckern, mit dem der Wein in die Gläser fließt. Es ist nicht wie zu Hause, wenn man eine Flasche mit Schraubverschluss oder einem Plastikkorken öffnet. Dieser Wein hier ist mit Liebe hergestellt worden, und das Einschenken ist Teil des Genusses.

Als sie den Wein in das erste Glas gießt, setzt Isaac sich plötzlich auf. Sein Interesse ist geweckt. Er betrachtet den rubinroten Wein, der aus der nicht etikettierten Flasche in das Glas strömt. Sie gibt ihm das Glas und beobachtet ihn. Er hält es hoch und mustert den Inhalt. Dann neigt er es leicht.

»Überprüfst du die Schlierenbildung?«, frage ich, um zu zeigen, dass ich aufgepasst habe und keine völlige Niete bin.

Er nickt lächelnd. Anscheinend ist Wein das Einzige im Leben, was Isaac wirklich ernst nimmt. Er steckt die Nase ins Glas und atmet tief ein. Schließlich, nachdem er den Wein geschwenkt hat, riecht er wieder daran, nimmt endlich einen

Schluck und saugt beim Trinken Luft ein. Madame Beaumont steht neben mir und hält sich an der Rückenlehne meines Stuhles fest. Ich bemerke, dass sie einen frischen Arbeitsoverall trägt, einer von den vielen, die an einer Leine neben dem Haus hängen – direkt neben dem alten Pfirsichbaum und dem Pflaumenbaum, der voller Früchte hängt.

Madame Beaumont und ich sehen zu, als Isaac endlich schluckt und sein Adamsapfel in seinem langen Hals auf- und abhüpft. Dann schaut er zu uns, und dieses strahlende, ein wenig träge Lächeln breitet sich auf seinem Gesicht aus. Er nickt anerkennend.

»Mann, der ist richtig gut!«, sagt er, lässt den Wein erneut kreisen, schnuppert und zieht die Luft durch die Zähne.

Madame Beaumont antwortet knapp: *»Oui. Je sais«*, und lächelt. Ganz kurz vergesse ich den Groll, den ich Isaac gegenüber hege, und werde von einer Welle der Dankbarkeit überspült.

Plötzlich habe ich eine Idee. Wenn Isaac Madame Beaumonts Wein so zu schätzen weiß, dann werden das auch andere Weinkenner tun. Um zu verhindern, dass Madame Beaumont ihren Weinberg ans Château verkaufen muss, werde ich dafür sorgen müssen, dass ihr Wein sich morgen im Verkostungsraum befindet, wenn die Einkäuferin für die Supermärkte kommt – egal wie.

Wir verabschieden uns von Madame Beaumont, und Isaac fährt mit dem Lieferwagen voller Wein die Einfahrt hinunter. Ich bin aufgeregt und nervös und vibriere vor Adrenalin. Vielleicht – ganz vielleicht – könnte alles doch noch gut werden. Isaac gibt Gas, als wir die Torpfosten erreichen, und dann höre ich das Knirschen meines Drahtesels unter den Rädern des Lieferwagens. Frustriert schlage ich die Hände vors Gesicht und stoße einen verzweifelten Schrei aus.

15. Kapitel

Das ist der pure Wahnsinn. Ich bin erst seit vier Wochen bei Featherstone's und setze alles aufs Spiel. Aber ich muss es einfach versuchen. Die Einkäuferin für die Supermärkte kommt am Nachmittag. Ich muss diese Flasche Clos Beaumont in den Verkostungsraum schmuggeln. Ich schlucke und schaue mich vorsichtig um. Alles ist ruhig. Nachdem wir den Vormittag im Verkaufsraum verbracht haben, sind nun alle beim Mittagessen. Wenn ich es nicht sofort tue, vergebe ich meine Chance. Ich weiß genau, wo sich Madame Beaumonts Wein befindet, weil Isaac und ich ihn am Vorabend gemeinsam in den Lagerraum gebracht haben. Ich reiße einen Karton auf und stecke mir eine Flasche vorne in meine Shorts. Darüber trage ich trotz der warmen Mittagssonne einen Kapuzenpulli. Mein Herz pocht heftig, fast ohrenbetäubend. So leise wie möglich überquere ich den gekiesten Hof. Ich habe gerade auf Zehenspitzen die ersten Schritte hinter mich gebracht, als Colette den Kopf aus der Tür des Verkaufsraums streckt. Ich erstarre, und mein Herz schlägt noch schneller. Als ich grüßend eine Hand hebe, rutscht die Flasche in meiner Hose zu meinem Schrecken ein Stück tiefer. Ich drücke die Hand dagegen und bete, dass der Wein nicht aus dem Hosenbein fällt. Ich presse die Knie zusammen und rühre mich nicht vom Fleck. Colette nickt kurz und blickt dann suchend die Straße entlang, ob ihre Verabredung zum Mittagessen schon zu sehen ist. Ein neuer Tag, ein neuer Verehrer. Als sie sich abwendet, gehe ich mit raschen Schritten über den Kies auf den Verkostungsraum mit der Glasfassade zu. Wie immer läuft das Video, das Gäste über die Region und den Weinerzeugungsprozess hier bei Featherstone's informiert. Ich öffne die Tür und schließe sie schnell wieder, während ich hoffe, dass Colette nicht gesehen hat, wohin ich verschwunden bin. Das hier könnte meine Fahrkarte zurück nach England und das Ticket für die Warteschlange im Arbeitsamt bedeuten, wenn man mich erwischt. Trotzdem muss ich versuchen, mich für Madame Beaumonts Freundlichkeit zu revanchieren. Ich kann sie nicht einfach so untergehen lassen. Ich sehe mich um und bemerke, dass mein Pulli sich in der Tür verfangen hat. Wieder rutscht der Wein beinahe aus meinem Hosenbein. Als ich an dem Pulli zerre, geht die Tür wieder auf und fällt dann laut ins Schloss. Am liebsten hätte ich »Pst!« gezischt.

Ich gehe zu den aufgereihten Flaschen und schiebe sie hin und her. Alle Flaschen stecken in Manschetten, die mit dem Logo von Featherstone's Wines versehen sind. Mein wild pochendes Herz beruhigt sich ein wenig. Ich prüfe genau, ob es nicht auffällt, dass jemand mit den Flaschen herumhantiert hat. Aber was, wenn Charlie bemerkt, dass eine zusätzliche Flasche in der Reihe steht? Es gibt nur eine einzige Möglichkeit. Ich schiebe mir eine Flasche von Featherstone's Bestseller vorne in meine schlabberige Hose und ziehe meinen Kapuzenpulli weit herunter. Jetzt muss ich hier weg, und zwar schnell. Als ich mich umdrehe, höre ich jemanden telefonieren. Die Stimme kommt näher.

»Das ist großartig. Bis gleich dann. Ja, Sie biegen hinter dem Brunnen auf dem Platz links ab. Sie können uns nicht verfehlen.« Mit dem Handy am Ohr überquert Charlie den Hof und bleibt direkt vor der Glastür stehen. Er schaut zum Fluss. Ich atme scharf ein und halte die Luft an. Ich werde warten, bis er weg ist. Wie immer wirkt er gepflegt und selbstsicher. Ich stelle mir vor, dass ich Charlie mit nach

Hause bringe und Dad vorstelle. Er wäre so glücklich! Genau der Typ Mann, den er sich für mich wünschen würde, denke ich. Doch dann schüttele ich mich innerlich, als ich daran denke, dass ich nur ein einziges Mal einen Kaffee mit Charlie getrunken habe. Und jetzt versuche ich, eine Flasche eines Weines einzuschmuggeln, von dem er ausdrücklich gesagt hat, dass er ihn nicht mehr im Sortiment haben will.

»Bis später dann«, sagt er abschließend, beendet das Telefonat, steckt das Handy in die Tasche und verschwindet in Richtung Büro. Ich schnappe nach Luft – kleine lebensrettende Atemzüge. Doch plötzlich läutet schon wieder ein Telefon. Charlie bleibt stehen, zieht seins aus der Tasche und wirft einen Blick darauf. Aber es ist gar nicht seins, es ist meins! Ich schneide eine Grimasse und hoffe, dass es aufhört – am liebsten würde ich sterben. Er sieht sich um, während mein Telefon weiterklingelt … und die Vibration in meiner Hosentasche die Weinflasche klirren lässt. Charlie dreht sich um und sieht mich hinter der Glastür stehen. Ich lächele schmallippig. Es gibt nur eins, was ich tun kann … den Anruf annehmen.

»Hallo, Dad«, sage ich angespannt und versuche, die Flasche unter meinem Pulli zu verbergen. Mir wird schlagartig heiß. Nur zu gerne hätte ich das Kapuzenshirt ausgezogen, aber das geht natürlich nicht. Charlie sieht mich und kommt auf den Verkostungsraum zu.

»Was meinst du damit, der Wasserboiler im Bad ist geplatzt?«

Ich lausche der quälend detaillierten Schilderung meines Vaters, während Charlie die Tür aufmacht, mir zulächelt, nickt und nachsieht, ob die Vorbereitungen für den Verkostungstermin abgeschlossen sind. Ich bin nur noch ein Nervenbündel.

»Dad, ich kann jetzt nicht reden. Du musst einen Klempner

anrufen.« Ich hasse es, ihn so unterbrechen zu müssen, doch ich kann es einfach nicht riskieren, erwischt zu werden.

»Ich bin gerade beschäftigt, Dad. Ich rufe dich später zurück, um alle Einzelheiten zu erfahren. Versprochen!«

Charlie mustert die Flaschen und Gläser, doch er wirft mir fragende Blicke zu, während er den Tisch umrundet. Das Herz schlägt mir bis zum Hals, es donnert förmlich. »Dad, wirklich, ich muss jetzt Schluss machen.« Meine Stimme klingt etwas schrill. »Ruf einen Klempner an!« Ich drücke die kalte Flasche gegen meinen Oberschenkel und humpele auf die Tür zu. Als ich das Gespräch beende, sorgt mein schlechtes Gewissen dafür, dass sich mein Magen zusammenzieht. Mein armer lieber Dad. Ich werde ihn gleich zurückrufen. Sobald ich diese Flasche losgeworden bin. Dann erkläre ich ihm alles. Ärger wallt in mir auf. Wenn doch nur meine Schwester da wäre, um ihm zu helfen! Ich starre auf mein Handy.

»Alles in Ordnung, ähm … Elli?« Ich seufze. Die Chancen, dass Charlie je mein Freund werden könnte, stehen nicht gut – er kann sich noch nicht einmal meinen Namen merken. Ich passe einfach nicht in seine Welt.

»Emmy«, sage ich automatisch, ohne mich umzudrehen. Meine Augen brennen. »Ja, alles gut. Ich habe nur überprüft, ob die Gläser auch sauber sind«, lüge ich.

»Zu Hause alles okay?«, fragt er. Ich kann mich immer noch nicht umdrehen, denn die Flasche würde mit Sicherheit herunterfallen.

»Ach, Sie wissen ja … Väter!«, erwidere ich und kneife die Augen zusammen, während ich mich frage, wie viel Schaden der geplatzte Wasserboiler wohl angerichtet hat. Es klang, als würde das Wasser durch die Decke in Dads Schlafzimmer tropfen.

»Nun, dann holen Sie sich mal etwas zu essen. Die Einkäuferin wird kurz nach zwei eintreffen.«

Ich stoße die Glastür auf, mache mir nicht die Mühe, sie wieder zu schließen, und gehe so schnell ich kann zum *gîte*. Dort stecke ich die Flasche zuunterst in meine Reisetasche und schiebe sie unter mein Bett. Mit einem tiefen Seufzer der Erleichterung reiße ich mir den Kapuzenpulli vom Leib, setze mich auf den Boden, lehne mich mit dem Rücken ans Bett und atme tief durch. Ich kann kaum glauben, dass ich das gerade getan habe. Ich muss mir eine passende Geschichte ausdenken, wenn Charlie es herausfindet. Sagen, dass es ein Versehen war, als ich den Verkostungsraum vorbereitet habe – dass ich die Flaschen verwechselt habe. Er wird denken, dass ich eine Flasche Wein nicht von der anderen unterscheiden kann. Mein Herz rast immer noch.

Ich versuche, Dad zurückzurufen, aber die Leitung ist ständig belegt. Ich gebe es erst einmal auf und mache mich auf den Weg in den Ort. Ich brauche einen neuen Reifen für das Fahrrad, wenn ich am Abend zu Madame Beaumont fahren will.

Ich wische mir die öligen Hände an meinen Shorts ab, während ich versuche, das neue Rad zu montieren, das ich im Supermarkt auf der anderen Seite des Orts erstanden habe. Ich bin erschöpft, und meine Nerven liegen blank.

»Lass mich das machen«, bietet Isaac an, als wir uns bei meiner Rückkehr begegnen.

»Nein, schon in Ordnung«, erwidere ich, lehne das Fahrrad an die Außenwand des *gîte* und fange an zu arbeiten. Ich bin fest entschlossen, mich ständig zu beschäftigen.

»Dann lass mich wenigstens helfen«, sagt er und steht auf. Er hat an dem Tisch im Freien gesessen und einen großen Salat Niçoise mit Brot gegessen.

Die anderen sind in den Ort zum Papillon gegangen, um ein Mittagsmenü inklusive Wein für zwölf Euro zu sich zu nehmen. Ich habe sie im Vorbeigehen auf der Terrasse sitzen sehen. Jeff war auch dort und wirkte noch vergnügter als gewöhnlich. Er plauderte und erzählte Witze. Am Abend würde er unten am Fluss tanzen gehen – er zeigte in die Richtung –, erzählte er in seinem lustigen ›Franglais‹.

»Dansant!«, rief er aus, während er mit gespitzten Lippen eine imaginäre Frau im Arm hielt und hin- und herschwenkte. Er zeigte wieder zum Fluss, an dem verlassenen Café am Fluss vorbei zu dem Campingplatz außerhalb des Ortes, wo es eine Bar gibt. Es ist Saisonende, und aus diesem Anlass wird eine Disco veranstaltet, dolmetschte Gloria. Am Sonntag gibt es einen Tanztee. Jeff schaute Gloria an und fragte, ob sie ihn begleiten wolle, doch sie schüttelte schüchtern den Kopf. Sie stellte ihren Ventilator auf volle Kraft und kühlte sich das errötende Gesicht.

»Willst du dich wirklich nicht zu uns setzen?«, fragte Gloria, als ich am Papillon vorbeikam. Ich schüttelte den Kopf, denn ich war nicht sicher, ob Candy und Nick mich dabeihaben wollten. Stattdessen machte ich mich auf die Suche nach einem neuen Rad für den Drahtesel.

Als ich mit dem Rad über der Schulter zurückkehrte, hörte ich Candy lauthals lachen. Vermutlich amüsierte sie sich auf meine Kosten.

»Scheiße!«, schimpfe ich, als das Fahrrad umfällt, während ich versuche, die Schraubenmutter am Vorderrad zu lösen. Ich muss an den speziellen Blick denken, den Dad mir wegen meiner ordinären Sprache zuwerfen würde. Der bloße Gedanke an meinen Vater versetzt mir einen Stich.

Unaufgefordert greift Isaac ein und schwingt ein Bein über das Vorderrad. Ich blicke kurz auf und sehe seine Oberschenkel auf Augenhöhe zu beiden Seiten des Rads, während ich erneut versuche, die Schraubenmutter von der Vorderachse zu lösen. Einen Moment lang sind meine Hände völlig kraftlos, und ich überlege, ob er hier auch eingreifen wird, doch er tut es nicht. Ich drehe fester an der Schraubenmutter und registriere, wie sich Isaacs glatte, gebräunte Beine in den knapp knielangen, gemusterten Shorts anspannen. Ich wende den Blick von seinen Muskeln ab und schaue nach oben. Seine dunklen, fast schulterlangen Haare hängen ihm um das gebräunte Gesicht, und er grinst mich an. Plötzlich durchfährt mich ein Ruck, und ich werde nervös. Es ist lächerlich, dieser Mann bringt mich völlig aus der Fassung. Warum um alles in der Welt bringt mich der Anblick dieser glänzenden, muskulösen Beine dazu, so zu reagieren? Ich finde diesen Mann alles andere als attraktiv. Es muss an der Sonne liegen.

Ich ignoriere das seltsame Gefühl in meinem Bauch und drehe besonders kräftig an dem Schraubenschlüssel.

»Hoppla!«, stößt Isaac hervor, und das Grinsen verblasst, als das Rad heftig zur Seite ruckt.

»Oh, tut mir leid.« Ich habe meine Kraft unterschätzt und auch nicht bemerkt, dass ich meinen Frust wegen des Boilers und meines Vaters, die Sorge um meinen Job und – um ehrlich zu sein – den Ärger über Isaacs plötzliche Wirkung auf mich in diese kräftige Drehbewegung gesteckt habe. Die rostige Schraubenmutter löst sich und fliegt in den Kies, wo sie zwischen den kleinen Steinen verschwindet.

Das Knirschen von Schritten auf dem Kies sorgt dafür, dass wir beide uns umdrehen. Charlie marschiert auf uns zu.

»Haben Sie Colette gesehen?«, fragt er.

»Colette ist zu Tisch. Die anderen sind im Papillon«, antworte ich.

Charlie seufzt gereizt. »Die Einkäuferin ist auf dem Weg. Sie kann jeden Moment hier sein.« Er beißt sich auf die Unterlippe. Ich halte Ausschau nach der rostigen Schraubenmutter.

»Ähm, könnten Sie mir vielleicht zur Hand gehen, …?«

»Emmy«, helfe ich ihm.

»Emmy, natürlich. Ich brauche jemanden, der mich bei der Verkostung unterstützt. Vielleicht haben Sie ja Lust dazu?« Er lächelt mir zu und sieht mich mit diesen faszinierenden Augen an.

»Ich?« Ich lege die Hand über die Augen, als müsste ich sie vor der Sonne schützen.

»Ja, bitte helfen Sie mir.« Die Panik lässt mein Herz wieder schneller schlagen. Ich darf nicht vergessen zu sagen, dass es sich um einen Irrtum gehandelt hat.

»Ja, ähm, selbstverständlich.«

Ich fahre mir mit meiner öligen Hand über die Stirn, richte mich auf und lege den Schraubenschlüssel zur Seite. Als Isaac zurücktritt, fällt das Rad langsam um.

Rasch hebe ich es auf und lehne es an die Wand. Ich bin froh, etwas Abstand zu Isaac und seinen muskulösen, gebräunten Beinen gewonnen zu haben.

»Was soll ich machen?« Ich stehe neben Charlie und streiche mir die Haare hinters Ohr. Sie sind gewachsen, seit ich hier bin. Ich halte mich so weit wie möglich von Isaac entfernt, der lässig die Arme verschränkt hat. Meine Nerven vibrieren.

»Tja«, meint Charlie und verzieht leicht den Mund, »könnten Sie sich … ähm … ein bisschen saubermachen?« Er schenkt mir ein strahlendes Lächeln.

»Natürlich!«, erwidere ich. Ich bin ganz durcheinander und nervös und benehme mich wie ein dummes Schulmädchen. »Eine wichtige Einkäuferin und so.«

Charlie wendet sich an Isaac: »Und Sie, vielleicht könnten Sie sich ein Hemd anziehen und zu uns stoßen?«

»Klar, Mann!« Isaac hebt das umgefallene Laufrad auf und lehnt es neben das Fahrrad an die Mauer. Als Charlie in sein Büro geht, verfolge ich ihn mit meinen Blicken. Was jetzt?

Was wird er von mir halten, wenn er entdeckt, dass ich die Flaschen ausgetauscht habe? Mir ist bewusst, dass ich meine Chance verpasst habe, je ein zweites Mal mit ihm einen Kaffee zu trinken, so viel steht fest.

»Ich ziehe ein Hemd an«, unterbricht Isaac meine Gedanken. Grinsend und interessiert folgt er mit schief gelegtem Kopf meiner Blickrichtung, »aber er hat nichts davon gesagt, dass ich meine Shorts gegen eine lange Hose austauschen soll.«

Ich kehre in einem der Kleider zurück, die ich auf dem Markt gekauft habe, immer noch damit beschäftigt, die letzten Ölreste an meinen Händen loszuwerden. Ich betrete den Verkostungsraum, in dem Isaac bereits ein Glas Rotwein in der Hand hält und die Schlieren, die sogenannten ›Schaufenster‹, begutachtet. Er trägt ein tailliertes Hemd, keine Krawatte und dieselben Shorts mit Karibikmuster wie zuvor. Er streift mich mit einem flüchtigen Blick, und ein kleines Lächeln zuckt um seine Mundwinkel. Ich muss lachen. Charlie dagegen sieht adrett und teuer gekleidet aus und wirkt, als hätte er alles unter Kontrolle. Sogar sein Duft riecht teuer. Doch meine Gedanken drehen sich nur um diese Flasche, die ich jetzt nervös beäuge. Vielleicht hätte ich es nicht tun sollen. Ich werde auffliegen, und dann werde ich rausgeschmissen. Aber da Charlie und Isaac jetzt hier sind, ist es ohnehin zu spät.

Ein schicker Renault biegt in den Hof ein, und Charlie marschiert darauf zu, um die Fahrerin willkommen zu heißen.

»Selina«, begrüßt er die attraktive dunkelhaarige Frau, die ein eng anliegendes rotes Kleid und High Heels trägt. Sie lächelt, nimmt ihre Aktentasche vom Beifahrersitz und steigt aus. Charlie küsst sie auf beide Wangen. Ich frage mich, ob sie Britin oder Französin ist. Ich habe keine Ahnung. Ich versuche, meine Nerven unter Kontrolle zu behalten und wünschte, ich hätte all das nie getan. Hätte ich gewusst, dass ich hier stehen und den Wein servieren würde, hätte ich die Flaschen niemals ausgetauscht.

»Das ist Isaac, unser Kellermeister.« Charlie deutet auf Isaac, während er die Einkäuferin ins Haus führt.

»Hi«, sagt Isaac und pfeift auf die französische Art der Begrüßung. Die Frau wirkt ein bisschen enttäuscht; ihre roten Lippen, die in genau der gleichen Farbe wie ihr Kleid geschminkt sind, verziehen sich zu einem kleinen Schmollmund.

»Hi«, sagt sie mit sprödem Londoner Akzent und notiert etwas in ihrem Tablet.

»Und das ist …«

»Emmy.« Ich strecke ihr die Hand entgegen und trete vor.

»Also.« Charlie reibt sich die Hände. Das könnte ein dickes Geschäft für ihn werden. »Probieren wir ein paar Weine!«

Es ist eine ruhige Angelegenheit, abgesehen von dem wiederholten Schlürfen und Ausspucken. Ich versuche ebenfalls zu schlürfen und bekomme einen Hustenanfall, der mich fast ersticken lässt. Danach kümmere ich mich lieber um das Abräumen der Gläser und das Einschenken der Weine. Sie haben jetzt vier Weine probiert. Selina nickt, sagt jedoch nicht viel. Charlie hat kaum einen Tropfen angerührt; er sagt, er kenne die Weine und erklärt seinen Verzicht mit seinem Fitnessprogramm. Isaac spuckt den Wein nicht aus. Noch eine Flasche, dann sind wir bei Madame Beaumonts Wein angekommen. Ich schenke ein, sie probieren, und dann sammele ich die Gläser ein und bringe sie mit zitternden Händen zum Spülbecken.

»So, nur noch dieser letzte. Unser absoluter Bestseller«, verkündet Charlie. Mir rutscht ein Glas aus der Hand und poltert in die Spüle. Alle drehen sich um und sehen mich an.

»Tut mir leid«, sage ich, während mein Herz ohrenbetäubend laut klopft.

Diesmal schenkt Charlie ein. Isaac hebt sein Glas. Charlie gießt mir ebenfalls etwas ein und reicht mir mein Glas. Mit zitternden Händen nehme ich es entgegen. Er lächelt mir aufmunternd zu. Isaac schnuppert, runzelt die Stirn und wirft mir einen kurzen fragenden Blick zu. Dann steckt er die Nase noch mal tief ins Glas. Ich folge seinem Beispiel und atme tief ein. Die Vertrautheit des Buketts tröstet mich ein bisschen. Charlie hat anscheinend nicht bemerkt, dass etwas nicht stimmt. Er beobachtet Selina, die ebenfalls schnuppert, den Wein im Glas kreisen lässt und ihn dann aufmerksam betrachtet. Charlie riecht nicht an seinem Wein, sondern hält nur sein Glas in der Hand.

»Interessant«, sagt Selina und wirkt leicht verwirrt. Isaac wirft mir noch einen Blick zu. Er weiß es ... Oh Gott, er weiß es! Hitze steigt von meiner Brust auf. Mein Gesicht wird rot und brennt wie Feuer.

Nachdem Selina und Isaac genug geschwenkt, betrachtet und geschnüffelt haben, nehmen wir alle drei einen Schluck. Der Geschmack erinnert mich an Madame Beaumonts Weinberg. Der Wein schmeckt nach dem sonnigen Hügel, den wilden Kräutern, nach Rosmarin und Thymian. Er ist tiefrot und kräftig. Ich stelle mir den hellbraunen steinigen Boden vor, dem die Weinstöcke mit viel Mühe Feuchtigkeit entzogen haben. Ich denke an die Brise, die dort ständig weht. Irgendetwas lässt mich an die sonnigen Abende denken, die ich in diesem Weinberg verbracht habe.

Niemand sagt etwas. Isaac betrachtet mich mit hochgezogenen Brauen. Charlie beobachtet Selina. Selina bewegt den Wein im Mund hin und her, bevor sie endlich schluckt.

Dann nickt sie langsam, sieht mich an und fragt: »Was meinen Sie, Emmy?«

Ich bin wie gelähmt und bringe kein Wort hervor. Isaac nickt mir zu. Charlie mustert mich überrascht und nervös.

»Ich, äh, ich glaube, das ist …«, ich räuspere mich, »… eine interessante Variante des Standard-Bourdeaux. Angebaut an Südhängen auf wirklich fantastischem *terroir*. Es handelt sich praktisch um einen Bio-Wein, die Trauben wachsen und gedeihen ohne großartiges Eingreifen von außen. Gute Weinstöcke, die Ertrag von hoher Qualität liefern.« Ich lasse aus, dass die Weinstöcke alt sind und nur wenig tragen. »Es handelt sich um eine Cuvée aus drei Rebsorten aus der Region, und außerdem …« Ich frage mich, ob ich schon zu viel gesagt habe, aber ich kann mich nicht mehr bremsen, »… hat er ein gewisses Extra.«

Isaac lächelt anerkennend, hält sein Glas am Stiel fest und schwenkt den Inhalt, wie er das immer tut. Dann trinkt er noch einen Schluck.

»Der Wein ist süffig und spricht sowohl Weinliebhaber als auch Menschen an, die seltener Wein trinken. Er schmeckt nach wildem Thymian und Rosmarin und wird genau hier in Petit Frère angebaut. Er besitzt die Qualität eines Saint-Enrique-Weines, jedoch ohne dessen Preisschild. Dieser Wein wird mit Liebe, Leidenschaft und Geduld hergestellt, und ich glaube, dass man das schmeckt.« Ich bin fertig, aber ich überlege, ob ich ihr auch von Henri und Cecil und Madame Beaumont hätte erzählen sollen.

Isaac gleitet von der Arbeitsplatte, auf der er gesessen hat, stellt sein Glas ab und klatscht Beifall. »Gut gemacht, Emmy, gut beobachtet.«

Plötzlich wird mir klar, wie ich gerade über den Wein gesprochen habe. Ich bin von mir selbst überrascht, und Stolz steigt in mir auf. Ich werde wieder rot und drehe mich zu Charlie um, der offenbar immer noch nichts begriffen hat. Mein Mund wird trocken.

»Darf ich mal die Flasche sehen?« Selina streckt eine wohl manikürte Hand aus.

»Sicher.« Charlie zieht die Flasche aus der Manschette. Jetzt ist es so weit, ich werde auffliegen. Mir wird erst heiß, dann eiskalt.

»Tut mir leid, es ist anscheinend zu …«, beginnt Charlie und schaut mich an, doch Selina fällt ihm ins Wort.

»Wenn Sie diese hohe Qualität und einen gleichbleibenden Verschnitt sowie regelmäßigen Nachschub garantieren können, bin ich interessiert. Lassen Sie es mich wissen. Ich habe noch einige Weinhandlungen auf meiner Liste, aber dieser Wein ist eindeutig bisher einer meiner Favoriten auf der Einkaufsreise. Wir suchen einen Wein, den wir in allen unseren Geschäften einführen können, einen guten, bodenständigen Bordeaux mit einem gewissen Extra. Der hier könnte es sein. Ich melde mich bei Ihnen.« Sie stellt ihr Glas ab und nimmt ihre Autoschlüssel vom Tisch.

Charlie ist fassungslos und hält immer noch Madame Beaumonts Flasche in der Hand. Ich hätte am liebsten laut gejubelt vor Begeisterung. Isaac grinst breit.

»Nun, das ist fantastisch«, bringt Charlie schließlich hervor.

»Ich muss zu meinem nächsten Termin bei einem Weinerzeuger im Nachbarort«, sagt Selina. »Hat mich gefreut, Sie kennenzulernen, Emmy.« Sie lächelt. »Isaac.« Sie lässt seinen Namen ein bisschen länger nachklingen und nickt ihm zum Abschied zu. Charlie wirkt ein bisschen verwirrt und immer noch wie vor den Kopf gestoßen. Er öffnet die Tür für Selina.

»Danke. Großartig. Wir bleiben in Verbindung«, sagt er, als sie hinausgeht.

»Emmy, wir müssen reden!« Er dreht sich im Hinausgehen zu mir um. Schlagartig zerplatzt meine kleine Glücksblase, und Furcht überkommt mich. *Scheiße!*

»Ich kann das erklären!«

»Wissen Sie«, sagt er und streckt den Kopf in den Verkostungsraum. »Sie haben offensichtlich so viel über Wein gelernt, dass der Austausch der Flaschen kein Versehen gewesen sein kann.«

Ich krümme mich innerlich.

»Doch zum Glück für Sie sieht es so aus, als hätten sich die Dinge zum Guten gewendet. Wie gesagt, wir müssen uns unterhalten.« Ein strahlendes Lächeln breitet sich auf seinem Gesicht aus. »Bei einem Abendessen. Ich lade Sie ein!« Ich strahle zurück, als er geht, um Selina zu ihrem Wagen zu begleiten.

»Also«, sagt Isaac, legt den Kopf zurück und trinkt den Rest von Madame Beaumonts Wein. Dann leckt er sich über die Lippen. »Es wird großartig werden, mit diesem Wein zu arbeiten.« Er sieht aus, als brenne er darauf, sich der neuen Herausforderung zu stellen.

»Wenn du diesen Deal über die Bühne bringst, könntest du deinen Job kriegen – und deinen Mann«, sagt er – ausnahmsweise einmal ohne zu grinsen. Damit trottet er aus dem Verkostungsraum und verschwindet in Richtung Labor.

Ich hole mein Handy aus der Tasche und versuche erneut, zu Hause anzurufen. Ich muss mich von Isaacs Worten ablenken, die mir nicht mehr aus dem Kopf gehen wollen und alles ruinieren, was gerade passiert ist. Außerdem muss ich die Sache mit Dad wieder ins Lot bringen.

16. Kapitel

Die Bläschen kitzeln mich in der Nase wie ein Staubwedel, als ich einen Schluck der bernsteinfarbenen Flüssigkeit nehme.

»Ach du meine Güte!«, murmele ich, halte mir den Handrücken vor den Mund und hoffe, dass die Kohlensäure mich nicht aufstoßen lässt.

»Alles in Ordnung?«, fragt Charlie, stellt die Flasche in den Weinkühler zurück und schlingt eine dicke weiße Serviette darum.

Ich nicke und lasse die Hand sinken.

»Kein Vergleich zu dem billigen Schaumwein, den ich immer fürs Call-Center kaufe.« Ich betrachte das Getränk. Ich weiß, ich plappere dummes Zeug. Charlie hebt sein Glas und schaut mich mit seinen funkelnden grünen Augen an, die mir förmlich ein Loch in die Seele brennen. Ich verstumme.

Seine silbernen Manschettenknöpfe, die wie winzige Weinflaschen geformt sind, fangen das Licht ein. Charlie schenkt mir ein breites Lächeln.

»Das ist ein Château Lavigne. Einer der besten. Auf Sie, Emmy. Sie haben heute ganze Arbeit geleistet.«

»Es tut mir wirklich leid, dass ich die Weine ausgetauscht habe.«

»Wie gesagt, es hätte auch ganz anders ausgehen können. Sie hätten die Sache auch völlig vermasseln können, aber ich bewundere Ihren Mut. Sie haben heute großen Einsatz und viel Leidenschaft für das Produkt gezeigt. Das war ein absoluter Treffer! Ich wusste nicht, dass wir so einen Verkaufsstar in unserer Mitte haben.«

Begeisterung steigt in kleinen Bläschen in mir auf.

Charlie hält sein Glas am Stiel und nimmt einen winzigen Schluck.

»Der *crémant* – der Sekt«, füge ich hinzu, für den Fall, dass mein Akzent mich im Stich gelassen hat. »Er schmeckt wunderbar.« Sein Blick lässt mich nicht los, während er trinkt. Als ich es ihm gleichtue, habe ich das Gefühl, dass die Bläschen der Begeisterung jeden Moment platzen könnten. Ich stelle das Glas ab, und diesmal muss ich tatsächlich hicksen und werde rot.

»Mist«, murmele ich leise.

Er lacht und sieht mir tief in die Augen. Er wirkt anders als sonst, interessiert und aufmerksam. Außerhalb des Büros scheint er entspannter zu sein. Er gibt mir das Gefühl, der einzige Mensch in dem gut besuchten Restaurant in dem Städtchen auf dem Hügel zu sein. Ich schmelze dahin und wünsche mir, dass dieser Abend niemals enden möge.

Der Tisch für zwei befindet sich auf einer Terrasse unter einem Heizpilz. Man hat einen wunderbaren Blick auf Saint Enrique. Jetzt, Anfang Oktober, werden die Abende allmählich kühler. Ich bin froh, dass ich eine Jacke mitgenommen habe. Messinglaternen beleuchten die steilen Kopfsteinpflastergassen. Die Straßen sehen aus wie geschmolzene Lava, die sich durch winzige, enge Gässchen windet – vorbei an den belebten Geschäften mit den niedrigen Decken, die in den steilen Hang gebettet sind. Ich kann verstehen, warum Saint Enrique auch als der bekanntere Nachbar von Petit Frère gesehen wird.

Ich ziehe den Pashmina-Schal, den ich mir von Gloria geborgt habe, enger um die Schultern. Es wird kühler. Auf der ganzen Terrasse brennen dicke cremefarbene Kerzen, die einen goldenen Schein über die cremefarbenen Steinfliesen werfen. Auf den schwarzen schmiedeeisernen Stühlen liegen weiche helle Kissen. In einer Laube gibt es Sitzbänke, wo die Gäste ihren Apéritif oder ihren Kaffee genießen können. Das hier muss das teuerste Restaurant der Stadt sein. Die Lage ist fantastisch. Die Terrasse ist von einer Steinmauer umgegeben, und man sieht ordentliche Reihen von Weinstöcken, so weit das Auge reicht. Große helle Châteaux liegen verstreut in der Patchworkdecke aus Weinbergen. Es ist, als betrachtete man ein Gemälde. Ich kann meinen Blick kaum von der Aussicht losreißen, um mich meiner Speisekarte zu widmen. Es sind keine Preise ausgezeichnet.

Touristen spazieren vorüber und bleiben stehen, um die Speisekarte vor dem Restaurant zu studieren. Neidisch betrachten sie das geschäftige, aber heitere Ambiente auf der Restaurantterrasse. Ich kann mich sehr glücklich schätzen – ich werfe einen Blick auf Charlie im goldenen Kerzenschein –, in der Tat sehr glücklich.

Ich habe mich mit dem Insektenschutzmittel eingerieben, das Gloria mir angeboten hat, um auf der sicheren Seite zu sein. Ich wende den Blick von der wunderschönen Aussicht ab, um die Speisekarte zu studieren, aber ich verstehe nur Bahnhof.

»Also, worauf haben Sie Lust?« Charlie vertieft sich in die Speisekarte, und ich ertappe mich bei einem wirklich unanständigen Gedanken: *Auf dich!* Dann rufe ich mich rasch zur Ordnung, indem ich mir sage, dass der Sekt zwar gut schmeckt, aber auch dafür sorgt, dass man seine Hemmungen verliert. Rasch trinke ich stattdessen einen Schluck Wasser.

Die Kellnerin kommt zu uns an den Tisch. Ich will nicht dämlich wirken, nicht jetzt. Und ich möchte nicht sagen: »Ich nehme das Gleiche wie Sie.«

»Madame?«

»Ich nehme, was der Koch empfiehlt«, sage ich mit einem

Lächeln, das hoffentlich selbstbewusst wirkt, und gebe der Frau die Speisekarte zurück.

»Sehr wohl, *très bien*«, erwidert die Kellnerin höflich, aber ohne zu lächeln.

Charlie zieht beeindruckt eine Augenbraue hoch. »Für mich auch, bitte. *Moi aussi. Merci*«, sagt er und klappt seine Speisekarte zu.

»Bien sûr, Monsieur.« Jetzt doch lächelnd nimmt die spindeldürre Schönheit mit der gebräunten Haut die Speisekarten und macht sich eine Notiz auf ihrem elektronischen Notepad.

»Sie kennen sich also mit Wein aus? Das war mir gar nicht klar.« Charlie beugt sich vor, und greift nach dem Mineralwasser neben seinem praktisch unberührten Crémant. »Isaac hat mir gar nichts davon erzählt.« Bei der Erwähnung des Namens habe ich wieder ein seltsames Ziehen im Magen. Doch ich spüre keine Verärgerung mehr. Ich muss unwillkürlich an das Lächeln denken, das Isaac auf Madame Beaumonts Gesicht gezaubert hat, als er ihr sagte, er möge ihren Wein. Ich trinke noch einen Schluck von dem fantastischen Sekt und überlege kurz, ob ich Charlie anlügen und ihm erzählen soll, dass ich inzwischen alles Wissenswerte über Weine gelernt habe. Doch ich habe heute schon einmal sehr hoch gepokert, als ich die Flaschen ausgetauscht habe. Das Risiko gehe ich kein zweites Mal ein.

»Offen gestanden, kenne ich mich mit Weinen nicht aus«, antworte ich ehrlich. »Nur mit diesem Wein.«

»Ach ja, mit Madame Beaumonts Wein, nicht mit unserem Bestseller, den Selina – wie ich dachte – probiert hat.«

Ich komme mir vor wie ein unartiges Schulmädchen im Büro des Rektors. Nervös beiße ich mir auf die Unterlippe. Es war immer dasselbe in der Schule: Ich kam in Schwierigkeiten, weil ich die Hausaufgaben nicht oder falsch gemacht hatte. Oder weil ich mich gegen die Jungs wehrte, die im Klassenzimmer an meinen dicken lockigen Haaren zogen. Oder weil ich meine Schwester Jody verteidigte, als sie in die Schule kam und von den gleichen Jungs wegen ihrer Zöpfe und der Brille geärgert wurde. Sie sollten sie jetzt mal sehen – sie sieht toll aus! Und dann musste ich natürlich nach Mums Tod für Jody da sein. Es machte mir nichts mehr aus, wenn ich Schwierigkeiten bekam. Nichts, was die Lehrer zu mir sagten, konnte schlimmer sein als das, was bereits passiert war.

Als Mum an jenem Abend das Haus verließ, sagte Dad immer wieder, dass sie bald zurückkäme. Ich wäre ihr am liebsten hinterhergelaufen, um ihr zu sagen, dass sie nicht gehen solle, doch Dad sagte, ich solle das lassen. Alles wäre gut. Sie hatten einen blöden Streit gehabt. Mum hatte eine Doppelschicht übernommen, und Dad sollte sich um den Nachmittagstee kümmern. Er hatte die Würstchen bereitgelegt, aber die Katze des Nachbarn hatte sie gestohlen. Ich glaube, das war der Tropfen, der das Fass zum Überlaufen brachte. Das Geld war knapp; sie arbeiteten beide, so viel es ging. Dad war von einem anderen Süßwarenvertreter aus seinem Gebiet verdrängt worden. Sie waren angespannt. Es ging bloß um eine blöde Packung Würstchen, doch es war sonst nichts im Haus. Mum fuhr los, um neue Würstchen zu kaufen.

Draußen herrschte schreckliches Wetter, ein heftiges Gewitter zog auf. Dad sagte, Mum sei gleich zurück. Und vielleicht wäre es auch so gewesen, wäre der entgegenkommende Fahrer in dem starken Regen nicht zu schnell gefahren. Ich hatte gerade mein Abitur wiederholt. Bald sollte ich meine Krankenpflegeausbildung beginnen. Mum und Dad waren so stolz auf mich. Ich fing auch damit an, aber Dad kam nicht mehr zurecht. Ich konnte es nicht ertragen, ihn so zu sehen. In der Schule war man besorgt wegen Jody, daher kehrte ich nach Hause zurück. Es war nicht geplant, dass es für immer sein würde.

»Wie haben Sie Madame Beaumont und ihren Wein denn kennengelernt?« Charlie unterbricht meine Gedanken und schenkt mein Glas wieder voll. Ich schiebe die Erinnerungen zur Seite und genieße das angenehme Schwindelgefühl. »Mein Vater sagt, dass sie normalerweise nur mit ihm zu tun haben will.«

»Sie hat mir geholfen …«

Die Kellnerin taucht mit unseren Vorspeisen auf. *»Et voilà. Foie gras avec des truffes.«*

Es sieht wunderbar aus. Ein kleines Viereck rosafarbener Pastete mit geraspeltem schwarzem Trüffel auf einem Bett aus krausen grünen Salatblättern. Die Frau stellt ein Körbchen mit Baguettescheiben zwischen uns, außen knusprig und glänzend, innen weich und locker.

»Merci!« Ich lächele der nicht lächelnden Kellnerin zu. »Sie hat mir alles über Weinanbau und Wein erzählt. Hat mir beim Lernen geholfen.«

»Hat Isaac das nicht getan?«

»Oh, nein, das ist es nicht … Es ist …« Verdammt! Ich kann ihm nicht beichten, dass es mir sehr schwerfällt, aus Büchern zu lernen – ich bin Legasthenikerin –, das wäre beruflicher Selbstmord. Prüfungen waren immer besonders schwierig für mich. Ich habe den Stoff gelernt, indem ich in der ganzen Küche Post-it-Zettel verteilte. Dad leistete mir Gesellschaft, wenn ich bis spät in die Nacht Hausaufgaben machte, selbst wenn er mir dabei nicht helfen konnte. Und Mum brachte mich dazu, Liedtexte zu erfinden, um mir den Stoff einzuprägen. Vielleicht sollte ich das jetzt auch mit der Featherstone-Bibel ausprobieren! Nein, ich werde Charlie einfach erzählen, was die Stimme in meinem Kopf vorschlägt.

»Wie kann man etwas verkaufen, von dem man selbst nichts versteht?«, sage ich mit einem ziemlich übertriebenen französischen Schulterzucken. Mir wird bewusst, wie sehr ich mich nach Madame Beaumont anhöre. Das ist eindeutig der Wirkung des Crémant zuzuschreiben.

Charlie zieht wieder eine Augenbraue hoch und nickt zustimmend. Im Hintergrund spielt ein Pianist leise sanfte Jazzmusik.

»Dann haben Sie sich also angefreundet?«

Ich weiß nicht, ob man es als Freundschaft bezeichnen kann, aber ich erzähle Charlie die Geschichte mit der Geldbörse und den umgeworfenen Flaschen und wie ich dann zurückgefahren bin, um beim Aufräumen zu helfen. Und wie ich, als dann schon alles erledigt war, beschlossen hatte, Madame Beaumont trotzdem zu unterstützen.

»Sie ist eine alte Dame. Ich dachte, sie kann vielleicht Hilfe gebrauchen. Allein ist es ganz schön schwierig.« Wie wenig ich damals noch gewusst habe, denke ich.

»Das ist hervorragend.« Ich bin mir nicht ganz sicher, ob er von Madame Beaumont oder der *foie gras* spricht. »Und ich habe gehört, das *terroir* dort ist fantastisch«, fährt Charlie fort.

»Woher wissen Sie das? Verzeihung, ich höre mich schon an wie Madame Beaumont«, sage ich. Er lacht.

»Von Isaac«, antwortet er.

Ach ja, Isaac, natürlich.

»Er hat erzählt, dass Sie ihn herumgeführt haben. Vielleicht sollte ich Madame Beaumont mal besuchen und ihr ein Angebot machen. Wenn sie zustimmt, dass wir uns um ihren Weinberg und die Ernte kümmern und den Wein herstellen, können wir den Prozess beschleunigen und für eine gleichbleibende Qualität sorgen.« Charlie klingt auf einmal wesentlich geschäftsmäßiger.

Ich muss unwillkürlich lachen.

»Ich glaube nicht, dass sie das gut aufnehmen würde. Ich meine, sie wüsste es sicherlich zu schätzen, dass Sie ihren

Wein immer noch abnehmen wollen, aber, na ja … Sie hat für Fremde nicht viel übrig. Fragen Sie Isaac!« Ich schmunzele bei der Erinnerung an Madame Beaumont, die Isaac mit ihrem Gehstock in Schach hielt, während er hin und her sprang und dem Stock auswich, der auf seine Knöchel zielte.

Wir haben die Vorspeise aufgegessen, und unsere Weingläser sind jetzt mit einem tiefroten Wein gefüllt. Charlie hört mir zu und nickt.

»Wie sollen wir denn dann mit der Situation umgehen?«, fragt er.

»Voilà!«, sagt die Kellnerin, die mit zwei großen weißen Tellern an unserem Tisch steht.

»Der wilde Seebarsch für Madame«, verkündet sie, während sie den Teller mit einer schwungvollen Geste vor mir abstellt. Der köstliche Duft steigt mir schon in die Nase, bevor sie ihre Hand zurückgezogen hat. »Mit frischen Kräutern, Kaviar aus Arcachon, Risotto aus Wildreis und Porree. Für Monsieur gibt es *magret de canard*, eine regionale Spezialität. Mit Pilzen aus der Region, Pflaumen, *frites* und *petits pois. Bon appétit*«, sagt sie. Sie füllt unseren Brotkorb auf und vergewissert sich, dass wir alles haben, bevor sie wieder geht.

»Wow, das sieht fantastisch aus!« Ich atme den Duft ein, dann betrachte ich Charlies Essen.

»C'est bon?« Der Oberkellner – in kurzärmeligem Hemd und Weste – macht die Runde und bleibt bei uns stehen.

»Bon!« Ich lächele ihm zu.

»Also wird sie vor Freude nicht an die Decke springen, wenn wir ihr unseren Vorschlag unterbreiten.« Charlie nimmt Messer und Gabel zur Hand und runzelt die Stirn. Trotz der verführerischen Düfte, die von unseren Tellern aufsteigen, kehrt Charlie zum Thema Madame Beaumont zurück.

»Man muss wissen, wie man mit ihr umgehen muss«, sage ich. »Sie ist sehr misstrauisch.« Der Wein löst mir die Zunge.

»Oh, verstehen Sie mich nicht falsch«, füge ich rasch hinzu, »sie braucht das Geschäft.« Ich lade mir ein Stück Seebarsch auf die Gabel, stecke ihn in den Mund und erlebe eine Explosion aus buttrigem Fischgeschmack mit Kräutern. Nachdem ich mein Glas geleert habe, fahre ich fort: »Ohne Featherstone's Wines wäre sie pleite. Und dann möchte wohl das Château ihr Weingut übernehmen.«

»Das Château Lavigne will das Land haben?« Charlie füllt mein Glas wieder auf.

»Es grenzt direkt an ihr Land an. Sie versuchen schon seit Jahren, es zu kaufen. Offensichtlich besitzen sie Weinberge auf der ganzen Welt.«

»Ja, das stimmt. Nun, wir müssen uns um Madame Beaumont kümmern und ihr klarmachen, dass wir ihr helfen wollen.«

Ich fühle mich viel besser. Dann habe ich also nicht alles vermasselt. Charlie schneidet ein Stück von seiner Ente ab, schiebt sich ein paar dünne Pommes Frites auf die Gabel und beginnt zu essen.

»Wir sind in einer perfekten Ausgangsposition. Madame Beaumont war bisher ein kleiner Weinerzeuger, und wir müssen ihr begreiflich machen, wie gut das für uns alle werden könnte. Wir verwenden ihre Trauben und zusätzlich andere, die wir noch auftreiben müssen«, sagt er schnell. Ich verstehe nicht alles, aber trotzdem klingt es großartig. »Wir stellen nach ihrem Rezept eine Cuvée her, und schon haben wir alles, was wir brauchen. Madame Beaumont verkauft uns ihre Trauben zu einem guten Preis – besser als der bisherige –, und alle sind glücklich.«

»Klingt super«, stimme ich zu und genieße den butterzarten Fisch.

»Isaac wird an der Cuvée arbeiten, sie verfeinern und ihr ein wenig die Ecken und Kanten abschleifen; daher wäre es sinnvoll, wenn Sie beide in dieser Sache eng zusammenarbeiten könnten.«

Ich schlucke. Isaac und ich gehen einander schon so lange aus dem Weg, dass ich mich frage, ob wir tatsächlich zusammenarbeiten können.

»Vielleicht könnten Sie ihn unterstützen … Ihm erklären, was er tun muss, damit das Ganze funktioniert. Madame Beaumont wird bestimmt hocherfreut sein, wenn sie nicht mehr so schwer arbeiten muss. Sagen Sie ihr, dass wir alle Mitarbeiter organisieren, die sie haben möchte.«

»Ach, ich weiß nicht, ob sie damit einverstanden wäre, jedenfalls nicht auf Anhieb. Sie mag keine Veränderungen. Wir müssen es ihr … schrittweise vorschlagen.«

»Gut, na ja, arbeiten Sie einfach weiterhin mit ihr zusammen. Falls Sie mehr Zeit dort oben bei ihr brauchen, nur zu. Die anderen können für Sie im Büro einspringen.«

»Wirklich?«

»Na klar.«

»Und meine Umsatzziele?«

»Wenn es Ihnen gelingt, dieses Geschäft mit Madame Beaumont unter Dach und Fach zu bringen, schlagen Sie alle anderen um Längen. Dann ist Ihnen ein Platz im Featherstone-Team sicher. Ich würde sogar sagen, Sie hätten den Teamleiter-Job im Sack.« Er zieht die Augenbrauen hoch und lässt sein strahlendes Lächeln aufblitzen. Mein Magen unternimmt eine Achterbahnfahrt.

Ich starre ihn mit großen Augen an. Ich, Emmy Bridges – Teamleiterin? Im Team von Featherstone's! Allmählich habe ich das Gefühl, dass die richtige Zeit für mich gekommen ist – dass ich endlich dazugehöre und es in meinem Leben aufwärts geht. Ich bin auf einmal unglaublich stolz. Meine Schultern straffen sich, und ich halte den Kopf ein wenig höher, während ich in mich hineingrinse.

»Darüber würde ich mich sehr freuen.«

»Hier, probieren Sie mal die Ente.« Charlie beugt sich über den von Kerzen erleuchteten Tisch und schiebt mir eine Gabel voll Ente mit Pflaumenmus in den Mund. Ich mache die Augen zu und den Mund auf – einfach köstlich –, und mein Magen fährt schon wieder Achterbahn.

Ich frage: »Und was ist mit Ihnen, Charlie, was wünscht sich Charlie Featherstone vom Leben?« Der Crémant und eine kleine Welle Selbstvertrauen verleihen mir Mut.

»Na ja«, er legt sein Besteck ab und sieht mir in die Augen. »Für mich ist es einfach. Ich möchte hart arbeiten, diese Firma so profitabel wie möglich machen, sie dann verkaufen und früh in den Ruhestand treten. Das Leben genießen.« Er lächelt, greift wieder nach seinem Besteck und isst weiter. »Ich halte mich gerne fit und möchte noch jung genug sein, um etwas aus meinem Leben zu machen. Im Winter Snowboarden, im Sommer Windsurfen. Leider hat meine Frau – meine Exfrau – das nicht so gesehen. Sie konnte sich nicht mit den Überstunden abfinden, wurde misstrauisch, wenn ich etwas mit Kollegen unternommen habe, und, na ja ...«, er zuckt mit den Schultern. »Sagen wir mal, wir haben nicht auf dasselbe Ziel hingearbeitet. Sie wollte, dass ich mir öfter freinehme und mehr Zeit mit der Familie verbringe. Für mich war es so, als müsste ich mich mit dem Zweitbesten zufriedengeben. Ich will jetzt richtig ranklotzen und dann mit viel Stil meinen Ruhestand genießen. Ich arbeite, um meiner Familie das Beste bieten zu können, die besten Schulen, das Beste von allem.« Er trinkt einen Schluck Wasser.

»Was natürlich nicht heißen soll, dass ich das allein machen möchte. Ich hoffe darauf, jemanden zu finden, der das alles mit mir teilt, jemanden, der versteht, was es bedeutet, eine Firma wie diese zur besten auf dem Markt zu machen. Der Verständnis für die Arbeit hat, die man hineinstecken muss.« Er trinkt wieder und lässt dabei den Blickkontakt mit mir nicht abreißen. Mein Herz macht vor Begeisterung einen kleinen Satz, und ich senke den Blick auf mein Essen, um mein Erröten zu verbergen.

Nach dem Hauptgang teilen wir uns eine Käseplatte, und danach bekommen wir jeder ein köstliches Dessert-Dreierlei: eine winzige *tarte tatin* mit Birnen, eine kleine, aber perfekte *crème brûlée* und hausgemachte Eiscreme mit winzigen schwarzen Vanillemarkpünktchen darin.

Charlie entschuldigt sich, um die Toiletten aufzusuchen, und ich starre hinaus in die dunkle Nacht. Jetzt sind keine Weinberge mehr zu erkennen, nur der tintenschwarze Himmel über der Hügellandschaft. Hier gibt es keine Lichtverschmutzung, nur hellleuchtende, diamantengleiche Sterne und den orangefarbenen Lichtschein der Straßenlaternen, die die Gassen der Stadt erhellen. Die Kirchenglocken nebenan läuten, und gerade als ich denke, wie schön sie klingen, stelle ich fest, dass mein Handy klingelt.

»Hallo, Dad?« Plötzlich bekomme ich Panik. »Alles in Ordnung? Hör mal, es tut mir leid wegen heute Mittag.«

»Nein, Liebes, alles ist gut. Der Klempner ist zufällig ein alter Schulfreund. Er arbeitet noch ein bisschen, obwohl er im Ruhestand ist. Das Einzige ist nur … wegen der Rechnung.«

»Mach dir keine Sorgen, Dad. Sag ihm, ich kümmere mich darum. Ich besorge das Geld; ich glaube, ich krieg das hin.«

»Du bist so ein tolles Mädchen, Emmy. Ich wünschte, ich könnte mehr tun.«

»Mach dir keine Gedanken, Dad, ich habe alles im Griff. Ich hab dich lieb«, sage ich und beende das Gespräch.

»Ihr Freund?«, fragt Charlie, der gerade zurückgekehrt ist und wieder Platz genommen hat.

»Nein, kein Freund, sondern mein Vater«, sage ich lächelnd.

»Oh! Nun, das ist eine gute Nachricht. Kaffee?«

Hat er gemeint, was ich glaube, dass er es meint? Ein Schauder läuft mir den Rücken hinunter. Vielleicht, ganz vielleicht entwickelt sich ausnahmsweise einmal alles positiv für mich.

»Kaffee wäre prima«, antworte ich.

»Wir könnten natürlich auch hierbleiben, wenn Sie möchten.« Als er in Richtung des Hotels nickt, werde ich – überrumpelt von seiner Direktheit – schon wieder rot. Er grinst breit. »Vielleicht ein anderes Mal? Oder vielleicht sollten wir mal für ein Wochenende irgendwohin fahren, vielleicht in den Süden oder nach Paris?« Er grinst wieder, und ich begreife, dass er scherzt. Wenigstens glaube ich das.

Zu unserem Kaffee wird ein Teller mit rosa und grünen Macarons serviert. Als wir ausgetrunken haben, spazieren wir durch den orangefarbenen Schein der Messinglaternen unter den Sternen, die wie Diamanten an einer schwarzen Decke leuchten, durch das Städtchen. Es sind noch einige Fußgänger in den Straßen unterwegs und genießen die kühle Abendluft. Als wir durch die steilen Kopfsteingassen den Hügel hinuntergehen, bietet Charlie mir seinen Arm an, und ich hake mich bei ihm unter. Dann blicke ich in die Richtung von Clos Beaumont, und ein warmes Gefühl der Zufriedenheit breitet sich in mir aus. Schließlich wird die Straße eben, doch Charlie lässt meinen Arm nicht los, sondern zieht mich dichter an sich. Als wir durch die von Weinstöcken gesäumten Nebenstraßen zum *gîte* bummeln, krampft sich mein Magen vor nervöser Erwartung zusammen.

»Gute Nacht, Emmy«, sagt Charlie leise. Wir stehen im Schatten des Gästehauses. »Nochmals danke für heute.«

»Ich sage danke«, erwidere ich, »für den schönen Abend.« Ich habe mich schon umgedreht, um ins Haus zu gehen, als er sich plötzlich vorbeugt und mich küsst, erst auf eine Wange, dann auf die andere. Ohne Vorwarnung gibt er mir einen Kuss auf den Mund, zuerst sanft, dann immer hungriger. Ich bin völlig überrumpelt und weiß nicht, wie ich reagieren soll. Ja, er hat interessiert gewirkt, vor allem für einen Mann, der sich bis heute nicht einmal meinen Namen merken konnte. Das kommt jetzt ziemlich plötzlich. Vielleicht liegt's am Wein, dem Drumherum oder der Tatsache, dass dieser attraktive Mann mich will – jedenfalls lasse ich mich küssen und erwidere die Küsse sogar. Warum auch nicht?, denke ich. Der Crémant, der Rotwein, die warme Abendluft und der Duft der Glyzinie versetzen mich in eine beschwingte Stimmung. Es ist ein fantastisches Ende eines fantastischen Abends. Charlie steht genauso sehr auf mich wie ich auf ihn. Seine Hände bewegen sich über meinen Körper, und er schiebt mich tiefer in den Schatten. Ich werde an die raue Steinwand des *gîte* gedrückt, als er sich an mich presst. Dann hält er plötzlich inne, nimmt meine Hand und sieht sich um.

»Komm, gehen wir zu mir ins Haus. Wir können die ganze Nacht durchmachen.« Er zieht an meiner Hand. Ich bin außer Atem und fühle mich hin- und hergerissen. Ein Teil von mir würde diesen verrückten Moment gerne ausdehnen, ein anderer Teil denkt, ich sollte besser damit aufhören, und zwar sofort.

»Ich …«

»Komm schon, das wird schön!« Seine Augen tanzen und laden mich ein, in ihnen zu versinken. Er streichelt meinen Rücken und lässt die Hand tiefer rutschen.

Ich weiß, ich sollte das nicht tun, doch ich denke unwillkürlich daran, wie wunderbar es wäre. Eine sorglose Nacht mit einem umwerfenden Mann. Ich bin schließlich kein Teenager mehr, sondern eine reife Frau von fünfunddreißig! Und es ist sehr lange her, seit ich Zeit mit einem tollen Mann verbracht habe, allein, ohne dass mein Vater fragte, ob der Mann zum Essen bleibt. Allerdings wäre die Nacht nicht sorglos.

Charlie ist mein Chef. Und ich möchte nicht, dass es nur eine Nacht ist.

»Komm.« Wieder zieht er an meiner Hand.

»Hallo?« Plötzlich ertönt Candys Stimme aus dem Fenster im ersten Stock. »Emmy, bist du das?«, fragt sie misstrauisch.

Ich kann mich nicht zurückhalten und kichere nervös.

»Pst!«, sagt Charlie, drückt mich wieder gegen die Mauer und legt mir den Finger auf die Lippen.

Das Fenster wird mit einem Knall geschlossen.

»Ich gehe besser mal rein«, sage ich. Es fühlt sich an, als hätte uns jemand einen Eimer kaltes Wasser über den Kopf geschüttet und uns abgekühlt, was sicherlich nicht schlecht ist. »Ich möchte nicht, dass sie glauben, ich wolle mit dem Chef anbändeln, um mir einen Vorteil zu verschaffen«, füge ich klug hinzu.

»Nein, du hast recht.« Charlie fährt sich mit der Hand durch seine zerzausten Haare. »Am besten behalten wir das hier für uns.«

»Ja, finde ich auch.« Ich löse mich von der Mauer und spüre, wie meine Begierde schnell nachlässt. »Wir haben jede Menge Zeit, uns besser kennenzulernen.«

»Weißt du was, ich gebe dir meine Nummer, und du rufst mich an, wenn du dich loseisen kannst.« Charlie nimmt sein Handy aus der Tasche, und ich speichere seine Nummer in meinem Adressbuch.

»Lass uns das bald wiederholen«, sagt er, steckt sein Telefon ein und tritt aus dem Schatten. »Dann erzählst du mir die Neuigkeiten von Clos Beaumont. Und wir machen da weiter, wo wir aufgehört haben. Das würde mir gefallen.«

»Ja, mir auch«, antworte ich vor Erregung zitternd.

Er wirft mir noch ein umwerfendes Lächeln zu. »Warum besuchst du nicht morgen Madame Beaumont und bringst Bewegung in die Sache?«

»Klar«, erwidere ich mit halb tauben, wunden Lippen.

»Versprochen?«

»Versprochen«, versichere ich.

Und damit verschwindet er um die Ecke zum Haus der Featherstones. Ich bleibe noch kurz stehen und berühre meine geschwollenen Lippen. Ich kann kaum glauben, was gerade passiert ist. In einem Moment verstecke ich Flaschen in meiner Hose und befürchte, rausgeworfen zu werden, im nächsten werde ich vom Chef zum Essen eingeladen und lande beinahe mit ihm im Bett. Charlie Featherstone sieht verdammt gut aus, hat diese wunderschönen Augen, ist erfolgreich – und außerdem steht er auf mich. Juhu! Langsam und immer noch überwältigt von der plötzlichen Wende, die die Dinge genommen haben, betrete ich das Gästehaus.

In der Küche treffe ich auf Isaac, der die Füße auf den Tisch gelegt hat und Gitarre spielt.

»Wenn ich es recht verstehe, werden wir ab sofort eng zusammenarbeiten«, sagt er, ohne mich anzusehen. Ich warte auf einen seiner üblichen Scherze, doch es kommt nichts. Ich werde rot, drehe mich um und gehe hinauf in mein Schlafzimmer, wo Candy schon auf mich wartet. Sie wird mich gleich ausfragen und einen vollständigen Bericht über den Abend verlangen. Sie wird ihren Bericht bekommen, aber vollständig wird er ganz bestimmt nicht sein!

17. Kapitel

»Bonjour, Madame Beaumont«, sage ich betont fröhlich, als ich am nächsten Morgen durch die Glastür ins Haus trete. Als ich die drei Stufen zum kombinierten Wohn-Küchen-Schlafzimmer hinuntersteige, habe ich ein schlechtes Gewissen, weil ich ein Geheimnis vor ihr habe. Ich wünschte, ich könnte ihr geradeheraus von der Supermarkteinkäuferin erzählen, doch ich weiß, dass ich ihr diesen Plan vorsichtig nahebringen muss.

Dann stelle ich fest, dass das nicht der einzige Grund ist, warum ich an diesem Morgen ein schlechtes Gewissen habe. Dieser Kuss. Es war *nur* ein Kuss, sage ich mir, allerdings ein sehr leidenschaftlicher. Ich kann nicht anders, aber ich habe das Gefühl, dass alles ein bisschen zu schnell geht. Ich hatte keine Ahnung, dass er mich überhaupt mag!

Die Tür zum Rest des Hauses ist wie immer fest verschlossen, und der große Holzofen mit dem silbernen schlangenähnlichen Ofenrohr, das die Wand hinauf und dann nach außen führt, flackert leise vor sich hin. Obwohl die Tage immer noch warm sind, ist es nachts und am frühen Morgen schon empfindlich kühl.

»Bonjour, Emmy.« Madame Beaumont wirkt überrascht, als sie mich zur Begrüßung küsst. »Normalerweise sind Sie doch nicht am Vormittag hier. Arbeiten Sie heute nicht?«, erkundigt sie sich.

»Ich habe … heute frei«, antworte ich. Ich möchte ihr nicht erzählen, dass Charlie mich geschickt hat. »Sie haben doch nichts dagegen, oder?« Auf einmal bin ich beunruhigt.

»Natürlich nicht!«

»Sollen wir in den Weinberg gehen?«, frage ich munter. Sie nickt erfreut.

»*Bien sûr*. Eigentlich wollte ich durch den Weinberg zum Friedhof spazieren.« Sie bleibt regungslos stehen, dann schaut sie mich an. »Vielleicht wollen Sie mich begleiten?«

»*Oui. Absolument*. Das wäre schön.« Ich weiß, dass Charlie darauf erpicht ist, Madame Beaumont möglichst bald über die Einkäuferin zu informieren, damit Featherstone's sich um die diesjährige Traubenlese und die Weinerzeugung kümmern kann. Ich muss heute mit ihr reden, und es ist der perfekte Zeitpunkt. Ich habe es versprochen. Die Erinnerung an Charlies Kuss schießt mir wieder durch den Kopf, doch statt mich zu freuen, bin ich ein bisschen peinlich berührt. Vor der Haustür herumzuknutschen wie ein Teenager! Ich will gar nicht daran denken, was vielleicht noch passiert wäre, hätte Candy uns nicht unterbrochen.

Madame Beaumont und ich wandern durch den Weinberg. Wir reden weniger als sonst und sind beide in unsere Gedanken versunken. Die leichte Brise, die hier oben allgegenwärtig ist, streicht mir durch die Haare. Ein Hauch von Herbst liegt in der Luft, ein Vorbote der Veränderung, der uns wissen lässt, dass der September vorüber ist. Wir lassen den Weinberg hinter uns, folgen der Straße und gehen auf dem viel genutzten Weg auf den Friedhof unten im Ort. Wir treten durch das große schmiedeeiserne Tor, das in den Angeln quietscht, und erreichen den schwarzen glänzenden Grabstein. Dort bleiben wir stehen und nehmen den Frieden und die Stille in uns auf.

»Ist das jemand aus Ihrer Familie?« Ich deute auf die goldene Schrift auf dem Grabstein. Sie nickt und nimmt ihr Staubtuch aus dem Korb, um den Stein zu polieren, wie sie es auch tat, als ich sie aus dem Fenster von Featherstone's

Büro aus beobachtete. Ich sehe zu dem Gebäude hinüber und könnte schwören, dass ich Candys Blick auf mir spüren kann, während sie an ihrem Tisch sitzt und telefoniert. Ich drehe mich wieder zum Grabstein um.

»Meine Mutter wurde eingeäschert«, sage ich plötzlich.

Madame Beaumont blickt auf. »Erzählen Sie mir vom Tod Ihrer Mutter.«

»Ich glaube, ich habe schon mal erwähnt, dass es eine ganze Weile her ist. Sie starb, als ich neunzehn war, fast zwanzig. Vor sechzehn Jahren. Ich hatte kurz davor meine Abiturprüfungen wiederholt. Meine Noten waren gerade eben gut genug, um eine Ausbildung zur Krankenschwester beginnen zu können. Es war hart für mich, denn ich bin Legasthenikerin. Ich tue mich schwer mit Büchern und Lernen. Aber ich fand den Gedanken schön, Krankenschwester zu werden.«

Sie schweigt, und ich spreche einfach weiter.

»Ich glaube, dass Geld war knapp, und wenn man eine Familie zu unterhalten hat ...« Es fällt mir immer noch schwer, darüber zu reden. »Meine Schwester wollte an einer Klassenfahrt teilnehmen, und meine Mutter hat Überstunden gemacht, um die Reise zu finanzieren und die Nachhilfestunden für mich zu bezahlen. Es gab einen blöden Streit wegen einer Nichtigkeit. Meine Mutter und mein Vater waren tolle Eltern für uns beide.«

»Es ist traurig, dass Sie keinen Kontakt mehr zu Ihrer Schwester haben. Gibt es keinen Weg, die Sache wieder ins Lot zu bringen?«

»Sie hat früh geheiratet«, sage ich und ziehe die Augenbrauen hoch, »sie wurde mit einundzwanzig schwanger. Eigentlich wollte sie das College besuchen, doch dann ... Na ja ... Es ist nicht dazu gekommen. Aber sie war glücklich.« Bei der Erinnerung muss ich lächeln. »Er war ein vielversprechender Fußballspieler. Als sie schwanger wurde, beschlossen sie zu heiraten.« Und dann hat sie uns verlassen, denke ich.

»Erzählen Sie weiter«, sagt Madame Beaumont aufmunternd. Ich setze mich neben sie ins Gras und seufze.

»Sie waren schon seit der Schulzeit zusammen. Doch dann hatte Dion, ihr Mann, im Skiurlaub einen Unfall. Damit war seine Fußballkarriere beendet, er konnte nicht mehr spielen. Es war wirklich traurig. Aber sie sind zusammengeblieben, auch als das Leben es nicht gut mit ihm meinte. Und dann ist er in den Immobilienmarkt eingestiegen. Er brauchte Kapital, und, na ja, Jody hat Dad gefragt. Er gab ihr das Geld aus Mums Lebensversicherung. Damit sollte eigentlich nach ihrem Tod die Hypothek auf das Haus abgezahlt werden, aber er lieh Jody das Geld. Sie versprach, es umgehend zurückzuzahlen. Dion investierte zusammen mit ein paar anderen Typen, die schon Erfahrungen mit dieser Art von Geschäften hatten: Immobilien bei Versteigerungen erwerben, die Häuser renovieren, um sie dann weiterzuverkaufen.«

»Und hat sie es gemacht? Hat Sie Ihrem Vater das Geld zurückgezahlt?« Madame Beaumont holt einen Pfirsich und ein kleines Messer aus der Tasche, schneidet die Frucht auf und bietet mir eine Hälfte an.

»Nun … das war vor vier Jahren. Und nein, sie haben das Geld nicht zurückgezahlt. Jetzt laufen wir Gefahr, das Haus zu verlieren, weil wir mit den Raten im Rückstand sind.«

Ich beiße in den saftigen süßen Pfirsich und lecke mir den Saft von den Fingern.

»Ich habe einen Neffen, nein, es sind sogar zwei. Den einen kenne ich gar nicht, den anderen habe ich kaum mal gesehen. Sie müssen jetzt sechs und vier sein.«

»Und Ihre Mutter? Wie ist sie gestorben?« Ich denke, dass ich ihr den Rest jetzt auch noch erzählen kann.

»Bei einem Autounfall. Es war nass, ein furchtbarer Abend.

Mein Vater … Na ja, er ist nie darüber hinweggekommen. Um ehrlich zu sein, keiner von uns. Er hat mir gesagt, ich solle ihr nicht nachlaufen, sie käme gleich wieder. Und das hat er auch geglaubt. Irgendwie glaubt er es immer noch.« Ich gebe ein Geräusch von mir, halb Lachen, halb Weinen.

»Und Sie kümmern sich um ihn?«

Ich nicke.

Madame Beaumont ordnet die Blumen auf dem Grab neu.

»Wollen Sie nicht Ihr eigenes Leben leben?«

»Irgendwann schon. Aber momentan braucht er mich.« Ich zucke mit den Schultern. »Ohne Mum und Jody hat er sonst niemanden.«

Als sie mit den Blumen fertig ist, will sie aufstehen. Ich strecke die Hand aus, um ihr zu helfen, aber sie ignoriert mich und verzichtet auf die angebotene Hilfe. Sie blickt zum Himmel und dann zur Straße, auf der mit Weintrauben beladene Traktoren von den verschiedenen Weingütern vorüberfahren. Die Weinlese hat jetzt so richtig begonnen.

»Sollten Sie nicht auch bald anfangen?«, frage ich und schaue dem Traktor nach, der gerade mit einem Anhänger voller Trauben über die unebene Straße schwankt.

»Es ist fast so weit«, sagt sie. »Bald geht es los.« Ich seufze erleichtert auf. Ich fände es furchtbar, wenn ihre Trauben verderben würden. »Aber noch nicht«, fügt sie hinzu, »erst nach dem Vollmond.« Sie grinst mir zu.

Als wir durch den Weinberg zurückwandern, stützt sie sich schwer auf ihren Stock.

»Und was ist jetzt mit Ihrem Vater?«, setzt sie die Unterhaltung fort.

»Ehrlich gesagt mache ich mir ein bisschen Sorgen«, antworte ich, ohne nachzudenken. »Gestern hat er angerufen, um mir zu erzählen, dass es im Haus ein Problem gibt. Aber ich konnte nicht reden. Jetzt erreiche ich ihn nicht mehr.«

»Vielleicht ist er unterwegs?«, schlägt sie vor.

»Dad geht nie aus dem Haus. Nicht mehr seit Mums Tod. Zuerst hat er sich freistellen lassen, dann ist er mit zweiundfünfzig in Frührente gegangen. Na ja, und seitdem tut er eigentlich nichts mehr.« Ich denke an den Unterschied zwischen meinem Vater und Madame Beaumont, die mindestens siebzig sein muss. »Er war einmal ein sehr geselliger Mensch. Und ein großartiger Heimwerker – er bekam einfach alles hin.«

»Daher haben Sie das offensichtlich.« Sie lächelt, und ich bin auf einmal stolz.

»Er war so stolz auf mich, als meine Noten beim mittleren Schulabschluss gut genug waren, um später Abitur zu machen. Er wusste, wie schwer mir das gefallen war.«

»Manche Menschen sind einfach praktischer veranlagt, andere glauben, sie können alles aus Büchern lernen ... wie Ihr Freund.« Im ersten Augenblick denke ich, sie meint Charlie, doch dann begreife ich, dass sie von Isaac spricht. »Man muss seine Rebstöcke verstehen und mit ihnen fühlen, um einen guten Wein zu machen.« Sie schmunzelt.

»In Wirklichkeit ...«, setze ich an. Ich muss ihr sagen, dass Isaac nicht mein Freund ist, weder so noch so.

»Ich kannte meinen Vater nicht.« Sie schaut geradeaus, als wir zum Hof hinaufsteigen. Ich schlucke herunter, was ich gerade sagen wollte, denn ich habe das Gefühl, dass es sehr lange her ist, seit Madame Beaumont mit irgendjemandem über dieses Thema gesprochen hat.

»Er hat diese Weinstöcke gepflanzt.« Sie fährt mit der Hand über die großen grünen Blätter, als würde sie die Köpfe von Kindern tätscheln und dabei irgendwie eine Verbindung zu ihrem Vater aufbauen. Der Wind hebt die Ränder der Blätter an. Madame Beaumont sammelt ein paar heruntergefallene Blätter auf. Die Trauben hängen tief, weil sie so dick und prall sind. »Er hat das hier geliebt.«

»War er auch Winzer?«

Sie schüttelt den Kopf. »Er war ein junger deutscher Soldat, der während des Krieges hier stationiert war.«

Es dauert einen Moment, bis diese Neuigkeit bei mir ankommt.

»Deshalb haben Sie einen deutschen Vornamen – Adele?«

Sie nickt leicht und lächelt.

»Aber warum Beaumont?«

Sie holt tief Luft. Diese Büchse der Pandora muss schon lange Zeit fest verschlossen gewesen sein.

»Sie waren nicht verheiratet. Nach dem Krieg kehrte mein Vater nach Deutschland zurück, noch bevor ich geboren wurde. Er hat geschworen, dass er zurückkommen würde. In den Nachbarorten wurden Frauen, die Freundschaften zu deutschen Soldaten geknüpft und kollaboriert hatten«, sie wirft mir einen Blick zu, »in einer Reihe aufgestellt und kahlgeschoren. In anderen Städten wurden sie sogar erschossen. Hier hat man sie nur aus der Gemeinschaft ausgestoßen.«

Ich denke an die Leute in der Stadt: Monsieur und Madame Obels, den Bürgermeister. Sieht so aus, als wäre sie schon sehr lange Zeit eine Außenseiterin gewesen.

»Aber meine Großeltern und meine Mutter haben mich dazu erzogen, stolz darauf zu sein, wer ich bin. Daher auch mein deutscher Name.«

Ich spüre einen Kloß im Hals, und meine Augen brennen.

»Meine Mutter und mein Vater haben einander sehr geliebt.«

Eine Träne kullert mir die Wange hinunter, und ich wische sie rasch weg.

Langsam spazieren wir auf Clos Beaumont zu und wenden unsere Aufmerksamkeit wieder den Weinstöcken zu.

»Sehen Sie, sie sind fast so weit.« Sie zeigt auf die dicken fetten Trauben, als wir ihr Land erreichen. Wir verscheuchen die Vögel, die sich auf der Telefonleitung versammelt haben. Madame Beaumont droht ihnen mit ihrem Gehstock – »*Allez, allez, allez* …« –, und ich rudere mit den Armen wie eine große Windmühle, als wäre ich wieder sechs Jahre alt. Und ich fühle mich genauso frei und fröhlich wie damals. Außer Atem und lachend von unseren Aktivitäten spazieren wir weiter zum Haus. Als wir näher kommen, entdecke ich einen silbernen Audi und die vertraute Gestalt von Charlie, der neben der Tür steht und mit seiner Fliegersonnenbrille aussieht wie Simon Cowell von *The X Factor*. Bei seinem Anblick sinkt meine Stimmung. Ich weiß genau, warum er hier ist.

»Wer ist das?« Madame Beaumonts Miene wird wieder mürrisch. »Nicht etwa ein Besucher vom Château?«

»Nein, das ist Charlie Featherstone, Mr. Featherstones Sohn«, erkläre ich.

Offensichtlich entspannt sie sich ein wenig, ich jedoch nicht. Warum ist er hier? Will er das Weingut einfach so übernehmen, wie die Leute vom Château, ohne an Madame Beaumont zu denken? Er sagte, er würde die Sache mir überlassen. Als ich energisch auf ihn zumarschiere, denke ich nicht mehr an unseren Kuss und auch nicht daran, wie attraktiv ich ihn noch am Vortag fand. Das war so nicht abgesprochen. Ich muss ihn dazu bringen, dass er mich das hier auf meine Weise regeln lässt.

»Was will er hier? Wir haben doch die gesamte Ernte des Vorjahres geliefert, *non*?«, fragt Madame Beaumont.

»*Non*, ich meine, *oui*. Das haben wir. Wahrscheinlich will er nur kurz etwas mit mir besprechen.«

Als wir die Hügelkuppe erreichen und den Weinberg hinter uns lassen, will Charlie uns entgegenkommen. Cecil hat jedoch andere Pläne.

Er bellt laut und erhebt sich mühsam auf alle viere, so als wäre die schwere Arbeit dieser Tage einfach zu viel für seine alten Knochen. Doch es reicht, um Charlie davon abzuhalten, weiterzugehen. Er bleibt stehen, und Cecil schüttelt den Kopf. Als ein langer Speichelfaden aus seinem Maul tropft, weicht Charlie zurück.

»Hi, Charlie«, sage ich so munter wie möglich, tätschele Cecil und schlage einen fachmännischen Bogen um sein sabberndes Maul.

»Super, du bist hier! Wie läuft's denn so?«, fragt er charmant, aber auch entschlossen. Er lässt seine weißen Zähne aufblitzen, ohne mich aus den Augen zu lassen. »Die Zeit für die Weinlese ist gekommen.« Stirnrunzelnd blickt er sich um. »Es wäre super, wenn wir wüssten, dass wir dabei sind – du weißt schon, wir könnten ein paar Mitarbeiter aus dem Featherstone-Team herbringen, um die Traubenlese zu überwachen«, sagt er eindringlich.

Madame Beaumont tritt neben mich.

»Ach, Madame Beaumont, ich habe gerade zu Emmy gesagt …« Doch Madame Beaumont bringt ihn zum Schweigen.

»Monsieur.« Sie nickt ihm zu und streckt die Hand aus. *»Enchantée.«*

»Excusez-moi«, er nickt ihr entschuldigend zu und räumt damit sein rüpelhaftes Schuljungenbenehmen ein. *»Madame Beaumont. Je suis Charlie Featherstone, fils d'Eric Featherstone, mon père«*, stellt er sich höflich vor. Damit nimmt er das Tempo aus der ganzen Unterhaltung, was sehr wahrscheinlich auch Madame Beaumonts Absicht war, die ihn von oben bis unten taxiert. Ich ergreife die Gelegenheit, das Heft in die Hand zu nehmen.

»Charlie ist nur hier, um zu sehen, wie die Weinlese läuft, nicht wahr, Charlie?«

Madame Beaumont lacht leise. »Die Lese wird stattfinden, wenn die Trauben bereit sind. Diese Dinge muss man nicht überstürzen. Mutter Natur weiß, was sie tut.« Als sie lächelt, erwidere ich ihr Lächeln, denn ich habe das Gefühl, Charlie eingebremst zu haben.

»Ich wollte gerade zurück ins Büro kommen«, sage ich in einem Versuch, die Dinge voranzutreiben und Charlie wieder loszuwerden.

»Die Sache ist die …«, fängt er wieder an. Verärgerung flammt in mir auf. Genau wie damals in der Schule, wenn meine Schwester schikaniert wurde, oder wenn Trevor mich drängen wollte, alten Kunden Ware aufzuschwätzen, die sie nicht brauchen oder sich nicht leisten können. Oder als der Gerichtsvollzieher in unserem Haus war und unsere Habseligkeiten durchwühlte. Ich kann einfach nicht tatenlos zusehen, wenn Menschen manipuliert werden sollen. Es wäre wirklich besser, wenn ich Madame Beaumont von der Einkäuferin für die Supermarktkette und Charlies Plan, seinen eigenen Kellermeister, also Isaac, ins Spiel zu bringen, erzählen würde.

»Die Sache ist die«, sage ich laut, um Charlie aufzuhalten. Er sieht mich überrascht an. »Charlie ist sehr zufrieden mit dem letztjährigen Wein, nicht wahr, Charlie?« Ich nicke ihm langsam zu, kneife die Augen zusammen und funkele ihn an, damit er die Angelegenheit mir überlässt. Er hat es mir versprochen! Sie unter Druck zu setzen, ist nicht der richtige Weg.

»Oh ja, das stimmt. So zufrieden, dass …«

»*Bon. Maintenant, du café?*«, schlägt Madame Beaumont vor und wendet sich zur Glastür.

»Nein, nein, wir müssen los.« Ich trete vor Charlie, um ihm den Weg zu versperren, doch er weicht mir aus.

»Nun, Madame Beaumont …«, fährt er fort.

»Nein, Charlie!«, platze ich heraus und packe ihn am Handgelenk. Er wird es völlig vermasseln, wenn er so weitermacht. Wenn er es so aufzieht, wird sie niemals zustimmen, dass Isaac mitarbeitet oder der Wein an Supermärkte verkauft wird. Vor allem nicht, seit ich die Geschichte ihrer Eltern kenne und weiß, wie viel ihr der Weinberg bedeutet. Für sie geht es nicht nur um Trauben. Sie wird Zeit brauchen, sich an den Gedanken zu gewöhnen, Fremde auf Clos Beaumont zu haben.

»Entschuldigen Sie uns bitte«, sagt er zu Madame Beaumont, die inzwischen ganz verwirrt wirkt, und schiebt mich auf sein Auto zu. Dabei redet er leise auf mich ein.

»Überlass das mir, Emmy. Wirklich, ich weiß, was ich tue.«

»Charlie, ich widerspreche dir nur ungern, doch du verstehst wirklich nicht …«

»Emmy, ich bin immer noch dein Chef«, erinnert er mich und bringt mich damit zum Schweigen. »Wir müssen in die Gänge kommen und alles organisieren. Das ist für alle von Vorteil. Madame Beaumont hat einen guten Wein, der allerdings ein bisschen zu rustikal ist. Ich habe einen interessierten Käufer und einen Kellermeister, der die Ecken und Kanten des Weins glätten kann.«

Ihm seinen Charakter nehmen, denke ich. »Überlass das mir. Ich werde ihr verständlich machen, wie wir mit ihr zusammenarbeiten werden. Sie wird nicht zulassen, dass du hier das Regiment übernimmst. Das ist der Weinberg ihrer Familie, und er ist ihr so wichtig, als wäre er ihre Familie.« Ich versuche verzweifelt, ihn zu überzeugen, doch er hört mir gar nicht zu.

»Da die Weinlese jetzt beginnen muss …«, er sieht sich um und stellt fest, dass sich auf Clos Beaumont noch nichts tut, »muss ich sofort unser Team herschicken, um die Trauben zu ernten. Ich helfe nur. Überlass das jetzt mir, Emmy.«

»Was überlassen?« Wir drehen uns um. Madame Beaumont runzelt die Stirn und blickt mit hochgezogenen grauen Augenbrauen zwischen Charlie und mir hin und her.

»Die Sache ist die, Madame Beaumont …« Charlie senkt die Stimme, als er zu reden beginnt.

Tu es nicht, Charlie!, ruft eine Stimme in meinem Kopf. Es ist, als würde ich einem Navigationsgerät zuhören, das die falsche Route beschreibt und auf eine Katastrophe zusteuert.

»Ihr Wein ist gut. Aber wenn ich ihn nächstes Jahr auch wieder kaufen soll, müssen Sie mehr daraus machen.«

Madame Beaumonts Gesicht bleibt reglos. Ich bin wie erstarrt; es gibt nichts, was ich jetzt noch tun könnte. Er wird alles kaputtmachen.

»Aber«, sagt er, als würde er ihr die Lösung auf dem Silbertablett servieren, »es gibt eine Interessentin aus Großbritannien, die für eine Supermarktkette einkauft …«

»Neeeeiiiin!«, werfe ich ein, aber ich weiß, dass meine Einmischung auf taube Ohren stößt.

»… und sie liebt Ihren Wein. Sie möchte ihn haben, einen ›guten, ehrlichen Bordeaux‹ daraus machen und ihn in allen Märkten ins Regal stellen. Also, wir wollen Ihren Wein verfeinern. Wir bringen ein Team von Erntehelfern und einen Kellermeister mit, erledigen die ganze Arbeit für Sie und mischen Ihre Trauben mit anderen Trauben aus der Region.« Er lächelt.

Sie sagt immer noch nichts, sondern starrt ihn nur an. In der Ferne ist das leise Motorengeräusch von Traktoren in den benachbarten Weinbergen zu hören, wo bereits geerntet wird.

»Ach ja, eine Sache noch, wir müssen Ihre Weinstöcke so ertragreich wie möglich machen. Offensichtlich ist das *terroir* fantastisch. Das macht diesen Wein so besonders. Aber ich habe gehört, dass die Reben ziemlich alt sind. Daher schlage ich vor, sie auszureißen und durch neue Weinstöcke, die viel Ertrag bringen, zu ersetzen. Wir machen das nach und nach, eine Parzelle nach der anderen.« Er strahlt, als hätte er ihr gerade einen Lottogewinn direkt an die Haustür geliefert und alle ihre Sorgen mit einem Zauberstab in Luft aufgelöst. Ich schlage die Hände über dem Kopf zusammen.

Ich bin entsetzt und bete darum, dass sich der staubige Boden auftun und mich verschlingen möge. Nachdem ich miterleben muss, wie er hier wie eine Abrissbirne agiert, frage ich mich, was ich am Vorabend noch so anziehend an Charlie gefunden habe. Gott sei Dank bin ich nicht mit ihm ins Bett gegangen. Hitze steigt von meiner Brust auf und lässt mein Gesicht samt Ohren glühen, als stünden sie in Flammen, während ich auf Madame Beaumonts Antwort warte. Die Stille ist ohrenbetäubend.

Sie schweigt immer noch. Langsam hebe ich den Blick. Ich habe auf die Stelle gestarrt, wo meine Zehen Kreise auf den staubigen Grund gemalt haben. Madame Beaumonts Miene ist wie erstarrt.

»Ich … ich …« Ich finde nicht die richtigen Worte. Ich möchte ihr gerne sagen, dass es nicht so einschneidend ist, wie es sich anhört und Charlie ihr nur helfen will. Ohne diese Rettungsleine hätte sie im kommenden Jahr kein Einkommen, und ich will gerne verhindern, dass sie ihren Betrieb ans Château verkaufen muss.

»Sie wussten von diesem … diesem Plan?«, fragt sie langsam. Obwohl wir uns an einem wunderbaren Herbsttag draußen befinden, die Vögel singen und die Traktoren brummen, hätte man eine Stecknadel fallen hören können. Mein Mund wird trocken, meine Augen brennen und meine Ohren glühen immer noch.

»Ja«, bringe ich krächzend hervor.

»Nun, wir dachten, da Emmy Ihnen in der letzten Zeit geholfen hat, wäre sie am besten geeignet, um Ihnen die gute Nachricht zu überbringen.« Charlies Lächeln verblasst ein wenig, als er begreift, dass das Ganze wohl nicht nach Plan verlaufen ist. Verunsicherung liegt in der Luft.

Madame Beaumonts Augen wirken trüb, das Funkeln ist verschwunden. Ihre Nasenflügel blähen sich ein wenig, ihr Rücken versteift sich. Ihre Augen verdunkeln sich zusehends. Wo vorher Freundschaft und Verständnis waren, ist nun Schmerz zu erkennen. Ich fühle mich furchtbar. Es ist, als würde ich ihren Schmerz empfinden. Sie glaubt, ich habe sie hintergangen. Die Bindung, die im Laufe der vergangenen Wochen zwischen uns entstanden ist, und die Nähe, die wir auf dem Friedhof gefühlt haben, ist jetzt vollkommen zerstört worden.

»Ich glaube, Sie gehen jetzt besser«, sagt sie schließlich zu mir und dreht sich zum Haus um.

»Madame Beaumont, bitte!« Ich strecke eine Hand aus und will ihr folgen.

Sie wendet sich um und sagt scharf: »Diese Supermarktkette, wie hat sie von meinem Wein erfahren? Wie ist sie auf die Idee gekommen, dass man ihn in ein Supermarktprodukt verwandeln könnte, um ihn in die Regale zu stellen, damit er wie all die anderen Weine wird – ohne Charakter und ohne Seele?«

»Ich wollte nur das Beste für Sie, das müssen Sie mir glauben.« Meine Stimme bricht.

Sie nickt, und unsere Blicke begegnen sich. »Dann haben Sie mich und meinen Wein offensichtlich nicht im Geringsten verstanden.« Ich spüre die Wut hinter diesen gemessenen Worten. »Sie wollten, dass ich wie alle anderen werde und dass jeder Wein wie alle anderen schmeckt.« Sie zieht eine Augenbraue hoch. »Ich bin sehr enttäuscht.« Und ich könnte schwören, dass auch ihre Stimme zittert.

»Madame Beaumont!« Wieder laufe ich ihr hinterher. Ich kann den Gedanken nicht ertragen, dass sie glaubt, ich wäre in der Absicht zu ihr gekommen, sie zu täuschen. »Bitte, ich wollte Ihnen doch nur Zeit geben, sich an die Idee zu gewöhnen!«

»Daran werde ich mich niemals gewöhnen. Ich habe Ihnen vertraut. Und jetzt gehen Sie bitte!«, sagt sie scharf. »Gehen Sie einfach!«

Sie dreht sich um, betritt das Haus, knallt die Tür hinter sich zu und zieht die Vorhänge vor die Scheibe.

Ich schnappe nach Luft, ersticke ein Schluchzen und beiße mir auf die Lippen, um nicht in Tränen auszubrechen. Cecil bellt und schaut mich an. Ich muss mir noch mehr Mühe geben, nicht zu weinen. Ich laufe an Charlie vorbei und stürme aus dem Tor. Dabei könnte ich schwören, eine erhobene Stimme und das Scheppern von Pfannen aus Madame Beaumonts vorderem Zimmer zu hören. Ich muss so schnell wie möglich hier weg. Als ich mir mein Fahrrad schnappe, kann ich vor lauter Tränen kaum noch etwas sehen. Ich schwinge das Bein über den Sattel, doch ich schwanke hin und her, als ich den Hügel hinunterfahre, weil ich vor mich hin schniefe und versuche, mir die Nase mit dem Ärmel abzuwischen. Jedes Mal, wenn ich die Hand vom Lenker nehme, schlingert das Fahrrad gefährlich – fast so wie am Tag meiner Ankunft. Es dauert eine Weile, bis ich bemerke, dass Charlie langsam hinter mir herfährt. Als die Straße breiter wird, setzt er den Wagen neben mich.

»Soll ich dich mitnehmen? Deine Fahrt sieht nicht besonders sicher aus«, fragt er durch das geöffnete Fenster. Ich erkenne mein Spiegelbild in seiner Pilotensonnenbrille.

»Ist schon in Ordnung«, erwidere ich kurz angebunden und lande beinahe mit dem Kopf voraus im Graben, als rechts von mir ein Traktor den Hügel hinauf in Richtung Saint Enrique fährt. Mein Herz zieht sich bei dem Gedanken an Madame Beaumont zusammen, die im Schatten dieses Châteaus lebt und so lange dagegen angekämpft hat, nicht geschluckt zu werden. Und jetzt komme ich an und schlage ihr genau das Gleiche vor! Ich glaube nicht, dass ich mich jemals schlechter gefühlt habe als in diesem Moment.

18. Kapitel

Das Telefon am anderen Ende läutet und läutet. Ich will schon aufgeben, als doch noch jemand abhebt.

»Dad?«, sage ich und kann nicht verhindern, dass mir die Kehle eng wird.

»Emmy?« Ich erstarre, als ich die vertraute Stimme höre – so vertraut, als hätten wir uns erst gestern noch unterhalten. Doch das haben wir nicht, es ist mehrere Jahre her. Mein Herz beschleunigt sich auf einmal zu einem hektischen Galopp.

»Ich bin's, Jody«, sagt sie vorsichtig. Warum um alles in der Welt ist Jody in unserem Haus? Ich nehme das Handy vom Ohr und kontrolliere, ob ich tatsächlich die Nummer von Zuhause gewählt habe. Und so ist es. Was kann da passiert sein? Irgendetwas Schlimmes, wenn Jody gerufen wurde.

»Jody? Wo ist Dad? Ist alles in Ordnung?« Mein Mund ist trocken, mein Kopf dröhnt. Ich versuche, mich auf meinen ungegessenen Salat Niçoise und das Glas Rosé zu konzentrieren, das nur noch halb voll ist. Ich trinke offensichtlich immer in kleinen Schlucken, dafür aber viele davon. Charlie hat gesagt, ich solle direkt Mittagspause machen, als wir bei Featherstone's ankamen. Er wolle ›wegen des Problems mit Madame B‹ mit Isaac reden. Daher sitze ich an einem kleinen runden Tisch vor dem Papillon. Der Besitzer ist freundlich und höflich; er hat begriffen, dass ich allein sein möchte. Ich drehe den anderen Gästen, die aus den Weinbergen kommen, um ihre zweistündige Pause hier zu verbringen, den Rücken zu.

»Ja, alles in Ordnung. Dad geht's gut«, versichert mir Jody rasch. Lügt sie, um mein schlechtes Gewissen zu beruhigen, weil ich Dad allein gelassen habe? Aber warum sollte sie das tun? Ich finde keine Worte. Was soll man zu jemandem sagen, den man sein ganzes Leben lang geliebt hat und der einem dann das Herz herausgerissen hat und darauf herumgetrampelt ist?

»Ich dachte, ich komme einfach mal vorbei. Um zu sehen, wie es so läuft.« Ich höre, wie sie sich räuspert. Ihre beiden Söhne streiten im Hintergrund.

»Wann bist du angekommen?«, frage ich schließlich, während ich überlege, was sie wohl will. Ich wünschte, ich wäre zu Hause, um es herauszufinden. Bestimmt braucht sie nicht mehr Geld – ihr Mann ist doch jetzt ein erfolgreicher Immobilienmakler.

»Gestern Abend«, antwortet sie und fährt mit erzwungener Fröhlichkeit fort: »Dad hat für uns Makkaroni mit Käse und Schinken gekocht, wie früher, als wir noch Kinder waren …« Sie verstummt.

»Dad hat Makkaroni mit Käse gemacht?«, frage ich verblüfft. »Und mit Schinken?« Normalerweise schafft er es kaum, ein Ei zu kochen! Deshalb habe ich jede Menge Zeit damit verbracht, den Tiefkühlschrank mit fertig vorbereiteten Mahlzeiten zu füllen, bevor ich abgereist bin.

Der Lärm der Kinder wird lauter. Ich bin mir nicht sicher, ob sie spielen oder einen Krieg anzetteln.

»Ist Dad da? Kann ich ihn mal sprechen?«, frage ich. Nur zu gerne hätte ich gefragt, wie es ihr geht, wie es den Jungs geht, doch irgendetwas hält mich davon ab.

»Dad ist mit seinem Freund in den Pub gegangen, ins The Castle«, sagt Jody beinahe sachlich.

»Wie bitte? Hast du gerade gesagt … dass Dad in den Pub gegangen ist? Mit welchem Freund?« Jetzt mache ich mir wirklich Sorgen. Was ist da bloß los? Ich schiebe den Thunfisch auf meinem Teller hin und her, als Jeff vorbeikommt und mir auf dem Weg zu seinem Apéritif fröhlich zuwinkt. Ich winke zurück und rufe ohne nachzudenken: *»Salut!«*

»Meine Güte, du kommst ja mit Französisch richtig gut zurecht, was? Dad sagt, dass du dich da draußen wacker schlägst. Du warst immer schon clever«, höre ich meine Schwester sagen. Ihre Stimme zittert leicht.

Das alles ist ein bisschen unwirklich. Meine Schwester, die ich seit vier Jahren nicht mehr gesehen habe, ist zu Besuch in meinem Haus. Und mein Dad ist im Pub, etwas, was er seit fünfzehn Jahren nicht mehr gemacht hat. Und ganz bestimmt hat er keine Freunde.

»Jody? Was ist los?«, frage ich. Ich will die Situation jetzt unbedingt klären. »Hat Dad dich wegen des Wasserboilers angerufen?«

Und plötzlich bricht sie in Tränen aus.

»Ich habe ihn verlassen, Emmy ... Dion. Ich habe ihn verlassen.« Ihre Stimme klingt klein und dünn, und zwischen unterdrückten Schluchzern schnappt sie nach Luft.

»Dion! Wie bitte, deinen Mann Dion?«, sage ich laut. Einige Gäste an der Bar drehen sich zu mir um, und ich senke schnell die Stimme. »Jody?«

Sie schnieft.

»Der untreue Scheißkerl!«, faucht sie.

»Oh, Jody ...« Und trotz allem, was passiert ist, lösen sich die Jahre in Luft auf, und ich möchte einfach nur bei Jody sein und sie in den Arm nehmen.

»Das geht schon seit Jahren so. Ich hatte nur nie den Mut, ihn zu verlassen. Als er noch Fußball gespielt hat, war er immer von Mädchen umgeben, die nur darauf warteten, sich einen Fußballer zu angeln, aber ich dachte immer, das mit uns wäre anders.«

»Warum hast du nie was gesagt?«, frage ich, doch ich kenne den Grund.

»Er hat mich von Dad und dir weggedrängt. Er sagte, ich müsse mich entscheiden zwischen ihm und den Kindern auf der einen Seite und Dad und dir auf der anderen. Sagte, er würde um das Sorgerecht kämpfen. Also bin ich bei ihm geblieben. Ich hatte das Gefühl, keine Familie mehr zu haben … Und nach dem, was er getan hatte, konnte ich nicht einfach so zum Telefon greifen.«

Schweigen entsteht. Es gibt noch zu viel, worüber wir reden müssen, aber im Augenblick spielt das alles keine Rolle.

»Na ja«, sage ich schließlich mit einem Zittern in der Stimme, »ich bin hier, wann immer du mich brauchst.«

»Danke«, flüstert sie durch ihre Tränen. Ich möchte sie nur noch in den Arm nehmen und ihr sagen, dass alles wieder gut wird.

»Schsch«, mache ich tröstend, genau wie damals, als sie sich nach Mums Tod in den Schlaf weinte. Ich kroch in ihr Bett, schlang die Arme um sie und wiegte sie hin und her.

»Ach, und Emmy?«, sagt Jody schniefend, als ich gerade auflegen will. »Es ist großartig, dass Dad wieder im alten Elternschlafzimmer schläft, wirklich großartig.«

»Aber das tut er doch gar nicht«, erwidere ich verwirrt.

»Doch!«, sagt sie ein bisschen fröhlicher. »Nachdem der Boiler kaputtgegangen war, drang Wasser durch die Decke in sein Zimmer. Offensichtlich ist er dann umgezogen.«

Dad hat viele Jahre lang in Jodys altem Zimmer geschlafen. Ich bin verblüfft. »Ach, und heute Abend kocht er *Toad in the Hole*, mein Lieblingsessen. Hab dich sehr lieb, Schwesterchen«, sagt Jody jetzt noch fröhlicher und legt diesmal wirklich auf.

Mir fehlen die Worte. *Toad in the Hole?* Das sind Bratwürste im Eierteigmantel. Ich schlinge die Arme um meinen Körper und lasse meinen Tränen freien Lauf. Ich würde alles dafür geben, zu Hause bei Dad und Jody zu sein. Und *Toad in the Hole* zu essen. Glasklar erkenne ich, dass ich nach Hause möchte. Einfach nur nach Hause.

»Hallo, mein Name ist Emmy von Featherstone's Wines. Hatten Sie schon Gelegenheit, sich unsere Broschüre oder unsere Webseite anzusehen? Möchten Sie heute Nachmittag etwas bestellen …?«

»Ich bin Candy von Featherstone's Wines …«

»Nick … Hatten Sie schon Gelegenheit …«

»Hier spricht Gloria von … Möchten Sie heute Nachmittag etwas bestellen?«

Die sich wiederholenden Sätze prallen von den Wänden des Büros ab, in dem wir sitzen, die Telefone am Ohr. Ich versuche, mich mit aller Kraft darauf zu konzentrieren, was ich sagen soll, doch mein Blick wird ständig vom Friedhof und dem Weinberg vor dem Fenster angezogen. Madame Beaumont stattet dem Grabstein aber nicht ihren täglichen Besuch ab. Da weiß ich, dass ich sie sehr verletzt haben muss.

»Eine Kiste, rot und weiß gemischt?«, sagt Candy gerade laut zu ihrem Kunden, damit er und auch wir es verstehen. »Kann ich heute sonst noch etwas für Sie tun?« Sie spult ihr gut einstudiertes Programm herunter und wirft mir einen selbstzufriedenen Blick zu.

Ich konzentriere mich erneut auf mein Telefonat.

»Entschuldigung, könnten Sie das bitte wiederholen, eine Kiste von welchem Wein?«, frage ich meinen Gesprächspartner. »Oh, sechs Kisten? Ein hervorragender, vollmundiger … Rotwein.« Ich versuche, mir die Beschreibung ins Gedächtnis zu rufen, doch vergebens. »Eine sehr gute Wahl«, sage ich stattdessen. Ich spüre Candys wütenden Blick, als mein Kunde sechs Kisten eines unserer teuersten Rotweine bestellt.

»Für die Hochzeit Ihrer Tochter? Glückwunsch! Was wird es denn zu essen geben?«

»Na ja, sie ändert ständig ihre Meinung, aber ich glaube, sie hat sich jetzt für Geflügel entschieden.«

»Geflügel … Also, in dem Fall könnte ich Ihnen … warten Sie …« Ich sehe rasch auf der Webseite nach. Ich bin mir sicher, dass wir einen Weißwein im Angebot haben. »Ja, wie wäre es mit dem hier? Und wenn Sie sechs Kartons bestellen, bekommen Sie noch einen Sonderrabatt. Das macht es deutlich günstiger für Sie.«

Aus dem Augenwinkel kann ich erkennen, wie sich Candys mürrische Miene in ein Grinsen verwandelt, weil sie glaubt, dass ich mich wieder selbst ausbremse. Ich kann nichts dagegen machen. Außerdem hat es ohnehin keinen Zweck, wenn ich versuche, ihre Verkaufszahlen zu übertreffen – das wird mir nie gelingen.

»Hallo, ich bin Candy von Featherstone's Wines. Hatten Sie schon Gelegenheit …«

Sie funktioniert wie eine Maschine. Ich werde sie nie einholen. Ich kann diese Wette einfach nicht gewinnen. Wie viel Mühe ich mir auch gebe, ich werde nie eine von ihnen werden. Und nach dem Debakel an diesem Vormittag wird Charlie mich auf keinen Fall behalten. Wir haben Madame Beaumonts Wein verloren, und ich bin wahrscheinlich meinen Job los. Ich habe keine Ahnung, wie ich Dad und mich – und jetzt auch noch Jody und ihre Söhne – aus diesem Schlamassel ziehen soll. Nicht die geringste Ahnung.

»Nun, das scheint mir ein guter Deal zu sein«, sagt mein Kunde. »Hören Sie, ich glaube, ich nehme sowohl Rotwein als auch Weißwein für den Fall, dass meine Tochter ihre Meinung noch mal ändert. Und wie sieht es mit Sekt aus?«

Ich zähle ihm die Sektsorten auf, die im Angebot sind, und verhelfe dem Kunden zu einem spürbaren Preisvorteil.

»Sind Sie sicher, dass die Gesamtsumme nicht zu hoch ist?«, frage ich noch einmal nach.

»Meine Liebe, ich besitze ein Anwesen an der Grenze zu Schottland. Ich kann es mir auf jeden Fall leisten, meine Weinrechnungen zu begleichen. Aber Sie waren eine hervorragende Unterstützung. Ich werde mich auf jeden Fall wieder bei Ihnen melden, vielen Dank!«

Wir wünschen einander alles Gute und beenden das Gespräch. Mir geht auf, dass ich kaum einen Blick in mein Handbuch geworfen habe. Als ich aufblicke, steht Charlie neben meinem Schreibtisch. Mein Herz macht einen Satz. Er sieht nicht besonders glücklich aus.

»Emmy, kann ich Sie mal kurz sprechen?«, fragt er förmlich.

Candy lächelt selbstzufrieden und streckt die Brust heraus.

»Hallo, mein Name ist Candy …« Sie zieht eine richtige Show ab.

Sowohl Nick als auch Gloria hören kurz auf zu telefonieren, als ich Charlie in sein Büro folge. Als ich die Holztreppe hinuntersteige, höre ich, wie sie den nächsten Anruf tätigen und wieder zu reden beginnen.

»Heute Morgen ist es nicht ganz nach Plan gelaufen«, beginnt er. Er setzt sich auf die Kante seines Schreibtischs, doch der Anblick seines Oberschenkels lässt mich völlig kalt. Ganz anders als Isaacs Beine, als er mir mit dem Fahrrad half. Ich bin sauer auf mich selbst, dass ich daran denken muss, und verdränge den Gedanken sofort.

»In der Tat, Charlie, da hast du vollkommen recht.« Ich hole tief Luft. »Ich habe alles vermasselt. Ich bin nicht für diese Arbeit gemacht.« Meine Ziele werde ich nie im Leben erreichen. Ich habe nicht die geringste Aussicht, den Teamleiterposten zu ergattern oder die Wette zu gewinnen und Candy ihr Geld zurückzuzahlen. Ich muss nach Hause fahren und mir eine andere Arbeit suchen – und zwar schnell! Ich werde mich bei dem neuen Baumarkt und jedem anderen

Geschäft in Cardiff bewerben. Irgendetwas wird sich schon finden lassen. Ich muss sofort zu meiner Familie zurück, sie brauchen mich viel mehr als Featherstone's Wines.

»Nun, ich stimme dir zu, dass die Dinge nicht nach Plan verlaufen sind.« Er rückt die Stifte auf seinem Tisch zurecht, bis sie perfekt ausgerichtet sind.

»Ich habe eine Entscheidung getroffen«, sage ich und schaue von meinen Händen auf, die in meinem Schoß liegen.

»Ich glaube, ich bin derjenige, der das sagen sollte«, unterbricht er mich halb im Scherz. Ich ignoriere ihn.

»Ich gehe nach Hause«, fahre ich fort. Dabei blicke ich ihm direkt in die Augen und registriere, dass er bestürzt wirkt. »Ich muss. Meine Familie braucht mich.« Ich fühle mich wie damals, als die Schule anrief, um mir mitzuteilen, dass sie sich Sorgen um Jody machten und dass Dad nach Mums Tod nicht zurechtkäme. Ich ließ alles stehen und liegen und fuhr nach Hause. Jetzt zittere ich. Meine einzige Sorge gilt ihnen, und ich überlege, wie ich so schnell wie möglich zu ihnen kann. Genau wie damals. Wir finden eine Lösung, irgendwie haben wir es immer hinbekommen. Ich könnte Doppelschichten im Baumarkt machen, wenn es nötig sein sollte. Wieder werde ich in die Nacht zurückkatapuliert, in der Mum von einer Doppelschicht heimkehrte. Ich sehe ihr müdes, erschöpftes Gesicht vor mir, das einmal vor Spaß und Lebensfreude geleuchtet hatte. Bevor die Sorgen über die Kosten für Klassenfahrten und Nachhilfe sie auffraßen. Sie wollte uns doch nur ermöglichen, wie die anderen zu sein.

»Aber ich dachte … Du kannst nicht einfach weggehen. Ich meine, da ist doch Madame Beaumont. Der Wein. Die Supermarkt-Einkäuferin. Du bist unsere einzige Hoffnung!« Er wirkt nervös – so als hätte man ihn in die Defensive gedrängt.

»Ich denke, wir können uns darauf einigen, dass ich das

vollkommen vermasselt habe.« Ich stehe auf und blicke auf die breiten Holzdielen.

»Und dann, dann sind da ja auch noch … wir beide«, murmelt er unbeholfen. Doch plötzlich ist das Lächeln wieder da. Er legt den Kopf schief, hebt mit dem Zeigefinger mein Kinn an und sieht mir in die Augen. Ich wünschte, er hätte nicht diese Wirkung auf mich. Ich fühle mich, als würde ich bildlich gesprochen an die Wand gedrückt und mit den Augen ausgezogen. Ich wünschte, es gäbe ein ›du und ich‹, doch ich bin immer noch nicht davon überzeugt, dass er sich tatsächlich für mich interessiert. Auch wenn das ganz wunderbar wäre, muss ich abreisen. Meine Schwester und mein Vater brauchen mich, genau wie damals nach dem Tod meiner Mutter. Und momentan brauche ich sie auch. Madame Beaumont kann sicherlich auf weitere Einmischungen von meiner Seite gut verzichten.

»Hör mal, lass dir ruhig Zeit. Warum schläfst du nicht mal drüber? Wir beide könnten uns am Wochenende eine Auszeit nehmen. Vielleicht wegfahren, wie ich gestern vorgeschlagen habe.« Er lächelte. »Natürlich in getrennten Zimmern. Wenn du das möchtest. Ich könnte dir ein bisschen mehr vom Land zeigen, damit du siehst, was du verpassen würdest. Ich möchte dich wirklich zum Bleiben überreden.« Und schon wieder prallen mein dummes Herz und mein Verstand aufeinander. Meint er nun mich, oder glaubt er nur, dass ich noch Einfluss auf Madame Beaumont habe, was eindeutig nicht der Fall ist? Rasch entschuldige ich mich, bevor ich auf blöde Gedanken kommen kann. Ich darf nichts Törichtes und Überstürztes tun. Ich muss eine Lösung für Dad, Jody und mich finden.

Auf dem Weg zum *gîte* beginne ich zu laufen und pralle mit Isaac zusammen. Er zieht sich die Ohrstöpsel aus den Ohren; er hört eigentlich ständig Musik.

»Hey, alles in Ordnung bei dir?« Er hält mich an den Armen fest. Die Ohrstöpsel baumeln an ihren Kabeln vor seiner Brust. »Erzähl mir nicht, dass Candy dich so auf die Palme gebracht hat!«

»Nein, nein, ähm, tut mir leid, ich muss weiter.« Ich gehe um ihn herum und steuere auf das Fahrrad zu, das am Holzschuppen lehnt. Isaac ist nun wirklich der Letzte, den ich jetzt sehen will. Hätte er mir nicht gesagt, ich könnte den Job und Charlie erobern, hätte ich vielleicht nicht so einen Mist gebaut. Doch mir ist klar, dass ich nur mir selbst die Schuld geben kann. Wie üblich habe ich versucht, das Leben anderer Menschen in Ordnung zu bringen, und dabei mein eigenes Leben und zusätzlich das der anderen verpfuscht.

Isaac folgt mir und hält mich schließlich am Ellbogen fest.

»Emmy, ich habe das Gespräch zwischen Charlie und dir gehört. Ich war im Laden. Ich persönlich finde, dass du nicht gehen solltest.«

»Und warum sollte es mich interessieren, was du findest?« Ich umklammere die Griffe des Lenkers. »Du hältst uns alle doch für untauglich! Was hast du noch mal gesagt? ›Sie sind wie ein paar Möwen, die sich um einen Zigarettenstummel scharen und überlegen, wie man ihn frisst!‹« Ich wünschte, ich könnte die Worte zurücknehmen, sobald ich sie ausgesprochen habe. Er antwortet nicht, doch er wirkt verlegen.

»Es ist wegen meiner Familie«, sage ich schnell, um mich nicht in noch größere Schwierigkeiten zu bringen. »Sie brauchen mich.«

Er nickt. »Okay. Ich verstehe.« Allerdings glaube ich nicht, dass er das wirklich tut.

Er zuckt mit den Schultern, wendet sich ab und kehrt in seinen Arbeitsraum zurück. Ich lasse das Fahrrad stehen und laufe ins Gästehaus, um mir über der Spüle kaltes Wasser ins Gesicht zu spritzen.

»Dann ist es also wahr? Sie reist tatsächlich ab?«, höre ich Candy zu den anderen sagen, als sie mit Kaffeetassen in der Hand aus dem Büro treten.

»Das hat Colette jedenfalls Gloria erzählt«, sagt Nick.

»Offensichtlich wird sie von ihrer Familie gebraucht«, meint Gloria. Ich beobachte durchs Fenster, wie sie auf den Tisch und die Stühle zusteuern, um sich im frühherbstlichen Sonnenschein niederzulassen.

»Schade. Sie hat das Weinspiel inzwischen richtig gut beherrscht. Habt ihr sie heute Vormittag am Telefon gehört?«, sagt Nick zu meiner Überraschung.

Dass Candy sich missbilligend räuspert, überrascht mich dagegen weniger.

»Wenigstens bedeutet es, dass ich das Zimmer bald für mich allein habe«, kommentiert sie wie eine echte Primadonna.

»Ich teile es mit dir«, bietet Nick an. Meine Augenbrauen schießen in die Höhe.

»Ach, Nick«, lacht Candy, »jede Frau sollte einen Schwulen wie dich als besten Freund haben!« Als ich auf das Fahrrad zugehe, kann ich nicht hören, dass Nick darüber lachen würde.

Ein letztes Mal mache ich mich auf den Weg. Ich trete in die Pedale, so fest ich kann, und ich schwanke nicht im Geringsten – nicht einmal, wenn Autos mich überholen. Ich schaue zu dem verlassenen Café hinüber, wo anscheinend Arbeiten im Gange sind; jedenfalls sehe ich Männer in Arbeitsmontur herumlaufen. Ich senke den Kopf und fahre rasch und voller Selbstvertrauen über die Steinbrücke, als wäre ich diese Strecke schon mein ganzes Leben lang gefahren, und nehme schwungvoll den Hügel in Angriff. Ich muss Madame Beaumont sagen, dass es mir leidtut und dass ich abreisen werde. Ich kann nicht hierbleiben. Hoffentlich verzeiht sie mir. Aber ich muss sie vorwarnen, dass sie sich für das kommende Jahr einen anderen Abnehmer für ihren Wein suchen muss. Vielleicht könnte ich mit einigen der anderen Weinhändler im Ort reden, wenn ich zurückkomme. Du meine Güte, ich tue es schon wieder – ständig glaube ich, ich könne das Leben anderer Menschen in Ordnung bringen! Wann werde ich wohl begreifen, dass ich sie einfach in Ruhe lassen sollte? Als Erstes muss ich mich um mein eigenes Leben kümmern. Nachdem ich hier die Flinte ins Korn geworfen habe, muss ich zu Hause eine neue Arbeit finden, um meine Familie zu unterstützen. Schließlich ist sie gewachsen, seit ich fort bin. Ich weiß nicht, ob Jody je gearbeitet hat, und Dad hat keine Stelle und auch keine Aussicht, noch einmal eine zu bekommen. Ich erhebe mich vom Sattel und fahre stehend den Hügel hinauf. Dazu wäre ich anfangs keinesfalls in der Lage gewesen. Allerdings hätte ich erst gar nicht herkommen sollen. Je früher ich mit allem abschließe, desto früher kann ich nach Hause fahren und herausfinden, was um alles in der Welt mit meiner Familie los ist.

19. Kapitel

Bei meiner Ankunft ist mir heiß, obwohl die Brise aufgefrischt hat.

Ich bin genauso nervös wie damals, als ich vor der Schulversammlung etwas vortragen musste. Ich war zehn Jahre alt, aber es fühlt sich an, als wäre es gestern gewesen. Es war zur Erntezeit, genau wie jetzt, und ich sollte ein Gedicht über den Herbst vorlesen. Doch die Worte verschwammen vor meinen Augen, und die ganze Schule machte sich über mich lustig.

»Allô? Allô? Madame Beaumont?«, rufe ich und gehe ums Haus herum. Der Wind verfängt sich in meinen Haaren, als ich mich in den ständig zunehmenden Böen in alle Richtungen umschaue. Schließlich finde ich ein Gummiband in der Tasche und binde mir die Haare zu einem kleinen Dutt am Hinterkopf zusammen. Ich gehe alle Orte ab, an denen Madame Beaumont sein könnte, aber es ist niemand zu entdecken. Nicht einmal Cecil liegt an seinem gewohnten Platz mitten auf dem Hof. Ich strecke den Kopf in den *chai*, doch Madame Beaumont ist nicht darin. Vielleicht ist sie mit Cecil im Weinberg, um die Vögel zu verscheuchen. Aber auch dort finde ich sie nicht; dafür sind allerdings die Vögel da. Sie haben sich zahlreich in den Bäumen und auf der Telefonleitung versammelt und beäugen die reifenden Trauben. Als ich auf sie zurenne, laut schreie und mit den Armen wedele, rechne ich damit, dass Cecil jeden Moment zu mir stößt, doch nichts passiert. Plötzlich hebt Henri den Kopf; seine Mähne flattert im Wind, als er ein helles Wiehern ausstößt. Mit geblähten Nüstern hebt und senkt er den großen Kopf und galoppiert

auf das Gatter zu, als wollte er zu mir kommen. Der Wind streicht durch die Weinstöcke und weht Henris Schweif in die Höhe, als er wiehernd am Zaun auf und ab galoppiert. Die Luft ist jetzt richtig drückend. Ich blicke zum Friedhof, um zu sehen, ob Madame Beaumont vielleicht auf dem Rückweg ist, doch von der kleinen schwarzgekleideten Gestalt ist nichts zu sehen. Dunkle Wolken ballen sich am Himmel zusammen. Ich wende mich zum Haus. Es hat nichts mit dem schicken Farmhaus und dem *gîte* von Featherstone's gemein, doch irgendwie habe ich viel besserhierher gepasst als dorthin.

Der warme Wind löst die Haare aus meinem Dutt und weht sie mir wieder ins Gesicht. Ich versuche, sie mit beiden Händen zu bändigen. Dabei entdecke ich Cecil, der sich vor der Terrassentür hinter dem Haus ausgestreckt hat, den Kopf auf die Pfoten gebettet. Er muss mich gesehen haben, aber er hat keinen Ton von sich gegeben. Mein Herz zieht sich zusammen. Oh, Gott, was, wenn er … wenn er krank ist? Ich renne auf ihn zu.

»Cecil? Cecil?«

Als er langsam den Kopf hebt, seufze ich erleichtert auf.

»Hey, Cecil.« Ich beuge mich zu ihm hinunter und streichle ihm den Kopf. Mit traurigen Augen sieht er zu mir auf, dann winselt er und lässt den Kopf wieder sinken. Ich weiß nicht, was los ist, aber irgendetwas stimmt hier nicht. Henri galoppiert immer noch donnernd auf und ab. Er hat sich bestimmt seit Jahren nicht mehr so viel bewegt; sicher wird er später Schmerzen haben.

Wieder tätschele ich Cecil den Kopf, während ich mich umschaue.

»Wo ist denn dein Frauchen?«

Ich stehe auf, schlucke, straffe die Schultern und spüre die Anspannung im Nackenbereich. Dann räuspere ich mich und klopfe an die Glastür. Die Vorhänge sind vorgezogen, genau wie bei meinem letzten Aufbruch, als Madame Beaumont die Tür hinter sich zugeschlagen und die Vorhänge geschlossen hat. Keine Antwort. Wenn sie da drin ist, will sie eindeutig keine Besucher sehen … und ganz bestimmt nicht mich.

Ich bin tiefunglücklich. Ich betrachte den etwas verwahrlosten Hof, der mir so vertraut geworden ist. Ich betrachte den *chai*, in dem ich sämtliche Gerätschaften geschrubbt und die Betontanks mit dem Schlauch abgespritzt habe, bis man daraus hätte essen können. Sauber und bereit für die neue Ernte. Ich betrachte die voll hängenden Weinstöcke mit ihren dicken, fetten, dunklen, marmorierten Trauben, die darauf warten, gelesen zu werden. Irgendwie macht es mich merkwürdig traurig, dass ich sie nicht auf ihrer nächsten Etappe begleiten werde. Ich klopfe noch einmal, doch wieder keine Reaktion. Cecil seufzt tief auf und wechselt die Position seines Kopfes auf den Pfoten.

»Komm schon, Cecil.« Ich versuche, ihn dazu zu bewegen, aufzustehen, indem ich ihn zu mir rufe. Aber er rührt sich nicht vom Fleck. Frustriert lasse ich die Hände sinken. Nicht einmal Cecil erkennt mich an. Ich habe hier nichts mehr zu suchen; ich bin nicht mehr erwünscht. Es ist Zeit zu gehen. Ich laufe die Einfahrt hinunter zu meinem Fahrrad.

Plötzlich hebt Cecil den Kopf und bellt kurz. Ich drehe mich um.

»Ich muss gehen, Cecil.«

In diesem Moment könnte ich schwören, dass ich ein Geräusch höre, einen erstickten Ruf.

»Madame Beaumont! Sind Sie das?«

Ich kann nicht einfach fortgehen, wenn sie mit mir sprechen möchte.

»Adele? Wo sind Sie?« Ich schaue mich um, und mein Herzschlag beschleunigt sich. Laut rufend umrunde ich den *chai* und die Schuppen. Auf einmal ist Cecil auf den Beinen und bellt.

»Madame Beaumont?«, rufe ich und laufe auf die Terrassentür zu. Sie ist abgeschlossen. Doch ich bin sicher, dass ich Madame Beaumont wieder rufen höre. Cecil bellt inzwischen wie verrückt. Große dicke Regentropfen beginnen zu fallen. Ich wische sie mir mit den Händen aus Gesicht und Augen. Schwitzend rüttele ich noch einmal am Türgriff, aber es tut sich nichts.

»Scheiße!«

Ich schaue mich um. Sie wird es mir nicht danken, falls sie ruft, dass ich abhauen soll, aber ich kann nicht gehen, ohne mich zu vergewissern. Ich hebe einen dicken Stein auf, ziehe meine Jeansjacke aus, wickele sie mir um die Hand und ziele auf die Fensterscheibe neben dem Türgriff.

»Cecil?« Ich drehe mich um, um sicherzugehen, dass er weit genug entfernt ist. Das ist der Fall. Er bellt wie ein Metronom, gleichmäßig und ohne Pause. Ich wende meine Aufmerksamkeit wieder der Fensterscheibe zu, lecke mir über die Lippe, zögere, beiße mir auf die Unterlippe. Tu es einfach, sage ich mir. Und dann tue ich es. Mit dem Stein werfe ich die Scheibe ein. Mit einem lauten Klirren zersplittert sie und zerfällt in winzige Scherben. Ich springe zurück, als das Glas zu Boden fällt.

Den Rest der Scheibe stoße ich mit der Hand heraus, um die ich die Jeansjacke gewickelt habe. Dann greife ich vorsichtig nach innen, schließe die Tür auf und betätige den Griff.

»Alles in Ordnung, Cecil, wir sind drin«, sage ich. Er hört schlagartig auf zu bellen und legt sich wieder hin.

Ich öffne die Tür und ziehe die schweren Vorhänge auf. Ein wischendes Geräusch entsteht, als die Ringe die Vorhangstange aus Eisen entlanggleiten, doch dann verhaken sie sich. Ich muss mir einen Weg durch den Stoff kämpfen.

Als ich mich aus den Klauen der Vorhänge befreit habe, gewöhnen sich meine Augen allmählich an das Dämmerlicht im Raum. Mein Herz macht einen Satz, und dann wird mir auf einmal sehr kalt. Ich habe Madame Beaumont gefunden.

20. Kapitel

»Je savais que tu reviendras.« Obwohl ihre Stimme dünn und schwach klingt, versucht sie zu lächeln. Doch ihr Gesicht verzieht sich vor Schmerz.

»Natürlich bin ich zurückgekommen«, erwidere ich.

»Du bist stur … Genau wie ich.« Ich bin nicht sicher, ob das eine Beleidigung oder ein Kompliment sein soll, doch so oder so hat sie wahrscheinlich recht.

Sie bewegt sich nicht. Sie liegt direkt unterhalb der drei Steinstufen; ihr Gesicht ist grau.

»Bewegen Sie sich nicht und versuchen Sie nicht zu sprechen.« Ich springe die Treppe hinunter, laufe zum Sofa, schnappe mir ein dünnes Kissen und dann noch eine Decke von dem schmalen Bett in der Ecke.

»Hilf mir einfach hoch, und dann geht's schon wieder. War nur ein blöder Sturz«, sagt sie, doch ihr Gesicht verzerrt sich wieder, als der Schmerz sie durchzuckt. Sie sackt zusammen und verliert das Bewusstsein. Die alte schwarz-weiße Katze hat sich an Madame Beaumonts Rücken gekuschelt.

»Oh Gott!« Ich nehme mein Handy aus der Tasche, halte es in die Luft und schwenke es hin und her, um Empfang zu bekommen. Ich steige die drei Stufen wieder hinauf und blicke auf Madame Beaumont hinunter. Sie wirkt winzig und zerbrechlich, kein bisschen wie die kleine, aber starke Frau, als die ich sie sonst erlebt habe.

Ich kenne nicht einmal die Telefonnummer des Notrufes. Ich wette, sie steht in meiner Featherstone-Bibel – ich hätte sie doch lesen sollen.

Ich wähle Charlies Nummer aus meinem Adressbuch aus. Er wird wissen, was zu tun ist.

»Hallo, hier spricht Charlie Featherstone«, meldet sich eine geschäftsmäßige Mailbox-Ansage. Ich beende die Verbindung.

»Bleiben Sie wach, Madame Beaumont. Nicht einschlafen!«

Oh Gott, Charlie, wo bist du?

Als Nächstes rufe ich die Büronummer von Featherstone's an. Es ist die einzige andere Nummer, die ich noch habe, denn ich habe mich mit niemandem im *gîte* eng genug angefreundet, um Handynummern auszutauschen. Ganz im Gegenteil. Seit dem Abendessen mit Charlie in Saint Enrique habe ich noch größere Distanz gewahrt. Ich will nicht, dass sie glauben – oder sollte ich sagen *wissen* –, dass zwischen uns beiden etwas läuft. Candys Büroromanzen-Radar ist ständig in Alarmbereitschaft. Sie glaubt sogar, dass Nick auf Isaac steht, weil er im Unterricht ständig Fragen stellt.

Plötzlich geht jemand ans Telefon, und ich warte auf das übliche »Featherstone's Wines, meine Name ist … Was kann ich für Sie tun?« Aber es kommt nicht.

»Charlie?«

»Äh, nein, hier ist Isaac. Hör mal, Emmy«, er fängt sofort an zu reden, bevor ich zu Wort komme. »Wegen deiner Abreise. Ich, äh, wenn es damit zu tun hat, was ich gesagt habe, tut es mir leid. Ich weiß, ich bin manchmal ein Trottel … Am ersten Abend … Das mit dem Goldlöckchen und die andere Sache mit den Möwen …«

»Nein, nein, damit hat es nichts zu tun«, schneide ich ihm das Wort ab. »Äh, weißt du, wo Charlie ist?«

»Alles okay bei dir?«

»Nein, ist es nicht, es geht um Madame Beaumont. Sie ist gestürzt und braucht einen Krankenwagen. Kannst du das organisieren?«

»Klar, mache ich sofort. Du bleibst bei ihr, ich kümmere mich um den Krankenwagen«, sagt er. Ich danke ihm und lege auf. Das muss die kultivierteste Unterhaltung gewesen sein, die wir je geführt haben. Wer hätte gedacht, dass Isaac so … na ja, erwachsen agieren kann?

Ich stecke das Handy in die Gesäßtasche und eile die drei Stufen hinunter. Dann knie ich mich auf den kalten Steinboden neben Madame Beaumonts Kopf. Ihr normalerweise zu einem Dutt zusammengefasstes Haar hängt ihr in dünnen grauen Strähnen ums Gesicht. Ich stehe auf und suche mir noch ein Kissen, um mich daraufzusetzen. Meine nackten Beine sind mit Gänsehaut überzogen. Madame Beaumont wirkt ausgekühlt, und ich decke sie mit einer weiteren abgenutzten Decke von ihrem Bett zu. Als sie ein Dankeschön murmelt, weiß ich, dass sie bei Bewusstsein ist. Ich muss mit allen Mitteln dafür sorgen, dass sie wach bleibt.

»Ich habe zu Hause angerufen …« Ich erzähle ihr von Dad, der seit langer Zeit mal wieder in den Pub gegangen und wieder ins Elternschlafzimmer gezogen ist, von der Ankunft meiner Schwester und von den Sorgen, die ich mir mache. Ich erzähle ihr, dass Dad Makkaroni mit Käse gekocht hat, genau wie früher. Er war immer der Koch in unserem Haus. Starker Regen prasselt aufs Dach, Blitze zucken, und ich zähle die Sekunden zwischen Blitz und Donner, um abzuschätzen, wie nah das Gewitter ist. Dad hat mir das beigebracht, weil ich Angst vor Gewittern hatte. Meine Furcht vor Gewittern ist nach Mums Tod in jener Nacht nie wieder verschwunden. Meine Nerven liegen blank, und ich wünschte, der Krankenwagen käme bald.

»Eins, zwei, drei, vier …«

Rums! Der Donner ist heftig und lässt mich zusammenzucken, aber ich schaue auf Madame Beaumont hinunter, die immer mehr auskühlt und das Bewusstsein zu verlieren droht. Cecil jault leise, und sogar die Katze sieht mich an und miaut kläglich.

»Wie wäre es mit einem Lied?« Meine Stimme klingt hoch und zittrig, aber ich bin fest entschlossen, dafür zu sorgen, dass Madame Beaumont bei uns bleibt.

›Alouette‹ ist das einzige Lied, das mir einfällt – noch aus meiner Schulzeit.

Wieder blitzt es.

»Eins, zwei, drei …«

Rums!

»Ahhhh!«, kreische ich. *»Alouette, gentille alouette. Alouette, je te plumerai.«*

Ich singe weiter und kreische bei jedem Blitz und dem nachfolgenden Donner laut auf.

Rums!

»Ahhhh!«

Dann fliegt plötzlich die Terrassentür auf.

»Ahhhh!«, schreie ich auf. Mein Herz rast. Das Licht flackert, geht aus und dann wieder an. Der Einschlag war ganz in der Nähe. Ich schließe die Augen und halte Madame Beaumonts Hand noch fester.

»Alouette, gentille alouette«, singe ich immer weiter.

Auf einmal stimmt eine männliche Stimme in meinen Gesang ein. Sehr nahe. *»Alouette, gentille alouette.«* Mein Herz macht einen Satz, und ich höre auf zu singen.

Ich mache ein Auge auf, ein kleines bisschen nur. Ich sehe die dunklen Haare, das Bandana-Kopftuch und den Ohrring, und ich höre ein amerikanisches Näseln in der *›Alouette‹*.

»Ich dachte, der Krankenwagen wäre da«, sage ich leise, um Madame Beaumont nicht zu beunruhigen.

»Ist auf dem Weg.« Isaac geht auf Madame Beaumonts andere Seite und setzt sich im Schneidersitz neben ihrem Kopf auf den Boden. »Wie geht's ihr?«

»Uns geht's gut, nicht wahr, Madame Beaumont?«, sage ich laut. Es blitzt wieder, und ich beginne zu zählen. Das Licht geht wieder aus. Ich greife nach meinem Handy und benutze es als Taschenlampe.

»Zwei, drei, vier …«

Es rumpelt.

»Das Gewitter zieht weiter, Madame Beaumont.« Ich seufze vor Erleichterung.

Madame Beaumont murmelt etwas, und ich beuge mich zu ihr, um sie besser zu verstehen.

»Verzeihung, was haben Sie gesagt?«

»Ich sagte: *Bon!* Und kannst du jetzt bitte aufhören, dieses Lied zu singen?«

Ich lache leise und bin entzückt, dass sie bei Bewusstsein ist. Gleichzeitig rollt mir eine Träne die Wange hinunter, die ich sofort wegwische.

»Kann ich euch irgendetwas holen?« Isaac sieht sich um.

Ich schüttele den Kopf, weil ich weiß, dass wahrscheinlich nichts im Haus ist. Ich glaube nicht, dass Madame Beaumont es sich ausgesucht hat, so genügsam zu leben. Ich wechsele die Position und lege Madame Beaumonts Kopf in meinen Schoß. Es scheint ihr nichts auszumachen. Ich würde es bestimmt spüren, wenn sie etwas dagegen hätte. Die Katze erhebt sich, dreht sich einmal im Kreis und kuschelt sich wieder an Madame Beaumonts Rücken. Auf ihre Weise leistet sie ebenfalls ihren Beitrag. Ich streiche Madame Beaumont die losen Haarsträhnen hinters Ohr und stecke die Klammern fest, die herausgerutscht sind.

»Wann kommt denn der Krankenwagen?«

Isaac zuckt mit den Schultern und wirkt ungewohnt besorgt.

»Er kommt aus Bordeaux. Vermutlich ist das Wetter auch nicht gerade hilfreich, und hier draußen nützt das Navi auch nicht viel. Wir sind ja schließlich nicht in Kalifornien«, meint er grinsend. Ausnahmsweise bin ich dankbar für seine Scherze. Er sieht genauso beunruhigt aus, wie ich mich fühle. Ich würde ihn gerne ablenken.

»Ich mache mal das Feuer an.« Er hackt das Holz in dem Korb zu Kleinholz.

»Wo ist für dich Zuhause?«

Er zuckt wieder mit den Schultern und legt das Kleinholz auf das zusammengeknüllte Papier.

»Ich bleibe nirgendwo länger. Ich reise herum und arbeite für verschiedene Weinkellereien.«

»Aber du musst doch irgendwo ein Zuhause und eine Familie haben. Vielleicht eine Freundin? Wo leben deine Eltern?«

Er schüttelt den Kopf. Seine Haare sind nass, und die Wellen locken sich an den Spitzen. Ich wette, als kleiner Junge hatte er einen richtigen Lockenkopf.

»Meine Eltern sind beide tot.« Er entzündet ein Streichholz und hält es an das Papier.

»Oh, das tut mir leid.«

»Muss es nicht. Sie waren wunderbar, aber alt. Ich war einen Teil meines Lebens in Pflegefamilien. Als ich zwölf war, haben meine Eltern mich adoptiert. In der Schule war ich ein kleiner Rabauke. Sie haben mich auf die richtige Bahn gebracht. Mein Vater hat mich zwei wichtige Dinge im Leben gelehrt: die Liebe zum Wein und die Liebe zum Reisen … Ach ja, und Surfen. Wie könnte es anders sein, wenn man in Kalifornien aufwächst!« Nach einigen Bemühungen erwacht das Feuer zum Leben.

»Hattest du immer schon Angst vor Gewittern?«, fragt er und setzt sich mit dem Rücken zum Feuer, als es richtig brennt. Trotz der Dunkelheit und der Sorge entspanne ich in Isaacs Gegenwart ein wenig.

»Ich habe meine Mutter verloren. Sie starb während eines Gewitters. Es war ein Autounfall. Ich habe nur noch meinen Dad«, erzähle ich, während das Donnergrollen sich allmählich weiter entfernt.

»Meine Güte, das ist heftig.«

»Er ist nie richtig darüber hinweggekommen.«

»Ruft er dich deshalb immer an?«

Ich nicke, schaue auf das Handy in meiner Hand und streiche mit dem Daumen über das Display, als wäre ich meinem Dad dadurch näher. Ich habe bereits einen geliebten Menschen in einem Gewitter verloren, und ich will nicht, dass sich die Geschichte wiederholt.

»Wie kommt denn deine Freundin damit klar, dass du so oft weg bist?« Rasch wechsele ich das Thema, um die Unterhaltung in Gang zu halten, damit Madame Beaumont bei uns bleibt.

Isaac winkelt die Beine an, stützt die Ellbogen auf den Knien ab und verschränkt die Hände. Seine Lederarmbänder und die Freundschaftsbänder rutschen den Arm hinauf. Die Kopfhörer hängen ihm um den Hals. Er schaut zur Tür und lächelt.

»Sagen wir mal, es gibt niemanden Spezielles in meinem Leben.«

»Ich würde sagen, es gibt eine Menge spezielle Frauen in deinem Leben, und zwar in verschiedenen Ländern. Und sie wissen nichts voneinander.« Ich lache ein bisschen.

»Hoppla, erwischt!« Er schaut mich an, und plötzlich habe ich Schmetterlinge im Bauch. »Ich warte noch darauf, die richtige Frau kennenzulernen.« Auf einmal schlägt mein Herz absurderweise doppelt so schnell wie sonst.

»Was ist mit dir und Charlie? Zwischen euch beiden läuft doch was, habe ich recht?«

Mein Herzschlag beruhigt sich ein wenig, und ich werde

rot. »Ach, ich weiß nicht. Ich gehe jetzt ja auch zurück nach England. Übrigens, weißt du, wo er gerade steckt?«

»Er ist mit Selina zusammen zu einem Château gefahren. Mann, diese Weinhändler stürzen sich regelrecht auf die Käufer«, sagt er nüchtern. Ganz kurz empfinde ich einen Anflug von Eifersucht, doch er ist sofort vergessen, als ich in Madame Beaumonts graues Gesicht blicke.

Als Isaac aufsteht, will ich auf einmal nicht mehr, dass er geht.

»Ich lege ein paar Holzscheite nach«, erklärt er.

Zu jeder anderen Zeit würde ich darauf brennen, ihn loszuwerden, doch ich muss sagen, dass er sich hier großartig verhält. Plötzlich spitze ich die Ohren. Meine Zuversicht wächst.

»Das könnten sie sein«, sagt Isaac, geht zur Tür und tritt hinaus in den Regen. Ich höre, wie das Geräusch des Martinshorns näher kommt.

»Ich gehe ihnen entgegen und zeige ihnen den Weg«, sagt er und lächelt mir aufmunternd zu. Mein Magen schlägt einen Salto. Es muss am Stress liegen. Ich streichele Madame Beaumont den Kopf und seufze erleichtert auf, weil die Sanitäter gleich übernehmen werden.

»Danke«, sage ich und blicke zu Isaac auf, der nicht mehr den Pausenclown spielt. Ich weiß nicht, wie ich das hier ohne ihn durchgestanden hätte. Jeder Mann, der bereit ist, mit mir zusammen ›*Alouette*‹ zu singen, hat meinen Respekt verdient!

21. Kapitel

Der Regen hat endlich aufgehört. Sie bringen Madame Beaumont auf einer Trage hinaus, die auf einem Gestell mit Rollen abgesetzt wird. Große Regentropfen hängen, wie die Kristalle an einem Lüster, von den Weinblättern. Die Ambulanz steht mit geöffneten Hecktüren mitten auf dem Hof. Es handelt sich um ein weißes Auto mit hellblauer Aufschrift und einem großen Sternsymbol auf der Seite. Es sieht ganz anders aus als der typisch britische gelb-grüne Kastenkrankenwagen. Als Isaac sieht, dass ich zittere, legt er mir ein Sweatshirt um die Schultern. Ich bedanke mich.

Obwohl Madame Beaumont in warme Decken eingehüllt ist, wirkt sie immer noch zerbrechlich und grau. Der Schmerzensschrei, den sie ausgestoßen hat, als sie auf die Trage gehoben wurde, verfolgt mich immer noch.

»Wohin bringen Sie sie? *Où?*«, frage ich die zwei lächelnden Sanitäter. Der Mann ist dick und hat schütteres Haar und einen Schnurrbart. Die zierliche Frau hält den Infusionsbeutel.

»Oh, là, là!«, ruft da jemand. Ich drehe mich um und sehe einen Mann aus einem Wagen steigen, der hinter dem Krankenwagen geparkt hat.

»Das ist Monsieur Lavigne vom Château Lavigne«, flüstert Isaac mir ins Ohr.

»Woher weißt du das?«

»Aus Zeitschriften. Er besitzt Weingüter überall auf der Welt. In der Weinbranche ist er sehr bekannt.«

Der Mann steuert geradewegs auf die Trage zu.

»Monsieur, Madame«, nickt er uns grüßend zu. »Ich habe das Blaulicht gesehen.« Er schüttelt den Sanitätern die Hand. »*Qu'est-ce qui se passe*? Was ist passiert? Madame Beaumont …?«

»Madame Beaumont, *elle est tombée*. Sie ist gestürzt«, erstatte ich Bericht.

»Mon dieu, Madame Beaumont.« Als er eine Hand auf die Trage legt, versucht Madame Beaumont, ihre Hand wegzuziehen.

»Madame Beaumont, wir sind uns noch nicht häufig begegnet, aber ich bin Ihr Nachbar. Wenn ich etwas tun kann, um Ihnen zu helfen«, sagt er auf Französisch, »müssen Sie es nur sagen.«

»Ich kenne Sie schon mein ganzes Leben lang, Monsieur«, antwortet sie leise und heiser. »Sie haben noch nie jemandem geholfen.«

Monsieur Lavigne tritt einen Schritt zurück, als hätte er einen Elektrozaun angefasst.

»Wo bringen Sie sie hin? *Où?*«, frage ich wieder.

»Ins Krankenhaus nach Bordeaux«, antworten die beiden Rettungssanitäter gleichzeitig.

»Möchten Sie mitfahren?«, fragt der Mann.

»Ja, natürlich, *bien sûr!*«, erwidere ich und nicke.

Plötzlich greift Madame Beaumont nach meiner Hand und hält sie fest umklammert. Ich beuge mich rasch zu ihr hinunter. Ihre Kraft verblüfft mich.

»Bitte.« Ich beuge mich noch tiefer, damit ich sie verstehen kann. »Bleib hier«, wispert sie heiser.

»Oh, ich kann mitkommen. Alles wird gut«, antworte ich.

»Nein, bleib hier! Bitte! Du bist die Einzige. Du musst unbedingt hierbleiben.«

»Ich …« Ich zögere, weil ich nicht ganz verstehe, was sie damit meint.

»Ich könnte hierbleiben«, schlägt Isaac vor, doch sie gönnt ihm kaum einen Blick. Sie zieht mich so nahe zu sich, dass ich fast die Trage berühre.

»Kümmere dich um meine Weinstöcke. Du bist die Einzige. Bitte. Ich flehe dich an! Du kennst sie. Lass nicht zu, dass sie jemand anderem in die Hände fallen.« Sie blickt finster in Monsieur Lavignes Richtung. Er betrachtet gerade den Hof, aber jetzt wendet er uns wieder seine Aufmerksamkeit zu.

»Ich helfe gerne bei der Ernte, falls es nötig ist«, sagt er, nimmt sein Handy aus der Tasche und beginnt, eine Nachricht zu tippen.

»Bitte«, fleht Madame Beaumont erneut. »Bring meine Ernte ein.«

»Wie denn? Woher soll ich wissen, was zu tun ist?« Ich fühle mich vollkommen hilflos.

Trotz der Schmerzen gelingt ihr ein schiefes Lächeln. »Aus Instinkt natürlich. Verlass dich einfach auf deine Instinkte.«

Ich schaue in Monsieur Lavignes Richtung, nehme meinen ganzen Mut zusammen und hebe den Kopf.

»Es ist in Ordnung, Monsieur. Ihre Hilfe wird nicht benötigt. Wir kommen zurecht«, sage ich mit viel mehr Zuversicht, als ich empfinde. Ich schlucke die Panik herunter. »Ich kümmere mich um die Traubenlese.« Ich werfe wieder einen Blick auf Madame Beaumont und entdecke Tränen in ihren Augen. Madame Beaumonts Zustand und die bevorstehende Ernte sorgen dafür, dass Hilflosigkeit und Angst in mir aufsteigen.

Ich schlucke. »Aber was ist mit dem Krankenhaus? Soll ich nicht doch mitkommen?«, frage ich wieder.

»Du musst hierbleiben. Pass auf den Weinberg auf und kümmere dich um Cecil und Henri.« Ihre Stimme wird immer leiser, und ich beuge mich weiter vor. Mit einem Blick auf Monsieur Lavigne räuspert sie sich missbilligend.

»Wie gesagt, Monsieur, Sie haben meine Familie noch nie

unterstützt – warum sollten Sie ausgerechnet jetzt damit anfangen wollen?«

Ich liebe es. Selbst in ihrem angeschlagenen Zustand ist sie so angriffslustig wie eh und je und kämpft für ihre Sache. Wie könnte ich da ihrem Beispiel nicht folgen?

»Vielleicht kann dein Freund mich begleiten?«, fragt sie; sie meint Isaac.

»Gerne.« Isaac tritt näher an die Trage heran und lächelt. Auf einmal bin ich richtig stolz darauf, ihn zu meinen Freunden zählen zu können. Er war fantastisch. Madame Beaumont mustert ihn von oben bis unten, so gut es geht, und wirft ihm einen leicht abschätzigen Blick zu. Auch diesen Zug liebe ich an ihr – es ist, als müsste er sich erst noch vor ihr beweisen. Cecil steht direkt neben der Trage und hechelt geräuschvoll.

»Okay, *allez*«, sagt der Sanitäter und schiebt die Trage zum Krankenwagen.

Henri ist zum Gatter gekommen. Er schnaubt und stampft mit den Hufen. Dampfwölkchen steigen von seinen geblähten Nüstern auf, während er den Kopf über das Tor streckt und ihn auf und ab bewegt.

»Arrêtez!«, befiehlt Madame Beaumont und hebt mühsam die Hand, um die Sanitäter zu stoppen. Sie kann wegen der Schmerzen in ihrer linken Seite kaum noch die Augen offenhalten.

»Henri«, flüstert sie.

»Es geht ihm gut, ich werde mich um ihn kümmern«, bekräftige ich wieder mit deutlich mehr Zuversicht, als ich empfinde. Ich habe mich noch nie in meinem Leben mit einem Pferd befasst. Ich hatte nicht mal Reitunterricht. Ich bin eine Stadtpflanze, kein Mädchen vom Land. »Madame Beaumont, das alles tut mir so leid. Ich werde es wiedergutmachen, versprochen.«

»Ich muss ihn sehen.«

»Sie werden in null Komma nichts wieder zurück sein, Sie werden schon sehen.«

»Aber wenn nicht …«, sie ringt um Atem. »Ich muss mich von ihm verabschieden.« Die glänzenden, kristallähnlichen Tränen in ihren Augen gleichen den Regentropfen an den Weinblättern. Ganz kurz habe ich das Bedürfnis, die alte Dame in den Arm zu nehmen und ihr zu sagen, dass alles gut wird. Doch ich weiß, dass ich dann weinen müsste, und das wiederum würde sie nicht wollen. Sie will, dass ich stark bin und dafür sorge, dass sie jetzt Henri sehen kann.

»S'il vous plaît, Monsieur?«, frage ich den Sanitäter, und er nickt. Falls sie einen Zeitplan haben oder bestimmte Zeitvorgaben einhalten müssen, so spricht niemand davon. Respektvoll halten sie mit ausgestreckten Händen Abstand von der Trage. Sogar Monsieur Lavigne tut es ihnen nach.

»Soll ich?« Isaac zeigt auf Henri. Ich schüttele den Kopf. Das muss ich machen. Ich habe Mist gebaut, daher muss ich mein Bestes versuchen, um es wiedergutzumachen. Heiße Tränen trüben meinen Blick, als ich auf die Weide zugehe. Ich stolpere über den unebenen Untergrund, als würde ich eine fremde Brille tragen. Henri wiehert leise und scharrt mit den Hufen. Er ist aufgewühlt, und seine Brust und die Vorderbeine sind mit weißem Schaum überzogen.

Er steigt und nickt heftig mit dem Kopf, als er wieder herunterkommt. Ich habe Angst, dass er sich selbst verletzen könnte oder jemanden umrennt, wenn ich das Gatter öffne.

»Ganz ruhig, mein Junge!« Ich versuche, ihn zu beruhigen, doch er lässt sich nicht besänftigen. Ich greife nach dem Halfter, aber er wirft den Kopf hin und her, so dass ich ihn nicht festhalten kann.

»Vertraue deinem Instinkt«, höre ich Madame Beaumonts Stimme in meinem Kopf. Auf einmal weiß ich, was ich zu tun habe, so verrückt es sich anhören mag – doch es fühlt sich richtig an. Meine Hände zittern, während das Pferd den Kopf auf und ab bewegt und immer panischer wird. Ich muss schnell handeln, damit Henri sich nicht wehtut. Ich straffe die Schultern, hole tief Luft, wische mir die heißen Tränen ab und löse das Seil vom Torpfosten. Dann stoße ich das Tor mit aller Kraft auf, trete zur Seite und presse die Augen fest zu. Henri wiehert laut, und ich reiße die Augen wieder auf. Das Pferd schiebt sich mit seinen breiten Schultern an mir vorbei, heiß und schweißüberströmt. Ich stolpere rückwärts in die Dornensträucher, die nach meinen Waden greifen.

Atemlos sehe ich, wie alle anderen ein oder zwei Schritte zurückweichen, als das Pferd den Kopf senkt und auf den wartenden Krankenwagen zugaloppiert. Ganz kurz frage ich mich, ob es nicht der pure Wahnsinn war, was ich getan habe. Wird Henri aus dem Tor galoppieren und auf die Straße hinausstürmen? Ihn jetzt zu verlieren wäre furchtbar. Als er auf die Trage zuläuft, streckt Laurence besorgt die Hände aus. Isaac versucht, das Pferd am Halfter zu erwischen, aber es weicht aus und kommt abrupt neben der Trage zum Stehen. Wieder wiehert Henri und senkt den Kopf über Madame Beaumont. Sie streckt ihre schmale Hand aus, unter deren papierdünner Haut sich die dunklen Venen abzeichnen, und berührt tröstend und aufmunternd die weiche rosa Nase. Die kleinen kristallähnlichen Tränen in den Augen der alten Dame lösen sich und rollen die Wangen hinunter. Der heiße Atem des Pferdes steigt in kleinen Wölkchen aus seinen Nüstern auf, und sein ganzer Körper glänzt vor Schweiß. Niemand rührt sich, weder das Pferd noch Madame Beaumont, noch die Zuschauer.

Nach einer Weile tritt Isaac neben mich. Wir sehen uns nicht an. Eine Träne rollt mir übers Gesicht, und ich wische sie rasch mit dem Ärmel fort. Es nützt nichts, denn weitere folgen.

»Au revoir, mon ami, mon cher ami. À la prochaine.«

Henri schiebt seine weiche Nase in ihre Hand.

»Was soll ich bloß machen?«, frage ich Isaac leise.

»Wie meinst du das?«

»Ich wollte nach Hause fahren. Meine Familie braucht mich«, antworte ich.

»Sieht so aus, als würde Madame Beaumont dich im Moment mehr brauchen. Du machst das schon, Goldy.« Er drückt mir kurz die Hand.

Natürlich hat er recht. Dad und Jody kommen schon irgendwie zurecht. Sie sind nicht allein, sie haben einander. Madame Beaumont hat niemanden. Ich muss bleiben.

Der Sanitäter wirft mir einen Blick zu, und ich trete vor und schiebe die Hand unter Henris Halfter. Diesmal wehrt er sich nicht.

»Merci«, sagt Madame Beaumont mit tränennassem Gesicht. Ich beuge mich vor und wische ein paar Tränen fort.

»Natürlich bleibe ich. Ich verspreche Ihnen, dafür zu sorgen, dass nichts und niemand zu Schaden kommen. Ich tue, was ich kann.«

»Das weiß ich«, antwortet sie und sackt in sich zusammen. Ich sehe zu, wie die Trage in den Krankenwagen geschoben wird. Isaac berührt mich kurz am Ellbogen und steigt ebenfalls ein. Er blickt zu mir zurück und winkt kurz. Seine Haare sind ganz lockig von der Feuchtigkeit.

»Danke!«, forme ich unhörbar mit den Lippen.

»Keine Ursache!« Er zuckt mit den Schultern und grinst ein letztes Mal, als sich die Türen des Krankenwagens schließen und das Blaulicht zu flackern beginnt. Rasch fährt der Wagen die Einfahrt hinunter.

Monsieur Lavigne sieht ihm hinterher und wendet sich dann an mich. »Lassen Sie es mich wissen, wenn Sie Unterstützung brauchen. Denn Sie werden meine Hilfe noch benötigen«, sagt er. Sein Mundwinkel zuckt leicht. Dann steigt er in sein Auto und fährt ebenfalls davon.

»Nur über meine Leiche«, sage ich laut, während ich Henri den Hals tätschele und ihn zurück auf seine Weide führe.

»Nur über meine Leiche!«, wiederhole ich, als ich dem Wagen hinterherschaue und energisch die Schultern straffe.

22. Kapitel

»Großartig, das ist großartig«, höre ich Charlie sagen, als ich die Hintertür des *gîte* erreiche und in der Küchentür stehenbleibe.

»Wie bitte?«, sage ich mit gerunzelter Stirn zu Charlies Rücken. Bei dem Gedanken, dass er über Madame Beaumont und Clos Beaumont sprechen könnte, flackert Wut in mir auf.

Charlie fährt herum, und ein strahlendes Lächeln breitet sich auf seinem Gesicht aus. Mein verräterischer Magen schlägt wieder einen Salto.

»Ach, da bist du ja! Großartig. Ich habe dich schon gesucht.« Er strahlt noch mehr. »Ich habe gehört, dass du jetzt doch bleibst.«

Er hält ein fast leeres Weinglas in der Hand. Candy und Nick sitzen am Tisch, auf dem ich eine offene Flasche Wein sehe, und Gloria steht am Herd und rührt in einem großen Topf. Ihr Gesicht ist gerötet, glänzt ein bisschen und wirkt entspannt. Ihr kleiner Ventilator ist nirgendwo zu sehen. Es riecht wunderbar, irgendetwas mit Wein und Kräutern, doch trotz des einladenden Duftes ist mir ein bisschen übel. Ich bin müde und zerkratzt. Nachdem das Blaulicht in Richtung Bordeaux verschwunden war, habe ich Cecil und Henri gefüttert. Henri drehte seinem Futtereimer allerdings den Rücken zu. Danach bin ich mit dem Rad zurückgefahren. Meine Knie zittern wie Wackelpudding, und ich habe starke Kopfschmerzen.

»Wie geht es Madame Beaumont? Schrecklich, das mit ihrem Sturz.« Charlie legt mir den Arm um die Schultern, um mich zu trösten, aber es funktioniert nicht.

»Die Rettungssanitäter glauben, sie hat sich die Hüfte gebrochen. Sie sah ziemlich schlecht aus. Ich dachte, sie würde … Woher weißt du das überhaupt? Dass ich bleibe?«, frage ich verwirrt. Ich weiß es ja selbst noch nicht richtig. Meine Knie fühlen sich wackelig an, und ich greife rasch nach einer Stuhllehne, um nicht umzukippen.

»Komm, setz dich«, fordert Gloria mich auf und rückt einen Stuhl zurecht. Doch ich bewege mich nicht, weil ich nicht weiß, ob ich dazu in der Lage bin. »Isaac hat im Büro angerufen, Candy hat mit ihm gesprochen«, erklärt sie, während sie an den Herd zurückkehrt und mit einem Holzlöffel im Topf rührt. »Er hat uns Bescheid gesagt.«

»Ich habe seine Nummer, für alle Fälle.« Candy kichert affektiert und wedelt mit ihrem Handy.

Natürlich, Isaac und Candy, das ergibt Sinn. Sie windet sich auf ihrem Stuhl und fächelt sich Luft zu, als wollte sie ein Erröten vermeiden.

»Sieht so aus, als wärst du nicht die Einzige hier, die einen Verehrer hat«, flüstert sie mir zu und nickt wissend in Charlies Richtung. Er trinkt gerade seinen Wein aus und sieht aus, als wollte er gleich aufbrechen. Meine Wangen brennen vor Verlegenheit bei dem Gedanken an den Kuss.

»Isaac hat uns erzählt, was du getan hast«, wirft Nick ein und lenkt damit die Aufmerksamkeit auf sich.

»Was ich getan habe?« Mein Gesicht glüht immer noch.

»Dass du zum Weingut zurückgefahren bist, die Glastür eingeschlagen und Madame Beaumont gefunden hast«, fährt er fort.

»Oh …« Erst jetzt wird mir alles so richtig bewusst. Mein Gott! Was, wenn ich nicht zurückgefahren wäre? Ich darf gar nicht daran denken.

»Ja«, sagt Candy, deren Miene sich auf einmal verändert. Ob sie wohl gleich eine sarkastische Bemerkung machen wird? Doch dann sagt sie: »Respekt! Ich käme nicht auf die Idee, irgendwo ein Fenster einzuschlagen und einzubrechen, nur weil sich ein tauber Hund und ein blindes Pferd seltsam benehmen.« Sie betrachtet ihre Fingernägel. Vermutlich ist das das größte Kompliment, das ich von Candy erwarten kann.

»Setz dich, Liebes, komm«, sagt Gloria und legt mir eine leichte Decke, die sie vom Sofa geholt hat, um die Schultern. Mir ist kalt, und ich zittere. Auf einmal wird mir die Brust eng, und mir ist zum Heulen zumute. Das Gästehaus fühlt sich auf einmal ganz anders an, nämlich einladend und warm. Bisher sind alle abends gekommen und gegangen und haben im günstigen und fröhlichen Papillon gegessen. Doch heute Abend fühlt es sich an wie ein Zuhause.

»Es gibt Coq au Vin. Ich hab seit einer Ewigkeit nicht mehr für andere Leute gekocht.« Gloria lächelt strahlend, und ihre rosigen Wangen sehen aus wie kleine, glänzende rote Äpfel. Ich weiß nicht, ob es am Kochen oder an dem Glas Rotwein liegt, das neben dem Herd steht, aber sie wirkt richtig glücklich. »Ich dachte, du magst vielleicht etwas essen, wenn du kommst.« Sie legt ein Platz-Set vor mich.

»Ich kann nicht bleiben.« Charlie schaut auf sein Handy. »Aber ich habe noch eine andere gute Neuigkeit. Selina von Morgan's Supermarkets hat ihre Firmenleitung überredet, einen Wettbewerb für die örtlichen Winzer auszurichten. Der Wein, der die Goldmedaille gewinnt, wird in sämtlichen Supermärkten ins Sortiment aufgenommen. Der Wettbewerb findet nach der Ernte im Château statt. Alle Winzer sind eingeladen, eine Probe von ihrem diesjährigen Wein vorzustellen. Madame Beaumonts Wein ist natürlich schon nominiert. Falls er gewinnt, wäre das der große Wurf. Damit würde Featherstone's Wines sich Ansehen und Bekanntheit verschaffen. Alle bekämen einen Bonus«, strahlt er. »Dieser Wein könnte unser Aushängeschild werden.«

»Juhu!«, jubeln Nick und Candy und klatschen Beifall. Gloria strahlt.

Charlie legt wieder den Arm um mich und sagt leise: »Ich bin sehr froh, dass du bleibst, Emmy. Aus vielen Gründen.« Mir fällt auf, dass mein Magen keinen Salto mehr schlägt. Wo war er, als ich versucht habe, ihn anzurufen? Warum ist er nicht ans Telefon gegangen? Allmählich glaube ich, dass Charlie sich nur für Charlie interessiert. Je mehr ich darüber nachdenke, desto klarer wird mir, dass er gar nicht über seinen Vater und dessen Krankheit spricht. Charlies einziges Interesse scheint sich darauf zu konzentrieren, seinem Vater zu beweisen, dass er aus Featherstone's ein größeres und besseres Unternehmen machen kann.

»Wir reden bald mal wieder, ja? Falls du irgendwas brauchst, musst du es nur sagen, okay? Egal was. Gut gemacht, Emmy. Wir brauchen Teamplayer wie dich. Deshalb habe ich Isaac hergeholt, um einen Wein zu finden, den wir zu unserem eigenen machen und im großen Stil verkaufen können. Sieht so aus, als hättest du das jetzt erreicht. Ihr beide, Isaac und du, werdet in dieser Sache eng zusammenarbeiten.«

»Passen Sie auf sie auf, Gloria.« Charlie küsst mich auf beide Wangen und sagt: »Vergiss nicht, ruf mich an, wenn du Hilfe brauchst.«

Ich hätte am liebsten geschrien, dass ich auf jeden Fall Hilfe brauche! Ich habe keine Ahnung, was zu tun ist. Doch ich bin einfach zu erschöpft.

Seine Küsse fühlen sich feucht und kühl an. Ich spüre, wie sich in meinem Körper und meinem Kopf etwas verändert. Meine Loyalität verlagert sich, und davon wird mir ganz schwindelig. Ich tue das nicht für Charlie oder Featherstone's Wines und auch nicht, um Teamleiterin zu werden. Wenn der Wein gewinnt, könnte dieser Bonus unser Haus und meine Familie retten. Ich tue es für sie und auch für Madame Beaumont. Ich muss den Schaden wiedergutmachen, den ich angerichtet habe. Ich muss versuchen, zu gewinnen.

Ich schaue Gloria an, die wieder auf den Stuhl deutet, und dann steht Nick auf, um mich hinzuführen. Er stellt ein Glas vor mich und füllt es mit Rotwein, während Gloria mir einen Teller mit dampfendem Coq au Vin bringt.

»Danke«, sage ich leise. Es ist vollkommen ungewohnt für mich, dass andere etwas für mich tun, doch ich bin zu müde, um mich zu wehren.

»Da wir gerade von Isaac sprechen …«

»Tun wir nicht«, fällt Nick Candy verärgert ins Wort. Candy schnaubt missbilligend. Das sieht Nick und Candy gar nicht ähnlich, und ich frage mich auf einmal, ob Isaacs Anruf nicht vielleicht Sand ins Getriebe dieser Freundschaft gestreut hat. Wenn man es überhaupt so nennen kann. Aus meiner Sicht besteht in dieser Beziehung vielleicht ein klitzekleines Ungleichgewicht.

Ich nehme meine Gabel und fange an zu essen.

»Danke für alles.«

Ich stehe allerdings bald auf, nehme meinen Teller und entschuldige mich, weil ich nicht alles aufgegessen habe.

»Komm, Liebes, lass mich das machen. Warum gehst du nicht früh ins Bett?«, sagt Gloria.

»Ich will noch warten, bis Isaac sich meldet«, erwidere ich. Candy wirft mir einen gereizten Blick zu. »Ich muss wissen, wie es Madame Beaumont geht.«

Candys Telefon erwacht mit einem Piepsen zum Leben: eine SMS.

»Von Isaac. Er schreibt, dass Madame Beaumont okay ist,

streitlustig wie immer. *Sanitäter hatten recht. Sie hat sich wohl bei ihrem Sturz die Hüfte gebrochen*«, liest sie vor. Ich werde von Gewissensbissen überfallen. Sie ist nur gestürzt, weil sie so sauer auf mich war, die Tür zugeknallt und die Vorhänge zugezogen hat. »Aber anscheinend geht es ihr nicht allzu gut. *Sie liegt auf der Intensivstation und wird überwacht*«, liest Candy weiter.

Ich fühle mich vor Sorge und Schuldgefühlen regelrecht krank. »Das ist alles meine Schuld.« Plötzlich breche ich in Tränen aus.

Nachdem Gloria mir Taschentücher gebracht und Nick mir Wein nachgeschenkt hat, fühle ich mich ein bisschen besser. Beide nehmen mich in den Arm.

»Wie wäre es jetzt mit einem heißen Bad? Und dann gehst du früh ins Bett.« Gloria legt mir die Hand auf die Schulter.

»Eigentlich wollte ich nur ein paar Sachen packen und nach Clos Beaumont zurückfahren. Ich will nicht zu lange wegbleiben«, erkläre ich.

»Heißt das, ich bekomme mein Zimmer zurück?«

»Candy!«, rufen Gloria und Nick gleichzeitig.

»Was denn?« Sie zieht die Schultern hoch. »Ich mein ja bloß.« Aber um ehrlich zu sein, ist sie nicht die Einzige, die erleichtert ist, dass wir uns das Zimmer nicht mehr teilen müssen.

»Wenigstens werden wir dann wissen, wer von euch immer schnarcht«, meint Nick in einem Versuch, die Stimmung aufzuhellen, und lacht. Candy sieht entsetzt aus.

Zwar ist der Gedanke verlockend, dass ich nicht mehr mit Candy in einem Zimmer schlafen werde, allerdings habe ich keine Ahnung, wo ich auf Clos Beaumont schlafen soll. Doch ich muss allein schon wegen Cecil und Henri zurück; außerdem muss ich sicherstellen, dass sich niemand den Weinstöcken nähert. Steif erhebe ich mich von meinem Platz in der warmen, gemütlichen Küche und gehe nach oben, um ein paar Sachen zusammenzupacken, die ich auf dem Fahrrad transportieren kann. Meine Hosenanzüge und die Pumps lasse ich hier – ich glaube nicht, dass ich sie im Weinberg brauchen werde. Dann gehe ich nach unten, um mich zu verabschieden.

»Bist du sicher, dass du klarkommst?«, fragt Gloria besorgt.

»Du könntest auf Isaac warten, damit er dich hinfahren kann«, schlägt Nick vor.

Ich schüttele den Kopf. »Er hat mir schon genug geholfen.« Und ich bin sicher, dass es Dinge gibt, die er viel lieber tun würde. Ich schaue Candy an und hole tief Luft.

»Candy, nur damit du Bescheid weißt: Ich bleibe erst mal bei Featherstone's, aber nur so lange, bis es Madame Beaumont wieder so gut geht, dass sie nach Hause kommen kann. Ich helfe ihr bei der Traubenlese. Ich bin nicht auf den Teamleiter-Job aus. Du wirst das großartig machen … ehrlich.«

Candy schweigt, doch als ich mich zum Gehen wende, sagt sie: »Es tut mir leid, dass ich so rumgezickt habe. Ich weiß nicht, warum ich das tue, ich weiß es wirklich nicht. Und wegen der Sammlung, vergiss sie einfach, ja? Dean und ich sind sowieso kein Paar mehr. Ich werde einfach sagen, dass ich das Geld für eine Nacht in einem Hotel verpulvert habe, falls jemand fragt. Mit Callboys und so! Und die Wette? Die kannst du auch vergessen. War eine blöde Idee. Okay?«

Das lässt meine Tränen erneut fließen. »Danke, Candy!« Ich putze mir die Nase und zerreiße dabei das Papiertaschentuch.

»Schade«, kommentiert Nick. »Ich habe mich schon darauf gefreut, dich nackt in der Stadt rumlaufen und den Kindern Bonbons zuwerfen zu sehen!«

»Ich wünschte, ich könnte mehr sein wie du, Candy, aber das werde ich vermutlich nie schaffen. Du bist eine spitzenmäßige Verkäuferin. Und ich, na ja, ich eben nicht. Ich will bloß meinen alten Job behalten, das ist alles. Und diese Weinprämierung für Madame Beaumont gewinnen.«

Plötzlich wirft sie die Arme um mich und umarmt mich fest. »Du bist ein wunderbarer Mensch.« Erstaunt schaue ich zu Nick und Gloria. Gloria lächelt. Nick hat offensichtlich feuchte Augen und blickt schnell zur Seite.

»Wir helfen dir mit deinen Sachen«, sagt Nick und nimmt meine Tasche.

Die drei begleiten mich nach draußen und winken mir nach, als ich schwankend die Straße entlangrolle. Meine Taschen schaukeln an den Fahrradgriffen und schlagen gegen das Vorderrad. Im schwächer werdenden Licht steuere ich auf Clos Beaumont zu. Die Sonne steht als großer orangefarbener Ball am Horizont.

Als ich angekommen bin, schreibe ich eine Nachricht an Layla: *Bin jetzt verantwortlich für sechs Schafe, einen Hund, eine Katze, ein Pferd und einen Weinberg!* Dann rufe ich Dad an, um ihm mitzuteilen, dass ich nun doch länger hierbleibe. Doch Jody geht ans Telefon, denn Dad ist wieder nicht zu Hause.

»Wir kommen zurecht, mach dir keine Gedanken!«, sagt Jody. »Gib dein Bestes, ich weiß, dass du es schaffen wirst.«

Ich erzähle ihr, was passiert ist, und dann schalte ich mein Handy aus. Ich halte es nachdenklich an die Lippen und betrachte den Weinberg. Plötzlich überfällt mich das überwältigende Bedürfnis, die Weinstöcke, Clos Beaumont und Madame Beaumont zu beschützen. Diese Verlagerung meiner Loyalitäten scheint auch meine inneren Organe durcheinander gebracht zu haben. Sie versuchen gerade, ihre richtigen Plätze wiederzufinden. Ich muss das tun – ich muss den Wein herstellen und den Versuch unternehmen, die Auszeichnung zu gewinnen. »Ich habe sonst niemanden« – diese Worte kommen mir immer wieder in den Sinn. Es führt kein Weg zurück.

»Ich lasse nicht zu, dass ihnen etwas zustößt«, sage ich laut. Ich denke an Madame Beaumont, obwohl ich in den Himmel spreche. Ich schwöre, dass ich sie erleichtert aufseufzen höre, wie ein leichtes Raunen des Windes in den Bäumen.

23. Kapitel

Inzwischen ist es fast dunkel. Dennoch muss ich noch das Glas von der Stufe auffegen und etwas finden, um das Loch in der Fensterscheibe notdürftig zu reparieren. Ich nehme schließlich eine Plastiktüte, die ich mit Hilfe eines Holzstücks und ein paar Nägeln befestige.

Ich probiere, ob das Licht wieder funktioniert. Zum Glück ist der vom Gewitter verursachte Stromausfall vorbei. Die Lampen knistern und zischen zuerst, doch dann werfen sie einen schwachen gelben Schein über die Wohnschlafküche. Es ist kalt und dunkel, ganz anders als die warme Küche im *gîte*. Am liebsten wäre ich zurückgefahren, um mich mit einem Glas Wein zu einem gemütlichen Gespräch mit den anderen niederzulassen. Doch ich weiß, dass das nicht geht – ich muss hierbleiben.

Ich sehe mich um. Eines Tages werde ich irgendwo leben, wo alles funktioniert. In einer neuen Wohnung, klein und zweckmäßig geschnitten, nur für mich. Es wird keine zugigen Räume und knarrenden Dielen geben. Dafür fließendes heißes Wasser und Zentralheizung.

Eins nach dem anderen! Ich öffne den Ofen und knülle Papier zusammen. Dann gehe ich nach draußen zum Holzstapel. Der Stapel ist genauso unordentlich wie der Rest – überall liegen große Holzscheite herum.

Henri steht immer noch mit der Kehrseite zum Gatter und hat seinem Futtereimer den Rücken zugewendet. Ich gehe zu ihm und tätschele ihm die Hinterhand. Er zuckt zusammen, woraufhin ich mich ebenfalls erschrecke.

»Alles wird gut, Henri, sie kommt bald wieder nach Hause«, versuche ich ihn zu trösten, doch er hört mir nicht zu. *»Ne t'inquiète pas«*, füge ich hinzu, weil er wahrscheinlich kein Englisch versteht. Ich gelobe, in Zukunft mehr Französisch zu sprechen.

Nachdem ich im Haus das Feuer angezündet und kräftig nachgelegt habe, fühle ich mich ein bisschen besser. Ich nehme mir vor, das Holz zu hacken und sauber zu stapeln, bevor Madame Beaumont nach Hause zurückkehrt. Ich ziehe mir einen Sessel vors Feuer und rolle meinen Kapuzenpulli zu einem Kissen zusammen. Draußen ist es mittlerweile vollkommen dunkel geworden. Ich betrachte die Tür, die zum Rest des Hauses führt. Ich habe keine Ahnung, was dahinterliegt. Ich stehe auf, gehe darauf zu und betätige langsam die Türklinke. Quietschend geht die Tür auf. Spinnweben werden gedehnt und zerreißen. Es ist viel zu dunkel, um etwas zu sehen. Rasch mache ich die Tür wieder zu.

Vielleicht sollte ich einfach direkt schlafen gehen. Ich lege mich in Madame Beaumonts schmales Bett. Obwohl die Matratze dünn und hart ist, hat sich eine Mulde in Form ihres schmalen Körpers gebildet. Es fühlt sich nicht richtig an, dass ich hier liege. Wenn ich mich zu schnell umdrehe, könnte ich hinausfallen. Ich überlege, ob es auf dem Boden vielleicht bequemer wäre.

Ich schließe die Augen, doch ich spüre bald, dass ich trotz meiner Müdigkeit so schnell keinen Schlaf finden werde. Seufzend öffne ich die Augen wieder, stehe auf und mache mich auf die Suche nach einer Flasche Wein. Im Schrank unter der Spüle werde ich schließlich fündig. Ich ziehe den Korken heraus, rieche daran, wie Madame Beaumont es mir beigebracht hat, und schenke ein bisschen in ein kleines Glas. Dann schnuppere ich, halte das Glas gegen das schwache Licht und betrachte den Inhalt. Obwohl ich allein bin, erscheint es mir wichtig, diese Rituale zu befolgen. Und schließlich trinke ich. Der Wein ist gut, richtig gut. Doch Isaac hat recht: Es gibt etwas, was ihn von den anderen Bordeauxweinen unterscheidet, die Isaac uns zum Kosten gegeben hat. Ich lasse den Wein meine Zunge umspülen, bevor ich schlucke. Was ist es? Woran erinnert mich dieser Geschmack? Während ich trinke, wandere ich in dem großen Raum umher. Ein Lufthauch zieht unter den Glastüren herein, und die Plastiktüte im Fensterrahmen raschelt, als wäre dort jemand.

Ich betrachte die schmucklosen Resopalregale und den spärlich bestückten Geschirrschrank. Neben dem Ofen sind Zeitungen gestapelt, und auf einem Sideboard stehen Keramikschüsseln zwischen allerhand Gerümpel. Dafür, dass sie so eine stolze Frau ist, herrscht ein ganz schönes Durcheinander. Anscheinend hat Madame Beaumont noch nie etwas weggeworfen.

Ich setze mich wieder auf das Bett und schalte die kleine Lampe an. Sie zischt und spuckt wie die anderen Lampen. Ich wünschte, ich hätte mein Featherstone-Skript mitgebracht – davon schlafe ich immer sofort ein. Das wird eine lange Nacht. Jetzt weiß ich, wie mein Vater sich fühlt, der nachts meistens wach ist und tagsüber in seinem Sessel wegdöst.

Ich betrachte den Nachttisch neben dem Bett. Es stehen einige Fotos darauf, und ich fühle mich, als würde ich in Madame Beaumonts Privatsphäre eindringen. Dennoch muss ich die Bilder ansehen, ich kann nicht anders. Es handelt sich um Schwarz-Weiß-Aufnahmen, und ich vermute, dass sie Madame Beaumonts Eltern zeigen.

Ich will einen kleinen Silberrahmen von dem überfüllten Tischchen nehmen. Auf dem Foto ist ein Mann in Uniform zu sehen. Als ich nach dem Rahmen greife, fällt etwas zu Boden. Ich bücke mich danach. Es ist eine Erkennungsmarke – eine ovale silberne Plakette mit fünf Eichenblättern, die außen in Form eines Kranzes angebracht sind, der unten mit zwei Eicheln abschließt, und einem Adler mit gefalteten Flügeln in der Mitte. Ich atme scharf ein, als ich begreife, dass es die Marke ihres Vaters sei muss. Vorsichtig stelle ich das Bild mit der Marke an den Platz auf dem Tischchen zurück. Es fühlt sich an, als hätte ich mir die Finger verbrannt. Ich rücke das Foto zurecht und hoffe, dass Madame Beaumont nichts bemerkt.

Ich schnappe mir einen weiteren Sessel und schiebe ihn vors Feuer. Dann klettere ich in mein behelfsmäßiges Bett, lege die Füße auf den zweiten Sessel und decke mich mit der dünnen Daunendecke von Madame Beaumonts Bett zu. Ich trinke noch etwas Wein. Morgen muss ich mir auf jeden Fall einen anderen Schlafplatz suchen.

Die Lampe neben dem Bett lasse ich an. Ich denke an Madame Beaumont, die warm und sicher in ihrem Krankenhausbett liegt. Ich denke an meinen Vater und an meine Schwester, die ich so lange nicht mehr gesehen habe. Dass sie jetzt bei meinem Vater ist, tröstet mich ein bisschen. Dann denke ich mit einem Lächeln an Isaac, der mich heute vollkommen überrascht hat. Meine Gedanken wandern zu Isaac und Candy, und ich seufze. Es war unvermeidbar. Ich vermute, dass Candy vom ersten Tag an ein Auge auf ihn geworfen hat. Und was Candy will, das bekommt Candy normalerweise auch. Wie ihr Dean schon sagte, sie kann sogar Sand an Eskimos verkaufen!

Es raschelt wieder an der Tür, aber diesmal ignoriere ich es einfach.

»Pssst«, zischt der Wind durch die Plastiktüte.

»Psssst.«

Das ist nicht der Wind. Meine Augen fliegen auf. Der Schrei bleibt mir in der Kehle stecken, als ich bemerke, dass die Tür weit geöffnet ist und jemand im Türrahmen steht.

»Ich dachte, du willst vielleicht gerne wissen, wie es ihr geht«, sagt Isaac. Mein Magen benimmt sich wie auf einer Fahrt mit der Achterbahn. Ich nicke mit offenem Mund. Die Decke habe ich bis zum Kinn hinaufgezogen. »Und ich wollte mich um die Terrassentür kümmern.« Er schwenkt einen Hammer und ein Holzbrett. »Aber wie ich sehe, hast du schon eine provisorische Lösung gefunden.«

»Die Tür muss morgen richtig repariert werden«, antworte ich mit trockenem Mund.

Isaac lässt den Hammer sinken. »Hast du geschlafen? Habe ich dich erschreckt?« Er wirkt besorgt.

»Nein.« Ich schüttele den Kopf und schenke ihm ein warmes Lächeln. »Möchtest du was trinken?« Das ist das Mindeste, was ich tun kann, um ihm zu danken. Ich springe auf und hole ein Glas.

Ich schenke mir selbst auch nach und kehre mit der Flasche zum Feuer zurück. Eine Weile sitzen wir schweigend vor den schwach flackernden Flammen und hängen unseren Gedanken nach.

»Ich dachte, sie stirbt«, flüstere ich schließlich mit zugeschnürter Kehle. Dieser Gedanke hat mich den ganzen Abend nicht losgelassen.

»Ich auch«, erwidert er. Keine Spur von seinen üblichen Frotzeleien.

»Wie ging es ihr, als du aufgebrochen bist?«, will ich wissen.

»Na ja, sie ist noch nicht über den Berg. Möglicherweise hat sie eine Lungenentzündung, weil sie so lange in der Kälte auf dem Boden gelegen hat. Sie war blass und müde, aber sie hat mir unmissverständlich klargemacht, dass ich dir ausrichten soll, du sollst dir keine Sorgen machen. Du sollst gut auf dich aufpassen und nicht vergessen, an dich selbst zu glauben. Und du sollst dich auf deinen Instinkt verlassen, auch wenn es um die Einschätzung von Menschen geht.«

Mein Gesicht inklusive der Ohren wird heiß. Rasch verstecke ich mich hinter meinen Haaren. Wenn ich es nicht besser wüsste, würde ich sagen, dass Isaac ebenfalls rot geworden ist.

»Sie haben es ihr so bequem wie möglich gemacht und behalten sie ständig im Auge. Die Schwester, mit der ich gesprochen habe, meinte, dass sie in ihrem Alter sicher zur Reha muss, wenn ihre Hüfte verheilt ist. Damit sie wieder richtig fit wird.« Meine Gedanken wandern zu Isaac und der Krankenschwester. Ob er wieder seinen Charme spielen lassen hat?

»Ach, ich habe ihr meinen iPod dagelassen, falls sie ein bisschen Musik hören will«, sagt er mit einem Schulterzucken.

»Du hast was? Aber du hörst doch selbst immer Musik, wenn du im Labor bist«, sage ich erstaunt. Ich habe ihn gesehen, wie er mit Ohrstöpseln im Ohr Probierfläschchen hochhielt, probierte und sich Notizen machte. Eigentlich hat er seine Kopfhörer fast ständig auf. »Ich habe ja mein Handy«, sagt er und schwenkt es hin und her. »Den iPod brauche ich eigentlich nicht.« Ich starre ihn an, immer noch überrascht von dieser freundlichen Geste. Allerdings weiß ich nicht, ob Madame Beaumont dieses Opfer auch richtig zu schätzen weiß.

»Ich dachte, sie könnte sich vielleicht langweilen«, fügt er hinzu. Sein Blick sagt, dass er selbst keine Ahnung hat, warum er ihr das Gerät überlassen hat. Wir müssen beide lachen.

»Sie hat ›Pah!‹ gemacht.« Er ahmt Madame Beaumont nach. »Ich habe einen Sender mit klassischer Musik eingestellt. Aber sie hat gemeint, wenn sie Musik hören wolle, gehe sie in die Kirche.« Wieder lachen wir miteinander – es fühlt sich gut an. Er zuckt mit den Schultern und nimmt einen Schluck Wein. »Ich habe ihr den iPod trotzdem dagelassen.«

Er grinst und trinkt wieder. »Sie sagt, du hast einen guten Geschmackssinn, du musst nur daran glauben.«

Verlegen trinke ich einen großen Schluck Wein.

»Sie ist eine weise Frau.« Isaac starrt in die Flammen.

»Ach, wirklich?« Ich ziehe eine Augenbraue hoch, und er weiß, was ich meine. Diesmal hat er wenigstens den Anstand, verlegen auszusehen.

»Hör mal, es tut mir leid, wirklich. Ich habe einfach nur die Klappe aufgerissen. Du hast hier offensichtlich gute Arbeit geleistet, genauso wie bei Featherstone's. Du arbeitest härter als die anderen. Du gehst super mit den Kunden um, und du hast eine … einzigartige Art, die Weine zu beschreiben. Aber du liegst genau richtig damit. Nicht wie Nick – er glaubt, er muss das ganze Handbuch verschlingen – oder wie Candy, die ihren Text perfekt auswendig lernt, aber nicht den richtigen Gaumen für Wein hat. Und Gloria … Gloria liebt es einfach, hier zu sein.«

»Du hättest sie heute Abend sehen sollen, sie hat sich in der Küche des Gästehauses richtig zu Hause gefühlt. Sie hat gekocht und sich um uns alle gekümmert. Als wäre sie hier geboren, eine französische *maman*«, erzähle ich. Wir lachen beide ein bisschen und schauen in unsere Weingläser.

»Ich meine das ernst.« Er sieht mich an. »Es tut mir leid. Du hast nicht verdient, was ich gesagt habe.«

Mit einem Nicken nehme ich seine Entschuldigung an, aber ich glaube ihm nicht so recht.

»Und, was ist mit Candy und dir?«, platze ich heraus, weil ich unbedingt von mir ablenken will.

»Wie bitte?«

»Oh, ich meine, tut mir leid, wenn es ein Geheimnis ist … Ähm, wenn es nicht … Ach, Scheiße!«

Er wirft den Kopf zurück und lacht – sehr zu meiner Erleichterung.

»Candy? Sie ist ein süßes Mädchen, und eines Tages wird sie jemanden sehr glücklich machen.«

»Tut mir leid, ich dachte, du und sie …«

Er zuckt mit den Schultern und trinkt einen Schluck.

»Sie ist lustig. Aber ich bin nicht auf etwas Ernsthaftes aus. Candy will einen dicken fetten Verlobungsring und eine große Hochzeit, aber dafür bin ich nicht der Richtige. Ich will keine feste Bindung eingehen.« Er sieht mir direkt in die Augen. Irgendetwas in seinem Blick sagt mir etwas anderes, und ich bekomme schon wieder das Gefühl, dass meine Eingeweide sich seltsam benehmen. Es muss am Wein liegen. Rasch trinke ich noch einen Schluck. Was auch immer es war, es hat sich seltsam angefühlt … Schön, aber seltsam.

»Und du? Wie stehen die Dinge mit Charlie?«

»Super!«, antworte ich, ohne nachzudenken. Sofort wünsche ich mir, ich hätte das nicht gesagt.

»Dann wartet also niemand zu Hause auf dich?« Als er aufsteht und sich zu mir beugt, um mein Glas zu füllen, beginnt mein Herz zu rasen. Dann setzt er sich wieder hin, schenkt sich selbst ebenfalls Wein nach und stellt die Flasche neben den Ofen.

Ich hätte eigentlich ablehnen sollen, doch vielleicht ist das meine einzige Chance, in dieser Nacht überhaupt Schlaf zu finden, wenn mein Magen nicht bald aufhört, sich wie ein Kind am Heiligabend aufzuführen. Um den Aufruhr in meinem Inneren zu dämpfen, gehe ich in die Küche und nehme ein bisschen Käse und Pastete aus dem Korb, den Gloria für mich gepackt hat. Ich arrangiere die Sachen zusammen mit etwas Brot auf einen Teller und stelle ihn zwischen uns.

»Super! Ich sterbe vor Hunger«, sagt Isaac, schneidet sich ein bisschen Pastete ab, gibt sie auf ein Stück Brot und beißt herzhaft zu. Ich muss unwillkürlich schmunzeln. »Also?« So leicht komme ich wohl nicht davon.

»Es hat mal jemanden gegeben. Wir sind zusammen in die Schule gegangen.« Ich lache. Der Wein löst mir die Zunge. »Das ist lange her. Aber unser gemeinsames Leben war schon geplant. Ich wollte Krankenschwester werden, und er arbeitete im Call-Center. Wir haben schon alles vor uns gesehen. Unser Auto, unser Haus, die Urlaube. Dann ist meine Mutter gestorben, und danach lief nichts mehr nach Plan.«

»Wann tut es das schon mal?«

»Ich bin nach Hause zurückgekehrt, um mich um meine Schwester und meinen Vater zu kümmern. Dad hat aufgehört zu arbeiten, und Kevin hat mir einen Job im Call-Center besorgt. Doch als die Zeit verging und andere sich verlobten, heirateten und Kinder bekamen, wurde er immer frustrierter. Er wollte, dass ich zu Hause ausziehe und mir mit ihm eine Wohnung suche. Aber ich konnte Dad und Jody nicht alleinlassen. Und unser Leben war nicht besonders romantisch: Dad saß ständig vor dem Fernseher und schaute Wiederholungen von Sitcoms, und meine Schwester machte jeden Abend am Küchentisch ihre Hausaufgaben.«

»Und dann?«

»Dann haben wir uns getrennt. Er hat eine andere Mitarbeiterin im Call-Center kennengelernt. Sie haben sich verlobt. Ich wurde gebeten, mich um die Geldsammlung zu kümmern und Kuchen und Sekt zu kaufen. Sie heirateten, kauften ein Haus, bekamen Kinder. Er bekam alles, was er gewollt hatte. Er suchte sich eine neue Stelle, sie folgte ihm.«

»Und du, was wolltest du?«

»Ich wollte nur … Es hört sich albern an …«

»Sprich weiter.«

»Ich wollte nur, dass meine Schwester ihren Schulabschluss besteht und mein Dad nicht mehr so traurig ist. Ich wollte einfach nur die Chance haben, ein normales Leben zu führen – wie alle anderen.«

»Sei du selbst, alle anderen gibt es schon.« Isaac schenkt mir das für ihn so typische coole Lächeln, dann steckt er sich ein Stück Brot in den Mund. »Oscar Wilde«, sagt er zu meiner Überraschung und nimmt sich noch ein Stück Brot. Das ist eine Seite an Isaac, die ich bisher noch nicht kennengelernt habe. Einen Moment lang schweigen wir beide und betrachten die Flammen, die munter im Ofen flackern.

»Könnt ihr das Haus nicht verkaufen?«

Ich trinke einen großen Schluck Wein und schüttele den Kopf.

»Das würde mein Vater niemals tun. Solange er im Haus wohnt, ist die Erinnerung an meine Mutter immer präsent. Wir sind eine Familie.« Ich schlucke heftig und denke an ihre Tasse in der Küche und ihren Morgenmantel an der Schlafzimmertür. »Es würde ihn umbringen.« Ich nehme mir ein Stück Käse. »Und was ist mit dir?«

Als er sein Glas an die Lippen hebt, sehe ich den abgenutzten Siegelring an seinem rechten Zeigefinger.

»Kein Ehering?«

Er schüttelt den Kopf.

»Ich war mal kurz davor, damals in Kalifornien.« Der Wein sorgt eindeutig dafür, dass wir die Wahrheit aussprechen. »Doch als ich die Chance bekam, eine Ausbildung zum Kellermeister zu machen, musste ich fortgehen, um Erfahrungen zu sammeln. Danach bin ich ständig weitergezogen und habe entdeckt, dass mir das besser gefällt.« Er grinst. »Neue Stadt, keine Verpflichtungen, und ich kann jederzeit weiterziehen. Seit Mum und Dad nicht mehr leben, hält mich nichts mehr an einem festen Ort.«

»Willst du das nicht wiederhaben? Ich kann mir nicht vorstellen, mein Zuhause zu verlassen. Es ist das, was mich ausmacht.«

»Nicht der Ort, wo man herkommt, macht einen zu dem,

der man ist, sondern der Weg, den man in Zukunft geht«, erwidert er.

»Was, wenn du nicht weißt, wohin du gehst?«, entgegne ich leise und schaue ihn an. Er hält meinen Blick fest, als verstünde er genau, was ich meine. Wir versinken in gedankenverlorenem Schweigen, während wir unseren Wein austrinken.

»So«, sagt er schließlich und steht auf, »du nimmst das Bett, ich den Sessel.«

»Wie bitte?«

»Ich lasse dich heute Abend nicht allein«, antwortet er. »Du kannst mich gerne altmodisch nennen, aber mein Vater hätte mir sonst die Leviten gelesen.«

Ich muss schmunzeln. Ich bin zu müde und ein bisschen zu beschwipst, um mit ihm zu diskutieren.

»Weißt du was, du kannst das Bett haben. Ich bin mit dem Sessel ganz zufrieden.«

»Sicher?«

»Sicher.«

»Hör mal, Emmy, ich bin hier, um dir zu helfen – ich bin nicht dein Feind. Wir arbeiten zusammen.«

»Klar.«

»Charlie möchte, dass es funktioniert. Wir müssen versuchen, miteinander klarzukommen.«

Die Erwähnung von Charlie mitsamt seinen Plänen macht mich schlagartig wieder nüchtern. Wir werden keine Freunde, weil wir es wollen, sondern weil Charlie möchte, dass wir zusammenarbeiten. Doch ich werde mich weder von Charlie noch von Isaac dazu überreden lassen, Madame Beaumonts Weinstöcke herauszureißen.

»Ja, natürlich, wir müssen es versuchen«, sage ich. Die glückliche, sanfte Stimmung ist zerplatzt wie ein Luftballon. Er hat recht. Ich brauche ihn.

»Super. Dann lass uns ein Abkommen treffen.«

»Keine Sticheleien mehr?« Ich ziehe eine Augenbraue hoch.

»Ich … versuche es, versprochen. Keine Sticheleien mehr.« Er lacht. »Kein Oberlehrergehabe mehr?«

»Ich bin keine Oberlehrerin!«

Nun zieht er eine Augenbraue hoch.

»Okay, kein Oberlehrergehabe mehr.«

»Du wirst lockerer sein«, fährt er fort, »außer natürlich, wenn es um den Wein geht. Da müssen wir alle Regeln einhalten.«

»Und du wirst weniger cool sein, außer es geht um den Wein. In dem Fall … musst du die Natur ihre Arbeit machen lassen.«

»Und du hörst auf damit, nicht an dich zu glauben.«

»Und du beleidigst niemanden mehr und sagst nicht mehr, dass wir es nicht schaffen?«

»Versprochen.« Er legt die Hand aufs Herz und streckt mir die andere hin. »Offen und ehrlich.«

»Offen und ehrlich.« Doch ich habe die Finger hinter dem Rücken gekreuzt, denn wenn ich jetzt ehrlich wäre, müsste ich ihm sagen, dass ich ihn ziemlich attraktiv finde. Und das muss er nun wirklich nicht wissen. Auf keinen Fall möchte ich eine seiner Eroberungen werden.

Er ist hier, weil Charlie möchte, dass wir uns vertragen. Isaac wird dafür bezahlt, mich bei Laune zu halten, sage ich mir, als ich auf den beiden Sesseln liege und dem leisen Schnarchen lausche, das von Madame Beaumonts Bett hinter mir ertönt. Ich hoffe bei Gott, dass er diesmal seine Hose angelassen hat.

24. Kapitel

Mein Nacken schmerzt unerträglich. Ich versuche, ihn vorsichtig zu strecken, und schlage mühsam die Augen auf.

Isaac kocht Kaffee – zumindest probiert er es.

»Es ist nichts da. Überhaupt nichts. Ist das hier alles an Kaffee?« Er zeigt mir eine Dose, auf deren Boden sich ein paar kümmerliche Reste befinden.

»Wahrscheinlich.« Ich ziehe eine Grimasse, als mir der Schmerz durch Nacken und Schulter schießt. »Madame Beaumont ist sehr genügsam.«

»Wir kaufen später welchen«, sagt er energisch.

»Später?« Wieder mache ich einen Versuch, meinen Nacken zu strecken, und zucke zusammen.

»Auf dem Rückweg vom Krankenhaus. Ich gehe davon aus, dass du sie besuchen möchtest, und du willst sicher nicht die ganze Strecke nach Bordeaux mit dem Fahrrad fahren.«

»Nein, danke«, erwidere ich und reibe mir den Nacken.

»Du musst die Weinlese organisieren. Viele der anderen Winzer haben schon angefangen, und der Rest beginnt heute so richtig. Kontrolliere deine Trauben und mach dir ein Bild. Organisiere die Pflücker und entscheide, wo du anfangen willst. Ich kann die Zuckerqualität drüben im Büro von Featherstone's analysieren.« Er ist schon gut in Form an diesem Morgen.

Ich nicke, bin allerdings noch nicht voll aufnahmefähig.

»Emmy? Hörst du mir zu?«

»Was?«

»Du musst die Ernte einbringen. Unsere Anstellungen hängen davon ab. Ich bin nicht der einzige herumreisende Kellermeister auf der Suche nach dem nächsten Job. Man ist nur so gut wie sein letzter Weinjahrgang, daher würde ein Totalausfall für mich nichts Gutes bedeuten.«

»Ja, klar.« Ich muss die Weinlese organisieren. Ich brauche Erntehelfer. Wo finde ich die?

In diesem Moment fährt ein Lieferwagen auf den Hof, und ein kleiner Mann mit einem Schnauzbart steigt aus. Seine blaue Latzhose spannt über dem runden Bauch, als er sich aus dem Auto müht. Mit einem Zettel in der Hand marschiert er aufs Haus zu.

»Bonjour!« Er lächelt und nickt.

»Bonjour«, erwidere ich.

Er sieht sich um, als hätte er die Erlaubnis erhalten, Charlies Schokoladenfabrik zu betreten, einen Ort, den seit Jahren niemand mehr von innen gesehen hat.

»La fenêtre?« Er zeigt auf die kaputte Scheibe in der Tür und erklärt, dass ein Monsieur Charlie Featherstone ihn geschickt hat, um das Glas zu ersetzen.

Ich danke ihm und lasse ihn seine Arbeit tun. Ich öffne und schließe die Hand, mit der ich am vergangenen Abend nach dem Steinwurf die Reste des Fensters eingeschlagen habe.

»Ich sehe kurz im Weinkeller von Featherstone's nach dem Rechten, packe ein paar Sachen ein und komme dann wieder«, sagt Isaac.

»Wie bitte? Du musst nicht hier einziehen!« Ich will nicht, dass Isaac jeden meiner Schritte überwacht.

»Das hier darf nicht schiefgehen, Emmy.« Er sieht mir mit ernster Miene tief in die Augen. In mir knistert und zischt es – wie die Lampen, als sie nach dem Stromausfall wieder angingen.

»Das wird es nicht. Du musst nicht hierbleiben, ich komme zurecht. Außerdem wirst du bei Featherstone's gebraucht.«

Ich laufe ins Haus, um mich rasch umzuziehen. Ich schlüpfe in Shorts, ein verwaschenes T-Shirt, Kapuzenpulli, Socken und Stiefel. Dann binde ich mir mit einem Haargummi die Haare zurück, bevor der Glaser von seinem Lieferwagen zurückkommt. Ich weiß, wo er gerade ist, denn er pfeift ständig unmelodisch vor sich hin.

Draußen von der Straße ist ein ständiges Rumpeln und Rattern zu hören. Ich habe noch nie erlebt, dass hier so lebhafter Verkehr herrscht.

»Ich muss die Weinlese organisieren«, murmele ich vor mich hin, während ich die Fensterläden der Wohnschlafküche aufstoße. Efeublätter, Spinnweben und Schnecken fallen herunter. Offensichtlich sind die Läden schon seit sehr langer Zeit nicht mehr geöffnet worden. Ich lasse die Fenster offen stehen, um den Raum richtig durchzulüften. Die Oktobersonne scheint herein. Auch hier ist das ständige Rumpeln der Traktoren zu hören, die Anhänger voller Weintrauben ziehen und wahrscheinlich zum Château bringen oder in die andere Richtung fahren, vielleicht auch zu Isaac, damit aus den Trauben Wein hergestellt werden kann. Ich brauche Unterstützung. Suchend sehe ich mich nach einem Schreibtisch um und hoffe, eine Liste mit Namen von Erntehelfern zu finden, die wir anrufen können. Vielleicht gibt es irgendwo ein Büro.

Isaac hat mir angeboten, mich später zu Madame Beaumont zu fahren. Ich möchte ihr gerne erzählen, dass ich gut organisiert bin und die Ernte im Griff habe.

Der pfeifende Glaser macht sich ans Werk. Lächelnd schwingt er seinen Hammer. Ich muss ebenfalls mit meiner Arbeit beginnen und öffne die Tür zum Nebenzimmer – vielleicht befindet sich dort ein Büro, in dem ich mit der Organisation der Weinlese beginnen kann.

Der Raum ist groß. Eine Wand ist mit einer grünen Prägetapete bedeckt. Zwei nicht zueinander passende Ohrensessel stehen links und rechts des riesigen, schwarzen offenen Kamins. Es gibt zwei große Fenster, deren Holzfensterläden geschlossen sind. Alte Laken bedecken zahlreiche Kisten. Es scheint sich um das Wohnzimmer zu handeln. Ich trete in den Flur und entdecke eine Tür, hinter der sich eine Treppe befindet, die in den Keller führt. Doch dieser Herausforderung werde ich mich an diesem Tag nicht stellen. Das Haus fühlt sich an, als wäre es in Aspik konserviert worden. Anscheinend ist seit Jahren nichts mehr angerührt worden. Ich steige die Treppe hinauf und hoffe, ein Schlafzimmer zu finden, in dem ich in der nächsten Nacht schlafen kann. Ein seltsamer Geruch hängt in der Luft, ein bisschen moderig. Das ganze Haus muss dringend gelüftet werden. Ich öffne das Fenster des vorderen Schlafzimmers, das auf die Straße hinausgeht. Wieder rollt ein Traktor vorüber. Die Daunendecke auf dem Bett ist so ziemlich im gleichen Zustand wie Madame Beaumonts Decke unten. Ich nehme sie und hänge sie zum Lüften über die Fensterbrüstung. Ich muss weitermachen und gehe wieder die Treppe hinunter. Es gibt noch ein Zimmer voller Kisten, aber ich glaube nicht, dass ich dort eine aktuelle Liste mit Erntehelfern finden werde. Also kehre ich ins Wohnzimmer zurück, das eigentlich richtig schön ist, wenn auch ein bisschen altmodisch. Hier ist die Zeit stehengeblieben. Ich streiche mit der Hand über die staubige Tapete und betrachte die Feuerstelle. Auf dem Kaminsims steht eine eckige schwarze Uhr mit einem goldenen Rahmen, doch sie läuft nicht. Nirgendwo ist ein Schreibtisch zu entdecken, auf dem ich hilfreiche Informationen finden könnte. Keine Papierstapel, keine Unterlagen. Irgendwie muss ich herausfinden, wo ich Erntehelfer anheuern kann. Es hilft nichts: Ich brauche Unterstützung direkt von der Quelle.

Am Nachmittag fährt Isaac mich nach Bordeaux zum Krankenhaus. Madame Beaumont wirkt erschöpft und grau und hustet immer wieder. Sie hat eine Sauerstoffmaske vor dem Gesicht. Es ist eine Lungenentzündung, wie die junge Krankenschwester bestätigt. Aber wenigstens scheint Madame Beaumont sich über meinen Besuch zu freuen. Mit kraftloser und zitternder Hand schreibt sie mir die Adresse von Alfonso auf. Er wird eine Gruppe Erntehelfer organisieren, erklärt sie mir. Alfonso ist ein spanischer Zigeuner. Sie kommen jedes Jahr, um in den Weinbergen zu arbeiten. Er wird alles organisieren.

Madame Beaumont ermüdet rasch und nickt immer wieder kurz ein. Es ist erschreckend, sie so schwach zu erleben. Isaac hält sich im Hintergrund, um sie nicht noch mehr zu ermüden.

»Vergiss nicht«, mahnt Madame Beaumont, während sie nach Luft schnappt, »du leitest die Weinlese. Greif nur ein, wenn Mutter Natur deine Hilfe braucht.«

Ich nicke und versuche zu verstehen, was sie meint. »Kann ich Sie anrufen, wenn es nötig ist? Wie ist es mit einem Handy – besitzen Sie eines?«

Madame Beaumont schaut mich an und schafft es, eine Augenbraue hochzuziehen.

Natürlich nicht, denke ich. Mein Mut sinkt. Ein Gong verkündet das Ende der Besuchszeit. Ich stehe auf, und sie hebt den Kopf, damit ich sie auf die Wangen küssen kann. Dabei fällt mein Blick auf Isaacs iPod auf dem Nachttisch. Eine Krankenschwester läuft durch die Zimmer und fordert alle auf, die Station jetzt zu verlassen.

»Warten Sie!« Ich nehme den iPod mit den Kopfhörern vom Nachttisch. »Wenn Sie wollen, können Sie mir eine Nachricht auf mein Handy schicken.« Ich halte den iPod hoch, um ihr zu zeigen, wie sie hineinsprechen muss. »Es ist wie eine

Videobotschaft. Das sollten Sie hinbekommen. Auf die Weise können wir in Kontakt bleiben.«

Ich gebe ihr das Gerät. Sie betrachtet es wie eine Banane kurz nach dem Krieg und als hätte sie keine Ahnung, ob sie sie schälen, essen oder hineinsprechen soll. Doch die Krankenschwester lässt mir keine Zeit mehr zu erklären, wie es funktioniert. Der iPod rutscht neben Madame Beaumont, als sie wieder in den Schlaf gleitet.

Auf der Rückfahrt vom Krankenhaus versichert mir Isaac, dass sie in guten Händen ist. Ich nicke, ich weiß es auch. Es war nur nicht leicht, sie so zu sehen.

»Was hat sie denn zum Thema Weinlese gesagt?«, will er wissen und lenkt mich damit von meinen Sorgen um ihre Gesundheit ab.

»Ich soll daran denken, mich auf Mutter Natur zu verlassen und erst nach Vollmond mit der Lese zu beginnen.«

»Wie bitte? Sie arbeitet biodynamisch? Wow, Mann! Ich meine, ich habe schon darüber gelesen, aber ich habe noch nie auf einem biodynamischen Weingut gearbeitet. Das ist ja ein Ding!«

»Madame Beaumont würde es ›natürlichen‹ Anbau nennen. Arbeiten im Einklang mit dem Rhythmus der Natur.«

Er lacht laut, und seine dunklen glänzenden, unfrisierten Haare fliegen. »Als Nächstes bringst du bestimmt ein Ziegenhorn voll Naturdünger aus und erntest bei Mondlicht oder welche seltsamen Rituale auch immer dazugehören!«

Ich ziehe eine Augenbraue hoch.

»Wie du weißt, kann das Lesen bei Mondlicht oft dazu beitragen, die Temperatur der Trauben niedrig zu halten«, wiederhole ich etwas, das er uns in einem seiner Seminare beigebracht hat.

»Touché!«

Ich sehe ihn von der Seite an, während er sich auf die Straße konzentriert. Als er wieder lacht, muss ich ebenfalls schmunzeln. Irgendwie fällt es mir leichter, mit ihm zu reden und mit ihm auszukommen, wenn er mich nicht ansieht. Dann schaue ich wieder aus dem Fenster. Wir lassen Bordeaux allmählich hinter uns und fahren auf Felder voller Weinstöcke zu.

»Oh, tut mir leid, kein Sticheln mehr!«

»Du hast es versprochen.« Ich werfe ihm einen kurzen Blick zu.

»Stimmt, du hast recht«, erwidert er fröhlich.

Schweigend fahren wir weiter. Die grünen Felder zwischen den Häusern werden größer, und die ersten Weinparzellen tauchen auf.

Ich ziehe den Zettel mit der Adresse, die Madame Beaumont mir aufgeschrieben hat, aus der Tasche.

»Können wir bitte zu dieser Adresse fahren?« Ich lese sie langsam und deutlich vor. »Es ist ein Camp außerhalb der Stadt. Madame Beaumont sagt, Alfonso wird die Erntehelfer für mich auftreiben. Er ist der Mann, der alles in Ordnung bringen wird. Sobald wir Erntehelfer haben, können wir loslegen.« Hoffentlich begreift er jetzt, dass ich die Dinge im Griff habe und alles andere sich von selbst ergeben wird. Ich freue mich, dass ich endlich das Gefühl habe, die Aufgabe lösen zu können.

»Super, dann mal los!« Er tritt das Gaspedal durch, und der warme Wind, der durch die offenen Fenster weht, zerzaust unsere Haare. Isaac dreht das Radio lauter, und ich spüre, wie sich meine Stimmung hebt. Vielleicht kommt doch noch alles in Ordnung, vielleicht … könnte das hier sogar Spaß machen. Ich kann mich nicht erinnern, wann ich mich das letzte Mal so gut amüsiert habe.

Isaac wartet im Wagen. Er hört bei geöffnetem Fenster Radio und hat den Ellbogen auf der Tür aufgestützt. Der Campingplatz ist eher provisorischer Natur. Ein paar junge Mädchen flüstern miteinander, kichern und winken Isaac zu. Ein Junge mit einem Stock jagt einen Hund, oder vielleicht ist es auch umgekehrt.

»Und, alles geregelt?«, fragt Isaac und legt den Gang ein, als ich mit dem Zettel in der Hand wieder in den Wagen steige.

»Nein.«

»Wie bitte? Wo liegt das Problem?«

Ich kann es nicht fassen. Ich habe keine Ahnung, was ich jetzt tun soll. Ich fühle mich, als säße ich in einem Zug, der aus dem Gleis gesprungen ist und einen Berg hinunterrast, immer schneller, völlig außer Kontrolle.

»Sie kommen nicht«, sage ich mit einem Anflug von Panik in der Stimme. Isaac nimmt den Gang wieder heraus, lässt aber den Motor weitertuckern und sieht mich an. Plötzlich habe ich wieder einen Knoten in der Zunge.

»Was meinst du mit ›Sie kommen nicht‹?«

Sämtliche positiven Gefühle und die Begeisterung sind verschwunden und haben Angst Platz gemacht, die mir jetzt die Kehle zuschnürt. Mein Magen zieht sich zusammen.

Ich hole tief Luft. »Es ist das Château Lavigne. Sie haben mehr Geld geboten. Alle Erntehelfer arbeiten jetzt da.«

»Was?« Isaac wirkt genauso zornig, wie ich mich fühle.

»Er hat Madame Beaumont die Pflücker abgezogen!«, rufe ich plötzlich wutentbrannt aus. »Können wir hinfahren? Ich will dem Typ sagen, dass er das nicht tun kann. Das ist grausam!«

Isaac legt den ersten Gang ein und fährt langsam los.

»Das kannst du nicht machen«, sagt er, während wir den Campingplatz verlassen. Alfonso sieht uns hinterher.

»Ich kann! Du wirst schon sehen«, erwidere ich wütend.

»Hör zu, das ist genau das, was er erreichen will. Lass ihn nicht glauben, er hätte gewonnen.« Isaac umrundet die Vororte des Städtchens und schlägt den Weg nach Clos Beaumont ein. »Schlag ihn mit seinen eigenen Waffen!«

»Welchen Waffen?«

»Mit Wein! Du musst diese Weinprämierung gewinnen.«

»Was soll ich bloß machen? Ich habe so viel zu tun! Ich muss überprüfen, ob der Weinkeller fertig ist, die Kisten vorbereiten, Henri füttern und … Ehrlich gesagt, habe ich keine Ahnung, was ich noch alles machen muss!« Plötzlich werde ich von der Ungeheuerlichkeit meiner Aufgabe überwältigt.

»Überlass die Erntehelfer mir. Ich besorge dir welche«, sagt Issac. Ich weiß nicht richtig, ob ich mich jetzt besser fühlen oder noch beunruhigter sein soll.

»Tauch bloß nicht mit Erntemaschinen und Traktoren auf! Wir machen das auf traditionelle Weise«, erkläre ich ihm. Er zieht eine Augenbraue hoch – beeindruckt, wie ich glaube. Dann schnalzt er zum Scherz mit der Zunge und biegt in die Zufahrt von Clos Beaumont ein.

Am folgenden Morgen taucht Issac mit einem dampfenden Becher Coffee-to-go und einer Tüte Croissants an der Tür auf. Lächelnd nehme ich den Kaffee entgegen, schnappe mir ein Croissant und bedanke mich. Dann schlüpfe ich in meine Stiefel, und wir wandern zusammen durch den Weinberg. Ich bin lächerlich nervös. Isaac schenkt mir ein aufmunterndes Lächeln. Nach einer kurzen Strecke bleibt er stehen und inspiziert eine Traube. Ich halte den Atem an und versuche zu sehen, was er tut, ohne ihn zu stören. Ich fühle mich wie eine frisch gebackene Mutter, die darauf wartet, dass der Arzt ihr Neugeborenes für völlig gesund erklärt. Cecil steht neben mir, und ich lege ihm die Hand auf den Kopf, um mich zu beruhigen. Schließlich dreht Isaac sich zu mir um und strahlt.

»Sie sind so weit!«

Ich hole tief Luft und atme langsam aus.

»Wir können mit der Lese beginnen!«, verkündet er.

Langsam schüttele ich den Kopf. »Noch nicht.«

»Wie bitte? Aber die Trauben sind großartig. Sie sind so weit, wir können sofort mit der Ernte beginnen. Der Zuckergehalt ist gut.«

»Noch nicht.« Ich will nicht nachgeben. »Wir müssen warten. Sie hat mir aufgetragen, erst nach Vollmond zu beginnen, also erst in zwei Tagen.«

»Blödsinn! Wir müssen jetzt loslegen. Alle anderen haben schon angefangen. Bei Featherstone's werden schon ständig Trauben und Traubensaft angeliefert.«

Ich schüttele den Kopf, obwohl ich keine Ahnung habe. Soll ich mich auf Isaac verlassen, der meint, dass die Trauben so weit sind? Er ist schließlich Experte. Oder soll ich tun, was Madame Beaumont will?

»Wir dürfen keinen Fehler machen, Emmy. Wenn diese Trauben überreif werden, verderben sie den Wein«, sagt er eindringlich. Er ist ernster, als ich ihn je erlebt habe.

Ich werde wieder von Angst und Schrecken ergriffen.

»Meine Güte, das ist nicht der richtige Zeitpunkt für Unentschlossenheit. Wenn du nicht gut Entscheidungen treffen kannst, solltest du keine Winzerin sein!«

»Ich bin keine Winzerin! Ich bin eine Vertriebsmitarbeiterin ...« Und zwar eine ganz miese, würde ich am liebsten hinzufügen.

»Alles in Ordnung?«

Ich zucke zusammen und fahre herum. Charlie kommt auf uns zu, wie üblich breit und selbstsicher lächelnd.

»Wie läuft's denn so hier oben?« Es klingt, als redete er von einem anderen Planeten, was es wahrscheinlich in vielerlei Hinsicht auch ist.

»Gut!«, antworten Isaac und ich gleichzeitig und tauschen einen genervten Blick. Seine Nasenflügel blähen sich, und meine Augen sind weit aufgerissen.

»Prima.« Charlie bleibt stehen. Mein Blick fällt auf seine glänzend polierten braunen Budapester. Isaac und ich gehen auf ihn zu und treffen ihn an dem Rosenstrauch am Ende der Reihe. »Dann bringen wir also erst mal diese Ernte ein und sehen dann, wie es weitergeht. Ich halte Selina auf dem Laufenden.«

Isaacs Handy klingelt. Es ist ein Winzer, der mit seinen Trauben auf dem Weg ist.

»Wir treffen uns dort. *Oui, dix minutes*«, versucht er es auf Französisch. Ich finde es merkwürdig liebenswert, wie er die Vereinbarung trifft und dem Winzer sagt, er solle sich keine Gedanken machen.

»Die viele frische Luft bekommt dir gut, weißt du das?«, raunt Charlie mir leise ins Ohr. Ich lache nervös. »Da du ja jetzt nicht mehr mit den anderen zusammenarbeitest, könnten wir uns ja mal wieder treffen.«

»Ja«, antworte ich fröhlich, obwohl ich mich ganz und gar nicht so fühle. Ich kann momentan an nichts anderes als an die Ernte denken. Ich esse und schlafe dafür. Oder, besser gesagt, ich kann deswegen nicht mehr essen und schlafen. Er lächelt und fixiert mich mit seinen grünen Augen, aber ich habe nicht mehr das Bedürfnis, darin zu versinken. »Ich muss doch meine Winzer bei Laune halten!« Wieder lächelt er, dann beugt er sich vor und küsst mich auf die Wange. Ich bin völlig überrumpelt. Ich kann sein teures würziges Aftershave riechen, eine Mischung aus verschiedenen Düften. Ich werde rot, als unsere Nasen sich bei seinem Versuch berühren, mich auf die andere Wange zu küssen. Der Kuss landet auf meinem Mund und ruft die Erinnerung an jenen Kuss vor dem Gästehaus wach. Es kommt mir vor, als wäre es eine Ewigkeit her.

»Ruf mich an, wenn du mich brauchst. Du machst das prima. Und denkt daran, spielt schön miteinander, ihr beiden«, scherzt er und deutet auf Isaac und mich. Dann nimmt er sein Handy aus der Tasche, um einen Anruf entgegenzunehmen. Ich drücke mir den Handrücken gegen die Lippen.

»Ja? Oh, hi, Selina. Ich habe gerade kontrolliert, wie es mit der Weinlese auf Clos Beaumont läuft. Ja, alles ist auf einem guten Weg … Wir bringen diese Ernte ein, dann machen wir Pläne, wie wir diesen Wein einführen können. Ja, er wird genauso sein wie die Flasche, die Sie probiert haben. Wir haben einen hervorragenden Kellermeister. Er sorgt dafür, dass der Wein genauso schmeckt.«

Als ich Isaacs Blick begegne, zieht er eine Augenbraue hoch, als wollte er fragen, was hier vor sich geht. Doch ich habe keine Ahnung. Charlie winkt uns zum Abschied zu, macht einen großen Bogen um Cecil und kehrt zu seinem Auto zurück.

»Ich habe die Trauben kontrolliert. Sie können nicht mehr besser werden. Wir sollten einfach anfangen«, wiederholt Isaac entschlossen.

»Nach Vollmond, Isaac«, erwidere ich genauso entschlossen. Wir starren uns zornig an. Ich werde nicht nachgeben.

»Okay, okay.« Er sieht sich um, um sicherzugehen, dass Charlie außer Hörweite ist. »Wir warten. Aber nur bis Vollmond. Danach fangen wir sofort an zu ernten.« Er dreht sich um und marschiert zum Lieferwagen. Ich triumphiere innerlich.

Am Wochenende bin ich vollauf damit beschäftigt, alles Notwendige für die Weinlese vorzubereiten. Ich sorge für Lebensmittelvorräte und mache alles sauber. Ich rufe im Krankenhaus an und spreche mit der Krankenschwester über Madame Beaumonts Zustand, der sich verschlechtert hat.

»Wir müssen anfangen«, setzt Isaac mir immer wieder zu, doch ich erinnere ihn bloß an unsere Übereinkunft. Er gibt ein missbilligendes Geräusch von sich und murmelt etwas von ›faulem Zauber‹, aber er bedrängt mich nicht weiter.

Zweimal am Tag mache ich einen Rundgang durch den Weinberg, und dazwischen gehe ich auf den Friedhof und poliere für Madame Beaumont den Grabstein. Ich rede mit den Weinstöcken, und manchmal lausche ich sogar, ob sie mir antworten. Ich fotografiere sie sogar mit meinem Handy und schicke die Bilder an Madame Beaumont, doch sie antwortet nicht. Damit habe ich auch nicht gerechnet, aber ich hoffe, dass sie sich die Fotos ansieht. Vielleicht bin ich dabei, verrückt zu werden. Es könnte am Vollmond liegen. Im Tal unten arbeiten Traktoren und Erntemaschinen in den langen geraden Reihen der Weinstöcke von Château Lavigne. Überall geht es zu wie in einem Bienenstock, nur nicht auf Clos Beaumont. Hier herrscht die Ruhe vor dem Sturm. Isaac und ich sprechen kaum noch miteinander. Die Stimmung zwischen uns könnte kaum frostiger sein, trotz der warmen Temperaturen und der sanften Brise.

»Perfekte Bedingungen, um die Trauben zu lesen!«, erklärt Isaac mir immer wieder.

Was passiert, wenn du das in den Sand setzt?, wiederholt eine Stimme in meinem Kopf ständig.

Doch in dieser Nacht blicke ich zum dunklen Himmel auf und betrachte den weißen Mond. Er ist da. Ich halte mein Handy in die Höhe, schieße ein Foto und schicke es an Madame Beaumont. Dann schicke ich Isaac dasselbe Bild mit folgendem Text: *Ich glaube, es ist so weit*. Es ist Vollmond, und morgen müssen wir mit der Traubenlese beginnen. Hoffentlich kann Isaac ein paar Pflücker auftreiben.

25. Kapitel

Nebelschwaden wallen zwischen den tiefhängenden Zweigen der Rebstöcke und werden von der aufgehenden Sonne in sanftes orangegelbes Licht getaucht. Ich bleibe einen Moment lang stehen und kann mich nicht sattsehen. Die allgegenwärtige Brise spielt in meinem Haar. Seit ich hier bin, habe ich mir noch nie richtig Zeit genommen, die Schönheit dieses Ortes zu genießen. Ich war ständig damit beschäftigt, mit Madame Beaumont Schritt zu halten. Doch die Art und Weise, wie die Hügel zum Tal hin abfallen und auf der anderen Seite zum Château Lavigne ansteigen, um sich dann in der Ferne zu verlieren, ist atemberaubend. Auf einmal empfinde ich es als besonderes Privileg, hier sein zu dürfen, auch wenn ich nur eingesprungen bin.

Wieder zücke ich mein Handy, fotografiere die Aussicht und schicke das Bild an Layla.

La vendange est arrivée!, schreibe ich dazu und bekomme das übliche ›OMG!‹ als Antwort.

Ich schüttele den Futtereimer und zeige ihn Henri, aber das Pferd kehrt mir nach wie vor den Rücken zu und ignoriert mich. Cecil dagegen folgt mir und bellt laut, als ich in die Hände klatsche und die Vögel auf der Leitung vertreibe.

Ich bleibe stehen und lasse die Aussicht auf mich wirken – die Schönheit dieses Ortes und der Frieden hier machen mir Mut. In dem Moment fährt der Featherstone-Lieferwagen auf den Hof. Hoffentlich ist das Isaac mit den Erntehelfern. Es ist Zeit, mit der Traubenlese zu beginnen. Die Beifahrertür und die beiden hinteren Türen gehen auf.

»Soll das ein Scherz sein?«, rufe ich aus, als die Leute aus dem Citroën klettern. »Das kann doch nicht wahr sein!«

»Es ist perfekt!« Isaac strahlt, während Candy, Nick, Gloria und Jeff auf mich zukommen.

»Sie haben das noch nie gemacht! Und ich habe das auch noch nie gemacht!«, presse ich zwischen zusammengebissenen Zähnen hervor.

Alle schauen mich an.

»Candy! Mir dir habe ich nicht gerechnet«, sage ich und lächele etwas gezwungen.

»Hmm, ich auch nicht, aber Nick hat gesagt, dass es ein Akt der Freundlichkeit wäre, dir aus der Patsche zu helfen. Ihh …!« Sie weicht vor Cecil zurück, der an ihrem geblümten Kleid schnuppert. Aber wenigstens trägt sie einen Sonnenhut.

Jeff erklärt mir, dass er ebenfalls helfen will.

Zumindest glaube ich, dass er das sagt, während er mit den Armen rudert und auf mich einspricht. Die Zigarette in seinem Mundwinkel wippt auf und ab.

»*Jusqu'à midi*, die Mitte vom Tag«, sprudelt er hervor.

»Er sagt, dass er nur bis Mittag bleiben kann«, dolmetscht Gloria sein ›Franglais‹. Die zwei lächeln sich zu, was den Eindruck vermittelt, als handelte es sich um ein vertrauliches Gespräch zwischen den beiden. Wie gut, dass Gloria ihn verstehen kann – wir anderen können es jedenfalls nicht.

»Dann lasst uns mal die Trauben anschauen.« Isaac marschiert auf den Weinberg zu, in dem die dicken blauroten Trauben hängen. Die anderen rühren sich nicht vom Fleck, fast so als hätte man sie in der Wüste ausgesetzt, wo sie auf einen Stern warten, dem sie folgen können.

Aus dem benachbarten Weinberg ist ein lautes Grollen zu hören, und die Scheinwerfer eines Fahrzeugs flammen auf.

»Was ist das denn?«, kreischt Candy.

»Ich bin nicht sicher, aber wahrscheinlich eine Erntemaschine«, antworte ich und sehe Isaac hinterher.

»Warum kannst du dir nicht so eine ausleihen? Der Mann vom großen Château hat doch gesagt, er könnte mit allem aushelfen«, erinnert Nick mich daran, was ich über Monsieur Lavigne erzählt habe.

»Weil wir während des Pflückens die Qualität kontrollieren«, erkläre ich. Ich höre mich an wie jemand, der weiß, wovon er spricht, obwohl meine zitternden Knie das Gegenteil beweisen. Mein Mund ist trocken, und ich trinke rasch einen Schluck aus meiner Wasserflasche. Der Tag wird heiß, denke ich und blicke hinaus in den Dunst, der auf den Nebel folgt.

»Ihr müsst auf jeden Fall Hüte tragen und Sonnencreme benutzen«, sage ich nervös. Ich mache mir Sorgen, dass die Helfer jeden Moment ihre Meinung ändern könnten. Ich laufe hinter Isaac her. Er steht mit dem Rücken zu mir vor den Weinstöcken. Langsam dreht er sich um und sieht mich an. Ich zittere vor Nervosität und Furcht. Dann breitet sich langsam ein breites, schiefes Grinsen auf seinem Gesicht aus.

»Diese Trauben sind fantastisch!«, sagt er.

Unwillkürlich stoße ich einen Freudenschrei aus, mache vor Glück ein paar Tanzschritte und umarme Isaac. Er erwidert die Umarmung, hebt mich hoch und schwingt mich im Kreis.

»Ich muss schon sagen! Ich dachte, du hättest es verbockt. Aber du …«

»Weiter, sprich es aus!« Ich grinse so breit, dass mein Gesicht schmerzt.

»Du … hattest … recht«, sagt er lächelnd und verdreht gleichzeitig die Augen. Doch ich glaube, ich habe einen Anflug von Bewunderung in seinem Blick gelesen. »Ich würde nur ungern gegen dich pokern. Du bist wirklich ein hohes Risiko eingegangen.«

Ich lächele immer weiter, weil ich nicht mehr damit aufhören kann.

»Und nur dass du es weißt, ich habe nicht mit dir geflirtet.« Er deutet mit dem Finger auf sich und dann auf mich, während ein schwaches Lächeln seine Mundwinkel kräuselt. »Nur damit du es weißt …«

»Nein, auf keinen Fall«, stimme ich ihm zu und versuche, ernst zu klingen und das Lächeln zu unterdrücken, das mir immer noch um den Mund zuckt.

»Ich muss jetzt zurück zu Featherstone's, wir erwarten eine Weinlieferung. Aber ich komme später wieder. Lasst uns diese Ernte einbringen.« Er klatscht in die Hände und stößt einen Jauchzer aus. Ich muss schon wieder lachen. Aber trotzdem muss ich das hier machen … und zwar allein. Meine Euphorie verfliegt und macht wieder Furcht Platz.

»Also, was machen wir als Erstes, Emmy, Liebes?«, fragt Gloria, die ganz offensichtlich die Angst in meinem Blick gelesen hat. Ganz kurz zuckt mir ein Gedanke durch den Kopf: Ich wünschte, Isaac würde bleiben. Doch ich verdränge den Gedanken so schnell, wie er gekommen ist. Isaac hat im Weinkeller zu tun, und ich möchte ganz sicher nicht wegen jeder Kleinigkeit zu ihm laufen.

Vertraue deinem Instinkt … höre ich Madame Beaumonts Stimme in meinem Kopf sagen.

Plötzlich fährt mit hohem Tempo ein silberner Audi auf den Hof und veranlasst Cecil, aufzuspringen und zu bellen. Charlie steigt aus dem Auto. Er kommt zu uns und küsst mich dieses Mal entschlossen auf beide Wangen. Er sieht nicht so aus, als wollte er bei der Weinlese helfen.

»Das ist eine hervorragende Idee«, lobt Charlie und nickt anerkennend. Isaac, der hinter ihm steht, strahlt und verschränkt lässig die Arme, während er das Lob genießt.

»Ich finde, du machst einen großartigen Job.« Er schaut

mich an. »Featherstone's bei Clos Beaumont ins Spiel zu bringen, ist genau das, was wir brauchen. Erst dich, jetzt den Rest des Teams. Genial!«

Ich spüre, wie sich mir die Nackenhaare aufstellen. Es klingt, als wollte er andeuten, dass das alles Absicht gewesen wäre.

»Ich hatte keine anderen Erntehelfer«, erwidere ich mit Nachdruck.

»Wie wäre es mit Abendessen im Tire-bouchon? Dann kannst du mir erzählen, wie die Ernte aussieht – ob wir einen potenziellen Gewinner an der Hand haben.«

»Ich kann nicht«, entgegne ich. »Die Trauben müssen gepresst werden, sobald sie geerntet sind. Wir können sie nicht herumstehen lassen. Ich kann das Weingut nicht verlassen.«

»Natürlich nicht, natürlich nicht. Sobald die Weinlese vorüber ist, werden wir feiern.« Er lächelt. »Aber du musst dir keine Gedanken wegen der Trauben machen. Wir machen alles bei uns im Weinkeller. Ich schicke den Traktor.« Er strahlt.

Ich schlucke schwer. »Nein!«

»Wie bitte?«

»Nein, ich presse die Trauben.« Ich denke an das Versprechen, das ich Madame Beaumont gegeben habe.

»Aber das ist Wahnsinn! Wir haben alle Maschinen, die nötig sind.«

»Ich habe versprochen, alles auf Clos Beaumont zu machen. Nur deshalb hat Madame Beaumont zugestimmt.«

»Na schön«, seufzt Charlie, dann verabschieden Isaac und er sich und fahren wieder. Jetzt bin ich wirklich auf mich gestellt, denke ich, als das Auto und der Lieferwagen die Einfahrt hinunterfahren. Isaac hupt und winkt noch einmal zum Abschied. Ich hebe müde die Hand, während ich mich frage, worauf ich mich da bloß eingelassen habe.

»Kann ich den Traktor fahren?«, höre ich Candy fragen. »Ich bin eine richtig gute Fahrerin. Ich bin sogar schon mal in Silverstone gefahren. Es war ein Valentinsgeschenk von … Ich kann mich nicht mehr erinnern. Aber ich habe schon viele verschiedene Autos gehabt. Ich bin eine hervorragende Fahrerin, ehrlich!«

»Ähm, wir machen die Dinge hier ein bisschen anders«, sage ich. Candy macht ein missbilligendes Geräusch, als ich mich abwende. »Nick, könntest du die Eimer und die Scheren verteilen?« Die Scheren haben lange Klingen und rote Griffe und sind mit einem Verschluss gesichert, wenn sie nicht geöffnet sind. Ich habe alle gereinigt und einige Klingen mit einem kleinen Wetzstein geschärft.

»Das ist so aufregend«, meint Nick und verteilt die Eimer. »Wir machen richtigen Wein.«

»Passt auf«, warne ich, »sie sind sehr scha…«

»Autsch!«, stößt Candy hervor und steckt sich den Finger in den Mund. Je schneller wir anfangen, desto besser – sonst sind die Erntehelfer schon am Ende, bevor wir überhaupt angefangen haben.

In dem Moment fährt Charlies Mutter Lena mit Mr. Featherstone auf den Hof. Sie hilft ihm aus dem Wagen und reicht ihm seinen Gehstock.

»Ich bin mir nicht sicher, ob wir eine große Hilfe sein werden, aber er hat darauf bestanden, dass wir kommen, nachdem wir davon gehört hatten«, erklärt sie mir lächelnd.

»Sehr richtig!«, sagt Mr. Featherstone mit schwerer Zunge. »Man kann nicht die Hände in den Schoß legen und zusehen, wenn ein Winzer in Schwierigkeiten ist.« Er hat recht. Wir müssen zusammenhalten. Ich zeige ihnen die Eimer und Scheren. Er stützt sich schwer auf seinen Stock. Die linke Hand ist schlaff und nutzlos. Ich überlasse es Gloria, Kaffee zu kochen und Croissants anzubieten. Offensichtlich macht sie das gerne.

Lächelnd mache ich mich auf den Weg zur Weide, auf der Henri mir immer noch den Rücken zuwendet.

Ich öffne das Tor und schiebe ein paar Schafe zur Seite, die nichts verpassen wollen. Doch Henri rührt sich nicht. Sein Futtereimer ist immer noch voll.

Ich gehe auf seinen Kopf zu, aber er wendet sich von mir ab.

»Ich weiß. *Je sais.* Ich weiß genau, wie du dich fühlst«, murmele ich leise. Wie verrückt ist das denn? Jetzt rede ich schon mit einem Pferd. Auf Französisch! Ich tätschele ihm den kräftigen Hals, und dann schiebe ich meinen Arm unter seinem Hals hindurch und streichele auch die andere Seite. Ich habe das Gefühl, es könnte helfen.

»Ich weiß, dass du sie vermisst – das tue ich nämlich auch. Ich habe keine Ahnung, ob ich das hier ohne sie hinbekomme. Ich war noch nie bei einer Traubenlese dabei, ganz zu schweigen davon, eine zu leiten.« Ich bin den Tränen nahe. Da spüre ich, wie er mir den Kopf zuwendet, und ich lehne mich an seinen kräftigen Hals. Irgendwie ist seine starke Präsenz tröstlich. Ich lasse eine Hand über seine geschlossenen Augen gleiten.

»Ich bin nicht sicher, ob ich das alles schaffen kann. *J'ai besoin de toi*«, murmele ich ihm zu. Meine Instinkte nehmen ihr Gepäck und streben auf das Ausgang-Schild zu.

Plötzlich versetzt Henri mir einen Schubs, der mich beinahe umwirft und mir den Atem raubt. Noch einmal stupst er mir in den Magen, und ich stoße ein lautes »Uff!« aus. Die Tränen, die sich gerade einen Weg bahnen wollten, versiegen abrupt. Das große Pferd setzt sich in Bewegung. Sein Kopf bleibt bei mir, doch der ganze Körper dreht sich um, bis er zum Gatter blickt. Dann geht Henri mit seinen großen Hufen, über denen der Fesselbehang weht, ein paar Schritte vorwärts. Er bleibt stehen und lässt den Kopf über das Gatter hängen. Schließlich hebt er den Kopf, und seine Nüstern beben, als würde er die Gruppe der Erntehelfer zum ersten Mal wahrnehmen. Er wiehert leise.

Plötzlich empfinde ich … Kann das Euphorie sein? Ein kleiner Schauder läuft mir über den Rücken, und ich habe Schmetterlinge im Bauch. Das ist mir nicht mehr passiert, seit, nun ja, ich kann mich nicht mehr daran erinnern. Ich zerbreche mir den Kopf, wann ich das letzte Mal so aufgeregt gewesen bin. Nein, es fällt mir immer noch nicht ein.

»Bereit, wenn du es bist«, sage ich mit einem zaghaften Lächeln. Dann hebe ich die Seilschlaufe vom Pfosten, mit der das Gatter verschlossen ist, und sehe zu, wie Henri sich in Bewegung setzt. Rasch scheuche ich die Schafe zurück auf die Weide.

»Ihr seid noch nicht an der Reihe, ihr Schäfchen«, sage ich und beobachte, wie Henri auf die Erntehelfer zumarschiert. Candy kreischt auf, versteckt sich hinter Nick und klammert sich angstvoll an ihm fest. Gloria und die anderen aus dem Featherstone-Team beruhigen sich, als das große Pferd mit den milchigen Augen neben dem Anhänger stehenbleibt. Ich laufe zum Schuppen und hole das schwere Ledergeschirr. Ich halte es so, wie Madame Beaumont es mir beigebracht hat. Meine Hände schwitzen ein bisschen, als ich Henri das Zaumzeug anlegen will, doch er ist geduldig und bleibt ruhig stehen. Er senkt sogar den Kopf, damit ich ihm das Halfter überstreifen kann. Als ich das Gefühl habe, dass alles richtig aussieht, trete ich vor, drehe den Anhänger in seine Richtung und sage: »Allez«, genau wie Madame Beaumont es immer tat. Das Pferd bewegt sich zur Freude der Zuschauer langsam rückwärts zwischen die beiden Deichselholme. Ich schließe die Schnallen und hoffe, dass ich alles richtig gemacht habe.

»Einen Augenblick mal, willst du mir sagen, dass es wirklich keinen Traktor gibt?«, meldet sich Candy hinter Nicks Rücken zu Wort. Sie klammert sich immer noch an seine Schultern, und Nick grinst übers ganze Gesicht.

Ich muss auch lachen.

»Nein, wie gesagt, hier läuft es ein bisschen anders. Es ist alles biologisch, wir machen das Beste aus dem, was die Natur zu bieten hat«, erkläre ich Candy. Mr. Featherstone ruft: »Bravo, bravo!« Jedenfalls klingt es so.

»Okay, wir pflücken nur die Trauben, die richtig reif aussehen. Ihr arbeitet immer zu zweit, jeder übernimmt eine Seite einer Reihe.« Ich drehe mich zu Henri um.

»*En avant*«, sage ich, und Henri zieht den Anhänger hinter sich her. Die Pflücker teilen sich in Paare auf: Mr. und Mrs. Featherstone, Nick und Candy, Gloria und Jeff. Ich muss meine Reihe von beiden Seiten bearbeiten, aber das ist mir egal. Endlich haben wir mit der diesjährigen Weinlese begonnen!

Zur Mittagszeit steht die Sonne hoch am Himmel. Die Traktoren überall um uns herum in den benachbarten Weinbergen sind verstummt, und ich rufe meine Arbeiter zusammen und führe sie zum Haus. Es gibt eine große Pastete, die ich bei der Frau am Ende der Straße gekauft, und Brot, das ich gleich morgens in der Boulangerie erstanden habe. Der Bäcker war fasziniert davon, wie viele Brote ich haben wollte. Danach serviere ich *ragoût* – Rinderragout, das ich ebenfalls im Ort gekauft habe. Den Abschluss bilden ein großer, runder cremiger Brie sowie Obstsalat.

Während wir zur Hintertür gehen, plaudern alle über die Trauben, über die jeweilige Schneidetechnik und testen mit den Handrücken, ob jemand Sonnenbrand hat.

Nick und Jeff tragen den Tisch aus der Küche nach draußen. Es herrscht emsige Betriebsamkeit, als alle zusammen helfen, die Stühle hinauszubringen und den Tisch mit bunt zusammengewürfeltem Geschirr und Gläsern zu decken.

Körbeweise Brot wird geschnitten und auf dem Tisch verteilt. Jeder sucht sich einen Sitzplatz und reicht das knusprige Brot mit dem flaumigen Inneren herum, gefolgt von der saftigen Pastete und Cornichons. Als alle mit Essen versorgt sind und munter plaudern, verschwinde ich in der Küche, um nach dem Ofen zu sehen. Das Ragout gart bei niedriger Temperatur vor sich hin, seit ich aus dem Ort zurückgekehrt bin. Es duftet nicht so gut, wie es sollte. Ich schnuppere und rümpfe die Nase. Dann ziehe ich die Kasserolle aus dem Ofen und nehme den Deckel ab. Das Fleisch ist knochentrocken.

»Oh, nein!«, jammere ich. Sofort steht Gloria neben mir.

»Mach dir keine Sorgen, Liebes. Überlass das mir. Geh raus und schenk Wein ein«, sagt sie. Sie schnappt sich einen Holzlöffel und eine Flasche Rotwein. Und ich mache, was sie mir aufgetragen hat.

»Candy, du brauchst mehr Sonnencreme«, sagt Gloria, als sie das blubbernde Ragout hinausträgt. »Emmy, reich mir die Teller. Jeder behält sein Geschirr.«

»Oh, Gloria, das ist fantastisch!« Ich bin ihr unglaublich dankbar. Ich weiß nicht, wie sie es geschafft hat, aber sie hat das Ragout gerettet.

Ich nehme den ersten Teller und gebe ihn ihr.

»Ich kann dir beim Eincremen helfen.« Nick springt auf und stellt sich neben Candy, die sich mit einer Flasche Sonnenmilch bewaffnet hat.

»Nein, schon okay. Ich brauche ein bisschen Sonne. Schließlich hocken wir seit Wochen in diesem Büro! Ich werde bald schön braun sein«, erwidert sie und reckt ihr Gesicht der Sonne entgegen. Nick betrachtet sie und sucht Blickkontakt. Mir ist schon aufgefallen, dass er das häufig tut.

»Alles in Ordnung, Gloria?«, frage ich, als sie die Hände in den Rücken stemmt und sich streckt.

»Ja, alles gut, Liebes. Ich bin nur ein bisschen steif.« Sie lächelt.

»Wenn wir so weitermachen, sollten wir diese Parzelle heute schaffen«, sage ich mit einem Übermaß an Optimismus, den ich auf den Wein und das Adrenalin zurückführe.

»Das hier bedeutet dir viel, nicht wahr?«, meint Gloria und reicht die Teller mit dem Ragout und den Kartoffeln herum, die ich ebenfalls im Ofen gegart habe. Die *petits pois* waren aus der Tiefkühltruhe. Das Fleisch mit den Karotten und den Tomaten duftet himmlisch. Genießerische Laute ertönen rund um den Tisch, und nach einem allgemeinen *»Bon appétit!«* hört man das Besteck auf den Tellern klappern.

»Ich habe ein Versprechen gegeben. Es ist extrem wichtig, Madame Beaumonts Ernte einzubringen. Sie braucht das Geld aus der Weinlese.« Ich reiche das Brot an Candy weiter, während ich in Gedanken bei Madame Beaumont bin und mir Sorgen mache.

Gloria lächelt mir zu. »Sie hat Glück, dass sie dich hat.«

Kurz frage ich mich, wen Gloria wohl hat.

Als wir fast fertig sind, mit Brot die letzte Sauce vom Teller aufnehmen und das Brot dann mit Wein hinunterspülen, fährt der Featherstone-Lieferwagen auf den Hof. Es ist Isaac.

»Hatte gerade ein bisschen Zeit. Dachte, ich könnte helfen«, sagt er grinsend. Mein Herz macht blöderweise wieder einen Satz. Wahrscheinlich, weil ein zusätzliches Paar Hände dafür sorgen wird, dass wir die gesamte Parzelle heute auf jeden Fall fertig ernten werden.

»Okay, wo soll ich anfangen?«, fragt er und reibt sich die Hände. Gloria macht ihm einen Teller mit Essen zurecht und erklärt ihm, dass alle in Paare aufgeteilt sind. »Dann arbeitest du mit Emmy zusammen.«

»Perfekt!«, sagt er. »Du bist die Chefin.«

Ich spüre, wie sich meine Stimmung hebt. Ich straffe die Schultern und lächele. »Okay, zurück an die Arbeit!«

An diesem Nachmittag wird es richtig warm. Ich habe mein T-Shirt unter der Brust geknotet, um mich abzukühlen, und meine Haare im Nacken zurückgebunden. Als wir das Ende der letzten Reihe Weinstöcke in dieser Parzelle erreichen, fahre ich mir mit dem Handrücken über die Stirn. Erleichtert lasse ich meine Schere in den Eimer fallen und hebe den Kopf. Dann drehe ich mich um, stemme die Hände in die Hüften und strahle die Erntehelfer an, die auf dem Hügel verstreut sind. Alle sehen erhitzt und müde aus. Ich kann nicht fassen, wie viel wir an diesem Tag erreicht haben. Ich bin unglaublich stolz.

Nachdem der letzte Eimer auf den Anhänger geleert wurde, kehren wir zum Schuppen zurück. Trotz der Hitze, der Müdigkeit und der Schmerzen plaudern alle glücklich, während wir hinter Henri her aus dem Weinberg schlendern. Die Trauben purzeln hin und her, als der Wagen durch die Schlaglöcher poltert. Nick wirft Candy hin und wieder einen raschen Blick zu. Cecil steht auf und bellt, um unsere Rückkehr aus dem Weinberg zu verkünden. Dabei verscheucht er einige Vögel. Tag eins, und er ist doch gut gelaufen!

Wir bewegen uns langsam auf den *chai* zu, wo Henri schließlich stehenbleibt und ich sein Geschirr löse. Den ganzen Tag ist er in der Hitze zwischen den Reihen auf und ab gelaufen, stehengeblieben, wenn ich ihn dazu aufgefordert habe, weitergegangen, wenn ich es wollte. Und dann hat er die Trauben zum *chai* gebracht, wenn der Anhänger voll war. Nicht ein einziges Mal ist er fehlgetreten. Dankbar streichele ich ihm die Nase, und obwohl er den Weg kennt, führe ich ihn zur Weide, wo ich seinen Wassereimer fülle und ihm eine

Extraration Futter gebe. Als er endlich den Kopf in den Eimer senkt und frisst, atme ich erleichtert auf und tätschele ihm dankbar den Hals.

Jetzt müssen die Trauben aus dieser Parzelle nur noch ihren Weg in die Fässer finden. Das heißt, sie müssen entstielt und gepresst werden, dann kommt die Maische in die Betonfässer, damit sie sich setzen kann. Ich spreche diese Schritte vor mich hin, während ich Madame Beaumonts Anweisungen im Kopf durchgehe.

»Komm schon, du lahme Chefin!«, ruft Isaac. Ausnahmsweise bin ich ihm dankbar für sein albernes Geplänkel. Ich schmunzele und hole tief Luft. Jeder Knochen in meinem Körper schmerzt, doch ich muss weitermachen.

26. Kapitel

Isaac steht mit verschränkten Armen in der Tür des *chai* und sieht mich an. Die Sonne wird bald untergehen, und bei Featherstone's wäre der Arbeitstag zu Ende. Alle würden bald den Papillon ansteuern. Aber hier liegt noch einiges an Arbeit vor uns, bevor wir Feierabend machen können.

»Also, jetzt müssen wir die Trauben in die … äh … Traubenmühle, die Abbeermaschine, schütten«, erkläre ich dem Team.

Mr. Featherstone sitzt strahlend in seinem Rollstuhl. Er wirkt müde und erhitzt, aber dennoch sehr glücklich. Mit Mrs. Featherstones Hilfe ist er langsam die Reihen im Weinberg auf und abgegangen, und die beiden haben so manche Weintraube geerntet. Es war richtige Teamarbeit und für die Zuschauer herzerwärmend. Mrs. Featherstone sucht sich einen Sitzplatz im Schatten und wischt sich über die Stirn.

»Die Trauben werden vom Stielgerüst befreit, und die Beeren werden zerquetscht, sodass der Saft austreten kann.« Ich spreche das sowohl für mich selbst auch als für die anderen laut aus, während ich auf die alte Metallmaschine deute, die im *chai* in der Nähe des Eingangs steht.

»Dieses Ding ist nicht nur alt, es sieht aus, als käme es geradewegs von der Arche Noah!« Ungläubig betrachtet Isaac die Abbeermaschine.

»Sie ist funktionstüchtig«, erwidere ich. Ich weiß es, denn ich habe die Maschine zusammen mit Madame Beaumont noch vor dem bösen Sturz gereinigt und überprüft. Sie besitzt oben eine breite trichterförmige Öffnung – wie ein großes hungriges Maul –, eine Reihe Zahnräder an der Seite, und unten befindet sich eine große Trommel. Neben der Trommel steht ein Fass, um die Maische und den Saft aufzufangen. Die Maische und der Saft werden in die Betontanks gepumpt. »Nick, wie wär's, wenn du die Kurbel bedienst?« Wenn ich mir selbst zuhören könnte, würde ich glatt denken, ich wüsste, wovon ich rede; nur das leichte Zittern meiner Stimme verrät mich.

»Die Maschine hat noch nicht mal einen Motor«, kommentiert Isaac, während wir neben den Eimern und Kisten voller Trauben stehen, die darauf warten, in die Maschine befördert zu werden.

Als wir uns an die Arbeit machen, hat die Gruppe den toten Punkt überwunden. Alle sind guter Dinge, plaudern und scherzen. Unwillkürlich denke ich, wie schön es wäre, wenn Dad bei uns wäre und mitmachen könnte. Als ich noch klein war, hat er es geliebt, im Garten zu arbeiten. Jetzt ist der Garten natürlich völlig verwildert. Vielleicht nehme ich ihn in Angriff, wenn ich zurückkehre.

Mit ein bisschen Glück werden wir bald fertig sein. Allmählich entspanne ich mich und kann sogar schon wieder lächeln. Während Nick die Kurbel der Maschine bedient, begutachten Gloria, Candy, Isaac und Mr. Featherstone die Trauben auf dem Sortiertisch. Die Arbeit geht zügig vonstatten.

»Auf geht's! Wenn wir schnell sind, haben wir vielleicht doch noch Zeit für einen Drink im Papillon!«, rufe ich. Die anderen applaudieren. Ich leere eine weitere Kiste Trauben auf den Tisch, und wir lassen unsere Hände rasch über die Trauben wandern, um verfaulte auszusortieren. Der Rest wandert in die Abbeermaschine. Wir sind gut in Schwung. Ich weiß gar nicht, warum ich mir solche Sorgen gemacht habe.

In dem Moment höre ich ein Klirren. Die Maschine schüttelt sich, Metallstücke fallen herunter – dann herrscht Stille.

»Scheiße!«, stoße ich schließlich hervor, während wir alle fassungslos auf die Maschine starren. »Was zum Teufel ist passiert?«

Isaac späht in den Trichter und probiert, die Kurbel zu drehen. Er beißt sich auf die Lippe und schüttelt den Kopf. Dann tritt er zurück, dreht sich zu den Erntehelfern um und stemmt die Hände ich die Hüften.

»Hat jemand was verloren?«

»Nein.« Wir sehen uns an und schütteln den Kopf.

»Nun, jemand hat seine Schere verloren, und ich denke, wir haben sie gerade wiedergefunden«, sagt er und schaut uns alle an. Plötzlich schießt mir das Blut ins Gesicht. Entsetzt schlage ich die Hand vor den Mund

»Ich habe sie in meinen letzten Eimer gelegt!«, jammere ich.

»Und jetzt ist sie in der Maschine. Ich denke, wir können wohl sagen, dass sie ohne die Hilfe des Mechanikers für Landmaschinen nicht mehr in Gang kommen wird.«

»Können wir ihn anrufen?«

»Um diese Jahreszeit steckt er bestimmt bis zum Hals in Arbeit.« Isaac schüttelt den Kopf. Dann fasst er mich am Ellbogen und führt mich ein Stück von den anderen fort. »Hör mal, du bist müde. Du hast heute tolle Arbeit geleistet, aber jetzt kannst du nichts mehr tun. Madame Beaumont wird das verstehen.«

»Aber ich hab's vermasselt!«

»Lass mich Jeff sagen, dass er den Traktor holen soll. Wir bringen die Trauben zu Featherstone's und pressen sie da. Du kannst sie nicht einfach so stehen lassen, und wer weiß, wann die Abbeermaschine wieder funktionstüchtig sein wird!«

Ich seufze tief auf. Natürlich hat er recht. Ich kann es nicht fassen: Ich bin gleich an der ersten Hürde gescheitert! Ich verlasse den *chai* und trete mit der Fußspitze in den lockeren Boden unter meinen Füßen.

Was kann ich sonst tun? Ich muss zustimmen. Die Zeit drängt. Wir müssen diese Trauben zu Maische verarbeiten. Aber wenn wir sie zu Featherstone's bringen, sehe ich sie dann je wieder? Oder werden sie einfach Teil vom Featherstone's-Verschnitt?

Isaac zieht sein Handy aus der Tasche, und ich höre, wie er Colette in seinem gebrochenen Französisch Anweisungen erteilt.

Frustriert wische ich mir mit den Händen übers Gesicht und schaue zur Sonne, die langsam über dem Tal am Horizont versinkt. Der Himmel färbt sich von Rot über Lila bis hin zu der Lavendelschattierung, die ich so liebe. Sie passt zu dem Lavendelduft, der in der Abendluft hängt. Ich glaube, ich bin noch nie zuvor an einem so schönen Ort gewesen. Ich verstehe, warum er Madame Beaumont so viel bedeutet. Dieser Wein wurde seit Jahrzehnten hier hergestellt. Bin ich wirklich diejenige, die mit dieser Tradition brechen wird? Oder bin ich betriebsblind?

»Mach es auf deine Weise«, sagt Madame Beaumont.

»Wir haben keine Zeit für Unentschlossenheit.« Isaacs Worte unterbrechen meine Gedanken. »Wir müssen diese Trauben verarbeiten. Los geht's!«, ruft er.

»Nein, warte!«

Isaac lässt sein Handy sinken und sieht mich stirnrunzelnd an.

»Ich habe eine Idee.« Ich drehe mich zum *chai* um.

Isaac mustert mich halb fasziniert, halb, als wäre ich verrückt. Wahrscheinlich hat er recht.

»Du kennst mich, ich bin nur ein Angestellter. Ich muss bloß den Job erledigen, so oder so«, erinnert er mich. »Aber das ist Wahnsinn! Nie im Leben!«

»Oh doch!«, erwidere ich und lächele ihn an. Ausnahmsweise ist er mal sprachlos.

27. Kapitel

»Das ist ja wohl nicht dein Ernst!«, jammert Candy.

Nick wirkt begeistert von der Aussicht, und Mr. Featherstone klatscht vor Entzücken mit seiner gesunden Hand gegen die gelähmte. Isaac dagegen verschränkt die Arme und schüttelt stirnrunzelnd den Kopf. Er wendet sich ab, als wollte er mit dem Ganzen nichts zu tun haben.

»Wir müssen es versuchen.« Ich setze den Eimer mit Seifenwasser und den Armvoll Handtücher ab, die ich im Haus geholt habe.

»Aber uns steht ein voll ausgestatteter Weinbaubetrieb nur ein paar Kilometer vor hier entfernt zur Verfügung!« Entnervt breitet Isaac die Arme aus. »Das wird ewig dauern! Absolute Zeitverschwendung!«

»Das glaube ich nicht«, erwidere ich ruhig und wünschte, ich wäre tatsächlich so zuversichtlich. »Zieht Schuhe und Strümpfe aus, wascht euch die Füße, und dann wechseln wir uns paarweise ab. In der Zwischenzeit können die anderen die Stiele mit der Hand entfernen.«

»Mein Güte! Du bist unglaublich dickköpfig. Wir müssen diesen Saft gewinnen. Lässt du mich jetzt die Trauben zum Weingut bringen?«

»Nein!«, antworte ich entschlossen. »Du bist zu eingefahren, um einzusehen, dass man es auch anders machen kann!«

»Ich muss jetzt zurück, um mich um den Wein bei Featherstone's zu kümmern. Wenigstens wird der Wein da richtig hergestellt«, sagt Isaac und stürmt davon.

Mist! Was, wenn er recht hat? Was, wenn meine Idee superdämlich ist und ich den Wein ruiniere? Ach, Madame Beaumont!, denke ich frustriert. Ich könnte noch alles abbrechen, doch Nick steht schon in dem Fass, hat sich die Hosenbeine bis zu den Knien aufgekrempelt und hilft Candy hinein, die ihr Kleid in ihren Slip gestopft hat.

Candy quietscht wie ein Ferkel, und Nick lacht, als sie sich an den Händen halten und auf den Trauben herumstampfen. Die Schalen brechen auf, und die Beeren quellen zwischen ihren Zehen hervor. Die beiden schauen sich an, während sie sich wie bei einem rituellen Stammestanz im Kreis bewegen. Auf einmal begreife ich, was Nick für Candy empfindet; unwillkürlich denke ich, dass die Dinge für die beiden vielleicht nie mehr so sein werden wie zuvor.

Als Nick und Candy aus dem Fass geklettert sind, geht Nick zum Außenwasserhahn, um sich die Füße abzuspülen. Vielleicht liegt es an der Luft oder der Weinherstellung, ich weiß es nicht – doch ich muss etwas sagen. Nick blickt von seiner Tätigkeit auf.

»Und, wirst du … Wirst du es ihr sagen?«, flüstere ich ihm zu, als ich ihm die Füße abspritze und ihm ein abgenutztes, löchriges Handtuch reiche.

»Was denn?« Er wirkt auf einmal angespannt.

»Dass du nicht schwul bist«, antworte ich sanft.

Er schluckt. »Ich kann nicht! Sie hat von unserem ersten Tag hier in Frankreich an angenommen, dass ich schwul bin. Wenn ich jetzt sage, dass es gar nicht so ist, verändert das alles. Ich weiß, ich hätte es direkt richtigstellen sollen, aber sie vertraut mir, weil sie glaubt, dass ich mich nicht für sie interessiere … Nicht auf diese Weise. Wie kann ich ihr jetzt erklären, dass ich von Anfang an in sie verliebt war?« Er schüttelt den Kopf. »Ich kann einfach nicht. Sie darf es nicht erfahren.«

Im *chai* versucht jetzt sogar Mr. Featherstone, sich am Zerquetschen der Trauben zu beteiligen.

»Das ist die beste Physiotherapie, die ich je hatte«, sagt er langsam mit einem breiten Grinsen auf dem Gesicht. Mrs. Featherstones Wangen sind vor Glück ganz rot, während sie ihren Mann an den Händen hält und mit ihm auf den Trauben auf und ab geht. Als die beiden völlig außer Atem sind, übernehmen Candy und Nick wieder.

»Hau ab!« Candy schlägt nach einer Wespe. Offensichtlich hat sich das Ereignis unter den Bienen und Wespen in der Umgebung herumgesprochen, und sie fliegen in Scharen herbei, um den tiefroten Traubensaft zu kosten.

»Lass sie einfach in Ruhe, dann tun sie dir nichts«, sage ich in demselben Ton, in dem ich früher mit Jody gesprochen habe, als sie noch klein war. Ich weiß, dass ich mich häufig wie eine Mutter anhöre, aber das liegt daran, dass ich so lange die Mutterrolle für meine Schwester übernommen habe. Ich vermisse sie. Ich hätte liebend gerne mehr von ihr und ihren Jungen mitbekommen. Jetzt mache ich mir Sorgen, weil sie sich von ihrem Mann getrennt hat. Was hält das Leben nun für sie bereit? Mir tut das Herz weh bei dem Gedanken, wie viel Spaß wir hier zusammen haben könnten. Aber das soll einfach nicht sein. Ich lächele, als wir uns die letzten Trauben vorknöpfen. Jeder hält sorgfältig Ausschau nach Teilen der Schere. Wenigstens kann Isaac sich nicht beschweren, dass wir die Trauben nicht zerquetscht hätten.

»Auuuuutsch!« Candys Gesicht wird schlagartig puterrot – die gleiche Farbe wie der Saft – und verzerrt sich vor Schmerz. »Ich bin auf eine Biene getreten! Ich bin auf eine Biene getreten!«

Nick springt im Nu aus dem Fass und nimmt Candy auf den Arm. Instinktiv klammert sie sich an ihm fest, immer noch schreiend, und wedelt mit den purpurrot gefärbten Füßen. Nick trägt sie zum Wasserfass und lässt sie hineingleiten. Wütend funkelt sie ihn an. Aber er sagt nichts. Ich frage mich, ob er das je tun wird.

Als die Maische endlich fertig ist, sind alle erschöpft und hungrig und haben purpurrote Füße. Der Mond ist bereits aufgegangen, obwohl es noch nicht dunkel ist.

»Ihr könnt gehen, ich komme jetzt allein zurecht«, erkläre ich. »Ich muss die Maische jetzt nur noch in die Tanks pumpen. Sollte nicht allzu schwierig sein.« Ich habe Jeff und Isaac dabei zugesehen, wie sie es bei Featherstone's gemacht haben. Ich kratze mich am Arm; irgendetwas muss mich gestochen haben. Die Stelle ist rot und entzündet, aber ich versuche, es zu ignorieren.

Isaac ist zurückgekommen, um die Erntehelfer abzuholen. Er gibt sich große Mühe, nicht zu zeigen, dass ihn unsere Maische beeindruckt.

»Ich bringe alle nach Hause. Du tust nichts, bis ich zurück bin«, weist er mich an. Steif klettern die Pflücker in den Lieferwagen. Candy, deren Fuß mit einem Handtuch bandagiert ist, stützt sich schwer auf Nick, während er ihr auf den Vordersitz hilft.

Ich räume die Kisten auf und wasche sie für die morgige Weinlese aus. Dasselbe mache ich mit den Scheren, außerdem schärfe ich sie alle mit dem Wetzstein und reihe sie zusammen mit den Eimern und Kisten auf. Dann lege ich Henris Geschirr zurecht, damit ich es ihm am nächsten Tag direkt wieder anlegen kann.

Ich komme mir so blöd vor, weil mir das mit der Schere passiert ist. Ich habe in der Reparaturwerkstatt für Landmaschinen angerufen und versucht, die Situation in meinem rudimentären Französisch zu erklären. Sie können erst in ein paar Wochen etwas machen … nach der Ernte. Unter diesen Umständen wird uns die Weinlese viel mehr Zeit kosten.

Ich muss weitermachen. Ich betrachte die Pumpe, die den Saft und die zerquetschten Trauben aus den Fässern in einen der großen Betontanks im hinteren Bereich des *chai* befördern soll. So schwierig kann das doch nicht sein. Je schneller ich damit anfange, desto früher haben wir Feierabend. Auch wenn mein Körper denkt, dass er an diesem Tag schon die Arbeit einer ganzen Woche geleistet hat.

Die Wespen und Bienen glauben immer noch, dass sie im Urlaub sind und die Party weitergeht. Ich muss die Maische vor ihnen schützen. Und Isaac hat gesagt, wir müssten zügig arbeiten. Wenn ich auf ihn warte, werden wir die ganze Nacht brauchen.

Ich lehne die Leiter an den großen Betontank, für dessen Reinigung Madame Beaumont und ich eine halbe Ewigkeit gebraucht haben. Mit dem Ende des großen Schlauches über der Schulter steige ich die Leiter hinauf. Ich habe gerade vier Sprossen hinter mich gebracht, als ich mich frage, was ich hier eigentlich tue. Wahrscheinlich sollte ich doch besser auf Isaac warten. Im hinteren Bereich des *chai* wird es allmählich schon dunkel. Als plötzlich etwas gegen mich prallt, schreie ich auf und schwanke gefährlich. Ich drehe mich um, um zu sehen, was das war.

Die kleinen schwarzen Flugobjekte schießen durch die offene Tür des *chai* ein und aus. Fledermäuse! Ich muss jetzt richtig schnell handeln. Ganz in der Nähe heult eine Eule. Mein Herz schlägt wie verrückt. Zu Hause in England würde ich einfach nur den Straßenlärm hören, ab und zu einen Bus oder streitende Nachbarn und zuschlagende Autotüren.

Ich klammere mich an der schwankenden Leiter fest und wage es nicht, nach unten zu schauen. Ich versuche, den Kopf so weit wie möglich einzuziehen, damit sich keine Fledermäuse in meinen Haaren verfangen. Angst durchzuckt meinen ganzen Körper.

Ich werfe das Schlauchende über den Rand des Tanks und klettere rasch die Leiter hinunter.

»Okay.« Als ich unten ankomme, seufze ich erleichtert auf, weil ich hier vor den Fledermäusen in Sicherheit bin. Wieder erschaudere ich. Ich halte nach Isaac Ausschau, doch er ist noch nicht zu sehen. Ich kann nicht länger warten. Schließlich will ich ihm beweisen, dass ich die richtige Entscheidung getroffen habe und kein Vollidiot bin, der sich vom Mond oder irgendwelchem Hokuspokus Antworten erhofft. Ich weiß, was zu tun ist, also nehme ich es in Angriff. Ich kontrolliere die Pumpe, überprüfe, ob der Stecker eingesteckt ist, und schalte das Gerät ein. Ein lautes Surren und Gurgeln ist zu hören, dann rumpelt es, und der Schlauch zuckt, als die Trauben angesaugt werden. Ich stürze vorwärts, greife nach dem Schlauch und hebe ihn an, um den Trauben den Aufstieg zu erleichtern. Ich halte den Schlauch über den Kopf, und die Trauben explodieren am anderen Ende heraus.

»Ja!« Ich könnte platzen vor Stolz. Es funktioniert! Doch als ich den Kopf hebe, um zu sehen, wie der Saft umgepumpt wird, schnellt das Schlauchende aus dem Tank wie eine Schlange, die den Rest ihres Mittagessens ausspuckt. Rote, klumpige Flüssigkeit spritzt aus dem Schlangenmaul.

»Scheiße!« Ich lasse den Schlauch fallen und renne zum Ende, aus dem sich der Saft über den Boden, die Außenwand des Tanks, die sauberen Kisten und Eimer und die Fässer ergießt, die entlang der Wand aufgereiht sind.

Ich schnappe mir das Ende, damit es nicht mehr herumschnellen kann. Im ganzen *chai* riecht es stark nach den Früchten. Immer noch werden zerquetschte Trauben und Saft ausgespuckt. Ich lasse den Schlauch fallen. Sofort windet er sich wieder in alle Richtungen. Ich flitze zur Pumpe und drehe an dem roten Drehgriff, bis der Schlauch hustet und prustet und schließlich schweigt, als hätte man der Schlange den Hals umgedreht. Ich bleibe stocksteif stehen, zitternd und völlig durchnässt. Traubensaft läuft an mir herunter, rinnt mir übers Gesicht, tropft von meinem Pferdeschwanz und den Fingerspitzen. Sogar meine Turnschuhe sind tropfnass.

»Ach herrje! Was zum Teufel ist denn hier passiert?« Ich höre die gedehnte kalifornische Sprechweise.

Na super, auch das noch! Der Skeptiker Isaac ist zurück. Ich lehne mich an den Betontank, rutsche mit dem Rücken daran herunter und bleibe auf dem nassen Boden sitzen. Der Duft von Sommerfrüchten erfüllt die Luft, und die Fledermäuse schießen ein und aus.

»Ich hab dir doch gesagt, du sollst auf mich warten! Verdammt, du hast jede Menge Saft verschwendet. Jedes Glas voll ist Geld wert, weißt du!«

»Ich weiß«, seufze ich. Ich bin so müde und komme mir so bescheuert vor, dass ich kaum aufstehen kann. Mir ist kalt, ich bin völlig nass, und ich fühle mich elend.

Isaac baut sich vor mir auf, aber ich kann ihn nicht ansehen.

»Du musst nicht dafür sorgen, dass ich mir noch nutzloser vorkomme, als ich mich ohnehin schon fühle. Bisher habe ich es heute geschafft, die Abbeermaschine kaputtzumachen, eine meiner Erntehelferinnen von einer Biene stechen zu lassen und die Hälfte der Tagesernte zu verlieren!«

»Hey!«, sagt er scharf.

Ich zucke zusammen. Ich blicke zu ihm auf, und seine braunen Augen starren auf mich hinunter. Er hat die Hände in die Hüften gestemmt, sein kariertes Hemd steht wie immer offen, und das eng anliegende Oberteil schmiegt sich an seinen Körper. Die Ketten um seinen Hals sind miteinander verschlungen, und sein Bandana hält ihm die ungezähmten Haare aus dem gebräunten Gesicht. Seine Freundschaftsbänder baumeln von den Handgelenken, die er in den Bund seiner tiefsitzenden Shorts eingehakt hat. Die Hose hängt kaum noch auf den Hüften. Lässig wippt er mit einem Fuß.

»So ein Gerede ist was für Versager, und eines habe ich inzwischen gelernt, Emmy Bridges«, er legt eine Pause ein, »nämlich, dass du keine Versagerin bist.« Dann stupst er mich leicht mit der Fußspitze an.

Böse starre ich ihn an, genauso sauer auf ihn wie auf mich selbst.

Er macht es noch einmal.

»Hey!« Ich schiebe sein Bein weg.

»Komm, steh auf, wir haben noch zu tun.« Er schaut sich um. »Erst einmal müssen wir die Sauerei beseitigen, die du angerichtet hast.«

Wütend presse ich die Lippen aufeinander.

»Wenn du nicht hinter Candy hergelaufen wärst, dann …«

»Okay, okay, es hat ein bisschen länger gedauert als geplant.« Er hebt die Hände und lacht. Diesmal muss ich unwillkürlich grinsen, obwohl ich dagegen ankämpfe.

Erneut stupst er mich an, diesmal mit dem Knie. »Komm schon, steh auf.«

Traubensaft läuft mir übers Gesicht und den Hals. Ich wische ihn fort, zusammen mit den Tränen, die zum Glück dann doch nicht geflossen sind. Noch einmal fahre ich mir mit beiden Händen über das Gesicht, hole tief Luft und schniefe laut auf. Diesmal muss ich wirklich lachen. Ich sehe bestimmt furchtbar aus.

»Diese Trauben können nicht warten«, sagt Isaac in deutlich ernsterem Ton. Er mag zwar ein Witzbold sein, aber seinen Beruf als Kellermeister nimmt er sehr ernst. »Hör mal, Goldy, sieh dir an, was du bisher geleistet hast. Du hast dich um die heutige Ernte gekümmert und die Trauben zerdrückt. Du kannst jetzt nicht aufgeben. So stellt man Wein her! Du machst das prima«, sagt er ernst. »Genau das hast du versprochen.«

Und er hat recht. Es ist genau das, was ich tun wollte, und jetzt tue ich es. Ich gebe mich nicht geschlagen, ganz bestimmt werde ich den Weinberg nicht wegen des bisschen vergossenen Traubensaftes an das Château Lavigne verlieren. Niemals! Ich muss nur damit aufhören, mir selbst leidzutun, und mich stattdessen um diesen Saft kümmern.

»Okay, okay!« Ich winkle ein Bein an, halte mich am Betontank fest und will aufstehen.

»Hier.« Er bietet mir seine Hand an.

»Nein, geht schon.« Tropfend mache ich einen Aufstehversuch.

»Nein, lass mich dir helfen.« Diesmal nimmt er wirklich meine Hand. Es ist, als hätte ich aus Versehen einen Elektrozaun angefasst ... mit nassen Händen! Ungefähr tausend Volt durchzucken mich und hauen mich beinahe um. Schwankend versuche ich, Halt zu finden.

»Mir geht's gut«, sage ich streitlustig und lasse seine Hand los. Ich habe keine Ahnung, was da gerade passiert ist. Obwohl ich den Kopf schüttele, greift er nach meinen Händen und zieht mich endgültig auf die Füße. Dabei hält er meinen Blick fest. Er umklammert meine Handgelenke, als wollte er mir etwas sagen.

Mein Inneres scheint zu Brei zu werden – fast so wie die Trauben, die ich gerade an die Wände gespritzt habe.

»Du gehst jetzt ins Haus und ziehst dir trockene Klamotten an. Ich fange hier schon mal an«, sagt er und sieht mich immer noch an, als wollte er in meiner Seele lesen. Ich kann verstehen, warum so viele Frauen seinem Charme erliegen – kein Wunder, dass Candy in ihn vernarrt ist. Der arme Nick hat keine Chance. Gott sei Dank bin ich immun gegenüber Isaacs Charme, sage ich mir entschieden. Ich muss an Charlie denken. Er glaubt offensichtlich, dass zwischen uns etwas läuft. Stehe ich immer noch auf ihn, trotz der Art und Weise, wie er mit Madame Beaumont umgegangen ist? Ich will mir ein Bild von ihm vor Augen rufen, aber ich sehe nur Isaacs dunkle Augen, wie Seen aus flüssiger Schokolade. Er schaut mich voller Interesse an, als wäre ich in diesem Augenblick die einzige Person auf der Welt, die wichtig ist. Und ich denke, das ist wahrscheinlich auch so. Doch ich glaube, dass vielleicht darin Isaacs Problem liegt: Er lebt nur für den Moment, wann auch immer der sein mag. Ich werde unter dem Traubensaft rot und löse meinen Blick von ihm.

»Jep, ich gehe dann mal und ziehe mich um«, sage ich mit trockenem Mund. »Und ich schaue mal, ob ich ein paar Reste vom Mittagessen finde. Ist ein Sandwich in Ordnung?« Ich fange an zu plappern – wie immer, wenn ich nervös bin. Allerdings habe ich keine Ahnung, warum ich im Moment nervös sein sollte. Hier sind doch nur Isaac und ich, ein Haufen Fledermäuse und jede Menge Traubensaft. Wenigstens sind die Wespen schlafen gegangen. Ich weiche Isaacs Blick aus. Als ich mich umdrehe, lässt er endlich meine Handgelenke los. Ich spüre, wie mir Safttropfen die Finger hinunterlaufen, als ich die Hände sinken lasse.

»Warte!« Erneut greift er nach meinem Handgelenk. Überrascht drehe ich mich zu ihm um.

Er hält meine tropfende Hand fest, und dann senkt er den Kopf, legt die Lippen auf mein Handgelenk und beginnt zu saugen. Mir fällt die Kinnlade herunter, meine Augen werden so groß wie Untertassen, und diesmal ist die Voltzahl, die durch meinen Körper schießt, jenseits der Messskala. Es ist so, als hätte ich einen Stromschlag bekommen und könnte mich nicht mehr bewegen.

Schließlich hebt Isaac den Kopf, grinst und sagt: »Guter Traubensaft. Fantastischer Zuckergehalt.« Er grinst noch breiter, als es mir endlich gelingt, meine Hand loszureißen. So schnell wie meine zitternden Knie es zulassen, marschiere ich zum Haus, wo ich mich wasche und umziehe. Ich ziehe die Shorts, ein Sweatshirt und ein Paar Gummistiefel an, die ich im Intermarché erstanden habe. Die Innenseite meines Handgelenks kribbelt immer noch.

Isaac hat im *chai* schon große Fortschritte gemacht und jede Menge Saft aufgewischt. Wir arbeiten bis in die Nacht hinein und füllen die Betontanks. Als ich die Leiter diesmal hinaufklettere, schiebe ich den Schlauch weiter in den Tank hinein, und Isaac setzt die Pumpe in Gang. Wir wechseln uns mehrmals ab.

Nachdem ich zum dritten Mal den Schlauch die Leiter hinaufgezogen habe, bin ich so müde, dass ich auf der Stelle einschlafen könnte.

Wir streiten uns bis zum Ende.

»Hör mal, warum schaltest du nicht die Pumpe ein, und ich mache das mit der Leiter ...?«

»Nein, ich bin an der Reihe ...«

Um ein Uhr spritzen wir die Kisten und Fässer für den nächsten Morgen sauber. Um zwei Uhr wünsche ich Isaac eine gute Nacht und falle endlich ins Bett, müde und hungrig. Jeder Knochen in meinem Körper tut mir weh. Isaac hatte recht, vielleicht bin ich einfach zu dickköpfig. Aber er ist genauso schlimm.

Ich wünsche mir sehnlichst den Schlaf herbei, aber jedes Mal, wenn ich die Augen schließe, spüre ich Isaacs Lippen wieder auf meinem Handgelenk, immer wieder.

28. Kapitel

»Ich sehe aus wie der Elefantenmensch!«

Am folgenden Morgen ist Candys Fuß auf die Größe eines Fußballs angeschwollen. Sie kann nicht einmal in ihre perlenbesetzten Flipflops schlüpfen – nicht, dass sie es nicht versucht hätte.

»Du siehst toll aus«, sagt Nick, aber sie hört es nicht.

»Was mache ich bloß? Schnell, Isaac soll mich so nicht sehen.« Sie versteckt sich hinter Nick, als Isaac aus dem Lieferwagen steigt und erklärt, dass er gleich zu Featherstone's zurückkehren muss, um sich um eine Lieferung Wein zu kümmern. Er hat zwei marokkanische Frauen mitgebracht, die bei der Lese helfen werden. Sie lächeln und schütteln mir die Hand.

»*Enchantée*«, sage ich erfreut.

»Sie können bis Mittag bleiben, dann müssen sie ihre Kinder abholen. Ich komme dann mit der Hefe für den Traubensaft wieder.«

»Hefe?«

»Ja, wir fügen sie hinzu, wenn ich da bin. Jetzt muss über die nächsten zehn bis vierzehn Tage ein hübsch ausbalancierter, kontrollierter Gärungsprozess stattfinden. Je stabiler der Vorgang abläuft, desto einheitlicher wird der Geschmack, wenn wir den Wein schließlich mischen.« Er runzelt die Stirn, wie immer, wenn er ernst ist, also normalerweise, wenn es um Wein geht.

»Und was ist in dieser Mischung, die du austüftelst?«, hake ich skeptisch nach.

Er tippt sich an die Nase und grinst plötzlich. »Ein Kellermeister lässt sich nicht in die Karten schauen. Deshalb zahlen sie uns einen Haufen Geld!«

»Wirklich?«

»Oder sie werden es tun – eines Tages.« Er legt den Kopf in den Nacken und lacht, während er die Lieferwagenschlüssel in die Luft wirft und wieder auffängt. »Ich muss weiter. Viel Erfolg heute bei der Weinlese! Candy, pass auf deinen Fuß auf.« Er zwinkert ihr zu und geht zum Lieferwagen.

Candy stöhnt und tritt aus Nicks Schatten. Sie hat sich am Vortag einen Sonnenbrand eingehandelt und ist so rot wie ein gekochter Hummer. Ihr Fuß sieht aus wie ein Ballon, aus dem fünf kleine Baby-Ballons ragen.

»Candy, du bleibst heute besser im Haus. Können alle anderen pflücken?« Sie nicken. »Nehmt euch einen Kaffee, und ich kümmere mich um Henri. Heute beginnen wir mit der nächsten Parzelle.«

Ein Hase flitzt durch den Weinberg, gefolgt von einem zweiten Hasen. Sie tauchen aus dem Nebel auf und verschwinden wieder. Ich muss lächeln und denke wieder daran, wie glücklich ich mich schätzen darf, hier zu sein.

»Henri!«, rufe ich und halte sein Geschirr in der einen und einen Eimer mit Kraftfutter in der anderen Hand. Das Pferd hebt den Kopf, marschiert ohne zu zögern und zielbewusst zum Gatter und wartet auf mich.

»Bonjour«, begrüße ich ihn und streiche ihm über die Nase. *»Prêt pour un autre jour?«* Als ich das Gatter öffne, verlässt er die Weide und bleibt direkt beim Anhänger stehen. Gleichzeitig versuchen die Schafe abzuhauen, aber ich treibe sie zurück. Eines fange ich zwischen den Knien, führe es auf die Weide zurück und schließe rasch das Tor.

»Okay!«, rufe ich den Erntehelfern zu. »Bitte denkt daran, keine verfaulten Beeren! Passt auf eure Scheren auf und behandelt die Trauben sanft! Wir machen den Wein hier mit Liebe und Fürsorge.«

Gloria und ich ernten gemeinsam. Sie hat Madame Beaumonts kleinen dreibeinigen Hocker dabei, den sie immer weiterrückt.

»Wie geht's deinem Dad?«, fragt sie, sobald sich beim Schneiden eine gewisse Routine eingestellt hat. Ihr Atem steigt wie Rauch von der anderen Seite des Weinstocks auf. Obwohl es wieder ein warmer Tag werden wird, liegt herbstliche Kühle in der Morgenluft und sorgt dafür, dass wir uns zügig bewegen.

»Eigentlich weiß ich es nicht so genau.« Nachdenklich runzele ich die Stirn.

»Du weißt es nicht? Ich dachte, er ruft dich ständig an.« *Schnipp, schnipp.*

»Nein, das hat er auch, aber jetzt ist er … na ja, nie zu Hause!«

»Das ist doch gut, oder nicht?« *Schnipp, schnipp.*

»Ich bin mir nicht sicher. Er ist kaum noch aus dem Haus gegangen, seit … nun, seit meine Mum gestorben ist.«

»Oh, das tut mir leid.« Sie rückt den kleinen Hocker weiter.

Ich weiß nie, wie ich darauf reagieren soll, also schweige ich.

»Und jetzt ist er immer, wenn ich anrufe, außer Haus. Das sagt jedenfalls meine Schwester. Im Pub, oder er hilft seinem Freund, dem Klempner. Der ist vor ein paar Wochen vorbeigekommen, um den Wasserboiler zu reparieren. Es hat sich herausgestellt, dass sie zusammen zur Schule gegangen sind.«

»Oh, das ist doch prima! Manchmal hilft es, in die Vergangenheit zurückzukehren, um dann in die Zukunft aufbrechen zu können. Und es ist gut, dass deine Schwester da ist«, meint sie und trägt ihren Hocker zum nächsten Weinstock. Ich folge ihr.

»Das ist auch so eine Sache. Ich habe meine Schwester seit Jahren nicht mehr gesehen. Wir sind zerstritten. Aber vor Kurzem hat sie sich von ihrem Mann getrennt. Ich mache mir Sorgen, wie sie mit ihren Söhnen allein zurechtkommen wird. Ich hoffe bloß, dass sie es hinbekommt.«

»Es ist gut, dass du dir Sorgen um deine Schwester machst, egal, was passiert ist. Sie ist Familie.«

»Tja, ich habe sie großgezogen. Sie war erst zwölf, als Mum … Meine Schwester hat jung geheiratet, einen vielversprechenden Fußballspieler. Es war eine Sandkastenliebe. Er ist ein paar Jahre älter als sie. Ich habe ihn nie richtig gemocht. Er wollte nicht, dass sie Zeit mit ihrer Familie verbringt, und war sehr besitzergreifend. Er hat sich unsere Familienersparnisse ausgeliehen und nie wieder zurückgezahlt. Danach haben wir meine Schwester nicht wiedergesehen, bis jetzt.«

»Bestimmt genießt sie es, Zeit mit eurem Dad zu verbringen«, sagt Gloria aufmunternd.

Ich lasse den Blick schweifen. Die Weinlese läuft gut, wenn auch langsam. Wir haben noch so viel zu tun.

»Was ist mit dir, Gloria? Hast du Familie?«

Schnipp, schnipp. Für eine Weile ist nichts außer dem Geräusch der Scheren zu hören. Ich will mich gerade entschuldigen, weil ich offensichtlich ein schmerzliches Thema angesprochen habe, doch da sagt sie: »Ich war verheiratet … lange Zeit. Mit Paul.« Ich kann hören, wie sie schluckt, und ich komme mir vor wie in einem Beichtstuhl, während ich hinter den großen grünen Weinblättern stehe und ihr zuhöre.

»Er hat mich vor einem guten Jahr verlassen. Ha!«, sie lacht freudlos. »Wegen seiner Sekretärin. Was für ein Klischee!«

»Oh, Gloria!«

Zu meiner Überraschung fährt sie fort. Es ist, als redete sie, während sie munter weiterschneidet, mit den Weinreben, nicht mit mir. Ich fühle mich fast, als würde ich sie heimlich belauschen.

»Paul war ein Macher, ein Ingenieur. Wegen seiner Arbeit sind wir oft umgezogen, haben auch im Ausland gelebt, quasi überall. Ich hatte nie das Gefühl, ein Zuhause zu haben. Wir lebten ein paar Jahre lang an einem Ort, dann mussten wir wieder umziehen. Ich konnte es kaum erwarten, dass er endlich in Rente ging, damit wir uns irgendwo niederlassen und richtig leben konnten, vielleicht sogar in Frankreich.« Sie hört kurz auf zu schneiden und hält das Gesicht in die wärmende Sonne. Offensichtlich hilft das gegen den Schmerz.

»Hast du Kinder?«, frage ich sanft.

»Nein, keine Kinder. Wir haben nie lange genug am selben Ort gelebt, um eine Familie zu gründen. Ich hätte meine Kinder nicht ins Internat schicken wollen. Wir konnten nicht mal Haustiere halten. Ich habe mir immer geschworen, dass ich eine Katze haben möchte, wenn Paul im Ruhestand ist.«

Ich kann es nicht fassen: Die liebe, mütterliche Gloria wird abgestoßen wie ein Gebrauchtwagen, während ihr Mann sich ein neueres, jüngeres Modell anschafft.

»Aber warum das Call-Center, Gloria? Wolltest du damit deine Unabhängigkeit wiedererlangen?« Mir gefällt die Vorstellung sehr.

»Nein«, erwidert sie nüchtern. »Ich bin pleite.«

»Wie bitte?«

»Ich habe nur die Beiträge für Verheiratete in die staatliche Sozialversicherung eingezahlt, also steht mir nicht einmal eine Rente zu. Er hat es geschafft, mich aus allem herauszudrängen.«

»Aber das ist nicht gerecht. Du warst seine Frau. Dir steht die Hälfte von allem zu.«

»Nicht, wenn er den Richter clever davon überzeugt, dass er nichts besitzt. Ihm weismacht, er habe seine Arbeit verloren und verdiene nichts. Ich habe keine Ahnung, wohin das Geld verschwunden ist. Doch seine neue Frau ist bestimmt gut versorgt.«

»Aber was ist mit dem Haus?«

»Wir haben immer zur Miete gewohnt. Wir hatten geplant, eine Wohnung in London und ein Ferienhaus in Frankreich zu kaufen, wenn er in Rente geht.«

»Ach, Gloria.« Am liebsten wäre ich zum Ende der Reihe gelaufen, um auf ihre Seite zu gelangen, damit ich sie in den Arm nehmen kann. Aber wir sind erst in der Mitte angekommen, und außerdem glaube ich nicht, dass sie das will.

»Ich war hocherfreut, als sich mir diese Gelegenheit hier geboten hat«, erklärt sie und wirkt wieder wie die optimistische Gloria, die ich kenne.

»Du bist eine fantastische Köchin, Gloria.« Ich denke an den Coq au vin an dem Abend, als Madame Beaumont stürzte. »Damit solltest du dir deinen Lebensunterhalt verdienen.« Ich tue es schon wieder – immer versuche ich, das Leben anderer Leute in Ordnung zu bringen.

»Danke. Ich habe immer für die Arbeitskollegen meines Mannes gekocht, sozusagen als Unternehmergattin.«

Ich räuspere mich vernehmlich.

»Um ehrlich zu sein, habe ich diesen Teil geliebt. Ich koche gerne für andere Menschen.«

»Ich kann dir gar nicht sagen, wie sehr du mir geholfen hast.«

»Das habe ich sehr gerne getan. Für mich hat es sich angefühlt, als wären wir die Familie, die ich immer haben wollte.«

Plötzlich brennen Tränen in meinen Augen, und ich habe einen Kloß im Hals, den ich erst mal herunterschlucken muss.

»Am meisten habe ich ihm übelgenommen, dass er mir irgendwann das Gefühl verwehrt hat, mich wie eine Frau zu fühlen. Auf einmal habe ich mich ... na ja, unsichtbar gefühlt. Ich war nicht mehr die junge hübsche Frau des leitenden Angestellten, die sich seine Pläne angehört und ihm bei seinen Präsentationen geholfen hat. Ich hatte keine Kinder, auf die ich stolz sein konnte. Keine eigene berufliche Karriere. Und schließlich habe ich mich nicht einmal mehr wie eine Frau gefühlt, nur noch wie ein Wesen mit ... Hitzewallungen!« Sie bringt ein schwaches Lachen zustande.

»Wolltest du beruflich Karriere machen, Gloria?« Ich schneide und schneide und lasse die Trauben in den Eimer fallen.

»Ach, ich war Buchhalterin – so haben wir uns auch kennengelernt –, aber sobald wir angefangen haben herumzureisen, wurde es schwierig, und ich habe aufgehört zu arbeiten. Ich habe immer gedacht, unsere Zeit würde kommen, aber sie kam nicht. Man kann nicht ständig darauf warten, dass das Leben beginnt; irgendwann bleibt keine Zeit mehr.«

Wir schneiden weiter, bis wir das Ende der Reihe erreichen.

»Ich mach dir einen Vorschlag: Ich könnte mich für die Dauer der Ernte ums Mittagessen kümmern«, meint Gloria fröhlich.

»Willst du das wirklich?«, frage ich mit einer Mischung aus Erstaunen und Erleichterung.

»Ja, sehr gerne.«

»Ehrlich gesagt, das wäre fantastisch. Einverstanden!«

Die Sonne bekommt allmählich mehr Kraft. Ich vergewissere mich, dass alle genug trinken, Hüte aufsetzen und sich mit Sonnencreme eincremen. Ich kann es mir nicht leisten, weitere Arbeitskräfte zu verlieren.

Um die Mittagszeit ist Nick auf der Strecke geblieben. Eine alte Rückenverletzung aus seiner Rugby-Zeit plagt ihn.

»Ooh, Rugby!«, flötet Candy, während Nick auf dem kalten Küchenboden liegt. »Es gab mal einen walisischen Rugby-Spieler, der sich als schwul geoutet hat. So mutig!«, seufzt sie und sieht Nick voller Bewunderung an.

Gloria ist auch wieder in der Küche, und ich überlasse ihr das Feld. Sie packt Eis auf Candys Fuß, gibt Nick den Auftrag, Candy mit Sonnencreme einzureiben, und fördert aus ihrer Tasche, die offensichtlich ein Mittel gegen alles enthält, Paracetamol für Nick zutage.

»Paul war so ein Hypochonder«, erzählt sie uns. Auf einmal spricht sie ganz offen über ihn, als hätte man einen Wasserhahn aufgedreht, der nun ständig läuft.

Ich weiß nicht, wie sie das alles hinbekommt, aber sie serviert uns Eier mit einer dicken, cremigen gelben hausgemachten Mayonnaise – die ich liebe –, danach einen Eintopf mit Wildschwein, Linsen, Knoblauch, Thymian und Rotwein. Und zum Nachtisch gibt es *tarte au chocolat*.

Danach wenden sich die Erntehelfer dem Käse zu: einem großen runden Brie, weiß von außen, dessen weiches gelbes Innere zum Entzücken aller auf das abgenutzte Holzbrett quillt. Gloria füllt den Brotkorb auf, während lange cremige Käsestreifen abgeschnitten und auf die Teller bugsiert werden.

Alle lehnen sich zufrieden zurück, als plötzlich das Handy in meiner Hosentasche klingelt. Ich entferne mich ein bisschen vom Tisch, ziehe das Telefon aus der Tasche und schaue aufs Display. Ich schlendere zu Henri hinüber, der den Kopf über das Gatter hängen lässt, während ich mein Handy vor mich halte, um zu sehen, wer mich über FaceTime anruft. Das Bild ist verschwommen, und ich kann nichts erkennen.

Ein Rascheln ist zu hören und dann eine Stimme, die sehr

nach Madame Beaumont klingt. Sie fertigt gerade kurz angebunden eine Krankenschwester ab.

»Madame Beaumont?« Ich starre auf das Display.

»Oui? Allô?«, sagt sie, doch ich kann nur ihr Ohr sehen.

»Hier ist Emmy!«, rufe ich. »Schauen Sie auf das Display. Nicht ans Ohr halten!«

»Emmy? Bist du das? Läuft die Ernte?« Auf einmal schaut sie auf den Bildschirm des iPods, und ich kann ihr Gesicht sehen, ganz nahe. Eine Krankenschwester scheint bei ihr zu sein und versucht, ihr zu helfen, doch Madame Beaumont ist offensichtlich fest entschlossen, das alleine hinzubekommen. Ich muss unwillkürlich schmunzeln.

»Wie geht es Ihnen?«

»Ich lebe noch«, antwortet sie trocken mit rauer, heiserer Stimme und wirft der Schwester einen Blick zu. »Ich bin über den Berg, sagen sie.« Sie hustet. »Écoute, hör zu. Habt ihr mit der Lese begonnen?«, fragt sie so gestelzt, als würde sie mir eine codierte Nachricht senden.

»Äh, ja, wir sind dabei. Die Trauben werden gelesen, und ich habe schon Saft gemacht.« Ich erzähle ihr die gefilterten Highlights.

»Bravo!« Ich höre sie ganz aus der Ferne, als hätte sie das Telefon wieder ans Ohr genommen. Ich senke die Stimme.

»Aber, äh, wie sieht es mit Hefe aus?«, frage ich. Ich muss wissen, was sie davon hält. »Soll ich Hefe zusetzen?«

»Wie bitte?«, ruft sie.

»Hefe, soll ich welche hinzufügen?« Ich drehe mich zum Esstisch um, aber zum Glück achtet wohl niemand auf mich.

»*Mon Dieu! Non!* Was auch immer du tust, lass ihn keine Hefe in den Wein tun. Er muss wild bleiben. Die Wildhefen, die sich von Natur aus auf den Traubenschalen bilden, draußen im Weinberg – sie sind völlig ausreichend.«

»Aber was ist, wenn …?« Doch der Bildschirm wird

schwarz. Ich wische mit dem Finger über das Display und versuche, sie zurückzurufen, aber sie hebt nicht ab. Ich probiere es noch einmal, doch ohne Erfolg. Es ist heiß. Ich drehe mich um und blicke über die Weinberge. Ich wünschte, Dad könnte das alles miterleben, doch da er nach mehr als fünfzehn Jahren gerade erst den Pub wiederentdeckt hat, ist es ziemlich unwahrscheinlich, dass er herkommen würde. Ich wünsche mir auch, dass meine Neffen hier wären und lachend durch die Weinberge liefen.

Ich weiß, dass es nicht möglich ist, aber dennoch möchte ich ihnen gerne von der Weinlese erzählen. Ich schieße ein Foto von den Weinstöcken und eines von den Erntehelfern. *La vendange!*, schreibe ich und schicke die Bilder an Layla. Postwendend erhalte ich die übliche Antwort mit vielen glücklichen gelben Smileys. Dann rufe ich zu Hause an.

»Wir sind nicht zu Hause, bitten hinterlassen Sie eine Nachricht nach dem Ton.«

Ich seufze. Ich werde keine weitere Nachricht hinterlassen. Wahrscheinlich würden sie glauben, ich wäre betrunken, wenn ich verrückte, ausschweifende Nachrichten über das kleine Château Clos Beaumont und die Weinlese hinterlasse. Ich kehre zum Tisch zurück und lege mein Handy zur Seite. Als ich mich ans Ende der Bank setze, taucht von hinten eine Hand mit einer Flasche auf und schenkt mir Wein ein.

»Oh, nein danke, Nick«, sage ich, drehe mich um und hebe abwehrend die Hand, weil ich daran denke, wie viel ich noch zu tun habe.

»Hast nicht *du* gesagt, man kann nichts tun, wovon man nichts versteht?« Es ist nicht Nick, sondern Isaac. Er ist zurück. Ich muss lachen.

»Eigentlich hat Madame Beaumont das gesagt! Sie ist übrigens über den Berg und auf dem Weg der Besserung.« Ich lächele ihn an.

»Sehr gut, dann auf Madame Beaumont!« Er hebt sein Glas, und ich folge seinem Bespiel. Vorübergehend vergesse ich mein Heimweh. Stattdessen empfinde ich Freude – wie immer dieser Tage, wenn Isaac da ist und wir über die Ernte reden.

29. Kapitel

»Autsch!«

Ich kratze mich zum wiederholten Male.

Gloria atmet scharf ein. Wir ernten gerade in einer Parzelle mit Merlot-Trauben. Wieder pflücken wir zu zweit an einem Weinstock. Mr. und Mrs. Featherstone mussten heute passen, aber sie haben versprochen, bald wiederzukommen. Momentan sind Gloria und ich allein.

»Mit geht's genauso«, sagt sie. Alle paar Schritte bleibt eine von uns stehen, um sich zu kratzen, was uns langsamer macht.

Als wir die Trauben zertreten und den Saft in die Betonbehälter gepumpt haben, juckt es mich überall – am Bauch, an den Armen, sogar unter meinen Brüsten.

»Meine Güte!« Isaac weicht ein paar Schritte zurück, als er von Featherstone's kommt, um Gloria, Nick und Candy nach Hause zu fahren. Nick ist wegen seines Rückens immer noch aus dem Verkehr gezogen, aber er leistet Candy in der Küche von Clos Beaumont Gesellschaft. Sie hat am Laptop gearbeitet.

»Was zum Teufel …?« Isaac sieht richtig erschrocken aus.

»Was denn?« Ich gerate in Panik. Habe ich den Wein verdorben? Ich schaue in alle Richtungen, um herauszufinden, was passiert ist. »Was hab ich falsch gemacht?«

»Was ist denn mit dir passiert?« Er verzieht das Gesicht, als hätte er in eine Zitrone gebissen. Als ich an mir hinunterschaue, bleibt mein Blick an den Stichen hängen.

»Ach, das meinst du. Ich weiß nicht. Gloria hat es auch. Sie muss zurück zum *gîte* und dann zur Apotheke.«

»Wenn es das ist, was ich glaube, müsst ihr beide zur Apotheke.«

»Was denkst du denn, was es sein könnte?«, frage ich.

»Erntemilben. Sie legen ihre Eier an warmen Orten ab. Man kann ihnen nicht entgehen. Mach du mal hier fertig, und dann ab in die Badewanne. Ich bringe die anderen nach Hause und fahre für dich zur Apotheke. Und das ist ein Befehl«, sagt er resolut. Ich zittere inzwischen am ganzen Körper.

Es dauert eine Ewigkeit, die große Eisenbadewanne mit Wasser zu füllen. Als ich endlich hineinsteige, gehe ich immer wieder unter, weil ich mit den Füßen das untere Ende nicht erreiche. Aber trotzdem ist es ein Segen. Als das Wasser kalt geworden ist, klettere ich wieder hinaus. Ich stehe auf dem Holzboden und betrachte die Stiche.

Oje!

Rasch trockne ich mich ab und schlüpfe in eine kurze Hose, einen Kapuzenpulli und Flipflops – meine Uniform, seit ich hierherzogen bin. Dann gehe ich in den *chai*, um alles für die Weinlese am folgenden Tag zu reinigen. Madame Beaumont sagt, der *chai* muss makellos sauber sein, wenn man einen guten Wein herstellen möchte. Im Handumdrehen bin ich wieder nass von oben bis unten und friere, weil die Sonne inzwischen untergegangen ist. Ich kratze mich gerade an den Armen, als ich ein Auto auf den Hof fahren höre.

»Hey!«

Isaac steht in der Tür.

»Komm ins Haus! Dieser Raum ist so sauber, dass man darin eine OP am offenen Herzen durchführen könnte.«

Erschöpft gehorche ich. Mit einem Klicken des großen, alten Schalters mache ich das summende Deckenlicht aus und folge Isaac ins Haus.

»Okay, dann zieh mal dein Oberteil aus«, sagt er und lässt eine Reisetasche auf den Boden fallen.

»Wie bitte?« Ich stehe zitternd vor dem Holzofen. »Hör mal, ich habe wirklich kein Interesse an einer Affäre mit dir.«

»Nein«, sagt er sachlich, »und ich will auch keine Affäre mit dir.« Er öffnet den Ofen, wirft ein bisschen Papier und Kleinholz hinein und hält ein Streichholz daran.

Ich weiß nicht recht, ob ich erleichtert oder beleidigt sein soll. Erleichtert, denke ich dann. Unsere Zusammenarbeit ist viel einfacher, wenn wir uns nicht voneinander angezogen fühlen. Trotzdem brennen meine Wangen, als wäre ich geohrfeigt worden.

»Ich kann mir nicht vorstellen, dass du mit dieser Art von Anmache viel Erfolg bei den Frauen hast«, versuche ich zu scherzen.

Er seufzt. »Ich meinte, dass du ein ärmelloses Oberteil oder was Ähnliches anziehen sollst, damit ich etwas auf die wunden Stellen tun kann. Es sind die Eier der Milben, die so jucken.«

»Oh, ja, natürlich«, murmele ich gekränkt und laufe rasch die Treppe hinauf, um ein trockenes Shirt und trockene Shorts anzuziehen. Die nassen Sachen hänge ich zum Trocknen auf einen alten klapprigen Wäscheständer, den ich ans Feuer stelle.

»Die Creme in der Apotheke war ausverkauft.«

»Oh, nein! Was mache ich denn dann?« Das Jucken treibt mich schon jetzt in den Wahnsinn.

»Anscheinend wirkt Aftershave genauso gut«, erklärt Isaac gelassen.

»Aber ich habe kein …«

»Aber ich.« Er nimmt eine kleine schwarze Flasche aus seiner Tasche. »Also, wo fangen wir an?«

Ich zeige ihm zuerst die Rückseite meiner Beine, die mit roten Flecken übersät sind, in deren Mitte sich weiße Punkte befinden. Das Aftershave brennt höllisch, und ich stoße einen Schrei aus. Als Isaac besorgt aufblickt, beiße ich mir auf die Lippe.

»Alles in Ordnung?«, fragt er, bevor er fortfährt.

Ich nicke. Als das Brennen nachlässt, verschwinden gleichzeitig auch die Hitze und das Jucken an den Bissstellen.

Als Nächstes zeige ich ihm meine Armbeugen. Der Duft des Aftershaves ist erdig und holzig, mit einem Hauch von Zitrus. Er hüllt mich ein wie ein Mantel, und ich fühle mich leicht benommen. Ich ziehe mein T-Shirt hoch. Sanft betupft Isaac die Stiche auf meinem Bauch. Sein Kopf ist mir so nah, dass ich seinen Atem auf meiner Haut spüren kann, während meine Lunge sich mit seinem Geruch füllt. Obwohl mir bewusst ist, wie furchtbar ich aussehen muss, schießen wieder ungefähr tausend Volt durch meinen Körper. Dann schiebt er den Rand meines T-Shirts höher.

»Mach deinen BH auf«, sagt er leise. Ich zittere von Kopf bis Fuß, und mein Gesicht steht in Flammen. Plötzlich tut mir alles weh, und ich habe das Gefühl, dass ich gleich explodieren würde, wenn er mich unter den Brüsten berührt, wo die Stiche am meisten jucken.

»Lass mich mal«, sage ich. Als ich ihm die Watte aus der Hand nehme, berühren sich unsere Finger, und ich lasse die Watte beinahe fallen. Vorsichtig betupfe ich die Stellen, die am meisten jucken. Es brennt so sehr, dass mir die Tränen in die Augen steigen. Das Gefühl in meinem Bauch ist weg.

»Und hier«, sagt er und zeigt auf eine gereizte Hautstelle, während ich eine Hand über meine Brüste lege und sie anhebe. »Tut mir leid. Wäre es dir lieber, ich würde dir nicht helfen?«, meint Isaac plötzlich, als ihm aufgeht, wie intim die Situation ist.

Ich schlucke schwer. »Nein, nein, schon in Ordnung. Bitte …« Ich muss versuchen, abgeklärt damit umzugehen. Ohne ihn schaffe ich das nicht.

»Okay.« Er hält meinen Blick mit seinen dunklen Augen, die die Farbe von Nutella haben, fest.

Ich verstehe nicht, warum ich so stark zittere.

»Und hier.« Ich hebe meine Brüste noch ein bisschen mehr an. Fass mich nicht an, denke ich, als er auf eine Brust deutet. Sogar meine Lippen schmerzen – sie brennen vor Verlangen, geküsst zu werden. Ich habe keine Ahnung, was über mich gekommen ist. Wahrscheinlich leide ich unter einem Hitzschlag.

»Nein, hier«, sagt er, nimmt meine Hand und lenkt sie zu einem weiteren Stich. Ich bin dankbar für das Brennen, das mir wieder die Tränen in die Augen schießen lässt und mich in die Realität zurückholt.

Ich muss mich von diesen seltsamen Gefühlen ablenken.

»Also, ähm ... Wegen der nächsten Schritte.« Ich versuche, ungezwungen zu sprechen, doch meine Stimme klingt vor Nervosität merkwürdig kieksend. »Was hältst du von Wildhefen?«

Er schüttelt den Kopf. Ich könnte schwören, dass seine Haare meinen Bauch kitzeln. Der Gedanke lässt meine Haut prickeln.

»Meinst du, du willst keine industriell hergestellten Hefen hinzufügen? Nur die Hefen, die sich ohnehin auf der Oberfläche der Trauben befinden?« Er zieht eine Augenbraue hoch, dann schüttelt er wieder den Kopf. »Zu riskant. Wir müssen die Hefen, die ich mitgebracht hab, morgen in die Bottiche geben. Die Trauben sind jetzt schon ein paar Tage lang geerntet. Der Gärungsprozess muss in Gang gesetzt werden. Wie gesagt, wir brauchen eine hübsche, kontrollierte Gärung über die nächsten zehn bis vierzehn Tage. So haben wir den Wein besser unter Kontrolle, wenn wir ihn mit anderen Weinen verschneiden wollen. Im nächsten Jahr können wir ihn dann mit zugekauften Trauben mischen.«

»Aber ich dachte, wenn wir nur Wildhefen einsetzen, wird der Wein vielschichtiger und bekommt einen ausgeprägteren Charakter, oder nicht?« Ich gebe mir immer noch Mühe, locker und ungezwungen zu klingen. »Autsch!«, jammere ich. Er hat mehr Aftershave auf die Watte gegeben, die ich dann auf den nächsten Stich gedrückt habe.

»Ausgezeichnet, Miss Bridges«, sagt er lächelnd. Ich hoffe, ich muss nicht aufstehen, denn meine Knie sind so weich wie Wackelpudding. Wenn er mich noch einmal berührt, werde ich zerschmelzen. Meine Arme und Beine fühlen sich an, als würden sie nicht zu mir gehören, und eine Feuerkugel rollt über meinen Bauch und die Oberschenkel hinauf und hinunter.

Als er mir das nächste Mal ein Stück Watte reicht, lässt er nicht los, und ich ziehe meine Hand ebenfalls nicht fort. Er schaut mich unverwandt an. Selbst wenn ich wollte, könnte ich meinen Blick nicht von seinem lösen. Plötzlich erwacht der Ofen zum Leben und lässt orangefarbene Lichter über seine gebräunte Haut und seine glänzenden Augen tanzen. Unsere Köpfe bewegen sich ganz leicht aufeinander zu. Ich sollte das nicht tun, aber ich beuge mich noch dichter zu Isaac und schaue auf seine weichen Lippen, die im Feuerschein glänzen. Der von den Stichen verursachte Schmerz ist fast verschwunden, doch meine Brüste sind nach wie vor in höchster Alarmbereitschaft.

Mir ist ganz schwindelig vor Erregung.

»Hey!« Die Tür fliegt auf. »Ich störe doch nicht, oder doch?«, scherzt Charlie, als er eintritt und einen Schwung kalter Luft mit sich bringt. Ich ziehe mein Shirt herunter und lasse mich zurücksinken.

»Nein, nicht im Geringsten«, antwortet Isaac gelassen. Er wirkt nur ganz leicht nervös, als er den Kopf rasch abwendet. »Ich habe Emmy etwas gegen ihre Milbenstiche gegeben«, fügt er hinzu. Als der Deckel der Aftershave-Flasche zu Boden fällt, bückt sich Issac und sucht danach. Ich fühle mich, als wäre der Ballon, in dem wir uns befunden haben, geplatzt.

»Meine Güte! Hier riecht es wie in einem Bordell!« Charlie wedelt mit der Hand. »Ich dachte, du könntest ein bisschen Aufheiterung gebrauchen«, fährt er fort und schwenkt eine Flasche Wein und eine kleine Schachtel Pralinen in meine Richtung. Dann verzieht er das Gesicht, als er die roten Flecken entdeckt, mit denen mein gesamter Körper übersät ist. »Aber wahrscheinlich ist dir nicht danach.«

»Ich bin dann mal weg«, sagt Isaac und greift nach seiner Tasche. »Bis morgen früh. Gute Nacht«, sagt er zu mir, dann etwas steif mit einem Kopfnicken: »Charlie.« Er geht an Charlie vorbei auf die Tür zu. Auf einmal bin ich wahnsinnig enttäuscht.

»Warte«, sagt Charlie. Hoffentlich will er Isaac überreden, noch zu bleiben. »Ich komme mit. Haben Sie Lust auf ein Bier im Papillon?«

»Klar. Aber sind Sie sicher, dass Sie Emmy allein lassen sollten? Diese Stiche sind ziemlich übel.«

»Du kommst schon klar, oder, Emmy? Ich möchte gerne mit Isaac reden und hören, wie es hier so läuft.« Er stellt den Wein und die Pralinen ab. »Ihr macht das übrigens super, in jeder Hinsicht. Mal abgesehen davon, dass mein Team nicht mehr laufen kann.«

Isaac rührt sich nicht.

»Bist du sicher, dass es für dich in Ordnung ist?« Er sieht mich direkt an, und seine Stimme ist sanft. Und ich weiß, dass ich etwas täte, was ich hinterher bereuen würde, wenn er bliebe.

»Du kommst klar, nicht wahr, Emmy?«, meint Charlie.

»Geht ruhig!«, erwidere ich betont fröhlich. »Bis morgen. Viel Spaß! Mir geht's gut.«

Doch als ich ihnen hinterherwinke, fühle ich mich auf einmal, als hätte man mich auf der Tanzfläche stehen gelassen, bevor das Lied zu Ende war. Warum ist er hier mit Wein und Pralinen aufgetaucht? Interessiert er sich tatsächlich für mich, oder geht es ihm nur um den Wein? Mir schwirrt der Kopf. Schließlich sieht er gut aus, und er hat Träume. Charlie macht etwas aus seinem Leben, er baut sich etwas auf. Und ist auf der Suche nach jemandem, mit dem er sein Leben teilen kann. Isaac dagegen lebt in den Tag hinein. Und ich will ganz bestimmt keine Kerbe im Pfosten von Issacs Reisebett werden. Charlie ist eindeutig ein Mann mit guten Zukunftsaussichten – er führt einen Familienbetrieb und ist clever und ehrgeizig. Das Ganze ist quasi ein Selbstläufer, der alle Kriterien erfüllt. Außerdem gibt er sich eindeutig Mühe, also solltest du das auch tun, sagt eine Stimme in meinem Kopf. Er ist mit Schokolade und Wein hier aufgetaucht. Ich habe alle Antworten, die ich brauche. Er mag mich! Doch es bleibt natürlich noch die Frage, ob Charlie den ganzen Abend lang meine Milbenstiche betupft hätte, wenn ich ihn darum gebeten hätte. Und ich habe das Gefühl, auch die Antwort auf diese Frage zu kennen.

In der Nacht bin ich in Isaacs Aftershave eingehüllt wie in eine Decke. Eine Welle von Aufgeregtheit wiegt mich in den Schlaf. Ab und zu wache ich auf und stelle mir vor, wie es sich wohl angefühlt hätte, wenn Isaacs Lippen meinen Mund berührt hätten. Und zum ersten Mal seit einer Ewigkeit schlafe ich richtig tief und fest. Ich schlafe so, als hätte er die Arme um mich geschlungen, was mir das Gefühl vermittelt, alles werde gut.

30. Kapitel

Am folgenden Morgen schmerzt und juckt mein ganzer Körper, doch die Milbenbisse sind dennoch deutlich weniger gereizt und gerötet. Und der erholsame Schlaf hat mir richtig gutgetan.

Schwungvoll fährt Isaac mit dem Lieferwagen auf den Hof. Die Türen gehen auf.

»Morgen.« Seine gewohnte Heiterkeit ist verschwunden. Er ist höflich, aber distanziert.

Steif steigt Nick aus und streckt sich. Er zuckt zusammen und greift sich an den Rücken. Candy ist die Nächste; ihr Fuß ist immer noch dick, und sie humpelt. Glorias Milbenstiche sind rot und geschwollen.

»Es tut mir so leid, Emmy, der Arzt sagt, ich soll ein paar Tage nicht in die Sonne.« Es ist Gloria anzusehen, dass es ihr wirklich leidtut. »Aber ich kann das Kochen übernehmen.«

»Mach dir keine Gedanken.« Ich versuche zu lächeln, aber ich bin besorgt. *Sehr* besorgt. Wir fallen um wie die Fliegen – unter diesen Umständen schaffen wir die Weinlese nie.

»Und vielleicht …« Sie zögert.

»Ja?«

»Na ja, es ist ein Weilchen her, aber vielleicht könnte ich mal einen Blick auf Madame Beaumonts Buchhaltung werfen und die Konten auf den aktuellen Stand bringen«, sagt sie scheu.

»Das wäre super, Gloria! Madame Beaumont ist bestimmt nicht scharf darauf, bei ihrer Rückkehr einen Berg Papierkram vorzufinden. Ich glaube, die Unterlagen sind in einer Schachtel im Wohnzimmer.«

Gloria strahlt. »Ich kümmere mich darum.«

»Ich kann nicht pflücken, aber ich schreibe an einem Blog«, erklärt Candy.

»Ja, und wenn das Schmerzmittel wirkt, kann ich vielleicht wieder mitpflücken«, sagt Nick und stützt die Hände in den Rücken.

»Ich glaube, du legst dich besser hin«, widerspricht Candy. »Ich kümmere mich um dich.« Sie lächelt, als wäre er ein süßer Welpe, um den sie den ganzen Tag viel Wirbel machen wird.

Isaac steigt wieder in den Lieferwagen und startet den Motor. Ich laufe zum Fenster.

»Kannst du nicht bleiben?«

Er schüttelt den Kopf.

»Was soll ich denn machen?«

»Fang einfach an. Ich komme so bald wie möglich zurück. Ich habe die Hefe in den *chai* gestellt. Du musst sie in jeden Tank geben, es ist ein Messbecher dabei. Vielleicht muss der Saft noch mal umgepumpt werden – du kannst dir von einem der Verletzten helfen lassen.«

»Die Hefe hinzufügen, okay. Umpumpen … gut. Wie war's gestern Abend noch mit Charlie?«, frage ich rasch. Ob er mich wohl erwähnt hat?

Isaac beißt sich auf die Unterlippe. »Er scheint zu glauben, dass du das alles für das Featherstone's-Team machst. Er hat ein paar Mal gesagt, was für ein tolles Mädchen du bist und dass er das nicht sofort gesehen hat. Hauptsächlich hat er über diesen Wettbewerb der Morgan's Supermarktkette und die Prämierung des besten Weines gesprochen. Wie wir dann eine erstklassige Position in den Regalen bekämen, außerdem jede Menge Aufmerksamkeit in der Öffentlichkeit. Das könnte einem familiengeführten Betrieb wie Featherstone's zu Ansehen und Bekanntheit verhelfen. Die Winzer würden Schlange stehen, damit Featherstone's ihren Wein herstellt. Charlie ist in Kontakt mit einem großen Weinhändler in Australien. Richtig groß. Wenn man dort den Fuß in die Tür bekommt, liegt einem die Welt zu Füßen!«

»Das ist toll«, sage ich lahm. Doch obwohl ich genau das gehört habe, was ich hören wollte, fühle ich mich aus irgendeinem Grund nicht so euphorisch wie erwartet.

»Jep! Wir würden alle davon profitieren«, sagt er, ohne mich anzusehen.

Ich habe irgendwie das Gefühl, dass er mir damit einen Stich versetzen will.

»Was willst du damit sagen?«

»Ich mein ja nur. Wir bekommen alle, was wir wollen, nichts weiter.« Isaac blickt geradeaus und hält das Lenkrad fest. Er hat recht, so ist es. Warum kann ich mich dann nicht richtig freuen?

»Wo fährst du hin? Ich brauche Hilfe. Wenn wir alle bekommen sollen, was wir wollen.« Jetzt liegt in meiner Stimme eine gewisse Schärfe.

Er sieht mich an, dann verzieht sich sein Mund auf einmal zu einem Grinsen. Er legt den ersten Gang ein, löst die Handbremse und fährt los.

»Vergiss die Hefe nicht!«, ruft er aus dem Fenster. »Ich erkläre dir nach meiner Rückkehr, was du sonst noch tun musst.«

»Isaac! Wo fährst du hin? Wie lange wirst du weg sein?«

»Ich organisiere dir weitere Erntehelfer.«

Ich schaue dem Lieferwagen hinterher, der die Einfahrt hinunterfährt.

Isaac hat recht. Wenn ich diesen Wein erzeugen will, muss ich tun, was er sagt. Ich muss diese Hefe hinzufügen. Und seien wir mal ehrlich: Wird es Madame Beaumont wirklich auffallen?

An diesem Tag ist es im Weinberg nicht ganz so heiß, was bedeutet, dass ich schneller arbeiten kann. Doch da ich allein bin, komme ich nur langsam voran, sehr langsam – obwohl ich mir die größte Mühe gebe. Ich kann diese Ernte nicht rechtzeitig einbringen. Es ist einfach zu viel zu tun.

»Ich weiß, es ist nicht eure Schuld, aber es gibt so viele von euch, und ich bin ganz allein«, sage ich zu den Weinstöcken. Ob sie wohl nicht nur Französisch, sondern auch Englisch verstehen? »Wenn Isaac doch nur hier wäre! Dann wären wir wenigstens doppelt so schnell. Ich weiß einfach nicht, wie ich das alles schaffen soll.« *Schnipp, schnipp. Schnipp, schnipp.*

Ich fühle mich vollkommen überfordert, und ich bin richtig wütend. Isaac ist schon vor einer Ewigkeit verschwunden, um weitere Helfer aufzutreiben, und er ist immer noch nicht zurück. Ich kann es nicht fassen, dass er mich so hängen lässt.

»Allez, Henri!«, rufe ich dem Pferd zu. Langsam stapft es die Reihen zwischen den Weinstöcken entlang.

»Brrr!«, rufe ich, und Henri bleibt gehorsam stehen.

Ich meine, es ist kompliziert. Einerseits nervt er mich mit seinen blöden Witzen und seiner lässigen Einstellung. Andererseits, wenn es um Wein geht, muss alles genau so gemacht werden, wie er es sich vorstellt. Charlie, er ist anders. Er versetzt mich nicht so in Wut wie Isaac, aber dafür macht er auch nicht … na ja … Meine Gedanken springen zurück zum Vorabend, als Isaac mich mit seinem Aftershave abgetupft hat. Ich kann es immer noch riechen, und irgendwie bewirkt es, dass ich mich in den Hüften wiege. »Dämlich, ich weiß«, erzähle ich den Weinstöcken, während ich pflücke, die Trauben in den Eimer fallen lasse und dann in die Kisten auf dem Anhänger leere. Rasch verdränge ich die Erinnerung an den vorhergehenden Abend, wie ich es mir vorgenommen habe, aber irgendwie wiegen sich meine Hüften trotzdem, wenn ich gehe.

Ich folge Henri gerade die vierte Reihe hinauf, als ich einen Wagen auf den Hof fahren höre. Gott sei Dank! Isaac!

Ich stecke die Schere in die Tasche meiner Shorts und nehme die Baseballkappe ab, die ich auf dem Markt erstanden habe. Dann packe ich meine inzwischen länger gewordenen Haare, setze die Kappe wieder auf und ziehe meinen Pferdeschwanz durch den Spalt auf der Rückseite. Henri bleibt geduldig stehen und wartet. Ich tätschele ihm das dicke Hinterteil.

»*Tu attends. Bon garçon.* Ich bin gleich zurück!« Meine Turnschuhe sind dunkel und dreckverschmiert. Sie sehen verschlissen und fertig aus. Ein bisschen wie ich. Doch das Wiegen meiner Hüften und der Duft des erdigen, holzigen Aftershaves, der immer noch an meiner Haut haftet, motivieren mich, den Hügel hinaufzustapfen. Als ich das obere Ende der Reihe erreiche, bleibe ich ein bisschen atemlos stehen und schaue zum Hof. Es ist nicht Isaac. Es ist Charlie.

Er steigt aus seinem Wagen und setzt seine Fliegersonnenbrille ab. Cecil kommt mühevoll auf die Vorderbeine, hebt den Kopf und bellt mit schwingenden Lefzen. Charlie weicht ihm aus, als der Hund sich auf die Hinterbeine müht und schließlich auf allen vieren steht. Wie immer hängen ein paar Sabberfäden von Cecils Maul.

»Hi«, sage ich lächelnd und hebe eine Hand, obwohl ich ein bisschen enttäuscht bin. Wieder sieht Charlie nicht so aus, als wollte er bei der Traubenlese helfen. Ich betrachte sein adrettes, perfekt gebügeltes rosafarbenes Hemd. Es steht am Hals offen, und die Ärmel sind an den Aufschlägen sorgfältig aufgekrempelt. Dazu trägt er eine dunkle Anzughose und glänzende kastanienbraune Schuhe. Das kühlere Wetter behagt Charlie offensichtlich mehr, und es passt auch besser zu seiner Garderobe.

»Hi«, antwortet er strahlend, fasst mich an den Schultern und küsst mich auf beide Wangen. Sein Aftershave riecht tropisch, blumig und warm. Irritiert runzelt er die Stirn. »Was ist das denn für ein Geruch?« Er schnuppert an mir und rümpft die Nase. Mir ist klar, dass er Isaacs Aftershave riecht.

»Ich dachte, du wärst vielleicht gekommen, um mir bei der Ernte zu helfen«, sage ich, obwohl klar ist, dass er nur den Fortschritt begutachten will, der – ehrlich gesagt – momentan nur sehr schleppend ist. »Ich weiß, es sieht so aus, als hätte ich erst die Hälfte geschafft, aber eine Menge Saft beginnt bereits zu gären.« Rasch versuche ich, seine Sorgen zu zerstreuen. »Isaac ist losgezogen, um mehr Erntehelfer aufzutreiben.«

»Ach, wir haben eine Lieferung Saft bekommen. Isaac ist gerade im Weinkeller und pumpt ihn in die Tanks«, erklärt Charlie. Ich könnte Isaac erwürgen!

»Er hätte mir Bescheid sagen sollen!«, jammere ich. »Jetzt bekomme ich es niemals hin!« Auf einmal fühle ich mich völlig niedergeschlagen. Ich beuge mich vor und stütze mich mit den Händen auf den Knien ab. Ich bin erschöpft, alles tut mir weh, und noch nicht einmal das Holz- und Zitrus-Aftershave kann meine Stimmung noch heben.

»In dem Fall könnte dir das hier helfen.« Er öffnet die Autotür, und ich hebe den Kopf ein wenig. »Passt auf die Sitze auf, kommt nicht mit den Füßen daran …«

»Bist du unsere Tante Emmy? Wir sind mit dem Flugzeug geflogen, und Opa hat uns Cola gekauft und … Wow! Wer ist das denn?« Die zwei flott gekleideten Jungen bleiben stehen und starren Cecil mit großen Augen an.

Bilde ich mir das jetzt ein? Ich lache schwach und ungläubig und richte mich auf. Mein Blick ist immer noch nicht ganz klar, doch diese beiden kleinen Kerle, die gerade aus Charlies Auto gepurzelt sind, haben das gleiche Alter wie meine Neffen – etwa vier und sechs. Ich schaue noch einmal genauer hin. Sie sind es! Luke und Arthur!

Sie laufen zu Cecil und streicheln seinen großen Kopf, als wäre er ein riesiger Basketball. Cecil liebt es, wenn man ihm die Ohren reibt. Im Handumdrehen haben sich lange Sabberfäden gebildet, die, als er plötzlich den Kopf schüttelt, durch die Gegend fliegen.

»Wow!« Die beiden Jungen lachen respektvoll über diesen fantastischen Trick.

Als ich mich wieder zum Auto umdrehe, habe ich immer noch nicht richtig kapiert, was hier los ist.

»Jody!«, stammele ich, als meine Schwester aus dem Wagen schlüpft. Zuerst wirkt sie noch zögerlich, doch dann breitet sich ein strahlendes Lächeln auf ihrem Gesicht aus, und sie läuft auf mich zu, um mich in die Arme zu schließen. Ich umarme sie fest. Charlie schaut wohlwollend zu. Mein Gott, wie sehr brauche ich diese Umarmung. Ich schließe die Augen und bin sprachlos. Doch Worte sind gar nicht nötig. Schließlich mache ich die Augen wieder auf. Charlie öffnet die Beifahrertür, und jemand steigt langsam und steif aus – zuerst wird ein Fuß in einem braunen Schuh und grauem Strumpf auf den staubigen Boden gestellt, dann folgt der Rest ... Ich kann es nicht fassen! Mir bleibt die Luft weg, und Tränen steigen mir in die Augen, bis ich kaum noch etwas erkennen kann.

»Dad!« Ich werfe mich in seine Arme und drücke ihn, während Luke und Arthur auf dem Hof hintereinander herlaufen.

»Hallo, wer ist das denn?« Gloria und Candy sind aus dem Haus getreten, um zu sehen, was der Trubel zu bedeuten hat.

»Das ist meine Familie!«, verkünde ich mit einem dicken Kloß im Hals.

»Wir dachten, du könntest Hilfe bei der Weinlese gebrauchen«, sagt Dad, der ebenfalls ganz erstickt klingt.

»Ich kann nicht fassen, dass du hier bist.« Ich wische die Tränen fort, die mir die Wangen hinunterlaufen.

»Ich auch nicht, ich auch nicht«, erwidert er lachend.

Er umarmt mich noch einmal. Über seine Schulter erhasche ich einen Blick auf Charlie, der neben der Fahrertür steht und wie ein Mann wirkt, der sich mit großen Gesten auskennt. Das ist das Wunderbarste, was jemals ein Mensch für mich getan hat. Das Herz geht mir über vor Rührung, und das habe ich allein Charlie zu verdanken. Er versteht, was mir das bedeutet. Er versteht, wie wichtig es für mich ist, mit eigenen Augen zu sehen, dass es meinem Dad gutgeht. Plötzlich habe ich das Gefühl, dass er und ich vielleicht doch auf dem richtigen Weg sind. Schließlich hätte er das nicht für mich getan, wenn ich ihm nichts bedeute. Er will uns eine Chance geben. Werde ich doch noch die Liebe finden? Nur jemand, dem ich *wirklich* etwas bedeute, würde das für mich tun.

»Wie lange könnt ihr denn bleiben?«, frage ich. Ich will jede Minute auskosten.

»Nur ein paar Tage, dann müssen die Kinder auf eine andere Schule wechseln. Aber wir dachten, wir könnten dir damit helfen.«

»Auf jeden Fall! Warte, was meinst du mit Schule wechseln?«

»Lass dir das von Jody erklären.« Dad lächelt mit Tränen in den Augen, und ich drücke ihn rasch noch einmal.

»Du riechst gut«, sagt er, während er meine Umarmung erwidert.

»Danke.«

Ich drehe mich zu Charlie um. »Danke, Charlie, vielen Dank«, forme ich mit den Lippen.

»Gerne!«, antwortet er lautlos und lächelt. Ich fühle mich wie im siebten Himmel.

»Danke, Charlie, dass Sie das organisiert haben.« Dad lächelt anerkennend. Mir hüpft das Herz vor Freude.

»Gloria, haben wir Platz und genug Essen für ein paar zusätzliche Esser?«, frage ich.

»Natürlich!« Sie winkt mir mit einem Küchentuch zu.

»Komm, Dad, wir schauen mal, ob wir dich fürs Pflücken ausstatten können.« Ich lege den Arm um ihn und führe ihn zum Haus. Ich freue mich, ihm alles zu zeigen – es fühlt sich an wie Geburtstag und Weihnachten auf einmal.

31. Kapitel

»Okay, passt auf, dass ihr nicht auf Bienen tretet, und macht eine Pause, wenn ihr nicht mehr könnt. Dad, wir holen einen Hocker für dich. Schneidet keine faulen Trauben, passt auf eure Scheren auf und seid vorsichtig! Wir machen den Wein mit viel Liebe.«

Wir arbeiten den ganzen Vormittag, und mittags serviert Gloria einen fantastischen Wildschweinbraten, den sie aus dem Fleisch gezaubert hat, das Jeff im Kofferraum seines Wagens mitgebracht hat – ein Geschenk von einem Freund, wie er sagt. Dazu gibt es neue Kartoffeln in Butter geschwenkt und grüne Bohnen. Als Nachtisch bekommen wir saftige Birnen mit Crème fraîche, die Gloria von einem Bauern erstanden hat, mit dem sie bei einem Spaziergang auf der anderen Seite des Flusses ins Gespräch gekommen war. Und natürlich kommt auch wieder der große runde Käse auf den Tisch. Ich bin erstaunt, wo Nick das alles hinsteckt – er ist dünn wie eine Bohnenstange und isst doppelt so viel wie alle anderen.

»Das war fantastisch!«, sagt Dad, reibt sich den Bauch und schiebt seinen Hut zurück. Die Jungen stehen vom Tisch auf und toben um Cecil herum, der bellt und zu ihrer großen Freude wieder den Sabbertrick vorführt.

Nach dem Mittagessen wird die Traubenlese fortgesetzt. Dad trägt eine halblange Hose, grüne Socken und Ledersandalen; ich glaube, es sind dieselben Klamotten, die er schon in meiner Kindheit bei einem Urlaub in West Wales anhatte. Dort habe ich meine beste Freundin Layla kennengelernt. Jahre später, als wir im selben Call-Center gelandet waren, stellten wir fest, dass wir Freundinnen aus Kindertagen sind und uns beim Zelten am Strand getroffen hatten. Dad muss seine Sommerkleidung auf dem Dachboden aufbewahrt haben. Er sieht genauso aus wie damals – seine Beine, die aus der halblangen Hose herausragen, sind so weiß, dass sie ins Grünliche spielen. Er trägt ein Kurzarmhemd, und ich habe auf einer Kopfbedeckung bestanden, obwohl es heute ein bisschen verhangen ist. Nick hat ihm seinen Panamahut geliehen, der ihm wirklich gut steht.

Als wir nach dem Mittagessen aufgeräumt haben, ist es nicht mehr so warm. Gloria beschließt, mit Dad zusammen zu pflücken. Sie trägt eine lange Hose und ein Oberteil mit langen Ärmeln. Candy und Nick helfen einander gegenseitig. Langsam kämpfen sie sich, wie zwei verwundete Soldaten, die Reihe entlang. Und Jody und ihre Söhne ernten ebenfalls. Ich beobachte, wie sie mit ihnen umgeht – sie ermutigt sie, erklärt ihnen, was zu tun ist, und lacht mit ihnen. Sie macht das wunderbar, denke ich stolz.

Der Anhänger füllt sich viel rascher als heute Vormittag, und meine Stimmung hebt sich. Ich kann Charlie gar nicht genug danken, weil er das organisiert hat. Ich weiß gar nicht mehr, wie ich an meinen Gefühlen für ihn und an seinen für mich zweifeln konnte. Dass er Dad, Jody und die Jungen hergeholt hat, na ja, das kann nur bedeuten, dass er mich sehr gern hat. Er hat Verständnis für mich und meine Verpflichtungen. Und Dad ist offensichtlich auch sehr angetan von ihm. Er ist … nun, einfach vollkommen. Mein Leben scheint endlich Konturen zu bekommen. Vielleicht mache ich doch irgendetwas richtig. Vielleicht werde ich sogar mit Partner auf der Cadwallader's Weihnachtsfeier auftauchen, statt den ganzen Abend vor dem lüsternen Louis aus der Abteilung Kfz-Versicherungen zu flüchten oder Skinhead-Melody aus dem Weg zu gehen. Sie führt bei dem Anlass immer ihre neuen Tattoos und Piercings vor, ist die Erste, die sich mit bloßem Hintern auf den Kopierer setzt, und versucht immer, so viele Männer wie möglich unter den Mistelzweig zu bugsieren. Ihr Rekord liegt bei dreiunddreißig. Plötzlich denke ich an meinen Schreibtisch im Call-Center in England. Er steht direkt am Fenster, so dass ich auf die Grünanlage schauen kann, die zwischen zwei großen Gebäuden hervorblitzt – meine Verbindung zur Außenwelt. Und wenigstens kann ich einen Blick auf ein Stück Himmel erhaschen. Jetzt hebe ich den Kopf und betrachte die Weite des Himmels über mir. Das werde ich wohl nie wieder erleben. Ich blicke über das Tal zum Château Lavigne und dann nach Saint Enrique hinüber. Am Horizont ziehen Wolken auf.

»Okay, wir müssen uns beeilen!«, rufe ich, senke den Kopf und gebe Gas, genau wie alle anderen.

Wir beenden die Lese in dieser Parzelle. Jetzt bleiben nur noch zwei übrig: die große weiter unten und die Parzelle neben dem Château Lavigne.

Wir folgen Henri und dem Anhänger zurück zum *chai*, wo wir die Trauben abladen und von ihren Stielen befreien. Dann zeigen Luke und Arthur, was sie draufhaben, als sie die Trauben mit den Füßen zerquetschen. Sie können es nicht fassen, dass man ihnen erlaubt, sich so schmutzig zu machen, ohne dass ihnen jemand die Leviten liest! Sogar Dad übernimmt eine Runde. Dabei lacht er so, wie ich es noch nie erlebt habe. Für jemanden, der sich seit mehr als zehn Jahren nicht mehr aus seinem Sessel bewegt hat und keine einzige Folge der Serie *Pointless* versäumt hat, ist das eine unglaubliche Veränderung. Mr. und Mrs. Featherstone gesellen sich ebenfalls zu uns. Allerdings hat Mr. Featherstone sich noch nicht ganz von den Anstrengungen zu Beginn der Woche erholt und sitzt in seinem Rollstuhl. Mit einem breiten Grinsen im Gesicht sieht er uns zu.

Am Abend kehrt meine Familie mit Gloria und den anderen zum *gîte* zurück. Gloria zieht zu Candy, Jody und die Jungen übernehmen Glorias Zimmer, und Dad bekommt Nicks Bett. Nick schläft auf dem Boden im Erdgeschoss und behauptet, das täte seinem Rücken gut.

Am folgenden Tag stehe ich früh auf. Der Himmel ist bewölkt, und der Wind frischt auf. Alle sind da.

»Lasst uns anfangen. Wir müssen mit dieser Parzelle fertigwerden, bevor der Regen einsetzt.«

Isaac steckt im Weinkeller wieder bis über beide Ohren in der Arbeit, und so pflücken Jody und ich zusammen. Und noch einmal danke ich Gott, dass Charlie Kontakt zu meiner Familie aufgenommen hat. Wie glücklich kann ich mich schätzen, dass er in mein Leben getreten ist! Dank Charlie können wir es tatsächlich schaffen, diese Ernte einzubringen. Meine Stimmung hat sich erheblich verbessert.

»Dad scheint richtig Spaß zu haben. Geht es ihm wirklich gut? Ich meine, er ist in den letzten zehn Wochen mehr aus dem Haus gekommen als in den vergangenen zehn Jahren. Was geht hier vor?«

Jody und ich schneiden die Trauben ab und bewegen uns zusammen die Reihe entlang; wir arbeiten rasch und im Einklang.

»Ganz ehrlich, Emmy, er ist ein anderer Mensch. Seit Ralph, der Klempner, kam, um den Boiler zu reparieren, geht Dad wieder in den Pub und sieht sich mit Ralph zusammen Rugby an. Er plant sogar, noch vor Weihnachten mit ein paar Frauen eine Busreise nach Bath zu unternehmen. Sie haben sie bei einem Senioren-Brunch in Doug's Diner kennengelernt. Und er spricht sogar davon, sich bei dem großen Baumarkt in der Nähe um eine Stelle zu bewerben. Sie suchen offenbar ältere Angestellte mit viel Erfahrung.«

»Machst du Witze?«, frage ich verblüfft. *Schnipp, schnipp.*

»Ich weiß nicht, ob er das wirklich machen wird, aber jedenfalls ist er voller Elan. Er geht auch wunderbar mit den Jungs um, kocht für uns, macht Ausflüge mit ihnen. Er hat sogar ein Zelt im Garten gebaut.«

»Was, in unserem Garten? Aber da ist er schon seit Jahren nicht mehr gewesen. Es sieht da aus wie in einem Dschungel.«

»Ja, genau das hat er ihnen erzählt, es ist wie bei *Ich bin ein Star – Holt mich hier raus*! Sie lieben den Garten! Zu Hause gab es immer nur Computerspiele oder organisierte Treffen mit anderen Kindern.«

Es entsteht eine Pause. Wir leeren unsere Eimer in den Anhänger hinter Henri, dann kehren wir in unsere Reihe zurück und lesen weiter. Ich hole tief Luft.

»Und wie läuft's … bei dir zu Hause?«, frage ich vorsichtig.

Zum ersten Mal unterbricht Jody ihren Rhythmus, und ich halte ebenfalls inne. Wir starren einander zwischen den großen Weinblättern hindurch an.

»Ich gehe nicht zurück, Emmy. Ich habe ihn endgültig verlassen.«

»Ach, Jody!« Ich bin frustriert, dass ich nicht um den Weinstock herumgehen kann, um sie in den Arm zu nehmen.

»Ich glaube, er hat sich innerlich schon vor langer Zeit von mir getrennt. Wie sich herausstellte, hat er zwei Leben mit verschiedenen Frauen geführt. Irgendwie hat er vergessen, dass er mit einer von ihnen verheiratet ist.«

Vor Mitleid zieht sich mein Herz zusammen. Ich hasse die Tatsache, dass ich nicht für Jody da gewesen bin. Ich war so wütend darüber, dass sie einfach das Geld genommen und nie zurückgezahlt haben.

»Es ist alles weg, Emmy«, sagt sie leise. »Das Geld aus Mums Versicherung. Es ist weg.« Sie schluckt. »Er hat mich aufgefordert, Dad und dich um das Geld zu bitten. Er sagte, es wäre eine fantastische Investitionsmöglichkeit. Eine Hotelanlage, die neu erbaut wurde, und er konnte gleich am Anfang einsteigen. Er hat sich zusammen mit zwei Typen in einige Projekte eingekauft. Diese Typen sollten angeblich etwas von diesem Geschäft verstehen.« Sie hält inne und trinkt einen Schluck Wasser. »Er war bis über beide Ohren verschuldet und dachte, er kommt da raus, indem er weiter investiert.«

»Wo befindet sich denn diese Hotelanlage?«

»In Griechenland.« Eine Weile schweigen wir beide. Dann sagt sie: »Sie haben das Geld verloren. Ich wusste lange nichts davon, denn er hat immer behauptet, alles liefe prima. Wir hatten das Haus und schicke Autos. Erst als die Schecks für die Kindertagesstätte und die Vorschule platzten, ist mir aufgegangen, dass etwas nicht stimmt. Er hat Schulden gemacht, um andere Schulden zu begleichen. Ich habe keine Ahnung, wie viele Kreditkarten er überzogen hat und wie vielen Leuten wir Geld schulden. Ich weiß bloß, dass ich im Laufe der Zeit immer weniger Kontakte zu anderen Menschen hatte. Er hat mich davon abgehalten, mich mit Freunden zu treffen, ich durfte niemanden mehr anrufen … Es tut mir so leid! Du musst mich hassen …« Ihre Stimme bricht, und sie kann nicht weitersprechen. Ich sehe rot, als ich daran denke, was er Jody und meinem Dad angetan hat, indem er dieses Geld genommen und verloren hat. Doch dann verschwindet der Nebel vor meinen Augen, und ich kann nur noch an Jody denken. Sie ist die Einzige, die zählt.

»Das Geld ist egal, wirklich. Wir finden einen Weg aus dieser Lage, ich verspreche es dir. Wenn dieser Wein gut wird, ist alles in Ordnung, Jody. Dann können wir das Haus behalten.«

Sie schnieft, wischt sich mit dem Ärmel die Nase ab, als wäre sie zwölf, und schüttelt den Kopf.

»Es geht schon, wirklich. Ich kann bei Dad bleiben, bis du nach Hause kommst. Ich suche mir einen Job und eine Wohnung. Ich mache jetzt was aus dem Abitur, das ich dank deiner Unterstützung gemacht habe!«

Jetzt bahne ich mir doch einen Weg durch die Weinstöcke und umarme sie fest.

»Ich bin richtig stolz auf dich. Du bist eine tolle Mutter«, murmele ich in ihr Haar, das von den Tränen, die ich nicht zurückhalten kann, feucht wird.

»Ich wünschte, ich wäre mehr so wie du«, erwidert sie schniefend.

»Wie ich?« Ich löse mich von ihr und sehe sie verblüfft an.

»Du läufst nicht vor deinen Problemen davon. Nicht wie ich. Ich habe den Kopf so tief in den Sand gesteckt, dass ich nichts und niemanden mehr sehen konnte. Du bleibst einfach stehen und stellst dich deinen Problemen. Ich meine, sieh dir bloß an, was du zu Hause gemacht hast. Du hättest aufs College zurückkehren können, aber das hast du nicht getan. Stattdessen bist du geblieben und hast die Probleme gelöst. Und hier … Du hättest nach Hause fahren können, doch du bist geblieben. Du bist nicht abgehauen.«

»Vielleicht, weil ich zum ersten Mal seit Jahren irgendwo anders bin … Zum ersten Mal überhaupt!« Ich versuche zu lachen.

»Seit Mum gestorben ist.« Jody blickt mir direkt in die Augen.

»Ja«, antworte ich, obwohl meine Stimme zittert, »seit Mum … Seit sie bei diesem Unfall gestorben ist.« Und plötzlich habe ich das Gefühl, als könnte ich zum ersten Mal seit sehr langer Zeit ein bisschen leichter atmen.

Gegen Ende des Tages, als die Sonne zu sinken beginnt, bringen wir die letzten Trauben ein und zerquetschen sie. Jody und ich halten uns dabei an den Händen – nachdem ich meine Schwester nun zurückhabe, will ich sie gar nicht mehr loslassen. Dann pumpe ich den Saft in einen Betonbehälter. Dank der vielen helfenden Hände geht nicht ein einziger Tropfen verloren. Anschließend schrubben wir den Arbeitstisch und die Fässer und spritzen den Boden des *chai* ab.

Gloria kommt mit einem Tablett voller Gläser, einer Flasche Clos Beaumont und einer Schale mit gesalzenen Nüssen aus dem Haus. Für die Jungen hat sie Limonade gemacht. Sie tauchen aus dem *chai* auf, und Dad erhebt sich aus dem Liegestuhl, von wo aus er den Blick über das Tal genossen hat. Jody hat Nick geholfen, den Rest des Hauses in Ordnung zu bringen. Candy ist – wenn ich mich nicht täusche – ein bisschen beleidigt, was ich aus den Blicken schließe, die sie den beiden zuwirft.

Als Isaac auftaucht, um zu sehen, wie es läuft, hellt sich Candys Stimmung deutlich auf.

»Das ist meine Familie«, erkläre ich Isaac.

Doch als ich ihm meinen Dad vorstelle und Isaac sagt: »Hi, wie geht's denn so? Großartig, Sie kennenzulernen«, runzelt Dad die Stirn. Ich fühle mich ein wenig unbehaglich, weil Isaac ihm offensichtlich auf Anhieb unsympathisch ist.

»Danke, gut. Ich dachte gerade, ich hätte Ihren Akzent wiedererkannt«, antwortet Dad.

Gut, dass es Charlie und nicht Isaac ist, den Dad hoffentlich öfter treffen wird, wenn ich wieder zu Hause bin. Ich versuche nicht, den Anflug von Vorfreude zu unterdrücken.

Candy erhebt ihr Glas. »Auf die Teamarbeit!«

»Auf die Teamarbeit!«, wiederhole ich lächelnd und stelle fest, dass ich kaum glücklicher sein könnte als momentan. Doch ich weiß, dass es nicht so bleiben kann. Dad, die Jungs und Jody werden morgen wieder abreisen, und was dann? Schaffe ich den Rest wirklich allein?

Und da fällt es mir wieder ein … die Hefe! Wegen des Trubels habe ich ganz vergessen, Issacs Hefe hinzuzufügen. Doch an den Trauben befinden sich ohnehin wilde Hefen. Ich muss darauf hoffen, dass es damit so funktioniert, wie Madame Beaumont es mir erklärt hat. Ich drücke ganz fest die Daumen und hoffe aus ganzem Herzen, dass der Gärungsprozess ordnungsgemäß einsetzt. Was soll ich Isaac bloß sagen? Was auch immer passiert, er darf nicht herausfinden, dass ich auf seine Hefe verzichtet habe.

32. Kapitel

Am nächsten Morgen umarme ich erst Dad und dann Jody. Gestern Abend habe ich noch mit Jody draußen unter dem Pflaumenbaum im Garten gesessen, während sie ihren Söhnen erklärt hat, dass sie erst einmal zum Haus ihres Großvaters zurückkehren würden, um dann nach einem eigenen neuen Zuhause zu suchen – ohne ihren Daddy. Und dass beide Elternteile die Jungs nach wie vor sehr lieb haben.

Jetzt umarmen die beiden Cecil, stellen aufgeregt Fragen zu ihren neuen Schulen und wollen wissen, ob ihr Zelt in Opas Garten immer noch da sei. Diese Reise hat anscheinend auch ihnen sehr gutgetan und ihnen die Chance gegeben, sich auf ihr neues Leben einzustellen. Cecil hebt den Kopf und bellt zum Abschied tief und eindrucksvoll, sehr zum Entzücken der Jungs.

»Du machst das hier ganz prima, Emmy«, meint mein Vater. »Ich bin so stolz auf dich. Weißt du, wir machen alle mal Fehler im Leben. Doch was zählt, ist, aus ihnen zu lernen.« Ich bin nicht ganz sicher, ob er davon spricht, dass ich mich für Madame Beaumonts Sturz verantwortlich fühle, oder von Jody und dem Geld aus der Versicherung, oder von sich selbst, weil er so viele Jahre vor dem Fernseher verschwendet hat.

Jeff fährt in Charlies Wagen vor. Offensichtlich ist er begeistert, mit dem Auto fahren zu dürfen und meine Familie zum Flughafen zu bringen. Mithilfe von wilden Gesten erklärt er uns, dass Charlie selbst beschäftigt sei und keine Zeit habe. Als der Wagen hupend auf dem staubigen Weg verschwindet, winke ich ihm hinterher.

Als die Rücklichter nicht mehr zu erkennen sind, laufe ich zu Henri, vergrabe den Kopf an seinem Hals und lasse meinen Tränen freien Lauf. Ich muss noch den Rest der Trauben lesen, und die Arbeit türmt sich wie ein Berg vor mir auf. Ich bin völlig durch den Wind und fühle mich wie durch den Wolf gedreht. Schon jetzt vermisse ich Dad, Jody und die Jungs so sehr, als hätte mir jemand die Krücken fortgenommen, auf die ich mich gestützt habe. Langsam gehe ich zum *chai*, um den Anhänger mit Kisten zu beladen. Sie sind schwer, und ich arbeite langsam, als zwei Autos, die ganz anders aussehen als der Featherstone's-Lieferwagen, in den Hof einbiegen. Einer der Wagen ist lang, niedrig und glänzend, bei dem anderen handelt es sich um einen teuren Geländewagen. Ich trete zurück in den Schatten des Schuppens, weil ich gerade niemandem begegnen möchte. Hoffentlich denken sie, dass niemand da ist, und fahren gleich wieder.

»Oh, es ist so urig!«, sagt eine tiefe Frauenstimme mit dem Akzent des Londoner Umlands. Eine Autotür öffnet sich und wird mit einem Knall geschlossen. Cecil stößt seinen Schlachtruf aus.

»Ich habe über meinen Weinhändler von diesem Weingut gehört. Er ist in einigen Online-Foren zum Thema Wein vertreten«, höre ich eine laute Männerstimme sagen. Wahrscheinlich haben sie sich verfahren und sind auf der Suche nach dem großen Château.

Ich bleibe, wo ich bin, halte die Luft an und lausche.

»Wow, mein Junge, guter Junge«, sagt der Mann mit leicht zitternder Stimme zu Cecil.

»Was ist das denn für ein Hund?«, fragt ein anderer Mann. Er klingt nicht ganz so laut, aber genauso vornehm.

»Ein hässlicher!«, antwortet eine Frau mit einem schrillen Lachen. Mir stellen sich die Nackenhaare auf.

»Igitt, wie ekelhaft!« Das Gelächter hört auf. Vermutlich

zeigt Cecil ihnen gerade, was für lange Speichelfäden er produzieren kann.

Ich warte, weil ich weiß, was gleich kommt.

»Iiiiihhhh!«, ertönt ein einstimmiger Schrei.

Volltreffer! Ich grinse zufrieden. Mit Sicherheit hat Cecil gerade den Kopf geschüttelt und schleimige Fäden durch die Gegend geschleudert. Ich beschließe, dass ich mich zeigen werde, um diesen Leuten den Weg zum Château Lavigne zu erklären. Ansonsten bleiben sie noch eine Ewigkeit, und ich habe schließlich noch viel zu tun.

Ich will gerade aus dem *chai* treten, als der Mann mit der lauten Stimme sagt: »Offensichtlich stellen sie hier einen Vin de France her, einen französischen Tafelwein. Er könnte die Weinmedaille auf dem Château Lavigne gewinnen. Er ist richtig gut. Ich habe gehört, dass Morgan's Supermarkets an der Übernahme interessiert sei. Das Paar im Lebensmittelladen im Ort hat mir den Weg hierher beschrieben.«

Ich halte den Atem an und lausche.

»Ein Supermarktgesöff?«, fragt der andere Mann in einem Ton, als wäre er in einen Hundehaufen getreten.

»Wie ich gehört habe«, der andere Mann senkt seine Stimme nur ganz leicht, »soll er etwas ganz Besonderes sein. Featherstone's hat sein eigenes Team hier eingeschleust. Eine neue Leiterin und ein herumreisender Kellermeister haben die Verantwortung übernommen. Wahrscheinlich wollen sie ihren eigenen Wein daraus machen.«

»Woher weißt du das denn?«, will die Frau mit der schrillen Stimme wissen.

»Ich habe es in einem neuen Blog gelesen, *Candy's Comments* oder so ähnlich.« Alle lachen.

»Nun, lasst uns mal sehen, wie der Wein ist«, meint der andere Mann.

Ich kann nicht fassen, dass sie von Clos Beaumont sprechen.

»Ja, wenn der Wein erst in den Supermarktregalen steht, wird er seinen besonderen Charakter bestimmt verloren haben«, sagt der laute Mann und lacht schallend. Die anderen stimmen ein. »Oder vielleicht machen sie ja auch einen Edelwein daraus. Vielleicht wird es ein Wein mit Lagerungspotenzial, wer weiß?« meint die Frau mit der tieferen Stimme.

»Du hast recht. Es könnte sich lohnen, welchen zu kaufen, bevor er zu einem Supermarkt-Bestseller wird und jeder Idiot ihn kennt«, kommentiert der nicht so laute Mann.

»Und solange er noch günstig ist, bevor sie den Preis in die Höhe treiben. Offensichtlich ist die Besitzerin des Weinguts ziemlich verschroben«, brüllt der laute Mann. »Das haben mir die Leute im Laden erzählt.«

Ich lasse die Kisten, die ich noch in der Hand halte, zu Boden fallen. Was fällt ihnen ein? Sie kommen einfach her, tratschen über Madame Beaumont, gehen davon aus, dass ihr Wein nur ein Supermarktgesöff ist, und bezeichnen Cecil als hässlich?

Ich trete aus dem *chai*, stemme die Hände in die Hüften und hebe das Kinn ganz leicht an. Jetzt kann ich es deutlich erkennen: Ein großer dunkler Range Rover und ein silberner Mercedes parken im Hof. Der Kofferraum des Range Rover ist voller Weinkartons.

»Ach, *exuse em moi*«, dröhnt der laute Mann mit dem sehr dicken Bauch, ohne die Sonnenbrille abzusetzen. Neben ihm stehen ein größerer, dünnerer Mann und zwei Frauen. Beide blond, die eine mit einem akkuraten Bob, die andere mit gewellten schulterlangen Haaren. Beide tragen weiße Jeans, Kurzarmblusen mit Blumenmuster und perlenbesetzte Pantoletten. Als ich auf sie zugehe, bleibe ich mit der Spitze eines Gummistiefels an losen Steinen hängen und wirbele eine braune Staubwolke auf. Sofort weichen die vier zurück und husten.

Als Cecil erneut zu bellen beginnt, ziehen die Besucher sich weiter zurück.

»*Nous sommes voudraiz une degustation*«, sagt der eine Mann mit einem Grinsen und ahmt mit der Hand eine Trinkbewegung nach.

»Tut mir leid, zur Zeit gibt es keine Weinproben«, antworte ich und verschränke die Arme vor der Brust.

»Oh, gut, Sie sind Engländerin!«, sagt er, als hätte er mich nicht gehört.

Meine Nackenhaare sträuben sich wieder.

»Man hat uns gesagt, die Besitzerin wäre Französin. Eine gewisse Madame Beaumont?«

»Sie ist …« Ich will diesen Leuten nicht zu viel erzählen. Ich möchte nicht, dass Monsieur Lavigne vom Château erfährt, dass Madame Beaumont immer noch im Krankenhaus ist und sich von einer Lungenentzündung und einer gebrochenen Hüfte erholt. Es muss ihm auch nicht zu Ohren kommen, dass ich keine Ahnung habe, wann sie nach Hause kommt und wie es dann weitergehen soll. Ich weiß nur, dass ich die diesjährige Ernte in die Fässer bekommen muss, und zwar sicher und ohne Pannen. So wie man kleine Kinder abends ins Bett steckt.

»Zurzeit wird die Ernte eingebracht, und wir stecken bis über beide Ohren in Arbeit«, erkläre ich so höflich wie möglich. Hoffentlich verstehen sie den Hinweis und verschwinden.

»Wir möchten wirklich sehr gerne den Wein verkosten und uns umsehen«, sagt die Frau mit dem kurzen Bob. »Wir haben ein Ferienhaus nicht weit von hier. Wir haben ein paar interessante Sachen über dieses Weingut gehört.« Verunsichert schaut sie sich um.

»Tut mir leid, es ist …«

»Hi, ich bin Candy von Featherstone's.«

Als ich mich umdrehe, kommt Candy aus dem Haus und marschiert fast ohne zu humpeln auf die Besucher zu. Sie streckt die Hand aus. »Willkommen im kleinen Château Clos Beaumont.« Sie strahlt und lächelt mit frisch nachgezogenen Lippen.

»Hi«, antworten die vier Besucher, schütteln ihr herzlich die Hand und wenden sich von mir ab.

»Ich sehe, Sie haben Emmy schon kennengelernt. Sie leitet den Betrieb. Aber wenn Sie unseren Wein probieren möchten, helfe ich Ihnen gerne weiter.«

»Großartig.« Sie holen ihre Fotoapparate und Taschen aus den Autos und verriegeln die Türen. Ich habe keine Ahnung, warum sie das tun. Ob sie Angst haben, dass Cecil ihre Navigationsgeräte stehlen könnte? Dann wird mir klar, dass ich genauso handeln würde, wenn ich gerade erst eingetroffen wäre.

»Candy, was machst du?« Ich drehe mich zu ihr um und flüstere ihr wütend zu: »Ich muss die Ernte einbringen – was spielst du hier für ein Spiel?«

»Ich will ein paar Verkäufe abschließen. Nach dem zu urteilen, was Gloria über Madame Beaumonts Bücher erzählt, kann sie alle Einkünfte gebrauchen, die sie nur kriegen kann. Es gibt noch Wein von der letztjährigen Ernte im *chai*, richtig? Und auch weitere Jahrgänge.«

Ich nicke, schlucke und lächele dann dankbar. Sie hat recht. Madame Beaumont braucht sämtliche Unterstützung, die sie bekommen kann.

Candy wendet sich wieder an die Vierergruppe.

»Kommen Sie, ich führe Sie herum. Dieser Weinberg ist einer der ältesten in der Region.«

Ich bin mir nicht sicher, ob Candy das weiß oder gerade etwas erfindet, aber dann wird mir klar, dass es in dem Verkaufsskript stehen muss, das ich nie zu Ende gelesen habe.

Voller Ehrfurcht verfolge ich, wie sie über die Lage des Weinbergs spricht und den Belagerungszustand während des Krieges beschreibt. Noch etwas, was ich nicht gelernt habe.

Ich verschränke die Arme, trete zurück und beobachte die Meisterin bei der Arbeit.

»Emmy!«, ruft sie auf einmal. Ich bin so in ihre informative Führung vertieft, dass sie mich völlig überrascht.

»Verzeihung, ja?« Ich laufe zu der Gruppe hinüber.

»Vielleicht könntest du uns etwas über die verschiedenen Rebsorten erzählen, über das besondere *terroir* und so weiter. Oh, und natürlich darüber, wie die Weinlese durchgeführt wird …«, weist Candy mich an. Obwohl ich nervös bin, fange ich an.

»Oh, ja, natürlich. Nun, es gibt hier hauptsächlich drei Rebsorten …« Ich erzähle ihnen von den Trauben, den besonderen Standortfaktoren wie Bodenbeschaffenheit, Lage und Klima, und davon, dass die ständige Brise dazu beiträgt, Krankheiten von den Weinstöcken fernzuhalten. Außerdem stelle ich ihnen Henri vor. Er lässt sich von ihnen streicheln und stupst sie an, weil er auf Leckerbissen hofft.

»Was die Rebstöcke angeht, so greifen wir so wenig wie möglich ein. Alles ist so, wie Mutter Natur es vorgesehen hat, sofern nicht wirklich Unterstützung erforderlich ist. Je härter die Wurzeln arbeiten und je tiefer sie sich graben müssen, desto besser wird der Wein. Diese Trauben werden mit Liebe, Hingabe und Worten gehegt und gepflegt – nicht mit Pestiziden und Sprühnebel.« Ich werfe einen Blick hinüber zum Château Lavigne, wo die Traktoren wie die Bienen bei der Arbeit sind. Sie pflücken und sammeln, um die Ernte zur Bienenkönigin zu bringen.

»Wow!«, staunen die Besucher und filmen alles mit ihren iPads.

»Also, wenn die Trauben gelesen sind, dann …« Ich öffne

die Türen des *chai* so weit wie möglich, »... wird hier der Wein erzeugt.«

»Wollen Sie uns auf den Arm nehmen?« Der laute Mann sieht verblüfft aus.

Ich schüttele den Kopf und unterdrücke ein Lachen.

»Ganz ehrlich, Sie machen das mit den Füßen?«, hakt der andere Mann nach.

»Nie im Leben!«, kommentiert die Frau mit dem Bob.

»Doch!« Und jetzt muss ich doch laut lachen, und sie stimmen ein. Ich stelle fest, dass ich es liebe, ihnen vom kleinen Château Clos Beaumont zu erzählen. Allerdings bin ich dennoch froh, dass Candy einspringt, als sie sich nach Kaufmöglichkeiten und Preisen erkundigen.

»Okay, wie wäre es jetzt mit einer Verkostung?«, schlägt Candy vor. »Emmy, holst du die Gläser?«

Fröhlich laufe ich zum Haus, obwohl ich nicht weiß, ob wir fünf gleiche Gläser auftreiben können.

»Gloria, haben wir fünf Gläser, die zueinander passen? Draußen sind ein paar Touristen, die mit Candy Wein probieren wollen.«

Gloria setzt ihre Brille ab und reißt sich von Madame Beaumonts Geschäftsbüchern los. In der kleinen, vollgestopften, jedoch wunderbar aufgeräumten Küche nimmt sie Gläser aus dem Schrank, spült sie unter fließendem Wasser aus und trocknet sie mit einem sauberen, wenn auch fadenscheinigen Küchentuch ab. Sie arbeitet so rasch wie möglich, nimmt sich aber dennoch die Zeit, die Gläser zur Kontrolle gegen das Licht zu halten.

Nick streckt den Kopf aus dem Wohnzimmer. So wie es aussieht, ist er damit beschäftigt, die Möbel umzustellen.

»Ein bisschen Farbe, und dann sieht das Haus großartig aus. Hier sind ein paar wunderschöne Möbelstücke. Nicht kostbar, aber einfach schön. Habt ihr diese süße kleine französische Uhr auf dem Kaminsims schon gesehen? Und diese Ohrensessel sind wunderbar. Richtiger Shabby-Chic-Stil. Ich meine, in England gibt es genug Geschäfte, die diese Sachen als französische Antiquitäten anbieten. In Wahrheit sind sie nach Frankreich gefahren, haben ein paar Second-Hand-Möbel gekauft und sie ein bisschen aufgearbeitet.« Er lächelt.

»Es sind Touristen hier, die Wein probieren möchten«, erklärt Gloria rasch. Sofort eilt er herbei, um ihr mit den Gläsern zu helfen. Auf einmal arbeiten wir als sehr effizientes Team zusammen.

»Und, wer hätte Lust, ein bisschen bei der Weinlese zu helfen?«, fragt Candy, als die Besucher ihre Gläser geleert und ein paar Kartons Wein bestellt haben.

Schockiert starre ich Candy an. Ihre Unverfrorenheit ist einfach unglaublich.

»Oh ja, das wäre wunderbar!«, sagt die Blondine mit den Locken.

»Was, wäre das denn möglich?«, fragt der dünnere Mann.

»Wir sind gerne bereit, den gängigen Preis für einen Tag Weinlese zu zahlen«, stimmt der dickbäuchige Mann zu.

Candy sieht mich fragend an.

»Natürlich«, bringe ich schließlich lächelnd hervor, nachdem es mir gelungen ist, den Mund wieder zuzuklappen. »Gloria? Können wir vier weitere Esser verköstigen?«

Als wir uns dem Ende der Parzelle nähern, beginnt es zu regnen. Eigentlich sollten wir jetzt aufhören. Drüben beim Château Lavigne haben sie die Arbeit eingestellt, doch ich muss die Weinlese in dieser Parzelle noch beenden. Vielleicht hört der Regen bald auf, aber er könnte genauso gut auch stärker werden.

»Lasst uns weitermachen!«, rufe ich. »So schnell es geht.«

Isaac würde bestimmt sagen, wir sollten aufhören, aber diese Hilfe bekomme ich nicht wieder.

Also pflücken wir weiter.

Der Regen fällt sanft. Ich wische mir immer wieder das Gesicht ab, bis die letzten Trauben geerntet sind und Henri – nass, doch geduldig wie immer – den Anhänger zum *chai* zieht. Wir folgen ihm, ebenfalls nass und erschöpft.

Nachdem wir den ganzen Tag gearbeitet und die Trauben im *chai* mit den Füßen zerquetscht haben, wechselt das Geld den Besitzer und wird Gloria übergeben. Kofferraumdeckel und Autotüren werden zugeschlagen, und es wird *goodbye* und *au revoir* gewünscht.

Endlich fahren die Autos hupend den Weg hinunter. Cecil bellt laut zum Abschied.

Ich drehe mich zu Candy um, und wir strahlen uns an.

»Du warst einfach genial!«, sage ich. Mein ganzes Gesicht tut weh, weil ich so viel gelächelt habe.

»Nein, du«, widerspricht sie, und wir fallen uns begeistert in die Arme.

Gloria bringt wieder ein Tablett mit einer Flasche Clos Beaumont und Gläsern heraus, schenkt ein und verteilt die Gläser.

Als wir gerade den ersten Schluck genommen haben, biegt der Featherstone's-Lieferwagen in die Einfahrt ein. Isaac! Endlich!

»Hey, wie läuft's denn so?«

»Super!«, antwortet Candy strahlend. »Wir haben gerade unsere erste Weinprobe abgehalten und jede Menge Wein verkauft.«

»Das hat Candy gemacht.« Ich nicke in ihre Richtung.

»Nein, du!«

»Dann ist es also gut gelaufen?« Isaac blickt zwischen Candy und mir hin und her.

Gloria reicht ihm ein Glas Rotwein.

»Sehr gut. Wenigstens ist jetzt wieder ein bisschen Geld in Madame Beaumonts Kasse, wenn sie aus dem Krankenhaus kommt.«

»Und es muss nur noch eine Parzelle geerntet werden!« Prickelnde Erregung erfasst meinen ganzen Körper. Wir sind beinahe am Ziel.

»Dann fangen die Sorgen erst an! Du musst den Traubensaft ständig überwachen, damit er auch zu Wein wird.« Isaac grinst.

Dann fangen die Sorgen erst an? Ich glaube nicht, dass ich je zuvor so besorgt gewesen bin!

»Es war Emmy, die die Verkäufe sichergestellt hat«, sagt Candy und lenkt mich damit von meinen Gedanken ab. Wir haben uns draußen auf die alte Veranda gesetzt und ignorieren die vereinzelten Regentropfen, die wir abbekommen.

»Oh nein. Meine Güte, du bist eine fantastische Verkäuferin. Kein Wunder, dass du solche Umsatzzahlen vorweisen kannst.«

»Ja, aber ich habe den Kram einfach nur auswendig gelernt. Du dagegen weißt, wovon du sprichst. Das war richtig authentisch.«

Sie hat recht. Ich sitze nicht an meinem Schreibtisch und verkaufe Dinge, die auf Bildern in einem Katalog abgebildet sind. Das hier ist real. Wir trinken unseren Wein, necken einander gegenseitig und genießen die Komplimente. Als ich mein Glas zum Mund führe, stelle ich fest, dass ich rote Flecken auf den Händen habe. Aber es ist mir egal. Ich fühle mich lebendig, richtig lebendig.

»Es war dieser Satz … Wie hast du es noch mal formuliert? Wartet …« Candy hebt die Hand, um nicht unterbrochen zu werden, »Ich hab's wieder: ›Alles ist so, wie Mutter Natur es vorgesehen hat.‹ Deshalb haben sie so viel gekauft. Sie haben diesen Satz gierig aufgesaugt«, meint sie lachend und trinkt einen großen Schluck Wein.

»Aber er ist wahr«, erwidere ich. Mein Lachen verstummt, und ich nippe an meinem Glas. Doch irgendwie bleibt mir der Wein in der Kehle stecken. Genau das ist es, was den Wein einzigartig macht, denke ich. Ich kann Isaac nicht ansehen.

Vertraue deiner inneren Stimme. Madame Beaumonts Worte werden in meinem Kopf immer wieder abgespielt.

Plötzlich weiß ich ganz genau, was meine innere Stimme mir sagen will. Der heutige Tag hat mir die Augen geöffnet. Wenn dieser Wein einen Preis gewinnen soll, muss er sich selbst treu bleiben – er darf nicht genauso werden wie alle anderen Weine da draußen. Isaac wird auf keinen Fall zustimmen, keine Hefe hinzuzufügen; ich wiederum kann auf keinen Fall tun, was er von mir will.

»Und es gibt keine Probleme mit der Hefe?«, erkundigt sich Isaac, als hätte er meine Gedanken gelesen.

Ich zucke zusammen. »Nein, nein.« Schuldbewusst trinke ich rasch noch einen Schluck Wein, um meine brennenden Wangen zu verbergen. In der Hosentasche kreuze ich rasch zwei Finger.

»Ich gehe mal nachsehen«, sagt er.

»Nein, alles in Ordnung«, erwidere ich schnell.

»Emmy hat alles im Griff, mach dir keine Sorgen. Sie macht das ganz hervorragend.« Candy schenkt ihm Wein nach. »Vertrau ihr, sie weiß, was sie tut. Auf Madame Beaumont und einen großartigen neuen Weinjahrgang!« Fröhlich hebt sie ihr Glas.

Isaac zieht beeindruckt eine Augenbraue hoch. »Bist du sicher?«, fragt er mich entspannt.

»Jep, alles gut«, pflichte ich Candy bei, die immer noch ihr Glas in die Höhe hält.

»Auf Madame Beaumont und einen großartigen neuen

Weinjahrgang!« Alle applaudieren. Ich kann Madame Beaumont nicht hängenlassen, auch wenn es ein riskantes Unterfangen ist. Ich muss einfach nur sicherstellen, dass Isaac nie etwas erfahren wird.

Der Regen wird stärker, und ich bin erleichtert, dass wir die Parzelle noch zu Ende geerntet haben. Sieht so aus, als hätte ich die richtige Entscheidung getroffen. Hoffentlich trifft das auch auf die Hefe zu. Wenn alle fort sind, muss ich rasch alle Beweise entsorgen.

33. Kapitel

Am folgenden Morgen riecht es im *chai* anders als sonst. Als ich die schwere Holztür öffne, hängt ein schwerer Geruch nach Früchten in der Luft. Es regnet immer noch, und weitere dunkle Wolken sind im Anmarsch.

Ich schiebe mir das Thermometer in die Vordertasche meines Kapuzenpullis, lehne die Leiter an den Betonbehälter und klettere hinauf.

Es hat begonnen! Die Gärung hat eingesetzt! Ich kann es hören. Die wilden Hefen geben ihr Bestes, um den Fruchtzucker in Alkohol zu verwandeln.

Das Geräusch und der fruchtige Geruch werden stärker, je höher ich klettere. Ich muss unwillkürlich schmunzeln. Es passiert tatsächlich! Als ich oben angekommen bin, blicke ich über den Rand des Tanks und kann erkennen, dass sich über dem Saft eine Schicht aus zerdrückten Trauben, der sogenannte Tresterhut, absetzt. Diesen muss ich jetzt nach unten drücken. Und das Ganze immer wieder. Wenn der Zucker sich in Alkohol verwandelt, wird Kohlendioxid freigesetzt. Die Gärung läuft genau nach Plan ab.

Ich weiß, dass ich dreimal täglich die Temperatur der Maische messen muss, darauf hat Isaac mich hingewiesen. Also stecke ich das Thermometer in den Saft und warte kurz. Die Temperatur darf nicht über neunundzwanzig Grad steigen. Perfekt, alles ist so, wie es sein sollte. Auf einmal muss ich grinsen wie ein Honigkuchenpferd.

Rasch steige ich die Leiter wieder hinunter und überprüfe die anderen Tanks. Danach laufe ich ins Haus zurück. Inzwischen regnet es heftig, und auf dem unebenen Hof entstehen große Pfützen, denen ich geschickt ausweiche. Es ist noch dunkler geworden, und plötzlich zuckt ein Blitz über den Himmel und zerteilt die dunkle Decke von Wolken. Ich zucke zusammen, stoße einen kleinen Schrei aus und laufe noch schneller.

»Einundzwanzig, zweiundzwanzig, dreiundzwanzig, vierundzwanzig«, zähle ich, als ich die Hintertür erreiche.

Rumms!

»Aaaaahhhh!« Ich stürze durch die Tür ins Haus, wo mir sofort der Duft nach Suppe – wahrscheinlich Zwiebelsuppe – in die Nase steigt. Gloria rührt in einem großen gusseisernen Topf, während sie gleichzeitig in Madame Beaumonts Kontenbuch starrt, das sie neben dem Herd balanciert. Das Feuer lodert, und auf beiden Seiten des Ofens entdecke ich sauber gestapeltes Holz.

»Es ist Samstag, was macht ihr hier?«

»Wir dachten uns, du könntest Gesellschaft gebrauchen.« Gloria lächelt, und ich habe das Gefühl, gleich vor Dankbarkeit zu platzen.

»Es hat angefangen!«, sage ich. Regenwasser tropft von mir herunter und bildet kleine Pfützen auf der obersten Stufe.

»In der Tat«, pflichtet Gloria mir bei und schaut aus dem Fenster neben der Terrassentür.

»Schon wieder ein Gewitter«, seufzt Candy und starrt auf den Computerbildschirm.

»Nein, ich meine die Gärung. Sie hat eingesetzt. Der Saft verwandelt sich in Alkohol!«

»Oh, das ist ja fantastisch, Liebes!«, meint Gloria. »Gut gemacht!«

»Ja, großartig. Ich nehme das in den Blog auf. Was hältst du davon?« Sie dreht den Computer in meine Richtung und zeigt auf den Bildschirm. Offensichtlich handelt es sich um einen Bericht über unsere Weinlese, untermalt mit Fotos von den Erntehelfern und den Mahlzeiten, die sie mit ihrem Handy aufgenommen hat. »Ich bringe den Blog gerade auf den aktuellen Stand.«

»Das ist ja großartig, Candy!«, rufe ich ehrlich überrascht aus. Es ist wie ein wunderbares Album der Weinlese auf Clos Beaumont. »Madame Beaumont wird begeistert sein von diesen Bildern.« Davon also haben unsere Besucher gesprochen, für die wir die Weinprobe veranstaltet haben.

Plötzlich öffnet sich die Terrassentür, und Nick tritt ein. Er schüttelt seine nassen Haare; auch seine Brille ist voller Regentropfen.

»Boah! Das ist ein dickes Gewitter«, sagt er. In jeder Hand trägt er eine Dose Farbe.

Entschlossen mache ich die Tür hinter ihm zu, um das Gewitter auszusperren. Doch in dem Moment blitzt es wieder heftig. Ich zucke zusammen und beginne im Kopf zu zählen.

»Ich habe draußen im Holzschuppen jede Menge Eimer mit Farbe gefunden. Ich dachte mir, die Wände könnten ein bisschen Farbe vertragen. Wir könnten alles ein bisschen aufpolieren, bevor Madame Beaumont nach Hause kommt«, meint Nick strahlend.

Wieder blitzt es, und kurz darauf donnert es. Meine Nerven vibrieren, und ich zähle schon wieder.

»Alles in Ordnung?«, fragt Nick und bleibt mit den Farbdosen in den Händen neben mir stehen.

»Ja, alles gut! Ich mache mir nur Gedanken wegen der letzten Parzelle, das ist alles.«

»Du meinst, der Regen könnte die Trauben ruinieren?«

Ich nicke.

»Oh, dann lass dich nicht von mir ablenken«, erwidert Nick, geht zum Tisch und stellt die Farbe ab. »Ich schon wieder mit meinen blöden Renovierungsvorschlägen!«

»Das ist eine wunderbare Idee, Nick.« Ich folge ihm und schlüpfe aus meiner Jacke. Auf einmal bin ich ganz gerührt, weil er sich so viele Gedanken macht. Er und auch die anderen. »Eigentlich würde mir eine Ablenkung richtig guttun.« Nicht nur vom Gewitter, sondern auch von der gärenden Maische im *chai*, denke ich. Aber das spreche ich nicht aus. »Bevor der Regen nicht aufhört, kann ich ohnehin nichts tun … außer mir Sorgen zu machen.«

»Nun, wenn wir alle mit anpacken, können wir am Wochenende damit fertig werden, bevor wir am Montagmorgen wieder ins Büro müssen.«

»Wirklich? Ihr würdet euer Wochenende dafür opfern?«

Nick lächelt nur.

Auf einmal überfällt mich tiefe Traurigkeit. Unsere gemeinsame Zeit auf Clos Beaumont wird allzu bald vorüber sein.

»Und ich dachte, ich könnte ein paar Suppen kochen, um sie einzufrieren«, sagt Gloria, »und die Buchhaltung fertig machen. Es war faszinierend, sich diese Bücher anzusehen, wie Geschichtsunterricht. Wusstet ihr, dass es am Ende des Zweiten Weltkrieges ein Jahr völlig ohne Ernte gab? Nichts. Ich frage mich, was damals wohl passiert sein mag. Seht mal hier.« Sie zeigt auf das Buch und die abgenutzte bräunliche Seite mit der Überschrift 1945. »Die Seite wurde einfach durchgestrichen.«

Wieder blitzt es, und ich beginne zu zählen. Doch ich verliere den Faden und vergesse, wie weit ich gekommen bin.

Nick geht hinaus und kehrt mit mehr Farbe, Pinseln und alten Laken zurück, die er an uns verteilt.

»Komm Candy, mach Fotos für deinen Blog. Oder hast du noch ein paar Kunden in der Hinterhand, die an einer Anstreichparty teilnehmen wollen?« Alle lachen.

Als erneut ein Blitz aufzuckt, finde ich das Gewitter lange nicht mehr so furchteinflößend wie das letzte, das ich hier miterlebt habe. Ich schnappe mir einen Pinsel, und Nick reicht mir eine Dose Farbe. Und nach dem nächsten Blitz vergesse ich tatsächlich zu zählen, während das Gewitter sich allmählich leise grummelnd entfernt.

34. Kapitel

Es ist Montagmorgen, und das Team ist zu Featherstone's zurückgekehrt. Ich bin allein. Der Regen hat aufgehört, und ich spaziere durch den Weinberg zum Friedhof, um frische Blumen von den Hecken auf Clos Beaumont zu dem Grab zu bringen, um das Madame Beaumont sich regelmäßig kümmert.

Auf dem Rückweg spreche ich mit den Weinstöcken, obwohl die Trauben – abgesehen von der letzten Parzelle – bereits geerntet wurden. Der nächste Schritt wird das Zurückschneiden der Reben sein, aber zu dem Zeitpunkt werde ich wieder in Cadwallader's Call-Center sitzen und auf das bisschen Grün zwischen den beiden hohen Gebäuden hinausblicken. Meine Gedanken wandern zu den gärenden Trauben im *chai*. Das ganze Wochenende hat dieses Thema im Vordergrund meiner Gedanken gestanden. Die Temperatur ist allmählich angestiegen – trotz meiner Bemühungen. Ich habe sie dreimal täglich überprüft, manchmal auch öfter. Sogar in der Nacht bin ich in völliger Dunkelheit auf Zehenspitzen über den Hof geschlichen, während die Eulen riefen und die Fledermäuse umherschwirrten. Doch die Temperatur ist nicht gesunken, sondern kontinuierlich höher geworden. An diesem Morgen habe ich alle Türen offen stehen lassen in der Hoffnung, dass die gärende Maische herunterkühlt und sich wieder anständig benimmt. Regelmäßig habe ich den Tresterhut mit einer langen Stange, die wie ein riesiger Kartoffelstampfer aussieht, heruntergedrückt. Ich habe gehofft, dass die Masse sich dadurch abkühlt, aber es hat nicht funktioniert.

Beim ersten Mal, als ich am Rand des Tanks stand und die Traubenschalen herunterdrückte, war mir nicht ganz wohl dabei, doch mit zunehmender Routine habe ich mich daran gewöhnt.

Während ich noch an den Saft denke, klingelt mein Telefon. Ich nehme es aus der Tasche und rechne mit Dad, doch es ist Madame Beaumont.

»Bonjour, Madame Beaumont!«, sage ich erfreut.

»Bonjour, Emmy«, antwortet sie.

»Comment allez-vous?«, frage ich lächelnd. Sie sieht deutlich besser aus.

Madame Beaumont wackelt mit einer *›Comme-ci-comme-ça‹*-Geste mit dem Kopf.

»Sie haben mich auf eine normale Abteilung verlegt, wo ich mich erholen kann, sagen sie. Ich möchte nach Hause, aber sie glauben, ich wäre noch zu schwach und bräuchte Hilfe, um wieder richtig auf die Beine zu kommen. Aber ich komme bald wieder. Sag mir, wie läuft es mit dem Saft?«

Ich hole tief Luft. Das plötzliche Glücksgefühl verschwindet und macht Besorgnis Platz.

»Um ehrlich zu sein, er ist ein bisschen warm.«

»Du könntest versuchen, ihn umzupumpen, damit die Luft ihn kühlt, wenn er immer noch zu warm ist«, schlägt sie vor. »Aber wenn die Temperatur von selbst sinkt, lass ihn einfach. Du musst dir selbst ein Urteil bilden.«

Ich wünschte, ich hätte ihre Zuversicht.

Ich erzähle ihr von der Weinlese, der Weinprobe und dem Besuch meiner Familie.

»Dann ist also nur noch eine Parzelle zu ernten?«, fragt sie.

»Oui.«

»Wenn du die letzte Parzelle in Angriff nimmst …« Sie senkt die Stimme.

»Ja?« Ich runzle aufmerksam die Stirn und rechne mit besonderen Anweisungen. Doch plötzlich scheint auf Madame Beaumonts Seite eine Auseinandersetzung zu entbrennen, wahrscheinlich mit dem Pflegepersonal.

»Madame Beaumont? *Allô?*«, rufe ich und starre aufs Display. »Was ist denn los? Madame Beaumont?« Doch der Bildschirm wird schwarz. Nicht schon wieder! Ich versuche, sie zurückzurufen, aber ohne Erfolg. Seufzend stecke ich mein Handy in die Tasche zurück.

Im *chai* hole ich die Pumpe und die Schläuche heraus. Ich habe keine Ahnung, wie ich den Wein umpumpen soll. Vielleicht könnte ich auf YouTube nachsehen. Auf gar keinen Fall kann ich mich an Isaac wenden, weil ich ihm nicht sagen will, was ich getan habe …

»Hey!« Als Isaac unvermittelt in der Tür zum *chai* steht, fahre ich erschrocken zusammen. »Tut mir leid, ich wollte dich nicht erschrecken«, sagt er grinsend.

»Nein, alles gut. Ich bin nur … müde.« Doch mein schlechtes Gewissen lässt mir das Blut ins Gesicht schießen. Soll ich ihm sagen, dass die Temperatur ansteigt? Oder sage ich nichts, pumpe den Saft um und hoffe, dass das Ganze sich von selbst beruhigt? Ein Hauch seines Aftershaves steigt mir in die Nase, holzig und zitronig, und erinnert mich sofort wieder an die Nacht mit den Milben. Mein Bauch zieht sich zusammen. Das passiert anscheinend jedes Mal, wenn ich Isaac sehe, und erinnert mich an seine Berührungen. Irgendetwas in mir reagiert auf ihn. Ich muss ihn dazu bringen, wieder zu gehen. Er darf nicht erfahren, was ich mit dem Wein gemacht habe. Hoffentlich bekomme ich das allein wieder hin.

»Was macht der Wein? Alles gut?«

»Ja, alles in Ordnung!«, antworte ich schnell, aber meine Stimme klingt hoch und gar nicht wie sonst. »Gut«, lüge ich wieder und hasse mich dafür.

»Ich dachte, ich pumpe ihn vielleicht mal um«, sage ich

so gelassen wie möglich, stelle den Wasserschlauch an und spritze den Boden ab, um Isaac davon abzuhalten, den Raum zu betreten.

»Umpumpen? Das sollte im jetzigen Stadium nicht nötig sein. Überprüfst du regelmäßig die Temperatur?«, ruft er über das Geräusch des plätschernden Wassers hinweg.

»Ähm«, sage ich und wende mich ab. Hoffentlich habe ich mich nicht verraten.

»Soll ich es mal überprüfen, damit …«

»Nein«, schneide ich ihm das Wort ab, deutlich abrupter als beabsichtigt, und richte den Schlauch wieder in Richtung Tür. Zwischen uns strömt Wasser auf den Boden.

»Vertraust du mir nicht? Ich lüge nicht.« Plötzlich macht sich mein Mund selbstständig, ohne auf mein Gehirn zu achten. »Ich meine, sieh nach, wenn du willst«, mit einer Handbewegung deute ich auf die Tanks am anderen Ende des *chai*, jenseits des Sees, den ich gerade entstehen lasse, »wenn du mir nicht traust.« Ich hasse mich für meinen Bluff, aber wenn ich es allein schaffen kann, diesen Saft wieder zu beruhigen, wird Isaac nie erfahren, dass ich mich auf die wilden Hefekulturen verlassen habe. Ich werde mein Bestes geben.

»Nein, nein, ich glaube dir ja.« Er tritt einen Schritt zurück. »Tut mir leid.« Er hebt die Hände. »Ich habe Charlie bloß gesagt, dass ich das Projekt überwache. Und er ist ja schließlich der Chef.«

»Nun, du wirst dein Geld bestimmt bekommen, wenn der Wein fertig ist«, sage ich. Eigentlich will ich nicht so gemein sein, aber ich wünsche mir so sehr, dass er endlich geht. Ich will ihn nicht enttäuschen – er vertraut mir und überlässt mir diesen Wein –, doch wenn er herausfindet, was ich getan habe, spricht er sicher kein Wort mehr mit mir. Diese Vorstellung sorgt dafür, dass ich mich auf einmal sehr elend fühle. Dabei will ich doch nur, dass dieser Wein die besten

Siegchancen erhält. Es lohnt sich, das Risiko einzugehen. Dieser Gedanke schockiert mich. Ich denke an den ersten Tag im *gîte* zurück, als ich nicht einmal in der Lage war zu entscheiden, welches Schlafzimmer ich haben will. Wieder höre ich Madame Beaumonts Stimme in meinem Kopf, die mir rät, meinen Instinkten zu vertrauen, und genau das habe ich getan. Bestimmt wird auch Isaac meine Entscheidung gutheißen, wenn er den Wein probiert. Auf einmal erfasst mich ruhige Zuversicht.

»Ich will nur nicht, dass du glaubst, ich hätte dich wegen der Traubenlieferungen in der Kellerei im Stich gelassen.«

»Ist schon okay«, sage ich und schäme mich gleichzeitig, so dass ich ihm nicht einmal in die Augen sehen kann.

»Ich muss sowieso gleich wieder zurück. Ich dachte nur, dass du dich über Gesellschaft freust, nachdem die anderen nicht mehr da sind.« Ich spüre, dass er mich anschaut. »Aber ich sehe ja, dass ich mich getäuscht habe. Ich komme dann morgen wieder, um den Saft zu probieren.« Und damit dreht er sich um, marschiert zum Lieferwagen, steigt ein und knallt die Tür zu. Erst als er auf die Torpfosten zusteuert, hebe ich den Blick und sehe nur noch das Heck des Wagens.

Was mache ich hier eigentlich? Ich brauche ihn, damit er mir hilft, das Problem zu lösen. »Nein, warte!«, rufe ich und laufe in den Hof, doch das Auto biegt schon mit durchdrehenden Rädern auf die Straße ein.

»Scheiße!« Jetzt bin ich wirklich ganz auf mich gestellt. Ich werde den Saft tatsächlich umpumpen müssen. Ich kehre in den *chai* zurück und klettere mit dem großen, schweren Schlauch über der Schulter die Leiter hinauf.

»Bonne nuit«, sage ich später am Abend zu den leise vor sich hin murmelnden und blubbernden Tanks, während ich den braunen Lichtschalter mit einem hörbaren Klicken ausschalte.

Mir tut alles weh, und ich bin nass von Kopf bis Fuß. Ab und zu wollte der Schlauch aus einem der Tanks schnellen und mich mit Saft vollspritzen, doch ich habe es immer geschafft, ihn rechtzeitig wieder einzufangen. Es blieb bei einer kleinen Dusche für mich.

An diesem Abend ist es deutlich kühler. Fröstelnd beschließe ich, die großen Türen zu schließen. Der Wein ist fast so weit, dass er in die Fässer abgefüllt werden kann. Das Letzte, was ich jetzt brauchen kann, ist, dass zum Bespiel eines der Wildschweine, die nachts herumstreifen, in den *chai* gelangt.

Nur noch wenige Tage, dann wird der Wein sich wohlbehalten in den Fässern befinden. Morgen kommt Isaac, um ihn zu probieren, und bis dahin muss die Maische sich anständig benehmen. Wenn ich ins Haus komme, werde ich mir als Erstes trockene Sachen anziehen. Als ich die Türen zuziehe und abschließe, hole ich tief Luft. Ich betrachte den klaren Mond, der sein Licht über den Weinberg wirft. Es ist tatsächlich deutlich frischer geworden, was hoffentlich bedeutet, dass auch der Wein herunterkühlt. Und wenn der nächste Tag trocken bleibt, können wir die letzte Parzelle in Angriff nehmen. Erschöpft, aber zufrieden ziehe ich meinen Kapuzenpulli enger um mich und gehe ins Haus.

35. Kapitel

Der Nebel wabert und schlängelt sich zwischen den Weinstöcken hindurch, als ich am folgenden Morgen die Fensterläden aufstoße. Beim Anblick der orangefarbenen Sonne, die sich gerade über den Horizont schiebt, mache ich einen Freudensprung. Ich kann heute die Trauben in der letzten Parzelle lesen!

Rasch ziehe ich mich an und schlüpfe in den Kapuzenpulli, der immer noch ganz schwach nach Isaacs Aftershave riecht. Ich ertappe mich bei einem Lächeln, als ich den Duft einatme. Hoffentlich ist er mit dem Saft zufrieden. Ich hasse es, wenn wir uns streiten. Er war so eine große Hilfe, nachdem Madame Beaumont gestürzt war. Aber sobald dieser Wein sich in den Fässern befindet und fertig verschnitten ist, wird Isaac sich auf den Weg zu seinem nächsten Job machen, und ich kehre ins Call-Center zurück. Wahrscheinlich sehen wir uns nie wieder. Plötzlich habe ich ein seltsames Ziehen im Bauch – es ähnelt dem Gefühl, das ich bei meiner Ankunft in Frankreich empfunden habe. Wie Heimweh, nur stärker, aber diesmal denke ich dabei nicht an England. Ich hole tief Luft und laufe die Treppe hinunter. Isaac wird sicher bald hier sein, und ich möchte ihm zeigen, wie gut die Gärung verläuft.

Ich rieche es schon, sobald ich die Tür zum *chai* erreiche. Viel stärker als zuvor. Das ist bestimmt ein gutes Zeichen. Es riecht wie ein sommerliches Dessert aus verschiedenen roten Früchten, hauptsächlich Brombeeren. Als ich die Tür aufziehe, springt der Geruch mich regelrecht an. Gleichzeitig fällt mein Blick auf den Saft, der meine Schuhe umspült und sich in alle Richtungen ergießt.

»Scheiße!«

Der tiefrote Saft, gekrönt von weißem Schaum, stürzt über den Rand der Tanks wie die Niagarafälle und trifft auf den Boden. Dabei sprüht Gischt in die Höhe, bevor sich der Saft auf dem unebenen Untergrund wie eine ansteigende Flut verteilt. Zischende Wellen mit weißen Schaumkronen füllen Vertiefungen, umspülen Erhebungen und sind nicht aufzuhalten.

»Oh nein, nein, neeeeeiiiiin!«, heule ich verzweifelt und laufe dorthin, wo sich der Saft über den Rand ergießt. Ich habe keine Ahnung, was ich machen soll.

Ich versuche, die Leiter an den Tank zu legen, doch der herabstürzende Saft lasst sie hin- und herschwanken. Mein Herz rast, meine Atmung geht ganz flach und schnell. Ich muss es aufhalten! Ich schiebe das Thermometer in die Tasche meines Pullis, stemme die Leiter gegen die Flutwelle, beschwere sie mit meinem Gewicht und beginne zu klettern. Ab und zu wird die Leiter vom Tank weggedrückt, aber schließlich schaffe ich es bis ganz nach oben, beuge mich über den Rand und halte das Thermometer in die Flüssigkeit. Nach den längsten Sekunden meines Lebens bestätigt sich, was ich ohnehin schon weiß: Die Temperatur ist viel zu hoch! Sie ist vollkommen außer Kontrolle.

Rasch steige ich wieder hinunter – na ja, halb klettere, halb springe ich. Die Leiter fällt um und trifft mich schmerzhaft an der Schulter und am Kopf.

»Aua!« Ich schiebe sie zur Seite, und sie stürzt in den roten See. Ich laufe zum anderen Ende des *chai* und öffne dort ebenfalls die Tür – in der Hoffnung, dass der auffrischende Wind den Saft herunterkühlt. Die Brise hat bestimmt schon die letzten Trauben getrocknet, die noch darauf warten, gelesen zu werden. Ich stöhne auf. Perfektes Wetter für die Weinlese.

Ich kehre den Saft in den Hof – lächerlich, ich weiß –, weil ich hoffe, dass der Nachschub aufgrund der kühlenden Luft bald nachlässt.

Warum habe ich nicht auf Isaac gehört? Wie bist du auf die Idee gekommen, du wüsstest es besser?, schreit eine wütende Stimme in meinem Kopf.

Ich finde einen einen leeren Weinkarton, reiße ihn auf und versuche, dem Saft Luft zuzufächeln, der immer noch über den Rand strömt.

Es nützt nichts. Erschöpft gebe ich auf. Ich habe alle enttäuscht. Jetzt gibt es nur noch eine Sache, die ich tun kann. Mit zitternden Händen, enger Kehle und brennenden Augen wähle ich die Nummer.

Während das Telefon am anderen Ende klingelt, wandert der Kloß aus meinem Hals in den Mund. Meine Oberlippe ist feucht, und in meinen Ohren ist ein Rauschen, das entweder vom Plätschern des Saftes oder von reiner Furcht stammen könnte.

»Hallo?«, antwortet er mit verschlafener Stimme, als wäre er gerade aufgewacht – wie am allerersten Morgen hier in Frankreich. Ich sehne mich verzweifelt nach Aufmunterung, doch ich weiß, dass ich mich in die Höhle des Löwen wagen muss.

»Isaac.« Ich schlucke, als wäre mein Mund mit Sand gefüllt.

»Emmy?«

»Ich glaube, du solltest besser herkommen … schnell.«

36. Kapitel

»Was zum …?«

Obwohl ich Isaac erwarte, erschrecke ich bei seiner Ankunft fast zu Tode.

»Ich, äh … die Temperatur ist gestiegen«, sage ich mit dem Rücken zu ihm, während ich den Boden abspritze und den Saft mit Wasser verdünne. Meine Ärmel sind nass, und Wasser und Saft tropft von meinem Pony und den Ohrläppchen.

»Wie das?« Er marschiert auf einen Tank zu, lehnt die Leiter daran und klettert hinauf. Dabei ignoriert er den Saft, der immer noch herausfließt und ihn durchnässt. Er hält das Thermometer in den Saft und bestätigt den Anstieg der Temperatur.

»Aber du hast das doch kontrolliert, oder nicht?«

»Ja, dreimal täglich, manchmal auch öfter.«

»Warum hast du nichts gesagt?«

»Ich dachte, die Temperatur würde von selbst sinken, weil es doch nachts kühler ist.«

»Du *dachtest, sie würde von selbst sinken*?« Er lacht ungläubig. Es fühlt sich an, als würde er Salz in eine Wunde streuen. »Das hier ist kein Kinderspiel; wir spielen überhaupt nicht. Das ist Wissenschaft!« Rasch steigt er die Leiter herunter und leckt sich den Saft vom Finger. Dann sieht er sich um, schnappt sich den alten Glaskrug, der in der Nähe steht, füllt ihn mit Saft und trinkt einen Schluck.

»Das hätte mit der Hefemischung, die ich dir gegeben habe, nicht passieren sollen. Ich habe sie schon öfter eingesetzt. Damit sollte man selbst die heikelsten Trauben unter Kontrolle behalten. Aber das hier?« Er nimmt noch einen Schluck. Ich bin so nervös, dass mein Herz zum Zerspringen hämmert. Da sieht er mich an und zieht die dunklen Augenbrauen hoch. Unsere Blicke treffen sich. Wieder trinkt er, diesmal ganz langsam.

»Du hast doch die Hefe hinzugefügt, oder, Emmy?«

Ein langes, quälendes Schweigen entsteht. Es ist, als würde ein Stummfilm ablaufen: Es passieren überall dramatische Dinge, aber niemand spricht. Mein Magen dreht sich wie eine Waschmaschine im Schleudermodus; das Geräusch in meinen Ohren ist zum weißen Rauschen geworden.

Ich öffne den Mund, um etwas zu sagen, doch es kommt kein Ton heraus. Der Blick aus diesen großen braunen Augen lähmt mich und macht mich sprachlos.

»Ich … ich …«, stottere ich und kann meinen Blick nicht von seinem losreißen.

»Ich … ich …«

»Du hast sie nicht hinzugefügt, habe ich recht?« Er trinkt noch einen Schluck Saft und schüttelt den Kopf. »Du hast diese gottverdammte Hefe nicht reingetan!«, brüllt er plötzlich. Seine Miene verfinstert sich immer mehr. »Was hast du damit gemacht?«

»Ich, äh … Ich habe sie vergessen. Wegen der Aufregung, weil meine Familie hier war, und all das …«

»Was hast du damit gemacht?«

Ich schlucke. »Weggekippt.« Ich komme mir so blöd vor. Ich wünschte, die Erde würde sich auftun und mich verschlucken. Heftig stellt er den Glaskrug ab, starrt mich mit geblähten Nasenflügeln noch einmal wild an und stürmt hinaus. Die Autotür wird geöffnet und zugeknallt, dann fährt er mit durchdrehenden Reifen vom Hof und rast die Zufahrt hinunter.

Als das Motorengeräusch in der Ferne verklungen ist, höre ich nichts mehr außer dem Plätschern des Saftes. Jedes Glas voll Saft, das sich über den Rand ergießt, schmälert das Einkommen von Madame Beaumont für das kommende Jahr. Wie habe ich nur so dumm sein können, das aufs Spiel zu setzen? Und darüber hinaus habe ich auch noch Isaacs Respekt verloren. Mir war gar nicht klar, dass ich Wert darauf lege … Bis jetzt. Doch nun muss ich ständig an den Zorn in seinem Blick denken, und heiße salzige Tränen der Wut steigen mir in die Augen und laufen mir übers Gesicht. Ich wische sie mit dem Ärmel weg. Ich muss etwas unternehmen.

Instinkt, höre ich Madame Beaumonts Stimme sagen. Doch momentan würde ich meinem Instinkt, der mich so falsch geleitet hat, am liebsten sagen, er soll verschwinden und bleiben, wo der Pfeffer wächst. Außerdem möchte ich Madame Beaumont sagen, sie soll aufhören, mir einzureden, dass ich das schaffe – ich schaffe es nämlich eindeutig nicht.

In dem Moment fällt mein Blick auf die lange Stange mit dem Kartoffelstampfer am Ende. Bring Luft in den Saft ein, schreit mein Instinkt. Ich muss einfach irgendetwas tun. Also schnappe ich mir die Stange und steige die Leiter hinauf; Saft spritzt mir ins Gesicht und in die Augen und durchnässt mich erneut. Trotz des wunderbar sonnigen Herbstmorgens zittere ich. Ich stehe auf der Kante des Tanks, die so breit wie ein Betonstein ist. Ich stecke die Stange in den Saft und beginne zu mischen. Dabei versenke ich sie so tief wie möglich und ziehe sie wieder heraus, immer wieder. Hoffentlich kühlt die Luft die Flüssigkeit und sorgt dafür, dass nichts mehr überläuft und vergeudet wird. Während ich rühre, werde ich von Isaacs wütender Miene verfolgt. Je länger ich hier stehe, desto bewusster wird mir, was ich verloren habe. Es war mehr als nur körperliches Verlangen, das – wie mir jetzt klar wird – wie der langsam gärende Wein gewachsen ist und außer Kontrolle gerät und überläuft; nein, es waren sein Vertrauen und sein Respekt, die ich mir erworben hatte.

Ich hätte niemals herkommen sollen. Ich hätte niemals den lächerlichen Versuch unternehmen sollen, diese Ernte zu retten. Und ich hätte auf keinen Fall anstreben dürfen, dass dieser Wein seinen eigenen Charakter entwickelt. Jetzt sieht man, was ich damit angerichtet habe! Ich schiebe die Stange hinein und ziehe sie wieder heraus. Meine Arme und meine Schultern tun weh. Ich wechsele die Hand, strecke meinen Rücken und wische mir erneut mit dem nassen, kalten Ärmel die Tränen fort. Ich schniefe laut, denn es ist niemand da, der mich hören könnte. Keiner. Ich bin ganz allein, und ich habe mich in meinem ganzen Leben noch nie einsamer gefühlt. Mir ist ein bisschen schwindelig. Ob es wohl an dem Kohlendioxid liegt, das der gärende Saft freigibt?

Ich bin so wütend auf mich selbst! Ich rühre noch kraftvoller. Wütend, weil ich gedacht habe, ich könnte das schaffen, und wütend auf Isaac, weil … Weil er wütend auf mich ist, aber vor allem, weil er recht hatte.

Ich mische eine gefühlte Ewigkeit weiter, obwohl meine Arme schmerzen und mir die Tränen übers Gesicht strömen.

Ich wische die Tränen mit einem Arm fort und drehe mich um, um den Tank zu umrunden. Dabei bleibe ich mit der Stiefelspitze hängen, und obwohl ich mir große Mühe gebe, gerate ich gefährlich ins Schwanken – nach links, nach rechts, vor und zurück. Schließlich lasse ich die Stange fallen, und sie kracht zu Boden. Als ich sie auffangen will, verliere ich endgültig das Gleichgewicht, wedele mit den Armen wie eine Windmühle, und falle. Ich habe keine Chance, den Sturz zu verhindern.

»Meine Gott!« Isaac lässt den Kopf kreisen und hört seine Halswirbel knirschen. Der Featherstone's-Transporter fährt die Straße entlang auf Petit Frère zu und passiert ein Feld voller Sonnenblumen, die einmal bessere Zeiten gesehen haben.

»Diese Frau ist unglaublich!« Als er das Gaspedal weiter durchtritt, heult der Wagen vor Anstrengung auf. So schnell wie möglich folgt Isaac der kurvenreichen Straße.

Ein entgegenkommender Wagen drängt den Lieferwagen auf das grasbewachsene Bankett.

»Was hat sie sich bloß dabei gedacht?« Isaac schlägt mit der Handfläche auf das Lenkrad.

Er betrachtet die Weinstöcke auf den Feldern rechts und links, während er sich der Stadt nähert. Die Trauben sind geerntet, die Weinstöcke nackt. Sie ruhen sich nach der harten Arbeit des Sommers im Sonnenschein aus.

Wie konnte sie ihn bloß so enttäuschen? Er hatte ihr vertraut. Er dachte, dass da etwas zwischen ihnen war; wenn er sich nicht getäuscht hatte, fühlte es sich wie gegenseitige Anziehung an. Nicht die übliche schnelle und heftige Anziehung einer Affäre, wie er sie sonst kannte. Nein, zwischen ihnen hatte sich mehr entwickelt – Verständnis … Echte Verbundenheit. Doch ganz offensichtlich hat er sich geirrt. Er weiß es doch eigentlich besser, aber trotzdem hat er in seiner Wachsamkeit nachgelassen. Was hat er sich nur dabei gedacht? Er hätte sich nicht so tief in die Sache hineinziehen lassen dürfen. Stattdessen hätte er den Wein selbst machen sollen, wie Charlie es ihm aufgetragen hatte. Je schneller er weiterzöge, desto besser. Noch an diesem Nachmittag würde er die entsprechenden Telefonate führen und sich seinen nächsten Auftrag sichern. Schwungvoll biegt er in den Hof bei Featherstone's ein. Als er heftig bremst, spritzt der weiße Kies auf. Gloria und Candy, die gerade auf dem Weg in den Verkaufsraum sind, zucken erschrocken zusammen. Je schneller ich verschwinde, desto besser, denkt er, als er in den Weinkeller stürmt.

37. Kapitel

Mit einem Platschen treffe ich auf die Oberfläche, und dann taucht mein Kopf in der dunklen Flüssigkeit unter, und ich sinke immer weiter. Als ich die Augen öffne, kann ich nicht das Geringste sehen. In der Dunkelheit habe ich die Orientierung verloren und weiß nicht mehr, wo oben und unten ist. Ich versuche, zurück zur Oberfläche zu gelangen, weil meine Lunge zu brennen beginnt und dringend Luft braucht. Ich entscheide mich für eine Richtung, die ich für oben halte, und mache Schwimmbewegungen, doch meine Gliedmaßen lassen sich nicht koordinieren. Meine Kleidung ist schwer und behindert mich; meine Lunge fühlt sich an, als würde sie gleich bersten. Ich brauche Luft, und zwar sofort! Ich stoße mich ab, hoffentlich in Richtung Oberfläche, aber wissen tue ich es nicht. Es ist nicht das geringste bisschen Licht zu erkennen. Ich muss hier raus! Plötzlich sehe ich meinen Dad – ich bin noch klein. Wir sind am Strand, und meine Schwester und Mum sind ebenfalls dabei. Meine Schwester und ihre Söhne laufen durch den Weinberg, und dann ist da Mum. Sie fährt durch den strömenden Regen, nachdem sie sich mit Dad gestritten hat. Sie will Würstchen kaufen. Dann das Autowrack. Ich muss raus, ich muss alles wieder in Ordnung bringen – ich kann nicht zulassen, dass mir das Gleiche passiert.

Ein letztes Mal stoße ich mich ab, und plötzlich sehe ich Licht. Ich recke der Helligkeit das Gesicht entgegen, reiße den Mund auf und schnappe nach Luft. Doch stattdessen schlucke ich Saft und muss husten. Verzweifelt versuche ich, mich am Rand festzuhalten, doch es gelingt mir nicht. Meine Hand klatscht auf die Oberfläche und verschwindet wieder in der Flüssigkeit, gefolgt von meinem ganzen Körper. Ich bin nicht sicher, ob ich genug Energie habe, um noch einmal aufzutauchen und mich der Schwerkraft zu widersetzen. Denn je mehr ich mich abmühe, desto erschöpfter werde ich. Mein Kopf taucht erneut unter, und dann wird es dunkel.

Das ist das Ende, ich ertrinke. Es geht mir genauso wie meiner Mutter, die nach Hause zu ihrer Familie wollte und aus dem Leben gerissen wurde. Durch einen einzigen blöden Fehler werde ich meine Familie nicht wiedersehen … und auch Isaac nicht. Mein letzter Gedanke gilt Isaac, bevor sich komplette Dunkelheit über mich senkt.

Gerade als ich das Bewusstsein verliere, spüre ich, wie jemand mich aus dem Saft zieht. Als ich schließlich wieder zu mir komme, sind Isaacs Lippen auf meinen und füllen mich mit Leben. Er zieht sich zurück, und mit einem heftigen Hustenanfall befreie ich meine Lunge von der Flüssigkeit und hole tief Luft. Ich stelle fest, dass ich auf dem kalten, nassen Boden liege. Isaac kniet über mir. Jetzt lässt er die Schultern sinken und seufzt erleichtert auf. Ich schnappe nach Luft wie ein Fisch auf dem Trockenen und huste so heftig, dass ich kaum noch atmen kann.

»Komm, setz dich auf, ganz vorsichtig«, sagt Isaac und hilft mir, indem er mir eine Hand in den Rücken legt und mich mit der anderen an der Schulter festhält. Ich wische mir den Mund ab, der nach kräftigen, reifen Früchten schmeckt. Meine Lippen prickeln, als wären sie gerade ins Leben zurückgeholt worden, was ja höchstwahrscheinlich gerade auch passiert ist. Ich höre ein Rasseln und stelle fest, dass es mein eigenes Atemgeräusch ist. Wieder huste ich, und mir wird ganz flau.

»Danke«, krächze ich mühsam.

»Kein Problem. Ich wusste, dass sich meine Kenntnisse als Rettungsschwimmer eines Tages noch als nützlich erweisen würden. Allerdings hatte ich mir das nicht so vorgestellt.« Er lächelt schief, und mein Herz, das gerade noch beinahe sein Leben ausgehaucht hat, schlägt einen Purzelbaum.

»Was ist passiert?«, will er wissen und blickt zum Tank. »Was hast du da oben gemacht?«

Ich schüttele den Kopf.

»Ich habe die Schalen runtergedrückt. Ich dachte, dadurch würde der Saft kühler«, antworte ich und betrachte die Flüssigkeit, die immer noch über den Rand des Behälters tropft und außen herunterfließt.

Isaac ist völlig durchnässt, sein offenes Hemd und das T-Shirt darunter kleben an seinen schlanken, aber durchtrainierten Schultern und der Brust. Roter Saft läuft ihm aus den langen nassen Haaren den Hals hinunter, vorbei an seinem Adamsapfel und weiter über den Oberkörper. Als er sich mit der Hand durch die dunklen Haare fährt, spritzt Saft in alle Richtungen. Ich atme keuchend, und meine Brust bewegt sich auf und ab. Es könnte daran liegen, dass meine Lunge sich über die Luft freut, oder aber an Isaac, dessen Brust sich ebenfalls auf und ab bewegt. Er kniet immer noch über mir. Jetzt beugt er sich vor, lehnt seine Stirn gegen meinen Kopf und seufzt erleichtert auf. Ich spüre die Hitze seines Atems an meiner Wange.

Langsam drehe ich den Kopf, bis sich unsere Lippen ganz nahe sind. Er stößt ein Lachen aus, das vor Erleichterung und Begierde ganz tief und kehlig klingt. Obwohl ich auf dem nassen Boden liege und vor Kälte zittere, steigt eine Hitzewelle in mir auf und erreicht meine Lippen, die zu brennen beginnen und sich danach sehnen, geküsst zu werden.

»Du bist zurückgekommen.« Ich atme keuchend ein und aus. Das Rauschen in meinen Ohren stammt diesmal nicht von dem gärenden Saft, sondern von meinem eigenen Blut, das mir in den Kopf schießt.

Er nickt, seine Stirn immer noch an meine gelehnt. Die Saftströme vereinen sich und tropfen gemeinsam zu Boden. Ohne dass ich etwas dagegen tun könnte, übernimmt mein Instinkt die Regie. Ich schließe die Augen und küsse Isaac sanft und zärtlich auf den Mund. Es fühlt sich an, als würde ich schon wieder ertrinken, aber diesmal ist es himmlisch, und ich will auch nicht gerettet werden. Mein Inneres explodiert, als hätte ich von der verbotenen Frucht genascht. Ganz langsam und zögernd ziehe ich mich zurück und mache die Augen auf. Er rührt sich nicht.

»Ich habe ein Kühlgerät mitgebracht«, sagt er heftig atmend. »Ich habe es bei Featherstone's geholt.« Unsere Blicke wandern zwischen unseren Lippen und unseren Augen hin und her. Ich bin nicht sicher, ob es beim Küssen bleiben würde, wenn unsere Lippen sich noch einmal begegneten. »Ich dachte, das könnte zur Abkühlung beitragen.« Erneut ergießt sich ein Schwall Saft aus dem Tank und landet plätschernd auf dem Boden. Unwillkürlich drehen wir uns um.

»Ja, natürlich«, bringe ich hervor. Ich werfe einen letzten Blick auf Isaac und seinen Mund, bevor ich mich hochrappele und einen Abstand zu dem Kuss herstelle, der vermutlich der Kuss meines Lebens war. Isaac folgt meinem Beispiel, schnappt sich das Kühlgerät und versenkt es in dem Tank. Obwohl wir beide immer noch schwer atmen und ich mich ein bisschen benommen fühle, hat er sicher recht: Wir müssen für eine Abkühlung sorgen.

38. Kapitel

Unbehagliches Schweigen herrscht zwischen uns, als wir zu der am weitesten entfernt gelegenen Parzelle marschieren. Ich halte Henri leicht am Halfter fest und benutze das Pferd als Schutzschild zwischen Isaac und mir. Das Kühlgerät wirkt Wunder. Isaac und ich haben geduscht und uns umgezogen. Er trägt jetzt ein T-Shirt von mir – das von Take That, um genau zu sein – und einen Overall, der im Lieferwagen lag und wahrscheinlich Jeff gehört. Isaac hat das Oberteil des Overalls um die Taille geknotet und die Ärmel des T-Shirts hinaufgeschoben, so dass sein Bizeps und die dicken Venen zu erkennen sind. Der blaue Overall rutscht ihm ständig über die Hüften, und er muss ihn immer wieder hinaufziehen und die Ärmel neu verknoten. Jedes Mal, wenn er an dem Kleidungsstück zerrt, wende ich den Blick ab, und zu meinem Ärger werde ich jedes Mal rot. Ich kann nicht fassen, was passiert ist. Ich habe ihn geküsst! Es muss an der absurden, wahnsinnigen Situation gelegen haben, auch an meiner Dankbarkeit, aber es fällt mir immer noch schwer, mich mit ihm zu unterhalten. Ich kann nicht einmal mit ihm streiten. Vielleicht wenn ich mich einfach für das bedanke, was er getan hat, erklärt das die Situation. Im Gehen lasse ich die Hände über die Weinblätter gleiten.

»Ähm …«

Er schaut mich über Henris Nacken hinweg an.

»Wegen eben.« Ich räuspere mich und versuche weiterzusprechen. Ich spüre seinen Blick auf mir, und wieder strecke ich die Hand nach den Weinstöcken aus. Wir müssen auf den Weg achten, denn der Pfad zum Château auf der anderen Seite des Tals, wo der Besitz von Château Lavigne beginnt, ist ziemlich uneben.

»Danke dafür, was du getan hast – du weißt schon, mich da rauszuziehen.«

»Keine Ursache! Das hätte jeder getan.«

Natürlich!

»Äh, wahrscheinlich hast du mir das Leben gerettet.« Bei dem Gedanken, was möglicherweise passiert wäre, wenn Isaac nicht mit dem Kühlgerät gekommen wäre und mich gerettet hätte, fange ich an zu zittern.

»Wie gesagt, jeder hätte das Gleiche getan.« Er pflückt ein Weinblatt und reißt es in kleine Stücke.

»Aber wenn du nicht zurückgekommen wärst …«

»Lass uns nicht an ›was wäre wenn‹ denken«, fällt er mir ins Wort, wirft mir einen Blick zu und lässt die Überreste des Blattes fallen.

Wir verfallen in Schweigen, bis plötzlich ein Tier über den Pfad schießt, dicht gefolgt von einem weiteren.

»Ein Hase!«, ruft Isaac entzückt aus. Wir schauen den beiden hinterher.

»Sie sind immer hier«, erzähle ich. Über uns stößt ein Bussard einen Schrei aus. Er kreist mit seinem Partner am klaren blauen Himmel im Wind und verkündet, dass es ein wunderbarer Tag wird. Und ich kann kaum glauben, wie bald ich schon wieder zu Hause sein, mit dem Bus zu Arbeit fahren und den ganzen Tag im Büro sein werde. Die einzigen balzenden Paare, die ich dann zu sehen bekomme, werden die in der Besenkammer nach der Weihnachtsfeier sein.

»Was da vorhin passiert ist …« Ich konzentriere mich auf die Bussarde, während ich über den unebenen Pfad stolpere und Henri gelegentlich mit einem Schnalzlaut antreibe. *»En avant«*, sage ich. »Weiter geht's.«

»Wann vorhin?« Ich weiß, dass er es mir nicht leichtmachen will und mich aufzieht. Er macht sich bestimmt über mich lustig. Ausgerechnet Isaac – und ich habe geglaubt, dass ich immun gegen ihn und seinen Charme bin! Aber was tue ich? In einem wahnhaften Moment küsse ich ihn und stelle fest, dass es sich mit Charlie nie so angefühlt hat. Ein Schauder läuft mir den Rücken hinunter.

»Ach, du meinst, als du mich geküsst hast?« Er blickt geradeaus, aber ein Lächeln zuckt in seinem Mundwinkel.

»Ich glaube eher, dass du mich geküsst hast.« Ich versuche es mit einem Bluff.

»Ich? Ich glaube, dein Gedächtnis spielt dir einen Streich. Na ja, ich kann es dir nicht verdenken.« Er ist wieder ganz der Alte, scherzend und flirtend.

»Jedenfalls, was auch immer passiert ist«, erwidere ich rasch, »ich war völlig durcheinander, nachdem ich um ein Haar ertrunken wäre. Vielleicht war ich sogar betrunken von dem gärenden Saft.«

»Ach, diese olle Kamelle ... ›Ich habe es nicht so gemeint, es lag am Wein, in dem ich beinahe ertrunken bin.‹«

Gegen meinen Willen lache ich laut auf. Vielleicht bin ich ja tatsächlich betrunken? Ich gebe mir Mühe, keine Miene zu verziehen. Rasch werfe ich ihm einen Blick zu. Er lächelt, aber nicht neckend, sondern einfach nur nett. Ich sehe schnell weg und betrachte die hellbraune Erde.

»Hör mal, ich möchte dir einfach nur sagen, dass ich dir sehr dankbar bin für das, was du getan hast; und ich verspreche, dass es nicht wieder passieren wird.«

»Was denn, das Ertrinken oder das Küssen?« Er hält inne und bleibt stehen. »Oder die Lüge über die Hefe?«

Ich halte ebenfalls an. »Beides, ich meine alles. Isaac, das mit der Hefe tut mir leid. Ich habe versucht, das zu tun, was ich für das Beste hielt – ich dachte, ich mache es richtig.«

Er schweigt.

»Es tut mir leid. Ich verspreche, es wird keine Lügen und keine Küsse mehr geben.«

»Versprochen?«

»Versprochen. Ich habe meine Lektion gelernt.« Ich bin mir nicht sicher, ob wir jetzt von der Lügerei oder der Küsserei reden. Über das Küssen habe ich jedenfalls gelernt, dass dieser Kuss wie kein anderer war – und wenn ich es wiederholen würde, könnte ich nicht verhindern, diesem Mann zu verfallen. Wir gehen weiter. Henri stapft langsam, aber zuverlässig neben mir her.

»Der Wein ist jetzt offensichtlich wieder stabil«, sagt Isaac, als wollte er gezielt das Thema wechseln.

»Wirst du Charlie davon erzählen?« Ich muss das wissen.

Er bleibt stehen, um mich anzusehen. Als ich ebenfalls anhalte, schnaubt Henri ungeduldig.

»Vom Wein oder von dem Kuss?« Isaac zieht eine Augenbraue hoch, und ich werde rot. Er fährt fort: »Na ja, wahrscheinlich wäre er weder über das eine noch über das andere besonders erfreut. Wir müssen jetzt weitermachen und hoffen, dass er nichts merkt.«

Ich stoße einen Seufzer der Erleichterung aus.

»Es tut mir sehr leid, weißt du.«

Schweigend gehen wir weiter. Nur die Schreie des Bussards, das langsame Stampfen von Henris Hufen und das Klappern der Kisten auf dem Anhänger sind zu hören.

»Falls es dich tröstet«, sagt Isaac leise, »der Wein schmeckt fantastisch. Deutlich vielschichtiger, als er schmecken würde, wenn die Hefe hinzugefügt worden wäre. Voller Charakter.«

»Wirklich?« Ich freue mich wie ein Schneekönig. »Ich meine, ich weiß, dass es nicht das ist, worauf du gehofft hast, aber … mein Gott … das ist fantastisch!«

»Du solltest jetzt aufhören. Lass mich jetzt übernehmen.«

»Unbedingt«, stimme ich zu und höre auf zu reden. Doch dann muss ich die Frage doch stellen: »Und es macht nichts? Du weißt schon, dass ich drin gewesen bin?«

Er lacht. »Nein, bestimmt nicht«, versichert er. Wir marschieren weiter, ohne zu reden. Er streckt das Gesicht der Sonne entgegen. Dann meint er: »Wir müssen die letzten Trauben lesen, in die Tanks füllen und das vergorene Zeug in die Fässer umfüllen. Danach kann die nächste Gärung stattfinden.«

»Eine zweite Gärung?«

»Jep. Die Milchsäuregärung. Sie macht den Wein ... irgendwie cremiger, weicher. Danach beginnen wir mit der Verkostung und arbeiten den Verschnitt aus, entscheiden, wie viel Prozent von jeder Rebsorte hineinkommt. Wenn die Milchsäuregärung, oder malolaktische Gärung, abgeschlossen ist, ist der Wein fertig für den ersten Verschnitt und die Verkostung. Alle Weine bei diesem Wettbewerb stecken noch in den Kinderschuhen, frühe Cuvées, die noch weiterentwickelt werden. Die Kellermeister sehen ihre Kleinkinder die ersten Schritte unternehmen – die ersten Schritte auf dem Weg, vollkommen entwickelte Weine zu werden. Sie werden natürlich noch reifen, doch man kann zu diesem Zeitpunkt schon das Potenzial einschätzen.«

»Ich weiß nicht, ob Madame Beaumont so wissenschaftlich arbeitet. Sie macht einfach das, was funktioniert.«

»Hmm«, brummt er ein wenig missbilligend. »Ich kann immer noch nicht den Finger auf ihren Verschnitt legen. Das macht mich verrückt. Der Wein hat eine Note, die ich nicht zuordnen kann«, meint er sichtlich frustriert.

Ich zucke mit den Schultern. »Dann liegt es vielleicht an Mutter Natur.«

Wir haben die letzte Parzelle nun beinahe erreicht.

»Und wenn wir uns auf einen Verschnitt festgelegt haben,

der uns gefällt, können wir der Jury des Weinwettbewerbs eine Probe davon zur Verfügung stellen. Allerdings weiß ich nicht, wie sie damit umgehen werden, da der Wein eigentlich nicht das ist, was sie erwarten.«

Stirnrunzelnd sieht er mich an.

»Aber vielleicht gewinnt er trotzdem«, halte ich optimistisch dagegen. Henri bleibt bei den Weinstöcken stehen.

»Hoffen wir es mal – für uns alle.« Er folgt mir zum Anhänger, wo ich mir einen Eimer und eine Schere nehme.

»Und was willst du danach machen?«

»Ich habe gerade eine E-Mail bekommen.« Seine Augen leuchten auf. »Ein großer australischer Weinerzeuger, den ich angeschrieben hatte, hat sich gemeldet. Ich habe gesagt, dass ich einen Wein für Featherstone's kreiere, und wenn er erfolgreich ist, wollen sie, dass ich das Gleiche für sie mache – nur in einem viel größeren Umfang. Sie sind riesig.«

Ich merke, dass es genau das ist, was er immer wollte.

»Alle wollen Wein nach französischer Art … Das ist der Großvater aller Weine.« Seine Augen sind vor Begeisterung ganz groß.

»Das bedeutet dir eine Menge«, stelle ich fest. Ich stehe neben ihm am Anhänger, umgeben von Weinstöcken. Wir schauen zum Haus von Château Clos Beaumont, und die Sonne wärmt uns das Gesicht.

»Alles. Die ganzen letzten Jahre habe ich darauf hingearbeitet.«

»Heißt das, du wirst nicht länger herumreisen, sondern Wurzeln schlagen?«

»Machst du Witze? Nichts kann mich aufhalten. Ich fliege bloß weiter zu größeren und besseren Weingütern.«

»Ich weiß nicht, ob es irgendwo besser sein kann als hier«, sage ich leise und schaue mich um.

»Pass auf, du klingst, als würdest du dich gerade verlieben.«

»Oh nein, natürlich nicht.« Ich schüttele den Kopf – ich versuche immer, mich von der Liebe fernzuhalten.

»Und was hast du nach der Preisverleihung vor?«, erkundigt er sich.

»Ich? Na ja, ich werde nach Hause gehen. Wenn wir den Preis gewinnen, werde ich hoffentlich meinen Job bei Cadwallader's Call-Center behalten, den Bonus bekommen und versuchen, die Raten für das Haus abzubezahlen, und so weiter …« Ich halte ihm einen Eimer hin.

»Das hört sich nicht besonders spannend an.«

»Es ist auch nicht besonders spannend.« Ich greife nach einer Schere für ihn und sehe ihn an. Henri schnaubt und schüttelt seine Mähne. »Das ist einfach … das Leben.«

»Willst du denn nicht mehr vom Leben? Möchtest du nicht mal deine Flügel ausbreiten?« Seine braunen Augen fixieren mich, und ich hätte am liebsten gerufen: Ja! Ja, ich möchte so viel mehr. Allerdings kein Leben ohne Wurzeln.

»Was meinst du? Ein Leben, wie du es führst? Nein, danke, ich möchte gerne wissen, wo mein Zuhause ist.« Ich lächele. Er streckt die Hand aus, und ich lasse beinahe den Eimer fallen, als sich unsere Finger berühren, während er den Eimer nimmt. Ein heftiger Stromschlag durchfährt mich.

»Wirst du das hier nicht vermissen?«, will er wissen.

Diesmal kann ich seinen Blick nicht erwidern, sondern schaue zu Boden. Ich kann ihm nicht erzählen, wie sehr ich das alles vermissen werde. So sehr!

»Es wird mich glücklich machen, wenn ich weiß, dass Madame Beaumont im kommenden Jahr die Ernte von jetzt verkaufen kann.« Meine Stimme klingt ein bisschen zittrig.

»Und wenn der Wein den Preis gewinnt?«

»Nun, dann verdient sie hoffentlich genug, um über die Einstellung eines Gehilfen nachdenken zu können.« Ich hole tief Luft und blicke auf.

»Aber du willst doch sicher nicht so enden wie dein Dad, oder? Ich meine, willst du deinem Leben nicht ein bisschen Schwung verleihen?«

Ich sage nichts. Ich habe das Gefühl, dass er glaubt, er sei einen Schritt zu weit gegangen. Aber irgendwie hat er recht, ich sehe nur keine Möglichkeit, die Dinge zu ändern.

»Ich mach dir einen Vorschlag«, beendet er das unbehagliche Schweigen. »Jeder geht seinen eigenen Weg.«

Ich runzele die Stirn. Er grinst – er neckt mich wieder. Er zeigt auf die Weinstöcke.

»Wir können ein Wettrennen machen, wenn du möchtest. Mal sehen, wer es als Erster schafft.« Isaac löst bereits den Feststellmechanismus seiner Schere. »Wir beginnen außen und arbeiten uns nach innen vor.«

»Die Wette gilt!«, rufe ich. Wir laufen beide zu den äußeren Reihen auf den gegenüberliegenden Seiten der Parzelle und beginnen zu ernten. Ich werde es ihm zeigen, ich werde ihn schlagen.

»Ich bin schneller!«, rufe ich Isaac über die Weinstöcke zu, als wir uns der Mitte der Parzelle nähern.

»Ich glaube, das stimmt nicht!«, erwidert er.

Auf gar keinen Fall lasse ich zu, dass er mich schlägt.

Wir liegen Kopf an Kopf und laufen um das Ende der Reihe. Es sind nur noch wenige Reihen in der Mitte der Parzelle übrig. Ich bin bester Dinge, denn wir haben die Traubenlese fast abgeschlossen. Rasch leeren wir unsere Eimer und rennen zu den nächsten Reihen ganz in der Mitte. Isaac ist direkt vor mir, als er plötzlich abrupt anhält. Ich muss ihm ausweichen, damit ich nicht in ihn hineinlaufe. Er rührt sich nicht. Fragend folge ich seinem Blick. Keiner von uns beiden bewegt sich, wir bleiben einfach nur stehen und starren.

Schließlich erwacht Isaac aus seiner Starre und sagt etwas.

39. Kapitel

»Hast du das gewusst?« Das Lachen ist verschwunden, und obwohl ich nicht genau weiß, was los ist, sagt mir Isaacs Miene, dass etwas nicht stimmt.

Ich schüttele den Kopf, stelle meinen Eimer ab und lasse die Schere in meine Hosentasche gleiten. Ich folge Isaac zur nächsten Weinstockreihe, wo er eine Traube abschneidet. Die Beeren sehen anders aus als jene, die wir bereits auf den Anhänger geladen haben. Isaac nimmt eine, halbiert sie, hält sie sich unter die Nase und leckt daran. Dann steckt er sie in den Mund und kaut nachdenklich. Ich spüre, dass ich ihn jetzt nicht stören darf. Während er kaut, beginnt er leicht zu nicken, dann wird die Bewegung heftiger.

»Was ist los? Eine Infektion? Eine Vergiftung durch Insektizide?« Ich kann mich nicht mehr zurückhalten und nicke in die Richtung des Château Lavigne. Daraufhin wirft er den Kopf zurück, schüttelt die dunklen Haare und lacht laut auf.

»Was denn? Was ist los?«, frage ich frustriert. Ich habe keine Ahnung, was vor sich geht.

Wieder schüttelt er den Kopf, wirft die Traube von einer Hand in die andere und steckt sich noch eine Beere in den Mund. Immer noch kopfschüttelnd grinst er breit.

»Isaac, was ist los?«

»Sag du es mir.« Er zieht eine Augenbraue hoch.

»Ich weiß es nicht. Ich sehe bloß, dass diese Trauben und diese Weinstöcke ganz anders aussehen als die übrigen. Leiden sie an einer Krankheit?«

Langsam antwortet er: »Kein Wunder, dass ich den Finger nicht auf den ›anderen Bestandteil‹«, er malt mit den Fingern Anführungsstriche in die Luft, »in Madame Beaumonts Bordeaux legen konnte.«

Ich schüttele den Kopf, strecke ratlos die Hände aus und zucke mit den Schultern. Mein Frust wächst zunehmend.

»Hier, probier mal.« Er gibt mir eine Weinbeere. Ich nehme sie, denn ich bin mir ziemlich sicher, dass sie mich nicht vergiften wird, da Isaac gerade eine davon gegessen hat. Ich halbiere sie, wie er es getan hat, rieche daran und stecke sie in den Mund. Ich kaue.

»Und, was sagst du?«

Ich schüttele den Kopf, schiebe die Weinbeere im Mund hin und her und will sie gerade herunterschlucken, doch dann: »Warte! Das ist …« Mir fehlen die richtigen Worte. »Ich weiß nicht, es ist diese andere Sache … diese besondere Note.«

Er nickt, und ein Lächeln breitet sich auf seinem Gesicht aus, als er den Stiel wegwirft. Der Wind weht hier deutlich stärker, streicht durch das Tal den Hügel hinauf und lässt meine Haare fliegen.

»Aber ich verstehe nicht. Dann ist das eine andere Rebsorte?«, frage ich über das Windgeräusch hinweg.

»Du hast es kapiert. Wie ich das sehe, ist es eine ganz andere Rebsorte. Wenn ich mich nicht täusche, handelt es sich um eine richtig alte Züchtung namens *la tendresse*. Das bedeutet Zärtlichkeit. Sie harmoniert sehr gut mit anderen Sorten. Wie ich gelesen habe, ist sie hervorragend zum Verschneiden geeignet. Diese Weinstöcke sind sehr alt. Ich dachte, diese Sorte wäre durch den Echten Mehltau in Frankreich Mitte des 19. Jahrhunderts ausgelöscht worden.«

»Eine Rebkrankheit?«

Er nickt. »Frankreich hat dadurch rund vierzig Prozent

seiner Weinberge verloren. Diese Rebsorte ist jetzt in anderen Gegenden der Erde zu finden. Aber sie ist ziemlich selten.«

Die Stämme sind niedriger und gewunden, und die Äste sind deutlich kürzer als die der benachbarten Rebstöcke. Kein Wunder, dass wir nichts von ihnen wussten, denn sie sind gut versteckt.

»Ich konnte die besondere Note in diesem Wein bisher nicht zuordnen, aber das ist es, diese Traube. *La tendresse.*« Isaac blickt sich um.

Dann lächelt er. »Der Wind, er muss diese Rebstöcke vor dem Mehltau bewahrt haben.«

»Und das ist auch der Grund, warum Madame Beaumont niemanden auf ihrem Land haben will.« Plötzlich kann ich es verstehen.

»Diese Trauben werden in dieser Gegend nicht angebaut. Die Behörden könnten von Madame Beaumont verlangen, dass sie ausgerissen und durch eine andere Sorte ersetzt werden.«

»So wie Charlie das gerne hätte?«

Isaac nickt.

»Aber warum?«

»Diese Trauben gehören nicht zur Appellation dieser Region. Sie beeinflussen den Geschmack der anderen Trauben.«

»Aber Madame Beaumont hat gar keine Appellation beantragt. Sie hasst Regeln und Vorschriften.«

»Und das ist der Grund dafür. Sie mischt diese Trauben unter die regionalen Rebsorten. Das verleiht ihrem Wein den besonderen Charakter, die Ecken und Kanten, wenn du so willst.«

»Wie alt sind diese Weinstöcke?«

»Ich würde sagen, ungefähr siebzig Jahre, manche vielleicht sogar noch älter.« Er hebt eine Traube an. »In diesem

Alter ist der Ertrag niedrig, aber der Geschmack umso intensiver.«

»Als hätten sie im Laufe der Zeit an Weisheit und Reife gewonnen«, sage ich.

Er lächelt, als würde er diese Erklärung akzeptieren.

»Ganz genau. Die Sache ist die, das *terroir* hier oben ist schwieriger, und je härter die Wurzeln arbeiten müssen, um die Pflanzen zu versorgen …«

»… desto bessere Früchte tragen sie!«, beende ich den Satz für ihn.

Als er anerkennend nickt, hebt sich meine Stimmung schlagartig.

»Dann ist das genau das, was wir brauchen«, fahre ich aufgeregt fort. »Ich frage mich, wie diese Weinstöcke hier hingekommen sind.«

»Aber wenn die Behörden oder Featherstone's es herausfinden, lassen sie Madame Beaumont diesen Wein nicht mehr verkaufen … Das verstößt gegen die Vorschriften. Deshalb sind die Pflanzen ja auch versteckt.«

Mein Herz verkrampft sich.

»Und wir können nicht an dem Weinwettbewerb teilnehmen«, seufze ich und lasse die Hände sinken.

»Nein«, bestätigt er.

»Oder …«, sage ich leise. »Wir könnten doch mitmachen, wenn wir es ihnen nicht mitteilen.«

»Das kann ich nicht machen, Emmy. Es wäre nicht richtig. Wenn ich erwischt werde …«

»Du machst es ja nicht.« Ich ziehe meine Schere aus der Hosentasche. »Sondern ich.« Ich starre ihn an und hoffe, dass er sich mir nicht widersetzen wird. »Ohne diese Rebsorte ist der Wein nichts Besonderes. Das hast du selbst gesagt. Sie verleiht ihm Charakter. Auf die Weise bekommst du deinen neuen Job, und Madame Beaumont kann ihre Ernte gut verkaufen. Lass uns einfach behaupten, du wüsstest nichts von diesen anderen Trauben – wie mit der Hefe. Dafür trage ich allein die Verantwortung. Ich wusste es nicht besser.«

»Emmy, denk mal nach. Du könntest deine Arbeit verlieren. Du musst auch mal an dich denken. Ich kann das nicht zulassen.«

»Doch, kannst du«, widerspreche ich mit Nachdruck. »Ich nehme das auf meine Kappe. Um ehrlich zu sein, du hattest recht. Ich muss mal etwas riskieren. Wenn ich in diesem Tempo weitermache, bin ich so alt wie mein Dad, bevor ich anfange zu leben. Der Wein könnte die Auszeichnung gewinnen! Ich kann nicht zurückkehren, ohne es wenigstens probiert zu haben.« Wir starren uns an, und dann beginne ich zu ernten, langsam und vorsichtig. Isaac geht hinter mir her.

»Wenn du nicht pflückst, können wir sagen, dass du nichts damit zu tun hattest. Du hältst den Eimer, ich schneide die Trauben ab«, schlage ich vor.

Und so machen wir es. Allerdings legt er den Kopf schief und hört nicht auf, mich anzusehen.

»Du bist eine Teufelsbraut«, meint er schließlich.

»Da bin ich mir aber nicht so sicher. Ich bin genauso wie die anderen Verkäufer im Büro, allerdings verkaufe ich nicht so gut wie sie.«

»Vielleicht«, sagt Isaac, »würde Madame Beaumont sagen, es liegt daran, dass sie alle Supermarktverschnitte sind … Darauf ausgelegt, gleich zu schmecken, manche ein bisschen besser als andere, aber dennoch alle irgendwie ähnlich.«

»Mais oui! Bien sûr!«, antworte ich und werfe ihm durch eine imaginäre Brille einen strengen Blick zu – ganz Madame Beaumont. Und wir lachen beide.

»Was macht das dann aus mir, etwa Essig?«, frage ich und wende mich wieder der Traubenlese zu. Ich arbeite langsam und vorsichtig, um die alten Weinstöcke nicht zu beschädigen.

»Du, du bist ein einzigartiger Jahrgang«, erwidert er grinsend.

»Ach, tatsächlich?« Ich kann nicht anders – ich muss ebenfalls schmunzeln.

»Ja, du hast nur noch nicht begriffen, was für einer.«

»Sprich weiter, erklär es mir!« Ich schneide eine kleine Traube mitten im Weinstock ab und lege sie vorsichtig in den Eimer, den er mir hinhält. Aber er schaut mich an.

»Mutig, risikofreudig, tapfer – ein sehr seltener, außergewöhnlicher Jahrgang, würde ich sagen. Ein Jahrgang, der reifen musste, um richtig geschätzt zu werden.«

»Hey!« Ich tue so, als wollte ich ihn schlagen, und er weicht lachend zurück.

»Du bist einzigartig. Deine Kollegen dagegen sind … wie ein Wein aus dem letzten Jahr. Einer, der schnell getrunken werden muss. Dich dagegen sollte man genießen.«

Mein ganzer Körper beginnt zu prickeln, und ich brauche ganz schnell eine Ablenkung.

»Du dagegen, du bist wie ein *nouveau* Wein. Heute hier, morgen da – nicht von Dauer, aber hervorragend für den Moment geeignet!«

»Ganz genau! Aber mit viel Tiefgang, sehr intensiv«, fügt er grinsend hinzu, »was aber nur einem feinen Gaumen auffällt.«

»Einem feinen Gaumen?«

»Ja, wie deinem. Du hast einen sehr hoch entwickelten Gaumen, wenn du nur selbst daran glauben würdest. Du könntest sehr gut darin sein.«

Ich lege die nächsten Trauben in den Eimer und schirme die Augen mit der Hand gegen die Sonne ab. Von hier aus hat man einen großartigen Blick über die zahlreichen Weinfelder, die in Wellen auf Petit Frère zurollen. Der Wind trägt den Geruch nach Rosmarin und Lavendel mit sich.

»Ich könnte diesen Job nicht machen«, lache ich auf.

»Warum nicht?«

»Na ja, erst mal habe ich eine Familie, die mich zu Hause braucht.«

»Ich wette, sie fänden es toll, wenn du etwas anderes tun würdest, als in diesem Call-Center zu arbeiten. Ich könnte ein paar Leute anrufen. Du könntest zum Beispiel mit mir kommen und in der Weinherstellung arbeiten.«

Ich erstarre. Hat er tatsächlich gerade vorgeschlagen, dass ich ihn begleiten soll? Er meint sicher als Kollegen, allerdings bin ich mir nicht sicher, ob ich mit Isaac einfach nur noch befreundet sein kann.

»So einfach ist das nicht. Ich trage Verantwortung. Ich kann nicht einfach in der Welt herumfliegen und arbeiten, wo es mir gerade gefällt. Wie du schon gesagt hast, reichen meine Wurzeln sehr tief.«

Und falls ich jemals geglaubt haben sollte – in einer verrückten Traumwelt, während ich ihn küsste –, dass aus Isaac und mir mehr werden könnte, weiß ich jetzt, dass es niemals dazu kommen kann. Er ist ein Freigeist, ein seltener ›Heute-hier-morgen-da‹-Jahrgang, und ich bin jemand, der auf Jahre hinaus am selben Ort bleiben möchte. Und Charlie? Charlie hat Potenzial. Er wird mit zunehmendem Alter reifen – entweder das, oder er wird sauer! –, doch Charlie hat Dad hergebracht. Er hat die Zukunft im Blick. Sein Kuss mag vielleicht nicht die Wirkung auf mich gehabt haben, die Isaacs Kuss hervorgerufen hat, aber er ist auch nicht der Typ ›Heute hier, morgen da‹. Er weiß, was er will und was er vom Leben erwartet.

»Vielleicht mache ich eines Tages mal etwas anderes, verwirkliche einen Traum. Aber nicht jetzt.«

»Pass auf, dass du es nicht zu lange aufschiebst, Emmy, sonst ist es vielleicht zu spät und passiert nie.«

Während ich schweigend weiterpflücke, denke ich an Mum, deren Zukunftsträume niemals wahr wurden. Und an Dad, wie er in seinem Sessel sitzt in dem Bewusstsein, dass der morgige Tag genauso sein wird wie der gestrige. Und an Jody, die keine Ahnung hat, was die Zukunft bringen wird, doch mit Sicherheit weiß, dass sie ganz anders wird als die Vergangenheit. Und ich denke an Madame Beaumont. Ich habe das Gefühl, dass diese besonderen Weinstöcke sehr wichtig für sie sind und eine wesentliche Rolle für ihren Wein spielen. Sie müssen etwas mit dem Foto und dem silbernen Abzeichen neben ihrem Bett zu tun haben. Ich kann Madame Beaumont nicht im Stich lassen.

Schnipp, schnipp. »Komm, lass uns ein bisschen Unsinn machen.« Wieder ahme ich Madame Beaumont nach, und wir müssen lachen. Allmählich ergibt alles einen Sinn. Sie hat mir erzählt, dass ihr Vater einige der Weinstöcke gepflanzt hat. Das hier müssen sie sein: Sie sind ein Teil von ihr, und ich könnte schwören, dass ich Madame Beaumonts fröhliches Lachen zwischen den Weinreben hören kann.

40. Kapitel

»Ach, komm schon, lass mich sie doch wenigstens mit dir zusammen zerquetschen!« Isaac geht im *chai* auf und ab, während ich Schuhe und Strümpfe ausziehe, um mir die Füße zu waschen.

»Nein! Wenn du die Trauben nicht angerührt hast, musst du auch nicht den Kopf dafür hinhalten.«

»Und was ist, wenn sie dich erwischen, was, wenn der Wein disqualifiziert wird?« Er schlägt die Hände über dem Kopf zusammen.

»Sie werden es nicht herausfinden. Madame Beaumont hat es all die Jahre geheimgehalten. Warum sollte es ausgerechnet jetzt auffliegen?«

Als mein Handy in der Tasche vibriert, nehme ich es heraus.

»Apropos Madame Beaumont …« Ich schaue auf und strahle. »Sie hat mir geschrieben!« Rasch lese ich die Nachricht. »Sie haben gesagt, dass sie bald auf einen Besuch nach Hause kommen kann. Und wenn es ihr gut genug geht, kann sie bald ganz nach Hause.«

»Ich könnte mir eher vorstellen, dass sie sie rausschmeißen, weil sie das Personal schikaniert«, scherzt Isaac. Ich muss lachen. Wahrscheinlich macht sie ihnen wirklich die Hölle heiß, weil sie unbedingt rauswill.

»Wann kommt sie?«

»Das hat sie nicht gesagt. Aber es wäre doch toll, wenn sie bei der Preisverleihung dabei sein könnte«, meine ich.

»Das wird ein großer Abend. Charlie wird mit dir zusammen hingehen.«

»Ach ja?«, erwidere ich und trockne meine Füße ab. Er hat nichts davon erwähnt. Doch es zeigt mir, dass er an mich denkt. Allerdings habe ich Charlie seit dem Besuch meiner Familie kaum gesehen. Vielleicht wäre ich nicht auf so dumme Gedanken wegen Isaac gekommen, wenn ich Charlie öfter getroffen hätte. Isaac und ich haben einfach viel zu viel Zeit miteinander verbracht, das ist alles. Dieser gemeinsame Abend rund um die Verleihung der Weinmedaille ist genau das, was Charlie und ich brauchen, um unsere Beziehung als richtiges Paar zu beginnen, nachdem unsere Zeit hier in Frankreich fast vorüber ist. Und von irgendwelchen albernen Gedanken, mit Isaac zusammen auf Weingütern zu arbeiten, werde ich mich damit endgültig verabschieden. Meine Zukunft ist Charlie, und arbeiten werde ich weiterhin bei Cadwallader's. Nur mein Herz braucht ein bisschen Zeit, um mit meinen optimistischen Zukunftsplänen mitzukommen.

»Ich gehe mit Candy hin, und Nick hat Colette als Begleiterin, Gott möge ihm beistehen.«

»Das klingt alles ziemlich förmlich.« Ich lege mein Handy zur Seite.

Er zuckt mit den Schultern. »Jeff kommt mit Gloria«, fügt er hinzu, und wir lachen beide. Doch die Tatsache, dass Isaac das Fest zusammen mit Candy besuchen wird, will mir nicht mehr aus dem Kopf gehen.

»Na, dann hoffen wir mal, dass wir Madame Beaumont stolz machen können«, sage ich, um mich von der Vorstellung abzulenken, dass Isaac Candy küssen könnte. Ich denke an unseren Kuss, an seine weichen Lippen. »Wenn ich es doch nur schaffen kann, diese Ernte zu verkaufen … Dann hätte Madame Beaumont genug Geld, um über den Winter zu kommen und ein paar Reparaturen durchführen zu lassen. Und jemanden einzustellen, der sie unterstützen kann. Das ist es, was sie wirklich braucht: Hilfe.«

»Das wäre gut. Sie bräuchte jemanden, der im Weinberg hilft und die körperliche Arbeit erledigt.«

Ich nicke.

»Okay, dann kümmern wir uns mal um diesen Wein. Diese letzten Trauben müssen noch gären, dann muss der Wein so schnell wie möglich in die Fässer. Danach muss er umgepumpt werden. Wenn die Fässer leer sind, muss der Bodensatz entfernt werden – die Hefe am Boden der Fässer –, und dann kann der Wein wieder zurückgepumpt werden.«

»Ja, ich weiß, was Umpumpen ist.« Ich schnalze etwas ungehalten mit der Zunge.

»Ich kann dir dabei helfen«, bietet er an.

»Nein! Ich habe es dir doch schon gesagt. Du erklärst mir, was zu tun ist, und ich mache es dann. Je weniger du involviert bist, desto besser.«

Als ich in das Fass klettern will, streckt Isaac mir die Hand hin, um mir zu helfen. Ich ergreife sie, wünsche mir aber sofort, ich hätte es nicht getan, denn es fühlt sich an, als hätte ich einen Elektrozaun angefasst. Rasch ziehe ich meine Hand zurück und schaue auf die Trauben unter meinen Füßen, die sich zwischen meinen Zehen feucht und kalt anfühlen. Dann hebe ich einen Fuß, um sie zu zerquetschen, doch plötzlich halte ich inne.

»Ich frage mich gerade, ob ich mit diesen Trauben irgendetwas anders machen muss.« Ich sehe fragend zu ihm auf. Er lächelt mich an, und eine Welle der Erregung überkommt mich. Mein Magen zieht sich zusammen, und mir wird ein bisschen schwindelig. Das muss aufhören. Ich darf nicht mehr an ihn denken. Ich muss meine ganze Energie in die Produktion dieses Weines stecken. Die Trauben zu lesen war eine Sache, aber ich habe nie damit gerechnet, dass ich auch den Wein erzeugen würde.

Isaac zuckt mit den Schultern. »Keine Ahnung. Ich habe

noch nie mit dieser Rebsorte gearbeitet, aber im Grunde genommen bleibt Wein Wein. Ernte, Gärung, Verschnitt, Abfüllung in Flaschen. Mach einfach so weiter wie bisher.«

Ich nicke und beginne, die Trauben zu zertreten.

Isaac sieht mir eine Weile dabei zu. Mein Atem beschleunigt sich, als ich seine Blicke auf mir spüre. Ich kippe mehr Trauben ins das Fass und arbeite weiter. Nach einer Weile langweilt er sich erkennbar – wie ein Kind, das nichts zu tun hat. Er wandert im *chai* herum, um sich abzulenken, inspiziert den Saft in den Tanks und die Fässer, die darauf warten, gefüllt zu werden. Dann fummelt er an der Pumpe herum und prüft, ob sie ordnungsgemäß funktioniert.

»Wenn du fertig bist, müssen wir diesen Wein in Fässer füllen. Wir brauchen die Tanks für den neuen Saft.« Er macht eine entsprechende Handbewegung, und ich nicke. Keuchend marschiere ich weiter in den Trauben herum.

»Klar.«

Schweigen breitet sich aus, nur mein Keuchen ist zu hören. *Stampf, stampf*. Das ist das beste Work-out, das ich je hatte. Ich verstehe, warum hier in der Umgebung keine Fitness-Studios gebraucht werden.

»Wenn du möchtest, kannst du ruhig gehen«, schlage ich vor.

»Lieber nicht! Ich will doch nicht, dass du wieder Mist baust, wie mit der Hefe«, sagt er halb im Scherz.

Aua. Das hat gesessen. *Stampf, stampf, schmatz, schmatz*. Meine Oberschenkelmuskeln brennen inzwischen, und meine Schritte werden langsamer.

»Bist du sicher, dass ich nicht für dich übernehmen soll?«, fragt er.

»Nein, alles okay, ehrlich.«

Plötzlich kommt er zum Fass, greift hinein und nimmt sich eine Traube.

»Hey!«

»Hast du gewusst, dass man in Spanien an Silvester um Punkt Mitternacht zwölf Weinbeeren in den Mund stecken muss, ohne sie zu zerbeißen? Das ist nicht einfach.«

Er steckt sich Weintrauben in den Mund, und ich zähle lachend mit.

»… zehn, elf …«

Seine Wangen beulen sich aus. Schließlich beginnt er zu kauen.

»Woher weißt du das? Hast du auch mal in Spanien gearbeitet?« Ich zertrete immer noch weiter Trauben.

»Ich hatte vor einigen Jahren mal eine spanische Freundin«, antwortet er und grinst mit vom Saft feuchten Lippen.

Eine spanische Freundin, natürlich! »Wahrscheinlich hast du einen sogenannten *Brauch* für Silvester überall auf der Welt!«, platze ich heraus. Er schaut mich an, und ganz allmählich breitet sich ein Lächeln auf seinem Gesicht aus, allerdings wirkt er auch ein bisschen nachdenklich.

»Ich hatte eine spanische Mutter … Daher auch der Name Isaac.«

»Oh.« Mein Witz ist verpufft. Ich frage: »Wolltest du dich wirklich noch nie irgendwo auf Dauer niederlassen?«

»Ich habe den richtigen Ort noch nicht gefunden.« Er wirft sich noch eine Traube in den Mund.

»Oder den richtigen Menschen, so wie es sich anhört.« Schon wieder habe ich gesprochen, ohne vorher mein Hirn einzuschalten. *Halt die Klappe, Emmy, um Himmels willen!*

»Nein, auch nicht den richtigen Menschen«, bestätigt er zu meiner Überraschung.

»Was ist mit deiner Familie? Hast du Geschwister? Möchten sie nicht, dass du in der Nähe bist? Ich jedenfalls würde meine Neffen gerne häufiger sehen.«

Mein Gott, Frau, was stimmt nicht mit dir?, denke ich sauer.

»Lass es mich mal so ausdrücken«, erwidert Isaac, »mein Name ist ungefähr das Einzige, was ich je von meiner Mutter bekommen habe. Mein Dad und sie haben sich getrennt, als ich sieben war. Ich war jeden Mittwochabend bei ihm, außerdem jedes zweite Wochenende. Dann kam er ins Gefängnis, und Mum hat eine Überdosis genommen. Für mich bedeutete das die Unterbringung in Pflegefamilien. Wechselnde Familien, wechselnde Schlafzimmer.«

»Mein Gott, wie furchtbar!« Ich denke an mein Schlafzimmer zu Hause, an das Haus, in dem ich mein ganzes Leben verbracht habe – ich kann mir nicht vorstellen, wie mein Leben gewesen wäre, wenn ich nicht gewusst hätte, wo mein Zuhause ist. Man sehe sich nur Jody an – in der Not wusste sie genau, wohin sie gehen kann.

»Aber du bist dann nicht in den Pflegefamilien geblieben, oder?«, frage ich. Er schüttelt den Kopf. Immer noch wirft er sich Trauben in den Mund und läuft herum wie ein Kind, dem man gesagt hat, es darf nicht an die Süßigkeiten gehen, die es unbedingt haben will.

»Ich war in der Schule etwas neben der Spur. Aber mein Sportlehrer und seine Frau haben mich adoptiert. Ich hab dir ja erzählt, dass sie schon älter waren, aber sie haben mir mein erstes Surfbrett gekauft, und ich verdanke ihnen, dass ich Wein so zu schätzen weiß. Außerdem haben sie mich ermutigt, hinauszugehen und mir die Welt anzusehen, und das habe ich dann auch getan. Ich habe die Schule, das College und meine Ausbildung abgeschlossen und bin mit meiner Freundin zusammengezogen. Dann habe ich angefangen, als herumreisender Kellermeister zu arbeiten, habe die Saison über gearbeitet und bin zwischen den Jobs jeweils nach Hause zurückgekehrt. Was ich nicht wusste, war, dass mein bester Freund, ein Surfkumpel, meinen Platz einnahm, sobald ich weg war.«

Ich schlucke. Mir fällt nichts ein, was ich sagen könnte. Am liebsten hätte ich ihn fest in den Arm genommen und ihm gesagt, dass ich das Gefühl genau kenne, wenn man den Boden unter den Füßen verliert. Aber ich kann nicht. Ich kann ihn nicht berühren, denn dann würde ich ihn vielleicht nie wieder loslassen wollen.

»Ich glaube, sie sind fertig«, sage ich schließlich. Er dreht sich um, wirft eine letzte Weinbeere in die Luft, fängt sie mit dem Mund auf und verbeugt sich, als hätte jemand applaudiert. Sein Humor und seine Witze sind offensichtlich die Mittel, mit denen er das Leben bewältigt. Ich dagegen habe immer darauf zurückgegriffen, mich um andere zu kümmern – auf die Weise musste ich nicht über mich selbst nachdenken.

Plötzlich klingelt mein Telefon.

»Oh … äh …« Ich will aus dem Fass klettern. Meine Füße sind rot bis zu den Waden. Auch die hochgekrempelte Jeans hat ein bisschen Saft abbekommen, weil sie ein paar Mal heruntergerutscht ist.

»Schon okay, ich hole es dir.« Isaac wirkt erfreut, dass er endlich etwas Nützliches tun kann.

»Danke.

Ich strecke die Hand nach meinem Handy aus, doch dann wischt er über das Display, hält sich das Gerät ans Ohr und sagt: »Hallo, das ist der Apparat von Emmy Bridges, wen kann ich melden?« Dabei grinst er frech und zwinkert mir zu.

»Ja, sie hat gerade die letzten Trauben zerstampft. Genau, jetzt kommt die Maische in die Tanks, und wir überwachen den Gärprozess, bis wir den Wein schließlich in die Fässer füllen können. Ja, sie ist jetzt hier, ich gebe das Handy weiter, keine Sorge.«

Wieder strecke ich die Hand nach dem Telefon aus und lege den Kopf schief, als würde ich sein Spielzeug konfiszieren.

Lächelnd reicht er es mir. »Dein Dad ist dran. Ich habe ihm erzählt, was wir momentan machen.«

»Hi, Dad! Ja, das war Isaac. Ja, der Typ, auf den Candy steht. Ja, sie haben bald eine Verabredung, sie gehen zusammen zur Preisverleihung für den Wein auf dem großen Château. Ich gehe mit Charlie hin.« Obwohl ich das bisher nur über Isaac gehört habe. »Ja, Isaac ist der mit den langen Haaren und den Halsketten. Genau, er trägt auch immer ein Bandana und einen Ohrring.« Ich verdrehe die Augen und lächele, als Isaac seine Haare fliegen lässt. Dann höre ich weiter zu. »Wirklich …?« Ich denke immer noch darüber nach, was Dad mir gerade erzählt hat, als er schon fortfährt und mir berichtet, was seit unserem Treffen alles passiert ist. Jody will ein kleines Haus in der neuen Siedlung am anderen Ende der Straße mieten. Dad möchte am Freitag mit seinen neuen Freuden aus dem Pub essen gehen. Als ich mich vergewissert habe, dass es allen gut geht, beende ich das Telefonat. Isaac streckt die Hand aus, und ich gebe ihm das Handy. Ich starre ihn an, während ich mir Dads Worte noch einmal durch den Kopf gehen lasse.

»Du warst das, stimmt's?«, sage ich schließlich.

»Was denn?« Er täuscht Ahnungslosigkeit vor und wendet sich ab.

»Es war gar nicht Charlie.« Ganz allmählich verarbeitet mein Gehirn die Information und betrachtet sie gründlich von allen Seiten. Alles in meinem Kopf – und in meinem Herzen – gerät durcheinander, als wäre meine ganze Welt gerade aus den Fugen geraten. Ich weiß nicht, ob ich wütend oder euphorisch sein soll. Ich schaue Isaac an und sage langsam und bedächtig: »Du hast mit meinem Dad gesprochen.« Ich schlucke. »Du hast ihm gesagt, wie gerne ich ihn und Jody sehen möchte. Du hast sogar die Flüge gebucht«, sage ich zu seinem Rücken. Er klopft auf das Telefon in seiner Hand und legt es dann zur Seite. »Du hast ihnen vorgeschlagen, herzukommen und mir bei der Ernte zu helfen.« In meinen Augen brennen Tränen. Ich stehe nach wie vor bis zu den Waden in kaltem Traubensaft. »*Du* hast das alles für mich getan – es war gar nicht Charlie«, sage ich leise, als mir die Tragweite so richtig klar wird. Isaac dreht sich um. Wenn ich mich nicht täusche, sieht er verlegen aus. Er kann mir nicht in die Augen schauen.

»Ich dachte, es wäre hilfreich ... wegen der Traubenlese ... und ich dachte, du vermisst sie. Ich weiß, wie es sich anfühlen kann, so allein zu sein, ganz ohne Familie. Ich habe dir angesehen, dass du einsam warst. Dein Vater hat im Büro angerufen, weil er dich über dein Handy nicht erreichen konnte ... Du warst im Weinberg und hast Trauben gelesen«, erklärt er und sieht mich immer noch nicht an. Als er es schließlich doch tut, langsam den Kopf hebt und mich mit diesen schokoladenbraunen Augen anblickt, habe ich das Gefühl, dass mein Herz gleich überläuft. Es ist, als wäre ein Damm gebrochen, und mir wird klar, dass ich erledigt bin, ein hoffnungsloser Fall: Ich bin dabei, mich ernsthaft in diesen Mann zu verlieben, auch wenn ich verzweifelt dagegen anzukämpfen versuche.

»Komm, dieser Saft kann auch eine Weile sich selbst überlassen bleiben.« Er zeigt auf den großen Bottich, in dem ich die Trauben zerquetscht habe, und hält mir eine Hand hin, um mir herauszuhelfen. »Du musst ins Haus und solltest früh ins Bett gehen. Ich muss mich auch auf den Weg machen.«

Ich halte mich an ihm fest und klettere aus dem Fass.

»Ich prüfe noch eben die Temperatur«, sage ich und deute auf die Tanks.

»Schon erledigt, jetzt komm schon. Vertrau mir, ich bin der Experte. Du musst ins Haus, etwas essen, und dann ab ins Bett.«

»Bleibst du noch … Ich meine, um mit mir gemeinsam zu essen?«

»Ich, äh … ich kann nicht. Ich bin mit Candy im Papillon verabredet.«

Rasch wendet er den Blick ab und schluckt schwer. Ganz kurz frage ich mich, ob er genauso empfindet wie ich, aber das kann nicht sein. Ich begehre ihn, aber ich kann ihn nicht haben. Wir könnten niemals ein Paar werden. Bald wird er fort sein. Die Zeit hier wird nur ein weiterer Stempel in seinem Pass sein. Er amüsiert sich mit Candy, nichts Ernstes natürlich, und ich glaube nicht, dass er je mehr haben möchte.

»Oh, natürlich, ich habe nicht nachgedacht«, entgegne ich schnell. Und schon sind wir wieder wie Fremde, die nicht richtig wissen, wie sie miteinander umgehen sollen. Ich räume noch kurz im *chai* auf, wünsche Isaac einen schönen Abend und renne förmlich ins Haus. Ich komme mir vor wie ein Idiot. Doch dann erwische ich mich dabei, wie ich an dem Sweatshirt zerre, das nach seinem Aftershave riecht, und tief seinen Geruch einatme. Dabei sehne ich mich nach der Berührung seiner Lippen, obwohl ich ihn doch am liebsten nie wiedersehen würde, denn dann wäre das Ganze viel weniger schmerzhaft.

41. Kapitel

»Das war's, fertig!«, ruft Isaac.

Während der vergangenen zehn Tage war er täglich hier, während ich den Wein nach Abschluss der ersten Gärung aus den Tanks in die Fässer gepumpt habe.

»Sobald der Wein aufhört zu blubbern und zu gären, musst du ihn in die Fässer füllen, damit kein Sauerstoff mehr darankommt. Das ist eine kritische Phase. Wir wollen ja nicht, dass der Wein zu Essig wird«, erklärt Isaac.

»Ich dachte, die Gärung wäre die riskante Zeit?«

Er lacht. »Bei der Weinerzeugung gibt es ständig Risiken. Jetzt kommen wir zur zweiten Gärung, der malolaktischen Fermentierung.«

Ich habe mir größte Mühe gegeben, es allein zu schaffen, aber das Umfüllen des Weins in die Fässer muss man zu zweit machen. Isaac hält ein Ende des Schlauchs und ich das andere. Wenn das Fass voll ist, rufe ich laut, und er dreht den Hahn zu. Manchmal ist Isaac nicht schnell genug, und ich werde regelmäßig durchnässt. Ich habe festgestellt, dass das zum Job dazugehört.

Und es bringt mich zur Weißglut, dass Isaac das jedes Mal wieder sehr lustig findet. Wenigstens wissen wir jetzt beide, wo wir stehen. Er erzählt mir von seinen Dates mit Candy, und ich erwähne die Textnachrichten, die Charlie mir schickt. Aber in Wahrheit habe ich ihn in den letzten Wochen kaum gesehen und auch nur wenig von ihm gehört. Während der Erntezeit sind offensichtlich alle ziemlich eingespannt.

Halte durch, bald bist du wieder zu Hause, schreibt Dad. Er scheint zu spüren, wie sehr ich mich danach sehne. *Ich bin so stolz auf dich.*

Als wir den vergorenen Saft in die Fässer gepumpt haben, pressen wir die Traubenschalen. Isaac gibt mir Anweisungen, während wir an der hölzernen Traubenpresse arbeiten. Meine Schultern und mein Rücken tun weh, aber ich konzentriere mich ausschließlich auf den Wein.

»Hier, probier mal …« Isaac ermuntert mich immer wieder, den Saft zu probieren, der aus der Presse kommt. »Hör auf, wenn du denkst, dass es reicht. Er soll nicht zu grün schmecken.« Dann nickt er beifällig.

Ich wasche jeden Tag Kleidungsstücke und hänge sie, wenn die tiefstehende Herbstsonne herauskommt, auf die Leine, die zwischen dem Haus und Henris Weide gespannt ist. Abends trocknet die Wäsche vor dem Holzofen. Cecil liegt neben der Tür zum *chai* und bellt gelegentlich, um die Vögel zu verscheuchen, die sich auf den Stromleitungen versammeln. Sie bereiten sich darauf vor, über den Winter Richtung Süden zu ziehen.

Henri ist offensichtlich froh, dass die Weinlese vorbei ist. Manchmal allerdings hebt er den Kopf, als horche er auf Madame Beaumonts Stimme, die *›Allez, allez‹* ruft. Ich könnte schwören, dass ich sie ebenfalls höre.

Im Laufe der folgenden drei Wochen, während der Herbst Einzug hält und der November beginnt, entwickeln wir ein tägliches Verhaltensmuster: Isaac kommt und schaut nach dem Wein, wir pumpen den Wein um und entfernen die Ablagerungen vom Boden der Fässer. Jedes fertige Fass stellt für Isaac und mich einen Grund zum Jubeln dar.

Dann beginnt der Dezember und bringt den Winter mit sich. Es wird deutlich kälter – ich hülle mich in einen dicken Schal und trage eine Wollmütze, die ich auf dem Markt erstanden habe. Mein Atem bildet kleine, spiralförmige Wölkchen in der kalten Abendluft. Es ist der Tag vor der Preisverleihung auf Château Lavigne, bei der Selina und ihr Team von Morgan's Supermarkets den Gewinnerwein aus den Jungweinen der Region auswählen werden. Ich muss der Jury eine Probe des Weines von Clos Beaumont zur Verfügung stellen. Ich bin so nervös, dass mein Magen sich zu einem harten Knoten zusammengezogen hat.

»Entspann dich«, sagt Isaac. »Wie schmeckt er jetzt?«, fragt er, schaut mir in die Augen, dann auf die Lippen und dann wieder in die Augen. Der Abgabetermin rückt drohend näher.

»Hmm …« Ich überlege, ziehe die Unterlippe zwischen die Zähne und sage dann: »Wie reife schwarze Johannisbeeren.«

»Okay, wie wäre es, wenn du ein bisschen hiervon hinzufügst?« Er zeigt auf eine andere Karaffe Wein aus einem anderen Fass. Ich gieße ein bisschen davon hinzu. »Zu viel oder nicht genug?«, fragt er. Ich koste erneut.

»Richtig so, behalte den Wein auf der Zunge. Was schmeckst du?«, fragt er, während ich den Schluck ausspucke. »Denk darüber nach, von welcher Parzelle dieser Wein stammt, entscheide dich, welches die besten Parzellen sind, was Sonne und Reife angeht.«

Während der nächsten Stunden verkoste ich, zeige auf die Fässer, von denen ich mehr möchte oder auch weniger, koste wieder, schreibe die Prozentsätze von den jeweiligen Parzellen auf und erarbeite, welche Mischung am besten funktioniert.

Schließlich blicke ich zu Isaac auf, während ich die Pipette in der Hand halte und ein paar Tropfen von Madame Beaumonts geheimem Traubensaft in den Wein gebe. Seine Augen sind geweitet und leuchten, genau wie meine. Ich verspüre wilde Begeisterung, als ich die Mischung vorsichtig mit einem langen Glasstab umrühre.

»Jetzt«, flüstert er, »probier ihn.« Er hält mir das Glas hin und hebt es dichter an meine Lippen.

Ich lege meine Hand über seine. Der Wein riecht nach reifen Früchten. Ich atme den Duft tief ein und nehme ganz langsam einen Schluck, behalte ihn im Mund und lasse ihn wirken, bevor ich schließlich schlucke.

»Und?« Sein Gesicht strahlt vor Entzücken, und ich begreife allmählich, warum er diese Arbeit so sehr liebt. Ich glaube, mir geht es genauso ... Wenigstens hoffe ich, dass es der Wein ist, der derartige Glücksgefühle in mir auslöst.

»Außerordentlich fruchtig und vollreif mit einem Hauch von Erdigkeit. Es schmeckt nach Hügellandschaft, Sonnenschein und einer ständigen Sommerbrise«, schwärme ich. Es ist, als befände ich mich auf einem fliegenden Teppich an einem heißen Sommertag mitten im Weinberg. Isaac nickt, nimmt das Notizbuch von der alten Holzarbeitsbank und schreibt es auf.

»Gut, gut.« Er ist ein Wissenschaftler, den die Ergebnisse eines Experiments begeistern. »Glaubst du, der Wein braucht noch irgendetwas, entweder mehr oder weniger?«

Ich betrachte seinen dunklen Haarschopf, während er im Licht der kleinen Lampe, die wir aus dem Haus geholt haben, Notizen macht. Dann blickt er mit diesen dunklen Augen zu mir auf. Oh Gott, ich wünschte, er hätte nicht diese Wirkung auf mich! Wer hätte das noch vor ein paar Wochen gedacht, als wir alles lieber getan hätten, als Zeit miteinander zu verbringen. Und jetzt, na ja, jetzt will ich nicht, dass diese gemeinsame Zeit endet. Doch in einer Woche wird er fort sein, und auch ich werde abreisen. Dann wird mir alles wie ein Traum vorkommen, denn so sehr es mir auch gefallen würde, Isaac zu seinem nächsten Job zu begleiten, ich kann nicht.

»Er ist einfach …«

»Ja?«

»Vollkommen«, sage ich leise.

Er lächelt und nimmt mir das Verkostungsgefäß aus der Hand. Ich weiß nicht, ob er den Wein probieren oder mich küssen will. Doch ich schüttele den Kopf. »Nein.« Ich nehme ihm das Glas weg. »Du darfst nicht. Ich muss das allein machen, das haben wir doch besprochen. Es ist zu riskant für dich.« Als er die Hand sinken lässt, zerplatzt die Begeisterung wie eine Seifenblase.

»Nun haben wir die richtige Mischung gefunden und die Zusammensetzung aufgeschrieben. Wenn Madame Beaumont aus dem Krankenhaus kommt, ist alles für sie bereit«, erklärt er nüchtern. Sein Blick ist auf das Notizbuch gerichtet und nicht auf mich, obwohl jede Faser meines Körpers schreit: *Sieh mich an!* Es ist hoffnungslos.

»Aber wer wird den Wein für sie machen? Sie braucht Hilfe, allein schafft sie es nicht mehr.«

»Du könntest …«

In dem Moment meldet sich mein Handy, weil eine Nachricht eingegangen ist. Dankbar für die Unterbrechung stürze ich mich auf das Telefon.

»Von ihr!« Ich laufe zu Isaac und vergesse den professionellen Abstand, den wir uns angewöhnt haben. »Sie haben gesagt, sie kann die Reha für einen Tag unterbrechen und Sonntag zu Besuch kommen. Oh mein Gott! Das ist übermorgen. Sie kommt nach Hause. Wir müssen alles fertig machen!«

»Der Wein ist fertig, Emmy. Du hast ihn hergestellt. Jetzt muss er nur noch morgen auf dem Château Lavigne Erfolg haben und dich stolz machen«, sagt Isaac und fügt hinzu: »Ich bin jedenfalls stolz.«

Und bevor ich etwas tun kann, was ich bereuen würde, erkläre ich, dass es schon spät ist und ich schlafen gehen muss. Ich laufe ins Haus, wo ich mich in mein Sweatshirt wickele, das immer noch nach seinem Aftershave riecht, und mich im Bett zusammenrolle – vielleicht zum letzten Mal. Ich höre, wie die große Tür des *chai* geschlossen wird, dann verschwindet der Lieferwagen in der Nacht. Ich wünschte, er wäre geblieben.

42. Kapitel

Am folgenden Morgen bin ich schon wieder früh auf den Beinen und schlüpfe in Mütze, Handschuhe und Gummistiefel. Cecil bellt wie verrückt und verkündet die Ankunft von Besuchern im Hof, als ich gerade den *chai* aufräume und alles für Madame Beaumonts Rückkehr vorbereite. Ich strecke den Kopf aus dem Schuppen und hoffe, dass es nicht wieder Touristen sind, die eine Weinprobe machen wollen. Ich habe einfach keine Zeit, schon gar nicht ohne Candys Unterstützung.

Als ich den Lieferwagen von Featherstone's entdecke, zieht sich zu meinem Ärger mein Magen heftig zusammen. Die Tür geht auf, doch statt Isaac klettert Gloria hinter dem Lenkrad hervor, gefolgt von Candy auf der Beifahrerseite und Nick auf der Rückbank.

»*Bonjour!* Wir haben gehört, dass Madame Beaumont nach Hause kommt!«, ruft Gloria und winkt.

»Ja, sie wird morgen gebracht, und wenn sie Glück hat, darf sie sogar ganz bleiben.« Ich grinse und fühle mich fast ein bisschen benommen, weil ich es geschafft habe, den gesamten Wein in die Fässer zu bekommen – auch wenn hin und wieder ein ungezogener Korken herausschießt. Und wir – oder besser gesagt –, ich habe den Wein verschnitten und zwei Flaschen für die Weinprobe heute Abend auf dem Château abgefüllt.

»Wir können dich doch nicht alles allein machen lassen.« Gloria tritt vor und küsst mich wie eine Französin auf beide Wagen. Seit sie während der *vendange* das Regiment in der

Küche übernommen hat, hat sich Gloria vor unseren Augen verwandelt. Sie wirkt, als hätte sie ihr ganzes Leben hier verbracht. »Ich dachte, wir helfen dir beim Putzen und beim Vorbereiten des Hauses. Ich werfe einen letzten Blick auf die Bücher, und ich könnte ein paar Mahlzeiten für Madame Beaumont zum Einfrieren kochen. Ich habe auch Maronen und Pilze gekauft.« Sie hebt ihren schweren Korb hoch. »Albert verkauft sie an seinem Gartentor auf der anderen Seite des Flusses, und Sophie vom Blumenstand neben der Kirche hat mir die hier gegeben.« Sie stellt einen Strauß Christrosen in einen Krug. »Sie hat gesagt, sie stünden in voller Blüte und hätten ihre beste Zeit schon hinter sich, aber sie duften wundervoll.« Als sie ihre Nase in den Blumen versenkt, muss ich lachen. Wenn hier jemand in voller Blüte steht, dann ist es Gloria.

»Ich möchte sichergehen, dass ein Link zu Madame Beaumonts Seite auf der Webseite von Featherstone's auftaucht, und ich will meinen Blog noch optimieren«, schaltet sich Candy ein.

»Und ich werde das Holz fertighacken, und außerdem habe ich auf dem Markt neue Bettwäsche besorgt. Ich dachte mir, sie würde auf den Betten hübsch aussehen.« Nick schwenkt eine blaue Plastiktüte.

»Vielen, vielen Dank euch allen. Ihr seid richtig gute Freunde.« Plötzlich kullern mir völlig ansatzlos große Tränen die Wangen hinunter. Die drei stürmen auf mich zu und nehmen mich tröstend in den Arm. Ich werde richtig traurig sein, wenn wir Frankreich verlassen und wieder bei Cadwallader's arbeiten.

»Also, los geht's! Je schneller wir fertig werden, desto mehr Zeit bleibt uns, um uns für die große Veranstaltung heute Abend auf dem Château vorzubereiten. Ich dachte, wir könnten uns hier umziehen. Charlie hat gesagt, dass er dich um sechs abholt. Ich habe ein Kleid, das Isaac umhauen wird!« Candy ist in ihrem Element.

Rasch werfe ich Nick einen Blick zu, doch er schüttelt ganz leicht den Kopf und schaut zu Boden. Er hat ihr immer noch nicht gesagt, was er für sie empfindet. Ich wünschte, er würde es endlich tun. Doch dann schießt mir das Blut ins Gesicht. Wie sollte ich ihm Ratschläge geben? Ich bin ja nicht einmal ehrlich zu mir selbst. Dann unterbricht Candys Stimme meine Gedanken.

»Heute Abend kann er mich auf gar keinen Fall abweisen«, sagt sie genießerisch, und mein Gesicht wird noch heißer. Einen Moment lang sagt niemand etwas, während Candy an einer großen Tasche im Laderaum des Lieferwagens zerrt.

»Wie meinst du das … Habt ihr noch nicht …?« Die Worte sind schon aus meinem Mund gepurzelt, bevor ich mein Gehirn einschalten konnte.

»Emmy!«, tadelt mich Gloria gut gelaunt.

»Tut mir leid.« Ich hebe die Hände. Das geht mich nichts an! Doch ich erkenne, wie sich Nicks Stimmung schlagartig verbessert. Und obwohl ich meinen Magen aufgefordert habe, sich zu benehmen, hat er herumgeturnt wie ein lebhaftes Kleinkind beim Familienessen.

»Noch nicht. Ehrlich gesagt fand ich das anfangs ganz niedlich, aber jetzt reicht es! Heute ist er fällig«, verkündet sie strahlend und schiebt ihre großen Brüste vor, während Nicks Laune wieder in den Keller stürzt.

»Gut, dann mal los, lasst uns anfangen!«, treibt Gloria uns an und nimmt ihre gelben Gummihandschuhe aus dem Korb. Wir folgen ihr alle.

»Wir sollten das Schlafzimmer im Erdgeschoss hinter dem Wohnzimmer für sie vorbereiten«, weist Gloria uns an. »Wenn das Bett gemacht ist, kann sie dort einziehen, falls sie nicht mehr im Wohnzimmer schlafen will.« Ich schaue mich in dem Raum um, in dem Madame Beaumont so viele Jahre lang gewohnt hat. Ich mache mir Sorgen, was sie wohl denken wird, wenn sie sieht, dass wir den Rest des Hauses geöffnet und renoviert haben. Plötzlich flattern meine Nerven. Hoffentlich gefällt ihr, was wir gemacht haben, ich hoffe es wirklich sehr.

»Ich kümmere mich darum, und ich finde, wir könnten noch mehr Blumen gebrauchen, nicht nur hier, sondern zum Beispiel auch im Schlafzimmer«, schlägt Nick vor. Er lässt den Blick über den Küchentisch schweifen, der nach dem Ende der Weinlese wieder an seinen angestammten Platz zurückgekehrt ist.

»Ach, Nick, du bist so aufmerksam, du wirst eines Tages einen ganz entzückenden Ehemann für einen sehr glücklichen Mann abgeben. Mein Gott, warum kannst du nicht hetero sein?«, seufzt Candy und wendet sich ab, um ihren Laptop aus der Tasche zu nehmen.

Ich schaue Nick an und will ihn dazu bringen, etwas zu sagen.

»Eigentlich …«, setze ich an.

»Eigentlich hast du recht.« Nick wirft mir einen warnenden Blick zu. Er hat Angst, sie als Freundin zu verlieren, wenn er etwas sagt. Ich sollte das respektieren, weil ich verstehe, was er empfindet. Am liebsten hätte ich ihn in den Arm genommen. »Ich hoffe auch, dass ich irgendwann für irgendjemanden ein wunderbarer Ehemann sein werde«, meint Nick und starrt sehnsüchtig auf Candys Hinterkopf, während sie den Rechner auf den Tisch stellt und aufklappt.

»Und ich räume hier auf, bringe den Papierkram in Ordnung und koche gleichzeitig«, erklärt Gloria und packt die Vorräte aus ihrem Korb aus.

»Ich räume im *chai* noch fertig auf, dann fange ich hier im Haus im Obergeschoss an.« Ich klatsche in die Hände und überlasse die anderen ihren Aufgaben. Ich muss auch noch meine Sachen packen. Wahrscheinlich ziehe ich morgen wieder in den *gîte*, bis wir abreisen. Madame Beaumont wird sicherlich nicht wollen, dass ich hier wohne, wenn sie wieder zu Hause ist.

Während der folgenden Stunden arbeiten wir vor uns hin. Nick legt seinen ganzen Frust ins Holzhacken. Als er um die Mittagszeit mit hochgekrempelten Ärmeln in der Küche auftaucht, sind seine Haare strubbelig, sein Gesicht ist gerötet, und er schwitzt heftig. In der Hand hält er eine Axt.

»Oh, Nick!« Candy reißt überrascht die Augen auf. »Du siehst irgendwie …«

»… völlig erledigt aus?«, beendet er den Satz für sie.

»Du siehst aus wie Bear Grylls«, berichtigt Candy. Als sie leise auflacht, könnte ich schwören, dass ihr beim Gedanken an den berühmten Abenteurer ein Schauer über den Rücken läuft.

»À table!«, ruft uns Gloria zum Essen. Sie hat drinnen gedeckt. Trotz des strahlenden Tages ist es kühl – zu frisch, um draußen zu essen. Gloria bringt Schalen mit dampfender Suppe zum Tisch.

»Soupe de poisson«, verkündet sie. »Hoffentlich schmeckt sie euch. Danach gibt es Cassoulet. Das ist ein Eintopf mit Würstchen und Bohnen, Candy.« Candy lächelt, und Gloria stellt einen Korb mit Brot auf den Tisch.

Gloria bringt eine offene Flasche Wein und zieht sich einen Stuhl heran.

»Ich denke, wir sollten anstoßen«, meint sie. Nick, der sich vor dem Essen noch Hände und Gesicht gewaschen hat, schenkt den Wein in kleine Gläser.

»Auf das kleine Château Clos Beaumont und alles, was es uns gegeben hat.« Gloria strahlt, als wollte sie noch etwas hinzufügen, doch sie schweigt.

Wir heben unsere Gläser.

»Auf Clos Beaumont, wo wir alle gelernt haben, wir selbst zu sein.« Candy nickt mir zu, und ich blicke rasch zu Nick.

»Auf uns«, sage ich, und wir stoßen miteinander an. Dann widmen wir uns der Suppe, auf die das wunderbare Cassoulet mit Würstchen, Speckstreifen und dicken zarten Bohnen folgt. Ich betrachte das Essen und muss lächeln, als ich an Mum, Dad und Jody und die gestohlenen Würstchen denke, die fürs Abendessen bestimmt waren. Dann berühre ich die Kette mit dem geschwungenen E an meinem Hals, die Mum mir geschenkt hat – wie stolz wäre Mum, wenn sie mich heute hier sehen könnte!

»Okay«, ordnet Candy an, nachdem wir den fantastischen Camembert gegessen haben, »lasst uns aufräumen. Danach können wir uns in dem anderen Zimmer umziehen. Ist das alles aufregend!« Sie klatscht in die Hände, und vor Nervosität zieht sich mein Magen zusammen. Als ich aufstehe, um die Teller abzuräumen, ertappe ich mich dabei, wie ich den Hals recke, um durchs Fenster in den Hof zu blicken. Keine Spur von Isaac, warum auch? Schließlich ist seine Arbeit abgeschlossen.

Ich brauche frische Luft, um meine Nervosität zu bekämpfen. Daher beschließe ich, zum Friedhof zu gehen und nach dem Grab zu sehen, während die anderen sich für den heutigen Abend fertigmachen, wenn die Jury meinen Wein probieren wird. Obwohl es sich noch nicht um das Endprodukt handelt, können sie sich dennoch einen guten Eindruck verschaffen. Wenn sie den Wein mögen und er gewinnt, wird das für große Aufregung sorgen. Charlie wäre hocherfreut.

Charlie … denke ich, während ich gehe. Doch meine Gedanken springen immer wieder zu Isaac, seinen strahlenden Augen, als wir den Wein gemischt haben, und zu diesem

Kuss. Hatte er eine Bedeutung, oder war er nur der Entrücktheit des Augenblicks zuzuschreiben?

Als ich nach meinem Spaziergang zum Haus zurückkehre, hat Candy das mittlere Wohnzimmer in eine Umkleide verwandelt. Über einem Stuhl hängt ihr Kleid, ein großer Schminkkoffer steht auf dem Tisch, eine Auswahl an Schuhen ist auf dem Boden aufgereiht, und auf dem Fensterbrett und in ihren Haaren befinden sich aufheizbare Lockenwickler.

»Könntest du diesen Spiegel niedriger hängen?«, fragt sie Nick. »Wenn wir die Uhr zur Seite schieben, können wir den Spiegel auf den Kaminsims stellen.«

Als Nick die Uhr bewegt, schlägt sie plötzlich die Stunde. Verblüfft sehen wir uns an. Und dann schlägt sie noch einmal.

»Wow! Diese Uhr hat noch nie funktioniert, seit ich hier bin, und wer weiß, wie lange schon nicht mehr?«, sage ich.

»Sieht so aus, als musste sie nur wieder zum Leben erweckt werden«, meint Nick und betrachtet die Uhr. »Sie ist wunderschön. Könnte ein bisschen was wert sein.« Er hebt sie hoch, und Candy nimmt sie ihm aus der Hand.

»Ich könnte auf eBay nachsehen«, schlägt sie vor und dreht die Uhr um, um die Unterseite zu untersuchen. »Ich brauche nur eine Jahreszahl oder das Fabrikat.« In dem Moment fällt ein vergilbtes Papier von der Rückseite der Uhr herunter und flattert vor den alten geschwärzten Kamin.

Alle starren darauf. Nick und Candy nicken mir zu, damit ich es aufhebe. Es riecht … moderig, wie ein Buch aus einem Second-Hand-Geschäft. Ich werfe den anderen einen Blick zu, gehe mit dem Papier zum Fenster, falte es vorsichtig auseinander und beginne zu lesen.

»*Chère Nancy*, meine liebste Nancy«, steht da. »Ich weiß, dass du diese Uhr jeden Tag aufziehst, und aus diesem Grund verstecke ich diesen Brief dort …« Mein Französisch hat sich zwar verbessert, doch es ist noch nicht gut genug. Ich gebe Gloria das Blatt, damit sie die Übersetzung übernimmt und sie laut vorträgt.

Wie du weißt, ist die Ernte dieses Jahres aus dem *chai* verschwunden. Allerdings ist der Wein nicht von meinen Offizieren mitgenommen worden; im Gegenteil, ich habe dafür gesorgt, dass sie ihn nicht bekommen. Er ist sicher im Keller verstaut. Du kannst ihn verkaufen. Damit kannst du dich und deine Familie über Wasser halten, bis ich zu dir zurückkehren werde, sobald dieser furchtbare Krieg vorbei ist. Die Tendresse-Weinreben, die wir gemeinsam gepflanzt haben, sollen dir eine Erinnerung sein, dass ich bald zu dir zurückkommen werde. Kümmere dich gut um sie!

Pass auf dich und unsere Kleine auf, bis ich wieder bei euch bin. Ich werde dich immer lieben. Erzähl bitte auch unserer Tochter, dass ihr Daddy sie lieb hat. Sag ihr, sie soll stolz darauf sein, wer sie ist.

Für immer der Deine, Frederic x

Als ich mich umsehe, stelle ich fest, dass kein Auge trocken geblieben ist. Alle schniefen, und aus geröteten Augen fließen Tränen.

»Deshalb gibt es keinen Grabstein für ihn«, sage ich heiser. »Diese Weinstöcke sind sein Vermächtnis.«

»Wie bitte?« Candy schnäuzt sich in das große gepunktete Taschentuch, das Nick ihr gereicht hat, und gibt es ihm dann zurück. Ohne zu zögern, steckt er es wieder in die Tasche. »Wer ist Frederic?«

»Wartet.« Ich laufe in die Küche, schnappe mir das Foto neben Madame Beaumonts Bett und das silberne Abzeichen und zeige den anderen die Sachen.

»Ich glaube, das ist Madame Beaumonts Vater.« Ich reiche das Bild herum. »Er war ein junger deutscher Soldat. Er und ihre Mutter waren sehr verliebt. Doch er kehrte nach Deutschland zurück und kam nie wieder.«

Gloria putzt sich die rote Nase mit einem kleinen Papiertaschentuch.

»Diese Rebsorte ist sehr selten und wurde Mitte des neunzehnten Jahrhunderts fast vollkommen vernichtet. Er muss die Weinstöcke mit Hilfe eines überlebenden Weinstocks neu angepflanzt haben.«

»Falls niemand diesen Brief je gelesen hat, und es sieht ganz so aus, als hätte ihn niemand gefunden …«, überlegt Nick.

»… dann muss der Wein immer noch im Keller sein!« Candy hüpft vor Aufregung auf der Stelle, und wir laufen alle zur Tür, die in den Keller führt. Nicht einmal ich habe mich bis jetzt hinuntergewagt. Wir öffnen die Tür und blicken durch die Spinnweben in die Dunkelheit, wo wir eine Holztreppe ausmachen können.

Das könnte die Antwort auf Madame Beaumonts finanzielle Sorgen sein.

43. Kapitel

»Ich kann es nicht fassen, dass ich tatsächlich geglaubt habe, der Wein könnte noch da sein.« Ich rubbele mir die Haare nach einer schnellen Dusche trocken und komme mir vor wie ein Idiot, weil ich mich von der Romantik habe mitreißen lassen, als ginge es um eine Folge einer Seifenoper, in der am Ende alles gut wird.

Die Kellertür ist wieder fest verschlossen. Wir haben nichts gefunden, nichts außer leeren Kisten, Tücher zum Abdecken von Möbeln und Gegenständen sowie leere Weinflaschen.

»Und jetzt habe ich Spinnweben in meinen Lockenwicklern!«, kreischt Candy.

»Wir müssen uns beeilen, wir müssen um halb sieben im Château sein«, treibt Gloria uns an. Wir verschwinden in verschiedene Ecken des Hauses, um uns anzukleiden.

Ich ziehe das Kleid an, das ich auf dem Markt gekauft habe – ein gerade geschnittenes gelbes Neckholder-Kleid aus Baumwolle –, lege mir ein cremefarbenes Tuch um die Schultern und leihe mir ein Paar High Heels von Candy. Dann stecke ich mir mit Candys Hilfe die Haare hoch und bringe den Haarschmuck an. Zum ersten Mal seit Wochen benutze ich Make-up, Wimperntusche, Rouge und einen Hauch Lipgloss.

Als wir alle fertig sind, treffen wir uns mit Gloria in der Küche. Sie sieht fantastisch aus in ihrer schicken Marlene-Hose und einem eleganten Oberteil. Vor uns steht eine ganz andere Frau als die, die wir bei unserer Ankunft kennengelernt haben – und es ist kein Ventilator in Sicht.

»Du siehst toll aus! Neue Klamotten, und das ist auch ein neuer Schal, oder?«, frage ich, und sie lächelt.

»Jeff hat ihn für mich auf dem Markt gekauft«, antwortet sie. Zuerst sagt niemand etwas, dann lächeln wir alle.

»Ich habe nicht gewusst, dass du zusammen mit Jeff auf dem Markt gewesen bist.« Candy kann einfach nicht die Klappe halten.

»Waren wir auch nicht. Aber er hat mich vergangenen Sonntag zum Tanztee eingeladen.«

»Wirklich?«

»Und da wir nächste Woche abreisen, dachte ich mir, warum eigentlich nicht?« Gloria wirft sich mit einer schwungvollen Bewegung das Ende des leuchtend bunten Schals über die Schulter.

»Genau richtig«, sage ich und umarme sie. »Dann sind Jeff und du also …?«

»Oh nein, das nicht«, erwidert sie ernst. Ich bin ein wenig enttäuscht. Es wäre so schön gewesen, wenn Gloria ein bisschen Glück gefunden hätte. »Wir sind nur Freunde. Gute Freunde. Aber es war wunderbar, mit ihm auszugehen. Ich habe mich … na ja … irgendwie weniger unsichtbar gefühlt.«

»Also, in diesen Outfit und mit dem Schal bist du auf jeden Fall alles andere als unsichtbar«, kommentiert Nick, der in einer adretten blaue Hose und einem weißen Hemd in die Küche tritt. Mal was anderes als das übliche Rosa. »Du siehst ganz toll aus.«

»Du aber auch.« Gloria lächelt ihn an. Und sie hat recht.

»Ich dachte, ich verzichte mal auf Rosa. Ich will ja schließlich nicht die falschen Signale aussenden.« Er lächelt mir zu, und ich grinse zurück, doch Candy hört nicht zu.

»Nick, ziehst du bitte mal den Reißverschluss hoch, ja?« Candy wendet ihm den Rücken zu.

»Viel zu subtil«, flüstere ich ihm zu, und er räuspert sich.

»Könntest du das vielleicht machen, Emmy?«, sagt er und verlässt zu Candys Verdruss das Zimmer.

»Ich habe keine Ahnung, was heute mit ihm los ist. Er ist so schlecht gelaunt«, beklagt sie sich.

»Vielleicht beschäftigt ihn etwas ... oder jemand«, sage ich, während ich den Reißverschluss ihres engen Blumenkleides schließe.

»Häh?« Sie atmet scharf ein und dreht sich zu mir um.

»Du glaubst doch nicht ...«, keucht sie und schlägt sich die Hand vor den Mund.

»Ja?« Ich nicke und schmunzele.

»Du glaubst doch nicht, dass er auf ...«

Ich ziehe eine Augenbraue hoch und nicke heftiger.

»Dass er auf Isaac steht, oder doch?«

Verzweifelt lasse ich den Kopf sinken.

»Wer tut das nicht?«, antworte ich flapsig und komme mir sofort dämlich vor.

»Kommt, Leute, wir müssen los.« Nick kommt herein und scheucht Candy hinaus. »Möchtest du mit uns fahren?«, fragt er mich.

»Nein, ich warte auf Charlie. Er ist bestimmt gleich da«, entgegne ich und wünsche mir insgeheim, ich könnte mit ihnen aufbrechen. Ich winke ihnen hinterher, setze mich an den Tisch und warte. Ich habe mich in einen wärmenden Umhang gehüllt, blicke über die Weinberge und halte die zwei Flaschen Clos Beaumont, die ich erzeugt habe, fest umklammert. Angespannt beobachte ich den beginnenden Sonnenuntergang und wünsche mir, es wäre nicht das letzte Mal, dass ich ihn hier erleben kann.

Als Charlie endlich eintrifft, habe ich heftiges Herzklopfen. Ich bin mir nicht sicher, ob es daran liegt, dass ich Charlie so lange nicht mehr gesehen habe und nervös wegen unserer Verabredung bin, oder ob ich einfach nur Angst habe, wir könnten die Bewertung der Weine verpassen. Oder ist es das Bewusstsein, dass sich in diesen Flaschen ein Geheimnis befindet und ich riesengroße Angst habe, ich könnte auffliegen?

»Tut mir leid, ich bin aufgehalten worden …«

Er wirkt frisch geduscht und cool in seinem Anzug. Als er sich vorbeugt, um mir einen Kuss zu geben, drehe ich rasch den Kopf zu Seite, so dass er nur meine Wange trifft. Schnell steige ich in seinen Wagen.

»Okay, lass uns losfahren. Endlich habe ich mal ein Rendezvous mit dir«, sagt er lächelnd und braust aufs Château Lavigne zu. Ich umklammere die beiden Flaschen, als würde mein Leben davon abhängen.

»Was gibt's Neues von Madame Beaumont?«, fragt Charlie. Ich freue mich über sein Interesse.

»Sie kommt morgen nach Hause. Wenn sie Glück hat, darf sie bleiben.« Ich habe das Gefühl, meinen Job erledigt zu haben – ich habe mich um alles gekümmert, solange sie fort war.

»Morgen? Wirklich? Das habe ich nicht gewusst«, sagt Charlie interessiert.

»Sie hat gestern erst angerufen, als wir …« Ich halte inne. »Als Isaac den Wein gemischt hat. Ich hab vollkommen vergessen, dir davon zu erzählen. Tut mir leid.« Ich habe keine Ahnung, warum ich mich entschuldige. Während der verbleibenden Fahrt zum Château Lavigne schweigen wir.

Der Kies spritzt auf, als Charlie auf dem gut besuchten Parkplatz bremst. Ich steige mit den kostbaren Flaschen aus, und er schließt den Wagen mit einem Piepsgeräusch ab. Während wir auf einen steinernen Torbogen zugehen, knöpft Charlie sein Jackett zu. Als wir durch den Torbogen schreiten, verschlägt es mir den Atem. Vor uns liegt ein Weg, der zu beiden Seiten von großen flackernden Bambusfackeln gesäumt ist. Sie führen uns zu einem großen Gebäude, dessen steinerne Wände in ihrem Widerschein leuchten. Als wir die

Tür erreichen, begrüßt uns ein Oberkellner mit *»Bonsoir«* und leitet uns durch einen mit abgenutzten Steinfliesen ausgelegten Gang, vorbei an zwei großen Räumen mit dunkler Holzvertäfelung und großen offenen Kaminen. Im ersten Raum steht eine kleine Gruppe zusammen und unterhält sich größtenteils auf Französisch. Wie ich sehe, trinken sie nichts. Doch ich erkenne den Château-Besitzer, Monsieur Lavigne, der sich umdreht und Charlie mit einem kurzen Winken begrüßt. Charlie erwidert den Gruß und treibt mich zur Eile an.

»Die Jury-Mitglieder«, erklärt Charlie mir flüsternd, fasst mich am Ellbogen und führt mich weiter. Die Wände sind mit dicken Wandteppichen bedeckt. Im nächsten Raum sehe ich einen langen Tisch, auf dem je zwei Flaschen Wein zusammenstehen. Darunter liegt jeweils ein Umschlag, auf dem der Name des Erzeugers steht. Wir bleiben stehen, und Charlie schüttelt einem Mann die Hand, der Wasserflaschen und Gläser verteilt.

»Je vous présente Emmy Bridges.« Charlie stellt mich mit einer Handbewegung vor, doch ich kann dem Mann nicht die Hand geben, weil ich die beiden Flaschen halte. Charlie wechselt ins Englische. »Sie hat meinen Kellermeister, Isaac Allen, unterstützt.«

»Enchanté.« Der Mann nickt mir grüßend zu. »Ich habe schon von Ihrem Kellermeister gehört. Warten Sie.« Er will mir die beiden Flaschen und den Umschlag mit der Aufschrift ›Clos Beaumont‹ abnehmen. Ich erkenne in ihm den Winzer des Châteaus wieder, der auf dem Traktor in den Weinbergen unterwegs war. Den Mann, den Madame Beaumont immer hartnäckig ignoriert hat. Er streckt die Hand aus, um meinen Jungwein entgegenzunehmen, der darauf wartet, zum ersten Mal probiert zu werden. Doch ich umklammere die Flaschen und will sie nicht hergeben.

»Ich kann sie nehmen. Ich passe gut darauf auf«, sagt er lächelnd, mit demselben Lächeln, das er Madame Beaumont an jenem ersten Tag schenkte, als er die Weinreben spritzte. So muss es sich anfühlen, wenn man sein Kind zum ersten Mal im Kindergarten zurücklässt. Ich beobachte den Mann dabei, wie er die Flaschen auf das rote Tischtuch neben die anderen Flaschen stellt und den Umschlag darunterschiebt.

»Bernard, ich müsste mal mit Ihnen sprechen … Ähm, ich brauche Ihren Rat. Wenn Sie später mal Zeit haben.« Charlie lächelt erst ihm und dann mir zu.

»Bien sûr, Monsieur.« Er nickt, und Charlie will mich rasch weiterbugsieren, doch ich zögere und recke den Hals wie eine besorgte Mutter, die aus der Ferne den Spielplatz beobachtet. Aber dann betritt eine Kellnerin in einem kurzen schwarzen Kleid, flachen Schuhen und mit Perlenohrringen den Raum. Sie trägt große Karaffen mit Wasser. Ich komme zu dem Schluss, dass ich jetzt beruhigt gehen kann.

Wir folgen dem Klang der Stimmen und des Gelächters vom Ende des Korridors, der sich in einen großen Raum mit hoher Decke öffnet. In einem riesigen offenen Kamin prasselt ein munteres Feuer. An einer Seite des Raumes befinden sich bodentiefe Fenster mit Glastüren. Draußen entdecke ich Stehtische, Heizpilze und noch mehr Bambusfackeln. Überall stehen Leute herum, blasen Rauch in die Luft und halten Gläser in den Händen. Monsieur und Madame Obels von der Épicerie nehmen sich etwas von einem Tablett voller *amuse-bouches,* das von einer Kellnerin herumgereicht wird. Der Bürgermeister bedient sich ebenfalls. Sie heben die Gläser und winken, dann rufen sie die Bedienung, um sich weitere Häppchen vom Tablett zu nehmen. Ich entdecke auch die Teilnehmer unserer Weinprobe, die Besucher mit dem Ferienhaus in der Nähe. Sie winken quer durch den vollen Raum.

Eine Kellnerin präsentiert uns ein Silbertablett mit schlanken Sektgläsern und erklärt uns, dass es sich um den Schaumwein des Châteaus handelt, der nach der *›méthode champenoise‹* hergestellt wird. Ich lächele höflich und nehme mir ein Glas, doch ich bin zu nervös, um zu trinken. Die Fensterfront zieht mich magisch an. Hinter der Terrasse und den Heizstrahlern sind die Weinstöcke zu erkennen. Die obersten Reihen werden angestrahlt und bilden eine fantastische Kulisse. Dahinter kann ich gerade noch das kleine Château Clos Beaumont ausmachen.

»Ihr habt es noch rechtzeitig geschafft!«

Ich drehe mich um. Nick hält sein Glas aufgeregt am Stiel fest, während Candy ihres gerade austrinkt und sich im Raum umsieht.

»Wir haben uns schon Sorgen gemacht. Ihr seid ganz schön spät! Ist der Wein von Clos Beaumont hier?«

»Sicher abgeliefert!«, antworte ich, während ich ebenfalls mit meinen Blicken den Raum absuche.

»Entschuldigt mich bitte kurz. Da ist jemand, den ich begrüßen muss.« Charlie legt mir kurz die Hand auf den Rücken, dann durchquert er den Saal. Ich schaue ihm hinterher, und dann sehe ich sie, heute ganz in Rot: Selina. Er küsst sie auf beide Wangen und flüstert ihr etwas ins Ohr. Daraufhin wirft sie den Kopf zurück und lacht. Setze ich meine Hoffnungen wirklich auf einen Mann, den ich eigentlich gar nicht kenne? Schließlich hat er mir nicht einmal gesagt, dass es Isaac war, der den Besuch meiner Familie organisiert hat. Aber er hat den ganzen Ruhm dafür eingeheimst. Ich betrachte Charlie eingehend. Er sieht elegant aus: blauer Anzug, tailliertes Hemd, silberne Manschettenknöpfe. Er ist groß, riecht nach einem teuren Aftershave und hält sich in Form. Warum habe ich dann dieses ungute Gefühl, dass irgendetwas nicht stimmt? War es richtig, an jenem Abend in Saint Enrique nicht mit ihm zu schlafen? Abwesend trinke ich einen Schluck von meinem Sekt. Irgendetwas in meinem

Kopf, in meinem Bauch zweifelt … Es ist mein Instinkt! Ich höre Madame Beaumonts Stimme in meinem Kopf und pruste beinahe laut los. Ich verschlucke mich an meinem Getränk, und die Bläschen steigen mir in die Nase.

»Alles in Ordnung?«, fragt eine Stimme hinter mir. Candy wirbelt herum, und ihr Gesicht leuchtet auf. Es ist Isaac. Meine Augen tränen, und ich halte mir die Hand vor den Mund, um den Husten zu unterdrücken. Mein albernes Herz schlägt Kapriolen, als ich Isaac betrachte. Er hat ein langes weißes Leinenhemd an, das am Hals offensteht und die miteinander verschlungenen Lederhalsbänder zeigt. Dazu trägt er eine Jacke aus weichem Leder und dunkelblaue Jeans. Eine Hand hat er in die Tasche gesteckt, und die ledernen Freundschaftsbänder lugen hervor. Seine Füße stecken in kräftigen schwarzen Biker Boots. Er riecht vertraut nach Holz und Zitrone. Ein Geruch, den ich inzwischen so gut kenne und der ein Feuer in meinem Inneren entzündet und meinen Körper vor Verlangen schmerzen lässt. Ich vergesse zu atmen.

»Kein Bandana«, bringe ich schließlich krächzend hervor. Das Letzte, was ich möchte, ist, dass Isaac mir schon wieder das Leben retten muss. Rasch nehme ich noch einen Schluck Sekt und hoffe, dass er meine Atemwege freimacht.

»Nein!«, lacht er. »Kein Bandana. Und keine Rotweinflecken«, kontert er mit einem Augenzwinkern. Wir denken beide an meine zahlreichen Kontakte mit Traubensaft. So sehr ich mich auch bemühe, ich muss trotzdem lachen. Candy verzieht schmollend das Gesicht.

Eine Glocke läutet.

»Abendessen.« Isaac lächelt. Candy schiebt sich neben ihn und hakt sich bei ihm unter. Ich trete zur Seite, um ihr Platz zu machen.

Nick strafft die Schultern, hält Gloria galant den Arm hin und begleitet sie zum Tisch. Dort nimmt sie zwischen Jeff und einem unbekannten Mann Platz. Nick setzt sich neben Colette. Charlie gesellt sich wieder zu uns und legt mir wieder die Hand in den Rücken. Nickend und lächelnd führt er mich zu Tisch, wobei er auf dem Weg diverse Hände schüttelt und Wangenküsse verteilt.

»Tut mir leid, ich musste noch etwas Geschäftliches regeln. Jetzt können wir den gemeinsamen Abend genießen«, meint er lächelnd. Das würde ich gerne tun, allerdings bin ich viel zu nervös.

Das Essen ist fantastisch. Zuerst kann man zwischen orangefarbener Charentais-Melone mit Räucherlachs oder *terrine de campagne*, einer Pastete der Region, wählen. Dazu gibt es noch warmes Brot. Der nächste Gang besteht aus *filet de boeuf*, das innen noch rosa und außen schön braun ist, eingehüllt in lockeren Blätterteig, dazu *gratin dauphinois* und gegrilltes Gemüse. Als Nachspeise gibt es eine goldgelbe *tarte tatin*, und große Käseräder werden zusammen mit frisch gefüllten Brotkörben auf die Tische gestellt. Doch mir kommt das Dinner eher vor wie das Partyspiel ›Wer ist der Mörder‹, bei dem der heimliche Mörder die anderen durch Zuzwinkern töten kann. Nick wirft Candy ständig Blicke zu, Candy lässt Isaac nicht aus den Augen, ich könnte schwören, dass Isaac immer wieder mich verstohlen ansieht, und Charlie starrt zu Selina hinüber, die seine Blicke lächelnd erwidert. Gloria dagegen sitzt neben einem Mann, den ich noch nie gesehen habe, und plaudert lächelnd mit ihm. Das gesamte Dinner über unterhalten die beiden sich intensiv. Trotz des wunderbaren Essens und des guten Weines kriege ich so gut wie nichts herunter, weil ich so nervös bin.

Während die Gäste ihren Kaffee trinken, versammelt sich die Jury. Als ich die Tasse an die Lippen hebe, fange ich Isaacs Blick auf. Ich könnte schwören, dass er mir ganz leicht zuzwinkert und den Mund zu einem winzigen Lächeln verzieht. Candy lehnt den Kopf an seinen Arm und blickt mit unverhohlener Bewunderung zu ihm auf.

»Ich glaube, ich schnappe mal ein bisschen frische Luft.« Issac zieht die Augenbrauen hoch und bedeutet mir, ihm zu folgen. Ich will aufstehen.

»Oh, super, ja …« Candy springt sofort auf. Ich habe mich schon halb erhoben und weiß nicht so richtig, was ich jetzt tun soll. Schließlich setze ich mich wieder. Ich spüre, wie Nick sich neben mir versteift. Isaac marschiert, gefolgt von einer leicht schwankenden Candy, aus dem Raum.

»Du musst etwas unternehmen, sag ihr, was du fühlst«, fordere ich Nick auf.

»Ich kann nicht.« Er wirkt gequält. »Ich bin einfach nicht der Typ Mann, auf den sie steht. Um Himmels willen, sie hält mich für schwul! Sie wird mich hassen, wenn ich ihr die Wahrheit sage.«

Ich tätschele ihm den einen Arm und Gloria den anderen. Ich habe ein flaues Gefühl im Magen und wünsche mir, dass die Bewertung endlich vorbei ist und ich nach Hause gehen kann. Ich schaue mich nach Charlie um, der sich gerade mit Bernard unterhält. Zweifellos holt er sich einen Rat von ihm. Ob Charlie eigentlich ständig arbeitet? Ist das der Grund, warum seine Ehe in die Brüche gegangen ist? Charlie schaut auf die Uhr, und Bernard tut es ihm nach. Die Unterhaltung wirkt ziemlich intensiv, wenn man bedenkt, dass Charlie ihn nur um einen Rat gebeten hat. Plötzlich drängt sich Candy an ihnen vorbei und stürmt schluchzend zum Tisch zurück.

»Candy?« Nick springt auf, legt ihr den Arm um die Schultern und führt sie zu ihrem Stuhl. Dabei schaut er sich nach Isaac um.

»Was hat er gemacht?«, will Nick wissen.

»Nichts«, jammert sie.

»Wie, nichts?« Nick runzelt die Stirn.

Candy schüttelt den Kopf. Nick hält ihr ein Taschentuch hin, und sie nimmt es und schnäuzt sich geräuschvoll. Ihre Nase ist rot, und ihre Augen sind verheult und verquollen.

»Ich wollte ihn küssen, und er … er … er hat Nein gesagt. Er meinte, dass er mich sehr gern hat, aber nicht so. Und ich dachte … ich dachte …«

Sie putzt sich noch einmal die Nase und sieht zu Nick auf.

»Was stimmt nicht mit mir? Würdest du mich nicht küssen, wenn du …«

Sie hat keine Zeit, ihren Satz zu beenden, denn Nick zieht sie vom Stuhl hoch, nimmt ihren Kopf zwischen beide Hände, beugt sich hinunter und küsst sie ausgesprochen gründlich und ausgiebig.

»Oh, Nick!«, haucht Candy schließlich, als sie beide nach Luft schnappen. Sie sehen aus, als hätte es ihnen den Atem verschlagen.

»Das wollte ich schon so lange machen!«, strahlt er.

»In dem Fall sollten wir es am besten noch mal versuchen«, sagt Candy, schnappt sich Nick und zieht ihn an sich, als wäre sie eine Gottesanbeterin, die ihren Mann verschlingen will.

Als jemand ein Glas mit einem Messer zum Klirren bringt, senkt sich Stille über den Raum.

»Zeit für das Urteil«, flüstert Gloria aufgeregt.

»Gloria, wer war der Mann, mit dem du dich den ganzen Abend unterhalten hast?«

»Das erzähle ich dir später.« Sie drückt mir die Schulter und schaut zu Monsieur Lavigne, der drei Umschläge in der Hand hält.

Die Atmosphäre im Saal ist wie elektrisch aufgeladen. Hin und wieder ist ein erregtes Flüstern zu hören, während die Winzer und Käufer sich nach vorne drängen und Schulter an Schulter vor Monsieur Lavigne verharren. Auf dem Tisch vor ihm steht eine Kristallglaskaraffe mit Silberrand. Ich schließe die Augen und spüre die gespannte Erwartung, die in der Luft liegt. Diese Bekanntmachung könnte das Leben eines Kellermeisters verändern. Wir stehen am Scheideweg.

»*Mesdames et Messieurs* … Ladys und Gentlemen. Dieser Preis wird einem Jungwein verliehen, einem neuen Wein, in dem wir großes Potenzial sehen«, sagt Monsieur Lavigne.

Ich halte die Luft an und drücke mir das geschwungene E an meiner Halskette gegen die Lippen.

»Wir haben das Aroma, die Textur und das Gleichgewicht von Tanninen und Säure getestet«, fährt er fort. Meine Beine fangen an zucken. Mach weiter, denke ich und kneife die Augen zusammen.

»Der Gewinner wird die Medaille mit nach Hause nehmen und außerdem einen Vertrag zur Belieferung von Morgan's Supermarkets in Großbritannien erhalten.« Im Raum wird es noch stiller, während er sich müht, den Umschlag mit einer Hand zu öffnen, denn in der anderen Hand hält er sein Glas. Schließlich gelingt es ihm, und er setzt die Brille auf, die ihm an einem Band um den Hals baumelt.

»Und der Gewinner der Weinmedaille von Morgan's Supermarkets für den neuen Weinjahrgang ist … Featherstone's Wines mit ihrem Wein Clos Beaumont!«, ruft er laut, wenn auch leicht überrascht.

»Wir haben gewonnen! Das kleine Château Clos Beaumont hat gewonnen!«, sagt eine Stimme neben mir, und ich werde im Gedränge von allen Seiten angerempelt.

Ich schlage die Augen auf. Gloria umarmt mich, gefolgt von Jeff und Colette. Jemand drückt mir ein Glas Sekt in die Hand, ich habe keine Ahnung, wer es ist. Doch der Sekt spritzt in alle Richtungen, weil ich ständig umarmt werde und man mir von allen Seiten auf die Schultern klopft. Charlie ist oben bei Monsieur Lavigne und nimmt den Pokal, die Kristallglaskaraffe, entgegen. Er schüttelt Hände und posiert für Fotos.

Ich bin so überwältigt, dass es mir die Sprache verschlagen hat. Wir haben es geschafft! Ich stelle mich auf die Zehenspitzen und halte Ausschau nach Isaac. Ich will diesen Moment unbedingt mit ihm teilen. Es ist genauso sein Erfolg wie der meine. Doch ich kann ihn nirgendwo entdecken. Wenigstens bekommt er jetzt seine neue Stelle. Er kann gehen, denke ich mit einer Mischung aus Stolz und überwältigender Traurigkeit. Dann erspähe ich ihn. Monsieur Lavigne gratuliert nun auch ihm. Isaac nickt, sagt aber nicht viel. Er schaut sich ebenfalls um, und dann treffen sich unsere Blicke. Als er lächelt, erwidere ich sein Lächeln strahlend. Wir haben es geschafft.

Alle gratulieren uns. Winzer aus der Region, die ich noch nicht kennengelernt habe, schütteln mir die Hand und klopfen mir auf die Schultern. Mir ist heiß, und in der Hoffnung auf Abkühlung gehe ich zu den Terrassentüren abseits des Gedränges um Charlie und die Leute von Featherstone's. Wir haben es geschafft, denke ich wieder voller Freude. Ich stelle fest, dass ich mich noch nie so gefühlt habe: so, als wäre jetzt alles möglich.

Ich drehe mich um und blicke über das Tal nach Clos Beaumont. Ich kann das kleine Weingut kaum erkennen, doch ich weiß, dass es da ist.

Ich habe es geschafft, Madame Beaumont, ich habe es geschafft … Lichter bewegen sich ins Tal hinunter. Es sieht fast so aus, als gehörten sie zu einem Traktor. Und, wenn ich mich nicht täusche, steuern sie auf die Weinberge von Clos Beaumont zu. Warum sollte um diese Uhrzeit jemand dort hinfahren? Plötzlich gefriert mir das Blut in den Adern.

44. Kapitel

»Nein!« Ich greife nach der Türklinke der großen Doppelflügeltür und öffne die Flügel weit. Die dünnen weißen Vorhänge blähen sich im Wind, und alle Partybesucher wenden sich zur Tür. Haare, Sakkoschöße und Rocksäume fliegen hoch. Ich laufe auf die Terrasse und überrasche die Raucher und auch Nick und Candy, die immer noch Küssen üben.

»Das war alles geplant, um mich aus dem Weg zu bekommen!«, werfe ich Charlie vor, der mir nach draußen gefolgt ist. Sein Lächeln verblasst, und man merkt ihm an, dass er sich unbehaglich fühlt.

»Es war nicht geplant, Emmy, aber so haben wir es vereinbart: dass Featherstone's Wines den Betrieb des Weingutes Clos Beaumont übernimmt.«

»Nein! Das haben wir nicht vereinbart. Es ist das, was du wolltest, aber niemand hat zugestimmt. Ich bin nur hier als dein Date, weil du mich aus dem Weg haben wolltest. Du interessierst dich gar nicht für mich, du wolltest immer nur dieses Weingut in die Finger bekommen.«

»Das ist nicht wahr! Komm, Emmy, jetzt beruhige dich mal. Trink noch was.« Er hält mir ein Glas Sekt hin, doch ich stoße seine Hand zurück, sodass das Getränk sich über seinen blauen Anzug ergießt.

»Ich möchte nichts trinken«, antworte ich entschlossen. »Ich will, dass du damit aufhörst. Stopp das sofort!« Ich zeige auf Clos Beaumont.

Ich blicke über die Terrasse. Dort draußen ist es jetzt sehr dunkel. Erste Regentropfen fallen auf die Steinplatten der

Terrasse, erst vereinzelt, plitsch, platsch, wie kleine Kugeln. Sie treffen auf den Boden und hinterlassen winzige Pfützen. Die anderen Gäste ziehen sich ins Haus zurück, bis nur noch Charlie und ich übrig bleiben. Ich reiße den Blick von dem Traktor los und starre Charlie böse an. Wut kocht in mir hoch.

»Warum heute?« Ich knurre regelrecht. »Warum jetzt?«

»Na ja, da Madame Beaumont morgen nach Hause kommt, dachte ich, es wäre am besten, sofort anzufangen. Wir müssen sie ja nicht mehr aufregen als unbedingt nötig. Auf die Weise können wir die neuen Weinstöcke pflanzen und den Anbau, die Pflege und die Ernte übernehmen. Madame Beaumont bekommt das Geld für ihren Wein.«

»Du meinst, deinen Wein, den Wein, den sie deiner Auffassung nach erzeugen soll! Dein langweiliger Verschnitt würde keine Preise gewinnen.«

»Nun, wie du siehst, hat er gerade gewonnen.« Charlie grinst selbstzufrieden.

»Alles in Ordnung da draußen?« Isaac erscheint in der Tür, umrahmt von flatternden Vorhängen.

»Alles gut, Isaac, kein Grund zur Sorge. Ach, übrigens.« Charlie dreht sich zu ihm um und nimmt einen Umschlag aus der Innentasche seines Sakkos. »Wie versprochen, ein Scheck und eine Empfehlung. Gut gemacht!« Er schlägt ihm kräftig auf die Schulter. Isaac starrt den Umschlag an und dann mich. Ich wende mich ab. Wie konnte er das bloß annehmen? Hat er davon gewusst, was gerade auf Clos Beaumont passiert?

»Nein, es ist nicht alles Ordnung!« Ich wirbele herum. »Er lässt gerade Madame Beaumonts Weinstöcke ausreißen! Isaac, kann ich bitte den Lieferwagenschlüssel haben?« Ich strecke die Hand aus. Der Regen wird stärker, meine Handfläche ist sofort nass. Der Wind nimmt ebenfalls zu, und ich schaudere.

»Den Schlüssel!«

Plötzlich rumpelt es unten im Tal: Der Traktor hat die Parzelle unter uns erreicht.

»Sofort, Isaac!«

»Aber du kannst doch gar nicht fahren.«

»Ich habe nur gesagt, dass ich nicht fahre – nicht, dass ich es nicht *kann*.« Ungeduldig schiebe ich die Hand vor, bis er schließlich in die Tasche greift, den Schlüssel hervorzieht und ihn in meine Hand fallen lässt.

»Hör mal, ich kann …« Er tritt einen Schritt vor.

»Nein, kannst du nicht! Außerdem hast du was getrunken.«

»Komm, Emmy, gehen wir wieder rein. Lassen wir die anderen das tun, was notwendig ist«, sagt Charlie. »Du hast deine Sache gut gemacht. Wir müssen über deine Zukunft bei Featherstone's reden. Ich denke, wir können jetzt verkünden, dass du die Teamleiterin wirst. Vielleicht können wir auch übers Wochenende wegfahren, du und ich, und endlich eine richtige Beziehung beginnen. Worauf hast du Lust? Paris?«

Ich betrachte den Schlüssel in meiner Hand. Meine Haare kleben mir inzwischen im Gesicht. Genau wie in der Nacht, in der meine Mutter fortgefahren ist.

»Komm schon, lass uns reingehen.« Charlie will mich ins Haus führen, genau wie mein Vater in jener Nacht, als er mir sagte, dass alles wieder in Ordnung komme.

Ich hole tief Luft. »Weißt du was, Charlie?«

»Nein, Emmy, ich weiß nicht was?« Er grinst bis hinter beide Ohren. »Aber ich bin froh, dass du endlich Vernunft annimmst. Wir werden ein großartiges Team sein, du und ich.«

»Charlie? Was ist denn los, Schatz?« Selina steht an der Tür, hält sich am Rahmen fest und blickt hinaus in den peitschenden Regen.

Die Wut in mir kocht über – wie der gärende Traubensaft, rot, zornig und bereit, jederzeit zu explodieren.

»Weißt du was, Charlie? Du bist ein Idiot! Ein richtiger Vollidiot!«

Ich halte mir schützend die Hand über die Augen und sprinte durch die Pfützen zum Parkplatz. Ich laufe so schnell ich kann, schleudere schließlich – wie Aschenputtel auf der Flucht vom Ball – die High Heels von den Füßen und setze den Weg zum Lieferwagen barfuß fort.

»Emmy!«, höre ich Isaac hinter mir rufen, doch ich drehe mich nicht um. Er hat bekommen, was er wollte – einen Scheck und eine Empfehlung –, aber ich muss verhindern, dass diese Weinstöcke ausgerissen werden.

45. Kapitel

»Jetzt komm schon, komm endlich!«

Der Schlüssel rutscht mir aus den zitternden Händen, und ich schaffe es nicht, ihn ins Zündschloss zu schieben. Aber wenigstens sitze ich jetzt auf der richtigen Seite des Autos. In meiner Hast habe ich die Tür aufgerissen und bin eingestiegen, um dann festzustellen, dass es kein Steuer gibt. Jetzt sitze ich hinter dem Steuer, habe mich eingeschlossen und versuche, den Wagen zu starten. Ich bin noch nie außerhalb Englands Auto gefahren, doch es wird schon irgendwie klappen. Was bleibt mir anderes übrig? Schließlich kann ich mich nicht einfach zurücklehnen und Däumchen drehen! Der Schlüssel rutscht wieder ab. Es regnet heftig, und plötzlich habe ich wieder das Bild meiner Mutter vor Augen, wie sie zum Auto läuft und es anlässt. Ich sehe ihr lächelndes Gesicht hinter dem Steuer– so klar, als wäre es gestern gewesen. Sie nickt mir zu und bedeutet mir, dass alles gut wird und sie bald wieder zurück ist. Meine Hände zittern, und mein Herz schlägt heftig. Es kommt mir vor, als wäre ich in der Vergangenheit gelandet. Ich schaffe es nicht! Der Schlüssel fällt in den Fußraum. *Stopp!*, sage ich mir. *Es reicht!* Ich atme tief ein, bücke mich nach dem Schlüssel und versuche es noch einmal. Es ist Zeit für den nächsten Schritt.

»Ja!« Der Schlüssel gleitet ins Zündschloss, und ich drehe ihn um.

Brrrrr, brrrrr, und dann nichts mehr. Isaac taucht mit tropfnassen Haaren aus der Dunkelheit auf, schlägt auf die Motorhaube und schreit mir zu, ich solle aufhören.

»Jetzt komm schon!«, rufe ich, drehe den Schlüssel wieder im Schloss und gebe gleichzeitig Gas – ich glaube jedenfalls, dass es das Gaspedal ist –, und der Motor erwacht zum Leben. »Ja!« Ich berühre meine Halskette. »Danke.« Ich blicke kurz zum Himmel. Dann betrachte ich den Schalthebel. Er ist nicht nur auf der falschen Seite, sondern sieht auch ganz anders aus, als ich es kenne. Der Wind peitscht den Regen gegen die Scheiben, und es donnert laut, doch ich bin zu sehr damit beschäftigt, den Rückwärtsgang zu finden. Das Auto ruckt vorwärts und rückwärts. Ich habe keine Zeit, mir Gedanken darüber zu machen, wie nahe das Gewitter sein könnte.

Endlich gelingt es mir, krachend und knirschend den Rückwärtsgang einzulegen, gerade als ein großer Blitz über den Himmel zuckt. Die Lichter des Traktors bewegen sich nach wie vor langsam vorwärts.

Ich setze den Lieferwagen zurück und lege, wieder begleitet von einem Krachen und Knirschen, den ersten Gang ein. Statt die Sekunden zwischen Blitz und Donner zu zählen, fahre ich hüpfend und ruckelnd die Straße entlang und werde auf meinem Sitz hin- und hergeschleudert. Ich kann Isaac im Rückspiegel erkennen.

»Los, Emmy, du schaffst das«, sage ich laut. Ich muss zum Weinberg!

Ich trete das Gaspedal weiter durch, und der Lieferwagen schießt vorwärts. Der Motor jammert, dass ich einen Gang höher schalten soll. Ich schalte und gebe wieder Gas. Ich fahre zügig die Straße entlang und nehme eine Kurve. Das Auto fährt leichte Schlangenlinien. Ich fahre, ich fahre tatsächlich! Nach der nächsten Kurve kommt mir ein Kleinwagen entgegen. Automatisch lenke ich nach links.

Der Fahrer hupt mich erbost an.

»Ohhhh!« Erschreckt lenke ich heftig in die andere Richtung. Falsche Straßenseite! Der andere Fahrer hupt noch einmal, als er mich passiert. Weil ich von Panik angetrieben werde, werde ich schneller. Ich glaube, ich habe ganz vergessen zu atmen, denn als ich den Abzweig nach Clos Beaumont vor mir sehe, schnappe ich nach Luft. Ich biege in den Hof ein und trete hart auf die Bremse.

Cecil bellt wie verrückt.

»*Doucement, doucement*«, beruhige ich ihn, als ich aussteige und barfuß in Wind und Regen stehe. »Ganz ruhig, alter Junge!« Ich beuge mich zu ihm hinunter und tätschele ihm den Kopf, damit er weiß, dass ich es bin.

Henri galoppiert mit donnernden Hufen auf seiner Weide auf und ab und wirft den Kopf zurück. Mit fliegender Mähne keilt er erst mit den Vorderbeinen und dann mit den Hinterbeinen aus.

Ich laufe zur Terrassentür, wo meine Gummistiefel mit der Sohle nach oben auf Stöcken ruhen. Eine von Nicks Erfindungen. Er ist wirklich ein Segen, dieser Mann. Hoffentlich gestehen Candy und er sich endlich gegenseitig ihre Gefühle, denke ich, als ich in die Stiefel schlüpfe, mir die große Taschenlampe aus dem *chai* schnappe und mit geschürztem Kleid durch die Weinstöcke laufe. Immer wieder stolpere ich und rutsche auf dem nassen Boden aus. Ich lasse die erste Parzelle hinter mir und erreiche die zweite. Die Weinreben scheinen mich zu leiten und bringen mich wieder auf Kurs. Unter meinen Gummistiefeln sammeln sich Dreckklumpen an, die mich bremsen. Ich atme angestrengt. Der Geruch der Erde ist unvergleichlich: eine reichhaltige Mischung aus Mineralstoffen, Vitaminen und Kräutern. Ich atme ganz tief ein, um mich von dem Duft weitertragen zu lassen. Jetzt sehe ich schon die Lichter des Traktors und beschleunige mein Tempo. Mit schwingenden Armen arbeite ich mich vorwärts und zwinge meine zögernden Beine, es den Armen gleichzutun.

Der Wind peitscht mir den Regen in die Augen. Meine

Haare haben sich selbstständig gemacht – die französische Hochsteckfrisur existiert nicht mehr. Meine Lunge brennt, während ich dem ausgetretenen Pfad folge und mich zwinge, weiterzulaufen.

Gott sei Dank scheint der Regen allmählich nachzulassen, und das Gewitter zieht weiter. Erleichtert atme ich auf, als ich plötzlich ein Geräusch höre, das mir erneut das Blut in den Adern gefrieren lässt. Der Traktor heult auf, und man hört, wie Wurzeln ausgerissen werden.

»Arrêtez! Arrêtez!«, schreie ich und wedele aufgeregt mit den Armen. »Aufhören!« Ich renne auf die großen runden Scheinwerfer des Traktors zu. Doch er hört nicht auf. Ich muss ihn unbedingt aufhalten, laufe noch weiter auf ihn zu und stürze mich vor die Weinstöcke unmittelbar vor dem Fahrzeug. Es ist, als würde ich in den Rachen eines hungrigen Tigers blicken und dabei hoffen, dass er ein anderes Opfer findet. Stattdessen rumpelt das Ungeheuer immer näher.

»Huch!« Plötzlich werde ich von den Füßen gerissen und finde mich ein Stück von den Weinstöcken entfernt wieder. Doch nicht der Traktor war die Ursache, sondern ein heftiger Stoß in die Seite. Als ich dumpf auf dem Boden aufschlage, höre ich heftiges Atmen über mir.

»Isaac? Was zum Teufel machst du da? Wie bist du hierhergekommen?«

»Ich bin durch die Weinberge gelaufen, die zum Château Lavigne gehören …«, keucht er. Er steht vor mir, beugt sich nach vorne und stützt sich mit den Händen auf den Knien ab. »Und was meinst du damit, was ich mache? Was zum Teufel tust *du* gerade? Willst du dich umbringen?«, schreit er mich plötzlich an.

Ich komme torkelnd auf die Füße und starre ihn böse an. Dann weiche ich ihm aus und laufe wieder zu den Weinstöcken.

»Er darf das nicht! Er darf diese Weinstöcke nicht ausreißen! Nicht die *tendresse*! Hast du davon gewusst? War das alles Teil des Plans?«, fahre ich ihn an.

»Emmy.« Er packt mich an den Armen. »Ich schwöre dir, dass ich nichts davon gewusst habe. Du musst mir glauben.« Er schaut mir direkt in die Augen, und ich weiß, dass er die Wahrheit sagt. Dann schüttele ich ihn ab und wedele mit den Armen wie an jenem ersten Tag, als ich Madame Beaumonts Aufmerksamkeit erregen wollte, um ihr ihren Geldbeutel zurückzugeben. Doch diesmal kämpfe ich für so viel mehr – ihre Vergangenheit, alles, was ihr etwas bedeutet. Und ich begreife, dass ich genauso wenig wie Madame Beaumont will, dass diese Weinstöcke vernichtet werden.

»*Arrêtez*!«, rufe ich. »Sie reißen Sie nicht aus, Sie brutaler Kerl! Diese Weinstöcke gehören hierhin! Sie fügen ihnen keinen Schaden zu. Nur über meine Leiche!«

»Herrgott noch mal«, höre ich Isaac sagen, und dann steht er neben mir und beginnt ebenfalls zu winken und zu rufen.

»Arrêtez«, brüllt er. »Stopp!«

Plötzlich erstirbt das Motorengeräusch, und die Lichter werden schwächer. Meine Augen brauchen einen Moment, um sich an die veränderten Lichtverhältnisse zu gewöhnen. Dann höre ich Charlies Stimme. Er muss ebenfalls durch die Weinberge des Château gekommen sein. Warum habe ich nicht daran gedacht?

»Was um alles in der Welt machst du da?«, fragt er ruhig. Ich kann ihn nicht richtig sehen, weil meine Augen immer noch vom Scheinwerferlicht geblendet sind.

»Ich beende diesen Vandalismus!«, rufe ich in seine Richtung.

»Das sind alte Weinstöcke. Sie müssen weg.«

»Ja, sie sind alt. Ihr Ertrag mag vielleicht gering sein, aber dafür hat der Wein mehr Charakter und Tiefe. Das ist genau das, was Clos Beaumont zu dem Wein gemacht hat, der den Preis gewonnen hat.« Allmählich kann ich Charlie neben dem Traktor erkennen. Hinter dem Steuer sitzt Bernard.

»Wir können den Wein jederzeit wieder erzeugen, nicht wahr, Isaac?«, fragt Charlie gelassen. Ich sehe Isaac an. Mit Matschspritzern überzogen und mit nassen Haaren wirkt Isaac viel mehr wie er selbst als zuvor auf der Preisverleihung.

»Um ehrlich zu sein …«, setzt er an.

»Um ehrlich zu sein, kannst du es nicht«, falle ich ihm ins Wort. Ich kann nicht zulassen, dass er die Schuld auf sich nimmt.

»Emmy …«, mischt sich Isaac warnend ein.

»Der Grund, warum der Wein so schmeckt, wie er schmeckt, sind diese Weinstöcke.« Ich zeige auf die Weinstöcke zu meiner Rechten, die der Traktor noch nicht angerührt hat, aber praktisch schon küsst.

»Was redest du da? Isaac?« Charlie schaut mich an, als wäre ich verrückt geworden.

»Isaac hat mit diesem Wein nichts zu tun. *Ich* habe ihn gemacht«, verkünde ich. Die Winzer, die sich inzwischen im Weinberg versammelt haben, schnappen nach Luft und verleihen ihrem Erstaunen mit leisem Murmeln Ausdruck. »Bravo!«, ist in der anwachsenden Gruppe zu hören.

»Gut gemacht!«, höre ich Candy und Nick rufen, und meine Stimmung steigt.

»Der Grund, warum ich den Wein erzeugt habe, ist, dass es nicht der Bordeauxwein ist, den du haben wolltest. Kein Wein für eine Massenproduktion. Nein, er ist so individuell wie Madame Beaumont selbst. Voller Leben und Lebenskraft. Er zeugt von dem Boden, in dem er gewachsen ist, und von der Liebe, mit der er großgezogen wurde. Dieser Wein hat so viel mehr zu erzählen als dein Supermarkt-Cuvée – eine Geschichte, die Geschichte des Lebens einer ganz besonderen Frau.«

»Bravo!«, ruft wieder jemand, und ein oder zwei Zuhörer schniefen vor Rührung auf. Jemand stößt einen Freudenschrei aus. Es ist Isaac, der neben mir steht und Beifall klatscht.

»Das ist großartig, wir werden die Geschichte für die Vermarktung nutzen.« Charlie hat mir die Hand auf den Rücken gelegt und versucht, mich von den Weinstöcken fortzumanövrieren. Doch diesmal schüttele ich ihn ab.

»Selina ist hier, und ich würde diesen Deal wirklich gerne unter Dach und Fach bekommen.«

»Aber das ist es ja, Charlie. Es kann keinen Deal geben, weil Selina möchte, dass du einen guten, ehrlichen Bordeauxwein produzierst. Dieser Wein hier ist kein guter, ehrlicher Bordeaux. Ganz und gar nicht! Es ist ein einzigartiger Wein, aber kein reiner Bordeaux.«

»Was redest du da?«

Plötzlich taucht der Mond in einer Lücke zwischen den dunklen Wolken auf, die sich langsam verziehen, und wirft seinen silbernen Schein über die Weinstöcke.

»Diese Trauben da«, ich deute auf die alten Weinstöcke, »das ist eine andere Rebsorte. Deshalb hat Madame Beaumont nie die Herkunftsbezeichnung AOC für ihren Wein beantragt, denn darin befindet sich noch etwas anderes ... Etwas aus ihrer Vergangenheit, das den Wein so besonders macht. Es sind diese Trauben«, ich deute darauf, »sehr alte Trauben der Sorte *tendresse*. Der Wein von Clos Beaumont ist einzigartig, er kann nicht kopiert werden.«

Unter den versammelten Menschen breitet sich Schweigen aus, bis es schließlich von Charlie gebrochen wird. Laut fluchend stürmt er in Richtung Château davon. Ich bilde mir ein, fast hören zu können, wie er sich die Medaille vom Hals reißt. Dann sehen wir zu, wie der Traktor wieder angelassen wird und rückwärts aus dem Weinberg fährt.

Isaac nimmt mich schwungvoll in die Arme.

»Ich bin so stolz auf dich«, sagt er lächelnd und küsst mich, mitten zwischen den Weinstöcken, die im silbernen Mondlicht baden und – ich schwöre es – vor Erleichterung leise aufseufzen, »aus so vielen Gründen. Du bist einzigartig, Emmy Bridges!«

Dann gehen wir gemeinsam durch die Reihen der Rebstöcke. Er schlüpft aus seiner Lederjacke, legt sie mir um und lässt seinen Arm auf meinen Schultern ruhen. Euphorisch und unbekümmert und ohne zu wissen, was der nächste Tag für uns bringen wird, kehren wir zum Haus zurück.

»Warte!« Abrupt bleibe ich stehen. »Was ist mit Candy?«

»Candy und ich … Sie ist toll, aber wir sind nur Freunde. Ich hatte nie vor … Ich wollte mich nicht in dich verlieben. Ich habe versucht, mich abzulenken. Ich dachte, Charlie hätte dich mit seinem Charme um den Finger gewickelt!« Wir lachen beide ein bisschen. »Ich glaube, Candy hat jemanden gefunden, der ihre Zuneigung viel mehr verdient als ich.« Er lächelt und legt mir einen Finger unters Kinn. Ich erwidere sein Lächeln, und dann zieht er mich an sich und küsst mich. Es fühlt sich an, als hätte ich endlich das fehlende Puzzleteil in meinem Leben gefunden.

An diesem Abend, meinem letzten auf dem kleinen Château Clos Beaumont, nehme ich Isaac an die Hand und führe ihn zu meinem Bett. Er küsst jeden Fleck meines Körpers und sagt mir immer wieder, wie stolz er auf mich ist. Diesmal folge ich meinen Instinkten und gebe meinen Gefühlen nach. Unsere Körper werden eins, während der Mond über die Weinberge steigt. Ich weiß, dass ich diese Nacht niemals vergessen werde. Wenn es sich doch nur nicht wie ein Abschied anfühlen würde! Und schließlich versinke ich in einen tiefen Schlaf. Unsere Körper sind eng miteinander verschlungen – wie die Wurzeln der Weinstöcke, um die ich mich gekümmert habe. Ich habe mich ernsthaft verliebt.

46. Kapitel

Am folgenden Morgen wache ich früh auf, obwohl die Nacht so kurz gewesen ist. Behutsam drehe ich mich um, um in Ruhe den schlafenden Isaac zu betrachten. Ich widerstehe der Versuchung, ihn aufzuwecken und da weiterzumachen, wo wir vergangene Nacht aufgehört haben. Stattdessen schlüpfe ich vorsichtig unter der Decke hervor. Heute kommt Madame Beaumont zu Besuch nach Hause, und wenn sie das Gefühl hat, sie kommt zurecht, wird sie aus dem Krankenhaus entlassen. Ich muss sichergehen, dass alles organisiert und vorbereitet ist.

Ich ziehe mein Sweatshirt an und atme Isaacs Duft ein. Als er meine Lunge füllt, fühlt mein ganzer Körper sich sofort wieder lebendig an. Wie lange der Geruch wohl noch anhält, wenn Isaac fort ist? Rasch verdränge ich den Gedanken, stecke ihn in einen kleinen Kasten in meinem Kopf und schließe den Deckel. Ich werde später darüber nachdenken, wenn der Tag vorüber ist.

Leise steige ich die Treppe hinunter und betrete das frisch gestrichene und umgestaltete Wohnzimmer. Nick hat sich richtig ins Zeug gelegt, und das Ergebnis ist großartig. Die geprägte Tapete sieht wunderschön aus, und der grüne Ohrensessel am Feuer wirkt einladend. Frische Blumen leisten ganze Arbeit, den Geruch nach Farbe zu übertünchen.

Ich strecke den Kopf ins Schlafzimmer im Erdgeschoss. Das Bett ist frisch mit neuer Bettwäsche bezogen, und auch hier verbreitet ein Blumenstrauß seinen Duft im Raum. Auf dem Nachttisch stehen ein Krug und ein Glas neben der Nachttischlampe. Nick hat einfach an alles gedacht. Meine Gedanken huschen kurz zu ihm und Candy, und ich freue mich für die beiden. Dann fällt mir Gloria wieder ein. Wer war der Mann, mit dem sie sich gestern auf der Feier so angeregt unterhalten hat?

Ich benutze das Bad im Erdgeschoss und dusche mit Hilfe der Handbrause in der Badewanne. Mit der Hand schirme ich den Wasserstrahl ab, damit nicht alles nass wird. Den Trick habe ich im Laufe der vergangenen Wochen gelernt, und ich frage mich, warum ich mich je beschwert habe, dass die Brause zu Hause alt und nutzlos sei. Verglichen mit der hier ist sie der pure Luxus.

Ich koche Kaffee und bringe Isaac eine Tasse nach oben. Mit einem liebevollen »Guten Morgen« wecke ich ihn auf und stelle den Kaffee auf den kleinen schmiedeeisernen Tisch neben dem Bett.

Schläfrig öffnet er die Augen, und für einen kurzen Moment werde ich von Panik erfasst und frage mich, wie er wohl reagieren wird. Doch als er mich sieht, breitet sich ein Lächeln auf seinem Gesicht aus, und ich weiß, dass er das Gleiche empfindet wie ich. Er streckt den Arm aus, zieht meinen Kopf zu sich heran und küsst mich sanft. Ich sinke ins Bett. Dann schlingt er die Arme um mich und zieht mich noch dichter an sich. Doch zum Glück bringe ich genug Willenskraft auf, um mich von ihm zu lösen. Es kommt nicht infrage, dass ich noch im Bett liege, wenn Madame Beaumont auftaucht!

»Ich muss nach den Fässern sehen«, stöhne ich.

Zögernd lässt er mich gehen. Der Abschied wird zu den schwierigsten Dingen gehören, die ich je tun musste – sowohl der von Isaac als auch der von Clos Beaumont. Ich werde die Zeit, die uns noch bleibt, in vollen Zügen genießen, nehme ich mir vor.

»Ich helfe dir«, sagt Isaac und setzt sich auf. Ich betrachte seine glatte Brust, die wohlgerundeten Schultern und das Tattoo auf seinem Oberarm. Ich strecke die Hand aus und berühre es.

»Was ist das?«, frage ich und streiche mit den Fingern darüber.

»Das ist ein Bussard, ein Präriebussard. Er ist ein Zugvogel.« Isaac legt eine kurze Pause ein. »Kalifornien ist quasi der pazifische Highway für Zugvögel, weißt du«, fügt er in einem Versuch, die Stimmung aufzuhellen, hinzu. »Eine Art Autobahn für Vögel, die zwischen Alaska und Patagonien reisen.« Er betrachtet sein Tattoo. »Er verleiht mir Flügel.« Bei diesen Worten sieht er mich nicht an, doch ich weiß, was er meint. Wie ein Zugvogel, der beim Wechsel der Jahreszeiten losfliegt, macht auch Isaac sich bereit zum Aufbruch. Er zieht die Knie an und trinkt seinen Kaffee.

»Komm«, sagt er plötzlich, »wir müssen nach dem Wein sehen.« Er zupft an der Ecke der Bettdecke, auf der ich sitze, genau wie an seinem ersten Tag, doch diesmal bin ich diejenige, die lacht.

»Na los, mach schon!«, fordere ich ihn heraus. Plötzlich schlägt er spielerisch mit einem Ruck die Decke zurück, und ich stürze – kreischend vor Lachen und Erregung – die Treppe hinunter. Ansonsten würde ich es wohl nicht mehr aus dem Zimmer schaffen.

Ich mache den Ofen an, um die Croissants vom Vortag aufzubacken, gehe zur Hintertür und öffne sie. Es ist kalt, und ich schlinge die Arme um den Oberkörper, während ich über den Hof gehe. Cecil schläft in seiner Hütte.

»Bonjour, Cecil.« Er hebt den Kopf, bellt einmal kurz und tief, dann rappelt er sich auf und kommt auf die Beine. Ich gehe weiter zum Schuppen am anderen Ende des Hofes, um Cecils Futter zu holen. Ein wundervoller, fruchtiger Geruch, der aus dem *chai* dringt, liegt in der Luft. Ich habe

dafür gesorgt, dass Madame Beaumonts Wein in Sicherheit ist. Er dürfte zwar jetzt keiner Weinmedaille mehr würdig sein, doch es wird sich herumsprechen, dass es ein wunderbarer Jahrgang ist. Monsieur und Madame Obels aus dem Laden werden die Nachricht verbreiten, nachdem unsere Weinprobenbesucher ihnen so dankbar waren, und Candys Blog wird sehr oft aufgerufen. Vielleicht kann sie den Wein übers Internet verkaufen. Allerdings muss ich mit Madame Beaumont über eine Hilfskraft reden, die sie im Weinberg unterstützt, zum Bespiel beim Zurückschneiden und bei der Ernte.

Ich füttere Cecil und Henri.

»Heute kommt sie nach Hause, Henri« erzähle ich dem Pferd und tätschele ihm den Hals. Als mein Blick auf die Schafe fällt, denke ich mir, dass es wahrscheinlich an der Zeit ist, sie ihre Arbeit tun zu lassen – sie sollen das Unkraut im Weinberg kurz halten, das schon wieder zu sprießen begonnen hat. Als ich das Tor öffne, überschlagen die Schafe sich beinahe vor lauter Eifer. Ich scheuche sie vom Hof auf den Weinberg zu. Nach einer Weile hören sie auf, herumzurennen und übereinander zu springen, und senken die Köpfe, um zwischen den Weinstöcken zu fressen, was während der Ernte an Grünzeug gewachsen ist. Ich bleibe stehen und schaue zu, wie die Sonne langsam steigt und der frühmorgendliche Bodennebel, den ich inzwischen schon gut kenne, sich zwischen den Weinstöcken hindurchschlängelt.

Es wird mir sehr schwerfallen, von all dem Abschied zu nehmen. Wieder schlinge ich die Arme um den Körper, während ich über das Tal und die Weinberge starre. Mein Herz zieht sich vor Trauer zusammen.

Plötzlich gibt mir jemand einen Kuss auf den Nacken, und ich lehne mich zurück. Bevor ich mich zu ihm umdrehe, atme ich seinen Duft ein.

»Hallo.« Er lächelt auf mich hinunter.

»Hallo.« Ich erwidere sein Lächeln.

»Alles in Ordnung?«

»Jep, ich wollte gleich nach den Fässern sehen, aber hier draußen ist alles okay.«

»Hör mal, Emmy, wegen meiner Abreise …«

»Bitte nicht. Nicht heute.« Ich kann es nicht ertragen, jetzt darüber zu reden.

»Aber du könntest mit mir kommen, wir könnten zusammen herumreisen. Bitte, denk darüber nach.« Er sieht mich mit diesen wundervollen dunklen Augen an. Ich schüttele den Kopf. Ich wünschte, es ginge – mit jeder Faser meines Körpers sehne ich mich danach, Ja zu sagen, doch ich kann nicht. Ich muss nach Hause.

»Es gibt Menschen, die mich brauchen.« Ich will mich zum Gehen wenden, doch er hält mich an den Ellbogen fest.

»Was ist mit deinen Bedürfnissen? Deine Schwester ist doch da, sie kann nach deinem Vater schauen. Wir können deine Familie besuchen, ja, vielleicht könnten wir sogar für eine Saison auf einem englischen Weingut arbeiten. Ich habe gehört, es soll welche geben.«

Ich lache auf.

»Ich habe noch nie jemanden wie dich getroffen, und ich weiß, dass es auch nie wieder passieren wird. Endlich habe ich herausgefunden, was es bedeutet, zu jemandem zu gehören. Ich möchte mit dir zusammen sein.« Er nimmt meine Hände. Ich bin vollkommen sprachlos.

Der Deckel des kleinen Kastens in meinem Kopf wird gegen meinen Willen gewaltsam geöffnet. Ich schlage ihn wieder zu, ich will nicht darüber nachdenken. Dann schlucke ich und blinzele, um die drohenden Tränen zurückzuhalten.

»Ich muss nach den Fässern sehen. Wir reden später«, sage ich mit einem Kloß im Hals. Rasch wende ich mich ab, bevor er sehen kann, dass meine Augen sich schon wieder mit salzigen Tränen füllen.

»Ich schaue nach den Weinstöcken«, erklärt Isaac. »Ich prüfe den Schaden, der gestern Abend angerichtet wurde – vielleicht können wir die Pflanzen, die ausgerissen wurden, noch retten.«

Ich nicke. Er drückt mir einen langen Kuss auf die Stirn, der mir Kraft verleiht, dann steckt er die Hände in die Taschen und spaziert durch die Reihen der Weinstöcke, deren Silhouetten sich im Morgennebel abzeichnen. Als Cecil ihm folgt, beugt er sich hinunter und tätschelt dem Hund aufmunternd den Kopf. Ich sehe den beiden hinterher, dann wende ich mich zum *chai*.

Das Vorhängeschloss hängt geöffnet am Riegel des Schuppens. Ich muss am Vorabend vergessen haben, es zuzuschließen. Na ja, gestern ist viel passiert. Mir wird klar, dass ich Charlie irgendwann die Gründe für mein Tun erklären muss. Hoffentlich hat das Ganze keine Auswirkungen auf meine Arbeit bei Cadwallader's Call-Center. Aus der Beförderung wird nun nichts werden, aber trotzdem brauche ich die Arbeit. Und schließlich habe ich eine Menge über Wein gelernt.

Der Geruch nach Früchten wird immer stärker. So hat es noch nie gerochen. Ich öffne die Tür. Oh Gott, was, wenn ein Korken herausgedrückt wurde? Jetzt kann ich es hören und riechen, es klingt wie ein Wasserfall. Ich reiße die Tür ganz auf und drücke auf den Lichtschalter. Es knackt und knistert, dann fliegt mit einem Knall die Sicherung heraus. Ich schnappe mir die große Taschenlampe, aber ich weiß auch so schon, was passiert ist. Der ganze *chai* ist überflutet, er ist ein einziger blutroter See. Ich lasse das Licht der Taschenlampe über die Fässer gleiten. Jedes einzelne spuckt seinen Inhalt aus. Es sieht aus wie nach einem furchtbaren Autounfall.

»Neeeeiiiin!« Ich renne los, um die Zapfhähne zuzudrehen,

aber der Wein steht so hoch, dass ich kaum hinkomme. Ich greife nach den ersten Hähnen, die ich erwische, doch es ist zu spät: Die Fässer sind praktisch leer. Ich wate platschend durch den Wein zu der großen Tür an der Rückseite des *chai* und ziehe den Riegel zurück. Dann sehe ich zu, wie der Wein über die Steine plätschert wie ein Fluss, der auf einen See zuströmt.

»Isaac!«, schreie ich, doch er ist zu weit entfernt, um mich zu hören.

Noch einmal rutsche und schlittere ich zu den Fässern und versuche sie zu schließen, aber es ist wirklich zu spät – sie sind inzwischen so gut wie leer. Alles weg … Der ganze Wein ist verloren. Wie konnte das bloß passieren? Auf dem Boden steht knöchelhoch reichhaltiger, fantastisch duftender Rotwein. Nichts davon wird je getrunken werden.

Ich schlage die Hände über dem Kopf zusammen und lasse mich auf die Knie sinken. »Er ist weg, einfach weg«, stammele ich leise. Tränen strömen mir übers Gesicht. Ich konnte ihn nicht retten. Auf einmal überkommt mich eine unglaubliche Erschöpfung. Ich fühle mich so leer wie die Fässer. Ich konnte nichts tun, um den Wein zu retten.

47. Kapitel

»Du wirst dir da unten noch den Tod holen.« Ruckartig hebe ich den Kopf. Mein quälendes Schluchzen geht in einen Schluckauf über.

»Meine Güte, Charlie! Gott sei Dank! Sieh dir an, was passiert ist. Das kann kein Unfall gewesen sein. Bei jedem einzelnen Fass war der Hahn geöffnet. Ich kann nicht glauben, dass jemand so etwas tun würde. Der ganze Wein ist verloren.« Taumelnd komme ich auf die Füße. Ich bin dankbar, dass er da ist.

»Das sehe ich.« Er schaut sich um. »Eine Schande … Es riecht«, er holt tief Luft, »… richtig gut.«

»Ich weiß nicht, was ich jetzt machen soll! Madame Beaumont kann jeden Augenblick nach Hause kommen.«

»Gut«, sagt er mit einem Nicken.

»Gut? Was kann an alldem gut sein?« Ich drehe mich mit nach oben zeigenden Handflächen um mich selbst, um auf die Verwüstung hinzuweisen – wie Noah in der großen Flut.

»Nun, seien wir doch ehrlich, der Wein konnte ohnehin nicht verkauft werden. Es war eine falsche Rebsorte darin.«

»Aber das hat den Wein doch so besonders gemacht, verstehst du das nicht?« Stirnrunzelnd mustere ich Charlie.

»Nicht, wenn man ein Geschäft leiten will.« Unbeteiligt lässt er den Blick schweifen.

Ich starre ihn an. Seine Augen sind jetzt ganz dunkel – wie aufgewühltes Wasser. Die Rädchen in meinem Gehirn drehen sich zuerst langsam und nehmen dann Fahrt auf.

»Ich habe den Rest deiner Sachen aus dem *gîte* mitgebracht.

Kleidung, Schuhe und so weiter.« Er wirft einen Blick in die Tragetasche und streckt sie mir dann hin. »Ach ja, und ich habe dir einen Flug nach Hause gebucht. Es ist nicht nötig, dass du noch bleibst. Featherstone's braucht deine Dienste nicht mehr.« Mit der anderen Hand hält er mir einen Umschlag hin. Ich schaue auf den Umschlag und dann langsam wieder zu Charlie. Er schickt mich nach Hause.

»Du feuerst mich?«, frage ich fassungslos, dann gerate ich in Panik. Dann wird Dad das Haus auf jeden Fall verlieren. Was soll ich jetzt bloß tun? »Ich habe getan, was ich für das Beste hielt … Für alle. Dafür kannst du mich doch nicht rauswerfen! Ich brauche diese Arbeit. Mein Dad wird sonst sein Zuhause verlieren.«

»Rauswerfen? Nenn es, wie du willst, aber ich denke, es ist am besten, wenn du gehst. Ich will nicht, dass zu viel Wirbel unter den anderen entsteht. Dein Flug geht heute Nachmittag. Ich habe Trevor von Cadwallader's schon Bescheid gesagt.«

»Das war meine letzte Chance. Meine letzte Chance, etwas richtig zu machen«, bringe ich krächzend hervor.

»Nun, dann hättest du das tun sollen, was man dir aufgetragen hat. Vielleicht arbeitest du nicht im richtigen Beruf. Vielleicht solltest du eine andere Richtung einschlagen.«

»Oh, es war genau das Richtige für mich! Endlich habe ich etwas gefunden, in dem ich richtig gut bin. Keine Schreibtischarbeit, bei der ich lesen und Manuskripte auswendig lernen und immer höhere Umsätze erzielen muss. Das hier habe ich gut gemacht. Das ist etwas Reales.« Ich breite die Hände aus und deute auf den Wein. »Das war ein sehr guter Jahrgang. Klassisch und einzigartig. Er stand nicht in einer Reihe mit den Supermarktweinen. Er stach hervor. Er rief: ›Sieh mich an, ich bin etwas Besonderes‹.«

»Vielleicht hätte er sich einfach in eine Reihe mit den anderen stellen sollen, dann hätte er jetzt noch eine Aufgabe – und du auch.« Als er mir wieder die Tragetasche und den Umschlag hinhält, trifft mich die Erkenntnis wie ein Schlag. Ich fühle mich wie ein Surfer, der von einer Riesenwelle vom Brett gefegt wird. Alles verschwimmt vor meinen Augen, ähnlich wie im Tank, als ich beinahe ertrunken bin. Und dann wird mir auf einmal alles glasklar.

»Du … du hast das getan …«, sage ich langsam. Meine Augen weiten sich mit jeder Silbe.

»Das nicht gerade.« Charlie grinst. »Nur um das klarzustellen. Aber ich habe jemanden damit beauftragt.«

»Wen?«

»Meine Angestellten sind ausgesprochen loyal und werden für ihre Anstrengungen gut entlohnt.«

»War es Isaac?« In meinem Kopf dreht sich alles.

Charlie wirft den Kopf zurück und lacht. »Nun, das wäre ja mal ganz was Neues, wenn dein Freund das getan hätte. Er hat nicht einen einzigen Funken Loyalität im Körper. Er tut, wofür er bezahlt wird, und er geht dorthin, wo er bezahlt wird. Für Geld würde er seine Seele verkaufen.«

Plötzlich taucht Isaac hinter Charlie auf.

»Sagen Sie das noch mal!«, knurrt er.

Charlie dreht sich zu ihm um. »Ich habe gesagt, Sie würden Ihre Seele für Geld verkaufen. Sie interessieren sich nicht dafür, wie der Wein schmeckt, Sie wollen nur Ihren Scheck haben. Und dann den nächsten Auftrag, den nächsten, noch größeren Auftraggeber. Sie sind genauso käuflich wie ich.«

Entsetzt betrachtet Isaac den Weinsee im *chai*. Mein Herz sagt mir, dass er nicht dafür verantwortlich ist. Inzwischen bedeutet dieser Wein ihm genauso viel wie mir.

»Warum? Warum hast du das getan?«, frage ich Charlie und schüttele ungläubig den Kopf.

Charlie zuckt mit den Schultern. »Na ja, wenn ich das Weingut nicht auf meine Art führen kann, hat Madame Beaumont jetzt keine andere Wahl mehr, als es mir zu verkaufen. Sie möchte nicht, dass ihr Gut vom Château Lavigne übernommen wird, also bin ich jetzt ihr Schutzengel. Wenigstens kann ich Ihnen auf diese Weise vielleicht für nächstes Jahr wieder einen Job anbieten, und Selina kriegen wir dann auch rum«, sagt Charlie an Isaac gewendet.

»Wie ich gehört habe, ist das schon vor langer Zeit passiert.« Isaacs Miene wird immer finsterer.

»Na ja, ich konnte ja schließlich nicht ewig auf unsere Miss Etepetete hier warten, nicht wahr? Allerdings sieht es so aus, als hätten Sie mehr Erfolg gehabt.« Charlies Gesicht verzieht sich zu einem gemeinen Grinsen. Ich habe keine Ahnung, wie ich ihn jemals attraktiv finden konnte.

Das Blut rauscht mir in den Ohren, doch bevor ich zu Charlie hinüberwaten und ihm mein Knie genau dorthin rammen kann, wo es richtig wehtut, hat Isaac schon ausgeholt und Charlie einen kraftvollen Faustschlag ins Gesicht versetzt. Charlie, die Tasche mit meinen Habseligkeiten und der Umschlag mit den Fluginformationen fliegen in den wadentiefen Weinsee. Charlie landet mit einem mächtigen Platschen und einem lauten Aufschrei. Meine Klamotten und Schuhe verteilen sich in alle Richtungen, und der Umschlag treibt mit dem verlorenen Wein auf die Tür zu.

»Und wenn wir schon mal dabei sind, nimm das hier!« Isaac zieht seinen eigenen Umschlag aus der Jackentasche und lässt ihn auf Charlie fallen, der sich im Wein windet und versucht, sich aufzurichten.

Schließlich kommt er auf die Füße, schnappt sich den Umschlag mit dem Bonus, holt mit seinem muskulösen Arm aus und boxt Isaac gegen die Wange.

»Einen Rugby-Spieler sollte man nie unterschätzen«, sagt

er böse grinsend und atmet heftig, während Isaac rückwärts taumelt.

»Issac!«, rufe ich.

»Und du solltest nicht unterschätzen, wie sehr ich dich und das, was du hier getan hast, hasse!« Damit stürzt Isaac sich auf Charlie und umklammert dessen Hals. Die beiden fallen gemeinsam in den Wein, während sie sich prügeln.

»Aufhören, ihr beiden!«, schreie ich. Cecil beginnt zu bellen. »Hört auf!« Doch die beiden liefern sich in dem, was wie ein Blutbad aussieht, eine richtige Schlägerei. Doch die Faustschläge finden kaum einmal ihr Ziel. Schließlich stehen die beiden Männer taumelnd auf, nur um sich wieder aufeinander zu stürzen.

»Stopp!«, schreie ich.

Plötzlich taucht neben mir ein Schatten auf, und ich drehe mich um – verzweifelt hoffend, dass endlich Hilfe naht. Doch dann klappe ich hilflos den Mund auf und zu.

»Madame Beaumont«, bringe ich schließlich hervor.

48. Kapitel

Sie stützt sich schwer auf eine Krücke. Sie wirkt schmaler und blasser als letztes Mal, als sie hier gestanden hat. Doch als sie zuletzt hier war, besaß sie einen Weinberg, eine Ernte, die einzubringen war, und einen Weinjahrgang, der verkauft werden konnte.

Jetzt ist alles zerstört.

Charlie und Isaac rappeln sich auf. Rotwein tropft aus ihren Haaren und von ihren Händen und Gesichtern. Als Isaac sich die Haare zurückstreicht, spritzt Wein in alle Richtungen. Sein Hemd und das T-Shirt kleben ihm an der Brust und dem flachen Bauch. Er atmet tief durch.

Charlie dagegen keucht heftig. Dennoch versucht er, gewinnend zu lächeln und streckt die Hand aus.

»Madame Beaumont, sehr erfreut. Äh …«, fährt er nach einem winzigen Zögern fort, »ich habe gerade herausgefunden, was hier los ist. Schrecklich, einfach schrecklich.« Er schüttelt den Kopf und schiebt seine Hand weiter vor. Doch Madame Beaumont greift weder danach, noch antwortet sie.

Langsam dreht sie sich zu mir um.

»Gehen wir ein paar Schritte«, fordert sie mich auf, stützt sich schwer auf ihre Krücke und humpelt auf den Weinberg und Henris Weide zu. Henri wiehert und stampft mit den Hufen. Ich folge ihr und fühle mich wie ein Schüler auf dem Weg zum Büro des Schulleiters.

Als wir Henris Gatter erreichen, schnuppert er an Madame Beaumonts Händen, stupst sie an und begrüßt sie wie einen

Soldaten, der aus dem Krieg zurückkehrt. Ich versuche, das Pferd zu beruhigen, doch Madame Beaumont wirkt gelassen.

»Madame Beaumont, es tut mir so leid. Ich … Na ja, gestern Abend hat der Wein einen Preis gewonnen, und dann habe ich den Traktor zwischen den Reihen der Weinstöcke gesehen, und dann …«

Sie hebt die freie Hand. Mit der anderen stützt sie sich auf die Krücke.

»Hol mir einen Stuhl«, fordert sie mich auf. Ich laufe los, um den Liegestuhl zu holen, den mein Dad vor Kurzem noch benutzt hat. Ich stelle ihn dorthin, wo mein Dad immer gesessen hat, mit Blick über die Weinberge. Madame Beaumont lässt zu, dass ich ihr in den Stuhl helfe und die Krücke neben sie lege.

»So, jetzt fang mal ganz am Anfang an.«

Und ich hole tief Luft und berichte.

Im Hof hinter uns warten der Krankenwagen und die Fahrer, und auch Charlie und Isaac rühren sich nicht von der Stelle.

»Die Erntehelfer sind nicht gekommen. Das Château Lavigne hat ihnen mehr Geld geboten … Und dann ist Candy auf eine Wespe getreten und hat allergisch auf den Stich reagiert.«

Sie hört zu und nickt hin und wieder, während die Geschehnisse der vergangenen Wochen aus mir heraussprudeln.

»Und dann habe ich die Hefemischung nicht hineingetan, sondern die wilden Hefen ihre Arbeit machen lassen …«

Ich drehe mich um und sehe den Lieferwagen von Featherstone's auf den Hof fahren. Gloria, Nick und Candy steigen aus, bewaffnet mit Blumen und Wein. Ich wende mich wieder Madame Beaumont zu.

»… Und wäre er nicht zurückgekommen, wäre ich ertrunken …«

Sie sagt nichts. Sie hört nur zu. Und als ich meinen Bericht damit beende, was gerade im *chai* passiert ist, nickt sie langsam.

»Es tut mir so leid.« Ich lasse den Kopf sinken, und sie legt mir die Hand auf den Scheitel.

»Du hast dein Bestes gegeben, mehr kann niemand erwarten. *Merci, Emmy.*«

Ich sehe zu ihr auf, doch ich kann nicht lächeln.

»Offensichtlich warst du auch im Haus sehr aktiv. Zeig mir mal alles ...«

Ich helfe ihr mit ihrer Krücke und hoffe, dass sie mit dem Gehen zurechtkommt.

Ich zeige ihr den Holzstapel. Sie wird in nächster Zeit genug trockenes, ofenfertiges Holz haben. Dann die Mahlzeiten in der Tiefkühltruhe, das Wohnzimmer – oder *salon*, wie sie mich berichtigt – und das Schlafzimmer. Sie lehnt es ab, ins obere Stockwerk zu steigen, und setzt sich stattdessen in ihren Sessel. Sofort kommt die Katze und springt auf ihren Schoß.

»Und Isaac, dein guter Freund, hat er dir mit alldem geholfen?«

Ich nicke. »Ja. Er und die anderen. Er hat gerade die ausgerissenen Weinstöcke wieder eingepflanzt, als Charlie ankam.«

»Mein Vater hat diese Weinstöcke gesetzt. Er hat sie mithilfe ein paar weniger Reben der Sorte *tendresse*, die überlebt hatten, veredelt. Meiner Mutter hat er gesagt, sie solle sich darum kümmern, bis er zu ihr zurückkäme. Doch ... er kam nicht mehr wieder. Auf dem Weg nach Deutschland wurde er durch die Explosion einer verirrten Bombe, die beim Abwurf nicht gezündet hatte, getötet. Das Dorf hat meine Mutter natürlich aus der Gemeinschaft ausgestoßen, sobald bekannt wurde, dass sie schwanger war – ohne verheiratet zu sein, und zudem von einem deutschen Soldaten. Doch meine Familie war fest entschlossen, mir zu vermitteln, dass ich immer stolz darauf sein soll, wer ich bin. Eine eigenständige Persönlichkeit. Genau wie die Weinstöcke, die überlebten und gediehen, habe auch ich es geschafft.« Sie sieht mich an. »Bitte danke deinem Freund dafür, dass er sie gerettet hat.«

»Na ja … wissen Sie …« Ich schaue zum Hof hinüber. Charlies Auto ist verschwunden, und Isaac ist nirgendwo zu entdecken. Die Krankenwagenfahrer haben den Wein getrunken, den Candy ihnen angeboten hat, und werfen allmählich ungeduldige Blicke auf die Uhr. Gerade will Candy ihre Gläser auffüllen, um sie zu beschwichtigen, und lässt dabei ihren ganzen Charme spielen.

Madame Beaumont zieht die Augenbrauen hoch und mustert mich fragend.

»Er ist nicht mein Freund, ist es nie gewesen. Na ja, zu dem Zeitpunkt jedenfalls nicht. Er hat für Charlie gearbeitet, und sie wollten … na ja … ein Geschäft mit Ihnen abschließen.«

»Verstehe. Kein enger Freund von dir?« Sie nickt weise und senkt den Blick auf ihre Hände, die in ihrem Schoß ruhen.

Ich schüttele den Kopf, und sie schaut mir direkt in die Augen.

»Aber jetzt liebst du ihn, *non*?«

Ich nicke, und Tränen rollen mir über die Wangen. Ich wünsche mir aus ganzem Herzen, ich könnte mit ihm gehen, egal wohin – auch wenn es jetzt todsicher nicht das große Weingut in Australien werden wird, für das Charlie ihm eine Empfehlung geben wollte.

»Dann hör auf dein Herz. Geh mit ihm.«

»Ich kann nicht, ich muss nach Hause. Ich muss mich um meinen Dad kümmern. Seit dem Tod meiner Mutter kommt er nicht mehr allein zurecht, das wissen Sie ja.« Diesmal senke ich den Blick.

»Vielleicht … vielleicht bist du jetzt diejenige, die nicht nach vorne blicken kann«, sagt sie leise.

Ich hebe ruckartig den Kopf und wische mir die Nase ab.

»Ich sage den Sanitätern, dass sie abfahren können«, sage ich, um mich von dem abzulenken, was sich als schmerzhafte Wahrheit herausstellen könnte. Natürlich vermisse ich meine Mutter, doch möglicherweise hat Madame Beaumont recht – vielleicht bin ich es jetzt, die nicht bereit ist, einen Neuanfang zu wagen. »Ich werde ihnen sagen, dass Sie klarkommen.«

»Ihr habt hier regelrechte Wunder vollbracht. Der Verlust des Weines war nicht deine Schuld. Das war mutwillige Zerstörung. Nächstes Jahr wird es wieder eine Ernte geben. Dieses Haus sieht aus, als wäre ihm neues Leben eingehaucht worden.«

Ich lächele erfreut, weil ich es wenigstens geschafft habe, ihr Zuhause für sie schöner zu gestalten.

»Aber leider fühle ich mich nicht allzu gut. Ich möchte wieder in die Reha-Einrichtung gebracht werden«, fährt Madame Beaumont fort und versucht, sich von ihrem Sessel zu erheben.

»Sie können nicht gehen! Wer kümmert sich um das Haus? Und den Weinberg?«

»Ich muss Clos Beaumont verkaufen. Allein kann ich es nicht mehr führen. Und ohne die diesjährige Ernte kann ich es mir nicht leisten, eine Aushilfe zu bezahlen.« Sie senkt den Kopf.

»Aber es muss doch etwas geben, was wir tun können! Madame Beaumont, Sie sind der stärkste Mensch, den ich je kennengelernt habe. Sie können jetzt nicht einfach aufgeben.«

»Wir können die Zeit nicht aufhalten. Ich werde allmählich alt. Meine Knochen werden brüchig. Ich habe meine … Zuversicht verloren. Man kann nur die Zeit auskosten, die man hat, und die Gelegenheiten ergreifen, die sich bieten. Man darf sich die guten davon nicht entgehen lassen.« Ich sehe das alte Funkeln in ihren Augen aufblitzen. »Im Leben gibt es eine Zeit zu kommen und eine Zeit zu gehen, *chérie*.« Sie legt mir ihre knochige Hand an die Wange. Ich fühle mich besiegt und gebe mich geschlagen.

»Sagst du bitte den Sanitätern Bescheid, dass ich jetzt gerne aufbrechen möchte? Und bleib doch bitte noch, bis der Verkauf über die Bühne ist. Tu es für Henri und Cecil.«

»Das ist das Mindeste, was ich tun kann.«

»Ich werde Kontakt mit Monsieur Lavigne vom Château aufnehmen«, sagt sie resigniert.

19. Kapitel

»Ich komme Sie morgen besuchen!«, rufe ich dem Krankenwagen hinterher. Dabei wird mir klar, dass ich ab jetzt den Zug von der Stadt aus nehmen muss, weil mir der Lieferwagen nicht mehr zur Verfügung stehen wird.

»Ich kann es nicht fassen, dass sie zurückgefahren ist«, jammert Candy.

»Kommt, lasst uns was trinken«, sage ich und gehe voraus in die Küche.

Isaac tritt aus dem *chai*, wo er gefegt und den ausgelaufenen Wein mit dem Schlauch hinausgespritzt hat. Er lehnt den Besen gegen den Türrahmen, und für einen kurzen Moment erlaube ich mir die kleine Fantasievorstellung, dass er und ich tatsächlich zusammenarbeiten könnten.

Mein Telefon läutet.

»Hi, Dad.« Ich weiß, dass ich mich traurig und ausgelaugt anhöre, obwohl ich noch die glücklichste Frau auf diesem Planeten war, als er gestern anrief.

»Wie ist es gelaufen, Liebes?«, fragt er gespannt. »Habt ihr gewonnen? Hast du den Job bekommen?«

Ich hole tief Luft. »Nein, Dad, wir haben nicht gewonnen, und ich bekomme auch den Job nicht. Ich habe leider alles vermasselt, Dad. Es tut mir so leid!«

»Es hat nicht geklappt?« Eine kurze Pause entsteht. »Oh, das tut mir leid, Liebes.« Er stockt, dann gibt er sich große Mühe, positiv zu klingen, und sagt: »Nun, keine Bange. Irgendetwas wird sich schon ergeben.« Seine Stimme schwankt ein bisschen.

»Nein, Dad, das glaube ich nicht. Es tut mir wirklich schrecklich leid. Wir werden das Haus verlieren, stimmt's?«

»Wirklich, Liebes, mach dir keine Gedanken. Es wird schon irgendwie weitergehen, so wie bisher auch. Wir kommen schon über die Runden. Dein Zuhause ist hier bei mir, solange wir es halten können. Wir werden zurechtkommen, vor allem, da ich ja jetzt in dem großen Baumarkt arbeiten werde.« Er gibt sich große Mühe, Zuversicht zu verströmen.

»Ich habe das Gefühl, dich im Stich gelassen zu haben«, sage ich. »Wir können unsere Schulden auf keinen Fall bezahlen. Wir verlieren das Haus, Dad!«

»Du hast mich nicht im Stich gelassen, Liebes. Ich bin für dich enttäuscht, dass du die Stelle nicht bekommen hast. Übrigens, dass du länger fort gewesen bist, war gut für mich, wie ich festgestellt habe. Es wurde wirklich Zeit, dass ich meinen Hintern hochkriege und noch mal rauskomme. Wir schaffen das!«, erwidert er. »Ich habe sogar schon eine Idee, Liebes …«

Als er mir alles erzählt hat, lasse ich die Hand mit dem Handy sinken.

»Alles in Ordnung?« Isaac tritt zu mir und legt mir den Arm um die Schultern.

»Das war Dad. Er will das Haus verkaufen und ausziehen«, antworte ich fassungslos. »Er will sich verkleinern.«

»Das sind tolle Neuigkeiten!«

»Er sagt, er hätte begriffen, dass das Haus zu groß für ihn sei und dass ich auch nicht ewig dort bleiben werde. Er hat sich eine Anlage für betreutes Wohnen in der Nähe des Baumarktes angesehen, in dem er demnächst arbeiten wird.«

»Das ist ja fantastisch! Du musst nicht mehr ständig für ihn da sein. Du bist endlich frei, um deine Flügel auszubreiten.«

»Ist das so? Vor ein paar Stunden hätte ich vielleicht noch

die Möglichkeit gehabt, meinen Rucksack zu packen und dich zu begleiten. Aber das geht jetzt nicht mehr, oder?« Als Antwort auf meine Frage schüttelt er langsam den Kopf.

»Charlie wird seine Empfehlung zurückziehen. Das wird den Weingütern alles sagen, was sie wissen müssen.«

»Was wirst du jetzt machen?« Am liebsten würde ich heulen, aber ich reiße mich zusammen.

Er zuckt mit den Schultern. »Ich werde herumtelefonieren und sehen, ob sich mir irgendwo etwas anderes bietet. Ansonsten gehe ich zurück nach Kalifornien und übernachte bei Freunden auf dem Sofa. Ich kann dich anrufen, wenn ich was finde. Dann könntest du zu mir kommen.«

»Wir wissen beide, dass das nicht funktionieren wird.« Tränen strömen mir übers Gesicht.

Langsam kehren wir mit gesenktem Kopf in die Küche zurück. Gloria hat eine Flasche Wein geöffnet und eingeschenkt. Jetzt reicht sie jedem voller Mitgefühl ein Glas.

»Na ja, wenigstens habt ihr beide endlich zueinander gefunden, das ist doch mal eine gute Neuigkeit«, sage ich zu Candy und Nick, um die Stimmung aufzuheitern. Candy kuschelt sich an Nick.

»Wer hätte das gedacht? Ich habe einfach nicht gemerkt, dass er an mir interessiert ist … oder überhaupt an Mädchen«, kichert Candy.

»Ach, Candy, Nick ist schon seit unserer Ankunft in Frankreich in dich verliebt«, entgegne ich liebevoll, aber auch genervt.

»Was?« Candy richtet sich auf und starrt Nick mit offenem Mund an. »Und du hast dir nie etwas anmerken lassen? Du hast mir den BH geöffnet, als ich Sonnenbrand hatte, und ich habe dir von meinen Gefühlen erzählt … Alles!«

»Irgendwie hat sich nie der richtige Zeitpunkt ergeben, um es dir zu sagen.« Nick hebt ratlos die Hände.

»Na gut.« Candy räuspert sich verlegen und wendet den Kopf ab.

Unbehagliches Schweigen breitet sich aus.

»Was wirst du jetzt machen?«, fragt Gloria mich schließlich.

»Ich fliege zurück nach England und sehe mich nach einer neuen Arbeit um, denke ich. Und ich werde mir ein Zimmer zur Miete suchen, vielleicht kann ich auch für eine Weile bei meiner Schwester unterkommen.« Das ist weit entfernt vom dem, was ich mir immer erträumt habe.

»Und du, Isaac?« Glorias Blick ist voller Kummer.

»Bei mir ist es das Gleiche. Ich fliege erst mal zurück und schaue, ob ich Arbeit finde. Allerdings wahrscheinlich nicht als Kellermeister – jedenfalls nicht, wenn Charlie ganze Arbeit geleistet hat. Und davon gehe ich aus.« Isaac streckt die Hand aus und betrachtet sie; sie ist rot und angeschwollen, weil er damit einen Treffer gegen Charlies Kinn gelandet hat.

»Und es gibt keine Möglichkeit, dass ihr hierbleiben könnt?«

Ich schüttele den Kopf. »Madame Beaumont muss ihr kleines Château verkaufen. Sie braucht das Geld für ihren Lebensunterhalt. Wahrscheinlich wäre eine Bleibe im Ort am besten, mit einem Aufzug. In einem Seniorenheim.«

»Mit Blick auf den Fluss«, fügt Nick versonnen hinzu.

»Wie sieht's bei dir aus, Nick? Freust du dich, weiter bei Featherstone's zu arbeiten?«

»Na ja, ich denke gerade darüber nach, ein eigenes Unternehmen zu gründen. Französische *brocantes* – Second-Hand-Gegenstände – kaufen und verkaufen. Ich dachte, ich unternehme eine Einkaufsreise in Frankreich, arbeite ein paar Stücke auf und verkaufe sie bei eBay. Candy hat gesagt, sie will mich dabei unterstützen.«

Candy räuspert sich wieder, verschränkt die Arme und schlägt die Beine übereinander.

»Dann wird die Teamleiterstelle wohl an eine von euch beiden fallen!« Ich lächele Candy und Gloria zu. Ich freue mich für beide.

»Oh, ich kehre nicht nach England zurück«, antwortet Gloria sachlich. »Na ja, nur für eine Weile, aber dann komme ich wieder hierher.«

»Wie bitte?«, rufen wir alle gleichzeitig.

»Hat das etwas mit dem Mann zu tun, mit dem du bei der Preisverleihung warst?«

Sie nickt und kann ihre Neuigkeiten nicht mehr für sich behalten. Sie grinst, als würde sie gleich platzen.

»Unten am Fluss gibt es ein Café. Le Phénix. Es hatte nach einem Brand zugemacht, aber es wurde gerade renoviert. Es ist nicht sehr groß. Na ja, Jeff hat mich mit dem Besitzer bekannt gemacht.« Sie zögert kurz. »Ich habe einen Pachtvertrag unterschrieben. Ich werde meine eigene kleine Cafébar haben. Jeden Mittag wird es ein Mittagsmenü geben, so was eben …« Sie ist ganz außer Atem, und wir anderen jubeln und umarmen sie.

»Gläser her, schnell!«, ruft Candy, und jeder schnappt sich sein Glas.

»Auf den Phönix!«

Und dann beginnt Nick zu singen: *»From the ashes of disaster grow the roses of success …«*, und wir springen auf und stimmen alle ein – alle außer Isaac, der völlig verdutzt wirkt.

»Ist das ein traditioneller englischer Song?«

»Gewissermaßen … Er stammt aus *Chitty Chitty Bang Bang*.« Wir singen den Text noch einmal, dann setzen wir uns wieder hin und trinken unseren Wein.

»Wenn doch der Wein nur im Keller gewesen wäre!«, seufzt Candy. Wir nicken zustimmend.

»Welcher Wein im Keller?«, fragt Isaac.

»Wie es in dem Brief steht.« Candy steht auf und holt das Schreiben, das hinter der Uhr liegt, die nach wie vor funktioniert und die halben und vollen Stunden schlägt.

Sie zeigt Isaac den Brief. Er liest ihn und lässt ihn dann sinken.

»Zeigt mir den Keller.«

»Das bringt nichts, der Wein ist nicht da. Wir haben überall gesucht«, erklärt Candy.

»Zeigt mit den Keller«, wiederholt Isaac. Daraufhin trotten wir alle zusammen mit unseren Weingläsern in der Hand in den leeren Keller hinunter.

Isaac schaut sich um und lässt die Hand über die Ziegelmauer gleiten, mal hier, mal da. Ab und zu legt er die Finger auf den Mörtel zwischen den Ziegeln.

Er nickt und klettert die Holztreppe wieder hinauf. Wir anderen wechseln Blicke, zucken mit den Schultern und wollen ihm gerade folgen, als er mit einem Ding zurückkommt, das aussieht wie der Vorschlaghammer aus dem *chai*.

»Isaac, meine Güte! Was hast du vor?«

»Ich habe zwar *Chitty Chitty Bang Bang* nicht gesehen, aber dafür kenne ich *Das Geheimnis von Santa Vittoria* mit Anthony Quinn. Diesen Film habt ihr offensichtlich nie gesehen. In meiner Kindheit habe ich das Video mit meinem neuen Dad angeschaut. Und dieser Film hat meine Liebe zu Wein geweckt.« Lächelnd sieht er mich an. »So, jetzt tretet alle mal zurück.«

Und er holt mit dem Vorschlaghammer aus und lässt ihn gegen die gemauerte Wand sausen.

»Isaac!« Ich schreie auf, als er wieder zuschlägt und die Wand bröckelt und schließlich einstürzt. »Bist du verrückt geworden?«

50. Kapitel

»Es war Isaac …«, erklärt Candy.

Wir stehen im Kreis um Madame Beaumont, die auf einem Stuhl im Tagesraum der Reha-Einrichtung sitzt und in den Garten hinausschaut. Offensichtlich geht es ihr deutlich besser.

»Na ja, eigentlich warst du es, Candy«, falle ich ihr ins Wort.

»Wartet, wovon redet ihr überhaupt? Einer nach dem anderen, bitte. Emmy, jetzt beruhige dich und erzähl mir, was passiert ist«, fordert Madame Beaumont mich auf.

Alle hören auf zu reden, und ich greife in meine Tasche und ziehe die Flasche heraus, die ich den ganzen Weg hierher im Zug mitgebracht habe.

»Hier …«, sage ich und gebe ihr die staubige Flasche. Mit zitternden Händen nimmt sie ihre Brille mit dem Drahtgestell vom Tisch. Sie setzt sie auf und rückt sie zurecht. Schließlich liest sie langsam das Etikett. Dann schaut sie mich an.

»*C'est vrai*?« Ihre Stimme bebt, und ihre Augen füllen sich mit Tränen.

Ich nicke heftig und kann gar nicht mehr damit aufhören. Es fällt mir schwer, mich zu zügeln.

»Candy hat im Internet recherchiert. Eine Flasche wie diese aus dem Jahr 1945 wird bei einer Auktion mindestens fünfhundert Pfund erzielen.«

Madame Beaumont lächelt unter Tränen.

»Aber wo hast du sie gefunden?«

»Im Keller«, berichte ich und sehe glücklich zu, wie sie die

Hand über das verblasste Etikett und das Wachs über dem Korken gleiten lässt. »Der Wein war eingemauert, um ihn für Ihre Mutter in Sicherheit zu bringen.«

»Das«, sie zeigt auf die Aufschrift auf dem Etikett, »das ist die allerbeste Neuigkeit.«

Ich beiße mir auf die Unterlippe. »Ich weiß.«

»AOC Appellation Château Clos Beaumont«, liest sie mit feuchten Augen vor, wobei ihr das letzte Wort beinahe in der Kehle stecken bleibt. »Das Weingut hatte seine eigene Appelation – eine kontrollierte Herkunftsbezeichnung.«

»Was ist das? Das habe ich nie richtig verstanden.« Candy rümpft die Nase.

»Es bedeutet, dass das Weingut sein eigenes Rezept für seinen Wein besitzt. Er wird nicht durch dieselben Vorschriften reguliert wie Petit Frère oder Saint Enrique. Château Clos Beaumont hat das Recht, sich als AOC-Wein zu bezeichnen, *Appelation d'Origine Contrôlée*.«

»Auf diese Weise werden …«, setzt Isaac an, doch dann lacht er und bedeutet mir mit einer Geste fortzufahren.

»Auf diese Weise werden der geografische Ursprung des Weines, die Qualität und die typischen Eigenschaften festgelegt«, erkläre ich. Dann seufze ich auf. »In anderen Worten heißt das, Madame Beaumonts Wein ist nicht mehr nur ein einfacher *Vin de France*. Er ist ein einzigartiger, anerkannter, anspruchsvoller Wein, und sie kann mehr Geld dafür bekommen.«

»Die Appellation muss nach dem Krieg verlorengegangen sein. Meine Familie … Es gab viele Leute, von denen sie gemieden wurde. Meine Familie wollte einfach nur in Frieden leben, aber auch in Würde. Vielleicht war es ihnen zu mühsam, an der Appellation festzuhalten und dafür zu kämpfen.«

»Aber jetzt wissen wir es. Hier steht es schwarz auf weiß,

und die Weinernte des nächsten Jahres darf die Appellation verwenden. Sie müssen doch nicht umziehen.« Ich strahle und hätte sie am liebsten in den Arm genommen.

»Ich fürchte, dass fünfhundert Euro oder auch Pfund nicht ausreichen werden, um das Weingut zu halten.« Madame Beaumont setzt ihre Brille ab und legt sie wieder auf den Tisch.

Isaac stößt mich leicht an.

»Ach ja, natürlich!« In der ganzen Aufregung habe ich etwas Wichtiges vergessen. »Madame Beaumont, wir haben nicht nur diese eine Flasche hinter der Mauer im Keller gefunden. Es waren jede Menge Flaschen, genauer gesagt, die gesamte Ernte jenes Jahrgangs.«

Schweigend erlauben wir Madame Beaumont, diese Information zu verdauen. Schließlich richtet sie sich in ihrem Stuhl im sonnigen Tagesraum auf, hebt den Kopf und sagt zu mir: »Ich glaube, ich möchte diese Flaschen gerne mit eigenen Augen sehen. Sag doch bitte der Schwester, dass ich mich selbst entlassen will. Ich werde mit meinen Freunden gehen. Ich muss mich ums Geschäft kümmern.«

Die Krankenschwestern wirken erleichtert, packen Madame Beaumonts Habseligkeiten im Handumdrehen zusammen und legen ihr die Entlassungspapiere vor, die sie unterzeichnen muss.

Als wir auf Clos Beaumont eintreffen, besteht Madame Beaumont darauf, in den Keller hinunterzusteigen. Überall liegen kaputte Ziegel und Berge von Staub herum. Weit entfernt von dem sauberen und aufgeräumten Zuhause, das ich ihr bieten wollte. Aber es scheint ihr nichts auszumachen.

Sie stützt sich schwer auf Isaac und auf ihre Krücke, als sie über die Weinkisten hinter der durchbrochenen Wand steigt. Hin und wieder hält sie sich an den roten, zerbröckelnden Ziegeln fest. Der Keller wird von einer einzelnen nackten

Glühbirne, die an einem langen Kabel baumelt, nur schwach erleuchtet.

Schließlich beugt sich Madame Beaumont vor und nimmt eine der Flaschen in die Hand, die mit einer dicken Staubschicht bedeckt ist, altem und frischem Staub.

»Hier«, sage ich und reiche ihr ein Küchentuch, das ich mitgebracht habe.

Sie greift in die Tasche, nimmt ihre Brille heraus und liest das Etikett wieder und wieder. Dann schaut sie sich in dem kleinen Kellerbereich um, als müsste sie sich die Tatsache bewusst machen, dass ihr Vater der letzte Mensch gewesen war, der diesen Raum betreten hatte. Dann nickt sie, räuspert sich und hält mir die Flasche hin.

»Die trinken wir, wenn wir etwas zu feiern haben«, sagt sie. Offen gesagt hätte ich gedacht, dass der Fund von Wein im Wert von Tausenden von Pfund im eigenen Keller ein ausreichender Grund sei, um zu feiern. Na ja, aber ich bin auch nicht sicher, ob ich eine Flasche Wein trinken würde, mit der ich die Hypothekenrate für einen ganzen Monat bezahlen könnte.

»Was ist mit den Weinstöcken, wie geht es ihnen?«, erkundigt sie sich bei Isaac, als er sie durch den Keller führt.

»Ein paar haben wir durch den Traktor verloren. Aber nicht von der Sorte *tendresse*«, antwortet er.

»Isaac hat sie wieder eingepflanzt, und wir behalten sie genau im Auge, allerdings …«

»Sie sind alt, genau wie ich.«

»In dem Fall bin ich überzeugt, dass sie kämpfen werden«, versichere ich ihr lächelnd.

Sie streckt die Hand aus, damit Isaac ihr helfen kann, als sie sich steif der Treppe nähert. Sie besteht darauf, sich auf eine Stufe zu setzen und die Treppe rückwärts auf dem Hinterteil Stufe für Stufe zu bewältigen. Ich sehe zu, wie sie sich langsam und steif hinaufkämpft und bei jeder Bewegung vor Schmerz zusammenzuckt.

Als wir die Küche betreten, finden wir Monsieur Lavigne vom Château dort vor. Er streckt Madame Beaumont einen Blumenstrauß und eine Flasche entgegen.

»Madame Beaumont, wir sind alle so froh, dass Sie wieder zu Hause sind. Ich hoffe, Sie bleiben diesmal.«

»Wirklich? Ich dachte, Sie wollten meinen Weinberg kaufen, als Sie glaubten, ich könne ihn nicht mehr halten«, entgegnet sie. Die Blumen nimmt sie nicht an.

»Ich wollte nur helfen. Schließlich sind wir und unsere Familien schon so viele Jahre lang Nachbarn.«

»Hier.« Sie deutet auf die Flasche Wein, die ich mitgebracht habe, und ich zeige sie ihm. Er liest das Etikett und streichelt die Flasche. Dabei fallen ihm fast die Augen aus dem Kopf.

»Das sind ja fantastische Neuigkeiten!«, strahlt er.

»In der Tat. Dadurch ist mein Wein deutlich mehr wert. Genau wie mein Weinberg«, verkündet Madame Beaumont.

»Selbstverständlich«, pflichtet er ihr bei.

»Aber noch wichtiger ist, dass der Name meiner Familie in der Gegend in Erinnerung bleiben wird. Das ist das Vermächtnis meines Vaters. Ich kann in dem Wissen sterben, dass nicht alles umsonst war.«

Jetzt lächelt Monsieur Lavigne nicht mehr.

»Von nun an, *Monsieur*, wäre ich Ihnen dankbar, wenn Sie darauf achten würden, meine Weinstöcke in Zukunft nicht mehr mitzuspritzen. Bitte respektieren Sie sie, so wie ich Ihre Reben respektiere.«

Er nickt.

»Was die Medaille angeht.« Ich trete vor. »Nachdem der Weinberg nun einen offiziellen Status besitzt, möchte die Jury ihre Entscheidung vielleicht noch einmal überdenken. Mit einer eigenen Appellation ist der Wein ein würdiger Sieger.«

Monsieur Lavigne lächelt und nickt. »Natürlich. Das ist eine wunderbare Neuigkeit für die ganze Region.«

»Und für mich und den Namen meiner Familie«, fügt Madame Beaumont hinzu und stützt sich schwer auf ihre Krücke.

»Aber die Arbeit ist zu viel für Sie. Ich versichere Ihnen, dass wir die Appellation und den Namen Ihrer Familie respektieren werden. Und natürlich mache ich Ihnen ein neues Preisangebot, das die neueste Entwicklung widerspiegelt.«

»Manche Dinge sind mehr wert als hohe Gewinnspannen«, erwidert sie knapp und steuert auf ihren Sessel am Ofen zu, in dem ein munteres Feuer flackert. Isaac hilft ihr, sich hinzusetzen.

»Ich danke Ihnen, Monsieur Lavigne«, sagt Madame Beaumont, als sie Platz genommen hat. »Ich melde mich bei Ihnen, wenn ich meine Angelegenheiten geregelt habe.« Sie entlässt ihn mit einem Nicken. Lächelnd wendet er sich zum Gehen, doch dann dreht er sich noch einmal zu Isaac um.

»Isaac, kann ich kurz mit Ihnen sprechen?«

»Sicher.« Er sieht mich an, und ich nicke ihm zu. Daraufhin folgt er Monsieur Lavigne in den Hof hinaus.

»Jetzt werde ich meinem Anwalt eine Nachricht schicken und ihm mitteilen, dass er mich aufsuchen soll. Darf ich?« Madame Beaumont nimmt mein Handy und beginnt zu tippen wie ein Teenager.

»Ich bin froh, dass Sie das Weingut nun doch nicht verkaufen wollen. Ich kann mir nicht vorstellen, dass Sie woanders leben.« Ich schenke ihr ein warmes Lächeln.

»Oh, ich werde nicht mehr auf Clos Beaumont leben.« Sie hört auf zu tippen und blickt mich über den Rand ihrer Brille an.

»Wie bitte?« Jetzt bin ich vollkommen verwirrt.

»Ich möchte, dass du hier lebst«, entgegnet sie nüchtern.

»Ich kann das Gut nicht kaufen, und ich muss nach Hause.«

»Wie geht es deinem Vater?«

»Gut, richtig gut. Er möchte das Haus verkaufen«, erzähle ich. »Und meine Schwester wohnt jetzt ganz in der Nähe.«

»Das ist gut. Dann ist dein Vater bereit, den nächsten Schritt zu tun. Die Frage ist, ob du auch bereit bist. Was spricht dagegen, hier zu leben und sich um den Weinberg zu kümmern? Es sieht so aus, als wäre das hier jetzt auch dein Zuhause geworden. Für dich und deinen guten Freund. Er sieht zwar schrecklich aus, und er muss auch noch lernen, sich zu benehmen, aber man kann sich auf ihn verlassen. Das hat er bewiesen.«

»Aber, aber … Ich kann das Weingut doch nicht kaufen!«

»Ich rede auch nicht davon, dass du es kaufst. Überleg es dir. Ich kann nicht hierbleiben. Allerdings will ich auch nicht an Mr. Featherstone oder ans Château Lavigne verkaufen.«

Draußen schütteln sich Isaac und Monsieur Lavigne lächelnd die Hand.

51. Kapitel

Die klare Wintersonne scheint durch die Glasscheiben der Terrassentür. Alles passiert so schnell. Isaac hat sich aus dem Staub gemacht und spaziert mit Cecil zu den beschädigten Weinstöcken.

Das Dokument liegt auf dem Tisch. Der Anwalt hat seine Aktenmappe zugeklappt und schüttelt Madame Beaumont die Hand. Sie besteht darauf, aufzustehen und ihn zur Tür zu begleiten.

»So, das war's also. Ich werde in das Seniorenheim am Fluss ziehen. Von dort aus kann ich die Weinstöcke jeden Tag sehen, auch wenn ich nicht mehr im Weinberg arbeiten kann. Ich möchte, dass du das Weingut bekommst. Du zahlst mir eine symbolische Miete, bis es Geld abwirft, und wenn du so weit bist, kannst du es kaufen. Alles ist schriftlich festgehalten. Niemand wird dir das kleine Château Clos Beaumont wegnehmen können, nicht einmal, wenn ich sterbe.«

»Aber …« Mir fehlen die Worte, ich bin sprachlos.

»Sag Ja. Aber vielleicht möchtest du ja lieber nach England und zu deinem alten Job im Call-Center zurückkehren?«

Plötzlich versetzt mich diese Vorstellung in Angst und Schrecken.

Das hier könnte genau das sein, wovon ich immer geträumt habe. Ich bin kein Büromensch und auch keine Verkäuferin. Candy ist eine, im Gegensatz zu mir. Doch ich glaube, diese Arbeit hier liegt mir. Und wenn Isaac und ich zusammen arbeiten könnten … Ist es wirklich möglich?

Ich brauche Zeit zum Nachdenken und gehe hinaus zu den

Weinstöcken. Isaac spaziert gerade auf den Hof. Lächelnd schreibt er Nachrichten auf seinem Handy. Es ist ein wunderbarer Winternachmittag. Die Sonne steht tief und strahlend am Himmel.

»Super Neuigkeiten!«, strahlt Isaac. Unwillkürlich strahle ich zurück.

»Ich weiß!« Ich unterdrücke meine Begeisterung, obwohl ich das Gefühl habe, jeden Moment zu platzen.

»Monsieur Lavigne hat mir eine Stelle angeboten. Er möchte, dass ich sofort anfange.« Isaac schreit fast vor Aufregung.

»Wie bitte? Das ist ja fantastisch!«

»Er hat unseren Wein geliebt, und obwohl ich ihm erzählt habe, dass du ihn gemacht hast, bietet er mir einen Job als Kellermeister an.«

»Was, hier auf Château Lavigne?« Ich kann es kaum fassen, das ist so perfekt!

»Nein, er besitzt Weingüter auf der ganzen Welt, unter anderem auch eins in Südafrika. Sein Kellermeister dort hat ihn im Stich gelassen. Deshalb soll ich sofort anfangen. Jetzt. Südafrika, Emmy!«

»Oh, ach so.« Ich gebe mir Mühe, fröhlich zu klingen, wirklich.

»Hurra!« Er wirft die Arme in die Luft, dann umarmt er mich, hebt mich hoch und schwingt mich im Kreis.

»Komm mit mir, Emmy! Lass uns zusammen fortgehen. Es wird fantastisch!«

Ich lächele, doch unter Tränen. Rasch wende ich den Blick ab, damit Isaac sie nicht sieht, und schüttele den Kopf.

»Ich kann nicht.« Ich halte mir die Hand vor meine kribbelnde Nase.

»Warum nicht? Warum kannst du nicht? Du hast doch selbst gesagt, dass dein Dad das Haus nun verkaufen will.«

»Ich muss mir ein eigenes Zuhause schaffen«, erkläre ich, obwohl mir die Kehle eng wird. »Ich will mich nicht länger davor drücken, mein eigenes Leben zu führen. Ich muss meinen Platz in der Welt finden, und ich glaube, hier könnte er sein.« Ich blicke über das Tal zu meinen Füßen und lasse seine Schönheit wieder auf mich wirken. »Mit Cecil und Henri und den Schafen.«

Isaac schaut mich an wie ein begossener Pudel.

»Und du gehst einfach an den Ort, an den dich dein nächster Job führt. Du bist ein Wanderarbeiter.« Heiße Tränen rollen mir übers Gesicht. »Das ist alles, was du je wolltest.«

Sein Handy erwacht mit einem Piepton zum Leben. Er schaut aufs Display.

»Er schickt ein Auto vom Château hierher, jetzt gleich, damit es mich zu *gîte* bringt und ich packen kann«, sagt er benommen. »Und dann mache ich mich auf den Weg. Monsieur Lavigne möchte, dass ich so bald wie möglich dort eintreffe. Mein Flugzeug geht in ein paar Stunden.«

»Das ist deine Welt, dein Leben. Du musst gehen.«

»Wir könnten es hinbekommen.« Er umfasst mein Gesicht mit beiden Händen. »Es gibt Fernbeziehungen, die funktionieren.«

Ich schüttele tränenüberströmt den Kopf.

»Es würde nicht funktionieren, und ich werde dich nicht bitten, den Job aufzugeben. Es ist das, wofür du lebst, frei von jeglichen Wurzeln. Aber ich, ich muss jetzt damit anfangen, eigene Wurzeln zu schlagen und mich nicht mehr von der Vergangenheit ersticken zu lassen. Ich kann nicht mehr darauf warten, mein Leben irgendwann in der Zukunft zu beginnen und mich immer zu fragen, ob es vielleicht um die Ecke etwas Besseres gibt, während ich darauf warte, dass du nach Hause kommst. Ich muss für die Gegenwart leben und dafür sorgen, dass jeder Tag zählt.«

Er hält mein Gesicht immer noch umfasst. Auch er weint jetzt. Es gibt nichts mehr zu sagen. Er muss seinen Weg gehen, und ich muss hier bleiben, das wissen wir beide. Er zieht mich an sich und küsst mich voller Verzweiflung. Dann nimmt er eines seiner Lederarmbänder ab und bindet es mir ums Handgelenk. Wir müssen beide durch unsere Tränen lachen.

»Nimm es niemals ab. Versprich mir das«, sagt er heiser.

»Ich nehme es nicht ab, niemals.«

»Du wirst eine hervorragende Winzerin werden, Emmy Bridges. Ich werde bestimmt noch von dir lesen. Die neue Welle der Frauen, die Wein mit Liebe und Fürsorge erzeugen. ›Die Feen unter den französischen Winzern‹ nennen sie sie in der Presse – sie machen fantastische französische Weine in der Alten Welt.«

»Und du wirst ein Top-Weinerzeuger in einer Top-Kellerei in der Neuen Welt, Isaac.« Dann lasse ich den Kopf sinken. »Ich bin mir nur nicht sicher, ob ich das allein schaffe.«

»Aber du hast es doch schon einmal geschafft. Und außerdem hast du es auf deine Weise getan. Du bist deinen Instinkten gefolgt, und genau das musst du wieder machen.«

Als ein Hupen ertönt, drehe ich mich um. Ein silberner Mercedes biegt in den Hof ein.

»Das ist für mich. Der Wagen bringt mich zum *gîte* und dann zum Flughafen. Ich muss jetzt los, Emmy. Du könntest immer noch mitkommen … Ganz spontan.«

Ich schniefe auf und schüttele den Kopf.

»Du könntest mich bitten zu bleiben«, sagt er leise.

Wieder schüttele ich den Kopf.

»Das könnte ich nicht. Ich könnte dich nicht bitten, alles aufzugeben, was du dir je erträumt hast. Du musst es selbst wollen. Außerdem wären wir beide zusammen ein Albtraum. Du würdest deine modernen Weinerzeugungstechniken einbringen wollen.« Ich versuche, trotz meiner Tränen zu lachen.

Der Fahrer hupt erneut.

»Geh jetzt! Du musst los!«

Isaac streichelt mein Gesicht und küsst mich, wie ich noch nie zuvor geküsst worden bin. Dann dreht er sich um und läuft zum Wagen, ohne sich noch einmal umzusehen. Der Fahrer gibt Gas, und das Auto verschwindet.

Madame steht mit einer Flasche in der Hand hinter mir.

»Stell den Tisch und die Stühle da drüben hin – von da aus kann ich den Weinberg sehen«, sagt sie. Ich wische mir mit einer ausholenden Bewegung energisch die Tränen fort, und dann trage ich den Tisch und zwei Stühle an die gewünschte Stelle.

»Noch einen Stuhl«, meint sie und zeigt darauf.

»Oh, Isaac ist fort«, entgegne ich mit einem dicken Kloß in der Kehle. »Ähm, Monsieur Lavigne hat ihm einen Job in Südafrika angeboten«, erkläre ich. »Es ist eine großartige Chance für ihn, für eine so große Firma zu arbeiten.«

»Bring den Stuhl trotzdem her.« Sie nickt mir zu. Dann beginnt sie, mit ihren knotigen Fingern den Wein zu öffnen. Schließlich reicht sie mir die Flasche, damit ich den Korken herausziehe. Henri lässt zufrieden den Kopf über das Gatter hängen, und Cecil legt sich sich mit einem Plumps neben den Tisch.

Obwohl ich ihr noch einmal erkläre, dass Isaac fort ist, besteht sie darauf, drei Gläser zu füllen. Ich setze mich und blicke über die Weinberge.

»Auf den Neubeginn!« Madame Beaumont hebt ihr Glas und prostet erst den Weinstöcken und dann mir zu. Zufrieden lehnt sie sich zurück, strahlend vor Stolz und Glück.

»Wirst du bleiben? Übernimmst du das Weingut und kümmerst dich darum?«

»Ja.« Ich lache und weine gleichzeitig. »Ich bleibe, ich bin bereit. Ich weiß, dass meine Mum immer bei mir sein wird, egal, wo ich bin – nicht nur in dem Haus in England. Ich werde Dad grünes Licht für den Verkauf geben. Es ist Zeit, dass wir beide unsere Flügel ausbreiten.«

»Und jetzt wirst du eine eigene Familie haben, die du versorgen wirst.« Vielsagend betrachtet sie die Weinstöcke.

»Ich glaube, ich habe schon vor einer Weile damit begonnen, hier Wurzeln zu schlagen. Aber ich bin allein, und ich werde das Weingut auch allein übernehmen.«

Madame Beaumont schweigt, dann meint sie: »Warte ab.« Ihr Blick ruht immer noch auf dem Weinberg, das Glas drückt sie an die Brust. »Manchmal brauchen die ungebändigsten und wildesten Trauben eine Weile, bis sie verstehen, was sie als Nächstes tun müssen.«

Ich runzele die Stirn, während sie einen Schluck Wein trinkt und in vollkommener Zufriedenheit die Augen schließt. Ich trinke auch etwas und stelle mir vor, dass Dad, meine Schwester und Layla mich im kommenden Sommer besuchen kommen. Wer weiß, vielleicht schaut ja auch Isaac eines Tages vorbei? Ich mache die Augen zu und lasse mir von der Wintersonne das Gesicht wärmen.

»Natürlich könnte man diesen großen Schuppen in eine neue Kellerei verwandeln. Und wir brauchen neue Tanks, eine neue Abbeermaschine und eine neue Presse. Und dann ist da noch die Hefe. Wir brauchen ein richtiges Kühlsystem«, höre ich seine Stimme sagen. »Emmy? Emmy?«

Ich reiße die Augen auf und fahre herum. Isaac steht hinter mir. Wo ist der silberne Mercedes?

»Er ist weg. Ich habe mich am Ende der Zufahrtstraße absetzen lassen. Ich habe begriffen, dass es auch für mich Zeit ist, nicht mehr wegzulaufen. Auch ich brauche ein paar Wurzeln … Also, ich frage dich nicht, ob du mich haben willst. Ich sage dir einfach, dass ich beschlossen habe zu bleiben.«

Ich springe auf, laufe auf ihn zu und schlinge die Arme um ihn. Er vergräbt den Kopf an meinem Hals. Wir halten einander so fest, als wollten wir gemeinsam Wurzeln schlagen.

Madame Beaumont lächelt still vor sich hin.

»Bei guten Weinen ist es manchmal so, dass die ungewöhnlichsten Paarungen von Rebsorten die Weine mit dem meisten Charakter hervorbringen.« Madame Beaumont spricht zu ihren Weinstöcken, als würde sie ihren Kindern von ihrer neuen Familie erzählen. Dann wendet sie sich an Isaac und mich.

»Was nicht heißt, dass es auf dem Weg dorthin nicht ein paar explosive chemische Reaktionen geben wird. Alte Methoden treffen auf neue. Doch je härter man arbeiten muss, desto tiefer graben sich die Wurzeln und desto lohnender und facettenreicher wird das Ergebnis sein.«

Wieder lacht sie vor sich hin. Isaac streckt die Hand aus und nimmt sich ein Glas. Ich folge seinem Beispiel, aber wir lassen einander nicht los.

»Auf einen erlesenen Wein, einzigartig in jeder Hinsicht«, sagt Madame Beaumont. Wir heben unsere Gläser und prosten einander zu, Isaac mir, ich Madame Beaumont und Madame Beaumont den Weinstöcken. Cecil erhebt sich und schließt sich uns mit einem lauten *Wuff* an.

Epilog

Ich habe neue Stiefel für den Anlass, außerdem einen neuen Spaten, um den ein rosa Band gebunden ist. Ein Geschenk von meinem Dad, der gestern mit Jody und den Jungs eingetroffen ist. Dad hat im Ort einen Zwischenstopp eingelegt, um den Spaten zu kaufen. Allmählich findet er sich wieder richtig gut zurecht, er ist häufig außer Haus.

»Okay? Sind alle bereit?« Isaac legt den Arm um mich, und wir spazieren aus dem Hof auf die neue Parzelle zu, die nun zu Clos Beaumont gehört. Die ehemaligen Besitzer haben beschlossen, sich zur Ruhe zu setzen, und uns das Vorkaufsrecht eingeräumt. Wir nennen die Parzelle ›Dad's Land‹, weil er uns nach dem Verkauf unseres Hauses das Geld für ihren Kauf zur Verfügung gestellt hat.

In dem Moment biegt ein weißer Lieferwagen auf den Hof ein. Cecil fühlt sich verpflichtet, aufzustehen und ein lautes Bellen von sich zu geben. Das Auto ist britisch, und auf der Seite steht in großen violetten Buchstaben ›French Affairs‹. Die Türen gehen auf. Candy springt vom Fahrersitz, und auf der Beifahrerseite steigt Nick aus. »Kein Vergleich zu meinem alten Cabrio«, kommentiert Candy. Ich laufe jubelnd auf die beiden zu und umarme sie.

»Ihr habt es geschafft!«

»Ihr habt doch nicht etwa geglaubt, dass ihr den heutigen Tag ohne uns begehen könnt, oder etwa doch?«, meint Nick lächelnd.

»Wir sind auf einer Einkaufstour für Antiquitäten für Nicks neuen Shop.« Candy zeigt auf den Transporter.

»Oder Second-Hand-Zeug aus Frankreich, das ihr aufmöbelt!«, sagen wir alle zusammen und lachen.

»Um nichts in der Welt hätten wir diesen Tag verpassen wollen. Außerdem schreibe ich einen Artikel für das *Wine Magazine* darüber, und natürlich auch einen Beitrag für meinen Blog. Wer hätte gedacht, dass sich so viele Menschen für meine Schreiberei interessieren?«

»So, jetzt bin ich so weit.« Ich lächele Isaac zu, und wir gehen im herrlichen Frühlingssonnenschein die Straße hinauf und lassen den Blick über die geschnittenen Weinstöcke schweifen. Die neuen Knospen stehen kurz davor, grüne Blätter hervorzubringen.

»Da wären wir also wieder – ein neuer Weinjahrgang«, sage ich zu Isaac, während wir Hand in Hand dahinschlendern. Der Winter war arbeitsreich, und es hat einige Veränderungen gegeben. Das Ganze ist eine Mischung aus Alt und Neu. Wir haben neue Tanks und eine neue Abbeermaschine gekauft, doch wir sind übereingekommen, mit den wilden Hefen zu arbeiten und die ursprünglichen Weinstöcke stehen zu lassen. Allerdings haben wir Stecklinge genommen und züchten aus den alten Reben neue. Isaac und ich haben den Winter über alle Weinstöcke beschnitten und ein neues Ranksystem installiert. Drähte laufen am Boden entlang, die wir auf Holzpflöcke heben werden, wenn die Reben zu wachsen beginnen, damit die Trauben höher hängen. Das erleichtert auch die Ernte.

Am Eingang zum neuen Weinberg werden wir schon erwartet. Alle sind da: der Bürgermeister, Monsieur Lavigne und Bernard, Jeff und Gloria, die Obels und unsere Ferienhausbesitzer, die sich schon wieder als Erntehelfer angemeldet haben. Cecil steht neben Isaac, und in einiger Entfernung sehe ich Madame Beaumonts schwarz-weiße Katze, die uns neugierig folgt. Auch Henri ist da. Er hebt den Kopf und erschnuppert die Luft in dem neuen Weinberg. Colette probiert ihre neu erworbenen Englischkenntnisse aus ihrem Sprachkurs an Dad aus, der mit seiner Freundin Shirley gekommen ist. Er hat sie im Baumarkt kennengelernt. Sie hat ihn bei der Farbgestaltung seiner neuen Wohnung unterstützt. Jody hat ihre beiden Söhne mitgebracht. Sie werden gerade von Jeff über das frisch gepflügte Feld gejagt. Mr. und Mrs. Featherstone sind da, allein. Charlie ist unterwegs und sondiert neue Geschäftsmöglichkeiten, wie Mr. Featherstone mir berichtet – was auch immer das heißen mag. Mr. Featherstone hat bei Featherstone's Wines das Heft wieder in der Hand, unterstützt von seiner Frau Lena. Er hat sich verkleinert und vertreibt nur noch Weine von ausgewählten Weingütern.

»*Bienvenue, tout le monde*«, beginnt der Bürgermeister.

»Warten Sie!« Ich hebe die Hand. »Wo ist Madame Beaumont?« Ich schaue mich um, blicke die Straße hinunter und entdecke sie auch schon. Sie folgt uns in ihrem neuen roten elektrobetriebenen Seniorenmobil und filmt alles mit ihrem ebenfalls neuen iPad. Erleichtert schmunzele ich vor mich hin.

»In Ordnung, wir können anfangen.« Ich drehe mich zum Bürgermeister um, als Madame Beaumont uns erreicht hat und neben mir parkt.

»*Vous êtes arrivé à votre destination* – Sie haben Ihr Ziel erreicht«, sagt das Navigationssystem ihres iPad mit einer tiefen, sexy französischen Stimme.

»Wir sind heute hier, um einen Neuanfang zu feiern, aber auch, um an die Vergangenheit zu erinnern.« Der Bürgermeister nickt Madame Beaumont zu. »Isaac?«

Isaac tritt vor und gräbt mit dem neuen Spaten ein Loch, dann setze ich einen Rosenstrauch neben den ersten Weinstock unseres neuen Weinbergs.

»Diese Rose wird gepflanzt, um jenen Menschen die Ehre

zu erweisen, die während des Krieges gekämpft und die Liebe gefunden haben. Wir möchten ihr Andenken und ihr Vermächtnis ehren. Für die Menschen, die uns zu dem gemacht haben, was wir heute sind«, sagt Isaac und füllt das Pflanzloch der Rose mit Erde.

»Die erste Rose von vielen«, füge ich hinzu, und alle Anwesenden jubeln und klatschen.

Gloria geht mit einem Tablett voller Sektgläser herum. Jeder nimmt sich ein Glas.

»Auf das kleine Château Clos Beaumont!«, rufe ich, und alle erheben ihre Gläser.

»Und«, fährt der Bürgermeister fort, »lasst uns einen Toast auf die Zukunft aussprechen, auf Petit Frère, das nicht mehr im Schatten unseres größeren Nachbarn Saint Enrique steht. Wir sind stolz darauf, wer wir sind. Nicht mehr der arme Nachbar, sondern eine Weinregion, die aus eigener Kraft rasch wächst, auch dank unserer Bekanntheit im Internet.« Und wir erheben unser Glas auf Candy, die vor Freude errötet. »Und auf die neuen Winzer!« Jetzt drehen sich alle zu mir um und prosten mir zu. Auch ich werde rot.

In dem Moment klingelt Isaacs Handy. Er sieht mich entschuldigend an. Ich zucke mit den Schultern und bedeute ihm mit einem Nicken, dass er das Gespräch annehmen soll.

»Nein, tut mir leid, Kumpel. Ich kann dir nicht helfen. Ich bleibe jetzt dauerhaft in Frankreich. Ja, streich mich von deiner Liste.« Er beendet das Telefonat und legt auf. »Australien«, erklärt er mir und steckt das Handy zurück in die Hosentasche. Und ganz kurz frage ich mich, ob er sich jetzt zum Jahreszeitenwechsel wünscht, weiterziehen zu können. Er legt den Arm um mich.

»Ich gehe nirgendwohin«, lacht er. »Schließlich muss doch jemand in der Nähe sein, falls du wieder in den Weintank fällst!«

»Auf Individualität und Einzigartigkeit«, sagt Madame Beaumont. »Es ist die reichhaltige Mischung, die Clos Beaumont wirklich besonders macht.« Wieder erheben wir unsere Gläser und stoßen darauf an.

»Ach, übrigens, ich zähle darauf, dass ich euch alle zur diesjährigen Weinlese wiedersehe!«, sage ich strahlend und mache eine Geste, die die ganze Gruppe einschließt. Alle lachen zustimmend, und wieder stoßen wir miteinander an.

Als die Sonne allmählich über Clos Beaumont und den neuen Familienmitgliedern untergeht, den jungen Weinreben, die noch viel Fürsorge brauchen werden, mache ich Fotos von ihnen.

Auf Neuanfänge, schreibe ich und sende die Fotos an Layla. *Auf Neuanfänge, Tante Emmy!!*, antwortet sie umgehend und schickt mir ein verschwommenes Schwarzweißfoto … Anscheinend eine Ultraschallaufnahme in der zwölften Woche!

Ich strahle über das ganze Gesicht, als wir den Hügel hinunter zum Le Phénix spazieren, Glorias neuer Cafébar, wo wir erneut auf Neuanfänge und neue Wurzeln anstoßen. Denn ich weiß, dass ich jetzt mit Isaac zusammen fest hier verwurzelt bin, solange diese Weinreben mich brauchen.

»Eine Sache noch«, flüstert Isaac mir ins Ohr, als wir im Garten des Cafés sitzen und über den breiten Fluss zu der geschwungenen Steinbrücke hinüberschauen. In Ufernähe schwimmen Enten, ein Fisch springt hoch und landet mit einem lauten Platschen wieder im Wasser, und große weiße Vögel fliegen laut schreiend in geringer Höhe über den Fluss. Die Ruderer kommen vorbei, gefolgt von dem kleinen Motorboot, in dem der Trainer sitzt und seine Anweisungen in ein Megaphon schreit. In den Bäumen über uns hängen Lichterketten, und Gloria schaltet sie zur Feier der Eröffnung ihres Cafés ein.

»Ja?«, sage ich zu Isaac.

»Du weißt ja, dass wir angeblich eng befreundet sind, wie ich damals zu Madame Beaumont gesagt habe?« Sein Gesicht ist meinem sehr nahe, und ich muss lachen.

»Ja, na ja, das war, als wir uns noch kaum kannten«, scherze ich.

»Nun, jetzt kennen wir uns ja besser«, er greift in die Jackentasche und zieht eine kleine blaue Samtschachtel heraus, »meinst du, ich könnte vielleicht sogar dein Verlobter werden?«

Er öffnet die Schachtel, und ich starre auf den kleinen Rubinring. Er nimmt ihn heraus und steckt ihn mir an den Finger.

»Willst du für immer mit mir zusammen sein?« Er wirkt ein bisschen nervös. »Was sagst du, Goldy?« Ich breite die Arme aus und ziehe ihn fest an mich. Meine widerspenstigen blonden Locken fallen mir ins Gesicht, und ich fühle mich, als hätte ich alle Weinlesen gleichzeitig eingefahren – aber diese hier wird die allerbeste sein!

Danksagung

Ein riesiges Dankeschön an meine Freunde Janie und Mike Wilson, die eine lebensverändernde Entscheidung getroffen und ein Haus zwischen Bordeaux und Bergerac gekauft haben. Dort leiten sie Schreib- und Malkurse und bieten Rückzugsmöglichkeiten für Schriftsteller an (www.chez-castillon.com). Durch meine Besuche dort lernte ich die Gegend kennen und beobachtete mit großer Freude, wie das neu gegründete Unternehmen nach und nach immer erfolgreicher wurde. Falls Sie ein Seminar buchen wollen oder gerne abseits des Alltags schreiben möchten, müssen Sie nicht weitersuchen. Es ist ein wunderschöner Ort am Ufer der Dordogne, inmitten der Weinberge Südwestfrankreichs.

Danke, Janie, dass du unseren Abstecher zur Weinschule in Saint Émilion organisiert hast, danke für den Info-Abend zum Thema Weinverschneiden mit einem professionellen Winzer, das frühmorgendliche Schwimmen, den Nachmittagstee, die anregenden Gläser Rosé und natürlich für die vielen Guten-Morgen-Mails.

Ein großes Dankeschön auch an Basil und Julie von La Maison de la Rivière für das Erklären des Weinherstellungsprozesses. Sie haben ein wunderbares Ferienhaus und eine Frühstückspension (www.lamaison-riviere.com).

Und danke, Basil, dass du mich mit Nick vom Château de Claribès bekannt gemacht hast. Er hat mir sein großartiges Bio-Weingut und seinen Weinkeller gezeigt und mir bei meinen Fragen rund um das Thema Weinproduktion weitergeholfen. Werfen Sie einen Blick auf die Webseite: www.claribes.

com. Etwaige Unstimmigkeiten im Weinherstellungsprozess in diesem Buch habe ganz allein ich zu verantworten!

Ein Riesendank geht an David Headly von Goldsboro Books, der sich als toller Gefährte und große Hilfe auf meiner letzten Recherchereise erwiesen hat. Du warst fantastisch!

Vielen Dank und eine dicke Umarmung auch an meine wunderbare Freundin und Reisegefährtin Katie Fforde und an meine Autorenfreunde von Chez Castillon – danke für eure Unterstützung, den Spaß und die Freundschaft.